FINAL VIEWING

As a funeral director, I'm accustomed to listening to people talk about the events surrounding the death of their loved ones. When someone dies, the people left behind invariably end up vocalizing certain questions to me, in confidence, because they seem to believe that, since my job brings me into daily contact with death, I must have some special understanding of its mysteries. "Were Mom's eyes open or closed?" "Do you really take the blood out?" and "Have you ever had a body sit up?" are the most common inquiries I face.

But Mrs. Scholtz apparently wanted something more . . . it sounded to me that she needed a private investigator.

A BILL HAWLEY UNDERTAKING

Includes a special sneak preview
of the next Bill Hawley mystery . . .

DOUBLE PLOT

. . . coming soon from Berkley Prime Crime.

MORE MYSTERIES FROM THE
BERKLEY PUBLISHING GROUP...

A BILL HAWLEY UNDERTAKING

FINAL VIEWING

LEO AXLER

BERKLEY PRIME CRIME, NEW YORK

FINAL VIEWING

A Berkley Prime Crime Book/published by arrangement with the author

PRINTING HISTORY
Berkley Prime Crime edition/June 1994

ISBN: 0-425-14244-2

Berkley Prime Crime Books are published by The Berkley Publishing Group, 200 Madison Avenue, New York, New York 10016. The name BERKLEY PRIME CRIME and the BERKLEY PRIME CRIME design are trademarks belonging to Berkley Publishing Corporation.

PRINTED IN THE UNITED STATES OF AMERICA

10 9 8 7 6 5 4 3 2 1

BOOKS FREE!

The Best of the Best™ — Here's How it Works:

Accepting your 2 free books and gift places you under no obligation to buy anything. You may keep the books and gift and return the shipping statement marked "cancel." If you do not cancel, about a month later we will send you 4 additional novels and bill you just $4.24 each in the U.S., or $4.74 each in Canada, plus 25¢ shipping & handling per book and applicable taxes if any.* That's the complete price and — compared to cover prices of $5.50 or more each in the U.S. and $6.50 or more each in Canada — it's quite a bargain! You may cancel at any time, but if you choose to continue, every month we'll send you 4 more books, which you may either purchase at the discount price or return to us and cancel your subscription.

*Terms and prices subject to change without notice. Sales tax applicable in N.Y. Canadian residents will be charged applicable provincial taxes and GST.

If offer card is missing write to: The Best of the Best, 3010 Walden Ave., P.O. Box 1867, Buffalo, NY 14240-1867

BUSINESS REPLY MAIL
FIRST-CLASS MAIL   PERMIT NO. 717   BUFFALO, NY

POSTAGE WILL BE PAID BY ADDRESSEE

THE BEST OF THE BEST
3010 WALDEN AVE
PO BOX 1867
BUFFALO NY 14240-9952

NO POSTAGE
NECESSARY
IF MAILED
IN THE
UNITED STATES

you're here. There's sheets and towels in the linen
closet in the hall. The room across from mine is
empty. You'll have to make your own bed up, and
there's no chocolate delivery here. We'll share the
bathroom, of course, but I won't wake you up in the
morning if you're still in the habit of living like a
bat.''

"I am," Christine said on a groan. "You could
take pity on me after my long flight and make my
bed for me.''

"No," Carolyn said with a teasing smile. "No, I
couldn't.''

CAROLYN NO SOONER crawled into bed than the
phone on the nightstand rang. She reached out and
grabbed it before it could ring again. "Hello?"

"Carolyn, it's Ben."

She smiled in the darkness. "Hi."

"How are you doing?"

"I have a bone to pick with you about your
crossing-the-bridge theory. You didn't tell me that
sometimes the bridge is only made of rope.''

"Could have been paper. She could have had a lit
match, too.''

A giggle escaped her. "You have a point."

"Considering that you had two unexpected visitors
tonight, you were quite the active hostess. I appreciate
you letting me in.''

"Always." It was true.

"So do you love her now?" His voice was casual, as if she were merely a friend he felt comfortable with.

"Never," she said. "My heart is made of stone."

"Uh-huh."

"Well, I never didn't love her, but I doubt there's anything she could ever do that would make me feel real...you know, sisterly love kind of stuff."

"Hmm."

"She looks too much like Pamela Anderson Lee for me to love her totally, Ben. I'm sure I'm jealous."

She expected laughter at her teasing remark, but he said, "I know it was hard to tell me the things you did, Carolyn, but...I hope you don't regret confiding in me."

Her smile rumpled into a frown. "I don't think I do."

"I think you're wonderful for what you tried to do for Lucy."

"It wasn't a matter of being wonderful. It's what I wanted to do. I'm just sorry I couldn't do more."

They were quiet for a few seconds before Ben said, "Well, I'd better let you get some rest since you've got to get up early in the morning."

She'd liked to have stayed on the phone with him longer, just listening to his deep voice lull her. But she sensed a difference, something distancing in his voice that told her he'd only made this call to assure himself she was all right after Christine's unexpected appearance. "Okay," she said slowly, "thanks for calling, Ben."

"Good night."

"Bye." She hung up the phone and stared into the darkness. He'd sounded remote, especially at the end. Complimenting her, almost in the past tense. Thanking her for something that needed no thanks between people who wanted to be part of each other. Her blood ran a bit cold, chilling her insides.

When Carolyn had left Ben before, it had hurt very much to believe he had gotten over her so quickly and fallen in love with another woman.

It would be much worse now, when she'd just allowed him to glimpse into the darkest corners of her tattered soul, if he didn't want her.

CHAPTER ELEVEN

"I'M NOT A MATCH," Dylan said, coming into the office and tossing a newspaper onto Carolyn's desk. "Sorry. But I called Ben and then took an ad out in the paper outlining Lucy's situation and asking for people who are willing to be tested."

She looked up at him, disappointment thick inside her. It seemed time was running by so quickly, and little hope left. "Thanks for trying, Dylan. It means a lot...to everyone."

"Are you getting too emotionally involved in this case?" he asked, nearing her desk. "Remember, there is a risk associated with that."

A smile passed over her face. "There are more risks than you realize. But thanks."

"I realize you two have past history, but do I sense the history is becoming part of the future?"

"I don't think so."

"I suppose one wedding around here is enough for a while." He scanned some messages she'd taken. "This is all?"

"That's it."

"I was hoping for something else," he murmured.

"I guess I'll head out for a while. Page me if anything comes up."

She watched as Dylan left. Between both of them waiting for phone calls that never seemed to come, the working environment was tense. The reserve in Ben's voice last night worried her. Maybe he was just busy, maybe something had happened to Lucy.

The phone rang, and she snatched it up. "Finders Keepers. Carol—"

"Carolyn," Jennifer Rodriguez said. "I've found him. I've found Ben's brother."

CAROLYN CALLED Ben to let him know that Jennifer wanted him to be at the hospital in two hours. There his brother would have a blood test, and he and Ben would meet.

"Thanks, Carolyn," Ben said. "I can't thank you enough for what you've done."

"It wasn't much, but I'm glad it's all working out." Carolyn's voice caught. The silence hung between them, so she just said, "Good luck crossing that bridge, Ben."

"Thanks. Bye, Carolyn."

He hung up, and Carolyn sat staring at the phone in her hand for a moment. Then she replaced it on the desk. Her part in the case was successfully over—so she should be thrilled.

Case closed.

The trouble was, her heart had begun to open up—and she didn't want to close the door again.

BEN STARED at the man standing in the hospital corridor, his world threatening to spin off its axis.

He had no doubt this was his brother. Though not identical, they shared the same build and coloring. The other man stared back at him, hands stiffly in his jean pockets and a frown on his face.

All Ben's brave talk about being stronger after difficult times evaporated. By seeking this stranger out, he had irrevocably changed a man's life, and likely an entire family's. Was this a bridge he'd find himself wishing he'd never decided to cross?

He had to make himself walk forward. Slowly, he approached, unable to help feeling that he was encroaching on the man's private space.

And yet the stranger did nothing to stop him.

My brother.

"I'm Ben Mulholland," he said, not putting out his hand. Should he shake his long-lost brother's hand? Or wrap his arms around him to forge a future?

"Ryan Madison."

He didn't extend a hand, either. Ben realized his brother was content to keep a distance between them.

"Thank you for coming," Ben said. "Maybe we should get a cup of coffee. I feel like I have a lot to explain to you."

"No. You don't." Ryan shrugged at him. "The

woman who found me was pretty persuasive. She filled me in on the facts.''

''I see.''

''Sorry about your daughter. My niece, I guess.''

Ben eyed his brother. ''I guess so.''

''I went in to say hello to her, but she was asleep.''

Ben remained silent, though he appreciated Ryan's efforts.

''Tell you what,'' Ryan said finally. ''Why don't we do it this way? Your daughter is very ill and doesn't need a stray uncle popping into her life right now. She doesn't need to know I was here, unless you think it's for the best. If I'm a match for her, I'll donate. Later, when she's well, we can get together. I'd very much like to get to know her. But as shell-shocked as I am, I see no reason to upset her world with…me. She needs to focus on getting well.''

Ben felt tears begin to haze his vision. ''You may have a good plan,'' he said. ''I know this is hard for you.''

Ryan shrugged again. ''It's weird as hell. All I care about right now is finding out if I can help. If not, I'm going to be sorry, but…''

''Don't worry. There's not much any of us can do. You're just about my last hope, and I know it's a thin one.''

''I'm sorry.'' Ryan stood quietly staring at him. After a moment, he reached out and put a firm hand on Ben's shoulder. ''I'm avoiding all the other details right now, but one day, I'd like to hear about my—our—birth parents, and what the hell happened exactly, and why the doc picked me. All that. But not now.''

''I understand. Another time.''

They looked at each other for a long moment.

''I've got to head out. I'm sure you'll hear as soon as they know about my match potential.''

Ben nodded. ''Thanks.'' He clasped the hand that Ryan still kept on his shoulder. ''Thanks.''

They moved apart, and Ryan slowly turned away, his stride even as he walked down the corridor. Ben took a breath, his chest not expanding. ''Brother,'' he said quietly.

He went into Lucy's room and looked down at his sleeping angel. Tucking one strand of hair away from her face, he noticed the stuffed animal she held.

It was a fuzzy, floppy pony, just right for fitting under her arm. A card with sparkles on a long-maned pony lay on the table beside her bed, and Ben picked it up to read.

''Lucy, take good care of this pony. One day, we'll ride one together. Your friend, Ryan Madison.''

And for some reason he couldn't explain, Ben put his head down and wept.

''NOT A MATCH,'' the nurse repeated to Ben the next day. ''Ryan Madison was not a preliminary match for Lucy. I'm sorry.''

The blood thundered in his ears. Quietly, he hung up the phone. Even though he'd known there was a chance that his twin might not match, even though he'd understood the long-shot odds, every fiber of his being had been straining with fervent hope that a miracle might happen for Lucy.

He had to call Marissa and tell her. He'd have to call Carolyn and let her know, too.

But he couldn't right now, because a black hole of despair was swallowing him.

IN HER APARTMENT, Carolyn hung up the phone, stunned. "Ben left a message at the office. His brother wasn't a match for Lucy," she told Christine.

"Oh, no! Poor Ben!" Christine looked up at her sister, her face clouding with concern. "Poor you. Are you going to be okay?"

Carolyn waved that off. "I'm going to be fine. I just feel so bad for Ben and for Lucy. I mean, time is running out and—oh, God. I can't even think about it." She started to cry, her emotions spilling over into utter hopelessness.

Christine got up, her arms encircling her. "Baby sister," she said softly. "You've done your best. That was all Ben and Lucy wanted."

"It isn't enough."

"No one can do more than you did." Christine gently led her over to the sofa, sitting her down and pulling her head to rest on her shoulder. Gently, she held Carolyn against her, while the heartbreak engulfing her sister took its toll.

TWO DAYS LATER, Carolyn still hadn't heard from Ben. She expected that he was probably reeling from meeting his brother and from learning that there were no good match possibilities yet. Lucy's situation was dire enough that emergency donors would soon be factored in, putting Ben in a difficult position. Carolyn wanted to call him, but she knew it wasn't the right time.

With everything in his life in upheaval, he wasn't turning to her, and she tried to ignore the tiny sting to her heart that knowledge brought. It was vanity on her part; it was selfish.

She had done her job, and no doubt he would thank her later.

I didn't want to be thanked. I wanted to give Ben something he needed. If I wasn't the right woman for him, I wanted to at least be the right match for his daughter. If I couldn't give him children, I wanted to give his daughter life.

She sighed, shrugging off the despondency. "You shouldn't be such a need-bag," she told herself sternly. "You're going to end up like Christine, chasing Rasputins because you're so narcissistic."

Actually, her sister seemed to be undergoing a change of sorts, which Carolyn had noticed despite her worry over Lucy. Christine seemed quieter, more focused. When Carolyn got home last night, there was a stir-fry on the stove and a note that said, "Sorry you have to eat alone. I've got to work out. Enjoy."

It was almost as if Christine had known that a good dinner of calming Chinese food and a night in her apartment alone would nourish her soul.

The bathroom towels were freshly laundered every day. The dishes were out of the dishwasher when Carolyn came home from work.

It was all very strange from a sister who was used to being the center of attention and having everything done for her.

Suddenly the apartment door opened. Christine sailed in, a flowing dress billowing around her long legs and her hair piled on top of her head.

"You look like a model," Carolyn told her.

"I feel like a model," Christine said. "Guess what?"

"Rasputin called?"

"Oh, hell, no," Christine replied with enthusiasm. "That wouldn't make me smile." She drew herself up with pride and did a little twirl. "Don't get all excited, because there's still a long road ahead, but...I'm a preliminary match for Lucy. Thank God I didn't get that butterfly tattoo on my butt I've been wanting, huh?"

Astonishment parted Carolyn's lips; her brain whirled with a thousand thoughts she couldn't untangle, so she blurted the insignificant first. "What does a tattoo have to do with donor matching?"

"If I'd gotten that tattoo, it would have deferred my eligibility for a year." Christine flopped down on the sofa next to Carolyn, a happy smile on her face. "There were a ton of questions I had to answer, and lots of criteria. But who would have thought that coming home to soak up some of your good sense would have me ending up as a marrow donor?"

"Christine, you're going too fast." Carolyn felt as if she were babbling, too, not processing all that was being said in her excitement. "You can't soak up common sense. Donating isn't going to solve your problems."

"No, but being sensible made me stay away from a man who was bad news for me. I mean, sooner or later, I have to start being realistic about this. I want a good man, someone who's going to love me, and all that. But I have to start with me. I came home to confess to little sissy, I guess, because I knew you'd say something hard-hitting like, 'Christine, if you lie down with dogs, you get up with crabs.'"

"Fleas."

"Look." Christine reached into her purse and pulled out a leaflet. "Right here. If you are at risk for HIV or other sexually transmitted diseases, blah-blah-blah, numerous sexual partners, etcetera, etcetera." She looked at Carolyn. "I had a terrible crush on him, you know. I just know it would have ended up hurting me. But now I can donate, because I have nothing in my sexual history that would exclude me." She beamed at Carolyn. "I came running right here as soon as I realized my sexual attraction was blacking out my common sense."

"You don't even like Ben. And you don't even know Lucy," Carolyn pointed out.

"It doesn't matter. I mean, I do like Ben. I want someone solid of my own one day, Carolyn. And I don't need to know Lucy to want to help." She smiled at her sister, her eyes bright with mischief. "I couldn't stand for my baby sister to be crying the other night. So I thought, heck, I doubt I'm a match, but I might as well get over being afraid of needles if I'm going to get a tattoo."

"I can't believe it," Carolyn murmured. "You're the last person I would have ever dreamed might come through for Lucy."

"Well, don't get your hopes up too high. I have all sorts of tests I have to endure tomorrow. This isn't going to be easy, and I hope you'll let me stay here that long."

"Of course! I might even change your sheets and wait on you a little."

Christine laughed at her. "I never refuse pampering."

Carolyn sat straight up. "Does Ben know?"

"No, and maybe we shouldn't tell him just yet. It would be cruel to get his hopes up, don't you think?"

"It might be cruel to let him keep thinking there's no hope." Carolyn stood up and walked over to look out her apartment window. "I haven't talked to him in a couple of days, so I don't know how he's taking everything."

"You should call him," Christine advised, staring at her fingernails. "I took off my fingernail polish because I wasn't certain if they'd want to see my real nails or not, and I feel naked."

Carolyn shook her head at her sister's wandering focus. "I imagine he's very busy."

"Oh, quit being so conservative. He'd probably welcome hearing a friendly voice." She looked up at Carolyn. "You could trim about six inches off those skirts you wear, too, Carolyn. And maybe borrow a pair of my high heels."

"Are you politely saying that I should pursue Ben Mulholland more aggressively?"

"I'm just saying that not calling him in his hour of need is a little selfish, maybe. When you were in the hospital with your hysterectomy, did you feel like calling anyone?"

"No. Not really."

"Were you glad to get calls from other people?"

"Actually, yes."

"You said you would have liked a card better than flowers from me," Christine reminded her. "I should have called. I'm so sorry I let so much time get away from us, Carolyn. Don't let it happen to you and Ben.

I mean, I know it's not the same thing, but waiting for the other person to call doesn't always work out.''

Carolyn stared at her. ''Are you saying you wished I would have called you? All these years you were busy being glamorous and jet-setting, you wanted *me* to call *you?*''

''I guess I always hoped that my little sis would need me. I try so hard to be successful because I want to be needed by anyone—but most particularly you.''

''You're not donating for Ben and Lucy. You're doing it for me.''

''I told you, I didn't like to see you so upset. I'd give anything to bring back those years we were apart. I almost think I'd carry a baby for you and Ben,'' she said, her voice teasing. She sat up on the sofa. ''As a matter of fact, I'd be a great surrogate mother, now that I think about it. Have the baby, give the baby to you, go back to my single life— Nah. I couldn't give up my figure even for you. But—'' she said, her expression so cheerful she made Carolyn smile ''—I can tell you like this little Lucy. And if I've got the right stuff for her, it might as well be put to good use. But call Ben and at least say hello, Carolyn. He might need you.''

Carolyn bit her lip. ''I told him a lot of things the other night he might not have wanted to hear.''

''It doesn't matter. You can call him as a friend. Whether or not you end up as anything more is beyond your control. But don't try to read his tea leaves.

You don't know what he's thinking. He doesn't even know what he's thinking. Now, let me tell you about this tattoo I'm rewarding myself with just as soon as I've donated to Lucy.''

CHAPTER TWELVE

BEN SAT AND stared at Lucy while she slept, occasionally reaching to brush his fingers against her face. She needed her rest, but the temptation to touch her was too much to resist. God only knew how much longer he might have her softness to feel, her beauty to see, her giggles to make him laugh.

He sighed, putting his head down on the bedside rail. Somehow he had thought God would only take one of his precious family. He couldn't lose his mother and his daughter.

Every once in a while, he'd even bargained with God, offering everything he had to keep his daughter. But so far, God didn't seem to be listening.

"Ben?"

Carolyn's soft voice came to him like a light chasing away his worst nightmare. He raised his head, then got up to go to her as she stood in the doorway. She wrapped her arms around him at the very moment he felt the loneliest, the most frightened that maybe no human contact on this planet could stop the pain.

"Carolyn," he murmured against her hair, holding on to her like a lifeline. "I am *so* glad to see you."

THE NEXT VOICE he heard was Lucy's, waking him out of the first sound sleep he'd had in two days, if one could count dozing in a hospital chair as sleep. Carolyn had curled up next to him, lying against his chest like a warm blanket, and he'd relaxed enough to finally drift into unencumbered rest.

"Yes, sweetie."

"I'm thirsty. And I hurt."

"I know you do," Ben said, his heart aching.

Carolyn pulled the mask that Ben had given her over her nose and mouth and went to touch Lucy's skin as he poured a small amount of liquid into a cup. "Slowly," he told Lucy.

"I dreamed of good things," she said, closing her eyes as she lay back against the pillow. "I dreamed so many good things I didn't want to wake up. I'm glad I did, though, or I might have missed Miss Carolyn."

She kissed her fingertips through the mask, then placed them against Lucy's forehead. "Hi, Lucy."

"Hi, Miss Carolyn. How are my pets, Daddy?"

"They're fine. Don't you worry about a thing. Everything's going to be all right."

"I know," she murmured. "Good night, Miss Carolyn. Good night, Daddy."

And with that, she slipped back to sleep.

Tears sprang into Ben's eyes. "I can't take it," he said hoarsely. "I don't think I can watch her go through this much longer. I want to take the pain from her. Why can't it be me instead of her?'' he begged, looking heavenward.

He felt Carolyn lean against his side, supporting him. She said nothing and he was glad, because he really didn't have any words left in him. He'd begged, prayed, cried, screamed all he could.

And now he was left with the silence.

''COME ON,'' he heard Carolyn say after a while. ''Let me take you to my apartment so you can shower and get something to eat. Believe it or not, Christine's quite a cook, and she's always got something hot on the stove.''

''Lucy might wake up.'' His gaze strayed to his daughter, checking her color. The chemo had worn her out so badly that he was worried sick.

''You're going to make yourself ill, and that's not going to help Lucy. Come on.''

He allowed Carolyn to tug him from the room. She led him to the parking lot, where he crumpled into the seat of her tiny car. Vaguely aware that the night was black velvet and the season seemed to be changing from summer to fall by the cooling of the air, he was content to let her steer him wherever she thought he should go.

Quietly, he followed her upstairs to her apartment. The door opened the minute she put her key in the lock, flung wide by Christine.

Her face was covered in a pasty green mask, and

she wore a white towel wrapped around her head and a bathrobe with big red kisses all over it. Something smelled strongly of citrus, and whatever urge he'd had to be listless dissipated like a breeze.

"Hey, gorgeous," he said dryly, the sarcasm obvious yet not mean.

"You'd better be nice to me, Mr. Mulholland," she shot back. "Especially since it looks like I may be the match you're looking for."

She sauntered to the sofa, flopped onto it, and picked up purple polish, which she proceeded to apply to her toenails.

"What are you talking about?" he demanded.

"I'm now more than halfway through testing to be a donor for Lucy. I told Carolyn not to tell you before because we decided it wasn't fair to get your hopes up. After tomorrow, we'll know for sure. With any luck, your little daughter will have a part of me in her. Kind of cool, kind of scary, huh?"

She looked at Ben, beaming so hard that the green mask cracked a little, like clay. Ben glanced at Carolyn, who nodded confirmation, and he stared in disbelief, too emotionally fractured to comprehend at first that the miracle he'd been wanting so badly might be within reach.

"Are you sure? Have you—I mean—"

"Ben. Sit down," Carolyn said gently, leading him to the sofa. "Christine, I think you're scaring him."

"Oh, my gosh! I forgot I had this stupid mask on."

She jumped off the sofa and hurried into the bathroom.

He stared at Carolyn. "I can hardly take it in. Can it be true?"

"So far, so good. I guess we'll know for sure tomorrow."

She squealed when he swept her off her feet into his lap.

"My mother was right. She said you would help me. And you have." And then he kissed her, long and gently, feeling hope he hadn't thought he'd ever feel again.

THE NEXT FEW days were a blur to Ben. Christine finished a battery of tests, and Lucy met Christine, whom she liked on the spot. Christine was vivacious and outrageous and made his daughter laugh. Then Lucy was whisked away for the worst part of the procedure, purging all her own bone marrow so that Christine's could be injected into her.

Through all of this, he was dimly aware of Carolyn, quietly supportive, comforting everyone. She brought him food, she took care of her sister, she called Marissa and kept her up to date.

"Marissa said she'd catch the next plane," he heard Carolyn say.

For Lucy's sake he was glad. For himself, he didn't care. All he could do was buffer Lucy's growing pain and fear. Beyond that, he had nothing to give.

CAROLYN HAD TAKEN a couple days off from Finders Keepers in order to help take care of Christine, Ben and Lucy. She'd offered to feed the pets at his ranch house, so that he wouldn't have to go that far from the hospital. It was quicker for him to shower at her place and grab a snack there. He didn't want to spend more than an hour away from the hospital at a time.

They wouldn't know how the transplant was truly affecting Lucy for some time. But Christine was ready to get out of the hospital, so Carolyn went to wheel her from the room to the car.

To her surprise, Ben was already there, laying a florist-wrapped bouquet of flowers across Christine's lap. "I don't think she's quite herself," he told Carolyn as she walked up.

"I'm just a little sore," Christine said. "I'll be all right once I get home to my kiss robe and my feathered mules. Carolyn says she's going to pamper me, and I'm going to hold her to that."

"Are you terribly uncomfortable?" Carolyn asked, allowing Ben to take the wheelchair handles. "Are you all right?"

"Let me just say that I didn't get over my fear of needles quite as I'd hoped, and that perhaps I just lost every desire to get a tattoo on my butt."

Ben pushed the wheelchair forward, glancing at Carolyn. "I don't think I was in on this conversation."

She wrinkled her nose at him. "You probably don't need to be in on it now, either."

He grinned at her, his face tired and drawn but his expression lighter than she'd seen since before the transplant.

"How is Lucy?" Carolyn asked.

"Tough. Tougher than her old dad. How she goes through this, I don't know."

She put her hand around his arm as he pushed the wheelchair. "You're pretty tough yourself."

"I had you to lean on."

"Don't leave me out. Remember, I'm Superwoman," Christine commented, but her tone was tired and lacked its usual spunk. "I wonder if it would be appropriate to be ill."

"You go back to Lucy," Carolyn said hurriedly, taking the wheelchair handles from Ben. "I've got it from here."

"Okay." He looked at her uncertainly. "Thanks, Christine." He leaned down to kiss her cheek. "I'll call you later," he told Carolyn, "and let you know how Lucy's doing."

She nodded, and when he brushed her lips, Carolyn told herself that he was going to be okay.

SHE GOT Christine home, and her sister had somehow avoided being sick. "Go to sleep," Carolyn told her as she helped her into bed. "You've earned it."

"I've earned Richard Gere, little sister. Suppose I'll get him?"

"Not in the literal sense. But if you go to sleep, you might dream about him."

Christine closed her eyes, allowing Carolyn to draw the blanket up to her chin. "All I ever do is dream. I want a man of my own. In the flesh."

"How can you think about men when you've just gone through such a gruelling medical procedure?"

"Because I see what you and Ben have," Christine said softly, her voice starting to fade. "You were right, Carolyn. I have been avoiding guys who are good for me. Without realizing it, I was trying so hard to have fun that I was dating guys who could only give me momentary fun and long-term misery. Not that Ben isn't fun," she said quickly, opening her eyes again. "And he was sweet to bring me flowers at the hospital." She sighed deeply, letting her eyelids drift closed again. "But he's not the kind of guy you'd pick up in a bar, you know? Because he wouldn't be in a bar in the first place. And that's the kind of man to find."

Carolyn smiled, kissing her sister's cheek. "Go to sleep. You can think about where to find the right man later."

"Oh, I didn't say I was going to do it *immediately*. But I'm not falling for any more bad boys, either. Although I'm not sure I could resist some of these country-western singers with attitude if they asked me out..."

Carolyn flipped out the light, backed from the room and closed her sister's door. She smiled, realizing that she was starting to know Christine better than she ever had. She'd always thought her sister was distant and shallow. Now she recognized those characteristics as emotional defense tactics. Christine wanted healthy choices in her life; either she was seeking the wrong things because she didn't feel deep-down that she deserved any better, or she was terrified of allowing herself to get close to anyone.

It probably all went back to the fact that their parents had fought constantly, making their marriage a war and their home a battleground. Christine and Carolyn had been the weapons.

Now they were both dealing with the aftershocks. Carolyn's way was to think she had too many defects to be wanted, like a cracked Chinese vase in a dusty shop. The possibility of being valued was there, but the intrinsic value was lost forever due to the crack.

She was glad Christine had come to stay with her—they both needed healing.

THE NEXT MORNING Carolyn was awakened by a phone call from Emily. "I hear you've been busy," she stated. "Congratulations on finding a donor, especially one so convenient."

Carolyn moaned, not sure if her eyes could open.

She'd lain awake thinking about Ben, wondering if she was going to regret the fact that she was falling in love with him again. It wasn't what she had planned to do—and she'd learned that her life went better if she planned each and every move meticulously. But her heart didn't seem to want to be charted, and somehow, she was beginning to feel safe enough to be spontaneous. "I never dreamed Christine might be a match. Emily, she was probably the last person on earth I would have thought to ask. We've never been particularly close, you know, and then to have her give me the thing I wanted so desperately...well, it's just one of those unplanned things that turns out good."

"Yeah, well, I hope you're planning to remember the wedding tonight. The big event."

Carolyn's eyes flew open, her gaze flying to the fabulous hot-pink evening gown hanging on a padded hanger on a hook in the open closet door. Emily had helped her pick the dress out, saying it was good for Carolyn to glam up her life, at least for a night. "I *had* forgotten!"

Emily laughed. "Have you got an escort?"

Carolyn blinked. "No. Do I need one?"

"No. You can hang out with me and my man, of course. I just thought you might have asked Ben...."

"Um, no. The thought never occurred to me," she said, hedging a little because she would love to spend an evening with him, dressed up so he could see her as something more than reliable old Carolyn. She considered the slit in the hot-pink evening gown and the satin pumps that went with it, the rhinestone earrings that would just brush her neck. "I can't ask Ben. He's got his plate full. I'm sure he'll be spending every minute at the hospital."

"Which is why it would be good for him to get away for a few hours," Emily pointed out. "Think about asking him, Carolyn. It's going to be a gorgeous wedding, and I'd love to meet Ben. When's the last time you had a romantic evening, anyway? This would be quite in the Cinderella fashion, a beautiful gown, a handsome prince—ask him, Carolyn. Tell him you'll have him home before midnight."

Carolyn snorted. "Very funny."

"See you in a few hours," Emily said in a singsong voice. "With The Escort, I hope. Bye!"

Carolyn hung up the phone, and it immediately rang again. She picked it up. "Now what?"

"Good morning, beautiful," a man said.

She was still mulling over Emily's suggestion and fell back on her professional voice. "This is Carolyn St. Clair."

"Carolyn, it's Ben."

"Oh, Ben!" She sat up in the bed. "I didn't recognize your voice. You sound...tired."

"I may sound like it, but I'm not. I'm at the hospital, and I promised I'd call you to update you on Lucy."

"How is she?"

"Carolyn, it's the most incredible thing. If I didn't know better, if I didn't think it was the product of my overhopeful imagination, I would say that something about her seems healthier. Better. Like there's more life in her."

"Maybe there is."

"I'm sure it's too soon to tell, but I decided I can indulge a little wishful thinking."

"Go right ahead. We're all counting on my sister's bone marrow to be just what Lucy needed."

They both laughed a little.

"Is Christine asleep?" Ben asked.

"You'd better believe it. She was so tired last night she was talking about changing her taste in men. It was almost as if she had undergone some kind of epiphany."

Ben chuckled. "Just as long as you don't change your taste in men."

Carolyn's eyes widened. What exactly did that mean? She was too shy to ask, so she blundered into another topic. "I forgot tonight is Lily and Cole's wedding, which I have to go to since it would be ultrarude to miss my own boss's wedding. I'd thought I would come to the hospital late this afternoon to spell you off so you could go shower or whatever. Can I do it at lunchtime instead?"

"You should stay home with Christine today. I'm fine, really I am. I'm going to leave for a while since everything is going so well. And I'll feed the pets today. You just paint your toenails and whatever else women do to get ready for a big night.''

Carolyn cleared her throat, looked at the ceiling, bit her fingernail and finally threw herself off the edge of the cliff marked Courage. ''Don't suppose you'd want to get away for a couple of hours tonight and eat some really good food?''

He hesitated, and her heart seemed to contract to the size of one of the sequins on her hot-pink evening gown.

''Don't you have an escort?''

''No. Actually, I don't.'' Maybe she shouldn't admit that. Maybe it wasn't good to seem unwanted by the opposite sex.

''Carolyn, I don't want you to feel like you have to spend all your time looking out for me.''

She frowned. Had she misread his feelings toward her? Had he merely been reaching out in his worry over his daughter? ''I don't look out for you at all, Ben. I've been happy to help you. I realize it's an awkward time to ask you to leave Lucy, but if you'd like to go, the invitation stands.''

''I'd love to go with you,'' he said, making her heart expand with unexpected happiness. ''As long as you're not asking me out of a sense of duty.''

''No.'' Carolyn smiled to herself, glancing at the sexy evening gown. ''A sense of duty is the last thing on my mind for tonight.''

CHAPTER THIRTEEN

THE EVENING OF the wedding was as wonderful as a September night in Texas could be. The skies were a lush midnight velvet, and the stars shone like tiny diamonds much like the white lights strung through the plants in front of the Garrett ranch house. Guests drove up the tree-lined drive to the house, where valets helped them out of their cars. Men in formal suits and women in glittering gowns walked inside the Garrett home in a glamorous procession.

Carolyn was very glad Emily had talked her into the hot-pink gown. The look on Ben's face when she'd walked out of her apartment had been more than satisfying. Ben looked mouthwatering in his dark formal tux, and Carolyn shivered, hardly able to believe that the man she'd fallen in tender first love with so many years ago had become even more the man of her dreams.

The valet took the keys to Ben's car, and another valet opened the passenger door for Carolyn. Ben came to take her hand as she got out, and he rested it lightly on the inside of his arm as they walked through the door of the white stucco house.

"This is stunning," she said, looking at the magnificent flower arrangements placed on tables throughout the great room. Soft waltz music carried from a three-piece band in the open area upstairs that overlooked the great room. The main floor had been cleared for guests to dance, and the exposed heavy beams and massive fireplace gave the room a feeling of solidness as both the hub and anchor of the Garretts' lives. The vows would be spoken here, and a framed picture of Lily and Cole rested on the mantel, as well as a family Bible.

"Stunning but just right somehow," Ben said. "I never wanted a big wedding, but having it in their home makes it less formal. I feel like I'm part of the family."

Carolyn smiled. "The Garretts have a way of making a person feel that way."

William Garrett came over to greet them, accompanied by Emily and her husband, Jordan. "Welcome," William said. He shook Ben's hand as Carolyn performed the introductions, then he kissed Carolyn on the cheek. "Thanks for coming tonight. I hear you've had some excitement with your little girl, Ben. Hope it all turns out well."

Ben smiled, completely at ease. "Things are looking great."

"Fine." William lifted a glass of champagne for Carolyn from a passing waiter, and then one for Ben. Emily and her husband already had champagne, and along with William, they raised their glasses to Ben. "Here's to a healthy, happy little girl, Ben," William offered.

Tears jumped into Carolyn's eyes as she sipped her champagne.

"Thank you, William," Ben said. He nodded to Emily and her husband in recognition of their shared good wishes. "Thank you."

William nodded. "You young people head onto the patio. There's some mighty pretty decorations Gracie put up out there."

Then he left them to greet the next guests. Ben glanced at Carolyn, his expression grateful. "That was nice of him."

Carolyn smiled. "He's a great man."

"Lily is the calmest bride you ever saw," Emily told them. "Considering all the details she organized for this event, it's turned out beautifully."

They chatted for a few more minutes, and then the waltz music changed to Handel's Water Music. The guests, realizing the bride and groom would be entering soon, gathered inside the great room around the fireplace. Behind her, Ben lightly squeezed Carolyn's bare shoulders, as if he was more focused on her than the moment. She smiled up over her shoulder at him.

And then softly, beautifully, the music melded into a traditional wedding march. Cole appeared at the fireplace, along with Dylan as best man. The guests parted, and Lily walked between them, holding on to her father William's arm, smiling at her guests. Lily was radiant, Carolyn thought, her gown magnificent.

But more than that, it was the happiness in Lily's eyes that made Carolyn believe that perhaps marriage was something she still wanted, and had never completely given up on.

Though her heart still yearned for Ben, nothing had changed when it came to marriage. She couldn't have children, and he would want Lucy to have siblings. Lucy would love having baby brothers and sisters, after being so isolated by her illness.

Carolyn watched as Cole's gaze took in every inch of his beautiful bride, his eyes staring into her with pleasure, pride and love.

She would never admit it to anyone else, but Carolyn realized she'd give anything to have Ben look at her that way. With pleasure, pride and love.

Cole kissed his bride, and all the guests clapped.

And Carolyn told herself she'd done the right thing so long ago by letting Ben go.

Nothing had changed.

"LET'S HEAD to the patio," Emily said. "Ben, are you starving?"

"I could be persuaded to eat."

Emily grabbed Carolyn's hand And pulled her aside as the men started to fill their plates in the serving line. "You look sensational. Sophisticated, yet sexy. I told you that dress was the real you. And I noticed Ben seems very appreciative of it, too. The office girl goes glam,'' she teased.

"You look very sexy, too,'' Carolyn said, eyeing Emily's black ensemble. "I don't think Jordan has taken his eyes off you for more than ten seconds at a time.''

"I'm telling you, marriage is great if you marry the right man.''

Carolyn glanced at Ben, who was being chatted up by one of the many guests Carolyn had yet to meet. The woman was petite and dark-haired and very pretty, and Carolyn decided the quick tightening in her stomach meant she might be suffering a touch of jealousy. Then Ben looked up and smiled at her, a smile that said, "Excuse me while I'm being polite to her,'' and all her misgivings melted away.

"Thanks for giving me the shot of courage to ask Ben to come,'' Carolyn said to Emily as they filled their plates with cold shrimp, Chateaubriand filets, and other tempting food as they moved down the line. "I wouldn't have thought of it myself.''

"I wouldn't have dreamed of wasting that dress, Carolyn. It was made to be worn by you and admired and removed by a man who makes your cheeks glow like yours do. Hint. Hint.''

Carolyn felt a blush steal over her. Somewhat nervously, she glanced back at Ben and caught him staring at her bare back even while the petite brunette kept talking. She smiled at him, he smiled at her, and she turned back to Emily.

"Nice try, Emily," was all she said. Of course, lately she'd thought many times about making love with Ben, but even her dearest friend didn't need to know the details.

DYLAN MOVED onto the patio to get a breath of fresh air and gaze at the stars for a moment. His best friend, Sebastian Cooper, clipped his cell phone shut as Dylan stepped out.

"Business or pleasure?" Dylan asked Sebastian.

"It was Julie's father, Jeb. He wanted to know if there's been any progress in the search for Julie." Sebastian took a deep breath. "I hated telling him no."

Dylan shook his head in sympathy.

"I'm going crazy myself," Sebastian said. "Being here at this wedding tonight, it's beautiful and everything, but...it all reminds me of Julie, I guess."

Dylan didn't know what to say. What did you say to your best friend when he'd lost the one person he most cared about?

"Man, I even feel guilty about being here." Sebastian sighed deeply, looking off into the distance over the night-shrouded ranch land. "If she's alive, God only knows what she's going through, and I'm here, wining, dining. I don't mean that I'm not glad to be here, because you know I'd walk through hot coals to be at Lily's wedding. I'm just feeling down.''

''Go easy on yourself. Julie wouldn't want you to be unhappy.''

Sebastian squared his shoulders. ''I will be until she's found.'' His gaze moved from the distance to stare at Dylan. ''I don't even let myself think that maybe she won't be,'' he said, his voice quietly determined.

''Good man.'' Dylan patted his friend on the shoulder. ''You know I'll do all I can.''

''I know. That's one ace I've got in my hand, Dylan. I know you really care about Julie and me. The rest of the detectives and everyone else, we're just a case number to them.''

''C'mon,'' Dylan said. ''Let's go get you something stronger to drink than champagne.'' He led his friend inside, telling himself that somewhere out there under the Texas skies, Julie Cooper was going to be found.

BEN MET a lot of people he'd never met before—Max Santana, the ranch foreman, Gracie Fipps, the new housekeeper, Sebastian Cooper, and Cole's grandmother, Eve Bishop.

It was a lovely evening, but all he wanted to do was dance with Carolyn. He spirited her away from where she stood talking to a group of women, telling her, ''I can't wait any longer to dance with you.''

She smiled at him, gliding into his arms. "I've been waiting for you to ask. In a few more moments, I was going to ask you."

"And I would most definitely have said yes."

Leaning her face against his shoulder, she said, "How many times have you called to check on Lucy?"

He laughed, and they moved in time to the waltz, a seamless union of man and woman. "Only once, thank you, and she's fine. She wants me to bring her a flower from the bride's bouquet."

"After this dance, I'll go snatch one out before Lily tosses it to the crowd."

"I'd appreciate that. So how many times have you called Christine?"

"Once," Carolyn admitted.

"And?"

"She says she feels as if she's been run over by a golf cart. A little sore. But I'm to take time off my pampering duties to enjoy an enchanted evening with you."

"I'm beginning to really like your sister." He grinned down at her. "She seems to understand how much I want to be with you."

Carolyn looked away, overcome by a sudden shyness. Ben framed her face with one hand and looked into her eyes. "Don't go away, Carolyn. I have a confession to make."

She stared, lost in his suddenly serious expression. "I'm listening."

"The thought has occurred to me that this could have been us."

"Us?"

"If we had gotten married."

"I thought we agreed that—"

"I know." He turned her about the floor, holding her tightly to him. "I'm not regretting the past. I think we're both older and wiser, and more ready for whatever happens between us. It's just that it could have been us."

He leaned to brush his lips against hers, and she clung to his mouth a second past what he was expecting. "Somehow," he said, "I feel like you and I were never really apart."

She looked at him, her eyes wide and glistening.

"You're always going to be part of my soul, Carolyn. I guess that's what I'm trying to say, though maybe not too well."

"You're saying it quite well, as far as I'm concerned."

"It's not gratitude, either, Carolyn. You helped find my brother, and your sister has helped Lucy. But by clearing away some of my worries, I've had a little time to concentrate on what's missing in my life. And sometimes—"

"Ben, don't," Carolyn said quickly.

"Why not?"

"Because...because I—I'm—"

He put his chin against her forehead, holding her close. "Only putting on a brave front?"

"I think so," she whispered.

"Still afraid?"

"Being with you just seems too perfect. I want to hold it forever in my hands, but I'm afraid if I open my fingers the slightest crack, it'll sift right through."

"Okay," he said, although it wasn't easy. "Believe me, I understand."

They danced quietly for a while, lost in the pleasure of holding each other. He could hardly believe it when Carolyn gazed up at him and said, "Ben, take me home with you tonight. For just a little while."

INSIDE BEN'S HOUSE, he turned the lamp low and put on some soft music. He looked questioningly at Carolyn, who had placed the flower she'd taken for Lucy on a table and walked toward him.

They melted into each other's arms, dancing as they had at the wedding. Only this time there was no one to watch them, no social rules to observe. Eyes closed, Carolyn wrapped her arms around Ben's neck while his hands gently explored her bare back.

It was the closest she could remember being to heaven, Carolyn thought.

Their lips met in a mutual kiss that first merely gauged the answer to the question each was asking. For both of them, the answer was yes, and the kiss deepened, demanding more and giving more, the pleasure in it all the stronger for Carolyn because she could tell Ben felt the same degree of passion she did.

It was as if she'd stopped breathing, and had been merely holding her breath until he came back into her life. Running in place until he held her again.

"Carolyn?" Ben asked huskily, the unspoken question clear.

"Yes," was her reply.

He picked her up, carrying her to his bedroom in a sweep of hot-pink fabric. When he set her down, slowly unzipping the gown for her, he kissed the back of her neck. The gown slid in a whisper to the carpet. Carolyn turned to him, burying her face shyly against him.

"Don't be scared," he whispered as he picked her up to lay her on the bed. "You know me, and I know you. And that makes this moment perfect."

She helped slide his jacket off, and his tux shirt. As he leaned over her, bare and broad-chested, exhilaration rushed through her. He kissed her, his lips light on hers at first, then seeking her tongue and the inside of her mouth with deep, strong sweeps.

Slowly, he removed her demi bra. His eyes glowed as he stared at her. "You're beautiful," he told her, touching first one breast and then the other, so that the nipples stood erect. "Just like I remembered."

Not everything was as he remembered. Carolyn

olyn wants Ben to be happy, and she adores Lucy. Ben's been through enough losing his mother, so it was the least I could do. Good luck with the modeling career. You should do my talk show sometime. We could do a special on leukemia, and you could talk about all the information that's out there for people to access. It gives everyone hope when they realize that these types of things happen to celebrities, too.''

Marissa stepped through the door, clearly not certain what to think about Christine's unexpected offer. ''Have your agent call mine,'' she said awkwardly. ''Thank you.''

''I will. Goodbye.'' Christine waved, smiled and closed the door. Shaking her head, she looked at the pot of mums. Question asked, question answered, she thought to herself. She hadn't done anything for Marissa. Everything she'd done was for Carolyn, and the man and little girl she loved.

Sighing, she waited a few minutes, then took the pot of mums to the downstairs apartment, leaving it beside the door of an elderly neighbor of Carolyn's. Then she went upstairs and began to pack her bags.

''YOU CAN'T LEAVE! Not yet!'' Carolyn said, coming home that night to see her sister's bedroom bereft of strewn clothing.

''It's time for me to get back to the real world, sis.'' Christine patted the sofa so that Carolyn would sit down beside her. ''I'm all better now.''

''Christine! I know you said you were leaving, but

I didn't believe you. You're still sore. You're not 'all better.'" Carolyn didn't want to lose her sister, now that they'd grown so close.

"I'm much better than when I came here," Christine told her quietly. "I was running from a potential relationship I knew was bad for me, and I'm over it now. I've seen what you and Ben have, and I know what real love should look like."

"I don't know if that's what it is. He sent me beautiful roses today, but...I don't know."

"Speaking of flowers, Marissa dropped in to see me this afternoon. She brought me some mums, which I gave to your neighbor downstairs. She thanked me for what I did for Lucy, but I told her I really did it for you and Ben as well as Lucy."

Carolyn's eyes widened. "How can you be so brave? You just say whatever is on your mind, Christine."

Her sister laughed. "Talk is my gift, remember? Besides, I felt sorry for her. She's not one of those witchy women you just automatically want to kill because you can envision the imaginary knife they're holding to your throat. She's confused, a bit unhappy, not sure where the landing pad is in her life. She's pretty certain she doesn't want Ben, but now she's seen you two together, and her daughter's going to be part of your lives, and she's scared. At least that's what I got out of the visit."

"She told you all that? No wonder you have your own talk show!"

''No, she didn't say much of any of that. I read her mind.''

Carolyn stared at her sister. ''You told me not to try to read Ben's tea leaves.''

Christine patted her hand. ''This is different. Marissa is transparent, bless her heart. It's the old fable about the dog who's holding a bone in his mouth. He looks in the pond, sees another dog holding a bone, opens his mouth to grab the other dog's bone because he's greedy, and loses both bones. Marissa wanted it both ways—to have a full-time career and still have Ben and Lucy totally to herself. It's sad, little sister.''

''Some women manage to have both career and family.''

''Yes, but not when they love themselves the most.'' She hugged her sister. ''Her daughter has leukemia. She should have put Lucy and Ben first. Instead, she saw Lucy's illness as a reflection on her. Bad mothering, or bad genes in her perfect résumé, I don't know. It doesn't matter. But she doesn't love Ben. She's going to try to convince him in the next few days that they should be a family again, or something like that—I'll bet my lipstick bathrobe and feather mules on it. She looked so lost and unhappy. But don't you fall for it, because Ben won't.''

''Don't leave, Christine.'' Carolyn put her arms around her sister's neck, hugging her. ''I haven't gotten to spend nearly enough time with you. I didn't want to spend any time with you when we were younger, but I need you now.''

Christine laughed. "We'll burn up the phone lines and the Internet every night chatting about our love lives."

Carolyn gasped and pulled back from the hug. "You said you're not returning to Rasputin."

"I'm not." Christine shook her head. "I realized there were probably way too many souvenirs to catch if I took that particular trip. My soulmate is out there somewhere. It's probably best if I don't find him for a while, though. I want to get my tattoo after all, and I can't for a year."

"Heaven forbid you should find the man of your dreams before you make a tattoo appointment. Make it asap in case you find Mr. Right!" Carolyn couldn't imagine any man not wanting her beautiful, sexy and talkative sister.

"No, I have to wait in case Lucy needs me again. The nurse told me a tattoo would make me ineligible as a donor for a year. I'm willing to wait for a tattoo and a man."

"Why does the tattoo have to come before the man?"

"Because it's the way I have my life ordered. All the surgery and cosmetic things get done on the outside before I let anyone on the inside where my heart is."

"Christine," Carolyn said, shaking her head, "I'm not certain we come from the same mother sometimes. How come I'm so pragmatic, and you're so uninhibited?"

"We both dealt with our family situation the way we could. Just remember when you get married, the little ones soak up everything they hear and see." She patted Carolyn's hand. "For that fact alone, you could be better for Lucy than Marissa is, no matter how much she may try to convince everyone otherwise. She and Ben were not happy together. He's crazy about you. You remember I told you that when I'm gone."

"Don't go, Christine," Carolyn pleaded. "Just when I needed a sister the most, you popped into my life."

"Well, it's good that I made up for letting you down when you had your hysterectomy. I should have been here, Carolyn, and I make a solemn promise never to let you down again."

A knock on the door shattered the quiet, and Christine got up to answer the door.

Ben stood on the other side, bearing Chinese food. "Can I take up space on your sofa for a while?"

CHAPTER FIFTEEN

"COME ON IN," Christine said. "We like Chinese food."

Carolyn came to take the bag of food from Ben. "Roses and Chinese food in one day."

"This man knows how to romance a lady." Christine grabbed plates and glasses from a cupboard. "And her sister."

"I know Marissa came by to see you today, Christine. I hope that was all right."

"It was fine with me. It was charitable of her." Christine helped Carolyn set the table, and Ben set the food down. "How's Lucy?"

"Having a bit of a down day. Marissa's with her now, so I thought I'd come over here and check on the patient. Although you don't seem like you're a patient any longer," he observed.

"Nope. I'm going home tomorrow, as a matter of fact. If you need a place to stay, there'll be an empty room."

Carolyn jumped. "Christine!"

Ben shook his head. "I've already taken some stuff over to a hotel that's close to the hospital. But thanks."

The three of them sat down. Carolyn lit small tea candles in brass holders. "I guess I've caused some problems for you."

"No." Ben shook his head. "No problems at all. Marissa and I felt comfortable with the arrangement we had so we could give Lucy as much time with both of us as possible. Now, hopefully Lucy is going to be on the mend."

"I was telling Carolyn that I just know my marrow is the closest thing to Superwoman's. Supercharged with good health." Christine smiled and dug painted wooden chopsticks into a box of rice. "Ben, when could Lucy conceivably leave the hospital?"

"Maybe in early October. We'll have a better idea after a couple of weeks. With luck, days like today will get further and further apart as she gets stronger." He sighed, helping himself to almond chicken. "She's been through a lot."

"You all have."

"Did you ever hear anything else from your brother?" Carolyn asked.

"No. I didn't expect to right away. I imagine Ryan's got a lot going through his mind right now, same as I do. I'm in no hurry, and I doubt he is, either. After this many years of not knowing each other, what's a few more weeks?"

Carolyn and Christine stared at each other over their plates, not saying a word.

"Did I say something?" Ben asked. "Something meaningful that I'm not aware of?"

Carolyn was so grateful that she and Christine had the time to finally get to know each other. Of course, she had known Christine all her life; they'd just never been close. Ben's and Ryan's lives were totally different. "No, Christine and I have just enjoyed our time together so much that we're glad we didn't lose any more apart. But your circumstances are far different, Ben."

"So what's the big rush to get back to New York, Christine?"

"Work. I've got to earn a living."

"Maybe I should have fixed you up with my brother while you were here."

Carolyn smiled. "Oh, the implication is that she needs a Texas man to keep her here?"

"Would it?" he asked Christine. "Or are you strictly a career woman like Marissa?"

Christine and Carolyn glanced at each other again, their expressions worried.

"Now what did I say?"

Carolyn figured now was as good a time as any to mention exactly what was worrying her most, while she still had her sister to help her be brave. "When Marissa was here today, Christine felt she was trying to tell her that her place was here in Texas. With Lucy. And with you."

BEN RETURNED to the hospital, amazed by what Carolyn had told him and determined to talk to Marissa about it. Never once in their marriage had she ever made any pretense of wanting to be in Texas for his sake. He'd met her while she was on a modeling assignment, for heaven's sake. Texas was not her home; California was. Why would she try to let Christine think otherwise?

He walked down the corridor and entered Lucy's room, pleased to see Marissa asleep on the bed, her head on Lucy's pillow as she reclined next to her daughter. Marissa was beautiful. Their daughter would have the same facial features once the puffiness from chemo and the transplant had passed.

But Marissa had never told him she would stay at his side in Texas, and he had never asked her. He had understood that her job involved going where the photo shoot was. He had just believed that though they might occasionally work in separate places, their hearts would stay as one. And then Lucy had come along, her existence forever sealing the bond with Marissa.

Lucy opened her eyes, smiling the instant she saw her daddy. She put a finger to her lips. "Sh," she said. "Mommy's sleeping."

His heart stung. It wasn't Lucy's fault that he and Marissa no longer loved each other; she loved them both, in spite of the faults they each possessed.

"She's tired after her late flight in last night," Ben said, proud of his daughter's consideration of her mother. "You're a big girl to be so sweet to your mother."

"I like having her here. I wish she didn't always have to be gone."

He nodded. "I know."

"Do you think she'll stay with us longer this time?"

His heart tightened in his chest. How could he tell her that everything had already changed? He was no longer staying at the ranch house; they would never again wake up sharing the same home as a family.

All because of his feelings for Carolyn.

It wasn't fair to Lucy to make her sad now, not while she needed everyone who loved her to help keep her happy and strong. She almost never cried. He couldn't bear it if she cried over pain he might cause her. "I don't know," he said finally, opting for the passage of time to help him formulate an appropriate reply to his daughter's question.

Marissa's eyes opened slowly, her head popping up as she realized Ben was in the room. She smoothed her hair down. "You're back," she said. "That was quick."

He'd told her he was going to Carolyn's. "Yeah. Just Chinese takeout." Scratching at his chin uncomfortably, he said, "Can we talk for a minute?"

"Sure." She slid off the bed, giving Lucy a fast kiss. "Do you need anything?"

"No." Lucy grabbed her stuffed pony and closed her eyes again.

"We'll be right outside your door. Call us if you need anything," Marissa said.

Ben followed his ex-wife from the room. He watched her for some sign that she was still harboring feelings for him, but she seemed the same as she had since their divorce. Civil, self-possessed, comfortable with the status of their relationship. "Did you mention to Christine that you intended to stay here in Texas?"

"Well, yes. I told you I was out of work." Her eyebrows rose. "Where else would I be between shoots besides with my child?"

That sounded reasonable to him. It was exactly the way he would hope she would feel; Lucy needed her mommy and her daddy. "It's just that, I think she thought you meant that maybe you meant to stay with me."

"We're not staying together now," she said softly. "You're staying wherever, and I'm at the house. Is there a problem?"

"I don't think so."

She sighed. "Let me tell you something, Ben. I understand you're in love with someone else now. Both of us moved on in our lives. But there's still Lucy, and Carolyn and Christine are just going to have to understand that I'm part of her life. It skews the picture a little, maybe, of Carolyn stepping into my shoes, but that's not my problem. I'm Lucy's mother, and I always will be." She took a deep breath. "And if you or anybody else took my absence to mean that I don't care about my daughter, there needs to be some second thought put into judging me.

I never said I would handle my daughter's illness gracefully. Where you needed another woman to shore you up, I've relied upon myself, and just because I haven't always been here, I also don't expect to be labeled the evil witch because of it.''

He stared at her. ''I don't think anyone thinks that.''

''It's what has been implied. Marissa the bad mother doesn't deserve to be with her daughter because she doesn't fit other people's idea of what a mother should be.''

He put his hands on her shoulders. ''Marissa, stop. Let's not fight. I'm not upset. I'm just asking what your intentions are now.''

''To stay with my daughter, which is the same as always when I'm not working.'' She turned and went into Lucy's room with a last resentful look. She startled him by stepping back into the hall. ''Perhaps I'm not the inconvenience, Ben. Perhaps it's someone who hasn't been part of our arrangement, which has worked very well for us up till now.''

She marched back into the room. Blowing out a long breath, Ben followed her. ''I would never want anyone to take your place as far as Lucy's concerned, Marissa.''

They both looked at their sleeping daughter.

Marissa's eyes glistened as she gazed back at him. ''It's just hard, Ben, knowing that nothing's going to be the way it was.''

He sat down next to her in a hospital chair. "It's not Carolyn's fault."

"I know. I tell myself that. And still, I can't help feeling that she's an interloper. Then I get mad at myself, because I'm so damned grateful for all that she's done for us, for Lucy." She started to cry. "To make it worse, I feel betrayed somehow. When we hired her to find your brother, I never dreamed she'd find your bed, damn it. I tell myself it doesn't matter, but I trusted her. I know that doesn't make sense. We're divorced, what we do in our private lives is separate from the extended family we keep for Lucy's sake. This isn't a soap opera, you know, where the manipulative bitch tries to keep the man away from the woman he loves. I want you to be happy, Ben. I just didn't ever envision that your happiness would mean I'd get moved to the side in this way."

Theirs was such a tangled mass of feelings that he wasn't sure he could address her main concern. He handed her a tissue, and then, because he truly did care about her and she'd been through as much as anyone with Lucy's illness, he held her head against his shoulder, rubbing her arm consolingly.

All he knew was that he cared about Marissa—but he'd fallen back in love with Carolyn.

And he couldn't help wondering how that would affect Lucy right now, when she needed everything ideal to help her get well.

Marissa was right: They had forged a relationship that had worked all through Lucy's illness. Had he

justified making love with Carolyn by telling himself
that Lucy was going to get well now, so he could
move on with his life? Had he only justified his actions to satisfy his conscience?

Deep in his heart he knew that he was the one who
was changing the status quo by falling back in love
with the woman he'd never forgotten.

Never.

THE DETECTIVE who stood in front of Carolyn's desk
shook his head at her. "I understand, Miss St. Clair,
that the journal you described would have had several
of these notations. We were unable to locate it. It
would be best if you could go with me and show me
what it is we're looking for."

Carolyn wasn't keen to go back to the stuffy, depressing house. But she owed it to the other people
whose names had been in that journal. Her conscience
wouldn't allow her to forget that there were other
families whose lives had been forever altered by the
Bentons.

She stood, nodding. "If you think it would be helpful, I'll go with you, Detective Kern."

They went and got in his car. Carolyn tried not to
think about how disquieting it would be to see Mrs.
Benton again. She had truly thought her involvement
in this case was over. "How did Mrs. Benton respond
when you were at her home?"

"She doesn't respond," the detective replied. "Her
health is a factor. I didn't speak to her except to in-

troduce myself. Then I went to find the journal. When I couldn't, I asked the caregiver if she knew anything about it. She said she didn't, so I figured it was best to come get you.''

An hour and a half later, Carolyn was once again at the Benton house. She got out of the car, allowing the detective to precede her onto the porch. He rang the doorbell, and the caregiver came to the door.

''You're back,'' she said flatly.

''We need to look around once more,'' he informed her.

She gave Carolyn a look that said only too clearly that she thought her nothing but a troublemaker. But she stepped back from the door and disappeared down the hall.

The detective shook his head. ''This woman has been less than helpful.''

''I guess her loyalty is to Mrs. Benton.'' Carolyn went into the office and looked by the cabinet where she'd left the journal. It wasn't there.

But that didn't mean anything. Carolyn had suspected that Mrs. Benton had purposely put the journal in a place where she would easily find it. She began opening the file cabinets, and the detective searched through desk drawers.

Thirty minutes later, she had to concede that the folder wasn't going to be easy to find. Nor had she found anything in the doctor's files that gave proof of his illegal activities.

With some concern, she glanced up at Detective Kern. ''I can't find a thing.''

''That's why I brought you out here. There's absolutely no evidence to corroborate your claim that Dr. Benton was engaged in selling babies.''

''I'm going to go talk to Mrs. Benton,'' Carolyn declared.

He shrugged. ''It's like talking to a wall.''

She already knew that. But she also knew that Mrs. Benton could have stunning reversals when she wished.

Down the hall, she found Mrs. Benton and her companion in their usual places in front of the TV. Mrs. Benton ignored her as she knelt beside her chair. ''Mrs. Benton,'' she said.

The doctor's wife didn't turn her head toward Carolyn, didn't blink. She remained lost in the TV. Carolyn glanced toward the other woman, who was knitting, but she didn't look up. ''Mrs. Benton,'' Carolyn said again, more softly. ''Do you remember me? I'm Carolyn St. Clair.''

There was no answer.

''Where is the journal, Mrs. Benton?''

Mrs. Benton blinked but didn't respond.

''The best thing you could do to make up for the past is to let the other nineteen people know who they really are,'' Carolyn said, her tone cajoling. ''There may be other people who are lacking something in their lives because they don't know their own flesh and blood. It's very hard when there are pieces missing in a person's life.''

The older woman turned to look at her, and the expression in her eyes was chilling. ''My whole life was a missing piece.''

''Then you know I need to give the journal to the authorities.''

''That journal is hidden where you'll never find it. But you got what you wanted.''

''Yes, I did. Ben found his brother. He wasn't a match for Lucy, but in the end, he and Ben will at least have a chance to know each other. My sister, whom I never was close to, was a match for Lucy, and it brought us very much closer together. I would be missing that piece of my life if I'd never known Christine as my sister.''

Mrs. Benton stared at her. ''Christine St. Clair is your sister?''

Carolyn nodded.

''I watch her talk show.''

She didn't say anything, merely waited to see if that would help her case with Mrs. Benton.

''I'm not giving you the journal,'' Mrs. Benton said, her voice so low Carolyn doubted even the caregiver could hear. ''I said that I had to atone for the past, and I gave you the information you needed so that sick little girl could be helped. But you weren't supposed to go to the authorities. I told you I was never going to jail. But it's not just me, it's my husband's reputation in this community. I may know what he did, and you know what he did, but why should all the work he did that was good suffer after his death? Some of his work *was* for good." She shook her head at Carolyn. "I told you not to come here again. You got thirty minutes to find what you needed. I don't want my story spread all over TV talk shows and the nightly news, either."

Carolyn gasped, realizing that mentioning her sister had an effect she couldn't have anticipated. "I wouldn't give the information to Christine. She doesn't do that kind of show."

"It doesn't matter what you say now. You went to the authorities. My husband's reputation could be harmed, because I don't know what you'll do if you get desperate to find someone. Having your sister talk about this on her show seems the next logical step to me."

Carolyn blinked at the elderly woman's convoluted reasoning.

"You just don't understand," Mrs. Benton stated. "I never could have children of my own. The doctor and I...well, it caused a lot of problems in our marriage. He couldn't make me conceive, or I couldn't. That was before all these fancy tests and procedures people can do now to determine where the problem lies. Sperm counts. Ovulation tests, even," she said, dismayed. "Do you know how upsetting it is to see that other women can simply walk into a drugstore now and buy a cheap test that can tell them when they're most fertile? No charting. No making yourself lie still when you think you're not ripe. No forcing yourself to let your husband touch you when you think you are. And if a woman wants a child, she can go have it implanted. Implanted, like it was a hybrid fruit tree in a garden!''

She gave Carolyn a look that was angry and intense. ''I suppose one day you and that Mr. Mulholland will have your own children.''

''Actually, no—''

''Oh, yes. It was clear how he felt about you by the way he looked at you, as if he were afraid something bad might happen to you in my home. The way he touched you so protectively. His very posture shielded you from harm,'' Mrs. Benton snapped. ''*You'll* have *your* children. Why do you have to come back here and stir up unhappy memories for me?''

Carolyn swallowed, her pulse racing as her skin broke out in uneasy perspiration.

''Let me tell you something,'' Mrs. Benton said, her voice deadly quiet. ''All those children I held in my arms as my husband drove to find them new homes, they were not my children. They meant nothing to me. *Nothing.*''

Nausea swept Carolyn.

''They were not my flesh and blood. I held them, but they never meant anything to me. It's a waste of time and energy for a female to raise another female's child, an orphan. The child will never be hers. Males are even more ruthless. To survive in the wilderness, animals raise only their own because it's counterproductive to expend energy raising other gene lines. You remember that.''

''A child is not an animal,'' Carolyn said hoarsely.

''The child will never be hers unless she bore it,'' Mrs. Benton insisted.

The light dimmed from her eyes. She turned back to watch the television, just as the detective walked back into the room.

''Did she talk to you?'' he asked.

Carolyn stood, trembling. She rubbed her arms to chase away the shivers running over her body. ''Not about what I wanted to know.''

BACK AT HER OFFICE, Carolyn sagged behind her desk and hid her face in her hands. Of all the things for Mrs. Benton to decide to speak about, she hadn't expected her to highlight the deficiency in Carolyn's own life. She'd said not being able to have children had caused strain in her marriage. Clearly, it had caused more than strain. Mrs. Benton had used her childlessness to separate herself from the criminal activity she and her husband engaged in.

The child will never be hers.

Carolyn shuddered. Lucy would never be hers— she had always known that. It was a fact Mrs. Benton hadn't needed to underline with her frightening words. Lucy had a mother and a father who loved her. No one else was needed in the parent-child connection.

Her breath caught inside her as she faced the uncomfortable truth. Christine had mentioned her being a stepmommy to Lucy; even Carolyn had been warmed by the thought. But now that Marissa had returned, a shift had to take place in the sweet daydream Carolyn had held to herself.

WHEN THE OFFICE door opened and Marissa walked in, Carolyn remained very still in her chair. There was only one reason Marissa would come to see her, and it had to do with Ben and Lucy.

"I think it would be a good idea for us to talk," Marissa said quietly.

Carolyn's heart began to pound. "All right. Please take a seat."

Marissa shook her head. "I'm very grateful for your search for Ben's brother. I'm more than thankful that your sister donated to Lucy." She took a deep breath. "I'm aware that my husband is in love with you."

Carolyn noticed the use of the possessive term, her heart sinking.

"I was always aware that Ben did not love me the way he loved you. Granted, he didn't talk about you. But I found your letters to him, and other things he'd put in a box. And I read every one. So there's nothing I don't know." Marissa stared at her, plainly uncomfortable but determined to proceed. "I found it easier to keep my modeling career going in case our marriage never worked out. We struggled through a lot, and over time have come to a better place in our relationship than we've ever been.'' She took a deep breath. ''I wasn't crazy about coming to you for help in finding Ben's brother. I told Ben we could hire someone else. But he wanted to go with his mother's suggestion. In the end, I could only hope that your close relationship with Eileen would encourage you to help us, and that the old flame wouldn't come back to life.''

She raised her eyebrows at Carolyn. ''No woman wants to keep a man who doesn't love her. I'm perfectly willing, at this point, to try to put aside my feelings about you and my husband. It's not, as I've said, that Ben and I had a grand, lasting passion in our marriage. However, I want you to know that Lucy is a far different matter. As much as I appreciate what you and Christine did, I will never go quietly from this picture. Lucy is my daughter, Carolyn. She grew inside me. I may not be your definition of a good mother, but she is my child. And until you hold a child inside your body, nourishing it and feeling it come to life, you won't understand why I have to let you know that the place you are seeking in Lucy's life will never be yours.''

CHAPTER SIXTEEN

"I DIDN'T KNOW what to say to Marissa," Carolyn told Emily as they sat in Carolyn's apartment. "All I knew was that my heart was breaking, yet I couldn't deny a word of what she was saying. Everything she told me was valid—and the last thing I'd ever wanted to happen."

Emily sipped her tea as she settled into the sofa. "I'm just glad the hot-pink dress worked its magic. You'd never know if what you and Ben had before was still alive."

"In a way, that makes it harder." Carolyn curled her legs up underneath her, wishing the sick feeling in her stomach would go away. "I'm the part of Ben and Lucy's lives that they don't need anymore. I don't have a place."

"You know they love you."

"I know that Lucy likes me a lot. I don't think she's capable of loving anyone except her immediate family right now, and that is as it should be. She wants her mommy, and I want her to have her mother. Marissa simply reminded me of my place, which is on the outside looking in. She has a sick little girl to protect."

"She has herself to protect."

"That, too. I can't expect her to be happy about Ben and I making love in the house she thought was hers. They have a relationship which works, and I've thrown a wrench into it. Ben hasn't called me in two days. I know he's busy, and I understand he's got a lot he's trying to take care of, but I can't help thinking about him and Marissa."

"They're divorced," Emily pointed out.

"You're married now, Em," Carolyn said quietly. "You know that there are some places in a man's heart where a woman always wants to live."

"I wish you wouldn't be so sympathetic to Marissa. He is not her husband, as much as she is trying to kid herself that he is. They would have moved apart a long time ago if it hadn't been for Lucy's illness."

"I can't help feeling like I'm trying to steal Ben from two people who love him." Carolyn blinked, realizing the distress she was feeling was because she'd rather give him up than cause Lucy pain. "You know, Emily, I'm not exactly Miss Nice. And it's not that Marissa was being Mrs. Mean. She was very calm, and very respectful, not demeaning or harsh in any way. I'm not upset that she stated her feelings to me. Because you're my best friend, you see me as some kind of crushed delicate pansy. The truth is, while she was being very upfront about her feelings, I was hiding mine."

Emily shrugged. "What were you supposed to do? Get into an Oprah-style emotionfest?"

"No, but all kinds of bad feelings took hold of me. I was embarrassed, then I was ashamed, then I was afraid because I knew everything she was saying had merit, and I didn't want my heart broken. Halfway through her speech, I wanted her to simply disappear in a puff of smoke. Then I knew I was being mean, because that wouldn't be fair to Lucy. I have to admit I probably wished a few pimples on her." Carolyn shuddered. "Now you know the truth. Faced with all that cool beauty, I did wish her complexion wasn't quite so porcelain."

Laughter met her words. "Carolyn, thank you for being human. Sometimes I worry about you."

She smiled, relieved that her friend didn't think ill of her. "Well, damn it, Emily, it's hard not to feel a little sorry for myself. Just when I thought I might have a chance at something wonderful with Ben, it all turned inside out." Biting her lip, she lowered her gaze. "The thing is, I even told him my deepest, darkest secret, the reason I'd broken off our engagement. And you know, he was so sweet to me, Emily. He kissed away my fears. I mean, really kissed them away. All of a sudden, I began to think that just maybe…maybe it didn't matter about what I couldn't give him."

"Carolyn, one day you have to accept just how wonderful Carolyn St. Clair is. You don't always have to be making up for flaws. I know that your relationship with your parents and sister made you strive for perfection. But you're going to have to let go of it. If Ben and you don't work out, it won't be because you weren't good enough for him. It will be because it wasn't the right time, the right place, the right circumstances. And that's all beyond his control and yours. But I don't think it has anything to do with how he sees you as a woman."

Carolyn remembered the shivery sensation of Ben kissing her scar. And loving her deeply. "He did give me a gift I'll always have," she said softly. "He made me believe I was beautiful."

"And you gave him a gift he desperately wanted more than anything. You found him a donor. Carolyn, maybe the relationship can't be the usual march-to-the-altar one in fairy tales, but isn't it nice to know that no matter what, you both gave something to each other that no one else can take away from you?"

BEN STARED at his ex-wife. "Why did you go see Carolyn?"

"I wanted her to understand that only I will be Lucy's mother. The two of you have grown very close, but I feel distinctly ill at ease. Lucy is the good part of what I got from our marriage, Ben. I'm not thrilled to know that you were easily led to replace me in her affection."

"I don't think I did, Marissa. Lucy needs all the people caring about her that she can get."

Lucy opened her eyes, searching for both of them

and not relaxing until she realized her mother and her father were at the foot of her bed. "Hi, Mommy. Hi, Daddy."

"Sweetheart." Ben moved to Lucy's side and kissed her cheek. "Did you sleep well?"

"Yes." She glanced at her mother. "Are you staying long this time?"

"I'm staying," Marissa told her, with a meaningful look at Ben. "And you'll be feeling much better before you know it."

"Yeah." Lucy closed her eyes again. "I want to play with my pets. And I want to sit up and watch movies together. And carve a pumpkin when it's Halloween. It's next month, the nurse told me. Maybe I'll be out of the hospital by then." She opened her eyes to look at them. "'Member the pumpkin face you carved last year, Daddy?"

Ben smiled at her. "Yes, I do."

"Mommy drew the face, and you cut it out. And then we all went trick-or-treating." She took a deep, labored breath. "I want me and Mommy to be matching princesses again this time."

"Okay, sweetheart." Ben kissed his daughter's cheek, and Marissa leaned over the bed rail to brush her hair back and kiss her, too. "You rest, now."

Lucy closed her eyes as if her eyelids were too heavy to lift.

Ben stared at Marissa. She gazed back at him calmly.

The family tie was too strong to break. It had to stay in one piece to keep Lucy strong.

BEN COULDN'T HIDE from his responsibility any longer. He would give anything to hold on to his own dream, but the fact was, he'd already bartered with the miracle gods to find a cure for his daughter. That dream had come true.

Greedily begging for too much could cause them to rescind what they'd given.

His hand strayed to the phone, then retreated. Steadfastly, then, he forced himself to dial Carolyn's number.

AN HOUR LATER, Ben was at Carolyn's apartment. He could tell by the look on her face that she knew why he'd come. She didn't ask him to come in, and he didn't request it. He felt frozen in place, unable to move his feet to step inside the doorway. "I'm so sorry," was all he could say. "I'm so sorry."

She looked down before nodding. "Ben, you have to do what is best for your family. And I understand that."

He didn't want her to understand. *He* didn't want to understand. The stark truth was too painful, and he wanted to rail against it. Her slight shoulders quivered under her pajama top. She wore no makeup. The rich auburn hair he loved to bury his face in was pulled into a ponytail. Full, rich lips beckoned him to kiss her.

He didn't have that right. Shakily, he made himself focus on her large, sad emerald eyes. "I just want you to know that when we made love, it was the most wonderful thing that's happened to me in a long time." He drew a ragged, constricted breath. "In a long time."

Her smile was small and shaky. "Me, too."

"You gave me hope to hang on to when I had no hope, Carolyn. You'll always be part of my life in some mysterious way that even I'm not sure I understand. You just are what you are to me, and no one else can ever touch that part of my soul."

Tears jumped into her eyes. "Go, Ben, please. I'm going to cry, and I want to do it alone."

"God, I'm so sorry, Carolyn—" He broke off, wanting to put his arms around her and comfort her, but not daring.

"Don't be. I want you to be happy. Most of all, I want Lucy to be well. So it's best if you give her what she needs now." She looked at him, tears filling her eyes, and slowly started to close the door.

He couldn't help it. His hand shot out to hold the door open the last foot before it closed. "I'll never forget you. Please don't ever forget me."

She shook her head at him, the tears spilling down her cheeks now. "Never," she said.

CAROLYN LOCKED the door, her emotions ripped from her like stuffing from a rag doll. She ran down the hall to her room, throwing herself on her bed, burying her cries in her pillow. She let herself have a burning, draining release of pain, then she rolled over on her back to stare at the ceiling.

The only time she had experienced this much pain was when she'd broken off the relationship with Ben before. Pain came and went in life, but this was excruciating, the tearing of one soul from another. It didn't feel any better this time.

It seemed her dream was doomed never to come true.

And yet, she couldn't say that she hadn't known the possibility for her and Ben to be together was slight. He had an ill daughter who needed her family. Carolyn might have been instrumental in helping them find a happy resolution, but the cure was long and difficult. Lucy would be in the hospital for four weeks just from this treatment. The little girl needed her very own tight circle of love protecting her.

Carolyn did not fit into that circle. She couldn't even visit Lucy now that she'd had the bone marrow transplant for fear of infection.

But oh, how wonderful the dream had felt while it lasted.

BY THE TIME a week had passed, reality set in. Carolyn hadn't expected to hear from Ben again, but she couldn't stop herself from listening for her phone to ring, hoping it would be him. The roses he'd given her wilted and turned brown, so she finally surrendered them to the trash. The sexy hot-pink evening gown she took to a charity resale shop. It was too difficult to look at the dress and not remember the most wonderful evening of her life.

She went back to work with a fervor, clocking in early and working late.

Lily returned from her honeymoon, delighted that everything in the office had run like silk. "You're amazing," she told Carolyn.

"That's what I tell her," Dylan agreed, tossing a stack of papers onto the desk. "It's like having two office assistants for the price of one."

Flush with happiness, Lily said, "I'm almost thinking you work too hard, Carolyn. Shouldn't you be getting out more, having a life of your own?"

"I'm happy. And I charge Finders Keepers for the overtime."

Dylan shrugged. "It's worth it. Your work on the baby files led to a number of inquiries. Too bad the journal never turned up."

"I doubt anyone will ever see that journal again." Mrs. Benton had been prepared to protect her husband's reputation at all costs.

"Well, the article in the *San Antonio Express-News* about the agency's work on the case has been a draw," Dylan said. "Not to mention that the drive for marrow donors has been successful. The agency's ad brought us other inquiries we might never have gotten if we hadn't put it out there. You've created your own workload, Carolyn."

She stood. "That's fine. I want to stay busy." Slipping her purse over her shoulder, she prepared to leave. "If there's nothing else you need from me tonight, I think I'll go."

Lily nodded. "See you tomorrow."

Dylan watched as Carolyn walked out the door, her red suit crisply professional, her expression fixed pleasantly on her face.

"She's not herself," he observed.

"I agree." Lily looked at her twin. "She's turned into Robo-Assistant."

Dylan raised a brow. "I'm sure there's some advantages to having a robot in the office, but right now, I'd like the old Carolyn back."

"I don't know how we can help."

"Carolyn did tell me that Ben's ex-wife will be staying around so their daughter will feel secure while she recovers. I guess that means whatever was flaring up between Ben and Carolyn has come to an end."

"Poor Carolyn," Lily said.

"I warned her about getting romantically involved with a case."

Lily eyed him with a raised eyebrow. "If I'd followed that policy, brother dear, I wouldn't be the new and deliriously happy Mrs. Cole Bishop. Besides, are you taking your own advice when it comes to personal involvement in a case?"

Dylan shifted under her gaze.

"How *is* the hunt for Julie going?" she asked, her voice knowing.

Dylan blinked.

"Just trying to keep you humble," she teased.

"Thanks for your overwhelming sisterly concern."

But she had a point.

CHAPTER SEVENTEEN

TWO WEEKS LATER, Ben was sick and tired of staying in a hotel. But he was determined that while his daughter was in the hospital, he would remain close to her. After all, Marissa was in his house, so the felines and canines were cared for.

He wasn't about to give in to the emotional warfare he felt she'd waged on Carolyn. Not that he didn't understand how Marissa felt. But the two of them were not going to live under the same roof again—ever. Especially not while Lucy was in the hospital. There was simply no reason for him to stay in the house—not when he couldn't stop thinking about the heartache in Carolyn's eyes when they'd said good-bye.

It wasn't that he was angry with Marissa. He just didn't want to revive that part of his life again. He'd found happiness, and it wasn't with his ex-wife.

The thing was, he knew she was no happier than he was. Marissa in domestic mode was a terrible thing to witness. She despised it. There was nothing glamorous about keeping a house clean, nothing attention grabbing about grocery shopping. Without a job in which she was the star, she was withering like a plant starved of sunlight.

She loved Lucy, he knew that. But Marissa wasn't cut out for domestic life. He'd always known that. It was painful watching her try to tie herself to something she didn't naturally enjoy.

Carolyn was much more the type to enjoy hearth and home.

He wouldn't allow himself to think about Carolyn, though. There were only so many times a man could lose the woman he loved before his heart just dried up. If he'd learned anything in Africa, it was that he was damned lucky. Life held many strange twists, most of which were beyond human control.

It was better to understand one's blessings, and one's limits. He wouldn't let himself think about Carolyn.

Often.

CAROLYN WAS EATING at Perk at the Park with a new client, a man named Firth Dunlap, whose case Finders Keepers was tentatively exploring. Dylan was at the library, but he was expected anytime. In the meantime, she was supposed to get preliminary details from Mr. Dunlap.

The problem was, the coffee bar was a place she associated with Ben. She felt uneasy, assailed by memories. It was hard to keep her concentration on the client.

A moment later, Marissa and Ben walked over to

a table, and Carolyn's stomach felt as if it dropped. They saw her the moment she saw them, so they had no choice but to exchange pleasantries.

Carolyn could feel Ben's gaze on her, as well as Marissa's. Her skin tingled. "Mr. Dunlap, this is Ben Mulholland and, and—" She drew a blank. Did Marissa still go by Mulholland? She didn't know. It didn't sound right. Glancing up at Ben, she held his gaze. "And Marissa," she finished on a rush, hoping no one would notice her faux pas.

Firth Dunlap smiled. An older man, he was comfortable in his own skin. "You have a beautiful wife," he told Ben.

Ben said nothing, his gaze on Carolyn.

She felt ill. Never had she wanted to escape from a place so badly. Marissa and Ben moved back to their table, and she went back to listening to Mr. Dunlap, but her focus was shot. It was all she could do not to glance over her shoulder and see where Marissa and Ben were seated, how close they were, whether they engaged in easy conversation.

Does Ben ever glance at me?

To turn around and look would expose her vulnerability. She wasn't about to give Marissa that satisfaction. She must carry on as if whatever had existed between Ben and herself had never been.

BEN THOUGHT he was going to go mad watching the woman he loved have lunch with a tall, distinguished older man. Carolyn had been through a lot in her life.

She deserved someone who would take care of her, support her emotionally. He understood that.

But he wanted to be that man.

Yet, he had mainly taken from her. If he thought it through rationally, he had come to her with a request. She had more than fulfilled it. Not only had she found his brother, she'd also found his daughter a donor.

It wasn't as if he'd given her a lot in return. He'd leaned too much on Carolyn, when she had enough of her own pain.

Why hadn't he told her how much he loved her?

Firth Dunlap laughed at something Carolyn said, and Ben bowed his head. If she'd found a man whom she could lean on, who had strength to give her, then he, Ben, would be happy for her.

He would make himself.

"YOU NEVER STOPPED staring at her," Marissa said after they'd left Perk at the Park. "I know you love her, Ben, but…I'm scared. I remember that you said you were running from a love gone wrong when you met me. And I can't help wondering if I ever had your heart at all. Or if it was Carolyn all along."

He shook his head. "Marissa, you occupy a very special part of my life. Carolyn was my first love. I didn't mean to upset you. I didn't realize I was staring at her. I apologize."

"It's not that I'm angry," Marissa said softly. "Or jealous. I understand that we'll never be a family

again. I guess I just want to know that I have some-
place in your life. Somewhere for me, when...you
know.'' She smiled, but it was uncertain. ''When my
looks fade, when my body goes. You knew me when,
so to speak.''

He stared at her. ''Marissa, you're a successful
model. Why would you need me for a security blanket? There must be many men out there who would
jump at the chance to date you.''

''Yes, but I have a child with you. There's something about you, Ben. I've never experienced that
feeling of security with anyone else I've met. And
though I realize that marriage is more than a security
blanket, I always thought you and I would have something that was just ours.''

''You mean, you thought you'd come back to me
after the camera didn't love you anymore?'' he asked
incredulously.

''It's not as selfish as it sounds, Ben. There's something about you that loves a woman in spite of her
faults, in spite of her imperfections. I always feel
beautiful with you.''

''Are you here because of Lucy, or because of your
career?''

''I told you I'm between jobs,'' she said carefully.

He nodded. Yes, she'd told him, but he hadn't
thought it was permanent. It sounded as if Marissa
believed her career as a model was finished. ''Marissa, you were never happy being a housemom from
what I remember.''

"It's hard to be happy when there's no one to take care of. I think it will get better when Lucy comes home. Will you come back then?" she asked, her voice somehow desperate.

"I don't know. We are divorced, and...I really hadn't thought that far ahead. Mainly, I just think about getting Lucy well."

Marissa sighed, her delicate lips turned downward. "I knew that when I saw how you couldn't take your eyes off Carolyn. Whatever it is that you feel for her, it's different from anything you ever felt for me."

"You're special to me, Marissa. You're the mother of my child, and that will always be important to me. But I'm a teacher and a rancher. I'm not cut out for bright lights and big glitzy cities. When Lucy's better, I'll go back to teaching. I want to show her how to barrel race when she gets well enough."

She shuddered. "I'm not much for horses."

He grinned at her. "Marissa, I know. You're not much for country living, being a housewife, or PTA meetings. Why is that a bad thing?"

"I don't know. I want to be a normal mother for my child!" Tears gathered at the edges of her mascaraed eyelashes.

He put his hand over hers. "Marissa, why? Lucy will be just as proud of you if you model or act or whatever, and she gets to come out and visit you in California or Paris or New York. I knew you weren't cut out for country life when we met in Belize. But

I don't look back on that time with regret. We made Lucy, and that's the best part of my life."

She wiped her eyes and smiled at him. "Thank you, Ben."

He kissed her hand over the table. "It's true. Lucy is everything a man could ever want in his child."

"You'll have others. You'll say that about every one."

"Actually, no, I won't," he said, thinking about Carolyn. "Unless something really unforeseen happens, Lucy will be my only child. And that's plenty good enough for me."

"I MISS YOU," Carolyn told Christine over the phone. "You should come stay with me over Christmas."

"I can't. I think I'll go see Mom and Dad for Christmas."

"Eek. Christmas in Florida in a seniors condo with remote parents. Did they ask you this year?"

"No. I've decided I don't require an invitation to crash on their Christmas. I didn't have an invite to crash on you, and it worked out just fine."

"It won't be very merry, Christine." Yet, she was thinking that Christine was smart. It was best to work through old hurts and pains. She'd call her folks herself and see how they were getting on. For herself, she was feeling stronger than ever—except for losing Ben. "Maybe I should go see them, too."

"Nah. They'll just feel ganged up on."

"Safety in numbers."

Christine laughed. "Ever since I stayed with you, I've been feeling quite safe. My head's on straight now. By the way, some wacko lady called the talk show the other day and started babbling about sisters and family bonds, and then she said your name. Do you know who it could have been?"

"I'm not sure," Carolyn said, frowning as she wondered if Mrs. Benton might have gotten it into her head to call Christine's show. "Did she say anything else?"

"No. I was doing a show on reunited families, and she got through the screeners, and then started rambling. She was real upset."

It had to have been Mrs. Benton. Carolyn closed her eyes for a moment, feeling somewhat sorry for the elderly lady. "It's good you're going to see Mom and Dad for Christmas. Crossing bridges is the only way to get them behind you."

"Haven't we turned into the philosopher?" Christine teased. "How is Ben, by the way?"

"I imagine he's fine. Marissa and he decided to maintain their previous relationship for Lucy's sake. So that painted me out of the picture."

"Oh. I see. Somehow I don't see Marissa playing the devoted Chlorox and Spam model."

Carolyn thought about how glamorous Marissa had looked at the coffee bar yesterday. She and Ben made such a handsome couple that Carolyn's heart had turned inside out. "I think she's probably pretty happy."

"Yeah. Well, whatever. If she's got herself convinced that the country-spud lifestyle is all that, then best wishes to her. Got to go tape a segment, but I love ya."

"Love ya, too." Carolyn hung up the phone. If it had been Mrs. Benton who called the show, what did she mean, babbling about sisters and family bonds? Her mind was obviously losing its tenuous grasp on reality.

It was sad. Life was short, too short to be wasted on regrets and past pain. Christine was going home to try to mend her emotional rift with their parents.

Maybe it was time for Carolyn to reach out herself, though not to her parents.

She would start with Marissa.

"THE LAST PERSON I expected to get a call from was you, Carolyn," Marissa said as they met in the hospital lunchroom.

"I've thought a lot about what you said about me and Ben, and Lucy, and I hoped you would see me. I'm not sure I handled the situation very well."

Marissa's lips thinned. "I know I didn't. This has all been very difficult for me."

Carolyn nodded. "I know," she said softly. "And that's what I want to tell you. I know Lucy is your daughter, Marissa, and that you will be her only mother. I would never have tried to take your place in her affections."

"Just Ben's."

"My impression was that Ben was free to see other people. I didn't realize the level of emotional commitment that still existed between you. For that, I apologize." Carolyn looked at her steadfastly. "It's a complex situation, Marissa, and I understand your feelings."

Marissa looked as if she were uncertain how to take Carolyn's words. "So you're telling me you wouldn't try to replace me in Lucy's affection so that you can get back together with Ben?"

Carolyn shook her head. "No. We made our peace with the situation and have both moved past it. My only interest in speaking with you today is to tell you that I am sorry. The whole matter was awkward. I know you're suffering, and that Lucy's illness has been hard on you. The last thing I wanted to do was cause you more grief."

Marissa stared at her. "Is that it?"

"Is what it?"

"An apology is all you're here for?"

"Yes. I hope you'll accept it." Carolyn frowned, not certain exactly what Marissa was asking. "Life is too short to hurt other people. First, I'm employed by a company which believes in making other people's dreams come true. Despite what happened, I hope that you feel something positive happened by hiring me. But most important, I've learned lately that it's best to apologize while there's still time to make a difference. I wouldn't want to hurt you in any way, Marissa."

Marissa nodded at her after a moment. "Thank you, Carolyn. I appreciate you coming to see me."

Carolyn rose. "Goodbye, Marissa. I hope everything continues to go well for Lucy." She smiled before saying, "Christine called me to check on Lucy yesterday. She said to tell you that she's available should the need ever arise again."

Marissa stared at her a long moment. "Thank you. It means more to me than you can imagine."

Carolyn nodded, then left the cafeteria. She hurried away from the hospital, her heart sad, but her soul free. Once upon a time, she had been afraid to face her own limitations.

Not anymore. She was at peace being Carolyn St. Clair.

"BEN," MARISSA SAID as they sat next to each other in Lucy's hospital room. "I've been doing some thinking."

He smiled at her. "That's about all there is to do these days. I just sit and look at Lucy, and think."

"No, I mean, I've been thinking about how we're going to handle our living arrangements once Lucy comes home." She looked at him, her expression sincere. "You can't stay in a hotel forever."

He didn't want to, but he wasn't going to move back in and have the same setup they'd had before. Eventually, he wanted to move on with his life. He wanted Marissa to move on with hers. They couldn't do that sharing a roof.

She inhaled. "Ben, I know things are never going to be what they were before. I've used you for security, and I realize that now. Even though we were divorced, I always knew I had you and Lucy to come home to. You were there, the rock in my life. But that's not fair to you."

He looked at her, unsure where she was heading.

"I see Lucy improving more all the time," she said, looking at their daughter. "I see that she's getting stronger. If I had one wish for her, it would be that she could go home to a family who would love her and care for her the way she deserves. She's been through so much."

Nodding, he said, "I know what you mean."

Marissa hesitated a moment before putting her hand over his. The contact startled him, but he sensed it was supportive, giving not asking. He'd been living in a shell for the past couple of weeks—Marissa reaching out to him was like warmth suddenly shining into the cold cavern of his life. "I talked to Carolyn yesterday."

"Why?"

"She wanted to meet with me. She wanted to apologize for making me feel as though I were being pushed out of Lucy's life." Marissa looked at him. "Carolyn hasn't talked to you?"

"Not since we said hello at Perk at the Park. There's no reason for us to speak." It hurt to say it, but saying it made him face the hard fact. "It was nice of Carolyn to reassure you, but I had nothing to do with it. She made that choice on her own.''

Marissa bowed her head. ''When Lucy comes home, I want you to go home with her. It is your place, Lucy's and yours. Not mine. I'm ready to move on, Ben, and find a small house or an apartment here to live in.''

He looked at his ex-wife, staring at her shiny blond hair as it fell over her bowed shoulders. ''Why?''

''The reasons aren't the same anymore. The practicality isn't there. Lucy isn't going to be ill anymore, so she won't need the same kind of round-the-clock care we were giving her. She's going to get well. I'm going to move out of the nest, so to speak.''

''If you're happier with that arrangement, Marissa, I'll understand,'' he said carefully.

''I know you're never coming back to me,'' she said starkly. ''I'm just accepting it, Ben.'' She raised her gaze to his. ''I know you love Carolyn. It was all over your face when you saw her, and it's written there now. I can't bear to see you unhappy, not when you've been such a gentleman to me. I've hung on too long, enjoying the security that you offer. I know you and Carolyn belong to each other, and I want you to be happy. Carolyn will be an addition to Lucy's life, not a loss to mine. I know that now.''

He looked at her, amazed by the change in his ex-wife. She seemed so frail, so human in a way she never had before. ''Marissa, you will always be Lucy's mother. She loves you.''

"I know." Tears gathered in her eyes, slipping one by one as she wiped them away. "It took a while for me to understand that I had to accept myself as Lucy's mother. I may not be the world's greatest, but I do love her, and Lucy loves me in spite of my limitations. I felt threatened knowing that Carolyn will be the type of stepmother who will cut out cookies and build snowmen and go camping in the rain. All the things that I really don't enjoy, but which I thought defined good mothering.

"There are other things for Lucy to learn," he told her. "Makeup application when she's a teenager—lightly," he stressed. "Dressing to flatter, how to deal with boys—these are all important skills a girl can be taught by a model mother."

Marissa sniffled, but the sound of misery was tempered by a watery smile.

"You have an awful lot to offer, Marissa. You're kind. You could have been mean-spirited to Carolyn, but you expressed how you felt. All your feelings were genuine, so that Carolyn never felt humiliated. I appreciate that. You're gentle, and you're sweet. You're a knockout. That's why the camera loves you—all these things show."

"Ben Mulholland," Marissa said, blowing her nose on the tissue he offered, "you're a wonderful ex-husband."

He smiled, and this time he patted her hand. "You're a decent ex-wife. A man could do worse."

They laughed together, finally comfortable with being just friends.

Lucy opened her eyes, offering her parents a small smile. "I dreamed good things," she said. "I dreamed we were all happy. And that it was Christmas."

"That's because we *are* happy," Marissa said.

"And you're the best present we could ever have gotten, baby doll," Ben added. "The very best present of all."

CHAPTER EIGHTEEN

CAROLYN PICKED UP the phone at the office, answering with a bright, "Finders Keepers. This is Carolyn St. Clair."

"Ms. St. Clair? This is Detective Kern."

"Hi." Her senses went on alert.

"I thought you'd like to know that Mrs. Benton passed away in her sleep last night. We were just notified by the caregiver."

"Oh? Is that standard procedure for the police department to be notified?"

"Not really. Apparently, there's a note addressed to you that she felt you would want to see. It must have something to do with the records, or she wouldn't have called us. Do you want me to pick you up and take you out there?"

Carolyn held her breath, thinking quickly. "That would be for the best, I imagine. And if you don't mind, I'm going to have a friend meet us out there."

"Someone involved in the case?"

"Someone who was a victim of the Bentons'," she said softly. "It might offer some closure."

"Doesn't matter to me. I'll pick you up in an hour."

"Thank you."

She hung up the phone, her pulse racing. She couldn't imagine what the letter said.

It didn't matter. She would read it, and if Ben wanted to be there, he could.

That way they could put the past behind them—for good.

SEEING CAROLYN made Ben's heart thunder. He hadn't wanted to come here again, hadn't wanted to see the house of the couple who had harmed his family. But he'd decided that his feelings about coming here today were moot. He had gotten Carolyn into the case; he would be at the Bentons' to support her if she needed it.

She got out of the car with a tall detective walking behind her. Ben smiled at her reassuringly, but they didn't speak. No one was comfortable.

The detective rang the doorbell, and the caregiver silently let them in the house. Walking down the hall to the office, she pointed to the desk and looked at Carolyn. "There's the letter."

And then she left the room.

Carolyn moved forward, picking the letter up and opening it, her glance going to Ben before she began reading out loud.

Miss Carolyn St. Clair,

I am leaving instructions that you are to have this letter after my death. I want you to have access to the information which you sought. I did not want my husband's name disparaged while I was alive, but I also wish to go to my grave with the clearest conscience that I can have, considering the circumstances. I would also like to offer an apology to the families who will be affected. An apology isn't much, but it's all I have to give. The folder you were seeking is behind the television in the den where I always watched TV.

By the way, your sister talks—but you listen.
Vivian Benton

She handed the letter to Ben, who glanced at it one more time before handing it to the detective. Ben watched Carolyn leave the room, then he decided to follow her. She leaned over, pulling a folder from behind the television just as the letter had instructed.

She handed the folder to the detective. "Your case, now."

"Thank you." He tucked it under his arm. "Is there anything else you need here, or would like to see?"

Carolyn shook her head. "Not me. Ben? You?"

Her green eyes waited for his signal that he was ready to leave the house. There was nothing more here for him. Erasing shadows from the past was the beauty of the future. "I'm ready," he said. "I'll drive you back, Carolyn, if you'd like."

CAROLYN SAT IN Ben's truck, breathing more easily now that they'd left the Benton house. "I'm so glad it's over," she said. "I'll never have to see that house again. The journal was found, the authorities have the case, and I can move on."

"Back to the office, then?"

"Yes, please."

It took more than an hour to get back, time in which he tried to think of how to tell Carolyn what he wanted to say. They talked about Lucy. Christine's name came up.

But somehow it was difficult to tell her what he really felt. He stopped the truck in front of Finders Keepers, shutting off the ignition as he turned to her.

"Carolyn," he said, "if you have a minute, I have something I want to say to you."

She looked at him, her expression guarded.

"I can't thank you enough for everything you did. While we were at the Bentons' today, I couldn't help thinking how their story is over, but because of you, mine is really just beginning."

She smiled. "I'm glad everything is looking better for you, Ben. You deserve all the happiness you can get."

"My mother loved you, Carolyn. My daughter loves you. She's asked when she can see Miss Carolyn again. And I love you. More than I've let myself say."

"Oh, Ben—"

"I know my circumstances have put you through a wringer, something I wish were not the case."

"Ben, being with you again made so much in my life better. Please don't say you put me through a wringer. That's not how I feel at all. Yes, I'm sorry we couldn't work things out, but our time together healed me in ways I didn't even know I needed."

He picked her hand up, holding it in his, feeling some kind of connection click into place between them. This was his lady, the woman he needed beside him. "Carolyn, I know this isn't the most romantic setting, but you calling me today seemed like a prayer from heaven. Would you marry me, Carolyn St. Clair? Would you consider being my wife, and living in my home, and being a family with me and Lucy?"

Her lips parted. "Oh, Ben!"

He searched her expression for an affirmative answer, but she seemed so shocked he couldn't tell what she was going to say.

"Please don't say no," he pleaded. "You're the woman of my dreams, and if I don't convince you to come back to me and be my wife, I'll always feel like I'm missing the part of my life I lost once, and don't want to lose again."

"What about Marissa?"

"She feels differently about us now. She feels that you're a plus, not a minus in her life."

"I would never want her to feel she'd been left behind," Carolyn murmured.

"And Lucy doesn't know I'm asking. Hell, I didn't

know I was going to ask today. When you called, it was as if I'd been offered a gift out of nowhere, and I knew I'd better try to make the gift mine.''

"Ben." Carolyn smiled at him. "I'm flattered, but I'm hardly a gift. You know I can't have children, and Lucy—"

He scooted over and took her in his arms. Kissing her deeply, slowly, he took his time enjoying her sweet enthusiastic response. When the kiss ended, he looked into her eyes. "I'm kissing away all your doubts about that, Carolyn. Lucy is all I ever wanted. You gave her back to me when I was desperately afraid I was losing her forever. If you'll marry me, there won't be a luckier man on the entire planet."

His heart seemed to expand with happiness as she smiled at his words. "If marrying me makes a dream come true for you, that's all I ever want to be to you. But I can't give you an answer just yet, Ben."

He stared at her, his heart stopping in his chest. "Is there something I don't know about? Something I haven't said?"

"No, but I'd feel better if you talked to Lucy first."

"Come with me."

She shook her head. "I can't. This is something you and your daughter have to discuss alone together, Ben. You and I marrying will change her life, and I need to know that to her, it's a change for the better."

BEN HAD BEEN HOPING for an enthusiastic yes from Carolyn, but he had to admire her consideration of his daughter's feelings. He honestly didn't know how Lucy would react. A part of him decided Carolyn had a smart idea. Lucy had been through so much—she deserved a chance to weigh in with her feelings.

So he approached her hospital bed with some trepidation. She opened her eyes and looked at him, smiling. "Hi, Daddy."

"Baby doll." He crouched down beside the bed, looking at her. "You're getting stronger all the time."

"I know. Where's Mommy?"

"She went to the house to shower."

"I'm ready to go home, too."

"I know you are." He put his forehead down on his folded hands, thinking. "One day, when you're very strong, I'm going to teach you how to ride a horse. Maybe even barrel race when you get older." In his mind, Lucy was going to get well. She was going to graduate from college; marry a man she loved.

"I like horses. They're pretty." She held the stuffed pony his brother had left for her. "I really like this one."

"Yeah. I know." One day, he would thank Ryan for the wonderful gift to Lucy. It had meant a lot. One day, he would also tell Lucy she had an uncle.

Life had changed beyond anything he could have imagined. He'd thought losing his mother would shatter him, but so much good had happened recently that he knew she had to be smiling with joy.

And that thought gave him courage to proceed with his question. "Lucy, can Daddy ask you something?"

"Yes," she said, kissing her pony on its mane, not really paying attention to him as much as enjoying her toy.

"I think I'd like to get married."

Lucy's gaze flew to him, her eyes wide. *One day, she's going to have eyelashes on those big eyes,* he thought. *One day, she's going to pin some guy with those amazing eyes, and never let him go—and I hope he'll realize how lucky he is.*

"I think I'd like to marry Miss Carolyn, but I thought I'd discuss it with you first."

She smiled at him. "What about Mommy?"

"Mommy will always be your mommy. And she'll always visit just like she does when she's not working. She won't stay in our house anymore, because Miss Carolyn will."

"Oh. Does Miss Carolyn want to marry you?"

"I think so. But she said I had to ask you first."

Lucy smiled at that. "I like Miss Carolyn."

"I know you do. And she likes you."

"And my dogs and cats?"

"And your dogs and cats."

Lucy nodded. "Then I guess you'd better ask her, Daddy. But tell her she has to read me bedtime stories at night."

Ben kissed his daughter's forehead, his heart lifting. "We'll read them to you together, baby doll."

BEN COULD HARDLY wait to drive to Carolyn's apartment. This time, he took a bottle of champagne and a small box, which he kept hidden in the bag of Chinese food in case she somehow had changed her mind.

He didn't want to think about that.

"Chinese food," Carolyn said with a grin as she opened her apartment door. "Yum."

"Well, I know I already brought you Chinese once, but frankly, it's the closest, the fastest and the easiest to reheat once I get here."

"You're right. I don't even need mine rewarmed. I'm going to eat it as is." Carolyn dug into the bag before he was through putting the champagne into the fridge, and pulled out the box he'd carefully hidden. Her eyes twinkled at him as she held up the box. "New kind of fortune cookie?"

He took her in his arms. "After everything we've been through, I sure hope so. I hope there's a forecast for a lifetime of happiness in there."

She opened the box and gasped at the heart-shaped diamond in a platinum setting. "Oh, Ben! It's gorgeous!"

Slipping it onto her finger, he said, "Lucy suggested the shape before I left the hospital. She thought you'd like a heart-shaped diamond the best, but if you don't like it, I can—"

"No, no! I love it. I don't want anything else." They kissed long and slow, savoring their love for each other.

"So," he said when the kiss ended, "Carolyn St. Clair, I received my daughter's permission to ask you to marry me on one condition—we have to read her a bedtime story every night."

Carolyn laughed, hugging Ben around his neck for all she was worth. "Yes, Ben Mulholland, I would be overjoyed to become Mrs. Ben Mulholland. Yes. Oh, my stars, yes!" she said happily as they drew together for a kiss that bridged the past to the future—forever.

"WE'RE NOT inviting anyone," Carolyn told Christine on the phone. "We can't invite anyone to the wedding because we're going to have a small ceremony in Lucy's hospital room, which we're hoping will cheer her up. She's improving so much, but this should give her an even greater reason to get well. She's very excited to be a flower girl. So please don't be offended that you're not invited, Christine, but we can't risk infecting Lucy."

"She's all that matters. I'm way too happy that this has happened," Christine said with a squeal. "End of September weddings are lucky."

"Why?"

"All weddings are lucky."

They laughed together before Carolyn said, "This would never have happened without you."

"Maybe not," Christine said, her typical attitude in place. "But then again, I think you and Ben were destined to be together. The road just took some unexpected turns. By the way, how is Marissa taking all this?''

"She seems fine. She actually seems relieved, to be honest. I don't think she's all that happy here. And she said that when Lucy gets well, really well, she wants to do some traveling with her. I think Marissa felt guilty because she couldn't be what she thought Ben needed her to be.''

"Sounds like someone else I know.''

"In a funny way, it is kind of the same, I guess.'' Carolyn smiled, her heart full of happiness. "I'll be moving out to the ranch house with Ben and Lucy, and Marissa will hit the road when she has a job again. I think that's what's really weighing on her. It's tough being away from what makes a person feel energized.'' Carolyn thought about Lucy and Ben, and how drained she'd felt during the time they hadn't seen each other.

"Well, call me when you pick out a dress. I've got to run, but I love ya,'' Christine said.

"I know you do. I love you, too. You have no idea what a wonderful wedding present you gave us, Christine.''

"You just keep telling that sweet little girl that I'm her fairy step-aunt, and I'll be happy knowing that I live on as a legend in someone's mind. Bye, sis.''

"Bye.'' Carolyn hung up the phone, her happiness complete. She had gained a sister, a husband and a child—she had never been so happy.

CHRISTINE SAT tapping long fingernails for a second. "Big sisters are allowed to interfere every once in a while," she murmured. "Especially in matters where everyone is going to be happy. I hold an important key here."

Dialing the phone, she called her TV producer. "You should book Marissa Mulholland on the show. She's a famous model, and she's just been through a difficult time with her daughter who had acute lymphocytic leukemia. Marissa is well versed with the disease and how it affects a family, as well as with the procedures, and the website www.marrow.org, and the fact that there's a *Marrow Messenger* bulletin," she said, building her case. "Marissa would be an excellent spokesperson for this disease, and would be received well with our audience. The extra hook is that I donated marrow to Marissa's daughter while I was on vacation. Wouldn't that make a great, heartwarming segment?"

Her producer gushed with ideas for the piece, and Christine hung up the phone, delighted. Marissa would enjoy being in the limelight, which would heighten her visibility, and no doubt many offers would come her way. She would be happy—but she would also not be a huge part of Ben and Carolyn's newly wedded life. "Making Marissa into a spokesperson was a stroke of genius only I would have come up with," Christine said out loud. "She'll love it, and will like helping Lucy and other kids. Ah, it's great giving the perfect wedding gift,'' she said, completely satisfied with herself.

IN THE HOSPITAL, Carolyn waited for the minister to put on a surgical mask and position himself at the foot of Lucy's bed. Lucy herself wore a new set of pink pajamas Carolyn had bought for her, and a pink satin ribbon around her head. Ben looked very handsome in a black suit. Carolyn wore a short white skirt on Christine's advice, high heels and a pretty blouse, and held a small bouquet of pink and white flowers.

"I couldn't be any happier," Ben told Carolyn.

"I couldn't, either," she said, smiling up at him.

They stood together and said their vows, then kissed quickly, making Lucy giggle. Carolyn gave her tiny bouquet to Lucy, and then she and Ben kissed the child who was the center of their existence.

"We'll be back soon," Ben told his daughter.

"Very soon. And you'll be home soon," Carolyn told her. "And when you come home, you and I are going to start baking Christmas cookies."

"Christmas cookies in October! I come home on October third," Lucy reminded them. "Can I eat the dough?"

Carolyn and Ben laughed. "A tiny bit," Carolyn said, "but mostly, you get to decorate with sprinkles and red hots and chocolate chips. And the week before Christmas finally gets here, we're going to talk Aunt Christine into coming and seeing you, because you're very special to her."

Lucy smiled. "I love you, Carolyn."

"I love you, too." Carolyn glowed inside, her heart fuller than she could ever have imagined. "You have no idea how much I always wanted a little girl just like you."

"Really?" Lucy asked, her eyes big.

"Just like you," Carolyn told her with a heartfelt smile. "And now, all my dreams have come true."

She smiled at Ben, who took her hand in his. Together they walked out of the room, blowing kisses and waving goodbye to Lucy. Suddenly, pink, white, silver and lavender paper hearts rained down on them, showered by Lily, Dylan and Emily.

"Congratulations!" they exclaimed, tossing more of the fancy confetti. Behind them, Lucy clapped her hands in her hospital bed, clearly enjoying the surprise.

Carolyn and Ben linked arms and smiled at each other as the hearts floated down on them.

It was a perfect wedding.

Suddenly, Carolyn moved, reaching up to catch a handful of the paper hearts midair. She carried them back inside the hospital room to Lucy, who exclaimed with joy over the pretty decorations. Ben smiled to himself as he watched his wife and daughter, deeply grateful for *all* of the miracles he'd been given.

Rolf Dobelli
im Diogenes Verlag

Rolf Dobelli, geboren 1966 in Luzern, studierte an der Universität St. Gallen Betriebswirtschaft und wurde dort promoviert. Er war mehrere Jahre lang Finanzchef und CEO verschiedener Tochterfirmen des Swissair-Konzerns und lebte in Australien, Hongkong, England und in den USA. 1998 gründete er zusammen mit Freunden eine eigene Firma, getAbstract, den mittlerweile größten Anbieter von Buchzusammenfassungen weltweit. Rolf Dobelli wohnt und arbeitet in Miami und Luzern.

»Dobelli hat das Lebensgefühl einer Generation in Literatur verwandelt.«
Isabell Teuwsen / Schweizer Illustrierte, Zürich

»Dass er gelernt hat, auf den Punkt genau zu formulieren, merkt man Dobellis Romanen an – dichter kann ein Text kaum sein.«
Brigitte Schmitz-Kunkel / Kölner Rundschau

»Rolf Dobelli ist der Spezialist für exakte Analysen biographischer Brüche.«
Christiane Florin / Rheinischer Merkur, Bonn

Fünfunddreißig
Eine Midlife-Story

Himmelreich
Roman

Wer bin ich?
777 indiskrete Fragen

Turbulenzen
777 bodenlose Gedanken

Massimo Marini
Roman

Urs Widmer
im Diogenes Verlag

»Urs Widmer zählt zu den bekanntesten und renommiertesten deutschsprachigen Gegenwartsautoren.«
Michael Bauer / Focus, München

*Vom Fenster meines
Hauses aus*
Prosa

Schweizer Geschichten

Liebesnacht
Eine Erzählung

*Der Kongreß der
Paläolepidopterologen*
Roman

*Das Paradies
des Vergessens*
Erzählung

Der blaue Siphon
Erzählung

Liebesbrief für Mary
Erzählung

*Die sechste Puppe im
Bauch der fünften Puppe
im Bauch der vierten*
und andere Überlegungen zur Literatur. Grazer Vorlesungen 1991

Im Kongo
Roman

Vor uns die Sintflut
Geschichten

Der Geliebte der Mutter
Roman
Auch als Diogenes Hörbuch erschienen, gelesen von Urs Widmer

*Das Geld, die Arbeit,
die Angst, das Glück.*

Das Buch des Vaters
Roman
Auch als Diogenes Hörbuch erschienen, gelesen von Urs Widmer

Ein Leben als Zwerg

*Vom Leben, vom Tod
und vom Übrigen auch
dies und das*
Frankfurter Poetikvorlesungen

Herr Adamson
Roman

Stille Post
Kleine Prosa

Gesammelte Erzählungen

Außerdem erschienen:

Shakespeares Königsdramen
Nacherzählt und mit einem Vorwort von Urs Widmer. Mit Zeichnungen von Paul Flora

Valentin Lustigs Pilgerreise
Bericht eines Spaziergangs durch 33 seiner Gemälde. Mit Briefen des Malers an den Verfasser

*Das Schreiben ist das Ziel,
nicht das Buch*
Urs Widmer zum 70. Geburtstag. Herausgegeben von Daniel Keel und Winfried Stephan

*Die schönsten Geschichten
aus Tausendundeiner Nacht*
Erzählt von Urs Widmer. Mit vielen Bildern von Tatjana Hauptmann

Martin Suter
im Diogenes Verlag

»Martin Suter erreicht mit seinen Romanen
ein Riesenpublikum.«
Wolfgang Höbel / Der Spiegel, Hamburg

Small World
Roman
Auch als Diogenes Hörbuch erschie-
nen, gelesen von Dietmar Mues

*Die dunkle Seite
des Mondes*
Roman
Auch als Diogenes Hörbuch erschienen, gelesen von Gert Heidenreich

Business Class
Geschichten aus der Welt des Managements

Ein perfekter Freund
Roman

Business Class
Neue Geschichten aus der Welt des
Managements

Lila, Lila
Roman
Auch als Diogenes Hörbuch erschie-
nen, gelesen von Daniel Brühl

*Richtig leben
mit Geri Weibel*
Sämtliche Folgen

Huber spannt aus
und andere Geschichten aus der Business Class

Der Teufel von Mailand
Roman
Auch als Diogenes Hörbuch erschie-
nen, gelesen von Julia Fischer

Unter Freunden
und andere Geschichten aus der Business Class

Der letzte Weynfeldt
Roman
Auch als Diogenes Hörbuch erschie-
nen, gelesen von Gert Heidenreich

Das Bonus-Geheimnis
und andere Geschichten aus der Business Class

Der Koch
Roman
Auch als Diogenes Hörbuch erschie-
nen, gelesen von Heikko Deutschmann

Allmen und die Libellen
Roman
Auch als Diogenes Hörbuch erschie-
nen, gelesen von Gert Heidenreich

*Allmen und
der rosa Diamant*
Roman
Auch als Diogenes Hörbuch erschienen, gelesen von Gert Heidenreich

Abschalten
Die Business Class macht Ferien

Die Zeit, die Zeit
Roman
Auch als Diogenes Hörbuch erschie-
nen, gelesen von Gert Heidenreich

Außerdem erschienen:
Business Class
Geschichten aus der Welt des Manage-
ments
Diogenes Hörbuch, 1 CD, live gelesen
von Martin Suter

I

Es roch nicht mehr schieferblau, und auch die Stimmen konnte sie nicht mehr sehen.

Das Zimmer lag im Halbdunkel. Durch die Jalousien drang gerade soviel Tag, wie Sonia brauchte, um ihren Weg durch die Möbel und Kleidungsstücke zur Tür zu finden.

Sie öffnete sie und stand in einer Diele. Durch die verzierten Milchglasscheiben der Wohnungstür drang das Licht vom Treppenhaus – und ging aus.

Sie tastete sich an der Wand entlang zu der ersten der drei Türen, die sie im Treppenhauslicht hatte erkennen können. Eine davon mußte die Toilette sein.

Die Türklinke fühlte sich kühl an. Nichts weiter. Nicht zartbitter oder süßsauer, einfach kühl.

Sie betrat ein verdunkeltes Zimmer und hörte tiefe, regelmäßige Atemzüge. Hörte. Nicht hörte und sah. Immerhin.

Leise schloß sie die Tür, tastete sich zur nächsten und stand in einer hell erleuchteten Küche.

Am Küchentisch saßen zwei Männer. Sie tranken schweigend Kaffee und rauchten. Überall standen halbleere Gläser und Teller mit Essensresten herum. Im Spülbecken türmte sich das Geschirr.

Die Männer schauten zur Tür, und an der Art, wie sie sie anstarrten, merkte sie, daß sie nackt war.

»Die Toilette?« fragte sie. Wo sie nun schon einmal hier war.

»Nächste Tür«, sagte der eine. Der andere starrte nur.

Sonia gönnte ihnen auch einen Blick auf ihre Rückseite und verließ den Raum.

In der Toilette stank es nach Erbrochenem, das jemand von der Brille zu wischen versucht hatte. Papier war keines mehr da.

Sie schaute in den Spiegel, um herauszufinden, ob sie so schrecklich aussah, wie sie sich fühlte.

Nein, ganz so schlimm war es nicht. Aber etwas beunruhigte sie: Das Gesicht, das ihr entgegenblickte, weckte keinerlei Gefühle in ihr. Weder Sympathie noch Vertrautheit, noch Nachsicht, noch Mitleid. Sie hatte nichts zu tun mit der Frau in diesem Spiegel.

Sie prüfte den Zustand des Handtuchs und sah davon ab, es sich um die Hüften zu schlingen. Sie verließ die Toilette so, wie sie sie betreten hatte.

Das Licht im Treppenhaus war wieder angegangen und leuchtete ihr den Weg zum Zimmer.

Dort fand sie einen Schalter und betätigte ihn. In den vier Ecken zuckten vertikale Leuchtstoffröhren auf. Die rote, die gelbe und die blaue brannten nach ein paar Sekunden. Die grüne fuhr fort zu flackern.

Außer den vier Röhren besaß das Zimmer keinen Wandschmuck. Auf dem Parkettboden herrschte eine Unordnung, die älter sein mußte als eine Nacht.

Sonia fand ihren Slip und zog ihn an.

»Haben wir miteinander geschlafen?«

In der Tür stand einer der Männer aus der Küche. Er war barfuß, trug eine schwarze Hose und ein weißes T-Shirt. Sein Gesicht war unrasiert und seine schwarzen Haare zerzaust. Bei beidem war sie sich nicht sicher, ob es zu seinem Styling gehörte.

»Ich kann mich nicht erinnern.«

Der Mann grinste und zog die Tür hinter sich zu. »Vielleicht fällt es uns dabei wieder ein.«

»Noch einen Schritt, und ich trete dir in die Eier.« Sonia fuhr fort, ihre Kleider zusammenzusuchen. Der Mann blieb stehen und hob die Hände, als wollte er zeigen, daß er unbewaffnet war.

Sonia fand ihren BH und zog ihn an. »Was war das für ein Zeug?«

»Acid.«

»Ihr habt gesagt, es sei California Sunshine.«

»Blue Mist, Green Medge, Instant Zen, White Lightning, Yellow Dimples, California Sunshine: alles Namen für Acid.«

Daß Sonia sich nicht erinnern konnte, war gelogen. Ihr fiel es schwerer, etwas zu vergessen, als etwas zu behalten. Ihr Gedächtnis war ein gewaltiges Archiv von Bildern, die sie nach Bedarf abrufen konnte. Auch Wörter hatte sie als Bilder archiviert, Konjugationstabellen, Gedichte, Namen.

Und auch Zahlen. Die Einer-, Zweier-, Dreier-, Vierer-, Fünfer- und Sechserreihen waren in roter, blauer, gelber, grüner, violetter und orangefarbener Kreide auf schwarzem Schiefer gespeichert, in der verschnörkelten Schulschrift

von Fräulein Fehr, ihrer Lehrerin. Alles die falschen Farben, außer dem Gelb für die Drei. Als sie Fräulein Fehr darauf aufmerksam machte, wies diese sie zurecht. Es gebe keine richtigen und falschen Farben für Zahlen, hatte sie behauptet. Damals hatte Sonia begonnen, diese Dinge für sich zu behalten.

Die Siebenerreihe trug die rundere Handschrift der viel jüngeren, viel netteren Fräulein Keller, deren Namen sie ebenfalls als Bild abgelegt hatte: »Ich bin Ursula Keller« in rosa Kreide auf schwarzer Wandtafel. So hatte sie sich der Klasse vorgestellt, als sie Fräulein Fehr vertreten mußte. Erst für ein paar Wochen, dann für ein paar Monate und, nachdem die ganze Klasse und die ganze Schule eine Blume mitbringen mußte für das arme Fräulein Fehr, für immer.

Alle Zahlenreihen ab sieben trugen die Handschrift von Fräulein Keller. Bis zum heutigen Tag konnte Sonia sie bei Bedarf einfach ablesen.

Damals, als sie das in der Schule tat, hatte sie ein schlechtes Gewissen. Abschreiben war verboten, und was sie tat, war ja nichts anderes. Ihre Rechenaufgaben, ihre Wörter, ihre Verse schrieb oder las sie einfach ab von den Bildern, die sie im Kopf hatte. Sie konnte sich nicht richtig freuen über ihre guten Noten und legte Fräulein Keller eines Tages ein Geständnis ab. Erst als diese ihr versicherte, aus dem Kopf abschreiben sei nicht verboten, verflogen die Gewissensbisse.

Diese Gabe hatte ihr während der ganzen Schul- und Ausbildungszeit mehr geschadet als geholfen. Sie konnte zwar die kompliziertesten Algebraformeln aufstellen, wenn sie sie vorher schon einmal gesehen hatte, aber nachvoll-

ziehen konnte sie sie nie. Das gleiche galt für chemische und physikalische Formeln, Flüsse, Städte, Jahreszahlen, Vokabeln und Gedichte. Deswegen galt sie immer als eine phänomenale Begabung ohne jeglichen Ehrgeiz. Sie bestand ihre Matur mit der Minimalnote, die ihr die Lehrer als Denkzettel für soviel Talentverschwendung gaben.

Die Bilder der letzten Nacht hatte sie natürlich auch gespeichert.

Die regennasse Straße, in deren Pfützen sich, neonblau und halogenweiß, Fragmente des Schriftzugs des Meccomaxx spiegelten.

Die Gestalten auf der Tanzfläche, die sich anstatt im gemächlichen Rhythmus des Trance Sounds im Zeitraffer des Stroboskops bewegten.

Die Bar mit den in blutrotes Licht getauchten Gesichtern, unter denen sich auch die der beiden Männer aus der Küche befanden.

Die zwei im blauen Fixerlicht der Damentoilette fast unsichtbaren Tabletten auf ihrer Handfläche.

Und dann plötzlich die Musik als Zeitlupenaufnahme einer Lawine aus silbernen und schlachtschiffgrauen Würfeln, die auf sie zurollten und -hüpften und -taumelten. Und die Stimme des einen Mannes aus der Küche – er hatte einen sandgelben Namen –, die als Muster aus gewellten schwarzen und weißen Bändern perspektivisch in der oberen rechten Ecke der Projektionsfläche verschwand. Muster, die jedesmal, wenn er etwas sagte, vor ihren Augen entstanden.

Und später – wieviel später? – die weiße Tapete, die sich

in ihre Pixels auflöste, welche sich zu dunklen Flecken verdichteten oder als Wogen über die Wand zogen wie die Ähren, wenn der Sommerwind über ein Kornfeld weht.

Wie lange hatte sie dem Treiben der Pixels zugeschaut? Minuten? Stunden? Nach wieviel Zeit war der Mann mit dem sandgelben Namen – Pablo? Ja, Pablo –, nach wieviel Zeit war Pablo aufgetaucht und hatte die Pixels vertrieben?

Auch von ihm gab es Bilder. Das Yin-Yang-Tattoo auf der rechten Hinterbacke. Das krause Fell über dem Kreuzbein, das sich dunstblau anfühlte. Und wieder die Stimme, jetzt farbig, aber immer noch graphisch, ein später Vasarely.

»Normalerweise erinnern sich die Frauen, ob sie mit mir geschlafen haben«, sagte Pablo.

»Die Männer normalerweise bei mir auch.« Sonia hatte sich fertig angezogen. »Hast du meine Handtasche gesehen?«

»Wie sieht sie aus?«

»Wie eine E-Gitarre klingt.«

Das Taxi sah aus, als lebte der Fahrer darin. Und auch der Fahrer machte diesen Eindruck. Es stank nach abgestandenem Rauch und dem Big Mac, der zwischen Fahrer- und Beifahrersitz in der offenen Styroporschachtel lag und von dem er bei jedem Rotlicht ein Stück abbiß.

Sonia fingerte am Fensteröffner, aber die Scheibe reagierte nicht.

»Ist Ihnen heiß?«

»Nein.«

»Gut. Ich friere nämlich.«

»Ich will nur verhindern, daß ich Ihnen das Polster vollkotze.«

Der Fahrer drückte auf einen Knopf, und die Scheibe neben Sonia glitt ins Innere der Türverkleidung.

Die kühle Luft eines schmutzigen Apriltages blies ihr ins Gesicht. Der Taxichauffeur schlug vorwurfsvoll den Kragen seines Lumbers hoch.

Erst kurz vor Sonias Fahrziel brach er sein Schweigen. Sie wurden von einem Polizisten angehalten und mußten warten, bis eine der drei Ambulanzen, die am Straßenrand parkten, weggefahren war.

Hinter einer Absperrung stand eine kleine Menschenmenge und starrte auf das Rambazamba, eine Bar mit Live-Volksmusik, deren Eingang nun von zwei Uniformierten bewacht wurde.

»Vielleicht hätten die einen andern Namen wählen sollen«, fand der Fahrer.

»Vielleicht«, antwortete Sonia. Dann wartete sie stumm, bis der Polizist sie durchwinkte.

Vor dem Haus, in dem sie wohnte, stand ein Kastenwagen. »Kohler«, stand auf der Seite, »Umzüge und Selbstumzüge«. Das »O« von »Kohler« war ein gelber Smiley. Auf dem Asphalt hinter der Ladefläche warteten ein paar schäbige Möbelstücke darauf, verstaut zu werden.

Alle Möbel sehen schäbig aus, wenn sie hinter einem Möbelwagen stehen, dachte Sonia. Als sie hier einzog, hatte sie gehofft, daß niemand aus ihrem Bekanntenkreis sie beobachtete. Das Risiko war allerdings klein gewesen. Die Leute, die Sonia kannten, mieden diese Gegend. Das war

einer der Gründe, weshalb sie hierher gezogen war, obwohl sie sich etwas Besseres hätte leisten können.

Sie bezahlte das Taxi und stieg aus. Der Fahrer hielt es nicht für nötig, ihr die Tür zu öffnen, obwohl sie ihm ein Trinkgeld gegeben hatte. So hielt sie es eben auch nicht für nötig, die Tür wieder zu schließen. Sie verstand nicht, was er ihr nachrief.

Im Treppenhaus mußte sie ein paar Stufen zurück, um zwei jüngere Männer mit einem roten Sofa durchzulassen. Den einen der beiden kannte sie vom Sehen. Wenn sie nicht so kaputt gewesen wäre, hätte sie »Ziehen Sie aus?« oder sonst etwas Geistreiches gesagt.

Als sie die Wohnung betrat, fing es bereits an zu dämmern. Wieder ein Tag vorbei, den sie gern aus der Erinnerung löschen würde. Aus dem Wohnzimmer drang das metallische Geräusch, das entstand, wenn Pavarotti in seinem Käfig herumturnte. Sie ging zu ihm und nahm das Tuch weg. »Entschuldige, Pavarotti, ich bin eine Schlampe.«

Sie gab ihm frisches Wasser und frisches Futter und klemmte einen neuen Hirsekolben zwischen die Stäbe. »Schlampe«, flötete sie, »sag Schlampe.«

Im Schlafzimmer brannte Licht, auf dem ungemachten Bett lagen die Kleider, die sie anprobiert und verworfen hatte, als sie sich gestern zum Ausgehen kleidete. Im Glas auf dem Schminktisch war noch ein Schluck des Champagners, mit dem sie sich in Partystimmung gebracht hatte.

Die Küche sah nicht viel besser aus als die, in der sie sich vor einer Stunde nackt wiedergefunden hatte. Im Kühlschrank fand sie eine Flasche mit einem Rest Mineralwasser, aus dem längst die Kohlensäure entwichen war.

Sie zog sich aus und warf ihre Wäsche in den Korb im Bad. Im Waschbecken lagen ein paar Slips im Wasser. Die Seife des Handwaschmittels hatte sich auf dem schwarzen Material als weiße Schicht abgelagert. Wie Kreide auf dem Meeresgrund.

Sonia zog den Duschvorhang zurück, drehte an den Duschhahnen, bis die Temperatur stimmte, kletterte in die Sitzbadewanne, stellte sich unter den fast zu heißen Wasserstrahl und fing an zu heulen.

Ein langgezogener Schrei riß sie aus dem Schlaf. Sie stand auf, zog ihren Kimono an, ging zur Wohnungstür und öffnete sie einen Spalt weit. Vom Treppenhaus drang das untröstliche Weinen einer Frau herauf. Und ab und zu die barsche Stimme eines Mannes.

Sonia verriegelte die Tür wieder und ging ohne Zögern zum Telefon. Sie wählte den Notruf der Polizei. »Amboßstraße hundertelf, erster, zweiter oder dritter Stock, da braucht eine Frau Hilfe.«

Während sie am Fenster stand und auf den Streifenwagen wartete, kamen die Bilder.

Die zerberstende Scheibe neben der Türklinke.

Die Hand, die hereinfaßte.

Der noch blutleere tiefe Schnitt zwischen Daumen und Zeigefinger.

Die Hand, die nach dem Wohnungsschlüssel tastete.

Der Schnitt, der plötzlich blutete.

Die Speichelfäden in den Mundwinkeln, wie damals, als er bei der Beförderung zum Leiter Private Equity übergangen wurde.

Das Blut. Überall das Blut von Frédérics Hand und ihrer Lippe.

Blut auf der frischen Dispersionsfarbe. Blut auf seinem weißen Hemd. Blut auf ihrem weißen Maler-Overall.

Immer wieder die drei Worte. Drei scharf geschliffene, stahlglänzende Dreiecke: Ich. Kill. Dich.

Das schneeweiße Trägerhemd auf der schwarzen Haut eines der Senegalesen vom vierten Stock.

Frédérics Blut auf dem Weiß dieses Hemdes, rund und rot wie auf der japanischen Flagge.

Die Offizierspistole aus Frédérics linker Schreibtischschublade.

Frédéric mit dem Gesicht zum Boden.

Die Handschelle am Gelenk seiner blutenden Hand.

Noch immer drang das Weinen vom Treppenhaus herauf. Weit hinten in der Amboßstraße pulsierte ein blaues Licht, kam näher und näher, bis sie den Streifenwagen sah. Ohne Sirene näherte er sich dem Haus, langsam wie die Eskorte eines Staatsbesuchs.

Zwei Uniformierte stiegen aus, blickten zur Fassade herauf und gingen auf die Tür zu.

Es klingelte. Sonia schrak zusammen, ging zur Gegensprechanlage und drückte auf. Sie öffnete die Tür und horchte ins Treppenhaus.

Schritte, Klingeln, Stimmen. Allmählich verstummte das Weinen. Jetzt klingelte es an ihrer Wohnungstür.

»Ja?« fragte sie durch die geschlossene Tür.

»Polizei. Haben Sie angerufen?« Die Stimme klang grob und ungehalten.

Sonia öffnete. Beide Polizisten waren jung. Beide trugen Gürtel voller Waffen und Polizeiutensilien, die sie zwangen, die Arme leicht abzuwinkeln. Der Blonde sah freundlicher aus als der Brünette. Aber es war der Brünette, der sprach.

»Der Hund ist gestorben«, blaffte er, »und deshalb rufen Sie die Polizei?«

»Ich wußte doch nicht, weshalb die Frau weinte.«

»Und weshalb haben Sie nicht nachgeschaut?«

»Ich hatte Angst.«

»So, so, Angst.« Der Beamte schaute an Sonia vorbei in die Wohnung. »Sind Sie allein?«

»Wieso?«

»Ob Sie allein sind.«

»Ja, warum?«

Er gab keine Antwort, starrte sie nur an.

»Ich dachte, die Frau wird geschlagen.« Weshalb verteidigte sie sich überhaupt?

Der Blonde machte Anstalten zu gehen. Aber der andere war noch nicht fertig. »Nicht jede heulende Frau ist ein Fall von Gewalt gegen Frauen.«

»Ich werde es mir merken.« Sonia legte die Hand auf die Türklinke und schob die Tür ein wenig zu.

Der Polizist stellte einen Fuß gegen die Tür.

»Komm, Karli«, sagte der Blonde.

»Gleich. Haben Sie getrunken?«

»Wollen Sie mich verhaften wegen Schlafens in angetrunkenem Zustand?«

Der Freundliche verbiß sich ein Grinsen. Dem andern schoß das Blut in die Wangen. »Von solchen wie dir laß ich

mich nicht verarschen. Von solchen wie dir schon gar nicht. Mit solchen wie dir bin ich noch immer fertig geworden. Noch immer.«

»Komm, Karli.« Der blonde Polizist zupfte seinen Kollegen am Ärmel. Der blieb noch einen Augenblick stehen, unentschlossen, ob er eine wie die ungeschoren davonkommen lassen wollte. Plötzlich drehte er sich auf dem Absatz um und ging auf die Treppe zu.

»Danke, daß Sie angerufen haben«, sagte der Blonde leise und folgte dem andern.

Sonia verriegelte die Tür. Es gab im Haus, soviel sie wußte, nur einen Hund. Einen fetten, kurzatmigen Köter mit kahlen Stellen, der vielleicht einmal ein Spitz gewesen war. Er gehörte einer Frau aus dem Balkan. Sie wohnte mit ihrem Mann im zweiten Stock, war ziemlich hübsch und viel zu jung für einen solchen Altweiberhund. Wer hätte geahnt, wie sehr sie an dem Tier hing.

Sonia kamen wieder die Tränen. Sie ging ins Bett und versuchte, sich in den Schlaf zu weinen.

Aber die Bilder mit Frédéric schoben sich wieder auf die Projektionsfläche vor ihrem Gesicht. Sie stand auf, ging ins Bad und spülte ein Rohypnol mit einem Zahnglas Hahnenwasser herunter.

Sie schlief bis zum nächsten Mittag. Tief und ohne Bilder.

Sonia trug ihren Puma Tracksuit aus der Zeit, als sie dreimal die Woche joggen wollte. Pavarotti schimpfte gegen den Lärm des Staubsaugers an. Im Korridor lagen zwei Berge Wäsche. Der eine für die chemische Reinigung, der andere

für die Waschmaschine. Schon dreimal war sie in der Waschküche gewesen, jedesmal waren beide Waschmaschinen belegt gewesen.

Sie trug Latexhandschuhe wie eine Chirurgin und ein Kopftuch wie eine Putzfrau in einem Film aus den sechziger Jahren. Sie ließ die Fugendüse langsam über die Stelle gleiten, wo die Fußleiste auf den Teppichboden traf. Jeden Krümel und jedes Stäubchen, das sich in den paar Monaten angesammelt hatte, seit sie diesen spießigen sandfarbenen Spannteppich verlegt und diese trostlose Fußleiste aus Kunstholz angebracht hatte, wollte sie aufsaugen und zuunterst in dem Müllcontainer im Hof versenken.

Über eine halbe Stunde widmete sie dem Teppichboden von knapp zwölf Quadratmetern. Dann schaltete sie den Staubsauger aus und trug den Wäschekorb in den Keller.

In der Waschküche brannte Licht. Eine Frau kauerte vor einer der Waschmaschinen und schaufelte eine Trommel Wäsche in einen türkisfarbenen Plastikkorb. Ihr kurzes Top war hochgerutscht, und über die nackte Stelle zwischen Hose und Oberteil verliefen zwei diagonale blaue Striemen.

Sie rappelte sich hoch, sah sich um und fuhr zusammen. Es war die Frau aus dem zweiten Stock. Man sah ihr immer noch an, daß sie geweint hatte.

»Tut mir leid wegen dem Hund«, sagte Sonia.

»War schon alt.« Sie nahm den Wäschekorb. »Maschine frei.«

Sie standen sich einen Moment gegenüber, jede mit ihrem Korb voller Wäsche. »Alles okay?« fragte Sonia.

»Alles okay«, antwortete die Frau.

Sonia ging zur Seite und ließ sie durch.

Auf dem Weg zurück in die Wohnung leerte sie den Briefkasten. Er enthielt die Zeitungen der letzten zwei Tage und einen Brief. Als Absender trug er ein diskretes B&Z auf der Rückseite. Sonia kannte die Initialen: Baumann & Zeller, Frédérics Anwälte. Sie warf ihn ungeöffnet zu den Papieren auf dem Küchentisch und setzte den Frühlingsputz fort.

Sie entfernte die schwarzen Lederkissen ihres verhaßten Corbusier-Sofas – alle hatten Corbusier-Sofas – und legte sie auf den Boden. Dann saugte sie Gestell und Polster mit der Polsterdüse, bis die Stäubchen, Fussel, Flusen, Fädchen und Erinnerungen an die Besucher der letzten Monate restlos entfernt waren.

Danach machte sie sich einen Gin Tonic ohne Gin, zog frische Chirurgenhandschuhe an und holte den Brief. Sie betrachtete ihn von allen Seiten, holte Gin und schüttete einen Schuß ins Tonic. Als sie einen Schluck nahm, merkte sie, daß ihre Hände zitterten.

Sie durchwühlte den Müllsack unter dem Spülbecken und fand das Päckchen Zigaretten, das sie vor ein paar Stunden angewidert weggeschmissen hatte. Streichhölzer fand sie keine. Sie drückte auf den Zündknopf des Gasherds und steckte sich die Zigarette an der Gasflamme an. Dann stellte sie sich ans offene Fenster und rauchte.

Ein kalter Ostwind trieb graubraune Wolken vor sich her. Manchmal machten sie Platz für ein paar Sonnenstrahlen, die die Straße für ein paar Augenblicke in ein grelles Bühnenlicht tauchten. Die Passanten, die mißmutig ihren Geschäften nachgingen, schauten dann verwundert in den Himmel und hielten eine Hand vor die Augen, als wollten sie ihr Inkognito wahren.

Der Brief enthielt die Aufforderung, ein Gesuch um die vorläufige Einstellung des Verfahrens gegen ihren geschiedenen Ehemann Dr. Frédéric Forster zu unterschreiben, und ein paar neue Begründungen, weshalb dies unumgänglich sei. Das wußte sie, ohne den Brief zu öffnen. Sie würde ihn unbeantwortet lassen und damit die Freilassung von Frédéric weiter verzögern.

Aber eines Tages würde er auf freiem Fuß sein. Das war ein Gedanke, an den sie sich schon lange gewöhnt hatte. Nur was sie dann tun würde, darüber hatte sie noch nicht nachgedacht. Mit der Zukunft hatte sie sich in ihrem früheren Leben bis zum Überdruß befaßt.

In den Winterferien planten sie die Sommerferien. Beim Abendessen das Menü für den nächsten Abend. Beim Wohnungskauf den Hauskauf für dann, wenn Kinder da waren. Als keine Kinder kamen, die In-vitro-Behandlung. Während der In-vitro-Behandlung die Adoptions-Szenarien. Bei der Beförderungsfeier den nächsten Karriereschritt. Beim Umzug nach London den Umzug nach New York. Beim Schlafengehen das Aufstehen. Beim Anziehen das Ausziehen. Über der Zukunft war in ihrem früheren Leben die Gegenwart in Vergessenheit geraten.

Der Müllwagen fuhr vor. Zwei Männer in orangefarbenen Overalls sprangen ab, verschwanden im Hofeingang, schoben einen Container heraus und schauten zu, wie er von der Hydraulik hochgehoben und in den Laderaum gekippt wurde. Sonia mußte an den toten Spitz denken. Vielleicht befand er sich in einem der Müllsäcke, die mit lautem Dröhnen zusammengepreßt wurden. Gemeinsam mit ihren Staubsaugerbeuteln voller schlechter Erinnerungen.

Sie schloß das Fenster. Der Wellensittich beäugte sie durch seinen kleinen Spiegel. »Am besten, wir verschwinden von hier, Pavarotti.«

Der Vogel öffnete den Schnabel, zeigte seine klobige Zunge und begann, an seiner Sitzstange zu nagen.

Kurz vor Mitternacht sah die Wohnung aus, als hätte noch nie jemand darin gewohnt. Die Kleider waren in der Reinigung, die Wäsche lag wieder im Schrank, Bad und Küche rochen nach Putzmittel, das Wohnzimmer nach Teppichschaum und das Schlafzimmer nach frischer Bettwäsche. Sonia war geduscht, ihr schwarzes Haar geföhnt, sie hatte den grünen chinesischen Seidenpyjama angezogen, den sie sonst nur zur Grippe trug.

Besser ging es ihr trotzdem nicht. Zum Gefühl der Unwirklichkeit, das von der letzten Nacht zurückgeblieben war, und zum täglich wachsenden Widerwillen gegen sich selbst, sprang sie wieder die Angst an, die ihr seit jenem Tag im Dezember auflauerte.

Sonia ging in die Küche und machte sich einen Pfefferminztee. Während sie darauf wartete, daß er sich etwas abkühlte, blätterte sie die Zeitung durch.

Im Rambazamba hatte ein Gast auf den Barman und einen Gast geschossen. Er hätte ihn dreimal vergebens gerufen, während der Barman mit dem Gast gesprochen habe, gab der Täter als Grund an. Der Barman war lebensgefährlich verletzt, der Gast war tot.

Bei den Stellenangeboten fiel ihr ein Inserat auf. Sie riß es heraus für den Fall, daß sie morgen immer noch entschlossen war, ihr Leben zu ändern.

Die Frau, die die Tür öffnete, gehörte zu den Menschen, die Gespräche verstummen lassen, wenn sie einen Raum betreten. Sie war höchstens Mitte Zwanzig.

»Verzeihen Sie«, sagte Sonia, »ich wollte zu …«

»Barbara Peters?«

Sonia nickte.

»Ich bin Barbara Peters. Und Sie sind Frau Frey?« Sie gab ihr die Hand. »Kommen Sie herein.«

Sie betrat die Junior Suite Nummer sechshundertfünf. Ein großes Zimmer mit Queen-Size-Bett, einer Sitzgruppe und einem Schreibtisch. Internationale Viersterne-Norm, wie Sonia sie aus ihrem früheren Leben kannte.

Barbara Peters bot Sonia einen Sessel an. »Ich habe mir eine Physiotherapeutin anders vorgestellt.«

»Ich mir eine Hotelbesitzerin auch.«

Die junge Frau lachte und sah noch schöner aus. »Wer fängt an?«

»Womit?«

»Mit den Fragen.«

»Normalerweise der Arbeitgeber.«

»Also: Welchen Beruf haben Sie ausgeübt in den sechs Jahren seit Ihrem letzten Arbeitszeugnis?«

»Ich war verheiratet.«

»Das ist doch kein Beruf.«

»So, wie mein Mann ihn verstand, schon.«

»Was ist Ihr Mann?«

»Banker. War.«

»Nicht mehr?«

»Nicht mehr mein Mann.«

»Verstehe. Geht mich ja auch nichts an.«

23

»Nein.«

Einen winzigen Augenblick war Barbara Peters etwas irritiert. Dann lächelte sie. »Und jetzt möchten Sie wieder einsteigen.«

»Ich trage mich mit dem Gedanken.«

»Sie müssen nicht?«

»Sie meinen materiell?«

»Ja.«

Sonia überlegte. »Materiell nicht, aber sonst schon.«

Barbara Peters zögerte kurz vor der nächsten Frage. »Haben Sie sich in den sechs Jahren weitergebildet?«

»Sie meinen, ob ich fachlich noch à jour bin?«

»Ja.«

»Sind wir jetzt beim finanziellen Teil?«

»Ja.«

»Für eine Universitätsklinik vielleicht nicht.«

»Aber für ein Wellness-Hotel schon?«

»Genau.«

Barbara Peters zeigte wieder ihr bezauberndes Lächeln. »Jetzt Sie.«

»Haben Sie Fotos?«

Frau Peters stand auf, ging zum Schreibtisch und kam mit einer Zeichenmappe zurück. Sie enthielt verschiedene Layouts für einen Hotelprospekt. Alle zeigten auf der Titelseite das Bild eines schloßartigen Gebäudes mit zwei Türmen aus Naturstein, die eine komplizierte Dachstruktur aus steilen Giebeln, hohen Kaminen und gezackten Zinnen überragten. Die Fassaden waren unterbrochen von gotischen Fenstern, verspielten Erkern, Schießscharten und schwindelerregenden Balkonen. Das Ganze sah aus, als sei

es die Ausführung einer Zeichnung, die ein von einer Kinderkrankheit genesender Knabe vor hundert Jahren im Bett geschaffen hatte.

Das Eigenartigste war eine Konstruktion aus Stahl und Glas, die in die linke Flanke des Bauwerks verkeilt war. Als wäre das Schloß mit einem Raumfahrzeug kollidiert.

»Hotel Gamander«, sagte Barbara Peters, halb stolz, halb amüsiert.

»Geerbt?« Sonia fiel keine bessere Reaktion ein.

»Gekauft. Gekauft und renoviert und erweitert.«

Am liebsten hätte Sonia gefragt: Warum? Wenn sie genug Geld hätte, ein Hotel zu kaufen, wüßte sie tausend Dinge, die sie tun würde. Hotel kaufen war nicht darunter.

Aber sie fragte: »Der neue Teil ist der Wellness-Bereich?«

»Sportbad, Thermalbad, römisch-irischer Zyklus, Sauna, Whirlpool, Fitness, Massagen, Solarien. Und was Ihnen sonst noch einfällt.«

»Fango.«

»Fango.«

Sonia nahm eines der Layouts in die Hand und blätterte darin. Mehr aus Verlegenheit als aus Interesse.

»Welchen finden Sie am besten?«

»Sie meinen von den Prospektentwürfen?«

Barbara Peters nickte.

»Ehrlich gesagt: keinen.«

»Sie haben die Stelle«, lachte die junge Hotelbesitzerin.

Eine Viertelstunde lang besprachen sie die Konditionen. Eigentlich waren sie sich einig, als Sonia sagte: »Ich habe einen Wellensittich, ist das ein Problem?«

»Ich hasse Vögel.« Barbara Peters sah nicht aus, als scherze sie.

Sonia seufzte und stand auf. »Schade. Der Vogel ist nicht verhandelbar.«

Barbara Peters zögerte. »Macht er Krach?«

»Nur beim Staubsaugen.«

»Und Sie halten ihn im Zimmer?«

»Klar.«

»Haben Wellensittiche nicht diese ansteckende Papageienkrankheit?«

»Die haben Tauben auch.«

»Tauben hasse ich auch.«

»Wie gesagt: Pavarotti ist nicht verhandelbar.«

»Pavarotti? So laut?«

»So dick.«

Sonias neue Chefin lachte. »Dann nehmen Sie den Scheißvogel halt mit.«

Wenig hätte gefehlt, und Pavarotti hätte den Lauf der Dinge verändert.

Drei Uhr nachmittags und fast schon Abend. Ein rußgrauer Himmel lastete schwer auf der Stadt und ließ eine Mischung aus Regen und Schnee auf die wettergeplagten Passanten nieseln. Der April war seinem Ruf als wechselhafter Monat nicht gerecht geworden: Bis heute war er beständig gewesen. Beständig schlecht.

Sonia kaufte einem entmutigten Mann aus einem Land mit mehr Sonne eine Arbeitslosenzeitschrift ab, bestimmt die fünfte oder sechste dieser Ausgabe, die sie erwarb, und betrat das Warenhaus. Sie war fast die einzige Kundin,

die durch die glitzernde Parfümerieabteilung ging, vorbei an den festlich geschminkten Verkäuferinnen. Auch sie nicht viel zuversichtlicher als der Arbeitslose vor dem Eingang.

Sonia war am thailändischen Imbiß in der Lebensmittelabteilung mit Malu verabredet. Am Nachmittag seien da kaum Leute, und man könne sich ungestört unterhalten. Sonia vermutete, Ort und Zeitpunkt dieser Verabredung hätten mehr mit dem Tagesablauf ihrer Freundin zu tun und deren momentaner finanzieller Lage.

Als Sonia auf den Imbiß zusteuerte, sah sie von weitem, daß Malu schon da war.

Malu war eine große, laute Blondine mit einer Vorliebe für Rosa und Violett. Sie war die einzige Person aus Sonias früherem Leben, mit der sie noch Kontakt hatte. Malu hieß eigentlich Vreni und hatte das Kunststück fertiggebracht, hintereinander mit drei verschiedenen Männern aus Frédérics Bekanntenkreis liiert gewesen zu sein, ohne aus diesen Kreisen ausgeschlossen zu werden. Dafür hatte Sonia sie immer bewundert. Nicht, daß sie auch nur die geringste Lust gehabt hätte, es ihr gleichzutun, einer von der Sorte hatte ihr vollauf genügt. Aber daß Malu es schaffte, sich einen Dreck um die Konventionen dieser Leute zu kümmern und trotzdem von ihnen akzeptiert zu werden, verdiente Sonias Hochachtung.

Malu war auch die einzige, die sie nicht wie einen Paria behandelte, nachdem sie sich von Frédéric abgesetzt hatte. Sie trafen sich nach wie vor zum Mittagessen, und sie war es auch gewesen, die Sonia in das Clubleben der Stadt eingeführt hatte. Malu war immer der Meinung gewesen, eine

Frau sollte ein Privatleben haben, besonders, wenn sie in festen Händen war.

So war es denn auch Malu, die als erste von Sonias Plänen erfuhr. Sie billigte Sonias Entscheidung nicht. »Keinen Fußbreit, erinnerst du dich?«

»Ich weiche nicht, ich will nur mein Leben ändern. Das hier tut mir nicht gut.« Sonia erzählte ihr von ihrem LSD-Trip.

»Du hast Farben gerochen und Stimmen gesehen? Und beklagst dich? Gib mir die Adresse von dem Typen.«

»Es war kein gutes Erlebnis.«

»Deswegen mußt du doch nicht gleich in der Versenkung verschwinden.«

»Es ist das Gegenteil von Versenkung. Ich gehe in die Höhe. Berge, Höhenluft, Sonne und den ganzen Tag Wellness.«

»Wellness für die andern, du knetest die Hängeärsche.«

»Ich bin Physiotherapeutin, nicht Masseuse.«

»Sonia, tu ihm den Gefallen nicht. Laß dich nicht vertreiben.«

»Erst wenn ich weg bin, glaubt er, daß ich nicht zu ihm zurückkomme.«

»Du hast keine Ahnung von Männern. Er will dich nicht zurückhaben. Er will nur derjenige sein, der Schluß macht. Glaub einer alten Frau.« Malu bezeichnete sich als alte Frau, seit sie ihren vierzigsten Geburtstag nicht gefeiert hatte. Vor einem halben Jahr.

»Mir ist lieber, ich bin nicht in der Nähe, wenn sie ihn rauslassen.«

»So bald lassen sie den nicht raus.«

»Sie dürfen ihn nicht länger behalten, als seine Strafe dauern würde.«

»Der Mann ist geisteskrank. Eine Gefahr für die Gesellschaft.«

»Nur für einen winzigen Teil der Gesellschaft. Mich.«

Eine junge Thailänderin in einer Seidenbluse mit Stehkragen brachte Sonias Tom Yang Gung. Sie beugte sich über die Schale und sog den Duft ein. Er roch rotgelb und fühlte sich an wie eine spitz zulaufende Spirale.

»Ist was mit der Suppe?« fragte Malu besorgt. Sie hatte sie empfohlen, aber für sich selbst Saté-Spießchen bestellt.

»Nein, sie riecht wunderbar.« Sonia tauchte den Porzellanlöffel ein, ließ ihn etwas abkühlen und versuchte. Es war, als schlürfte sie eine brennende Wunderkerze. Silberne Funken füllten ihre Mundhöhle und verglühten auf ihrer Zunge. Tränen schossen ihr in die Augen.

»So scharf?« erkundigte sich Malu.

Sonia nickte. Langsam und konzentriert löffelte sie die Suppe aus. Aber die Tränen flossen weiter.

»Immer noch die Suppe?«

»Immer noch das Leben«, antwortete Sonia.

»Vielleicht hast du recht. Vielleicht solltest du von hier weg.«

Später, beim Abschied, fragte Malu: »Und was hast du mit der Wohnung vor?«

Am gleichen Abend rief Frédéric an. Sie wußte, daß er es war, bevor er ein Wort gesagt hatte. Sie hielt den Hörer ans Ohr, sagte »ja« und wartete.

Sie hörte einen Atemzug und sah gleichzeitig eine ver-

schwommene Kontur aus einem sonderbaren Kobaltgrün.
»Was willst du, Frédéric?«

Als er zu sprechen begann, wurde die Kontur schärfer.
»Ich muß mit dir reden.«

»Ich nicht.« Sonia beendete das Gespräch. Das Kobaltgrün löste sich auf, als hätte es jemand mit klarem Wasser vermischt.

Aber das Herzklopfen blieb. Sie nahm es mit in den Korridor, in die Küche, ins Bad und legte sich schließlich damit aufs Bett. Sie versuchte, sich auf andere Geräusche zu konzentrieren: das Rauschen des Abflußrohrs im Bad, das Ticken des Heizkörpers, die Schritte aus der Wohnung über ihr, das Klimpern aus Pavarottis Käfig. Ihr Herz beruhigte sich nicht, aber sein Pochen trat etwas in den Hintergrund.

Was war das gewesen, dieser kobaltgrüne Schatten? Er gehörte zu Frédéric, kein Zweifel. Aber warum hatte sie ihn durchs Telefon gesehen?

Nein, sie hatte den kobaltgrünen Schatten nicht gesehen. Sie hatte ihn gehört.

Sonia stand vom Bett auf und ging in die Küche. Im Korridor fiel ihr Blick auf die Stelle an der Wand, zum ersten Mal seit langem. Der Fertiggips, mit dem das Einschlagloch zugespachtelt war, hatte beim Eintrocknen eine Delle hinterlassen.

Sie öffnete einen der beiden sizilianischen Weine, die sie sich für eine besondere Gelegenheit aufgespart hatte. Bei Wein mußte sie sich wenigstens nicht beunruhigen, wenn er rot roch und rund schmeckte.

2

Pavarotti saß in einem Transportkäfig, welcher – mit einem Frottiertuch umwickelt – in einer kleinen Louis-Vuitton-Reisetasche steckte. Sie hatte sie einst von Frédéric geschenkt bekommen und nie benutzt. Sonia fand Louis-Vuitton-Taschen vulgär, aber für Tiertransporte gerade noch akzeptabel.

Sie saß allein in einem Viererabteil, hatte die Tasche neben sich gestellt und die Sitzbank gegenüber mit ihrer Handtasche und ihrer Reiselektüre belegt. So hoffte sie, Mitreisende davon abzuhalten, sich zu ihr zu setzen. Noch gut vier Minuten mußte sie durchstehen, bis der Zug den Bahnhof Chur verlassen würde.

Sie blickte durch das Muster aus Wasserläufen hindurch auf den Bahnsteig. Ein dicklicher Halbwüchsiger warf eine Münze in einen Automaten voller Junk-Food und drückte eine Zahlenkombination. Nichts geschah. Er drückte noch einmal. Wieder geschah nichts. Jetzt drückte er auf die Geldrückgabetaste. Nichts.

Er schaute sich um und begegnete Sonias Blick. Sie hob die Schultern.

Der Junge schlug auf die Armatur des Automaten. Erst sachte, dann immer wütender.

Bestimmt sabotiert durch das Bundesamt für Gesund-

heit, dachte Sonia und mußte lächeln. Seit heute morgen, als sie Malu die Schlüssel ihrer Wohnung übergeben hatte, war sie guter Laune. Es war, als hätte sie eine schwere Last abgeworfen.

Sie begann ein neues Leben mit leichtem Gepäck. Außer Malu wußte niemand, wo sie hingegangen war. Und auch ihre neue Handynummer kannte sonst niemand.

Malu nahm die Wohnung mit allen Möbeln, denn sie wollte nicht einziehen, sie brauchte sie nur, um, wie sie sich ausdrückte, »ein wenig Spielraum in die enge Beziehung mit Alfred zu bringen«. Am Ende der Sommersaison wollte sie sie wieder für Sonia freigeben.

Aber Sonia wußte, daß sie nie mehr in diese triste Straße zurückkehren würde. Nie mehr das muffige Treppenhaus hinaufsteigen. Nie mehr den Schlüssel in das neue Sicherheitsschloß der zweckmäßig reparierten Tür stecken. Nie mehr in der billigen Einbauküche Fertiggerichte wärmen. Nie mehr die fremden Küchengerüche aus der Badezimmerlüftung. Nie mehr der Lärm von Haß und Liebe aus den Nachbarwohnungen. Nie mehr mitten in der Nacht ein Taxi rufen, nur um die Tristesse ihrer Wohnung mit der Melancholie einer Lounge zu tauschen.

Der Zugführer ließ einen langen, klagenden Pfiff ertönen. Der Jugendliche versetzte dem Automaten einen letzten Fußtritt und sprang auf. Mit einem Ruck fuhr der Zug an.

Sonia vertiefte sich in ihr Handbuch für Balneologie, um falls nötig den Blickkontakt mit einem platzsuchenden Passagier zu vermeiden. Aber niemand kam, außer dem Schaffner. Er kontrollierte ihre Fahrkarte und wünschte eine gute Fahrt.

Nach wenigen Minuten hatte die Bahn die Peripherie der kleinen Stadt erreicht. Sonia sah freudlose Wohnsiedlungen, auf deren Fassaden der Regen seine Spuren hinterlassen hatte, und häßliche Industriebauten kleiner Firmen, deren unbeholfene Schriftzüge aufdringlich leuchteten in der düsteren Regenlandschaft. Sonia wandte sich ihrem Buch zu.

»Ist hier noch frei?«

Sonia sah widerwillig auf. Eine alte Frau in einer gelben Regenhaut stand neben dem Abteil und blickte vorwurfsvoll auf die belegte Sitzbank. Sonia räumte wortlos ihre Sachen weg. Die Frau zog ihre Regenhaut aus. Darunter war sie ebenfalls gelb gekleidet. Eine Hose mit einem von Gelb dominierten Schottenmuster. Ein Twinset aus Jäckchen und Pullover aus gelber, fleckiger Kaschmirwolle. Einen gelben Schal mit einem zarten Blumenmuster. Auch ihre Haare waren gelb. Nur die Augen waren grün und von einem Lidstrich in ähnlicher Farbe eingefaßt. Ihre Lippen waren chinarot geschminkt.

Sonia konzentrierte sich wieder auf ihr Buch. Sie spürte, daß die Frau sie anstarrte. Aber Sonia heftete ihren Blick fest auf das Handbuch der Balneologie. Sie hatte keine Lust auf eine Reisekonversation.

Ausgerechnet jetzt begann Pavarotti zu schimpfen. Sonia versuchte, es zu ignorieren. Bis die Frau sagte: »Ihre Wellis brauchen Luft.«

Sonia spähte durch den halb geöffneten Reißverschluß in das Innere der Tasche. Sie fühlte sich bemüßigt zu sagen: »Er hat genug Luft.«

Die Frau schwieg einen Moment. Dann fragte sie: »Hat er keinen Spielgefährten?«

»Nein, er ist Single.«

»Einzelhaft. Ich nenne es Einzelhaft. Wellis sind Schwarmtiere.«

»Pavarotti haßt Wellensittiche.«

»Woher wollen Sie das wissen?«

»Er hatte schon zwei Spielgefährten. Beide hat er totgehackt.«

»Totgehackt?« stieß die gelbe Frau ungläubig aus. »Dann ist das Tier fehlgeprägt.«

»Er ist nur lieber allein. Soll vorkommen.«

»Ich hoffe, er hat wenigstens einen Spiegel.«

»Auch darauf hackt er ein.«

»Naturäste. Keine gedrechselten Holz- oder Plastikstangen. Davon bekommt er Ballengeschwüre.«

»Er sitzt auf einem Buchenzweig aus biologischer Bodenhaltung.«

»Machen Sie sich nur lustig.«

Der rote Zug fuhr durch eine enge Schlucht. Tannen mit regenschweren Ästen säumten die Strecke. Zuweilen stach das zarte Grün einer Lärche heraus. Der alte Wagen zweiter Klasse rumpelte über die Schienen. Sonia mußte den Zeigefinger benutzen, um den Zeilen ihres Buches zu folgen. Aus den Augenwinkeln beobachtete sie die alte Frau. Die starrte auf die Tasche, als versuchte sie, telepathischen Kontakt mit Pavarotti aufzunehmen.

Ihre Hände hatte sie auf die Knie gelegt. Sie waren ungewöhnlich groß und ungeschlacht. Die Fingernägel trugen das gleiche Chinarot wie ihre Lippen und wölbten sich über die Nagelbetten wie lackierte Nußschalen.

Sonia begannen diese Hände unheimlich zu werden. Sie

blickte auf. Die Gelbe schaute ihr direkt in die Augen. »Ich habe mein ganzes Leben lang schwer gearbeitet«, sagte sie, wie um ihre Hände zu rechtfertigen.

Sonia wußte nicht, was sie darauf antworten sollte.

»Nehmen Sie den Vogel immer mit in die Ferien?« erkundigte sich die Frau.

»Ich fahre nicht in die Ferien.«

»Sie wohnen oben?«

»Ja.«

»Wo?«

»Val Grisch.«

»Da hätten Sie über Klosters fahren müssen, durch den Vereina-Tunnel.«

»Ich mag Tunnels nicht besonders.« Sonia nahm sich wieder das Buch vor, aber die Frau verstand den Wink nicht.

»Arbeiten Sie dort?«

Sonia nickte, ohne aufzuschauen.

»Als was?«

»Physiotherapeutin«, seufzte sie. Gleich wird sie mit ihren Symptomen kommen.

Aber die Alte ging nicht weiter darauf ein. »Ich mache nur ein kleines Fährtchen. Ich habe das Generalabonnement.«

»Hm.«

»Morgens gehe ich zum Bahnhof und steige in einen Zug. Abends bin ich wieder zu Hause.«

»Schön.«

Sonia spürte, daß die Frau sie ansah und darauf wartete, daß sie mehr sagte. Sonia widerstand.

»Vielleicht scheint weiter oben die Sonne.«

35

»Vielleicht«, murmelte Sonia.

»Wissen Sie, wie lange wir keine Sonne mehr hatten?«
Sonia schüttelte den Kopf.

»Zweiundvierzig Tage.«

Sonia schaute von ihrem Buch auf. »Ich möchte nicht
unhöflich sein, aber ich muß das hier lesen.«

Die gelbe Frau nickte. »In Ihrem Alter ist man nicht so
sehr auf die Sonne angewiesen. Aber unsereins wird schwer-
mütig.«

Von jetzt an schwieg die gelbe Frau. Sonia versuchte,
sich auf das Buch zu konzentrieren, aber immer wieder ertappte sie sich dabei, daß ihre Augen lasen und ihr Kopf
nicht. Was war sie doch für eine Zicke geworden. Was war
schon dabei, mit einer einsamen alten Frau, die ihre Zeit
mit Eisenbahnfahrten totschlug, ein paar Worte zu wechseln? Was war denn sie anderes als eine einsame Frau mit
ihrem Wellensittich auf einer Bahnfahrt?

Sonia sah aus dem Fenster. Sie konnte die Lokomotive
sehen. Über den Quadersteinbögen eines schwindelerregenden Viadukts. Sie schloß die Augen.

Als sie sie öffnete, blieb es stockdunkel.

»Der Landwassertunnel«, sagte die gelbe Frau. Für einen
kurzen Moment sah Sonia ihre Stimme. Sie war nicht gelb,
sie war von einem staubigen Grau, das sich kaum abhob
vom Dunkel des Tunnels.

Ein paar Sekunden später begann der Waggon sich wieder mit dem trüben Tageslicht zu füllen. Dann lag der Tun-
nel hinter ihnen.

»Sie mögen keine Tunnels und keine Höhen«, stellte die
Frau fest. »Dann wohnen Sie in der falschen Gegend.«

»Im falschen Land.«

Die Frau lachte, Sonia lachte mit.

In Samedan mußte Sonia umsteigen. Sie verabschiedete sich von Susi Bellini. So hieß die gelbe Frau, nach ihrem vor bald dreißig Jahren verstorbenen Mann, einem Rohrschweißer aus Kalabrien, über den Sonia jetzt alles wußte.

Frau Bellinis Hoffnung auf ein bißchen Sonne hatte sich nicht erfüllt. Sonia stand mit ihrem Rollwägelchen und Pavarottis Tasche auf dem Bahnsteig und fröstelte. Ein beharrlicher Regen fiel auf Plattformüberdachung und Bahnschwellen. Ihr Aufenthalt dauerte gut zwanzig Minuten. Zu kurz für das Bahnhofbüffet, hatte sie beschlossen. Außer ihr hatte nur ein einziger Mitreisender die gleiche Entscheidung getroffen. Ein älterer Mann mit einem schmalkrempigen Hut aus naßglänzendem Leder. Er trug zwei Einkaufstüten, die er nicht auf den nassen Boden stellen wollte, sie waren aus Papier.

Sonias gute Laune war verflogen. Sie konnte knapp die Depression auf Distanz halten, die auf sie wartete. Sie hatte eine gewisse Virtuosität entwickelt im Umgang mit der Schwermut. Sie wußte, hinter welchen Gedanken sie kauerte, in welchen Bildern sie sich einnistete und welche Geräusche sie anlockten. Es fiel ihr leicht, sich ihr hinzugeben, und auch nicht allzu schwer, sie wieder abzuschütteln.

Pavarotti war so still, daß sie einen Blick in die Tasche warf. Sie schob das Frottiertuch beiseite und sah, daß sie ihn geweckt hatte. Er machte ein paar seitliche Schritte auf dem Zeitungspapier, mit dem sie den Käfigboden ausgelegt hatte, und schaute sie mit einem vorwurfsvollen Auge an.

»Pardon«, murmelte sie und zog den Reißverschluß wieder etwas zu.

Ein Elektrowagen mit zwei Anhängern voller Gepäck fuhr vorbei. Sonia erkannte ihre beiden Koffer und die Schachtel mit Pavarottis Käfig. Etwas weiter vorn hielt der Fahrer und begann, in einer zerfledderten Boulevardzeitung zu lesen.

Der leise Dauerregen schwoll plötzlich zu einem Platzregen an. Die rote Lokomotive, die in der Ferne auftauchte, hatte die Scheinwerfer eingeschaltet.

Val Grisch lag in einem Seitental des Unterengadins, eine Viertelstunde mit dem Postauto von der Bahnstation Storta entfernt. Von den etwa sechshundert Einwohnern – in der Hochsaison ein paar mehr – waren die meisten Pendler, die im Oberengadin arbeiteten. Es gab ein paar hauptberufliche Bauern und ein paar wenige nebenberufliche. Wer einen Schreiner, einen Elektriker, einen Schlosser, einen Arzt, einen Apotheker oder einen Lehrer brauchte, fand ihn in Val Grisch auch. Es gab vier Restaurants, fünf Pensionen, ein paar Dutzend Ferienhäuser und -wohnungen, einen Kindergarten, eine Primarschule und eine katholische Kirche aus dem sechzehnten Jahrhundert.

Die touristische Hochblüte hatte das Dorf in der Zeit erlebt, als die Engländer die Schweiz erfanden. Neunzehnhundertdreizehn, im gleichen Jahr, als die Rhätische Bahn die Strecke von Bever nach Scuol einweihte und Val Grisch mit den Hauptstädten dieser Welt verband, eröffnete Gustav Mellinger, ein Unternehmer aus St. Gallen, das Hotel Gamander. Dieser Sommer/Herbst neunzehnhundertdreizehn

sollte als die beste Saison in die Geschichte des Gamander eingehen. Im folgenden Sommer brach der Erste Weltkrieg aus, und nach dem Zweiten folgte der Siegeszug der Skilifte. Val Grisch versuchte bis in die sechziger Jahre, mit der Entwicklung Schritt zu halten, baute drei Schlepplifte und eine Sesselbahn und sogar eine nie fertiggestellte Sprungschanze. Aber die Hänge über dem Dorf waren ein zu anspruchsloses Skigebiet, und die höher gelegenen waren fast besser von den benachbarten Kurorten zu erreichen, in denen auch sonst mehr geboten wurde.

Das Gamander, einst konzipiert für das gehobene Bürgertum, überlebte zuerst dank ein paar treuen Stammkunden und dann immer mehr dank Bergwanderern, Naturfreunden und Reisegruppen auf der Durchfahrt. Es bekam die Patina einer Jugendherberge mit lustig gezeichneten Hausregeln am Anschlagbrett und Gästen, die auf der Terrasse ihre mitgebrachten Lunchpakete verzehrten.

Das Dorf hatte sich längst damit abgefunden, vom Einkommen der Pendler, etwas Tagestourismus, den Ferienwohnungsbesitzern und der Parahotellerie zu leben, da wechselte das Hotel den Besitzer. Es wurde für viel Geld renoviert und erweitert.

Val Grisch lag auf einer Südterrasse an der Mündung eines weiten, terrassierten Tals auf etwas über vierzehnhundert Meter über Meer. An klaren Tagen hatte man eine herrliche Sicht auf die waldigen Ausläufer der Felskette der gegenüberliegenden Talseite und ihre schroffen, grauweißen Zacken. Die letzten Kilometer der gewundenen Straße ins Dorf führten durch sanfte Wiesen, die aussahen, als hätte sie ein Gartenarchitekt angelegt.

Aber an diesem nebelverhangenen Regentag sah Sonia durch das beschlagene Postautofenster nur den Saum der Wiesen, dicht und gepflegt wie das Green eines Golfplatzes. Der Bus war nur zu einem Drittel besetzt. Die meisten Fahrgäste waren Schüler, die der Primarschule von Val Grisch entwachsen waren und in die Mittelschule pendelten. Sie hatten sich in Storta mit der Selbstverständlichkeit von Stammgästen auf ihre Plätze gesetzt, sich kurz zugenickt und ihren Schularbeiten oder Handys zugewandt. Kaum ein Wort war gefallen auf der Fahrt. Nur wenn das Postauto hielt und jemanden aus- oder einsteigen ließ, war ein knappes »buna saira« zu vernehmen.

Auch die übrigen Passagiere – ein alter Mann mit einem abgewetzten Militärrucksack, eine Frau um die Fünfzig mit zwei Taschen, aus denen die Spitzen von Tomatensetzlingen herauslugten, und ein übermüdeter Rekrut auf Urlaub – hatten sich einzeln auf die Zweiersitze verteilt. Nur zwei alte Eheleute, beide in rauchfarbenen durchsichtigen Pelerinen, saßen nebeneinander. Aber auch sie sprachen kein Wort.

Plötzlich mischte sich in das verläßliche Brummen des Diesels das Horn des Postautos. »Tüü-Taa-Taa!« klang es vor einer Kurve, die so eng war, daß der Fahrer ein Stück der Gegenfahrbahn in Anspruch nehmen mußte. Und noch einmal »Tüü-Taa-Taa!« wie aus Erleichterung, daß nichts entgegengekommen war.

Ein Gruß aus einer längst verschwundenen Welt. Sonia war für ein paar Sekunden erfüllt von der Zuversicht ihrer Kindheit.

Sie gähnte und wischte sich in einem vorgetäuschten Müdigkeitsanfall zwei Tränen aus den Augen.

Das alte Ehepaar stand auf, das Postauto verlangsamte die Fahrt und hielt an. Die beiden stiegen aus und gingen auf ein kleines Seitensträßchen zu. Die Tür schloß sich, der Chauffeur legte den Gang ein und fuhr weiter. Als Sonia zurückschaute, waren die grauen Pelerinen des Paars kaum mehr vom Grau des späten Nachmittags zu unterscheiden.

Sonia stieg als letzte aus. Das Postauto stand vor der Post, einem dem Baustil der alten Engadinerhäuser nachempfundenen Neubau. Der Gepäckraum an der Wagenunterseite war aufgeklappt. Der Chauffeur half Sonia, ihre beiden Koffer, die Schachtel mit dem Käfig und das Rollwägelchen auszuladen. Dann wünschte er ihr schöne Ferien.

Ein großer Mann um die Vierzig mit einer grünen Schürze kam auf sie zu. Er trug einen Regenschirm und eine Uniformmütze, auf der in goldenen Buchstaben »Hotel Gamander« stand. »Sonia Frey?« fragte er. Er hatte eine tiefe, angenehme Stimme und einen slawischen Akzent.

Sie nickte.

»Ich bin Igor.« Sie gaben sich die Hand. Zwei Arbeitskollegen bei ihrer ersten Begegnung. »Warte hier, bitte.«

Er nahm ihre Koffer und verschwand damit hinter der Hausecke. Kurz darauf kam er wieder und nahm die Schachtel mit dem Käfig und das Rollwägelchen.

»Laß nur«, sagte Sonia, »ich kann auch etwas tragen.«

Igor schüttelte den Kopf. »Muß üben.«

Sie folgte ihm um die Hausecke. Dort stand ein dunkelblauer Landauer mit einem Lederverdeck und dem Schriftzug »Hotel Gamander«. Zwei nasse Pferde und ein Kutscher

in einer durchnäßten Lodenpelerine warteten mißmutig, daß es weiterging. Igor verstaute das Gepäck und öffnete den Schlag.

Sonia lachte. »Damit holt ihr das Personal ab?«

»Zum Üben.« Igor schloß den Schlag und stieg zum Kutscher auf den Bock. Mit ein paar Rucken setzte sich das Gefährt in Bewegung. Sonia war die Sache peinlich.

Colonials Bruhin war eine Mischung aus Lebensmittelladen, Souvenirgeschäft, Kiosk und Schreibwarenhandlung. Es gab dort Wanderkarten, Romanisch-Sprachführer für Anfänger, Handbücher der alpinen Flora und Fauna, aber auch Himalaja-Salz, Duftkerzen, Wohlfühl- und Entspannungstees und andere Überbleibsel verschiedener Sortimentsexperimente der Besitzerin. Auch einen billigen Schirm konnte man dort kaufen oder eine Windjacke. Anna Bruhin, eine hagere Frau von etwas über sechzig, war spezialisiert auf die Dinge, die man vergessen oder nicht eingeplant hatte.

Aber eigentlich versorgten sich die Dorfbewohner bei den Großverteilern im Tal. Dort war es billiger, und die Auswahl war größer. Auch das Geschäft mit den Touristen lief schlecht. Sie kauften ihre Filme nicht mehr bei ihr, weil sie alle Digitalkameras besaßen. Und daß das Gamander, jetzt, da es für Millionen renoviert war, es weiterhin dulden würde, daß die Touristen die bei Colonials Bruhin gekauften Lunchbrote auf der Hotelterrasse aßen, war auch unwahrscheinlich. Vielleicht würde sie kalte Getränke anbieten. Und das Glacé-Sortiment erweitern. Falls es überhaupt jemals Sommer wurde. Es war Anfang Juni, noch nicht

einmal sechs Uhr, und sie hatte schon das Licht an im Laden.

Sie öffnete die Ladentür. Das Gebimmel über ihr, das sie dadurch auslöste, registrierte sie schon lange nicht mehr. Neben dem Eingang stand eine Tafel mit der Aufschrift »Heute frische Erdbeeren!«. Sie war mit einer Plastikfolie überzogen, damit der Regen die Kreide nicht wegwusch. Ein einziges Körbchen hatte sie verkauft. So bald würde sie nicht wieder Frischangebote machen.

Frau Bruhin wischte die Folie mit einem Lappen trocken und brachte die Tafel hinein. Als sie die Tür zumachte, fuhr die Kutsche des Gamander vorbei.

Auf dem Sims im Küchenvorraum des Steinbocks lag eine brennende Zigarette. Die Glut fraß sich langsam zum Holz vor. Noch fünf Millimeter, und sie würde einen Brandfleck hinterlassen, wie schon viele andere davor.

Aus der Küche drangen weißes Neonlicht und Salsa. Ab und zu klapperte eine Pfanne oder rauschte ein Wasserhahn. Aber es war viel zu still für eine Restaurantküche eine gute Stunde vor dem Abendessen.

Peder Bezzola betrat den Raum, klaubte die Zigarette vom Sims und nahm einen tiefen Zug. Er trug eine Kochjacke mit Kugelknöpfen und dem Monogramm PB, eine karierte Hose, ein Dreieckstuch und eine Ballonmütze. Alles makellos, wie bei einem Fernsehkoch.

Peder ging zu einem Vorratsgestell, auf dem sich lang haltbare Produkte, Salz, Zucker, Reis, Öl, Konserven, befanden. Dort stand eine angefangene Flasche Bordeaux und ein leeres Glas. Er füllte es und öffnete das Fenster.

Kühle Regenluft drang in den kleinen Raum. Die Straße war menschenleer. Er warf die Zigarette aus dem Fenster.

Ein alter grüner Landrover fuhr vor und parkte neben dem Eingang des Steinbocks. Luzi Bazzell, ein stämmiger älterer Mann in einem grauen Arbeitsanzug, stieg aus und ging auf den Eingang zu. Er würde den ganzen Abend Karten spielen, Bier trinken und einen Salsiz mit Brot essen, vielleicht auch zwei.

Peder zupfte eine neue Zigarette aus einem Päckchen, das auf dem Vorratsgestell lag, und steckte sie an. Er nahm einen Zug und legte sie aufs Fensterbrett. Den Wein hatte er noch nicht angerührt.

Gemächliches Hufegeklapper näherte sich. Peder wandte sich ab, schloß das Fenster, leerte das Glas und ging in die Küche zurück.

Sandro Burger, der Sigrist, schlenderte durchs Mittelschiff und schaute in jede Bankreihe, ob nichts liegengeblieben war. Er tat das eher symbolisch, denn unter der Woche außerhalb der Saison blieb nie etwas liegen. Weil nie jemand die Kirche betrat. Außer der alten Seraina und der noch älteren Annamaria. Aber die beteten nur vor dem Marienaltar und ließen nie etwas liegen.

Nur an jedem vierten Sonntag im Monat, wenn Pater Dionys die Messe las, mußte Sandro Burger den Staubsauger herausholen. Und während der Saison manchmal, wenn eine Reisegruppe die Kirche besichtigt hatte.

Er löschte das ewige Licht beim Altar und die Sparbeleuchtung. Dann prüfte er, ob das Hauptportal verschlossen war, ging zum Seitenportal, warf einen letzten Blick in

die stille Kirche, trat ins Freie und schloß ab. Es war genau sechs Uhr. Morgen früh um sechs würde er San Jon wieder öffnen.

Es regnete wieder stärker. Er zog die Kapuze seiner Goretex-Jacke über den fast kahlen Kopf und schlug den Weg zum Kirchplatz ein. Die beiden Laternen brannten bereits. Der Landauer des Hotel Gamander fuhr über den Platz. Burger winkte dem Kutscher zu. Er hieß Curdin Josty und war sein Cousin. Ihm gehörten die Pferde. Er arbeitete neuerdings für eine Pauschale als Hotelkutscher.

Curdin winkte zurück.

Die eiserne Spitze von Gian Sprechers Spazierstock klickte auf der naßglänzenden Teerstraße. Er hatte die Kapuze seiner altmodischen roten Skilehrerjacke hochgezogen. Der schlaffe Rucksack aus Ziegenleder war fast schwarz vor Nässe. Sprecher hinkte als Folge einer verschleppten Holzfällerverletzung, die ihn aber nicht daran hinderte, zweimal die Woche seinen Einachser zu Hause zu lassen und den beschwerlichen Weg ins Dorf zu Fuß zu unternehmen. Seine Lippen waren schmal geworden vom ständigen Zusammenpressen.

Beim Anblick der Kutsche verlangsamte er seinen Schritt, um Curdin Zeit zu geben, in die Hoteleinfahrt einzubiegen. Er hatte keine Lust, mit ihm zu reden.

Der Kutscher grüßte ihn mit einer kaum sichtbaren Handbewegung, die Gian mit einem Kopfnicken erwiderte. Er blieb stehen und blickte dem Gefährt nach, bis es den Hoteleingang erreicht hatte und der Portier vom Bock stieg, einen Schirm aufspannte und den Schlag öffnete.

Als die junge Frau ausstieg, wandte Gian den Blick ab und hinkte weiter.

Ein paar breite Stufen führten zum Eingang des Hotels. Als sie die zweitoberste erreicht hatte, glitt die Glastür zur Seite. Sonia betrat die Empfangshalle.

Es roch nach Farbe und Holzpflegemittel. Die Schnitzereien, die den Empfangstresen, die Portiersloge, die Säulen, Balken und Treppengeländer des Raumes verzierten, waren abgelaugt und aufgefrischt. Eine ältere Frau in der Uniform eines Zimmermädchens saugte den roten Spannteppich. Auf einer hohen Bockleiter stand ein Elektriker und machte sich an einem schweren Kronleuchter zu schaffen. Hinter dem Empfangstresen saß ein junger Mann vor einem Flachbildschirm. Zwei Frauen guckten ihm über die Schultern. Eine der beiden war Barbara Peters.

Niemand schien Sonias Ankunft zu bemerken. Erst als Igor mit dem Gepäck kam und verkündete: »Frau Frey ist angekommen«, schaute Barbara Peters auf. Sie war ungeschminkt, was bei ihrem Gesicht aussah wie ein sehr diskretes Make-up, und trug ihr Haar sorgfältig ungekämmt.

»Entschuldigen Sie, wir sind hier mitten in einem Computerkurs. Darf ich vorstellen: Ihre Kollegin Michelle Kaiser, Rezeptionistin, und Herr Kern, der versucht, uns seine Hotel-Software zu erklären.«

Neben Barbara Peters sah die Rezeptionistin aus wie die unattraktive Freundin, mit der eine schöne Frau ihr eigenes Aussehen hervorhebt. Aber ohne diesen Gegensatz war sie recht hübsch. Sie hatte ein rundes Gesicht, trug ihr schwarzes Haar kurz wie ein Rekrut und lächelte, als hätte sie

sich schon den ganzen Tag auf Sonia gefreut. Jetzt, da sie zur Begrüßung aufstand, sah Sonia, daß sie klein war. Fast zu klein für den Empfangstresen, hinter dem sie ihre Arbeitstage verbringen würde. Sie überreichte Sonia einen Ring mit zwei Schlüsseln, und die neue Chefin sagte: »Igor zeigt Ihnen Ihr Zimmer, und wenn Sie eingerichtet sind, kommen Sie runter, und ich zeige Ihnen den Rest.«

Sonia haßte Dachschrägen. Sie erinnerten sie an die Zeit, als sie eine Zahnspange trug (was damals noch kein Modeaccessoire war) und einen Kopf größer war als alle Jungen, die sie interessierten. Die Dachschräge in ihrem Zimmer von damals war pistaziengrün gestrichen, was ihre Mutter, die auch sonst nicht viel von jungen Mädchen verstand, für eine Jungmädchenfarbe hielt. Die schiefe Ebene über ihr gab ihr das Gefühl, sie würde aus dem Zimmer rutschen.

Und jetzt hatte ihr neues Zuhause eine Dachschräge. Keine pistaziengrüne, sondern eine getäfelte, was fast noch schlimmer war. Es erinnerte sie an ihr Zimmer in der Ferienwohnung im Berner Oberland, dessen Wände so dünn waren, daß sie jeden Streit ihrer Eltern mitbekam. Und jede Versöhnung.

Sonia zog die Gardine beiseite und öffnete das Fenster. Wenigstens lag es nicht so hoch wie normalerweise Mansardenzimmer liegen. Das verwinkelte Dach des Gamander war an dieser Stelle tief hinuntergezogen. Die Krone einer Birke, deren Äste sie beinahe berühren konnte, verdeckte den größten Teil der Aussicht und gab ihr ein Gefühl von Sicherheit.

Der Raum war klein, vielleicht drei auf vier Meter. Er

war möbliert mit einer Waschkommode, einem Schrank mit einem ovalen Spiegel und einer schmalen Bettstatt mit einem Nachttisch. Allen vier Möbelstücken sah man an, daß sie aus den ursprünglichen Mobiliarbeständen des Hotels stammten. Man hatte sie in die Ablaugerei gebracht, um ihnen die Muffigkeit zu nehmen. Sonia war sich nicht sicher, ob das gelungen war.

Beim Fenster stand ein Schreibtisch aus den sechziger Jahren, daneben ein olivgrüner Polstersessel, ebenfalls aus dem Fundus des Hauses. Die modernsten Einrichtungsgegenstände waren ein billiger Hotelfernseher auf einer schwenkbaren Konsole, die an der Täfelung der nicht abgeschrägten Wand angebracht war, und ein Telefon.

Das Badezimmer versöhnte sie. Es war riesig und schwarzweiß gefliest, besaß ein altmodisches Waschbecken, ein dazu passendes WC und eine freistehende Badewanne mit Löwenfüßen. In der Dachschräge war ein Mansardenfenster eingelassen, durch dessen Milchglasscheiben das graue Licht der frühen Dämmerung drang. Wahrscheinlich war es ursprünglich ein Etagenbad gewesen, von dem man später diesen kleinen Schlafraum abgetrennt hatte.

Sonia setzte sich aufs Bett. Durch das offene Fenster drang das Rieseln des Regens auf das Birkenlaub. Am Baum vorbei sah sie ein Stück der Straße und dahinter die blaugrauen Schlieren, die den Hang verhüllten. Sie schloß das Fenster und begann, Pavarottis Käfig auszupacken.

Mitten in der Nacht erwachte sie mit Herzklopfen. Ein Geräusch mußte sie erschreckt haben. Vielleicht die Kirchenglocke, die in der Ferne jede Viertelstunde schlug. Oder viel-

leicht jemand, der nicht schlafen konnte. In diesen alten Häusern hörte man jeden Schritt. Sie hielt den Atem an und horchte.

Die Gestalt auf dem Polstersessel waren ihre Kleider, das wußte sie vom ersten Mal, als sie aus dem Schlaf geschreckt war. Danach hatte sie im Bad Licht gemacht und die Tür einen Spaltweit offengelassen. Der schmale Lichtstreifen fiel längs durchs Zimmer und nahm dem Raum das Bedrohliche fremder Räume in der Nacht.

Sie hätte mehr trinken sollen, dann würde sie jetzt besser schlafen. Barbara Peters hatte gesagt: »Ich nehme ein Wasser, aber wenn Sie zum Essen ein Glas Wein mögen, bin ich nicht schockiert.« Sonia hatte darauf ein Glas Veltliner bestellt und war bei diesem einen geblieben. Die Qualität des Weines hatte ihr diese Entscheidung erleichtert.

Alle Angestellten hatten im Speisesaal gegessen, als Übung für das Servierpersonal. Zuvor hatte Barbara Peters ihr das Haus gezeigt. Sie hatte es mit Hilfe einer Innenarchitektin zu seiner Substanz zurückgeführt, wie sie es nannte. Sie machten anhand der ursprünglichen Pläne und Fotos aus dem Eröffnungsjahr die meisten Versuche der Vorbesitzer, das Haus zu modernisieren, rückgängig, brachten aber die Infrastruktur auf den neuesten Stand. Der Versuch, dem alten Kasten eine jugendliche Ausstrahlung zu verleihen, war nicht ganz gelungen. Das Düstere und Muffige, das man zum Verschwinden bringen wollte, wurde da und dort eher noch betont. Das Problem war nicht die Einrichtung. Das Problem war die Architektur.

Das Gamander besaß achtundzwanzig Zimmer, davon sechs Junior-Suiten, drei Suiten und eine Turmsuite auf zwei

Ebenen. Alle waren mit ausgesuchten Stücken aus der Epoche liebevoll und sparsam eingerichtet. Nur ein kleiner Teil des Mobiliars stammte aus den vielen verwinkelten Dachböden des Hauses.

Der Wellness-Bereich, dieser in die Seite des historistischen Monstrums getriebene Keil aus Glas, Granit, Stahl und Wasser, verzichtete auf das übliche Wohlfühl-Design und vermittelte mit minimalistischer Strenge meditative Ruhe. Er besaß zwei Pools, einen zum Schwimmen und ein siebenunddreißig Grad warmes mit Natursole angereichertes Thermalbad. Es ragte um ein Drittel ins Freie hinaus und ließ von Spots angestrahlte Dampfschwaden in die kühle Regennacht steigen. Vier geometrische Wasserfälle sorgten für den suggestiven Geräuschpegel.

Eine Treppe neben dem Thermalbad führte in ein Untergeschoß. Dort befanden sich die Räume für den römisch-irischen Zyklus: Warmluftbad, Heißluftbad, Duschen, Dampfbäder, Sprudelbäder, Kaltwasserbäder, Massage- und Behandlungszellen, Ruheraum. Alle Räume waren aus exakt gefügten Quadern aus poliertem Granit gebaut, still und ernst wie Grabkammern.

Hier unten würde sie also ihre Tage verbringen. Zusammen mit Frau Felix und Manuel, ihren beiden Kollegen.

Frau Felix war eine sehr kleine, untersetzte kräftige Frau mit kurzen schwarzen Haaren, Sonia schätzte sie auf etwas über sechzig. Sie hatte den größten Teil ihres Lebens im Unterland verbracht, wo sie als Krankengymnastin arbeitete. Vor ein paar Jahren war sie an den Ort ihrer Jugend zurückgekehrt und hatte von Hausbesuchen als Physiotherapeutin gelebt. Sie hatte beim Abendessen nicht viel gesprochen,

aber Sonia hatte sie immer wieder dabei ertappt, daß sie sie verstohlen beobachtete. Das Seltsamste an ihr war eine extravagante geschweifte Brille, die überhaupt nicht zu ihrer Erscheinung paßte und deren dicke Gläser ihre Augen groß und verschwommen machten.

Manuel, der andere Physiotherapeut, war vor zwei Tagen angekommen. Sonia schätzte ihn auf Mitte Dreißig. Ein rundlicher mittelgroßer Mann mit einem Bart an Kinn und Oberlippe. Sein gewagter Stufenschnitt mit blondierten Strähnen im brünetten Haar wollte sich nicht so richtig ins Gesamtbild fügen. Wenn Manuel lachte, was er oft und laut tat, zeigte er die breite Lücke zwischen seinen Vorderzähnen. Er gab sich keine Mühe, zu verbergen, daß er schwul war. Sonia würde sich an ihn halten.

Aus dem Bad klang das metallische Geräusch, das entstand, wenn Pavarotti sich mit Schnabel und Füßen die Gitterstäbe hochhangelte. Das mußte es gewesen sein, was sie geweckt hatte. Auch der Vogel konnte nicht schlafen am neuen Ort.

Normalerweise hätte sie längst ein Rohypnol genommen. Aber sie hatte das fast volle Schächtelchen heute morgen, kurz bevor sie Malu die Wohnung übergeben hatte, in den letzten Müllsack geworfen und diesen eigenhändig zum Container gebracht. Sie war sicher gewesen, daß die Bahnfahrt wie der Gang durch eine Desinfektionsschleuse wirken und sie alles, was sie belastete, hinter sich lassen würde.

Sie drehte sich mit dem Gesicht zur senkrechten Wand und versuchte, die Dachschräge aus dem Bewußtsein zu drängen. Aber je stärker sie sich darauf konzentrierte, desto

mehr zog es sie hinunter. Das Zimmer begann wegzukippen. Bald würden die Möbel zu rutschen beginnen.

Sonia knipste die Nachttischlampe an. Sofort nahmen das Zimmer und die Gegenstände wieder ihre beruhigende Banalität an. Sie stand auf und begann die schwere Waschkommode mit der hellgrauen Marmorplatte zu schieben. Stück für Stück, um möglichst wenig Lärm zu machen, bis das Möbel an der Längsseite des Bettes stand.

Sie kroch wieder unter die Decke, löschte das Licht und schloß die Augen. Sie spürte die Kommode hinter sich, schwer und unverrückbar. Sie zwang sich, tief und regelmäßig zu atmen. Ein Trick, den sie aus ihrer Ehe kannte. So tun, als schlafe man, bis man einschläft.

Noch einmal schreckte sie in dieser Nacht ein Geräusch aus dem Schlaf. Diesmal war es karmesinrot und fast durchsichtig an den Rändern.

Als Sonia am nächsten Morgen die Vorhänge öffnete, waren die Nebelschleier noch etwas näher gerückt. Es mußte erst vor kurzer Zeit zu regnen aufgehört haben, denn von der Birke tropfte noch unregelmäßig das Wasser. Sie hatte kaum geschlafen, und als sie in den Spiegel schaute, fand sie, man sehe es ihr an.

Sie nahm das Tuch von Pavarottis Käfig. Auch er sah etwas zerknittert aus. »Schau mich nicht so an, ich hab es mir auch anders vorgestellt«, sagte sie. Sie zog Badeanzug und Bademantel an und verließ ihr Zimmer.

Sobald die Glastür beiseite glitt, war das Rauschen der Wasserfälle zu hören. Es roch warm nach Wasserdampf und Chlor. Das Thermalbad war leer, aber aus dem Sportbad tauchte ein Kopf in einer enganliegenden zitronengelben Badekappe auf und wieder unter, auf und unter.

An einem der verchromten Haken neben den gläsernen Duschkabinen hing ein Bademantel. Sonia hängte ihren daneben und duschte. Als sie herauskam, kletterte gerade Barbara Peters aus dem Pool, zerrte sich die Badekappe mit geübtem Griff vom Kopf und schüttelte ihr Haar. »Gut geschlafen?«

»Es geht.«

»Die Luftveränderung. Ich brauche drei Tage.«

Barbara Peters sah aus wie eine siegessichere Miss-Kandidatin nach der Badeanzug-Runde. Sie lächelte unbekümmert: »An Ihrer Stelle würde ich es heute ruhig angehen lassen. Ein wenig die Umgebung kennenlernen, mit dem Vogel spazierengehen, dampfbaden, schlafen, essen. Im Steinbock ißt man übrigens gut. Machen Sie sich einen schönen Tag, Sie sehen etwas müde aus. Sie haben ja noch drei Tage Zeit, bis die ersten Gäste kommen.«

Sonia wartete, bis sie durch die Tür verschwunden war. Dann machte sie einen Bogen um das Sportbecken und ließ sich sachte ins Thermalbad sinken.

Sie trieb im warmen Wasser, bis sie die Zeit vergaß. Danach hüllte sie sich in ein warmes Badetuch aus einem beheizten Schrank und legte sich auf eine Liege im Ruheraum. In einem großen Granitkubus in der Mitte des Raumes war ein Meerwasseraquarium untergebracht, in welchem Clown- und Kardinalfische gelassen ihre Runden drehten.

Ein unsichtbarer Raumbedufter parfümierte die Luft mit ätherischen Ölen, und leise klang aus verborgenen Lautsprechern asiatisch angehauchte Meditationsmusik. Vielleicht war es doch kein Fehler gewesen, hierherzukommen, dachte Sonia, bevor sie einschlief.

Reto Bazzell steuerte den achtundachtziger Mitsubishi Pajero vorsichtig über den glitschigen Feldweg, der von Wengers Hof zur Hauptstraße führte. Der Tankanhänger faßte fünftausendachthundert Kilo Milch und war zu zwei Dritteln voll. Aus den Boxen klang »Rat Race« von Bob Marley.

Reto war Milchsammler, ein Job, den sein Vater für ihn erfunden hatte. Er hatte den letzten acht Milchbauern der Gegend vorgerechnet, wieviel bequemer, billiger und qualitativ besser es wäre, die Milch im Hof in Kühltanks zu lagern und jeden Tag abholen zu lassen, anstatt sie zweimal täglich mit dem Traktor zur Sammelstelle zu fahren. Die Bauern hatten sich, einer nach dem andern, Lagertanks angeschafft und sein Vater diesen gebrauchten Tankanhänger. Seither war Reto zuständig für die Milchsammlung in Val Grisch. Nicht gerade sein Traumjob.

Aber besser als die meisten Jobs, die er in den letzten Jahren ausprobiert hatte. Er war gelernter Landwirt, mit Abschluß und allem. Da hatte ihm sein Vater keine Wahl gelassen. Aber noch in der Nacht seines letzten Schultages hatte er den Koffer gepackt und war gegangen. Auf Nimmerwiedersehen, wie er dem Vater zuschrie.

Das war einundzwanzig Jahre her. Acht oder neun Mal war er seither auf Nimmerwiedersehen gegangen. Das letzte

Mal vor bald vier Jahren. Und heute war er der Milchsammler von Val Grisch.

Er bog in die Hauptstraße ein, immer noch vorsichtig.
Fahren mit lehmigen Reifen auf nassem Asphalt war wie
fahren auf poliertem Eis.

Auf der Dorfstraße überholte er eine Frau, die er nicht
kannte. Sie trug einen grünen Schirm mit der Aufschrift
»Hotel Gamander«. Er sah sie nur kurz von der Seite und
danach noch ein wenig im Rückspiegel. Groß, schwarz-
haarig, schlank. Und, so gut er es aus dieser Distanz beur-
teilen konnte, attraktiv. Jedenfalls ging sie so, wie Frauen
gehen, die wissen, daß sie attraktiv sind.

Ein Gast konnte sie nicht sein, das Gamander öffnete
erst am Samstag. Also gehörte sie zum Personal. Genau,
wie er gehofft hatte: Das neue Gamander brachte etwas
frisches Blut in dieses gottverlassene Kaff. Reto drehte die
Musik lauter und fuhr ein wenig schneller.

Am Anfang ihrer Ehe hatte Sonia Weihnachten immer im
Engadin verbracht, allerdings im mondäneren Teil. Frédé-
rics Eltern besaßen in St. Moritz eine Wohnung, und es war
Tradition, daß man die Festtage gemeinsam oben verbrachte.
»Wann kommt ihr dieses Jahr rauf?« fragte ihre Schwieger-
mutter jeweils spätestens nach den Sommerferien.

Es gab überhaupt viele Traditionen in Frédérics Familie. Jeder Geburtstag von Frédérics Mutter wurde mit einem Gartenfest in der Beerenstraße gefeiert. Die Beerenstraße war das Elternhaus, eine kaputtrenovierte Villa
mit Blick auf Stadt und See. »Wir sind am Sonntag in der
Beerenstraße«, pflegte Frédéric ihr mitzuteilen oder: »Ich

schau nach der Arbeit noch schnell in der Beerenstraße vorbei.«

Im Garten dieser Beerenstraße stieg bei jeder Witterung die Geburtstagsparty für Maman, immer am ersten Sonntag nach dem eigentlichen Datum, dem achtundzwanzigsten Juli. Frédéric und seine beiden Brüder und deren Familien hatten ihre Sommerferien danach einzurichten. Tradition.

Auch der Muttertag hatte seine Tradition. Paps lud ins Imperial, immer an den gleichen Tisch. Und es gab immer Spargel mit Rohschinken, Kalbsfilet mit frischen Morcheln und Erdbeertörtchen. Und danach fuhr man in die Beerenstraße, die mit Blumenlieferungen von Vater, Söhnen, Schwiegertöchtern und Enkeln geschmückt war wie eine Friedhofskapelle. Immer blieb man bis nach dem Tee und Mamans selbstgebackenem unvergleichlichem Marmorkuchen.

Die erste Aufweichung der Tradition erreichte Sonia dadurch, daß sie darauf bestand, Silvester unten zu feiern. Mit oder ohne Frédéric, wie sie ihm drohte. Der gab schließlich nach und rächte sich mit einer fast wortlosen Silvesterparty und einem halbstündigen Telefongespräch um Mitternacht mit seiner Mutter. Danach brachte sie jedes Jahr ein paar weitere Forster-Traditionen zu Fall. Und schließlich auch die letzte, die darin bestand, daß sich ein Forster unter gar keinen Umständen scheiden läßt.

Damals in St. Moritz hatte sie nie Einheimische getroffen. Oder wenn, dann hatte sie sie nicht als solche erkannt. Sie waren gleich gekleidet wie die Feriengäste und fuhren die gleichen Luxusgeländewagen. Aber hier waren alle ein-

heimisch. Sie grüßten sie mit falscher Herzlichkeit oder taten, als sähen sie sie nicht, um sie danach verstohlen zu observieren.

Das Dorfbild von Val Grisch wurde beherrscht von alten Engadinerhäusern, deren tief in die dicken Mauern eingelassene Fenster mit geometrischen Sgraffiti eingefaßt waren und auf deren Simsen die Geranien und Petunien prangten. Als wollte man den Ort für den Tourismus nicht allzu attraktiv machen, hatte man der Idylle jedoch während der letzten fünfzig Jahre immer wieder ein paar architektonische Scheußlichkeiten verpaßt. Hier ein Gemeindehaus, da ein Feuerwehrdepot, dort ein dem örtlichen Baustil nachempfundenes Apartmenthaus.

Sonia betrat den Steinbock, das Restaurant, das ihr Barbara Peters empfohlen hatte. Es befand sich am Dorfplatz, wenn man die Verbreiterung der Hauptstraße so nennen konnte, gegenüber der Kirche und neben dem geranienbeladenen Dorfbrunnen. Auf einem weiß-gelben Leuchtschild stand groß »Calanda Bräu« und klein darunter »Steinbock«. Das Lokal sah genau so aus, wie sie es erwartet hatte. Holztische mit Bänken, Hockern und schmiedeeisernen Leuchtern unter den glasigen Blicken von Gemsen, Rehen, Hirschen und Steinböcken.

Am Stammtisch verstummten ein paar Kartenspieler. Ein junges Mädchen mit knapper Hüftjeans und gepierctem Bauchnabel kam hinter dem Tresen hervor und sagte: »Wo Sie wollen.«

Sonia setzte sich an einen Fenstertisch und bestellte einen Tee.

»Was für einen?« fragte das Mädchen.

»Schwarz.«

Sie ging hinter den Tresen und kam mit einer Karte zurück. »Die Teekarte.« Tatsächlich, der Steinbock besaß eine Teekarte mit vier Seiten Tees, von Assam über Oolong bis zu Gunpowder und von Himbeerblättern über Ingwer bis zu Roiboos. Sonia bestellte einen Orangenblütentee und bekam ein Kännchen mit einem Porzellaneinsatz voller duftender Orangenblüten.

Auch die Speisekarte überraschte sie. Neben den üblichen Standardmenüs wie Bündnerteller, Käseschnitte, Salsiz und Gerstensuppe gab es da Pizokel mit Thai-Basilikum, Capuns mit Hummerfüllung und Hirschcurry. Sonia nahm sich vor, hier zu essen, sobald sie jemanden gefunden hatte, der sie begleitete. Sie aß nicht gerne allein in Restaurants.

Die Kartenspieler waren nur kurz verstummt. Jetzt machten sie sich wieder bemerkbar. Sie begleiteten ihre Stiche mit Triumphschreien und ihre Verluste mit Flüchen und spielten sich auf wie Schulbuben, die den Mädchen imponieren wollten.

Als Sonia nach der Bedienung rief, stand einer von ihnen auf und kam an ihren Tisch. Ein dicker Mann mit graumeliertem Bart und wasserblauen, von schweren Lidern und braunen Tränensäcken umrahmten Augen. »Ja?«

»Ich wollte zahlen.«

»Das können Sie auch bei mir.«

Sonia bezahlte ihren Tee. »Vielversprechende Karte«, bemerkte sie, um das Eis zu brechen. »Sind Sie der Koch?«

»Der Wirt.« Mehr sagte er nicht.

Sonia gab nicht auf. Schließlich würde sie die nächsten Monate hier oben verbringen. »Ich arbeite im Gamander.«

»So, so. Im Gamander.« Er angelte eine Handvoll Münzen aus der Hosentasche und zählte Sonias Wechselgeld auf den Tisch. »Im Gamander, so, so«, murmelte er noch einmal, bevor er zu seinen Karten zurückkehrte.

Der Regen hatte etwas nachgelassen. Er fiel nicht mehr in dünnen Schnüren, er zerstäubte sich in der kühlen Bergluft. Statt zurück zum Hotel ging Sonia weiter durchs Dorf bis zu einem gelben Wegweiser mit der Aufschrift »Alp Petsch, 2 Std.«. Diese Richtung schlug sie ein.

Am Anfang war das Sträßchen noch geteert. Es führte an ein paar Bauernhäusern vorbei, deren Ställe und Scheunen zu Garagen und Wohnräumen ausgebaut waren. An einigen hingen Schilder. »Ferienwohnung zu vermieten« oder: »abitaziun da vacanzas!«. Nur bei ganz wenigen stand ein Misthaufen vor der Tür und drang das Stampfen und Schnauben des Viehs durch die offenen Stallfenster.

Sonia ging schnell und war schon bald außer Atem. Zu ihrem neuen Leben gehörte auch, daß sie ihre verlorene Kondition zurückgewinnen wollte. Als sie noch als Physiotherapeutin arbeitete, hatte es zum Beruf gehört, in Form zu sein. Und später, als Frédéric sie überredet hatte, den Beruf aufzugeben, da war sie fit aus Langeweile. Sie trainierte regelmäßig in einem Club, nur, weil sie nichts mit ihrer Zeit anzufangen wußte. Und als ihr auch das zu langweilig wurde, begann sie mit Yoga. Dabei hatte sie auch Peter kennengelernt, ihren ersten Seitensprung. Als sie mit ihm Schluß machte, war es auch vorbei gewesen mit dem Yoga. Von da an war ihr Leben immer weniger langweilig geworden. Und immer weniger gesund.

Das Sträßchen wurde nun zu einem Feldweg mit einer bewachsenen Mitte. In den Fahrrinnen hatten sich Pfützen gebildet, denen sie immer wieder ausweichen mußte. Bald waren ihre schwarzen Hogan durchnäßt. Sie besaß keine Schuhe, die sich für dieses Terrain eigneten, sie würde wohl nicht darum herumkommen, im einzigen Sportgeschäft des Dorfes ein Paar Wanderschuhe zu kaufen.

Den Schirm hatte sie zugemacht und benutzte ihn als Wanderstock. Der feine Regen ließ ihr Haar in glänzenden Strähnen an Stirn und Wangen kleben. Noch nie hatte sie sich so gut gefühlt seit ihrer Ankunft in Val Grisch.

Der befahrbare Weg endete in einem kleinen stillgelegten Steinbruch, der jetzt als Wende- und Parkplatz diente. Hier begann ein Pfad, der gerade so breit war, daß zwei Personen aneinander vorbeikamen. Er führte ein Stück weit über eine Weide und stieg langsam an.

Am Horizont verdichtete sich der Nebel zu einer dunklen Wand. Beim Näherkommen lösten sich daraus die Umrisse von Bäumen. Sie betrat einen lichten Föhrenwald und blieb stehen. Lautlos fiel der feine Sprühregen. Keine Vogelstimme, kein Knacken, kein Rascheln. Aus dem Teppich aus Gras, Moos, Flechten und niedrigen Sträuchern ragten die grauen nassen Stämme und verloren sich in der Unschärfe der tiefhängenden Nebeldecke. Es roch nach nassem Moos und schwammigem Holz.

Sonia ging weiter. Der Weg stieg in engen Kurven steil an. Sie rannte, rutschte und stolperte ihn hinauf, als böte sich genau jetzt die einmalige Gelegenheit, sich selbst weit hinter sich zurückzulassen, wenn sie nur schnell genug ging.

Außer Atem erreichte sie das Ende der Steigung. Der Weg beschrieb eine weite Kurve und führte sie an den Waldrand. Dort stand eine Bank aus zwei halbierten Baumstämmen mit der eingebrannten Aufschrift »Società da trafic Val Grisch«. Sie setzte sich keuchend, ohne zuvor die Tropfen von der Sitzfläche zu wischen.

Vor ihr lag eine Weide, die in einer sanften Neigung unter dem Nebelvorhang verschwand. Bei gutem Wetter hatte man von hier bestimmt eine herrliche Aussicht auf das Tal und die gegenüberliegende Bergkette.

Langsam kam Sonia wieder zu Atem. Und plötzlich bemerkte sie die Veränderung.

Das Gras, eben noch verschwommen grün, leuchtete wie junger Spinat. Die farblosen Tupfen und Flecken, die es sprenkelten, hatten sich in himmelblauen Wiesensalbei, schneeweiße Margeriten und zartrosa Wiesenknöterich verwandelt. Durch einen Riß im Nebeltuch waren ein paar Sonnenstrahlen gedrungen und ließen die nassen Gräser und Blumen aufglitzern wie die Auslage eines Juweliers.

Und dann sah Sonia den Regenbogen. In der Ungewißheit des Nebels entstand er in vagen Tönen, verdichtete sich zu einem stolzen Halbbogen in den vollen Farben des Spektrums und zerfiel hoch oben im Grau des Regennachmittags.

Sein Violett fühlte sich an wie der Pelz eines Weidenkätzchens, sein Blau wie das Gewinde einer Schraube, sein Grün wie ein polierter Kieselstein, sein Gelb wie ein kantiges Stück Schaumgummi, sein Rot wie die Innenseite ihrer Backe, wenn sie sie mit der Zunge berührte.

Aber das Seltsamste an diesem Regenbogen: An seinem

äußersten Rand neben dem rötesten Rot, dort, wo sonst das Spektrum aufhörte, befand sich noch etwas. Ein Streifen einer Farbe, die sie noch nie gesehen hatte und für die sie keinen Namen fand. Er leuchtete nur schwach, aber Sonia war sich sicher, daß sie sich nicht täuschte. Er sah aus wie der Duft von Koriander und fühlte sich an wie Maulwurfsfell.

Für eine paar stille Augenblicke war alles verzaubert: die Wiese, der Nebel, der Regenbogen und Sonia selbst.

Und so plötzlich, wie sie sich aufgetan hatte, schloß sich die Lücke wieder, und die Sonnenstrahlen wurden ausgeknipst. Über die Wiese legte sich wieder der graue Schleier, der Regenbogen war verschwunden.

Aber dort, wo er gewesen war, glomm noch einen Wimpernschlag lang das schmale Band der Farbe, die es nicht gibt.

Sonia stand von der Bank auf und ging den Weg zurück. Langsam und vorsichtig, damit ihr die Verzauberung erhalten blieb.

Anna Bruhin las die überreifen Beeren heraus und legte sie in einen Tupperware-Behälter. So machte sie aus elf Körbchen nicht mehr ganz frischer Erdbeeren acht Körbchen frische. Den Behälter legte sie in den Kühlschrank im Hinterzimmer, die Körbchen kamen zurück in die Auslage. Sie holte die Tafel von draußen herein und änderte sie in »Heute Aktion: Erdbeeren!«. Vielleicht konnte sie damit ein paar Kunden aus dem Sechs-Uhr-Postauto anlocken.

Eine jüngere Frau kam die Dorfstraße herauf. Sie hatte sie schon einmal gesehen. Seit drei Tagen kamen Hotelan-

gestellte an. Die, die nicht mit dem eigenen Auto anreisten, wurden mit der Hotelkutsche von der Station abgeholt. Wo hatte man schon einmal von einem Hotel gehört, das die Angestellten mit der Kutsche abholte?

Die Frau, die jetzt kam, war eine von denen. Sie trug den geschlossenen Schirm in der Hand und war völlig durchnäßt. Ihre schwarze Hose war bis auf Kniehöhe verdreckt, und die Farbe ihrer Schuhe war vor lauter Lehm nicht mehr zu erkennen. Sie ging langsam, mit einem feierlichen Gesichtsausdruck, und schien den Regen nicht zu bemerken.

Anna Bruhin rief ihr ein fröhliches »Allegra!« entgegen. Egal wie übergeschnappt, sie war eine mögliche Kundin.

Aber sie bekam keine Antwort. Die Frau tat, als wäre sie Luft. Ohne sie eines Blickes zu würdigen, ging sie an ihr vorbei, keine zwei Meter entfernt.

Damit kommst du nicht weit, Mädchen, dachte Anna Bruhin. Die Hochnäsigen mögen wir nicht hier oben.

Sonia lag in der Wanne. Sie hatte die Augen geschlossen und zählte die Tropfen, die in großen Abständen aus der altmodischen Armatur ins Badewasser fielen. Sie war bei dreihundertzweiundvierzig. Ursprünglich wollte sie bei hundert aus dem Bad steigen. Dann hatte sie die Frist auf zweihundert verlängert, dann auf dreihundert und dann auf endgültig dreihundertfünfzig.

Jedesmal, wenn sie das Bild des Regenbogens abrief, konnte sie seine Farben fühlen, und die Verzauberung stellte sich wieder ein. Und jedesmal, wenn das Gefühl verebbte, wurde es von einer wachsenden Beunruhigung abgelöst.

Seit jener Nacht im Meccomaxx verfolgten sie diese Trugbilder. Sie hatte gehofft, sie zurücklassen zu können wie ihre Möbel, aber jetzt schienen sie sogar noch intensiver zu werden. Was war los mit ihr? War sie am Durchdrehen? Hatte sie den Absprung verpaßt? War von ihrem Lebenswandel der letzten Monate ein bleibender Schaden zurückgeblieben?

Dreihundertsechsundvierzig.

War es zu spät für einen neuen Anfang? Sollte sie morgen abreisen? Die Einwilligung von Frédérics Anwalt unterschreiben und sich ihrerseits in psychiatrische Behandlung begeben?

Fünfhundert.

Sie hörte auf zu zählen. Aber sie stand nicht auf. Sie würde noch so lange bleiben, bis das Wasser zu kühl geworden war. Ab sofort verbot sie sich, heißes Wasser nachzufüllen.

Vielleicht hatte sie sich überschätzt. Sie war nicht so stark, wie sie tat. Sollte doch Frédéric gewinnen. Dann würde er sie vielleicht in Frieden lassen. Er war, wie alle schlechten Verlierer, ein großmütiger Sieger.

Sie öffnete die Augen. Inzwischen war es dunkel geworden. Einer der Spots, die die Fassade des Hotels beleuchteten, warf ein wenig Licht ins Fenster. Sie sah den Vogelkäfig und die Silhouette von Pavarotti. Er stand auf einem Fuß, der Kopf steckte in seinem Rückengefieder, und er schlief.

Sonia ließ heißes Wasser nachlaufen.

Das Klingeln eines Telefons riß sie aus dem Schlaf, und schon stand sie triefend in der Wanne. Ihr Herz klopfte ra-

send. Sonia stieg aus der Wanne, hüllte sich in das Badetuch, ging in ihr Zimmer und nahm ab.

»Hast du geschlafen?« Es war Malus Stimme.

»Ich lag in der Badewanne.«

»Soll ich später anrufen?«

»Jetzt bin ich schon raus.«

»Weshalb beantwortest du meine SMS nicht?«

Sonia fiel ein, daß sie seit dem Abendessen mit ihrer neuen Chefin das Handy nicht mehr eingeschaltet hatte. »Das Handy ist ausgeschaltet.«

»Weshalb?«

»Weil ich vergessen habe, es wieder einzuschalten. Was wolltest du?«

»Wissen, wie es dir geht.«

»Gut.«

»Sicher? Du klingst nicht so.«

»Wie klinge ich denn?«

»So, wie du klingst, wenn es dir beschissen geht.«

Sonia schaute sich in ihrem Zimmer um. Die Tür des überfüllten Kleiderschranks stand offen. Der Sessel war besetzt von einem ihrer beiden Koffer. Auf dem Boden verstreut lagen ihre nassen, verschmutzten Kleider. »Ein bißchen müde, das ist alles.«

»Müde wovon?«

»Der Höhenunterschied. Und die Wanderung.«

»Wanderung? Bei uns schifft's.«

»Siehst du.«

»Und? Wie ist dein Zimmer?«

»Hübsch.«

»Das klingt klein.«

»Das Bad ist riesig.«

»Und die Leute?«

»Scheinen in Ordnung.«

»Und das Essen. Mein Gott, muß man alles fragen?«

»Im Dorf gibt es ein Restaurant mit rhätoasiatischer Küche.«

»Rhätoasiatisch?«

»Hirschcurry, pikante Reh-Satés mit Erdnußsauce.«

»Klingt grauenhaft.«

»Finde ich nicht. – Es hat geklopft. Ich muß Schluß machen.«

»Wer klopft denn?«

»Keine Ahnung.«

»Ruf mich zurück.«

»Okay.«

»Aber sicher.«

»Sicher.«

Sonia legte auf. Sie ging ins Bad zurück, zog den Stöpsel aus der Wanne, legte das Tuch über den Vogelkäfig und machte Licht. Sie warf einen Blick in den Spiegel. Vielleicht sollte sie sich um ihr Haar kümmern.

3

Der Nebel hing noch immer tief, aber es hatte aufgehört zu regnen. Von Gian Sprechers Haus aus konnte man jetzt bis hinunter zum Gamander sehen. Er saß auf der Bank vor dem Stall und hielt den alten Militärfeldstecher vor die Augen.

Seit gestern kamen Gäste an. Vor ein paar Minuten ein Renault Espace. Ein Mann und eine Frau stiegen aus und drei, nein: vier Kinder. Teurer Spaß, mit vier Gofen in einen solchen Kasten.

Der Jugo kam ihnen entgegen, Uniformmütze, grüne Schürze, wie richtig. Der Vater öffnete die Hecktür und fing an, das Fahrzeug zu entladen. Der Jugo half ein bißchen. Aber die schwersten Stücke trug der Vater. Ich an dem seiner Stelle würde keinen Finger rühren, bei über dreihundert Franken das Zimmer. Pro Tag!

Die ganze Familie schleppte Gepäck. Vom Eingang her kam ihnen die Junge entgegen. Sie deutete auf den Jugo und sagte etwas. Wahrscheinlich, daß der dafür bezahlt werde, die Koffer zu schleppen. Der Gast lachte und antwortete etwas. Wahrscheinlich, daß die Koffer überhaupt nicht schwer seien. Jetzt stellte er sie ab und gab der Jungen die Hand. Der Jugo hatte unterdessen zwei Koffer reingetragen und kam wieder heraus, um die des Mannes zu holen.

Sprecher packte den Feldstecher wieder in das speckige Lederetui und hängte es an seinen Nagel an der Stalltür. Dann begann er auszumisten. Kopfschüttelnd.

Schon während der Effleurage war ihr klar, daß ihr Madame Lanvin zuwider war. Effleurage hieß die Technik, mit der man die klassische Massage beginnt und beendet. Und eine klassische Massage war alles, was sie sich heute zumuten wollte. Für ihre Spezialität, die Kombination von klassischer Massage mit Shiatsu, ging es ihr nicht gut genug. Das war die erste Lektion ihrer Shiatsu-Meisterin gewesen: Wenn du nicht in deinem Hara bist, kannst du kein Shiatsu machen. Und Sonia war alles andere als in ihrem Hara. Sie hatte geträumt, daß jemand sie einen Wasserfall hinunterstieß. Sie klammerte sich mit schwindender Kraft an einen Ast, und neben ihr toste das Wasser in die Gischt tief unter ihr. Als sie mit einem Schrei erwachte, ging das Tosen weiter. Es dauerte eine ganze Weile, bis ihr klar wurde, daß es der Wind war, der in den Blättern der Birke vor ihrem Fenster rauschte.

Danach war sie lange wach gelegen und hatte an ihre erste Behandlung gedacht. Morgen, sechzehn Uhr, Madame Lanvin.

Sonia hatte seit Jahren keine Massagen mehr gemacht. Wenn man von denen für Frédéric absah, die im Laufe ihrer Ehe immer seltener geworden waren.

Normalerweise spielte das keine große Rolle. Sie könnte tun als ob. Die Patienten merkten das gewöhnlich nicht. Aber eine, die eigens aus Belgien angereist war und gleich für den ersten Tag eine Behandlung buchte, ging bestimmt

gewohnheitsmäßig zur Massage und ließ sich nichts vormachen.

Bis die Birkenäste Gestalt anzunehmen begannen und die ersten Vögel sangen, hatte Sonia die Bilder der Grundtechniken aus ihrem Lehrbuch von damals abgerufen. Dann war sie in einen unruhigen Schlaf gefallen, aus dem sie viel zu früh und wie gerädert erwacht war.

Madame Lanvin lag auf dem Bauch und war bis zur Körpermitte mit einem Frottiertuch zugedeckt. Sonia hatte die gespreizten Finger oberhalb des Gesäßes links und rechts der Wirbelsäule gelegt und sollte die Patientin nun mit kräftigen Streichungen über Rücken und Schulterblätter mit ihren Händen vertraut machen.

Aber Madame Lanvin hatte quer über dem Rücken einen tiefen geröteten Abdruck ihres BHs. Aus irgendeinem Grund konnte Sonia diesen nicht berühren. Wie damals, als sie ein kleines Mädchen war und unter keinen Umständen auf die Fugen zwischen den Steinplatten treten durfte.

Sie strich mit beiden Händen zögernd nach oben. Kurz vor dem Abdruck hob sie sie an und ließ sie auf der andern Seite wieder sinken. So ging es einigermaßen.

Das war ihr früher nie passiert. Sie wußte zwar aus ihrer Ausbildungszeit, daß es Leute gab, die sich vor Patienten ekelten. Ein paar ihrer Studienkolleginnen hatten die Ausbildung deswegen nach dem ersten Semester aufgegeben. Aber sie selbst hatte damit nie Probleme gehabt.

Madame Lanvin war keine abstoßende Erscheinung. Sie war etwas über vierzig, weder fett noch mager, weder ungepflegt noch ungesund. Sie hatte keine Hautprobleme und

auch keine unangenehme Ausdünstung. Es waren nur dieser rötliche Textilabdruck und diese scharf umrissene Prägung eines BH-Verschlusses auf der blassen, ölglänzenden Haut, die Sonia zu schaffen machten. Sie schloß die Augen und versuchte, sich Madame Lanvin wegzusuggerieren.

Aber die stieß einen leisen, wohligen Seufzer aus und war wieder da. Sonia deckte ihre Rückenpartie zu und entblößte ihre Beine. Sie legte beide Hände auf die Fesseln der Frau und strich über Wade und Kniekehle bis zum Ansatz des Oberschenkels. Dort spürte sie die Stoppeln der nachwachsenden Beinbehaarung und zog die Hände wie elektrisiert zurück.

»Kommt das bei dir auch vor, daß du dich vor Patienten ekelst?«

»Nur vor Patientinnen«, grinste Manuel.

»Mir ist das früher nie passiert. Ich konnte das trennen. Klar, es gab immer welche, die ich nicht mochte, aber ich hatte nie Probleme damit, sie anzufassen.«

Im Wellness-Personalraum gab es ein paar Schränke, eine Toilette, eine Dusche, ein Lavabo, einen Kühlschrank, ein Waschbecken, eine Teeküche, einen Fernseher. In der Mitte des Raumes stand ein Tisch mit sechs Stühlen. An diesem saßen Sonia und Manuel und tranken Tee. Es gab nicht viel zu tun. Zwölf Gäste waren bis jetzt eingetroffen, und außer Frau Lanvin hatte sich noch niemand behandeln lassen.

»Wenn sie stinken, dann habe ich Mühe. Ich habe mal einen zum Duschen geschickt.«

»Die hat nicht gestunken. ›1000‹, Jean Patou. Ich konnte sie einfach nicht anfassen. Sie fühlte sich eklig an.«

»Wie lange hast du nicht gearbeitet?«

»Sechs Jahre.«

»Dann bist du es einfach nicht mehr gewohnt, fremde Leute anzufassen.«

»Du meinst, ich habe das jetzt bei allen?«

»Ich kannte einen, der mußte den Beruf aufgeben. Deswegen. Jetzt ist er bei der Müllabfuhr.« Manuel mußte fürchterlich lachen. Sonia lächelte mit.

»Ich habe ihn gefragt, ob das besser sei. Er hat gesagt, nein, aber er könne Handschuhe tragen.« Wieder lachte er.

Am Abend nach dem Regenbogen war Sonia im Zimmer geblieben. Aber am nächsten Morgen hatte sie sich aufgerafft und war zum Frühstück ins Personalrestaurant gegangen. Dort war sie mit Manuel ins Gespräch gekommen, und weil sich beide etwas verlassen fühlten, hatten sie sich angefreundet.

»Im Ernst: Wenn du sie nicht anfassen kannst, nehme ich sie. Mir macht es nichts aus.«

»Und was sag ich ihr?«

»Nichts. Das nächste Mal bin einfach ich da. Fertig.«

»Und wenn sie nach mir verlangt?«

»Wird sie nicht.«

»Weshalb bist du dir da so sicher?«

»Weil ich sie anfassen kann.«

Das Handy signalisierte eine neue Nachricht.

was machst du

rhätoasiatisch essen

allein

mit kollegen und du

hanspeter
immer noch
wieder
machs gut

Beim Büffet war eine kleine Schiebetür in die Arventäfelung eingelassen, durch die das Küchenpersonal die Gerichte schob. Von dort aus konnte man einen Teil der Gaststube überblicken.

Peder Bezzola nahm die Kochmütze ab, öffnete die Schiebetür und beugte sich zur Durchreiche hinunter. Er mußte die Gäste sehen, die einmal rotes Hirschcurry, einmal Gems-Saté und einmal sautiertes Mistchratzerli mit Ingwer und gelben Chilis bestellt hatten. Es waren zwei Frauen und ein Mann. Gäste oder Angestellte des Gamander. Eher Angestellte, denn eine der Frauen sei schon einmal hier gewesen, als das Hotel noch nicht eröffnet war, hatte Nina, die sie bedient hatte, erzählt.

Er beobachtete, wie die hübschere der beiden den Wein kostete. Man sah, daß sie das nicht zum ersten Mal tat. Sie schwenkte ihn rasch im Glas, roch daran, behielt einen kleinen Schluck kurz im Mund und nickte dann. Alles sehr beiläufig und unzeremoniell.

Er schloß die Schiebetür und machte sich ans Kochen.

Sie hatten nur ein Thema: Das Rätsel Barbara Peters. Michelle Kaiser, die Rezeptionistin, war zur Saisonvorbereitung schon zwei Wochen hier gewesen und wußte deshalb mehr als Sonia und Manuel. Diesen Wissensvorsprung nutzte sie ein wenig aus, und es dauerte bis zum Bündner Trocken-

fleischtrio mit Heidelbeerchutney, bis sie ihn eingeholt hatten.

Barbara Peters wohnte allein in ihrer Rapunzelwohnung. So nannte Michelle das Apartment, das die Chefin sich in einem der beiden Türme eingerichtet hatte. Exklusiv eingerichtet, wie Michelle andeutete. Das einzige männliche Wesen, das dort Zugang habe, sei Bango, ihr antiautoritär erzogener Cockerspaniel.

Die Hotelbesitzerin kam nicht aus der Branche. Ihre Fachkenntnisse waren bescheiden. Aber sie hatte in Büro, Küche und Betrieb gute Leute angestellt. Und sie, Michelle, erklärte Michelle bescheiden, verfüge über die fehlenden Papiere, die zur Leitung eines Hotels nötig seien.

Das Hotel konnte etwa fünfzig Gäste aufnehmen. Im Moment betrug die Auslastung vierundvierzig Prozent, Kinder inbegriffen. »Und wie viele sind das?« fragte Manuel.

»Zweiundzwanzig«, gestand Michelle.

»Und wie viele Angestellte?«

»Sechsunddreißig.«

Manuel stieß einen Pfiff aus. »Am besten, wir fangen schon mal an, uns umzuschauen, Sonia.«

Auf die Frage, woher Barbara Peters die Millionen hatte, die Kauf, Umbau und Betrieb des Gamander verschlangen, konnte Michelle keine Antwort geben.

»Von einer Bank kann das Geld jedenfalls nicht sein«, stellte Sonia fest. »Eine Bank hätte einen Businessplan verlangt.«

»Aha, da kennt sich jemand aus mit Banken«, bemerkte Manuel.

»Mit Bankern«, seufzte Sonia.

An diesem Abend sah Sonia Herrn Casutt zum ersten Mal. Es war fast halb zwölf, spät für Val Grisch, als sie ins Hotel zurückkamen. Herr Casutt saß hinter dem Empfangstresen und hatte offenbar gerade ein Nickerchen gemacht. Er war der Nachtportier. Nicht immer gewesen. Er hatte früher am Tag gearbeitet. Und in größeren Häusern als dem Gamander. Daß er in die Nacht verbannt worden war, hatte mit Alkohol zu tun. Nicht, daß er im Dienst getrunken hätte. Aber vorher und nachher. Und das hatte mit den Jahren auf sein Namensgedächtnis geschlagen, das unverzichtbarste Werkzeug des Portiers großer Häuser.

Herr Casutt war ein hagerer Mann mit, für seine vierundsechzig, sehr schwarzem, sehr dichtem Haar. Er trug eine dunkelblaue Uniform, deren Weste durch seine gebeugte Haltung etwas schlotterte. Er beherrschte neben Englisch alle vier Landessprachen. Casutt stammte aus der Gegend.

Er ging lächelnd auf Sonia zu und stellte sich vor. Michelle und Manuel nutzten die Gelegenheit, um sich in ihre Zimmer zurückzuziehen.

Herr Casutt litt unter der Einsamkeit des Nachtportiers und verwickelte Sonia sofort in ein Gespräch. Er wollte wissen, wie das Essen war im Steinbock und ob sie finde, daß er das Lokal gegebenenfalls empfehlen könne. Er erkundigte sich, ob sie schon einmal in einem Hotel gearbeitet habe und wie es ihr gefalle.

Mit jeder ihrer Antworten lieferte sie ihm das Stichwort für eine eigene Geschichte. Den asiatischen Einschlag des Steinbocks für ein chinesisches Restaurant in Paris, in dessen Mülltonnen in den siebziger Jahren Dutzende leerer

Dosen Hundefutter gefunden worden waren. Ihre erste Arbeitsstelle in einem Hotel für die Härte seiner Kellnerlehre, die er mit fünfzehn in einem Grandhotel angetreten hatte.

Casutt war kein schlechter Erzähler. Man hörte seinen Geschichten an, daß er sie schon oft erzählt und immer wieder ausgeschmückt hatte. Er wußte, wann er eine Pause einlegen und wie er eine Pointe setzen mußte. Nur das Lächeln, das er während der ganzen Zeit unverändert beibehielt, irritierte Sonia ein wenig.

Sie saßen in der Sitzgruppe, die neben dem großen Ficus in der Empfangshalle stand. Das Haus war still, alle Gäste waren in ihren Zimmern. Sie hatte sich dazu überreden lassen, einen Schlummertrunk zu nehmen. Ein Bier für sie, ein Wasser für den Nachtportier.

Über eine Stunde hörte sie sich seine Erinnerungen und Anekdoten an, bis sie ihm endlich gute Nacht wünschen konnte. Als sie von der Treppe aus einen letzten Blick in die Halle warf, stand er wieder hinter dem Empfangstresen. Er sah aus, als hätte er sie bereits vergessen. Aber er lächelte noch immer. Jetzt merkte sie, daß das kein Lächeln war. Es war die Grimasse eines erschöpften Langstreckenläufers.

Sobald sie das Zimmer betrat, wußte sie, daß sie nicht nur aus Höflichkeit bis jetzt ausgeharrt hatte. Sie hatte es möglichst lange hinauszögern wollen, wieder allein in diesem Raum zu sein.

Sie schaltete den Fernseher ein. Die Wiederholung einer Talk-Show, die Wiederholung eines Italowesterns, die

Wiederholung eines Politmagazins, die Wiederholung der Tagesschau. Im Nordwesten ging einer um, der trächtigen Kühen die Zitzen abschnitt.

Als sie die Augen aufschlug, war es hell im Zimmer. Sonia sprang aus dem Bett. Um acht Uhr hatte sie ihren Dienst anzutreten.

Aber die Uhr zeigte erst kurz vor sechs. Sie durfte sich noch einmal hinlegen.

In ihrem Kopf herrschte das taube Gefühl, das sie nach wilden Nächten hatte. Aber das gestern war keine wilde Nacht gewesen. Ein paar Gläser Wein und zwei Bierchen mit Herrn Casutt. Vielleicht war das ein gutes Zeichen. Vielleicht war sie schon so entgiftet, daß sie ein Abend wie der gestrige bereits umhaute.

Sie verschränkte die Arme hinter dem Kopf und fixierte ein Astloch an der Täfelung der Dachschräge. Auch ein alter Trick, mit dem sie an einem Morgen wie diesem etwas Klarheit in den Kopf bringen konnte.

Plötzlich bewegte sich das Astloch. Es schwamm wie ein Stück Treibgut über die Täfelung. Sonia kniff die Augen zusammen und öffnete sie wieder. Das Astloch bewegte sich noch immer.

Ein zweites Astloch bewegte sich. Es trieb in der gleichen Geschwindigkeit aus einer anderen Richtung auf das gleiche Ziel zu: Ein großes Astloch im oberen Drittel der Dachschräge.

Dieses war das einzige, das sich nicht bewegte. Alle andern zog es zu diesem Punkt. Auf einer unsichtbaren zähflüssigen Masse strebten sie darauf zu.

Das erste kleine Astloch verschwand im größeren. Umrundete es einmal spiralförmig wie ein Stück Schaum den Abfluß der Badewanne – und war weg.

Dann das nächste. Und das nächste. Und das nächste. Die Astlöcher der ganzen Täfelung wurden vom größten aufgesogen. Bis nur noch das große Astloch übrig war.

Und dann begannen sich die Fugen zwischen den Brettern zu verziehen. Sonia sah, daß sich eine gewaltige Kraft im Innern des verbliebenen Astlochs befinden mußte. Die beiden ihm am nächsten liegenden Fugen wurden von ihr erfaßt und eingesogen wie zwei weichgekochte Spaghetti.

Eine Fuge nach der andern geriet in diesen gewaltigen Sog und verschwand mit peitschendem Ende in der runden Öffnung.

Zurück blieb eine Fläche von einer Reinheit, wie sie Sonia noch nie gesehen hatte. Aber die Farbe kannte sie: Es war die, die sie am Rand des Regenbogens gesehen hatte.

Über ihr leuchtete in der gleichen durchsichtigen Eigenartigkeit wie an jenem Nachmittag die Farbe, die es nicht gibt.

Als sie in die Halle herunterkam, hatte der Ficus keine Blätter mehr.

Kahl standen die filigranen Äste vom hellgrauen Stämmchen ab, und die Polstergruppe, auf der Sonia mit Herrn Casutt gesessen hatte, war mit dem glänzenden immergrünen Laub bedeckt. Daneben kniete der Nachtportier mit seinem grotesken Lächeln, kehrte die Blätter zusammen und füllte sie in einen großen Kehrichtsack.

»Die waren doch noch alle dran, gestern nacht«, stammelte er, als er Sonia sah.

Sie erinnerte sich, daß ihr ein paar Blätter auf dem Teppich aufgefallen waren, aber sie hatte sich nichts dabei gedacht.

»Als Sie raufgingen, habe ich mich etwas hingelegt, und als ich wieder rauskam...« Er zeigte hilflos auf die Blätter.

Der Anblick der verendeten Zimmerpflanze hatte etwas Bedrohliches. Ein Gerippe, das aus einem Topf ragte.

Die Empfangshalle sah aus wie ein Tatort: Hinter dem Empfangstresen telefonierten mit ernster Miene Barbara Peters und Michelle, Herr Casutt sah aus, als sicherte er die Spuren, und jetzt traf auch noch Igor mit einem Schiebekarren ein, für den Abtransport des Opfers.

Sonia wollte etwas Tröstliches zu Herrn Casutt sagen, aber sie spürte, daß sie kein Wort herausbringen würde, und flüchtete sich in den Wellness-Bereich.

Das Rauschen der Wasserfälle empfing sie und der Geruch nach Chlor und ätherischen Ölen. Sie rannte die Treppe hinunter in den Personalraum und heulte los. Sie wußte nicht, ob über die Pflanze, ob aus Einsamkeit oder über die Halluzinationen nach dem Erwachen.

Und noch jemand weinte. Es klang wie ein Kind. Sonia schneuzte sich, trocknete die Tränen, öffnete die Tür und lauschte.

Das Weinen war etwas leiser geworden. Sie ging den Korridor hinunter. Es kam aus einem der Behandlungsräume. Jetzt wurde es wieder laut und verzweifelt. Es stammte von einem Kind, dem Schmerzen zugefügt wurden. Sie öffnete leise die Tür.

Frau Felix hielt mit konzentrierter Miene einen kleinen Jungen auf das Massagebett gedrückt. Sie zwang ihn in eine seltsame Verrenkung, aus der er sich vergeblich zu befreien versuchte. Daneben stand eine rundliche jüngere Frau und schaute zu. Sie trug ein seltsames Lächeln. Aufmunternd? Schadenfroh? Hilflos?

Die beiden Frauen sahen jetzt erschrocken zu Sonia herüber. Keine sagte etwas, nur das Kind weinte noch ein wenig verzweifelter.

»Verzeihung.« Sonia schloß die Tür.

Die Straße nach Val Grisch glänzte naß, von der Bergkette waren nur die Ausläufer zu sehen. Hans Wepf steuerte seinen vw-Bus mit der Aufschrift »Wepf Pflanzen und Gartenbau« durch die engen Kurven.

Heute morgen hatte ihn die Besitzerin des Gamander auf dem Handy erreicht und ihm praktisch befohlen, alles stehen- und liegenzulassen. Der Ficus benjaminii, den er ihr vor sechs Wochen geliefert hatte, habe über Nacht alle Blätter verloren. Sie erwarte ihn noch an diesem Vormittag mit einem neuen und identischen Exemplar.

Er hatte die ganze Gartenanlage des Gamander gemacht und die ganze Innenbegrünung. Und er hatte einen einjährigen Schnittblumenvertrag mit einer Verlängerungsoption. Barbara Peters war eine gute Kundin. Vielleicht nicht seine beste, aber bestimmt seine schönste.

Also hatte er die Beaufsichtigung der Gartenarbeiten für einen andern Kunden seinem Vorarbeiter übergeben und im Pflanzenlager eine ähnliche Birkenfeige gesucht. Die, die er schließlich gefunden hatte, war etwas kleiner. Falls

sie sich daran störte, würde er sagen: Aber dafür hat sie Blätter.

Nein, das würde er natürlich nicht sagen. Er würde ihr anbieten, diese so lange dortzulassen, bis er eine größere gefunden hatte.

Über Nacht alle Blätter verloren. Hatte er noch nie gehört. Innerhalb einer Woche, vielleicht. Aber über Nacht?

Zwischen Storta und Val Grisch gab es drei Haarnadelkurven. Vor ihm lag die zweite. Während der Arbeiten im Gamander war ihm hier einmal das Postauto auf der falschen Straßenseite entgegengekommen. Er schaltete einen Gang runter und hielt sich so weit rechts wie möglich.

Gerade als er wieder beschleunigen wollte, sah er den Pajero kommen. Er hatte die Kurve geschnitten und fuhr direkt auf ihn zu. Der Fahrer sah den vw-Bus jetzt auch, bremste und riß das Steuer nach rechts. Der Geländewagen zog einen Tankanhänger, der in Zeitlupe auszubrechen begann. Hans Wepf mußte hilflos zuschauen, wie der Anhänger auf ihn zutrieb. Kurz vor dem Aufprall schlenkerte er auf die andere Seite und verfehlte den vw-Bus um Zentimeter. Im Rückspiegel sah Wepf den Wagen mit seinem schlingernden Anhänger in der Kurve verschwinden.

Er hatte den Motor abgewürgt. Jetzt startete er ihn und fuhr aus der Kurve hinaus. Ein Stück weiter oben hielt er an der Böschung und schaute auf die Straße hinunter, die sich in weiteren Kurven talwärts wand. Er war darauf vorbereitet, den Pajero samt Anhänger neben der Straße liegen zu sehen, aber er sah ihn gerade noch hinter einer Kuppe verschwinden. »Arschloch«, sagte er und fuhr weiter.

»Es ist normal, daß Kinder während einer Vojta-Behandlung weinen!« Frau Felix war in den Personalraum hereingeplatzt und schaute Sonia herausfordernd an.

»Ich weiß. Genau das stört mich daran.« Sonia war während ihrer Ausbildung mit der Vojta-Therapie in Berührung gekommen. Sie wurde vor allem bei Kindern mit motorischen Störungen angewendet und beruhte auf der Erkenntnis, daß sich durch bestimmte Reize reflexartige Bewegungsabläufe auslösen lassen können. Und daß man diese Reaktionen verstärken konnte, indem man sie mit der einen Hand auslöste und mit der andern unterdrückte. Als Sonia zum ersten Mal zusehen mußte, wie ein Therapeut einem weinenden Kind den Daumen zwischen die Rippen drückte und es gleichzeitig daran hinderte, sich wegzudrehen, war ihre Meinung gemacht.

»Ich gebe seit über zwanzig Jahren Vojta-Behandlungen und könnte Ihnen Hunderte von Briefen dankbarer Eltern zeigen. Hunderte!«

»Mir ist es einfach nicht sympathisch.«

Frau Felix suchte einen Augenblick nach einer Antwort. Dann stieß sie hervor: »Sie sind mir auch nicht besonders sympathisch.« Und ging.

alles ok
alles noch sehr neu
das wolltest du ja
und du
alles immer noch sehr alt

Sonia wanderte am Pool auf und ab und kam sich blöd vor. Fehlte nur noch die Trillerpfeife, und sie wäre Gerbo, Herr Gerber, der gefürchtete Bademeister der Badeanstalt, in der sie als Kind den größten Teil der Sommerferien verbracht hatte. Nie hätte sie sich träumen lassen, daß sie eines Tages weiß gekleidet an einem Beckenrand patrouillieren und Kindern verbieten würde, ins Wasser zu springen oder zu schreien.

Und jetzt tat sie genau das. Pascal, Dario und Melanie, die drei jüngeren Kinder der Familie Häusermann, vertrieben sich die Langeweile des Regentags im Pool. Sie tobten sich aus, während Lea, die Fünfzehnjährige, auf einer Liege in einer Zeitschrift blätterte und sich von ihren Geschwistern distanzierte. Im Thermalpool stand die alte Frau Professor Kummer bei einer Unterwasserdüse und warf Sonia jedesmal, wenn der Lärm zu laut wurde, einen indignierten Blick zu. »Kinder!« rief Sonia dann jeweils streng, und der Lärmpegel sank für einen Augenblick.

Wenn es nach Frédéric gegangen wäre, hätte sie heute mindestens ein Kind in Pascals Alter. Im zweiten Jahr ihrer Ehe, lange bevor sie sich in die Hände der Fortpflanzungsmedizin begeben hatte, überraschte Frédéric sie manchmal mit erotischen Abenden. Candlelight, Kaviar und Schmuserock. Sie betrachtete diese Anlässe als etwas hausbackene und nach ihrer Meinung auch überflüssige Bemühungen, Abwechslung in ihr Liebesleben zu bringen, aber sie spielte artig mit. Bis sie einmal zufällig ihren Eisprung errechnete und feststellte, daß er auf den Tag genau mit einem von Frédérics schummrigen Abenden zusammenfiel. Sie rechnete zurück und war nun nicht mehr überrascht, daß dies auch auf die vergangenen Male zutraf.

Noch immer fand sie das Ganze zwar etwas albern, aber herzig und nahm ihn beim nächsten seiner Candle-light-Dinners ein wenig auf den Arm. Und dabei stellte sich heraus, daß nicht er es war, der das Rechnerische erledigte, sondern Maman. Er lieferte die nötigen Informationen, und sie führte Sonias Fruchtbarkeitskalender! Und gab ihrem Sohn den Tip, an welchem Abend es wieder soweit sei. Wahrscheinlich saß sie zu Hause in der Beerenstraße, stieß mit ihrem Mann mit einem Gläschen ihres schrecklichen Rosés an und drückte die Daumen.

Sonia war entsetzt und angewidert.

Sie wußte nicht, was schlimmer war: daß ihre Schwiegermutter ihr Sexleben fernsteuerte oder daß Frédéric nicht wußte, daß er das Sonia nie, nie, unter gar keinen Umständen je hätte erzählen dürfen.

Sie wurde von einem lauten Platschen aus ihren Gedanken gerissen. Dario hatte schon wieder eine Wasserbombe gemacht. Er nahm Anlauf, sprang ab, zog die Beine an, umfaßte sie mit beiden Armen und schlug als menschliche Kugel im Wasser auf. Sonia stand von ihrem Stuhl auf, stellte sich ganz nah an den Beckenrand, stemmte die Fäuste in die Hüften und sagte streng: »Dario, das reicht.«

Dario kletterte aus dem Pool und maulte: »Wollte sowieso gehen.« Er trocknete sich ab, legte sich das Frottiertuch über die Schultern und ging. Pascal und Melanie folgten ihm, Lea blieb auf ihrer Liege.

Sonia setzte sich wieder auf ihren Stuhl und behielt Frau Professor Kummer im Auge. Bald würde sie ihr empfehlen müssen, das Thermalbad zu verlassen und sich in den Ruheraum zu begeben. Zur Schonung des Kreislaufes.

Das letzte Mal, als sie das gewagt hatte, hatte die alte Frau sie angefahren: »Was geht Sie mein Kreislauf an?«

Frau Professor Kummer gehörte zum alten Datenstamm, wie Barbara Peters sich ausdrückte. Sie hatte die Adreßkartei des Gamander nach Überlebenden durchsucht, auf den heutigen Stand gebracht und angeschrieben. Das Echo war nicht überwältigend gewesen, aber ein paar Buchungen hatte die Aktion eingebracht. Die Lüttgers aus Hamburg, die seit den sechziger Jahren nie mehr hier gewesen waren; die Lanvins, sie hatte als Kind mit ihren Eltern die Sommerferien hier oben verbracht; und die Häusermanns, bei denen es der Mann war, der das Hotel aus seiner Kindheit kannte.

Und eben Frau Professor Kummer. Sie mußte gegen neunzig sein, ihr genaues Alter ging nicht aus den Gästeunterlagen hervor. Ebensowenig wie die Herkunft ihres Professorentitels. Dafür stand dort, daß sie schon damals in Begleitung eines Fräulein Seifert war, kaum jünger als die Frau Professor. Sie war auch diesmal mit von der Partie und ertrug die Launen, Boshaftigkeiten und Schikanen der Alten mit der Demut einer armen Verwandten, was sie vielleicht auch war.

Lea stand von ihrer Liege auf, räumte ihre Sachen zusammen und ging. Frau Professor Kummer aber machte keine Anstalten, das Bad zu verlassen. Sie stand bei einer Unterwasserdüse und schielte immer wieder herüber. Wahrscheinlich in der Hoffnung, daß Sonia sich wieder in ihren Kreislauf einmischen würde.

Manuel kam die Treppe herauf. »So schön ruhig hier, hast du die Kinder ertränkt?«

»Viel hätte nicht gefehlt.«

Er setzte sich auf den Stuhl neben Sonia und schwieg ein Weilchen. Dann, unvermittelt: »Hast du nie welche gewollt?«

»Kinder?« Sonia war überrascht. »Nein. Doch. Es gab eine Zeit, da wollte ich.«

»Und? Weshalb hast du keine?«

»Passagestörungen.«

»Was ist das?«

»Wie genau willst du es wissen?«

»Ach so.«

Sie beobachteten schweigend die Frau Professor, die gerade von der letzten Unterwasserdüse zurück zur ersten wechselte. Manuel nahm den Faden wieder auf. »Kann man da nichts machen?«

»Kommt darauf an, wie sehr man will.«

»Du wolltest nicht sehr?«

Sonia schüttelte den Kopf. »Je länger, desto weniger.«

»Verstehe.« Er deutete mit dem Kinn zu der alten Frau an den Massagedüsen. »Wie lange ist sie schon drin?«

»Zu lange. Aber ich hol sie nicht raus. Sie sucht nur Streit.«

»Hol Frau Felix. Vor der hat sie Angst.«

»Ich auch.«

»Ach was. Im Grunde ist sie ganz nett.«

»Wußtest du, daß sie hier mit einem Kind Vojta-Therapie macht?«

»Das hat sie mir erzählt. Sie hat mit der Chefin ausgehandelt, daß sie ihre privaten Patienten hier weiterbehandeln darf.«

»Ob sie ihr auch gesagt hat, daß die Kinder dabei schreien wie am Spieß?«

»Scheiße!« Manuel rannte zum Thermalbecken und sprang hinein. Sonia folgte ihm. Von Frau Professor Kummer war nur noch die rote Badekappe zu sehen. Manuel hob die Ertrinkende in die Höhe, bis ihr Kopf wieder über Wasser war. »Frau Professor!« rief er. »Hören Sie mich? – Scheiße, wir müssen sie beatmen.«

Die alte Frau öffnete die Augen und zeigte triumphierend ihre falschen Zähne. »Das würde Ihnen so passen.«

Die Glastür glitt auf, und Barbara Peters kam in Begleitung eines rothaarigen Mannes in einem grauen Overall herein. Er hatte die Hand in eine Serviette gewickelt.

»Herr Wepf hat sich verätzt, kennt sich jemand damit aus?«

Manuel ließ Frau Professor Kummer im Pool stehen und ging eine Brandsalbe holen.

»Jemand hat den Ficus mit Säure vergiftet«, erklärte Barbara Peters.

»Schwefelsäure«, ergänzte Wepf. »Riecht wie eine ausgelaufene Autobatterie.«

> beatrice hat gebotoxt
> wie sieht sie aus
> noch angewiderter und du
> der ficus wurde ermordet
> wer
> die pflanze in der hotelhalle
> ermordet
> säureanschlag

von wem
keine Ahnung
ziemlich krank die bergbevölkerung
ziemlich

Yves Montand steuerte einen Lastwagen voller Nitro-
glyzerin über eine gefährliche Paßstraße. Das Nachglühen
im Röntgenbereich der geheimnisvollen Supernova 1979C
wurde in den letzten fünfundzwanzig Jahren einfach nicht
schwächer. Ein weiteres verstümmeltes Opfer des Tier-
quälers wurde gefunden.

Sonia schaltete den Fernseher aus und löschte das Licht.
Es war noch früh, und sie war nicht müde, aber sie wollte
die Astlöcher nicht mehr sehen. Sie könnten wieder leben-
dig werden.

Sie lauschte auf die Geräusche des Abends. Das leise Klimpern, wenn Pavarotti in seinem Käfig die Position wechselte. Das Knarren, wenn jemand herumging. Das Rascheln,
wenn der Wind durch die Blätter der Birke vor ihrem Fenster strich. Die Kirchenglocke, die dumpf die Viertelstunden
schlug.

Die Geräusche wurden wieder sichtbar. Auf der Projektionsfläche vor ihren Augen zeigte sich Pavarottis Klimpern als hellgelbe Noppen. Die Schritte waren graubraune
Würfel mit unscharfen Konturen. Das Blätterrascheln zog
diagonale silberne Streifen, von einem zittrigen Pinsel ge-
malt. Und die Schläge der Kirchenglocke verzerrten alle
diese Bilder, wie eine bewegte Wasseroberfläche den seich-
ten Seegrund.

Sonia stand auf, zog ihren Bademantel an und stellte sich

ans Fenster. Sie ahnte die tiefhängende Wolkendecke und die steilen Felswände dahinter. Der Wind trug den Geruch der Misthaufen herbei, die da und dort noch vor den Ställen dampften.

Nichts Heimeliges, nichts Friedliches. Alles kalt und bedrohlich.

brauche vollmacht für post
wozu
ein einschreiben
nicht annehmen
die polizei wird zwangszustellen
du weißt nicht wo ich bin
polizisten anlügen
sind auch nur männer

Mit einer großen Kelle schöpfte Sonia die heiße Fango-Paraffin-Mischung aus dem Rührgerät und goß sie auf das Blech. Langsam wie Lava breitete sie sich aus, während Sonia die Schöpfkelle wieder eintauchte.

Der Geruch erinnerte sie an ihre Zeit in Bad Waldbach. Sie hatte dort im Therapiezentrum einen Weiterbildungs-kurs absolviert und jeden Tag Fangoanwendungen ge-macht. Die meisten ihrer Patienten wohnten in einem der drei Luxushotels des Ortes. Frauen, die gehört hatten, Fango helfe gegen Cellulite. Männer, die sich beim Spiel auf dem nahen Golfplatz eine Zerrung geholt hatten.

In Bad Waldbach hatte sie auch Frédéric kennengelernt. Er hatte sie in einer Bar im Dorf angesprochen, in die sie aus Einsamkeit und Langeweile gegangen war. Sie verstand

sich nicht besonders mit ihren Kollegen, und sie fühlte sich unterfordert. Sie wollte Leuten helfen, die wirklich Hilfe brauchten.

Sie hatte sich von Frédéric zwei Drinks bezahlen lassen, und irgendwann war der Satz gefallen: »Ich kann diese Golf-bubis nicht mehr sehen, ich will endlich einen Patienten, dem wirklich etwas fehlt.«

Zwei Tage später lag Frédéric bei ihr auf dem Massage-bett. Er wollte eine Fangopackung. Er habe sich eine Über-dehnung geholt. Beim Golfen. Sie hatte das lustig gefun-den und die Einladung zum Abendessen angenommen. Erst Monate später erfuhr sie, daß Frédéric tatsächlich Golfer war. Da waren sie bereits verlobt.

Sonia verstrich den schwarzen Vulkanbrei gleichmäßig auf dem Blech und schob es in den Warmhalteschrank. Da-nach begann sie, ein neues Blech zu füllen. Sie hatte den ganzen Tag keinen Massagetermin. Und noch nie, seit sie hier war, hatte jemand eine Fangobehandlung bestellt.

Anna Bruhin saß hinter dem Ladentisch, ein Rätselheft lag vor ihr. Sie hatte ein Pauspapier über eines der Kreuzwort-rätsel gelegt und schrieb die Buchstaben mit einem wei-chen Bleistift in die Felder. So ließ sich das Heft danach noch verkaufen. Jedesmal ein Heft opfern konnte sie sich nicht leisten.

Eine große, staubige Limousine hielt vor dem Schau-fenster. Der Fahrer stieg aus und betrat den Laden. Er trug einen grauen, hochgeknöpften Anzug, der sie an eine Uni-form erinnerte. Er sprach Italienisch und kaufte ein Päck-chen Marlboro. Sobald er es bezahlt hatte, riß er das Cello-

phan weg, öffnete das Päckchen und nahm die Zigaretten heraus. Bis auf zwei. Die übrigen legte er auf den Ladentisch und verließ das Geschäft.

Anna Bruhin ging zur Tür und schaute hinaus. Im Fond des schwarzen Wagens saß ein älterer Herr, dem der Fahrer gerade das Zigarettenpäckchen überreichte. Ein Chauffeur, dachte Anna, ein uniformierter Chauffeur. Sie öffnete die Tür und schaute dem Wagen nach. Eine italienische EU-Nummer.

Anna Bruhin ging zurück zum Ladentisch, zog eine Schublade auf und legte die achtzehn Zigaretten in die Schachtel für den Offenverkauf.

Gian Sprecher fuhr auf seinem knatternden Einachser ins Dorf hinunter. Bei der Abzweigung nach Quatter kamen ihm mitten auf der Straße zwei Spaziergänger entgegen. Eine junge Frau und ein alter Mann. Als sie ihn kommen hörten, hoben sie die Köpfe. Es war die vom Gamander.

Sprecher ging nicht vom Gas, die beiden hatten genügend Zeit, auf ihre Straßenseite zu wechseln. Das taten sie auch.

Beim Vorbeifahren lächelte ihm die Frau zu. Ohne es zu wollen, grüßte er zurück. Zwar nur mit einem sehr knappen Nicken, aber er hatte zurückgegrüßt.

Er prüfte im Rückspiegel, ob sie ihm nachschauten, und konnte gerade noch einem schwarzen Wagen ausweichen, der im Schrittempo aus der Kurve kam. Teurer Schlitten, italienisches Nummernschild.

Sonia war die einzige Besucherin des Wellness-Bereichs gewesen. Sie hatte im irisch-römischen Zyklus geschwitzt

und war zwei Kilometer geschwommen. Alles unter den mißbilligenden Blicken von Frau Felix, die heute die Aufsicht führte.

Jetzt holte sie Michelle am Empfang ab. Sie hatten verabredet, ins Dorf zu gehen.

Beim Hoteleingang kam ihnen Casutt in Uniform und mit Mütze entgegen.

»Sind Nachtportiers um diese Zeit nicht im Bett?« fragte Sonia erstaunt.

»Nicht, wenn sie gebraucht werden«, antwortete Casutt. Er wandte sich an Michelle: »Hier bin ich.«

Michelle musterte ihn amüsiert. »Das sehe ich. Und weshalb?«

»Eben. Um Sie abzulösen.«

»Wie kommen Sie darauf, daß ich abgelöst werden muß?«

»Ich bekam einen Anruf vom Büro.« Casutt hatte die Stimme etwas erhoben.

»Vom Büro? Sie sollen mich ablösen?«

»Fragen Sie doch.«

Michelle verschwand in der Tür hinter dem Empfangstisch.

»Ich spinn doch nicht«, sagte Casutt zu Sonia.

Michelle kam kopfschüttelnd zurück. »Von uns hier hat niemand angerufen.«

»Doch. Ein Mann.«

»Hat er den Namen gesagt?«

»Nein. Nur ›Hotel Gamander‹.«

»Da hat sich jemand einen Scherz erlaubt. Gehen Sie ruhig wieder schlafen, Herr Casutt.«

»Schöner Scherz.« Casutt sah enttäuscht aus. Er tat Sonia leid.

»Wo er nun schon einmal hier ist, könnte er vielleicht die Stellung halten, bis wir gegessen haben«, schlug Sonia vor.

»Nicht nötig. Falls jemand kommt, kann er klingeln. Das machen wir immer so.«

Sie ließen den konfusen Herrn Casutt stehen und traten aus dem Hotel. Der Himmel war grau, Nebelfetzen hatten sich in den Felsen über Val Grisch verfangen. In der Einfahrt parkte ein schwarzer Mercedes der S-Klasse. In den Staub der hinteren rechten Tür hatte jemand geschrieben: »Der Teufel von Mailand.«

4

Unterhalb der Alp Petsch konnte man die Föhrenspitzen ahnen, die sich gegen den fahlen Himmel abzuheben begannen. An einem klaren Tag hätte man jetzt schon die Konturen der Bergkette auf der rechten Talseite erkennen können. In ein paar Ställen brannte Licht, man hörte das Scheppern der Milchkessel und das Summen der Melkmaschinen. Ein Hahn stieß seinen traurigen Schrei aus, und in der Ferne antwortete ihm ein anderer.

Im Hotel war noch alles dunkel. Nur hinter dem Empfangstisch brannte die kleine Leselampe. Herr Casutt hatte die ganze Nacht durchwacht. Niemand sollte ihm vorwerfen können, er versehe seinen Dienst nicht pflichtbewußt. Er konnte es der Chefin und den Kollegen ansehen, daß sie seit dem Vorkommnis mit der Pflanze und dem mysteriösen Aufgebot zum Tagesdienst an seiner Zuverlässigkeit zweifelten. Er hatte in den letzten Jahren einige Entlassungen erfahren und kannte deren Vorboten. Er würde keinen Anlaß liefern.

Sonia lag mit offenen Augen im Bett. Sie hatte eine Nacht ohne Sinnestäuschungen verbracht, war zweimal erwacht und gleich wieder eingeschlafen. Jetzt zwang sie sich wach zu bleiben.

Sie wurde nicht schlau aus Barbara Peters. Miss Gamander, wie Manuel sie getauft hatte. Sie stand früh auf, schwamm jeden Morgen ihre Längen, machte bei jeder Witterung ihre Spaziergänge mit Bango, aß ihre vegetarischen Spezialmenüs und führte auch sonst ein Leben wie auf einer Beauty-farm.

Daß das Hotel hoffnungslos unterbelegt war, schien sie nicht zu stören. Sie tat, als dienten das Gamander und seine Wellness-Anlage ihrem persönlichen Komfort, an dem sie eine Handvoll Gäste großzügig teilnehmen ließ. Diesen war sie eine stets strahlende, aber distanzierte Gastgeberin.

Auch zum Personal pflegte sie diese herzliche Distanz. Einzig Michelle, die Rezeptionistin, ließ sie ein wenig an sich herankommen. Jedenfalls war Michelle die einzige, mit der sie per du war.

Selbst das Attentat auf die Zimmerpflanze schien sie merkwürdig kühl zu lassen. Als jemand ihr vorschlug, die Sache der Polizei zu melden, lachte sie und fragte: »Als Mordsache Gummibaum?«

Einen Mann schien es in ihrem Leben nicht zu geben. Bis auf den eleganten älteren Italiener, der zwei Nächte im Hotel verbracht hatte und zu allerhand Spekulationen Anlaß gab. Er aß an Barbara Peters Tisch, und sie stellte ihn als il Senatore vor. Sie schienen sehr vertraut, aber kein Liebespaar zu sein. Er bewohnte eine der drei Suiten, und sein Chauffeur war in einer Junior-Suite untergebracht. Sie unterhielten sich auf italienisch, das Barbara Peters nach Auskunft der italienischen Kellner nur gebrochen sprach.

In Personalkreisen vermutete man, daß il Senatore mit dem finanziellen Hintergrund der Chefin zu tun hatte.

Sonia stand auf und zog die Vorhänge zurück. Etwas von dem müden Licht der Dämmerung drang in das Zimmer. Zu wenig, um die Möbel und Gegenstände wieder wirklich erscheinen zu lassen. Sie machte Licht, ging ins Bad, knipste auch dort die Deckenlampe an und nahm das Tuch von Pavarottis Käfig.

Der Vogel blinzelte sie an. Dann begann er, auf seiner Sitzstange seitwärts hin- und herzutrippeln.

»Flugwetter?« fragte Sonia und öffnete die Käfigtür. Pavarotti rührte sich nicht. Er würde warten, bis Sonia sich entfernt hatte, und dann zu einem Zeitpunkt, den er selbst bestimmte, den Käfig verlassen. Oder auch nicht. In Wellensittichkreisen empfahl man einen Freiflug pro Tag. Aber Pavarotti schien mit einem oder zwei pro Woche auszukommen. Sie war immer froh, wenn er die Chance der offenen Tür nicht nutzte. So ersparte sie sich die Mühe des Einfangens. Wenn er nach zehn Minuten noch immer im Käfig herumtrödelte, schloß sie die Tür wieder.

Pavarotti war Frauengut. Sie hatte ihn schon besessen, als sie Frédéric kennenlernte. Der Vogel war über zehn Jahre alt und hatte ursprünglich einer Freundin gehört. Sie hieß Caroline und hatte mit ihr die Ausbildung zur Krankengymnastin gemacht. Sonia hatte Pavarotti für drei Wochen in Pension genommen, als Caroline mit Freunden im Mittelmeer einen Segeltörn machte. Caroline hätte das gleiche auch für Sonia getan, bloß besaß Sonia keine Haustiere, schon gar keinen Wellensittich.

Caroline kreuzte also mit ihren Freunden zwischen den griechischen Inseln, und am zweitletzten Ferientag erhielt Sonia einen Anruf, daß Caroline verschwunden sei. Sie

waren bei gutem Wind und etwas rauher See unterwegs gewesen, und plötzlich war sie nicht mehr da. Auf Deck dachte man, sie sei in der Kabine, unter Deck wähnte man sie oben. Niemand konnte genau sagen, wann er sie zuletzt gesehen hatte. Die etwas oberflächlichen Suchaktionen der griechischen Marine blieben erfolglos. Caroline wurde als eines der Ertrinkungsopfer jenes Sommers abgebucht.

Sonia behielt Pavarotti, weil sie zuerst damit rechnete, daß Caroline jederzeit wieder auftauchen würde. Sie mochte nicht glauben, daß ein so fröhliches lautes Mädchen so still und leise aus der Welt verschwinden konnte.

> habe mit kurt geschlafen
> du spinnst
> ja
> und
> naja
> und jetzt
> der hält das maul
> keiner hält das maul

An diesem Tag passierte es wieder. Sonia begleitete Frau Lüttgers nach dem Dampfbad in den Ruheraum. Schon als sie ihn betrat, merkte sie, daß etwas anders war. Sie nahm ein Frottiertuch aus dem Wärmeschrank und breitete es über eine Liege. Frau Lüttgers legte sich darauf, und Sonia deckte sie mit einem zweiten warmen Tuch zu. Dabei fiel ihr auf, daß sich das Tuch falsch anfühlte. Nicht nur warm, weich und flauschig, sondern auch kühl, hart und glatt. Wie eine Chromstahlverzierung an einem Amerikanerschlitten.

Sie ließ das Tuch los und rieb die flachen Hände an ihren Oberschenkeln. Das Gefühl ging nicht weg. Es vermischte sich bloß mit dem des feingewobenen Stoffs ihres weißen Anzugs mit dem Gamander-Schriftzug über der linken Brust.

Plötzlich wurde ihr klar, was anders war. Jemand hatte den Bedufter neu gefüllt. Ein intensiver Duft nach Bergamotte füllte den Raum. Und dieser Duft war es, den sie an den Händen spürte.

Sie mußte ein erschrecktes Gesicht gemacht haben, denn Frau Lüttgers fragte: »Ist etwas nicht in Ordnung?«

»Nein, nein. Bloß: ich fühle mich nicht so gut. Wenn Sie mich bitte entschuldigen.«

Sie bat Manuel, der im Personalraum unter dem laufenden Dampfabzug der Kochnische eine Zigarette rauchte, sie zu vertreten, sie fühle sich nicht gut.

»Was hast du?« erkundigte er sich besorgt.

»Nichts Schlimmes.«

»Ach so, das.«

Sandro Burger kniete neben einer Kirchenbank und schraubte das Kniebrett wieder an. Eines Tages würde er den Lausbuben erwischen, der sich während der Messe die Zeit damit vertrieb, mit seinem Taschenmesser die Schrauben zu entfernen. Wie schnell war etwas passiert. Und dann war er wieder schuld.

Die Tür ging auf, und eine jüngere Frau kam herein. Eine von denen, die im Gamander arbeiteten. »Von der würde ich mich auch noch massieren lassen«, hatte er gegrinst, als ihm Chasper Sarott vom Steinbock sagte, daß sie Masseuse sei.

Sie hatte ihn nicht gesehen, und er duckte sich hinter die Bankreihe.

Die Frau schlug das Kreuz und ging auf den Hauptaltar zu. Auf der Höhe des kleinen Marienaltars zögerte sie und blieb stehen. Sie schaute sich um. Dann ging sie darauf zu und bekreuzigte sich wieder. Sie öffnete ihre Umhängetasche, fischte ihr Portemonnaie heraus und suchte nach einer Münze. Er hörte, wie sie in die Kerzenkasse fiel. Die Frau nahm eine frische Kerze, entzündete sie an der einzigen brennenden und steckte sie in den Kerzenstock.

Bestimmt fünf Minuten blieb sie reglos am Altar stehen. Sandro Burger wagte nicht, sein Gewicht zu verlagern. Das Knacken seines Knies hätte ihn verraten, so still war es in der Kirche.

Als sie endlich gegangen war, kam er fast nicht mehr auf die Beine.

Sonia hatte seit der Taufe des jüngsten Kindes von Frédérics gebärfreudiger Schwägerin keine Kirche mehr betreten. Und auch die Jahre davor nur zu Familienanlässen. Aber als sie jetzt aufgewühlt an der hohen, schlichten Fassade von San Jon vorbeiging und sah, wieviel Ruhe und Gelassenheit diese ausstrahlte, blieb sie stehen und ging hinein.

Kühle Stille empfing sie. Beim Altar brannte das ewige Licht und eine Kerze. Etwa in der Mitte des Schiffs flakkerte in einem Seitenaltar eine weitere Kerze vor einer Marienstatue. Dorthin ging sie.

Als Teenager, so zwischen dreizehn und sechzehn, hatte sie einen Marienkult betrieben. Sie hatte in ihrem Zimmer einen kleinen Marienaltar aufgebaut, wo sie Räucherstäb-

chen abbrannte und für den ständig wechselnden Kreis derer, die ihr nahestanden, Kerzen anzündete. Sie hatte die Muttergottes bei all ihren Problemen mit den Eltern, den Freundinnen, den Freunden, der Schule und dem Leben überhaupt zu Rate gezogen. Es sei denn, sie betrafen Themen, die ihr für die Ohren einer heiligen Jungfrau zu intim waren.

Ihre Eltern, die beide nicht religiös waren, hatten diese fromme Phase ihrer Tochter mit spöttischem Schweigen toleriert und waren davon ausgegangen, daß sie vorbeigehen würde. Womit sie recht behalten sollten. Nach Sonias sechzehntem Geburtstag war die Maria verschwunden und durch einen kleinen Buddha ersetzt, der allerdings schon bald seinen Platz mit allerlei Nippes und Andenken aus ihren ersten Ferienreisen ohne Eltern teilen mußte.

Jetzt stand sie, nach bald zwanzig Jahren, wieder vor der Mutter Gottes und bat sie um Rat, Trost und Hilfe. Die Wirklichkeit entglitt ihr. Sie brauchte etwas, an das sie sich halten konnte.

Heilige Maria Mutter Gottes, mach, daß ich Töne wieder nur höre, Gerüche wieder nur rieche, Geschmäcker wieder nur schmecke, Bilder wieder nur sehe und Berührungen wieder nur spüre. Mach, daß ich wieder unterscheiden kann zwischen dem, was ist, und dem, was nicht sein kann.

Wie damals als Teenager zündete sie eine Kerze an. Aber diesmal für sich selbst.

Der Himmel war von einem fast durchsichtigen, milchigen Grau. Es sah aus, als könnte jeden Moment die Sonne durchbrechen. Sonia hatte die Jacke um die Taille gebunden und

ging mit schnellen kurzen Schritten den abfallenden Feldweg hinunter. Sie hatte einen langen Spaziergang hinter sich. Das und vielleicht auch ihr Besuch beim Marienaltar hatte ihre Beklemmung vertrieben und einer gewissen Leichtigkeit, fast Heiterkeit, Platz gemacht. Sie hatte sich damit getröstet, daß die Zwischenfälle ja seltener geworden waren. Intensiver vielleicht, aber seltener. Eines Tages würden sie ganz ausbleiben. Und falls nicht, würde sie diese als Bereicherung betrachten. Wer besaß schon das Privileg, Bergamottenduft befühlen und Glockenklänge betrachten zu können?

Da, wo der Weg in die Dorfstraße mündete, stand ein Geländewagen mit einem Tankanhänger, auf dem zwei Stikker klebten. Ein Hanfblatt in den Rastafarben mit dem Text »Positive Vibrations«. Und eine schwarzweiße Kuh mit dem Slogan: »Milch gibt starke Knochen.« Ein Mann mit einer rot verspiegelten Sonnenbrille saß hinter dem Steuer und tat, als beobachte er sie nicht.

Auf der Tafel vor dem Kolonialwarenladen stand: »Heute: Hausgemachte Erdbeerkonfitüre!« Sie trat ein. Die Tür streifte ein Glockenspiel über ihr. Hinter dem Verkaufstisch saß eine hagere ältere Frau, die sich bei Sonias Eintreten erhob. »Guten Nachmittag!« wünschte sie mit hoher, überfreundlicher Stimme. »Sieht aus, als könnte es heuer doch noch ein wenig Sommer geben. Womit kann ich dienen?«

»Ein Päckchen Zigaretten, bitte.«

»Gerne. Welche?«

»Egal, ich rauche sie nicht.«

»Und Sie wissen auch nicht, welche Marke die Person raucht?«

»Nein, sie sind für mich.«

»Aber Sie rauchen sie nicht?«

»Genau.«

»Weshalb kaufen Sie sie dann?« wollte die konsternierte Ladenbesitzerin wissen.

»Weil ich nicht nur deshalb nicht rauchen will, weil ich keine Zigaretten habe.«

Die Frau lächelte gequält. »Auch eine Methode.«

Bei der Post kam ihr Herr Casutt entgegen. Die Augen über seinem Lächeln waren so traurig, daß sie stehenblieb. Und als er ihr »Wie geht's?« als ernstgemeinte Frage verstand und mit »schlecht« beantwortete, lud sie ihn zu einem Glas im Steinbock ein.

Das Lokal war leer. Nina saß mit einer Zeitschrift an einem der Tische. Sie grüßte, ging hinter die Theke und drehte die Musik des Lokalsenders etwas leiser.

Sonia hätte etwas Alkoholisches bestellt, wenn Herr Casutt sich nicht für einen Kaffee entschieden hätte. »Das Getränk der Nachtportiers«, wie er es nannte. Sonia bestellte »irgend etwas von Ihrer wunderbaren Teekarte«. Und fügte übermütig hinzu: »Einfach nichts mit Bergamotte.«

»Ich habe eine letzte Chance bekommen«, verriet Casutt, sobald die Getränke vor ihnen standen. »Eine letzte Chance! Von dieser Göre! Wissen Sie, wie viele Jahre Hotelfach ich auf dem Buckel habe?«

Sonia wußte es nicht.

»Achtundvierzig Jahre! Achtundvierzig Sommersaisons und achtundvierzig Wintersaisons und zweimal achtundvierzig Zwischensaisons sind zusammen hundertzweiund-

neunzig Saisons.« Er machte eine Pause, um die Zahl etwas wirken zu lassen.

»Fast zweihundert Saisons. Und muß mir von einer verwöhnten kleinen Hobby-Hoteldirektorin in ihrer ersten Saison eine letzte Chance geben lassen. Muß ich mir das bieten lassen?«

»Haben Sie?« fragte Sonia.

Casutt ließ die Schultern fallen. »Was bleibt mir denn anderes übrig?«

»Braucht man denn nicht überall Portiers?«

»Nicht solche, die in zwei Jahren in Pension gehen.«

Sonia blies in ihre Tasse.

»Die Säure konnte auch tagsüber jemand in den Topf schütten. Und daß ich einen Anruf bekam, ich solle um zwölf Frau Kaiser ablösen, stimmt auch. Ich spinn doch nicht.« Er nahm einen vorsichtigen Schluck Kaffee. »Eine letzte Chance!«

»Hat sie das wirklich so gesagt? Ich gebe Ihnen eine letzte Chance?«

»›Wir versuchen es weiter zusammen‹, hat sie gesagt. Das kommt aufs selbe heraus.«

»Finde ich überhaupt nicht. Das klingt bedeutend positiver. Und freundlicher.«

»Meinen Sie?«

»Klar. ›Wir versuchen es weiter zusammen‹ ist ein Versprechen. Das klingt auch mehr nach Barbara Peters. Sie ist nämlich nett.«

»Nett? Dazu ist sie zu schön.«

»Schöne Menschen sind nicht nett?«

»Wunderschöne nicht. Normal schöne schon. So wie Sie.«

»Danke.«

»Menschen, die so schön sind wie die Chefin, brauchen nicht nett zu sein, damit man nett zu ihnen ist. Deshalb lernen sie es nie. Glauben Sie mir. Ich habe in meinem Beruf viele schöne Menschen getroffen.«

»Zu mir ist sie nett.«

»Sie tut nett. Werden Sie so alt wie ich, dann merken Sie den Unterschied.«

Falls es stimmte, daß Barbara Peters nur nett tat, gelang ihr das an diesem Abend besonders gut. Sonia suchte sie in ihrem Büro auf, um sich für ihr Fehlen am Nachmittag zu entschuldigen. »Ist nicht so schlimm«, lachte die Chefin, »in Ihrem Bereich haben wir vorläufig keine Personalengpässe.«

Ihr Büro war der einzige Raum des alten Trakts, der mit Designermöbeln eingerichtet war. Die Täfelung war in einem matten, pastelligen Türkis gestrichen, das alte Parkett abgeschliffen und gewachst. An den Wänden hingen Fotos von Diane Arbus, Lee Friedlander, Richard Avedon und andern berühmten amerikanischen Fotografen.

Auf der schwarzen Tischplatte des kleinen Breuer-Stahlrohrschreibtisches stand ein Flachbildschirm mit kabelloser Maus und Tastatur. Sonia hätte zu gerne einen Blick auf den Bildschirm geworfen, um zu sehen, ob das Gerücht stimmte, daß Barbara Peters »Die Sims« spielte, wenn sie sich in ihr Büro zurückzog.

»Wie fühlen Sie sich?«

»Ein wenig unterfordert«, antwortete Sonia.

Barbara Peters lachte. »Besser als das Gegenteil, nicht?«

»Etwas so in der Mitte wäre mir am liebsten. Glauben Sie, das ist in näherer Zukunft zu erwarten?«

Die Chefin zuckte mit den Schultern. »Die Belegung könnte besser sein. Wie es aussieht, steht uns ein ruhiger Sommer bevor. Und wenn das Wetter nicht besser wird, sogar ein sehr ruhiger. Das hat den Vorteil, daß wir uns alle schön langsam einarbeiten können.«

»Für die Wintersaison?«

»Für den nächsten Sommer. Im Winter öffnen wir nicht. Val Grisch ist kein Winterkurort. Und außerdem hasse ich die Kälte. Wollten Sie sich für die Wintersaison bewerben?«

»Nein. Nur wissen, wie die Chancen stehen, daß ich die Sommersaison überstehe.«

»Weshalb sollten Sie nicht?« Barbara Peters schien echt erstaunt.

»Rentabilität.«

»Ach so. Nein, nein. Wir müssen keine schwarzen Zahlen schreiben im ersten Jahr.«

Das war die Vorlage für die Frage, die alle interessierte: »Von wem aus?«

»Von mir aus. – Haben Sie Lust auf einen Cocktail, sagen wir, halb sieben in der Bar? Es gibt eine Überraschung.«

»Mag ich beides«, antwortete Sonia. »Cocktails und Überraschungen.«

Die Überraschung war ein Barpianist. Nicht einer, wie ihn Sonia aus den Bars und Lounges ihres früheren Lebens kannte. Das waren meistens ältere Herren mit müden Augen und nikotingelben Fingern. Dieser hier war höchstens Mitte Dreißig. Er trug einen Fünftagebart, und auch die

Stoppeln auf seinem Schädel konnten nicht älter sein. Sein dunkler Anzug und sein Hemd sahen neu aus, und sein Krawattenknoten war viel zu groß und locker gebunden.

Er spielte »Here we go again«, schleppend und mit samtenem Anschlag. Er suchte keinen Blickkontakt mit den Gästen wie andere Barpianisten. Es war, als spielte er für sich. Als probierte er etwas aus, amüsiert und erstaunt, daß es ihm gelang.

Die Bar war leer bis auf Vanni, den Barman, und einen Gast, den Sonia noch nie gesehen hatte. Er sah aus wie ein indischer Staatsmann: dichtes, weißes, geöltes und gescheiteltes Haar, schlaffe Gesichtszüge, olivgraue Haut, die Lippen und Augenschatten ein paar Töne dunkler, schwarze Augen, weißmelierte, buschige Brauen über einer randlosen Brille.

Der Mann saß an der Bar vor seinem Drink. Das Kinn in die linke Hand gestützt, lauschte er der Musik. Als Sonia den Raum betrat, prüfte er sie mit einem Blick, nickte ihr zu und ließ seine Augen wieder den Klavierklängen nachwandern.

Sonia blieb einen Moment stehen, unschlüssig, ob sie sich an die Bar setzen oder an einem Tischchen auf Barbara Peters warten sollte. Bevor sie sich entscheiden konnte, traf ihre Chefin ein. Sie nahm Sonia beim Ellbogen und stellte sie dem Gast vor. »Herr Doktor, darf ich Ihnen Sonia Frey vorstellen, die Frau mit den magischen Händen, von der ich Ihnen erzählt habe.«

Der Inder, den Barbara Peters »Herr Doktor« nannte, hieß Ralph Stahel und sprach einen gepflegten Zürcherdialekt mit im Gaumen gegurrten Rs. »Magische Hände«,

sagte er, »ist genau, was ich brauche. Haben Sie morgen noch einen Termin frei?«

»Ich glaube schon, daß ich Sie irgendwo reinquetschen kann«, antwortete sie lächelnd. »Wann paßt es Ihnen denn?«

»Irgendwann zwischen dem Morgenschwimmen und dem Mittagessen.«

Sie verabredeten sich auf elf Uhr am nächsten Tag. Barbara Peters führte Sonia zu einem kleinen Tischchen. »Was trinken Sie?«

Sonia überlegte. »Zu dieser Musik? Martini.«

»Mögen Sie sie nicht?«

»Oh, doch. Ich mag auch Martinis.«

»Ich nicht. Das ist kein Cocktail, das ist ein Schnaps. Ich nehme ein Glas Champagner.«

»Auch nicht gerade ein Cocktail.«

»Aber er macht glücklich.«

»Ich dachte, Sie sind von Natur aus glücklich.«

Als hätte er das Gespräch mit angehört, stimmte der Pianist »Sometimes I'm Happy Sometimes I'm Blue« an. Barbara Peters lachte und bestellte die Getränke.

»Herr Casutt hat mir erzählt, Sie hätten ihm eine letzte Chance gegeben. Ich habe ihm gesagt, das müsse er falsch verstanden haben.«

»Und ich fürchtete schon, ich hätte mich nicht deutlich genug ausgedrückt.«

»Ach.«

Barbara Peters musterte sie amüsiert. »Schauen Sie mich nicht an, als wäre ich ein Unmensch. Auf einen Nachtportier muß man sich verlassen können.«

»Ich finde, das kann man.«

»Er hat ein Alkoholproblem.«

»Das scheint er aber im Griff zu haben.«

Barbara Peters war nicht überzeugt. »Hoffentlich. Und damit das so bleibt, braucht er vielleicht ein wenig Druck.«

»Alkohol und Druck, die beiden Unzertrennlichen.«

»Was denken Sie?« fragte Frau Peters.

»Jemand, der von einem Glas Champagner glücklich wird, versteht nichts von Alkoholikern.«

»Sagen Sie immer, was Sie denken?«

»Nein. Das ist neu.«

> er hat es nicht gehalten
> wer was
> kurt das maul
> siehst du
> hanspeter weiß es jetzt auch
> was sagt er
> mit meinem besten freund du sau
> und was ist mit kurt
> bleibt sein bester freund
> warum er
> weil er es ihm gestanden hat

Sie sah den Schluß einer Dokumentation über die Weißstörche in Alfaro. Das Tief Max hatte sich über der Adria eingerichtet und beeinflußte das Wetter des Alpenraums. Man vermutete im Tierquälerfall einen Nachahmungstäter.

Nie das Gefühl, sie falle aus dem Zimmer, keine seltsamen Veränderungen an der Täfelung der Dachschräge. Sie sah keine Töne, hörte keine Gerüche, schmeckte keine Formen. Sie legte sich ins Bett und schlief tief und traumlos, bis das Handy seine blödsinnige Weckmelodie spielte.

Nach der Morgentoilette öffnete sie Pavarotti die Käfigtür zu seiner zehnminütigen Bedenkzeit, ob er ihr Freiflugangebot annehmen wolle.

Auch er schien eine gute Nacht gehabt zu haben. Keine Minute dauerte es, bis er den Käfig verließ und auf den Kleiderschrank flatterte. Sie schloß die Zimmertür von außen und ging hinunter zum Frühstück.

Als sie zurückkam, war Pavarotti verschwunden. Jetzt ist das passiert, dachte sie, wovor die Wellensittich-Sachverständigen nicht genug warnen können: Das Tier ist zwischen ein Möbelstück und die Wand gefallen und hat sich beim Versuch, sich zu befreien, die Flügel gebrochen. Nur weil sie zu faul gewesen war, alle diese Sittichfallen mit Zeitungspapier zu verstopfen.

Doch gerade als sie mit ihrer Taschenlampe – Sonia gehörte zu den Frauen, die statt eines Tränengassprays eine Taschenlampe bei sich tragen – unter die Badewanne leuchtete, hörte sie über sich Pavarottis leises Schnabelknirschen. Sie rappelte sich auf und versuchte, das Geräusch zu orten. Es kam aus dem Käfig. Der Einzelhäftling war freiwillig in seine Isolierzelle zurückgekehrt. Wenn das die gelbe Frau aus dem Zug wüßte.

Als Sonia die Welt aus Dampf, Duft und Wasser betrat, die jetzt ihr Arbeitsplatz war, fühlte sie sich zum ersten Mal

seit vielen Monaten beinahe glücklich. Es war nicht das Glücksgefühl, das sich manchmal nach der genau richtigen Menge Alkohol für einen kurzen Moment einstellte, bevor sie es mit einem weiteren Glas vertrieb. Auch nicht die wilde, rasch abflauende Euphorie, die sie dann und wann erfaßte, wenn sie nach einer Linie Koks aus der Toilette auf die Tanzfläche zurückkam. Und auch nicht die schnurrende Zufriedenheit, die sie hie und da erfüllte, wenn sie in den Armen eines Mannes erwachte, der ihr auch bei Tageslicht noch ein wenig gefiel.

Es war das ganz normale Glücksgefühl, das sie von damals kannte, als sie noch unbeschwert die Tage in Angriff nahm und ihr Beruf ihr Spaß machte.

Dr. Stahel hatte ein weißes Frottiertuch um die Hüfte geschlungen, was ihn noch indischer aussehen ließ. Er betrat den Behandlungsraum und gab ihr die Hand. Er löste das Tuch und hängte es an den Kleiderhaken. Weiße Boxershorts, was ihn ihr sofort sympathisch machte. Keiner jener Männer, die sich nackt präsentierten und schauten, wie sie reagierte.

»Bauch oder Rücken?« fragte er.

»Bauch.«

Er legte sich bäuchlings auf den Massagetisch. Sonia deckte Gesäß und Beine mit einem warmen Frottiertuch zu.

»Irgendein besonderes Problem?« erkundigte sie sich.

»Ja. Letzte Woche sechzig geworden.«

Sonia lachte. »Und wo tut das weh?«

»Überall ein bißchen.«

Sonia träufelte etwas Massageöl in die Handfläche und rieb die Hände rasch gegeneinander, um sie zu wärmen und ihr Qi zu stimulieren. Sie behielt die Hände einen Moment zusammen, schloß die Augen und atmete tief durch. Dann legte sie beide Hände links und rechts von der Wirbelsäule auf die Lenden ihres Patienten. Seine Haut fühlte sich kühl an.

Sie strich mit beiden Händen kräftig nach oben zu den Schulterblättern und weiter mit gespreizten Fingern über die Schultern nach außen. Von dort führte sie sie fast ohne Berührung zurück zur Ausgangslage, um sie dann wieder kräftig nach oben zu streichen.

Danach legte sie ihre linke Hand auf seine linke Seite und die rechte auf den rechten Rand seines Brustkorbs, konzentrierte sich auf seinen Atem und verlagerte, als er ausatmete, ihr Gewicht auf ihre Hände. Sie spürte, wie sich die Muskeln dehnten, verharrte einen Moment und verlagerte ihr Gewicht langsam wieder auf ihre Beine. Dann wechselte sie die Handstellung und wiederholte den Vorgang.

»Shiatsu?« fragte Dr. Stahel durch die runde Öffnung im Massagebett.

»Auch.« Sie legte ihre Daumen in die Grübchen oberhalb des Gesäßmuskels und begann sich mit kleinen, tiefen Kreisbewegungen links und rechts von der Wirbelsäule zum Nackenansatz hinaufzuarbeiten und von dort aus mit schwerelosen Händen wieder an den Ausgangspunkt zurückzugleiten.

Gegen Ende ihres ersten Ausbildungsjahrs hatte sie Massage zum ersten Mal als kreative Tätigkeit empfunden. Damals litt sie, wie viele ihrer Mitschüler, unter den Zweifeln,

ob das der richtige Beruf für sie war. Ich weiß nicht, ob ich für Unterhaltsarbeiten geschaffen bin, hatte sie einmal zu ihrem Massagelehrer gesagt, mir liegt mehr das Schöpferische.

Und er hatte geantwortet: Was ist Ihr Rohmaterial? Ein verspannter, verkürzter, verhärteter, verbackener Rumpfstrecker. Und was ist Ihr Endprodukt? Ein geschmeidiger, weicher, gut durchbluteter, biegsamer Rückenmuskel. Betrachten Sie es so. Sie erschaffen etwas Neues aus qualitativ minderwertigem Rohstoff.

Sonia hegte zwar Zweifel an dieser Sichtweise, aber einige Tage später ertappte sie sich dabei, wie sie der Massage eines geplagten Lumbagopatienten tatsächlich so etwas wie kreative Befriedigung abgewinnen konnte.

Dr. Stahels Unterhautzellgewebe in der Lendenregion fühlte sich fest und hart an. Sonia legte ihre Daumen flach an die Dornfortsatzreihe, raffte mit acht Fingern eine Hautfalte, rollte sie an die Daumen heran und ließ sie darunter durchgleiten. Das tat sie so oft, bis die oberflächlichen Schichten so weit aufgelockert waren, daß sie sich zur Muskulatur durchtasten konnte. Dann griff sie sich zwei Handvoll der fleischigen Muskeln und wrang und knetete sie mit sanfter Unnachgiebigkeit.

Aus den unsichtbaren Lautsprechern klang leise Meditationsmusik. Tibetanische Flöten und Klangschalen und die Geräusche und Tierstimmen des Regenwaldes vermischten sich mit den tiefen Atemzügen des Patienten und den rhythmischen der Masseurin.

Sonia arbeitete wie in Trance. Sie hob sein Schulterblatt mit der rechten Hand nach hinten, ließ die Finger ihrer

Linken unter den unteren Schulterblattwinkel gleiten und massierte den Unterschulterblattmuskel in kleinen Kreisen mit den Fingerspitzen.

Der Duft des Massageöls – Lavendel, Zitrone, Mandel – füllte den Raum und vermengte sich mit dem des Haaröls von Dr. Stahel und dem der Bodylotion ihres eigenen warmen Körpers.

Sie faßte den Trapezmuskel über der rechten Schulter. Dr. Stahel stöhnte leise auf. Vorsichtig begann sie zu kneten. Sie fühlte die Verhärtungen und Verspannungen und arbeitete sich langsam über den Nacken bis zur Ansatzstelle am Hinterkopf vor. Und wieder zurück bis zum Schulterblatt.

Allmählich fühlte sich die Hautfalte zwischen ihren Fingerspitzen anders an. Sie wurde weicher und geschmeidiger. Sie veränderte ihre Form. Wurde kantig, ohne ihre Schmiegsamkeit zu verlieren. Die Hautfalte fühlte sich an wie ein Lineal aus Teig. Und diese Form besaß einen Geschmack: bitter wie Angostura.

»Weshalb haben Sie aufgehört?« fragte Dr. Stahel.

Sonia stand da, hatte die Finger gespreizt und rieb die Handflächen an ihren Oberschenkeln.

Er drehte sich auf die Seite und schaute sie an. »Ist Ihnen nicht gut?«

Sonia schüttelte den Kopf. »Schon vorbei.«

»Sind Sie sicher?«

Sie nickte.

Dr. Stahel legte sich wieder auf den Bauch. Sonia überwand sich und zog seine Nackenmuskeln wieder hoch. Sie fühlten sich normal an. Und auch der bittere Geschmack auf ihrer Zunge war verflogen. Sie fuhr fort zu kneten.

»Sie dürfen es mir ruhig sagen, wenn Sie die Behandlung beenden wollen. Ich habe Verständnis für Unpäßlichkeiten, ich bin Arzt.«

»Es ist nichts Körperliches.«

»Das Körperliche ist auch weniger mein Gebiet.«

Sonia wechselte die Seite und nahm sich die linke Schulterpartie vor. Und plötzlich hörte sie sich sagen: »Ihr musculus trapezius hatte sich angefühlt wie ein Lineal. Vierkantig.«

»So fühlt er sich manchmal auch für mich an.«

»Und auf der Zunge bitter wie Angostura.«

»Auf der Zunge?«

»Ich schmecke Formen, sehe Töne, rieche Farben. Und so weiter.«

»Sie sind Synästhetikerin?«

»Synäwas?«

»Synästhesie kommt aus dem Griechischen und heißt soviel wie Mitempfindung. Die Wahrnehmungen verknüpfen sich. Geräusche bekommen Farben oder Formen. Berührungen duften oder schmecken.«

»Das haben auch andere Leute?«

»Nicht viele. Hat Ihnen das noch nie jemand gesagt?«

»Ich habe es ja noch nicht lange.«

»Wie lange?«

»Ein paar Wochen.«

»Und davor nie?«

»Nie.«

»Als Kind?«

»Nie.«

Dr. Stahel dachte nach.

»Muß ich mir Sorgen machen?«

Anstatt zu antworten, fragte er: »Sind Sie Linkshänderin?«

»Ja.«

»Die meisten Synästhetiker sind weiblich und Linkshänder.« Er schwieg wieder.

Sonia zog das Frottiertuch bis zu seinen Schultern hoch. Die Beine waren jetzt abgedeckt. Sie goß sich mehr Massageöl auf die Handfläche, verrieb es und ölte sein rechtes Bein ein. Sie legte beide Hände oberhalb des Fußgelenks hintereinander und strich die Wade kräftig bis zur Kniekehle und federleicht zurück in die Ausgangslage.

»Als Sie schreiben lernten, hatten da die Buchstaben bestimmte Farben?«

Sonia hörte auf zu massieren. »Ja. Haben sie heute noch.«

»Mhm. Und wie ist Ihr Gedächtnis?«

»Gut.«

»Wie gut?«

»Fotografisch. Ich vergesse nichts.«

»Gut.«

»Ich finde das nicht so gut. Ich habe den Kopf voller Bilder, die ich vergessen möchte.«

»Ich meine, gut für meine Diagnose. Sie haben alle Anlagen zur Synästhetikerin.«

»Sie sagten doch, das habe man schon als Kind?«

»Wenn Sie die Buchstaben in Farben sehen, ist das schon eine Form der Synästhesie.«

Sonia setzte die Arbeit fort. Sie strich das ganze Bein bis zum Oberschenkelansatz, nur bei der empfindlichen Kniekehle reduzierte sie den Druck ein wenig.

»Und das haben Sie immer?«

»Nein. Nur ab und zu. Wie eben.«

Die Musik wechselte von Flöte mit Klangschale zu Harfe mit Klangschale. Dr. Stahels Schweigen machte Sonia nervös. »Kann es durch etwas ausgelöst werden?«

Er überlegte. »Durch Drogen. Haben Sie Erfahrungen mit so was?«

Etwas an der Art, wie sie nein sagte, ließ ihn nach einer Weile fragen: »Wollen wir dieses Gespräch als eine Sprechstunde betrachten, die unter die ärztliche Schweigepflicht fällt?«

Sonia lachte. »Bei solchen Gesprächen ist es doch eher umgekehrt: Der Patient liegt.«

Er lachte auch ein bißchen, bevor er seine Frage stellte. »Können Sie genau bestimmen, wann es begonnen hat?«

»Genau.«

»Ist es mit einem bestimmten Erlebnis verbunden?«

»Ja.«

Er zögerte. »Einem Drogenerlebnis?«

»Acid. LSD.«

»Ich weiß, was Acid ist. Ich war einundzwanzig, als es verboten wurde. Nehmen Sie es öfter?«

»Das war das erste Mal, soviel ich weiß. Und ich wußte nicht, was es war.«

»Und dabei hatten Sie Ihr erstes synästhetisches Erlebnis?«

»Ich sah Stimmen und roch Farben, wenn Sie das meinen. Und eine Tapete löste sich in ihre Bildpunkte auf, die sich bewegten.«

»Und das passiert Ihnen seither immer wieder?«

»Das. Und Ähnliches. Und anderes.«

»Ich glaube, Sie hatten einen synästhetischen Trip, und jetzt leiden Sie unter synästhetischen Flashbacks. Und weil Sie von Haus aus eine heimliche Synästhetikerin sind, fallen die besonders plastisch aus.«

»Und das geht vorbei?«

»Ich kenne keinen solchen Fall. Ich werde nachsehen, ob in der Literatur einer beschrieben ist. Aber richten Sie sich vorsichtshalber darauf ein, damit zu leben. Viele Leute würden Sie darum beneiden. Ich zum Beispiel.«

> wohne jetzt bei dir
> willkommen
> es ist etwas deprimierend
> ich weiß
> und du
> habe synästhetische flashbacks
> was ist das
> farben fühlen töne sehen etc vom lsd damals
> wow

Die Schatten schneller Wolken glitten über die terrassierte Landschaft wie schwere Schleppen über breite Treppen. Der Wind trieb Sonia trotz der Sonnenbrille Tränen in die Augen. Sie war auf dem Rückweg von einem ihrer reinigenden Gewaltmärsche.

Unterwegs hatte sie entschieden, Dr. Stahels Diagnose als gute Nachricht zu betrachten. Sie war nicht krank und nicht verrückt. Was sie hatte, war zwar nicht normal, aber es war etwas, mit dem auch andere Leute lebten.

Der Wind hatte die Nässe der vergangenen Tage aufgetrocknet, endlich war die Sicht so, daß sie auch etwas von ihrer Umgebung sah. Die zerklüfteten, mit ernsten Fichten bestandenen Felswände der anderen Talseite, das zarte Grün der frisch ausgetriebenen Lärchen, der Südhang, der sich weit unten im Blaugrün der Talsohle verlor. Und Val Grisch: ein paar weißbraune, locker über die Wiesen gestreute Höfe und Ferienhäuser, die sich um die Kirche zu einem Dorf aus vierschrötigen Engadinerhäusern und belanglosen Dutzendbauten scharten. Und etwas abseits in vornehmer Distanz das Hotel Gamander, eine mißratene Drachenburg mit einer in der Sonne auffunkelnden Speerspitze in der Seite.

Sonia erreichte das Ende des Natursträßchens und bog in die schmale Teerstraße ein, die zu einigen der Höfe führte. In einer Viertelstunde würde sie das Dorf erreicht haben. Hinter sich vernahm sie das Geräusch eines herannahenden Autos. Sie ging nahe an die Böschung, ohne sich umzudrehen.

Sie hörte, wie der Fahrer vom Gas ging und den Wagen in einen niedrigeren Gang schaltete. Er überholte sie nicht. Sie blieb stehen. Es war der Geländewagen mit dem Tankanhänger, der ihr kürzlich schon einmal aufgefallen war. Aus dem offenen Fenster klang lauter Reggae. Am Steuer saß der Mann mit der rot verspiegelten Sonnenbrille. Er hielt an, beugte sich über den Beifahrersitz und rief: »Soll ich Sie ein Stück mitnehmen?«

»Nein, danke, ich laufe, weil es mir guttut.«

Er musterte sie durch die verspiegelten Brillengläser. »Die Figur hat's nicht nötig.«

Sonia schüttelte den Kopf. »Ich schlafe dann besser.«

Der Mann grinste. »Da gibt es auch andere Methoden.«

Sonia warf ihm einen gelangweilten Blick zu und ging weiter. Nach ein paar Metern holte sie der Wagen wieder ein. Er verlangsamte auf Schrittempo und fuhr neben ihr her. Sie blickte stur geradeaus. Aus dem Auto klang »No Woman No Cry«.

Die Angst erwachte wie ein böses Tier aus leichtem Schlaf. Sie zwang sich, ihr Schrittempo beizubehalten. Der Wagen blieb auf gleicher Höhe.

Abrupt blieb sie stehen. Sie hatte den Fahrer überrascht, denn er fuhr ein paar Meter weiter, bis er zum Stehen kam. Sie öffnete ihre Tasche, nahm das Handy heraus, tippte darauf herum und hielt es ans Ohr.

Der Mann legte den Gang ein und fuhr los. Das Fahrzeug verschwand in der nächsten Kurve. Sonia blieb stehen, bis sie es weit unten im Dorfeingang wieder auftauchen sah. Sie steckte ihr Handy wieder in die Tasche und fragte sich, wen sie angerufen hätte, wenn er nicht aufgegeben hätte.

Der Wind, der den ganzen Nachmittag die Wolken über das Tal gejagt hatte, wuchs in der Nacht zu einem Sturm heran. In zornigen Böen tobte er durch das Dorf, riß die Geranienblüten von ihren Stengeln und fegte sie in bunten Haufen in den Ecken und Mauervorsprüngen der Dorfstraße zusammen. Er zerrte an der Fontäne des Dorfbrunnens und brachte die Kirchenglocken zu ein paar gespenstischen Schlägen.

Bis in den Morgen heulte er über den Dächern, toste er

in den Wäldern, orgelte er um die Felstürme. Kalt und unbeteiligt hing der fast volle Mond über dem Aufruhr.

Schon immer hatte sich Sonia vor Blitz und Donner gefürchtet. Aber früher war es eine wohlige Angst gewesen. Als ganz kleines Mädchen durfte sie bei Gewittern zu ihren Eltern ins Bett schlüpfen. Als sie etwas größer war, ließ man sie mit Kissen und Federbett ins Wohnzimmer, wo ihre Eltern bei einer Flasche Wein eine ihrer italienischen Opern hörten. Als sie ein Teenager war, wurde toleriert, daß sie ihre verhaßte Mansarde verließ und sich auf dem Sofa einrichtete. Und sogar in der ersten Zeit ihrer Ehe gefiel es ihr, sich an ihren Mann zu kuscheln, wenn draußen die Welt explodierte.

Aber hier oben, in der Einsamkeit des fremden Zimmers und der Feindseligkeit dieser neuen Umgebung, hatte die Angst nichts Wohliges. Sie konnte die klappernden Fensterläden nicht schließen, denn sie ertrug keine geschlossenen Läden. Gespenstisch hinterleuchteten die grellen Blitze die bizarren Blumenmuster des Vorhangs, und erbarmungslos krachten die Fußtritte des Donnerriesen gegen das Dach.

Sie schlief unruhig und in kurzen Etappen und war froh, als sich über der Vorhangstange ein blasser Streifen Tag zeigte.

Es war zwar erst kurz nach fünf, aber sie hatte Frühdienst heute. Sie mußte die Wasserfälle in Betrieb setzen, die Wärmeschränke einschalten, die Dampfbäder vorheizen und Licht machen. Um sieben Uhr mußte der Wellness-Bereich bereit sein für die Frühaufsteher. Auch wenn bis heute außer Barbara Peters nie jemand vor neun Uhr erschienen war.

Der Sturm hatte sich gelegt. Das Haus war still, als erholten sich seine Bewohner vom Tumult der Nacht. In Korridor und Treppenhaus brannte noch die Nachtbeleuchtung, schwache gelbe Lichter in Bodennähe. Die hölzernen Stufen knarrten unter ihren Schritten.

Die Empfangshalle war dunkel bis auf das Licht einer Leselampe, die hinter dem Empfangstisch brannte. Sie sah die Gestalt von Herrn Casutt über einer Zeitung zusammengesunken. Neben ihm auf der Tischplatte stand eine leere Tasse Kaffee. Sein Rücken bewegte sich in tiefen, regelmäßigen Atemzügen.

Sie ging leise zum Eingang des Wellness-Bereichs, die Glastür glitt lautlos auseinander.

Und da sah sie schon das Licht. Es glomm wie ein fernes Feuer aus der Richtung der Pools. Ein Sturmschaden? Ein Kurzschluß? Aber das Licht kam, das sah sie beim Näherkommen, vom Thermalpool. Sie ging bis zum Rand.

In der Mitte des Beckenbodens lagen kreuz und quer übereinander Stäbe, die helles rotes Licht ausstrahlten.

Ein Unterwasserfeuer in voller Glut.

Sonia wich zurück. Die Angst, die sich mit dem Abflauen des Windes in ihr Schlupfloch verzogen hatte, war wieder da.

In dem Wald, den sie Corv nannten, hoch über dem Dorf, begutachtete Gian Sprecher sein Sturmholz. Der Wind hatte im niedergründigen Gneis an exponierten Stellen einige Föhren entwurzelt. Alles Fallholz, Bruchholz sah er keines. Er würde später eine Bestandsaufnahme machen und beim Kanton ein Entgelt für Zwangsnutzung beantragen. Ein paar Franken könnten da herausspringen.

Er ging zurück zum Waldrand, wo er den Einachser auf dem überwachsenen Holzweg abgestellt hatte. Eine weißliche Hochnebeldecke verwischte die Kontraste der frühen Morgenstunde. Sein Blick schweifte über das Tal und blieb lange am Gamander hängen. Wie unbewohnt stand der Kasten da.

Sprecher setzte sich auf den blankgewetzten Blechsitz und ließ den Motor an.

Wenn sie auf der Straße liegen, sind Geranienblüten wie Bananenschalen. Anna Bruhin kehrte sie zusammen. Vor ihrem Laden würde sich niemand den Hals brechen. Der Sturm hatte das Dorfbild übel zugerichtet. Noch gestern sah man vor lauter Blüten die Blumenkästen auf den Simsen nicht. Jetzt waren sie wie frisch aus dem Keller geholt. Sie faßte eine »Sonderaktion Geranien« ins Auge.

Den Blütenhaufen ließ sie im Rinnstein liegen, die Gemeindearbeiter sollten auch noch etwas zu tun haben.

Der Pajero von Reto Bazzell stand auf dem Parkplatz des Gamander. Den Tankanhänger hatte er zu Hause gelassen, die Sammeltour begann erst in einer Stunde. Reto saß hinter dem Steuer und rauchte einen Joint. Wunderbare Unterengadiner Bioware der letztjährigen Ernte, von ihm selbst angebaut.

Er hatte die Fenster geschlossen und die Anlage auf Autolautstärke gedrosselt. Ziggy Marley & The Melody Makers. »Look Who's Dancin'«. Nicht so gut wie der Vater, aber o.k.

Von dieser Stelle des Gästeparkplatzes konnte er das Mansardenfenster sehen, das fast vollständig von einer Birke verdeckt war. Und er sah auch in den Wellness-Neubau hinein. Die Masseuse stand dort am Beckenrand und die Besitzerin und Casutt, der Nachtportier. Im Unterhemd.

Sonia war an die Rezeption gerannt und hatte Casutt geweckt. Nur kurz eingenickt sei er, murmelte er immer wieder auf dem Weg zum Pool, zwei, drei Minuten, höchstens. Erst als sie am Beckenrand standen, verstummte er.

Wie ein rotglühendes Mikado lagen die Stäbe übereinander auf dem Grund des türkis gefliesten Pools.

»Dimuni!« murmelte Casutt.

»Was ist es?« fragte Sonia.

Casutt erwachte aus seiner Erstarrung. Er zog das Jakkett aus und warf es auf den Boden.

»Was haben Sie vor?«

Er zog die Weste aus.

»Sie können da nicht rein. Vielleicht explodiert es.«

Er öffnete den Krawattenknoten.

»Oder es ist giftig.«

»Es muß da raus, bevor sie kommt.« Casutt knöpfte das Hemd auf.

»Sie können das doch nicht verheimlichen.«

Er warf das Hemd auf den Boden und blickte sie erschrok-ken an. »Sie werden es doch niemandem erzählen?«

»Nein. Sie. Sie werden es erzählen.«

Casutt schüttelte den Kopf, bückte sich und öffnete die Schuhbändel.

Sonia legte ihm die Hand auf die Schulter. »So, jetzt sind Sie vernünftig. Wir gehen jetzt hier raus, schließen ab und wecken die Chefin.«

Casutt stieß ihre Hand weg und zog den linken Schuh aus.

In diesem Moment kam Barbara Peters herein. Sie trug einen Bademantel, nicht das Modell, das in den Zimmern hing, und wirkte frisch und ausgeschlafen. Als sie Casutt in Hose und Unterhemd sah, veränderte sich ihr Gesichts-ausdruck. Sie warf Sonia einen fragenden Blick zu.

Casutt wartete schicksalsergeben, bis sie selbst so nahe war, daß sie auf den Grund sehen konnte.

»Was ist das?«

»Ich wollte es gerade rausholen«, antwortete Casutt.

»Und wie kam es rein?«

Casutt hob die Hände und ließ sie wieder fallen.

Jetzt sah Sonia eine andere Seite von Barbara Peters. Ihr schönes, immer glückliches Gesicht wurde hart, und ihre

freundliche, fast zärtliche Stimme scharf. »Wir sprechen uns noch. Holen Sie Igor. Und sorgen Sie dafür, daß kein Gast hier hereinkommt, bevor ich es sage!«

Casutt setzte sich in Bewegung.

»Aber ziehen Sie sich vorher an, mein Gott!«

Spöttisch sah sie zu, wie er seine Sachen zusammensuchte und sich anzog. Sonia bückte sich nach einem Schuh, der etwas abseits gelandet war, und brachte ihn zu ihm. Er nickte ihr dankbar zu.

Als er gegangen war, fragte Barbara Peters: »Hat er geschlafen, als Sie runterkamen?«

Sonia schüttelte den Kopf.

Es dauerte eine Weile, bis Igor erschien. Casutt hatte ihn offensichtlich aus dem Bett geholt.

»Sehen Sie nach, ob die Tür zum Skikeller verschlossen ist, und kommen Sie dann zurück mit ein paar Müllsäkken.«

Auch bei Igor wirkte der ungewohnte Befehlston. Er verließ den Wellness-Bereich fast im Laufschritt.

Barbara Peters zog die Badekappe an und legte ihren Bademantel ab.

»Und wenn das Zeug das Wasser vergiftet hat?« gab Sonia zu bedenken.

»Sie sind offenbar keine Seglerin. Das sind Leuchtstäbe. Die sind für den Unterwassereinsatz gemacht. Man braucht sie, wenn man in Seenot ist.«

»Wäre es nicht gescheiter, die Polizei zu rufen? Ich finde, das wird langsam unheimlich.«

»Ach was, den Gefallen tue ich denen nicht.«

»Wem?«

»Denen, die dahinterstecken.«

»Sie wissen, wer?«

»Irgend so ein Hinterwäldler aus dem Dorf.«

»Und weshalb?«

»Keine Ahnung. Und wissen Sie, was: Ich will mir darüber auch nicht den Kopf zerbrechen.«

Igor kam zurück. »Nein. Nicht verschlossen, die Tür.«

Barbara Peters nickte grimmig und ließ sich in den Pool gleiten. Wie eine Robbe tauchte sie unter und brachte zwei Leuchtstäbe herauf. Sie waren mit Bleigewichten beschwert, wie sie Fischer benützen. Igor nahm sie ihr ab und steckte sie in einen Müllsack.

Fünfunddreißig Leuchtstäbe waren es am Schluß. »Was mach ich damit?« fragte Igor.

»In den Müll, was sonst?«

Barbara Peters begann ihre morgendlichen Längen zu schwimmen.

Sonia ging die Treppe hinunter. Der dunkle, nur mit dem Notlicht beleuchtete Korridor kam ihr bedrohlich vor. Was, wenn der, der die seltsame Tat vollbracht hatte, sich hier unten versteckt hielt?

Der Zutritt zum technischen Raum befand sich am Ende des Korridors hinter einer Spiegelwand. Sie schob den Spiegel beiseite und öffnete vorsichtig die Tür. Die Wärme der Poolheizung und der Chlorgeruch schlugen ihr entgegen. Sie betrat den Raum und blieb stehen. An der Wand vor ihr glimmten die grünen, gelben und roten Lämpchen der Armaturen. Das einzige Versteck bot der ovale Filterbehälter

der Umwälzpumpe. Genau dort befand sich der Sicherungskasten, zu dem sie als erstes mußte.

Sie horchte auf Atemzüge oder auf ein anderes Geräusch,
das einen Eindringling verraten hätte. Nichts.

Langsam ging sie ein paar Schritte weiter, bis sie den toten Winkel einsehen konnte. Niemand.

Sie fand den Lichtschalter, und endlich flammte das
Neonlicht auf. Jetzt erst spürte sie, wie ihr Herz klopfte.

An der Wand hing eine Anleitung, an welchen Knöpfen
man in welcher Reihenfolge drehen, welche Hebel man um-
legen und welche Schalter man betätigen mußte. Sie hatte
sie im Kopf.

Im Ruheraum lief sanfte Musik. In deren gemächlichem
Rhythmus zogen die tropischen Zierfische ihre Kreise durch
die Unterwasserflora. Sonia störte die Harmonie mit ein
paar Prisen Fischfutter. Auch eine der Frühdienst-Pflich-
ten. Danach träufelte sie Lavendelöl in den Raumbedufter.

Sie inspizierte die Bade- und Behandlungszellen. An einer
der Türen war das kleine Chromstahlschild auf »besetzt«
gedreht. Sie wollte es gerade umdrehen, da drang aus dem
Raum das Weinen eines Kindes.

Sie hatte Frau Felix nicht kommen sehen.

heute früh lagen leuchtstäbe im pool
wozu denn das
keine ahnung 35 stck
ich hätte angst
ich auch

Der Tag ging so irreal weiter, wie er begonnen hatte.

Um zehn Uhr überfiel eine Reisegruppe aus Süddeutschland, alles wellnesserprobte Mittfünfziger, das Gamander mit Gutscheinen für einen römisch-irischen Zyklus. Sie befand sich auf einer, wie es der Veranstalter nannte, »Verjüngungstour« durch die Schweiz, Österreich und Italien. Durch den Vorfall im Thermalbecken und eine Kommunikationspanne im Büro, wurden Sonia, Manuel und Frau Felix von der Invasion überrascht. In den sonst so stillen Luft-, Dampf- und Sprudelbädern herrschte Hochbetrieb, und bei der Bürstenmassage hatte sich eine Warteschlange gebildet.

Sonia und Manuel standen wie die Fließbandarbeiter an ihren Massagetischen, jeder mit zwei Bürsten, und bearbeiteten ihre Patienten mit kreisförmigen Strichen. Immer schön von rechts beginnend, von den Extremitäten zum Herzen hin. Jedesmal, wenn sie einen der weißen Körper in einen rosaroten verwandelt und eingeölt hatten, legte sich ein nächster vor sie hin.

Drei Stunden bearbeiteten sie im Akkord sechsunddreißig aufgedrehte Erwachsene, die sich so selbstverständlich in diesem Verlies aus Marmor bewegten, als trügen sie von Geburt an nie Kleider.

Und dann war es vorbei, wie es begonnen hatte. Sonia konnte wieder das Rauschen der vier Wasserfälle von oben hören und die traumverlorenen Klänge der Meditationsmusik.

Sie gingen durch die Räume, sammelten die feuchten Badetücher ein und wischten die nassen Fußspuren auf.

»Erzähl von diesen Leuchtstäben«, bat Manuel später, als sie sich im Personalraum vom Ansturm erholten. Sonia

trank Tee, er rauchte, Frau Felix führte die Aufsicht bei den Pools oben.

»Die lagen einfach in einem Haufen auf dem Grund und leuchteten.«

»Muß toll ausgesehen haben.«

»Mir hat es angst gemacht.«

»Angst?«

»Das ist kein schlechter Scherz. Das ist eine Drohung. Wie das mit dem Ficus.«

»Glaubst du, das hängt miteinander zusammen?«

»Bestimmt.« Sie stand vom Tisch auf und stahl sich einen Zug aus seiner Zigarette.

Manuel fragte: »Wie findest du den Pianisten?«

»Der ist gut.«

»Ich glaube, ich verknall mich.«

»Ist er schwul?«

Manuel wiegte zweifelnd den Kopf.

»Ich dachte, ihr merkt das sofort?«

»Ich nicht. Was meinst du, ist er?«

»Mir ist nichts Weibliches an ihm aufgefallen.«

»Mir auch nicht. Mir gefällt das Männliche.«

An diesem Abend wollte Sonia nicht allein sein. Sie lud Manuel zum Abendessen im Steinbock ein, bestellte eine zweite Flasche Wein, noch bevor die erste ganz leer war, und blieb sitzen, als Manuel sich verabschiedete. Er hatte Frühdienst.

Der Steinbock war für seine Verhältnisse gut besetzt gewesen. Bis vor einer halben Stunde hatten die Lüttgers an einem der Nebentische gesessen, und die Häusermanns hat-

ten sich den Abend von den Kindern freigenommen und schienen etwas zu feiern. Einen Geburtstag, Hochzeitstag, Verlobungstag, Versöhnungstag oder sonst einen der besonderen Tage, die sich im Lauf einer Ehe ansammeln.

In der Wirtschaft drüben, die durch eine mit alten Bauern- und Küchenutensilien dekorierte Sprossenwand vom weiß gedeckten und mit thailändischen Orchideen geschmückten Teil abgetrennt war, wurde an drei Tischen Karten gespielt. Etwas abseits allein saß der Bauer, den Sonia manchmal die Straße beim Hotel entlanghumpeln sah. Er starrte vor sich hin, und seine Lippen bewegten sich kaum sichtbar in einem tonlosen, wütenden Zwiegespräch mit seinem halbvollen Glas Rotwein.

Plötzlich stand der Koch mit einem Tablett neben ihr.

»Eis aus wilden Heidelbeeren mit Cocoscreme. Geht aufs Haus.« Er stellte ein Tellerchen vor sie hin und blieb beim Tisch stehen.

Sonia kostete. »Wunderbar«, sagte sie.

Der Koch blieb stehen. Er sah frisch gekämmt aus. Auf der Stirn hatte die Kochmütze einen Abdruck hinterlassen. P.B. war mit blauem Faden rechts über der Brust eingestickt.

»Warum setzen Sie sich nicht?«

Er setzte sich und schaute zu, wie Sonia das Dessert löffelte.

»Nicht zu süß?«

»Ehrlich gesagt: ein wenig schon.«

»Die Creme. Ein thailändisches Rezept. Die brauchen etwas Süßes nach den scharfen Curries. Das nächste Mal nehme ich weniger Palmzucker.«

»Kochen Sie schon lange so?«

»Erst seit dieser Saison.«

»Gratuliere.«

»Die Gäste bestellen es nicht.«

»Die Hotelgäste schon. Heute waren es drei Tische.« Er grinste. »Rekord.«

»Es wird sich herumsprechen.«

»Unter den zwanzig Hotelgästen? Davon kann der Steinbock nicht leben.«

»Das Gamander auch nicht.«

»Muß es auch nicht.«

Hinter dem Empfangstresen saß jetzt Igor. Er trug einen dunklen Anzug und eine Krawatte.

»Blitzkarriere«, sagte Sonia.

Igor hob die Hände. »Sollte ich nein sagen?«

Sonia ging zur Treppe.

»Jetzt kannst du wenigstens ruhig schlafen«, rief er ihr halblaut nach.

»Mal sehen«, murmelte sie.

In Bagdad hatte ein Selbstmordattentäter über vierzig Polizeianwärter in die Luft gesprengt. Max, das Tief, hockte immer noch über der Adria und verdarb den nördlichen Nachbarn den Sommerbeginn. Unter den Hunderten von Hinweisen auf den Tierquäler befand sich bisher nichts Brauchbares.

Um vier Uhr weckte sie ein Ton wie ein eisblauer Glasstab. Auf der Waschkommode leuchtete ihr Handy. Sonia stöhnte, machte Licht und stand auf.

grüße aus dem meccomaxx

ich schlafe

sorry schlaf gut

jetzt bin ich wach was gibts

hieß er pablo

wer

der mit dem acid

ja warum

soll ich

was

beides

nein

was nicht

beides geh schlafen

Sonia legte sich wieder ins Bett und schloß die Augen. Casutt kam ihr in den Sinn. Wenigstens durfte er nun mit ruhigem Gewissen schlafen. Sie versuchte, ihn sich schlafend vorzustellen, ohne sein erstarrtes Lächeln. Es gelang ihr nicht.

Hatten diese seltsamen Anschläge ihm gegolten? Ihn hatten sie jedenfalls den Job gekostet.

Aber weshalb sollte jemand einen solchen Aufwand treiben, nur um einem alten Mann die letzten Jahre vor dem Ruhestand zu vergällen?

Vielleicht eine alte Dorffehde? Immerhin stammte er von hier.

In der Ferne schlug die Kirchenglocke bedrohlich das erste Viertel der fünften Stunde. Sonia ging ins Bad. Im schwachen Licht der Fassadenbeleuchtung stand Pavarottis zugedeckter Käfig. Sie ging zum Waschbecken und drehte

den Hahn auf, bis das Wasser kalt wie Gletscherwasser floß.

Sie füllte das Zahnglas und trank. Es schmeckte wie kaltes Wasser. Keine Form, keine Farbe, kein Klang.

Sie legte sich wieder ins Bett.

Und wenn er es selbst gewesen war? Er hätte den Anruf aus dem Büro erfinden können, und er hätte die ganze Nacht Zeit gehabt, die Säure in den Pflanzentopf zu schütten und die Leuchtstäbe im Pool zu versenken.

Aber aus welchem Grund?

Aus keinem. Vielleicht war er einfach nicht ganz richtig im Kopf. Und sein gefrorenes Lächeln war das irre Grinsen eines Verrückten.

Vor vielen Jahren bei einem Qi-Gong-Kurs im Fürstenhof in Bad Waldbach hatte sie gelernt, Gedanken vorbeiziehen zu lassen wie Wolken. Aber Casutt, der grinsende Verrückte, blieb schwarz und schwer über ihr hängen.

Die Glocke schlug die halbe Stunde.

Ein kühler Morgen. Vor dem Postgebäude lud der Chauffeur einen Postsack aus dem ersten Postauto. Im Vorbeirennen nickte Sonia ihm zu. Sie trug Tracksuit und Joggingschuhe, ein neuer Versuch, ihren Geist durch ihren Körper abzulenken.

Frau Bruhin stand mit verschränkten Armen in einer Strickjacke vor dem Laden. Auf der Tafel stand: »Aktion: Geranien!« Sonia trabte vorbei und winkte ihr zu.

Nach zwanzig Meter bog sie in ein Seitensträßchen. Es war der Anfang eines Wegs, der in einem großen Bogen um das Dorf herumführte. Er begann mit einer giftigen Stei-

gung, aber danach schlängelte er sich gutmütig an ein paar Höfen und Ferienhäusern vorbei zurück zur Hauptstraße hinunter.

In der Steigung ging Sonia die Luft aus. Sie hörte auf zu rennen und stapfte die letzten zwanzig Meter zur Wegkuppe hinauf. Dort blieb sie stehen und verschnaufte.

Ein Stück weiter vorn, vor einem Bauernhaus, stand der Geländewagen mit dem Milchtank. Der Fahrer war nicht zu sehen. Trotzdem machte Sonia kehrt. Sobald sie sich außer Sichtweite fühlte, begann sie wieder zu rennen.

Auf der Höhe der Kirche ging sie bereits wieder im Schritttempo, die Hände in die Seiten gestützt, den Blick vor sich auf die Straße gerichtet. Deshalb sah sie die Frau erst, als diese sie ansprach.

»Darf ich Sie etwas fragen?«

Es war die Frau, die ihren Jungen zu Frau Felix in die Behandlung brachte.

»Natürlich«, keuchte Sonia.

»Sie sind doch auch Krankengymnastin.«

Sonia nickte und versuchte, ihre Atmung zu kontrollieren.

»Ich habe ein spastisches Kind – Christoph.«

»Ich weiß.«

»Seit bald einem Jahr mache ich mit ihm diese Behandlung. Dreimal die Woche mit Frau Felix und zweimal am Tag zu Hause ohne sie. Aber ich sehe keinen Fortschritt. Und das Weinen wird immer schlimmer.«

Die Frau hatte Tränen in den Augen. »Frau Felix sagt, diese Vojta-Therapie sei das einzige, was hilft. Stimmt das?«

Sonia zögerte mit der Antwort. Aber dann sagte sie: »Es gibt auch eine Therapie nach Bobath.«

»Wie ist die?«

»Sanfter.«

»Können Sie das?«

»Leider nein.«

Die Frau sah sie so verzweifelt an, daß Sonia hinzufügte: »Aber bestimmt gibt es jemanden im Engadin.«

Die Frau gab Sonia die Hand. »Danke. Ich heiße Ladina.«

»Sonia.«

Sie blickte ihr nach, wie sie die Dorfstraße hinunterging. Sie war nicht viel älter als dreißig. Aber aus der Ferne sah sie aus wie eine alte Frau.

Wie eine Filmkulisse stand das Gamander im Scheinwerferlicht der frühen Morgensonne vor einem unheilvoll schwarzen Himmel. Als Sonia in ihr Zimmer kam, bauschte sich der Vorhang vor dem halboffenen Kippfenster, und ein träges Donnergrollen war zu vernehmen. Sie schloß das Fenster und ging unter die Dusche.

Als sie aus dem Bad kam, war es im Zimmer so dunkel, daß sie Licht machen mußte. Draußen fiel der Regen in dicken Schnüren.

Auch in der Bäderhalle brannte Licht. Der Wind trieb den Regen in Böen gegen die Glaswand. So dunkel war es draußen, daß Sonia ihr Spiegelbild sah. Klein und verlassen stand sie am Rand des Thermalbeckens wie am Ufer eines tiefen Flusses.

Im Sportbecken schwamm Barbara Peters unbeirrt ihre Längen. Sonia ging die Treppe hinunter zu den Behandlungsräumen.

Im Personalraum war Manuel. Er hatte die Fersen seiner nackten Füße gegen die Wand gelehnt, die Augen geschlossen, und stand auf dem Kopf. Sonia schloß leise die Tür und ging in den Ruheraum. Dort war es dunkel, bis auf das Licht des Aquariums. Sie ging zum Lichtschalter.

»Bitte nicht.«

Sonia zuckte zusammen.

»Verzeihung, ich wollte Sie nicht erschrecken.« Es war Dr. Stahel. Er lag im grünlichen Widerschein der Meeresalgen in ein Frottiertuch eingepackt auf einer Liege.

»Wie geht es Ihnen?« fragte er.

»Ich weiß es nicht. Alles kommt mir so unwirklich vor.« Sonia setzte sich auf eine Liege. »Glauben Sie, das hat mit dem Acid zu tun?«

»LSD verändert die Biochemie des Gehirns. Es stellt es auf andere Wellenlängen und Empfindlichkeiten ein. Das stammt nicht von mir, das sagt Albert Hofmann. Und der hat das Zeug immerhin entdeckt.«

»Das verstehe ich nicht.«

»Das, was wir als Wirklichkeit empfinden, entsteht in unserem Kopf. Unser Auge empfängt einen Bruchteil der elektromagnetischen Wellen, die alle Dinge ausstrahlen. Und unser Hirn setzt sie in Farben um.«

»Kürzlich«, erzählte Sonia, »sah ich einen Regenbogen. Der hatte am Rand seines Spektrums eine Farbe, die es nicht gibt.«

»Wissen Sie, woraus das Spektrum des Regenbogens be-

steht? Aus elektromagnetischen Schwingungen zwischen null Komma vier und null Komma sieben Mikrometer. Das Acid hat vielleicht Ihr Gehirn so eingestellt, daß es ein paar Hunderttausendstel mehr sehen kann.«

»Und diese Veränderung wirkt so lange nach?«

»Das Gehirn ist ein gelehriges Organ.«

Sonia sah das Aquarium, das seltsame Licht auf den leeren Liegen und der stillen Gestalt des Doktors. »Das heißt, die Wirklichkeit, die wir sehen, existiert überhaupt nicht?«

»Im Gegenteil: Es existieren unendlich viele Wirklichkeiten. Und sie schließen sich gegenseitig nicht aus. Sie ergänzen sich zur allumfassenden, zeitlosen, transzendentalen Wirklichkeit. Stammt auch von Hofmann. Kein Hippie, ein anerkannter Naturwissenschaftler.«

»Ich bin nicht sicher, ob ich im Moment mehr als eine Wirklichkeit verkrafte«, sagte Sonia.

Im Korridor war es still bis auf das Rauschen der künstlichen Wasserfälle im oberen Stock. Beim Behandlungsraum zwei ging abrupt die Tür auf, und Frau Felix winkte sie herein. Sie schloß die Tür hinter sich und stellte sich herausfordernd vor Sonia hin. Sie war fast einen Kopf kleiner. Sonia sah das nachwachsende Grau ihrer schwarzen Haare und roch die Mischung aus Schweiß und Deo. Durch die dicken Gläser ihrer geschwungenen Hollywoodbrille starrten die vergrößerten Augen sie haßerfüllt an. Sonia spürte, wie die Angst ihren Puls beschleunigte.

»Wenn Sie noch einmal«, stieß Frau Felix hervor, »versuchen, mir meine Patienten abzujagen, werden Sie den Tag verfluchen, an dem Sie hier heraufgekommen sind.«

»Wovon reden Sie?« gelang es Sonia zu fragen.

»Wovon reden Sie? Wovon reden Sie?« äffte Frau Felix sie nach. »Sie wissen sehr genau, wovon ich rede. Nur zu genau.«

Sie öffnete die Tür und zischte: »Raus jetzt.«

Sonia gehorchte wie ein gemaßregeltes Kind.

Manuel stand wieder auf den Füßen. »Was ist los?« fragte er besorgt, als Sonia den Raum betrat.

Nichts, wollte Sonia antworten. Aber sie brachte nur ein Kopfschütteln zustande. Manuel nahm sie in die Arme, und sie schluchzte los.

Er war nett. Er fragte nichts, er sagte nichts, er tätschelte ihr nicht tröstend den Rücken. Er hielt sie einfach fest, wartete, bis sie sich ausgeweint hatte, und roch nach einer etwas zu türkisblauen Herrenduftnote.

Als sie sich von ihm löste, hatte er ein Kleenex in der Hand. Sie schneuzte sich.

Er schaute sie an und lächelte. Sie gab sich Mühe zurückzulächeln. »Ich glaube, ich kann hier nicht bleiben.«

Er schwieg immer noch, aber sein Lächeln war jetzt bedauernd.

»Aber zurück kann ich auch nicht.«

»Warum nicht?«

»Vielleicht hätte ich dort bleiben können. Aber dorthin zurück – nein, das schaff ich nicht.«

Am Nachmittag hörte sie ein Husten im Heißluftbad. Sie hatte niemanden kommen hören und schaute nach.

Herr Casutt saß auf einer Granitstufe. Er war unrasiert

und nackt. Der Raum roch nach Hochprozentigem. Als sie hereinkam, stand er auf.

»Herr Casutt?«

Hager, mit rundem Rücken und eingefallener Brust stand er vor ihr. Seine Augen glänzten glasig über den gebleckten Zähnen. Er atmete schwer in der glühenden Luft. »Sehen Sie jetzt, wie nett sie ist«, stieß er hervor.

»Sie sollten nicht hier sein.«

»Hier kann jeder sein, der Eintritt zahlt.«

»Es ist nicht gut für Ihren Kreislauf. Sie haben getrunken.«

»Nicht gut fürs Geschäft, ein toter Nachtportier im Irisch-Römischen. Ein abgekratzter Exnachtportier! Nicht gut fürs Renommee.« Casutt setzte sich wieder und blickte sie herausfordernd an.

Sonia ging in den Personalraum und holte Manuel. Aber auch ihm gelang es nicht, den betrunkenen Portier zur Vernunft zu bringen. Kurz bevor Manuel handgreiflich wurde, ging die Tür auf. Frau Felix kam herein, hielt Casutt ein Frottiertuch hin und sagte ganz ruhig: »Fertig jetzt.«

Casutt nahm das Tuch, stand auf, schlang es um die Hüften und ging.

Im Korridor stand Frau Professor Kummer im giftgrünen Badeanzug, die welke Haut wie plissiert.

Einer der behaglichsten Räume des Gamander war das Lesezimmer. Es besaß ein großes Bogenfenster im Jugendstil, von dem aus man auf die Föhren und Lärchen sah, die das Grundstück begrenzten. Zwei der Wände bestanden aus Büchergestellen, die im gleichen Stil wie die duftende Arven-

täfelung gefertigt waren, und auch die Polstermöbel gehörten ins ursprüngliche Gesamtkonzept des Raumes: zwei in die Wandtäfelung eingefügte Sofas und eine Anzahl dazu passende Lesefauteuils. An der Wand mit der Tür hingen Fotos aus der Bauphase und den Gründungsjahren des Gamander. Mit der Kutsche ankommende Gäste, für den Bunten Abend verkleidete Gäste, eislaufende Gäste und Gruppenbilder mit Köchen, Kellnern, Wäscherinnen und Zimmermädchen. Über der Tür hing ein großes Kruzifix, das ebenfalls aus der ursprünglichen Einrichtung stammte, denn es paßte genau in einen in die Täfelung eingelassenen Alkoven. Die einzige Konzession an die Gegenwart bestand aus ein paar Halogenleselampen, welche die Originalbeleuchtung angenehm ergänzten.

Die Bücherregale enthielten ein Sammelsurium aus von Gästen zurückgelassener Ferienlektüre aus acht Jahrzehnten und einer kleinen, fachmännisch zusammengestellten Bibliothek ladenneuer Hardcover und Taschenbücher in mehreren Sprachen.

Sonia betrat den Raum, weil Manuel sie gebeten hatte, seinen ausgelesenen Maigret gegen einen neuen zu tauschen. Er hatte Spätdienst bis acht und langweilte sich in der menschenleeren Wellness-Anlage.

Der einzige Gast des Leseraums war einer der Häusermann-Jungen. Er saß in einem Polstersessel und fingerte auf einem Gameboy herum, der aufgeregte elektronische Töne von sich gab. Er beachtete Sonia nicht.

Schnell fand sie die lange Reihe der Maigret-Buchrücken, entschied sich für »Hier irrt Maigret« und stellte den mitgebrachten an seinen Platz zurück.

Auf einem Beistelltisch neben einem Sessel, an dem sie sich vorbeidrücken mußte, lagen ein paar Bücher, als wäre jemand beim Schmökern gestört worden. Eines war aufgeschlagen, die andern lagen übereinander daneben. Der Titel des obersten rief bei ihr ein Bild ab: vier Wörter in der staubigen Tür einer schwarzen Limousine.

Sonia nahm das Buch vom Stapel. Es war alt und abgegriffen. »Der Teufel von Mailand«, war in abblätternden Goldbuchstaben auf den tannengrünen Leinenumschlag geprägt. Und darunter etwas kleiner: »und andere Alpensagen«.

Sonia nahm das Buch mit.

»Er ist.«

»Er ist nicht.«

»Warum spielt er dann Zara Leander?«

»Er spielt es für dich, Sonia.«

Sie saß mit Manuel in der Bar. Barbara Peters hatte sie dazu ermuntert. Getränke zum Mitarbeitertarif, hatte sie gesagt, denn nichts sei deprimierender als eine leere Bar mit einem Pianisten.

Der Mann am Flügel hatte kurz aufgeschaut, als sie die Bar betraten, und danach wieder zu seiner eigenen Unterhaltung gespielt. Er hieß Bob, Bob Legrand aus Kanada. Das hatte Manuel im Büro herausgefunden. Er hätte ihn auch selber fragen können, aber er wollte nicht, daß es aussah, als wollte er Bob anbaggern.

»Warum nicht?« hatte Sonia gefragt. »Du willst ihn ja anbaggern.«

»Nein«, hatte Manuel geantwortet, er wolle, daß Bob ihn anbaggere.

Davon schien Bob allerdings weit entfernt. Er saß am Flügel und lauschte tief in Gedanken der Musik, die seine Hände spielten.

»Weshalb habt ihr euch getrennt, dein Mann und du?«

Sonia trank ihr Champagnerglas leer und hielt es in die Höhe. Der Barman nickte.

»So lang, die Geschichte?« fragte Manuel.

»So langweilig.«

»Erzähl.«

»Es war wie bei den meisten: Wir haben uns entfremdet. Nein, stimmt nicht: Wir waren uns immer fremd. Wir haben nach und nach gemerkt, daß wir uns fremd waren.«

»Beide?«

»Ja. Aber nur ich habe es zugegeben. Für ihn war es nicht wichtig. Ich glaube, ihm war es sogar lieber. Ein Leben, wie er es sich vorstellte, kann man nur mit einer Fremden führen.«

»Was für ein Leben?«

Vanni brachte eine neue Champagnerflûte.

»Ein Leben nach außen. Wie alle seine Freunde. Wie seine Eltern. Wie seine Geschwister. Wie alle, denen er nacheiferte.«

Manuel lehnte sich im Sessel zurück wie ein Kind bei der Gutenachtgeschichte. »Und dann?«

»Das Übliche: Er hatte Affären, und das machte nichts. Ich hatte Affären, und das machte was.«

»Und dann habt ihr euch getrennt.«

»Ich mich. Er wollte sich ›zusammenraufen‹. Ich bin nicht sehr rauflustig, da bin ich ausgezogen und habe die Scheidung eingereicht.«

»Und verloren?«

»Gewonnen.«

»Weshalb mußt du denn arbeiten? Ich dachte, der hat Kohle.«

»Ich muß nicht. Ich will.«

»Und weshalb um Himmels willen?«

»Erzähl ich dir ein andermal.«

Der Pianist hatte aufgehört zu spielen. Sonia winkte ihn an den Tisch.

»Spinnst du?« raunte Manuel.

Der Pianist zeigte auf sich und schaute sie fragend an. Sonia nickte. Er stand auf und kam zum Tisch. Sonia lud ihn ein, sich zu setzen. Er bestellte ein Bier.

Bob Legrand war Konzertpianist aus Quebec. Er war mit einem Kammerorchester auf Europatournee gewesen und nach Tournee-Ende geblieben, bis ihm das Geld ausgegangen war. Der Job im Gamander war sein erster als Barpianist.

Nach genau fünfzehn Minuten Pause ging er zurück an den Flügel.

»Was hab ich gesagt«, seufzte Manuel. »Definitiv nicht.«

Sonia widersprach ihm nicht.

> unten weint eine frau
> welcher stock
> weiß nicht was soll ich tun
> polizei rufen
> die wird fragen was ich hier tue
> du bist zu besuch
> ok

Die Nachricht hatte Sonia aus einem oberflächlichen alkoholisierten Schlaf geholt.

Sie war lange in der Bar geblieben. In jeder Pause war Bob an ihren Tisch gekommen und hatte ein Bier getrunken. Sie hatte jedesmal mit einem Glas Champagner mitgehalten. Um elf hatte sich Manuel entschuldigt. Sie war bis zum Schluß geblieben.

Jetzt war es kurz nach halb zwei. Sie versuchte, wieder einzuschlafen. Aber jetzt war ihr Körper da. Sie spürte ihren Puls. Sie wurde sich eines hohen Tons im linken Ohr bewußt. Im Nacken saß ein leichter Stich, der sich bis zum Morgen zu Kopfschmerzen auswachsen wollte. Und dann fühlte sie noch etwas, das wohl mit dem Pianisten zu tun hatte.

Sie machte Licht und griff nach ihrem Handy.

sie hat aufgehört

ruf trotzdem an

hilfe eine frau hat aufgehört zu weinen

Sonia schaltete das Handy aus und holte sich das Sagenbuch von der Waschkommode ins Bett.

Zwischen den Seiten steckte eine schwarzweiße Postkarte. Sie zeigte eine Ziegenherde, die durch ein Dorf getrieben wurde, und die Aufschrift »Grüße aus dem Unterengadin«. Die Karte war unbeschrieben, aber jemand hatte mit Kugelschreiber den Kopf des Bocks an der Spitze der Herde eingekreist. Die Karte diente als Buchzeichen für die Titelgeschichte.

Der Teufel von Mailand

Weit oben, ganz zuhinterst im Val Solitaria, dort, wo auch im Hochsommer die Sonne nie länger als drei Stunden hinscheint und die Eiszapfen bis Maria Heimsuchung im Felsen glitzern, lag einst die Alp Dscheta. Von einem bißchen hartem Gras und einer immer wieder zufrierenden Quelle konnten gerade zwanzig magere Ziegen und ein Hirtenkind überleben. Kaum ein Scheitlein Holz gab es auf dieser Höhe, um die armselige Hütte zu heizen. Schon früh am Abend trieb das Hirtenkind die Ziegen in die Hütte und legte sich zwischen sie, um nicht zu erfrieren in der Bergnacht.

Nur die Kinder der Ärmsten im Dorf mußten dort oben hirten, und gar manches erlebte den Herbst nicht.

Im kältesten Sommer seit dem Dreißigjährigen Krieg traf es Ursina, das jüngste Töchterchen einer armen Witwe. Ursina war erst neun, zu jung für die Alp Dscheta, aber ihre Mutter gab sie für zehn aus. Sie brauchte die dreißig Kreuzer, die die Bauern pro Sommer für ein Hirtenkind zahlten.

So kalt war jener Sommer, daß zu Sankt Barthel die Ziegen das Gras unter zwei Fuß Schnee hervorscharren mußten und die Euter der Mutterziegen versiegten. Bald war das letzte Stückchen Ziegenkäse gegessen und das letzte Schlückchen Milch getrunken. Schlotternd und hungrig saß Ursina inmitten der meckernden Ziegen und betete zu allen Heiligen um Hilfe aus ihrer Not.

Aber je inbrünstiger sie betete, desto beißender blies der Wind durch die Ritzen der schiefen Hütte und trieb

ihr nadelscharfe Eisflocken ins Gesicht. »Ach«, rief sie schließlich verzweifelt aus, »wenn mir die Engel nicht helfen wollen, so sollen mir die Teufel helfen!«

Augenblicklich legte sich der Wind, und in die Stille der Hütte sprach eine tiefe Stimme: »Der Teufel von Mailand hilft besser als der Heiland.«

Die Stimme kam vom alten Ziegenbock, der neben ihr stand und sie mit gelben Augen anstarrte.

Ursina graute, denn sie wußte, daß man vom Teufel nichts umsonst bekam. »Was ist dein Preis?« fragte sie mit bebender Stimme. Aber der Ziegenbock gab keine Antwort. Während der ganzen Alpung war von ihm außer einem gelegentlichen Meckern nichts zu vernehmen.

Aber noch in derselben Nacht taute der Schnee. Am nächsten Morgen schien die Sonne warm auf die Alp, und das Gras war saftig und grün. Und so blieb es den ganzen Sommer über. Im Herbst, als die Bauern Ursina und ihre Herde abholten, waren die Ziegen fett, und dreißig Laibchen Käse mußten zu Tal getragen werden. Ursina selbst war gesund und stark, ihre Zähne waren weiß, und ihr blondes Haar glänzte in der Sonne.

Bis zu ihrem sechzehnten Lebensjahr sömmerte Ursina die Ziegen auf Alp Dscheta, jedes Jahr ein paar mehr. So zufrieden waren die Bauern mit ihrer Arbeit, daß sie der Mutter zuerst einen ganzen, dann zwei und schließlich drei Gulden pro Sommer zahlten. Das Mädchen wuchs zu einer Schönheit heran, wie sie selbst die Ältesten im Tal noch nie gesehen hatten.

Aber zehn Tage vor ihrem neunten Alpsommer kam eine staubige Kutsche ins Dorf. Ihr einziger Passagier war

ein vornehmer alter Herr. Er trug ein Gewand aus schwarzer Seide, einen silbernen Degen am Gürtel und eine rote Feder auf dem Hut. Er sprach italienisch und befahl, daß man Ursina hole, er müsse mit ihr sprechen.

»Wer seid Ihr?« fragte Ursina, sobald sie allein waren.

»Der Teufel von Mailand hilft besser als der Heiland.«

Ursina erbebte, als sie die Worte hörte, die sie damals in jener kalten Nacht auf Alp Dscheta aus dem Mund des alten Ziegenbocks vernommen hatte. »So wollt Ihr also Euren Preis eintreiben?« stammelte sie.

»Oh, nein«, antwortete der Teufel, »was du bis jetzt von mir bekommen hast, kostet nichts. Erst wenn du mehr willst, hat es seinen Preis.«

»Was mehr könnte ich wollen?«

»Unvergleichliche Schönheit, ewige Jugend, Reichtum, Glück und ein Schloß mit hundert Fenstern und dreißig Türmen.«

Ursina, die jung und durch das Ansehen, das sie durch ihre Schönheit und ihre Arbeit als Hirtin bei den Bauern genoß, auch ein wenig keck geworden war, fragte: »Und was ist Ihr Preis, Teufel von Mailand?«

»Der gleiche wie immer, Ursina: deine Seele.«

Das Mädchen lachte: »Zu hoch, der Preis. Viel zu hoch.«

Der Teufel lächelte. »Bevor du ablehnst, hör die Conditionen.«

Und er beugte sich zu ihr und flüsterte ihr diese Worte ins Ohr:

> »Wenn es Herbst wird im Sommer,
> Wenn es Nacht wird am Tag,

Wenn die Glut brennt im Wasser,
Wenn es tagt beim zwölften Schlag.
Wenn zum Fisch wird der Vogel,
Wenn zum Mensch wird das Tier,
Wenn das Kreuz zieht nach Süden,
Erst dann gehörst du mir.«

Dreimal ließ Ursina den Teufel die Bedingungen wiederholen, bis sie ganz sicher war, daß sie sie richtig verstanden hatte. Dann schlug sie ein.

Sie verabschiedete sich von ihrer Mutter, ihren Geschwistern, dem Dorf und den Ziegen und stieg in die Kutsche. Noch ehe sie am Ziel angekommen waren, hatte sich ihre Schönheit vervielfacht. Überall, wo die Kutsche Rast machte, wurde sie von Menschen umringt, die auch einmal etwas so Schönes wie die junge Ursina erblicken wollten.

Das Schloß lag auf einem Hügel hoch über einem fruchtbaren Tal und besaß wirklich hundert Fenster und dreißig Türme mit Dächern aus purem Gold.

Der Teufel von Mailand ließ Ursina in Frieden. Nur einmal im Jahr kam er sie besuchen. Dann ließ sie ein Festmahl auftragen und zum Tanz aufspielen. Der Teufel hatte vollendete Manieren, und nie sprach er vom vereinbarten Preis.

Bis eines Tages an einem herrlichen Tag im Juli...

Der Text hatte das Ende der Seite zweiundachtzig erreicht, und so, wie er auf der gegenüberliegenden Seite weiterging, ergab er keinen Sinn:

*... und von weit her sah man den Schein der Flammen
im Nachthimmel über dem Tal.*

Sonia kontrollierte die Seitenzahlen. Der Text war von Seite
zweiundachtzig auf fünfundachtzig gesprungen. Das Blatt
dazwischen fehlte.

*... und von weit her sah man den Schein der Flammen
im Nachthimmel über dem Tal. Als am nächsten Morgen
die Leute aus dem Dorf in den rauchenden Trümmern
des Schlosses stocherten, fanden sie von Ursina nichts mehr
als das Geschmeide, das sie in jener Nacht für ihren Lieb-
haber getragen hatte.*

*Aber wenn manchmal im Hochsommer das Wetter
wechselte und es hinunterschneite bis unter die Maien-
säße, dann hoben die Leute in den Dörfern ihre Blicke
bange in die Höhe und sagten: »Schaut nur, die Ursina
lüftet ihr Federbett.«*

6

Wie das Innere einer Muschel wölbte sich der Himmel über Val Grisch. Langsam begann sich an den Kämmen eine perlmuttfarbene Kontur abzuzeichnen. Das Dorf dämmerte dem ersten wolkenlosen Sommertag des Monats entgegen.

Es war kurz vor fünf. Der Kirchturm von San Jon ragte als Schattenbild in den blassen Morgen. Mit leisem Surren setzte sich die Mechanik des Schlagwerks in Bewegung und ließ in kurzen Abständen die Schwengel auf die G- und E-Glocke schnellen. Dingdang, dingdang, dingdang, dingdang, schlugen sie die Viertelstunden.

Und schwer und feierlich folgten die Stundenschläge: Dong. Dong...

Sonia war bei den ersten Viertelstundenschlägen aus einem unruhigen, traumschweren Schlaf erwacht. Als sie sah, daß noch kaum Licht durch die Vorhangspalte drang, schloß sie die Augen wieder und zählte die Stundenschläge. Dong. Dong.

Beim sechsten stöhnte sie.

Beim siebten schlug sie die Bettdecke zurück.

Beim achten stand sie auf.

Beim neunten stand sie in der kühlen Luft des offenen

Fensters und sah die Bergkette im Dunst der Morgendämmerung.

Dong. Dong.

Zwölf Schläge zählte sie. Dann blitzte ein erster Sonnenstrahl über den Kamm des Piz Vuolp.

Auf dem Parkplatz des Gamander sah Sonia den Milchsammelwagen stehen.

Auch Gian Sprecher sah den Milchsammelwagen. Die zwölf Glockenschläge hatten ihn vor den Stall gelockt. Er nahm den Feldstecher von seinem Nagel und suchte das Dorf ab. Die Straße war menschenleer.

Aber beim Gamander bewegte sich etwas. Reto Bazzells Pajero wendete und fuhr aus dem Parkplatz. Sprecher verfolgte ihn mit dem Feldstecher, bis er in der Kurve verschwand.

Er richtete das Glas wieder auf das Dorf. Jetzt sah er Sandro Burger eilig die Straße heraufkommen. Noch im Gehen stopfte er sich das Hemd in die Hose und blickte immer wieder kopfschüttelnd zum Kirchturm hinauf. Sprecher bekam noch mit, wie Sandro den Schlüsselbund aus der Tasche fischte, dann wurde ihm die Sicht durch eines der Häuser genommen.

Er lachte auf und ging in den Stall zurück.

Sandro Burger hatte die Hände im Nacken gefaltet und studierte die Bedienungsarmatur des Uhrwerks. Neunzehnhundertvierundsechzig war die Turmuhr von San Jon restauriert und elektrifiziert worden. Seither war sie, außer bei seltenen Stromausfällen, einwandfrei gelaufen. Es kam

vor, daß das Uhrwerk nicht ganz synchron mit dem Schlagwerk lief. Aber die Differenz war minim, es genügte, wenn Sandro Burger die Zeiger jeden zweiten Montag in Übereinstimmung brachte.

Aber jetzt zeigte die Uhr des Schlagwerks auf zehn nach zwölf. Ein Unterschied von sieben Stunden konnte nicht von selbst entstanden sein. Jemand hatte die Uhr manipuliert.

Das Hauptportal war abgeschlossen gewesen, als Burger kam. Jetzt ging er zum Seiteneingang. Auch verschlossen. Genauso wie die zwölf Fenster mit den Glasmalereien.

Burger setzte seinen Rundgang fort. In der Sakristei stieß er auf ein Fenster, das nur angelehnt war. Es blickte auf den kleinen Friedhof, dessen älteste Steinkreuze in die Kirchenmauer eingelassen waren. Eines davon stand direkt unter dem niedrigen Sakristeifenster. Eine Leiter aus Stein.

Burger war sich sicher, daß das Fenster gestern abend geschlossen gewesen war. Kontrolliert hatte er es allerdings nicht, es wurde nie geöffnet.

Wenn Herr Häusermann auf dem Schädel nur einen Bruchteil der Haare hätte, die auf seinem Rücken wuchsen, müßte er ihn nicht kahlrasieren. Sonia massierte nicht gern behaarte Körper. Die Haare neigten dazu, sich zu kleinen Kügelchen zu verknoten, denen nur mit dem Nagelscherchen beizukommen war.

Sie beließ es also im Rücken- und Schulterbereich bei einigen leichten Streichungen und konzentrierte sich dann auf den Lendenwirbelsäulenbereich, wo die Körperbehaarung nicht so dicht war.

Ihre gespenstische Bettlektüre, die Traumfetzen der Nacht

und die zwölf Glockenschläge im Morgengrauen hatten das Gefühl der Unwirklichkeit, das sie hier oben beschlichen hatte, noch verstärkt. Etwas stand bevor. Sie fühlte die Unruhe einer Katze vor der Naturkatastrophe. Und auch deren Unfähigkeit, sich mitzuteilen.

Aber etwas stand bevor.

Oder war es schon geschehen? Etwas war geschehen, und sie konnte nicht sagen, was.

Machte es einen Unterschied? Was in einer der Wirklichkeiten bereits geschehen war, stand vielleicht in einer andern noch bevor.

Sie ballte die Hände zu lockeren Fäusten und trommelte leicht auf Herr Häusermanns Lendenwirbel.

Was hatte der Mann mit dem Milchsammelwagen so früh am Morgen unter ihrem Fenster zu suchen?

Warum war Pavarotti so seltsam gewesen, als sie heute das Tuch von seinem Käfig entfernt hatte? Er saß nicht wie sonst auf seiner Sitzstange und blinzelte irritiert ins Licht des neuen Tages. Er trippelte mit gesträubtem Gefieder auf dem Käfigboden umher, als hätte er etwas im Sand verloren.

Sie zog Häusermanns Unterhose ein Stück herunter und legte ihre öligen Hände links und rechts auf den Ansatz seiner Gesäßmuskeln. Sie spürte, wie aus den Laogung-Punkten in der Mitte ihrer Handflächen die Energie in ihn floß wie ein warmer Strahl helles Licht.

So blieb sie stehen, bis sie nichts mehr sah und roch und hörte und fühlte und schmeckte als diesen unaufhaltsamen Strom aus reinem Qi.

Ein Stöhnen von Herrn Häusermann brachte sie in seine

Wirklichkeit zurück. Sie hob das Tuch und bat ihn, sich auf den Rücken zu drehen.

Er zögerte kurz, und als er es dann doch tat, sah sie den Grund. »Verzeihung«, sagte er.

»Kann passieren«, antwortete sie. Mit einem Lächeln, das nicht ihm galt.

Später im Personalraum sagte sie zu Manuel: »Hast du das auch gehört, heute um fünf?«

»Um fünf schlafe ich noch.«

»Die Kirchenglocke hat zwölf geschlagen.«

Manuel musterte sie skeptisch.

»Ich schwör's. Ich habe am Fenster gestanden und die Schläge gezählt. Seltsam, nicht?«

»So seltsam wie jede Uhr, die spinnt.«

»Wenn nicht die andern Dinge wären. Die Säure im Ficus. Die Leuchtstäbe im Pool.«

»Nur wenn man einen Zusammenhang konstruiert, wird es seltsam.«

»Auch für sich genommen ist jeder dieser Vorfälle merkwürdig.«

Manuel tat es mit einer Handbewegung ab. »Und Bob?«

»Was ist mit ihm?«

»Habt ihr?«

Sonia schüttelte den Kopf.

»Jemand gießt Säure in einen Blumentopf, jemand versenkt Leuchtstäbe in einem Thermalbad, jemand läßt um fünf Uhr früh die Kirchenglocke zwölf schlagen, und jemand geht nicht mit dem Pianisten ins Bett. Es geschehen wirklich seltsame Dinge in Val Grisch.«

baumann will deine nummer
du hast sie nicht
er findet sie raus sagt er
er blufft
meine hat er auch rausgefunden
deine kennt die halbe stadt
und trotzdem ruft keiner an
einsam
alt und einsam und du
um 5 uhr schlug die kirche 12
komm lieber runter

Dr. Stahel lag auf der Seite. Sonia zog mit der linken Hand
seine Schulter leicht zurück und arbeitete mit der rechten
an seinen Tsubos unter der Schädelbasis. Sie hatte ihn vor
der Behandlung gewohnheitsmäßig gefragt, ob er heute
irgendwelche besonderen Probleme habe. Er hatte zurück-
gefragt: »Außer, daß jetzt dann gleich mein Schädel explodiert?«

Sonia begann die Behandlung mit einem Kopf-Shiatsu.
Sie legte ihren ausgestreckten Daumen in die Vertiefung zwischen den Nackenmuskeln unter dem Schädel und drückte
sanft. Dr. Stahel stöhnte.

»Tut es weh?«

»Nein, gut.«

»Der Teich des Windes.«

»Bitte?«

»So heißt diese Stelle. Liegt auf dem Gallenblasenmeri-
dian. Ein wichtiger Punkt bei allen Arten von Kopfschmerzen.«

»Teich des Windes«, wiederholte Dr. Stahel, mehr zu sich selbst.

Sonia zeigte ihm andere Punkte des Gallenblasenmeridians. »Schulterbrunnen, Feld am Hügel, Quelle am sonnenbeschienenen Grabhügel, und hier« – sie drückte auf den Knochen hinter seinem Ohr – »der vollendete Knochen. Der beste Punkt für Schläfenkopfschmerzen.«

Eine Zeitlang schwiegen sie beide zu den Sphärenklängen der Meditationsmusik. Dann sagte Dr. Stahel: »Sie haben mir doch gesagt, es falle Ihnen schwer, mehr als eine Wirklichkeit zu verkraften.«

»Ja. Sehr schwer.«

»Und die Meridiane? Kein Pathologe ist je auf einen Meridian gestoßen. Und trotzdem gehen Sie mit der größten Selbstverständlichkeit von deren Existenz aus. Oder das Qi? Noch nie hat die westliche Wissenschaft diese Lebensenergie nachgewiesen, man kennt weder ihren Aufbau noch ihre Struktur. Aber beim Shiatsu spüren Sie Verstopfungen des Qi-Flusses auf und beheben diese so routiniert wie ein Installateur einen Rohrschaden. Das nenne ich einen souveränen Umgang mit verschiedenen Wirklichkeiten.«

»Als andere Wirklichkeit habe ich es noch nie betrachtet.«

»Als was denn sonst?«

»Glaubenssache.«

»Ich glaube nicht an Qi und Meridiane. Aber« – er klopfte sich auf den Schädel – »die Kopfschmerzen sind so gut wie weg.«

Sonia lachte. »Dafür gibt es bestimmt auch eine neurologische Erklärung.«

»Bestimmt. Aber der Teich des Windes gefällt mir besser.«

Von da an schwiegen sie für den Rest der Massage. Erst als Dr. Stahel vom Massagebett aufstand und sie ihm ein warmes Frottiertuch reichte, fragte sie: »Haben Sie die Kirchenglocke auch gehört, heute früh?«

»Ja. Zuerst habe ich mich darüber gefreut, weil ich dachte, es sei mir zum ersten Mal seit Jahrzehnten wieder einmal gelungen, zu verschlafen. Aber dann fragte ich mich: Seit wann beginnt der Tag um zwölf?«

»Sehen Sie mich nicht so an, das blüht Ihnen auch.«

Sonia fühlte sich ertappt. Sie hatte sich beim Anblick der welken Frau Professor Kummer wirklich gefragt, ob sie auch einmal so aussehen würde. Sie standen sich gegenüber, beide bis zu den Hüften im warmen Wasser, und Sonia überlegte sich eine erste Übung. Es war eine ganze Weile her, seit sie das gemacht hatte. Aber Wassergymnastik war Teil des Wellness-Angebots, und Sonia die einzige, die frei war.

»Das heißt: Nur wenn Sie Glück haben, blüht Ihnen das auch. Nicht alle werden so alt wie ich.«

»Als erstes gehen wir leicht in die Knie und stoßen uns ab.«

»Als ich in Ihrem Alter war, sah ich auch so aus. Wie alt sind Sie? Mitte Dreißig?«

»In die Knie und – abstoßen.«

»Eher ein wenig straffer. Und mehr Busen.« Frau Professor Kummers Körper verschwand langsam bis zu den Schultern im Wasser und tauchte schnell bis zur Hüfte wieder auf, ohne daß ihr Mund zu reden aufhörte. »Und eine Tätowierung hatte ich natürlich auch nicht. Das hat-

ten Frauen damals nicht. Oder nur eine bestimmte Art von Frauen.«

»Und jetzt ein wenig tiefer.« Sonia ging gegen die Beckenmitte, die alte Frau folgte ihr, bis sie bis zum Hals im Wasser stand.

»Und plötzlich ist es da, das Alter. Man steht vor dem Spiegel und fragt sich: Wann zum Teufel hat das angefangen? Sie werden es erleben. Vielleicht schon morgen nach dem Duschen.«

»Auf ›Los!‹ rennen Sie, so schnell Sie können, zur andern Seite.«

»Oder vielleicht schon heute, gleich nach der Gymnastik. Sie stehen vor dem Spiegel der Umkleidekabine, sehen diese kleinen Abschlaffungen an den Mundwinkeln und Oberarmen und fragen sich ...«

»Los!«

Frau Professor Kummer kämpfte sich mit rudernden Armen zum andern Pool-Ufer hinüber, hielt sich am Rand fest und schaute zu Sonia. »Wann, werden Sie sich fragen«, stieß sie keuchend hervor, »wann bloß hat das angefangen?«

»Und los!« befahl Sonia

Frau Professor Kummer löste sich vom Beckenrand und rannte auf Sonia zu. Das Phantom des Alters, runzlig und böse. In Zeitlupe, aber unausweichlich, unaufhaltsam.

Und während Sonia gebannt auf die Ankunft und nächste Boshaftigkeit der Alten wartete, wurde ihr klar, was sie seit Dr. Stahels Massage irritiert hatte. Es war etwas, was er gesagt hatte: Seit wann beginnt der Tag um zwölf?

Zwei Minuten später hatte sie die Wassergymnastik-Lektion mit Frau Professor Kummer beendet. Sie hatte zur Begründung nicht einmal einen Vorwand gesucht. »Weil Sie mir unsäglich auf die Nerven gehen«, mußte genügen.

Ihr Gedächtnis hatte die acht Zeilen als Bild gespeichert. Aber trotzdem rannte sie im Bademantel die Treppe hinauf und öffnete das Sagenbuch. Die Bilder stimmten überein:

> *Wenn es Herbst wird im Sommer,*
> *Wenn es Nacht wird am Tag,*
> *Wenn die Glut brennt im Wasser,*
> *Wenn es tagt beim zwölften Schlag.*
> *Wenn zum Fisch wird der Vogel,*
> *Wenn zum Mensch wird das Tier,*
> *Wenn das Kreuz zieht nach Süden,*
> *Erst dann gehörst du mir.*

»Wenn es tagt beim zwölften Schlag«, wiederholte sie leise.

Jetzt klopfte ihr Herz nicht mehr wie nach zwei steilen Treppen. Jetzt raste es wie nach einem großen Schrecken.

Hatte es nicht getagt beim zwölften Schlag? Und hatten die Leuchtstäbe im Pool nicht ausgesehen wie ein Unterwasserfeuer?

Wenn die Glut brennt im Wasser!

Pavarotti machte ein Spektakel, als spürte er, daß etwas nicht in Ordnung war. Sonia ging zum Käfig. Sie zog die Bodenschublade heraus, schüttete den Sand in den kleinen Abfalleimer, wusch sie mit heißem Wasser aus, füllte sie mit frischem Sand und schob sie wieder in den Käfig.

Sie wechselte das Wasser im Trinkgefäß, füllte die Fut-

terschale, steckte einen neuen Hirsekolben zwischen die Stäbe. Danach fand sie keine Ablenkung mehr.

Wenn es Herbst wird im Sommer?

Natürlich: der Ficus! Verliert alle Blätter, wie im Herbst.

Sonia setzte sich an den Schreibtisch und zwang sich, tief und regelmäßig zu atmen. Sie wußte, daß auch die vierte Bedingung erfüllt sein mußte. Sie wußte nur noch nicht, wie. Aber sie spürte, daß sie es in den nächsten paar Sekunden erkennen würde.

Wenn es Nacht wird am Tag!

Es war, als hätte ihr jemand einen Eiswürfel in den Rückenausschnitt gesteckt. Ein eisiges Kribbeln breitete sich vom Nacken über den ganzen Rücken und die Rückseiten der Oberarme aus.

Casutt! Der Nachtportier, der mitten am Tag seinen Dienst antritt! Wenn es Nacht wird am Tag.

Sonia stand auf, schob den Stuhl vor den Schrank, stellte sich darauf, nahm einen der leeren Koffer herunter und warf ihn aufs Bett. In einer Seitentasche mit Reißverschluß steckte das noch versiegelte Päckchen Zigaretten, das sie zum bewußten Nichtrauchen gekauft hatte. Es waren Mentholzigaretten. Sie schälte das Cellophan weg, riß das Päckchen auf und fingerte eine Zigarette heraus. Im Badezimmer fand sie Streichhölzer. Sie lagen auf dem Sockel des Kerzenständers, den sie für den Fall eines Stromausfalls bereitgestellt hatte.

Sie brauchte drei, bis die Zigarette brannte.

Das Telefon auf dem Schreibtisch klingelte. Sonia schrak zusammen und hob ab. Es war Michelle von der Rezeption.

»Bist du o.k.?«

»Ja, wieso?«

»Ich habe gesehen, wie du die Treppe hinaufgerannt bist.«

»Es geht schon wieder.«

»Barbara möchte dich sprechen. Im Büro. Gleich.«

In der Lobby saß Frau Professor Kummer im Bademantel in einem Ohrenfauteuil und schaute triumphierend zu, wie Sonia an die Tür mit dem Schild »Direktion« klopfte.

Barbara Peters erwartete sie hinter ihrem Bildschirm. Sie trug zu Ehren des ersten Sommertags ein Top mit Spaghettiträgern. Ihre sanft gerundeten Schultern hatten einen matten Bernsteinglanz, die Salzfäßchen auf beiden Seiten ihres Halses sahen aus wie die Abdrücke, die schwere Schmuckstücke in weich ausgepolsterten Schatullen hinterlassen.

Sie deutete auf den Stuhl ihr gegenüber und wartete, bis Sonia sich gesetzt hatte. »Frau Professor Kummer sagt, Sie hätten sie während der Wassergymnastik im Pool stehenlassen, weil sie – ich zitiere – ›Ihnen unsäglich auf die Nerven gehe‹. Stimmt das?«

Sonia nickte.

»Das haben Sie wirklich gesagt? ›Sie gehen mir unsäglich auf die Nerven‹?«

Sonia versuchte, den Gesichtsausdruck ihrer Chefin zu interpretieren. War das Wut, die sich da gleich ihren Weg an dem formellen Lächeln vorbei bahnen würde? Oder Fassungslosigkeit? Oder Verachtung?

»Ich fürchte, so etwas habe ich gesagt. Sinngemäß.«

»Sinngemäß?«

»Wörtlich.«

Nur noch kurz dauerte der Widerstreit der Emotionen in dem schönen Gesicht. »Das kann ich überhaupt nicht billigen«, kicherte sie. »Was fällt Ihnen ein, Frau Professor Kummer gehört seit über zweihundert Jahren zu unserer Stammkundschaft, sie ist Trägerin des diamantenen Wassergymnastik-Abzeichens.«

Sonia bedeutete ihr, still zu sein, die Frau Professor sitze vor der Tür. Aber Barbara Peters war hilflos gegenüber ihrem Lachanfall.

Als sie sich davon erholt hatte, fragte sie: »Entschuldigen werden Sie sich wohl nicht wollen?«

»Richtig.«

»Aber ich darf sagen, Sie hätten einen strengen Verweis erhalten?«

»Meinetwegen.«

»Und Sie hätten versprochen, daß so etwas nicht mehr vorkommt?«

»Nein. Das nicht.«

Barbara Peters lächelte. »Aber tätlich werden Sie mir nicht.«

»Nur zur Selbstverteidigung.«

»Okay. Notwehr ist erlaubt. Auch auf dem Dienstleistungssektor.«

Aus der Art, wie Barbara Peters sie anschaute, schloß Sonia, daß die Unterredung beendet war. Für Sonia war sie das noch nicht. »Heute um fünf hat die Kirchenglocke zwölf geschlagen.«

»Ich habe davon gehört.«

»Mich beunruhigt es.«

»Daß die Kirchturmuhr spinnt? Sie sollten einmal sehen, in welchem Zustand die Wasserversorgung ist.«

»Und die andern Vorkommnisse? Der Ficus? Casutts Auftauchen als Tagportier? Die Leuchtstäbe?«

Barbara Peters sah sie überrascht an. »Ach, Sie glauben, Casutt war es auch, der die Glocke geläutet hat? Vielleicht haben Sie recht. Gut, daß wir den los sind.«

Das hatte Sonia eigentlich nicht sagen wollen. Aber so leichthin von ihrer sorglosen Chefin ausgesprochen, klang es ganz einleuchtend.

Sie stand auf und verabschiedete sich. Ohne die Frage gestellt zu haben, die ihr auf der Zunge lag: Kennen Sie die Sage vom Teufel von Mailand?

»Ich kann nicht lesen, wenn mir jemand zuschaut. Es macht mich nervös.«

Sonia hatte Manuel das Buch in den Personalraum gebracht und saß ihm gegenüber. »Also gut«, sagte sie, »ich mache einen Rundgang und komme zurück.«

Der Korridor war leer. Sie öffnete die Tür zum ersten Behandlungsraum. Der Massagetisch war frisch bezogen, eine saubere Knierolle, zwei zusammengefaltete Badetücher und ein blütenweißes Kopfkissen lagen exakt ausgerichtet darauf. Das Licht war gedämpft, die Musik auch.

Der nächste Behandlungsraum sah gleich aus, nur das Licht war hier gelb. Jeder der Räume besaß eine hinter einer Blende versteckte Lichtorgel, die, je nach Einstellung, die Decke in weißes oder farbiges Licht tauchte oder sie in wechselnden Farben pulsieren ließ.

Im dritten Behandlungsraum stand Frau Felix mit dem Rücken zur Tür. Sie hatte die Arme ausgebreitet, den Kopf in den Nacken gelegt und murmelte beschwörende Sätze in einer Sprache, die Sonia nicht kannte. Die Lichtorgel lief. Frau Felix' exzentrische Brille lag auf dem Massagetisch. Die dicken Gläser rafften das Licht zu Strahlenbündeln zusammen, die in allen Farben des Spektrums auf dem Leintuch tanzten.

Sonia schloß leise die Tür.

Die Dampf- und Luftbäder verströmten ihre Hitze für niemanden, und im Ruheraum spielten die Klangschalen für die Fische. Sonia ging die Treppe hinauf.

Im Thermalbecken rauschte eine der Unterwasserdüsen. Ein Mann stand davor. Sonia erkannte den kurzgeschorenen Schädel von Bob und registrierte, daß ihr Herz einen winzigen Sprung gemacht hatte. Sie ging zu ihm und setzte sich auf die Liege, die dort stand.

Bob verschränkte die Arme über dem Beckenrand und schaute zu ihr auf.

»Heute um fünf hat es zwölf geschlagen«, sagte er.

»Das habe ich auch gehört.«

»Aber um vier nicht elf. Und um drei nicht zehn. Und um zwei nicht neun.«

»So schlecht schläfst du?«

»Letzte Nacht schon. Und du?«

Sonia lächelte. »Ich habe auch schon besser geschlafen.«

»Kommst du wieder in die Bar, heute abend?«

»Wenn ich einen Platz finde.«

Bob grinste und ließ sich ins Wasser gleiten. »Dann bis heute abend.«

Sonia schaute ihm nach, wie er davonschwamm. Wie ein Pianist war er nicht gebaut. Obwohl: Er wäre ihr erster Pianist.

Manuel las in seinem Maigret. Das Sagenbuch lag zugeklappt auf dem Tisch.

»Und? Was sagst du?« fragte Sonia.

»Daß zwei Seiten fehlen.«

»Und sonst?«

»Wie diese Sagen halt so sind.«

Sonia schlug das Buch auf, hielt es ihm unter die Nase und las ihm die sieben Bedingungen vor.

»Und da fällt dir nichts auf?«

Manuel studierte seine Fingernägel. »Sag's mir.«

»Der Ficus verliert sein Laub im Sommer, der Nachtportier wird zum Tagportier, Leuchtstäbe glühen im Wasser, und die Kirchenglocke schlägt zwölf bei Sonnenaufgang. Jemand spielt diese Sage nach.«

Manuel nahm ihr das Buch aus der Hand und las nach. Dann gab er es ihr zurück. »Ziemlich weit hergeholt.«

»Findest du?« fragte sie interessiert. Sie war nicht unempfänglich für diese Sichtweise.

»Ein vergifteter Gummibaum für ›Wenn es Herbst wird im Sommer‹? Ein seniler Nachtportier am Mittag für ›Wenn es Nacht wird am Tag‹? Eine Handvoll Party-Scherzartikel für ›Wenn die Glut brennt im Wasser‹? Und eine verstellte Kirchenglocke für ›Wenn es tagt beim zwölften Schlag‹?« Er legte das Buch beiseite. »Mädchen! Mach dich nicht verrückt!«

An diesem Abend sah Sonia ihren ersten Sonnenuntergang in Val Grisch. Die Glastüren der Bar standen offen, und an den Tischen der Terrasse saßen die Gäste bei ihren Aperitifs. Sonia stand mit Manuel am Geländer und schaute zu, wie die Sonne die Wolkenfetzen in rosa Zuckerwatte verwandelte. Aus der Bar wehten Bobs leichthändige Läufe.

Sonia trug ein schwarzes, etwas dekolletiertes Cocktailkleid von Donna Karan, das sich eine Hotel-Physiotherapeutin nicht leisten könnte, und hielt ein Glas Blue Curaçao in der Hand. Nicht der beste Sundowner, den sie kannte, aber zu Schwarz bestimmt der schönste.

Bis heute hatte sie sich mit dieser Landschaft nicht anfreunden können. Die schroffe Bergkette auf der anderen Talseite mit ihrem Föhrenpelz, die über dem Dorf lauernden felsbeschlagenen Steilhänge, die verkitschten Engadinerhäuser in ihrer penetranten Selbstzufriedenheit.

Aber das rötliche Licht dieses Abends nahm den Felsen die Härte, den Kämmen die Schärfe und den steilen Hängen das Bedrohliche. Sogar das Dorf schien so etwas wie Wärme auszustrahlen.

Der Abend ließ auch die seltsamen Ereignisse der letzten Tage in einem viel freundlicheren Licht erscheinen. Bestimmt hatte Manuel recht, ihre Phantasie war mit ihr durchgegangen. Ihre durcheinandergeratenen Sinne hatten sie überempfindlich gemacht für jede Art von Wahrnehmung. Möglich, daß es verschiedene Wirklichkeiten gab. Aber vielleicht sollte man sich an die halten, in der die andern lebten.

Barbara Peters erschien auf der Terrasse. Sie trug ein Abendkleid aus einem silbern fließenden Material, vorn

hochgeschlossen, hinten bis unter die Taille ausgeschnitten. Ein wenig overdressed, fand Sonia, aber hinreißend. Sie machte die Honneurs bei den Gästen, die ihr mit der Scheu begegneten, die sich bei vielen Leuten gegenüber besonders schönen Menschen einstellt.

Bei Frau Professor Kummer und Fräulein Seifert hielt sie sich etwas länger auf. Die Alte sprach auf sie ein und schaute immer wieder zu Sonia herüber.

Danach kam Barbara Peters direkt zu Sonia und Manuel. »Tun Sie mir den Gefallen, und essen Sie im Restaurant heute abend. Sie wird ersticken vor Wut.«

Ein milder Ausklang eines warmen Tages. Während des ganzen Abendessens konnten die Fenster geöffnet bleiben. Auch die Flügeltür zur Bar stand offen. Von dort klangen die Nocturnes herein, die Bob auf Wunsch von Barbara Peters an den Wochenenden als Dinner Music spielte. Es waren neue Gäste angekommen, zwei jüngere Paare, die ein verlängertes Wochenende im Gamander verbrachten. Sie schienen Bekannte der Chefin zu sein. Manuel vermutete, sie hätten einen Sondertarif bekommen. Als verkaufsfördernde Maßnahme.

Eines der drei Menüs, die täglich auf der Abendkarte zur Auswahl standen, klang exotisch: Pikante, süß-saure Gerstensuppe mit Thai-Basilikum. Kaninchencurry mit Klebreis. Aprikosenwähe mit Kokoscreme.

»Rhätoasiatisch«, bemerkte Manuel, »da wird sich der Koch vom Steinbock aber freuen. Nicht sehr nett von der Chefin.«

Sonia mußte an die Worte von Herrn Casutt denken:

Menschen, die so schön sind wie die Chefin, brauchen nicht nett zu sein, damit man nett zu ihnen ist. Deshalb lernen sie es nie.

Manuel hatte sich mit einem anzüglichen Augenzwinkern zurückgezogen. Sonia ließ sich den Rest der Baroloflasche einschenken, die sie in die Bar mitgenommen hatten. Barbara Peters saß mit den vier neuen Gästen an einem Tischchen. Sie führten eine halblaute Unterhaltung, aus der manchmal ihr helles Lachen emporstieg.

Auch die Lanvins waren noch auf. Sie saßen schweigend an einem Tischchen vor ihren Night Caps und lauschten Bobs verträumtem Piano. Die Lüttgers waren soeben gegangen und hatten sich bei allen Bargästen von weitem pantomimisch verabschiedet.

Dr. Stahel saß allein an der Bar und wechselte ab und zu ein paar Worte mit Vanni.

Sonia nahm ihr Glas und ging auf die Terrasse.

Die Nacht war noch immer mild und der Himmel so hell, daß sich die Berge auf ihm abzeichneten. Das Dorf klebte an seinem Hang wie ein Postkartenmotiv. Auf der Bergflanke darüber, achtlos hingestreut, die Lichter abgelegener Häuser, von denen ein paar davongeschwebt waren und jetzt als Sterne im nächtlichen Sommerhimmel blinkten.

Sonia würde hier warten, bis das Piano verklungen war. Und noch ein wenig länger, bis Bob sich neben sie ans Geländer stellen und etwas über den schönen Abend sagen würde.

Die Stimmen von Barbara Peters und ihren Bekannten

wurden noch einmal lauter und verklangen dann in der Distanz. Auf eine der Föhren vor dem Hotel fiel plötzlich ein Lichtviereck. Sonia schaute hinauf. Oben in Barbara Peters' Rapunzelwohnung war Licht angegangen.

Aus der Bar hörte sie die »Bonne Nuits« der Lanvins. Danach den Schlußakkord des Pianos. Und gleich darauf eine Stimme neben sich. »Wir waren bisher nicht verwöhnt mit schönen Abenden.«

Es war Dr. Stahel. Er hatte einen frisch angezündeten Zigarillo in der Hand und ein Glas mit kaum angeschmolzenen Eiswürfeln.

Sonia hatte andere Pläne als ein Nachtgespräch mit einem älteren Neuropsychologen, so nett er auch war. Deshalb ließ sie es bei einem abwesenden »Mhmm« bewenden.

Im Nachthimmel flog eine Fledermaus lautlos ihre unberechenbare Bahn.

»Die kann die Töne auch sehen«, bemerkte Dr. Stahel.

»Ich dachte, sie hört sie.«

»Jedenfalls verwandelt ihr Hirn sie in Bilder. Wie Ihres.«

»Woher wissen Sie so genau, wie es im Kopf einer Fledermaus aussieht?«

»Töne sind auch Wellen, wie Farben. Vielleicht ist es egal, welches Organ sie registriert. Wichtig ist nur, als was sie das Hirn umsetzt.« Er nahm einen Schluck aus seinem Glas und fragte unvermittelt: »Haben Sie schon einmal die Aura von jemandem gesehen?«

Sonia warf ihm einen Seitenblick zu. Möglich, daß er etwas betrunken war. Aber die Frage war ernst gemeint.

»Es gibt Synästhetiker, die das können. – Falsch!«

Doch, er war ziemlich angeheitert.

»Falsch! Leute, die das können, stellen sich oft als Synäs-thetiker heraus. So ist's richtig. Sie verbinden bestimmte Personen mit einer bestimmten Farbe.«

»Wie soll das denn aussehen, eine Aura?«

»Wie ein farbiger Schleier oder so. Schauen Sie mich an.« Sie wandte sich ihm zu.

»Und?«

»Und nichts.«

»Wo höre ich auf?«

»An den Rändern.«

»Sind Sie sicher?« Er beschrieb eine Kontur über und um sich. »Da ist nichts mehr? Nichts?«

Sonia schnupperte. »Doch, vielleicht ein kleiner Dunst-kreis.«

Dr. Stahel war verblüfft. »Sie riechen das? Was habe ich gesagt: Das Organ, das es registriert, spielt keine Rolle. Wonach riecht es?«

Sonia schloß die Augen und konzentrierte sich. »Single Malt? Glenfiddich?«

Es dauerte ein paar Sekunden, bis er schaltete. Aber dann brach er in lautes Gelächter aus. Er nutzte seinen Lachanfall als Vorwand, um seinen Arm um Sonia zu legen, und konnte sich nicht mehr erholen, bis im ersten Stock ein Fenster hörbar geschlossen wurde.

Sonia hielt den Finger an die Lippen. Danach war es nicht mehr schwierig, Dr. Stahel ins Bett zu schicken.

In der Bar war Vanni dabei aufzuräumen. Der Klavierdek-kel war zu, keine Spur von Bob.

Vanni deutete mit dem Zeigefinger nach oben. Sonia ging

zur Bar, setzte sich auf einen Hocker und bestellte »etwas zum Einschlafen«.

Vanni brachte ihr einen Verveine-Tee. »Er wollte auf die Terrasse«, sagte er. »Aber dann sah er, wie gut du dich mit Stahel amüsierst.«

»Hast du etwas Stärkeres als Verveine-Tee?«

Im Zimmer war es warm und stickig. Die Sonne hatte den ganzen Nachmittag auf das Dach gebrannt. Sonia öffnete das Fenster weit und ging ins Bad. Auch dort war es stickig, und es roch nach Wellensittich. Sie deckte den Käfig zu und öffnete den halboffenen Fensterflügel ganz.

Sie zog ihr Kleid aus, hängte es an einen Bügel, stellte sich vor den Badezimmerspiegel, spritzte etwas Make-up-Entferner auf ein Watte-Pad und begann, die Augen abzuschminken.

»Sie sehen diese kleinen Abschlaffungen an den Mundwinkeln und Oberarmen und fragen sich: Wann bloß hat das angefangen?« hatte Frau Professor Kummer gesagt. Sonia fragte sich nicht. Sie wußte genau, wann das angefangen hatte. Vor etwas mehr als drei Jahren. Sie saß an ihrem Schminktisch und machte sich fertig für eine der Ballettpremieren, die Frédérics Bank sponserte. Sie hatte Ballett schon als Teenager gehaßt. Diese abgemagerten affektierten Mädchen, die sich für etwas Besseres hielten und neben denen sie sich fühlte wie ein Pferd. Und jetzt mußte sie jedes Jahr mehreren Ballettpremieren beiwohnen. Der einzige Vorteil war, daß sie in der ersten Reihe saß. Von dort aus konnte sie das Getrampel auf der Bühne hören. Das amüsierte sie. Diese federleichten Geschöpfe, die über die

Bühne schwebten, und dazu das asynchrone Getrampel wie von einer ausbrechenden Büffelherde. Dieses heimliche Vergnügen half ihr ein bißchen, solche Aufführungen durchzustehen.

Und an jenem Abend sah sie das entstehen, was Frau Professor Kummer eine kleine Abschlaffung nannte. Sie war beim Lippenschminken am rechten Mundwinkel ein wenig über den Rand hinausgerutscht. Sie zupfte ein Kleenex aus der Box und korrigierte den Fehler. Dabei zog sie die Haut am Mundwinkel nach unten. Als sie sie losließ, ging sie nicht mehr hinauf.

Während des ganzen Ballettabends hatte sie das Kinn interessiert in die Hand gestützt und mit dem Zeigefinger unauffällig den Mundwinkel hochgehalten. Aber in der Pause, vor dem Spiegel der Damentoilette, hing er immer noch nach unten. Nur für die intime Kennerin jedes Details ihrer Physiognomie sichtbar, aber unbestreitbar nach unten.

Malu, der einzige Mensch, dem sie davon erzählte, hatte ihr nie geglaubt. Aber Sonia war nicht davon abzubringen, daß sie an jenem Abend live einen winzigen Alterungsprozeß miterlebt hatte. Damals hatte sie zum ersten Mal gewußt, daß sie nicht mit Frédéric alt werden würde. Nicht, weil sie sich vor dem Alter fürchtete. Weil sie sich vor einem Leben fürchtete, bei dem sie so viel Zeit vor dem Spiegel verbrachte, daß sie es kommen sehen konnte.

Sonia zog sich aus, löschte das Licht und legte sich ins Bett. Bei offenen Fenstern und Vorhängen ließ der Fassadenspot so viel Licht ins Zimmer, daß sie im Bad keine Lampe brennen lassen mußte.

Das Laub der Birke warf ein Muster an die Dachschräge.

In seinem Innern glimmte manchmal ein Licht auf, wenn die Sommerluft die Blätter bewegte. Sein Rand war unregelmäßig gezackt und gerundet und zeichnete Profile auf die Täfelung. Sonia konnte sich einen Ausschnitt aussuchen, eine Ausbuchtung zur Nase erklären und zuschauen, wie sich der Rest zu einem Gesicht fügte. Einem niedlichen, einem schönen, einem lustigen.

Es wurde dunkel im Zimmer. Die Fassadenbeleuchtung war ausgegangen. Sonia wartete, bis sich die Augen an die Dunkelheit gewöhnt hatten. Langsam tauchten die Gegenstände im Raum wieder auf, wie dunkle Geheimnisse.

Sonia hörte, wie ein Motor gestartet wurde. Gleich darauf fiel für einen kurzen Augenblick ein Scheinwerfer ins Zimmer und ließ den Birkenschatten entstehen und vergehen. Sie stand auf und ging ans Fenster.

Auf dem Hotelparkplatz wendete ein Auto. Sie sah die weißen Rückwärtsfahrtlichter, dann nur noch die roten Rücklichter. Das Fahrzeug bog in die Straße ein. Als es unter der Straßenlampe durchfuhr, erkannte Sonia den Pajero des Milchsammlers.

Sie zog die Vorhänge zu, machte Licht im Bad, ließ die Tür einen Spaltweit offen und legte sich wieder ins Bett.

Weshalb konnte sie den Schattenriß des Birkenlaubs noch immer erkennen, obwohl kein Licht mehr durchs Fenster drang? Sie sah ihn sogar noch deutlicher als vorhin. Und die Konturen schärfer. Sie veränderten sich, verwarfen sich, verschwammen, wurden wieder klar, wurden farbig, wurden schwarz, fanden sich allmählich zu einem Profil. Und verzerrten sich zu einer Fratze.

Sie machte Licht und nahm ihr Handy vom Nachttisch.

malu bist du wach

nein

allein

nein

sorry

Die Kirchenglocke schlug die Viertelstunden. Dingdang, dingdang, vier Mal. Und danach schwer und bedächtig die vollen.

Sie schmeckten wie überreife Brombeeren. Sonia zählte zwölf.

Sie träumte, sie stehe unter der Dusche und das Wasser sei kalt. Dann holte die Weckmelodie ihres Handys sie aus dem Schlaf. Sie hatte die Bettdecke weggestrampelt und lag nackt und fröstelnd in der kühlen Luft, die durch die beiden offenen Fenster zog. Das Rauschen der Dusche war der Regen, der erbarmungslos die letzten Erinnerungen an die gestrige Sommernacht löschte.

Sonia war benommen von den kurzen Etappen unruhigen Schlafes. Sie nahm eine heiße Dusche, zog Tracksuit und Regenschutz an und öffnete Pavarotti die Käfigtür. »Flugwetter.«

Der Regen hatte nachgelassen. Aber auf der Dorfstraße floß ein schmaler lehmiger Bach. Die Wolken, die den Regen gebracht hatten, klebten reglos an den Felswänden.

Sonia trabte die Dorfstraße hinunter. Schon jetzt spürte sie, daß sie bald schlappmachen würde. Einmal bis zur Post und zurück, mehr würde sie heute nicht schaffen.

Von weitem sah sie den Sigrist vor der Kirche stehen. Er blickte in ihre Richtung, wandte sich ab, legte den Kopf in

den Nacken und starrte angestrengt zum Kirchturm hinauf. So blieb er stehen und tat, als hätte er sie nicht gesehen.

Als Sonia auf seiner Höhe war, blieb sie stehen: »Heute hat sie richtig geschlagen, nicht?«

Sandro Burger blieb nichts übrig, als zu antworten. Aber noch immer blickte er unverwandt zur Turmuhr hinauf. »Ja. Heute schon.«

»Passiert das öfter?«

Burger drehte sich um und sah Sonia an. »Nein. Nie.«

»Und wie konnte es doch passieren?«

»Jemand muß sie verstellt haben.«

»Und wie kam er herein?«

»Durch eine der Türen.«

»Sind die nicht verschlossen um diese Zeit?«

»Doch. Aber die Schlösser sind alt.«

»Und einsteigen könnte man nicht?«

»Schon, aber dazu müßte man eine Scheibe einschlagen.«

Der Sigrist machte einen Schritt in Richtung Tür, um zu zeigen, daß er noch anderes zu tun hatte.

»Haben Sie einen Verdacht, wer das getan haben könnte?«

»Lausbuben.«

»Die ein Schloß knacken?«

»Heutzutage knacken Lausbuben sogar Computer-Paßwörter.«

»Haben Sie jemand Bestimmtes im Auge?«

»Die, die während der Messe die Kniebretter lösen, damit sich die alten Leute den Hals brechen. Die erwisch ich schon, da können Sie Gift drauf nehmen. Guten Tag noch.« Der Mann ging auf die Kirchentür zu.

»Kennen Sie die Sage vom Teufel von Mailand?«

Er blieb stehen und sah zurück.

»Wenn es tagt beim zwölften Schlag«, half Sonia.

Er verzog das Gesicht zu einem verständnislosen Grinsen und verschwand in der Kirche.

Sonia trabte weiter. Ihre Beine fühlten sich weniger schwer an, und ihr Atem ging leichter. Das Gespräch hatte sie in die Banalität der Wirklichkeit von Val Grisch zurückgeholt. Ein Bubenstreich. Klar.

Beim Kolonialwarenladen kam ihr Ladina entgegen. Sonia hatte vor, mit einem freundlichen Winken an ihr vorbeizurennen. Aber die Frau blieb stehen und wartete auf sie. »Ich wollte Ihnen danken«, sagte sie.

»Wofür?«

»Daß Sie mit Ihrem Kollegen gesprochen haben. Er hat mir eine Adresse gegeben. Heute abend haben wir einen Termin in Storta.«

»Haben Sie es Frau Felix schon gesagt?«

Ladina wurde verlegen. »Ich dachte, ich warte ab, wie es uns gefällt.«

Sonia war erleichtert. »Das finde ich eine gute Idee.«

Der Milchsammelwagen kam um die Kurve. Der Fahrer ging vom Gas und fuhr fast im Schrittempo vorbei. Sonia tat, als sehe sie ihn nicht.

»Kennen Sie den?« fragte Sonia, als er vorbei war.

»Reto Bazzell. Er sammelt die Milch ein und bringt sie in die Molkerei.«

Und nach kurzem Zögern fügte sie etwas leiser hinzu: »Besser, Sie gehen ihm aus dem Weg.«

»Gar nicht so einfach.«

»Ich weiß. Wenn er nicht aufhört, sagen Sie es mir.«

»Was tun Sie dann?«

»Dann sag ich's seinem Vater.«

Colonials Bruhin öffnete schon um Viertel nach sechs. Die Dorfbewohner, die das erste Postauto nehmen mußten, kauften manchmal etwas bei Frau Bruhin. Jetzt war es halb sieben, und der Laden war leer.

Sonia betrat ihn und verlangte Zigaretten.

»Egal welche, nicht wahr?« sagte Frau Bruhin und gab ihr ein Päckchen Mentholzigaretten. »Sie rauchen sie ja doch nicht.«

Sonia überlegte kurz. »Stimmt. Aber falls doch, hätte ich lieber keine mit Menthol.«

»Sondern?«

»Egal. Oder nein: Geben Sie mir ein Päckchen Marlboro. Aber light.«

Frau Bruhin wandte ihr den Rücken zu und suchte im Gestell mit den Zigaretten. »Nicht viel los im Gamander«, stellte sie dabei fest.

Die Frau hatte im Nacken ein Feuermal von einem so intensiven Rot, daß es aussah, als blute sie. Wenn sie die Haare etwas länger tragen würde, hätten sie das Mal verdeckt. Aber der Nacken war ausrasiert wie bei einem Mann. Als wollte sie absichtlich niemandem den Anblick dieses Blutschwamms ersparen.

Sie wandte sich um und legte die Zigaretten auf den Ladentisch. »Und das Wetter hilft auch nicht gerade.« Sie stützte sich mit beiden Händen auf den Ladentisch, wie um zu signalisieren, daß sie gegen einen kleinen Schwatz nichts einzuwenden hätte.

Noch etwas war seltsam an dieser Frau: Die Wimpern ihres linken Augenlids waren weiß und dicker und dichter als die schwarzen des unteren. Das verlieh ihrem Blick etwas Asymmetrisches, als ob sie leicht schielen würde.

Sonia sagte mit der Loyalität einer guten Angestellten: »Für eine erste Saison ist es normal, daß man nicht ausgebucht ist. Ich bin sicher, das wird sich bald bessern.«

Frau Bruhin gab keine Antwort, nickte nur, wie jemand, der eine Meinung zur Kenntnis nimmt, die er nicht teilt. »Haben Sie die Kirchenglocke auch gehört, gestern früh?«

»Ja. Zwölf Schläge um fünf. Ein Bubenstreich, sagt der Sigrist.«

Frau Bruhin richtete ihren irritierenden Blick auf Sonia. »Soso, ein Bubenstreich.«

»Zweifeln Sie daran?«

»Nein. Es gibt ja aller Art Buben. Kleine und große. Liebe und böse.« Sie legte eine vielsagende Pause ein. »Im Hotel soll es ja auch gewisse Vorkommnisse gegeben haben.«

»Glauben Sie, das hängt miteinander zusammen?«

»Wer weiß? Das Gamander hat nicht nur Freunde, hier im Dorf.«

»Überhaupt keine, scheint mir.«

Wieder blieb Frau Bruhin die Antwort schuldig.

Sonia legte das Geld auf den Ladentisch und steckte die Zigaretten ein. »Ein Dorf und sein einziges Hotel sind aufeinander angewiesen. Die sollten doch miteinander auskommen, sollte man meinen.«

»Sollte man meinen«, bestätigte Frau Bruhin. Dann ging

sie zur Ladentür und öffnete sie für Sonia. »Und gestern dachte man noch, der Sommer habe endlich begonnen.«

Es war schon zwanzig vor sieben, und sie hatte Frühdienst. Sonia fiel in einen lockeren Laufschritt.

Der braune Bach auf der Hauptstraße war versiegt, aber der Himmel sah aus, als sei er noch nicht fertig mit Val Grisch.

Es dauerte eine Weile, bis Igor hinter dem Empfangstresen erschien. Frisch gekämmt und unzerknittert. Aber als er Sonia erkannte, gab er die Verstellung auf, streckte sich und gähnte ungeniert, während er auf den Türöffner drückte.

Sonia nahm zwei Stufen auf einmal als Kompensation für ihren abgekürzten Morgenlauf, schloß die Tür auf und öffnete sie vorsichtig, um Pavarotti nicht zu erschrekken, der vielleicht ihr Freiflug-Angebot angenommen hatte.

Er hatte es abgelehnt. Er war an keinem seiner Lieblingsplätzchen, weder auf der Vorhangstange noch auf dem Schrank, noch auf dem Schirm der Nachttischlampe.

»Faulpelz«, sagte sie und ging ins Bad. Aber im Käfig war er auch nicht. Auch nicht auf einem seiner Plätzchen im Bad.

»Pavarotti?«

War es also doch passiert? War er zwischen die Wand und ein Möbelstück geraten, weil sie es noch immer nicht für nötig befunden hatte, die Zwischenräume mit Zeitungspapier auszustopfen?

Sie holte ihre Taschenlampe und leuchtete hinter die

Waschkommode, den Schrank, das Nachttischchen, das Bett. »Pavarotti?« rief sie, »Pavarotti?«

Und plötzlich wußte sie, was passiert war. Sie ließ die Lampe fallen und rannte aus dem Zimmer.

W as ist passiert?« rief Igor ihr nach, als er Sonia die Treppe herunter und durch die Lobby zum Eingang des Wellness-Bereichs rennen sah.

Sonia gab keine Antwort. Sie betrat das stille Bad und eilte auf die Treppe zu, die in den unteren Stock führte. Das Notlicht warf bläuliche Lichtflecken auf die polierten Granitwände, die Gummisohlen ihrer Joggingschuhe, die sie immer noch trug, begleiteten jeden Schritt mit einem hämischen Quieken.

Sie erreichte die Tür zum Ruheraum und zögerte einen Moment. Dann öffnete sie sie leise und vorsichtig.

Der Raum lag im Dunkeln, nur das Aquarium warf sein grünes Licht auf die am nächsten stehenden Liegebetten.

Ruhig stiegen die Schnüre aus Sauerstoffperlen an die Wasseroberfläche, reglos standen die Wasserpflanzen im grauen Sand. Aber unter den Fischen herrschte eine seltsame Hektik. Abrupt änderten sie die Richtung, pfeilten durcheinander, blieben stehen und schnellten wieder los.

Sonia trat an das Aquarium heran. Und da schwamm er, neben dem Sauerstoffsprudel, fast an der Oberfläche. Winzige Luftbläschen hatten sich entlang seiner Flügel festgesetzt, und seine blauen Brustfedern wogten im bewegten Wasser wie seltene tropische Algen.

Das Licht ging an im Raum, und Sonias Gesicht spiegelte sich im Glas des Aquariums. Ein Arm legte sich um ihre Schultern. Es war Igor, der ihr gefolgt war. Sie legte den Kopf an seine Brust und schluchzte los.

»Besser?« fragte Manuel. Sonia lag in einem der Behandlungszimmer auf dem Massagebett und fühlte sich tatsächlich besser. Sie stand nicht mehr unter Schock, und die Angst war verflogen. Aber sie wußte, daß das vorübergehend war. Manuel hatte ihr ein Temesta gegeben.

An jenem Tag damals hatten die Polizisten, die Frédéric verhafteten, den Krankenwagen gerufen. Bereits auf der Fahrt hatte der Notarzt ihr ein Temesta gegeben. Als sie kurz darauf in der Notfallstation eintrafen, war sie ganz ruhig und gleichgültig gewesen. Man hatte ihre Lippe genäht und ihre anderen Verletzungen – Abschürfungen, Blutergüsse, Prellungen – fotografiert, protokolliert und behandelt.

Man hatte sie mit Verdacht auf eine leichte Gehirnerschütterung für die Nacht im Spital behalten. Sie war in den frühen Morgenstunden aufgewacht, und die Angst war wieder dagewesen. In Panik hatte sie der Nachtschwester geklingelt, und als diese auf sich warten ließ, war sie aufgestanden und auf den halbdunklen Gang hinausgegangen. Weit hinten in einem verglasten Büro brannte Licht. Sie eilte hin und sah eine Krankenpflegerin, die einen Nußgipfel aß und in einer Zeitschrift blätterte. Die Frau begleitete sie mißmutig ins Zimmer, gab ihr ein Temesta und ging zurück zu ihrem Nußgipfel.

Sonia hatte lange gebraucht, um vom Temesta wieder loszukommen. Aber im Moment hatte das Medikament den

Vorteil, daß sie ganz distanziert über die Sache reden konnte. »Was habt ihr mit ihm gemacht?«

»Igor hat ihn rausgefischt.«

»Und?«

»Entsorgt.«

»Armer Pavarotti. Ertrunken, wie Caroline.«

»Welche Caroline?«

»Seine frühere Besitzerin, eine Freundin von mir. Ist irgendwo bei den Griechischen Inseln ertrunken.«

Manuel schüttelte nachdenklich den Kopf.

»Glaubst du es jetzt?« wollte sie wissen.

»Was?«

»Wenn zum Fisch wird der Vogel. Jemand spielt die Sage nach. Den Teufel von Mailand.«

»Sieht fast so aus«, räumte Manuel ein. »Aber wer?«

»Jemand aus dem Dorf.«

»Und warum?«

»Es hat mit Barbara Peters zu tun.«

»Weshalb dann dein Wellensittich?«

»Sie besitzt keinen.« Sonia richtete sich auf und rutschte vom Massagebett runter.

»Wo willst du hin?«

»Zu ihr.«

Barbara Peters war noch in ihrer Wohnung. Sonia rief sie von der Rezeption aus an, sie müsse sie dringend sprechen.

»Geht es um den Vogel?« fragte die Chefin.

»Nein, um Sie.«

Sie nahm den Lift in den dritten Stock und klingelte an der Tür zur Turmwohnung. »Ganz oben«, sagte Barbara Pe-

ters' Stimme durch einen kleinen Lautsprecher unter dem Klingelknopf. Der Öffner surrte.

Sonia trat ein und stand auf einem kleinen Treppenabsatz. Eine Wendeltreppe führte hinauf.

Im ersten Stock roch es nach Badezimmer. Shampoos, Seifen, Lotionen, Sprays, Deodorants, Parfums. Drei Türen gab es hier. Durch eine sah Sonia ein ungemachtes Bett und die Hälfte eines Fensters.

Hinter einer anderen offenen Tür sah sie eine weitere Wendeltreppe. »Hier oben!« rief Barbara Peters. Sonia ging weiter die Treppe hinauf und trat durch eine Bodenluke in den Wohnraum. Er war groß und rund, in regelmäßigen Abständen befanden sich neun Fenster, schmal wie Schießscharten. Gegen Süden ging eine Tür auf eine schmale Zinne, die um den Turm führte. Der Raum besaß keine Decke, man sah das Gebälk bis hinauf zum Giebel.

Sonia hatte erwartet, daß Barbara Peters' Wohnung im gleichen Stil eingerichtet sein würde wie ihr Büro – zweckmäßig und cool, mit Möbeln aus den zwanziger Jahren. Aber was sie antraf, war das Gegenteil: Die Wände des Turmzimmers waren in einem warmen, tiefen Rot gestrichen, das von der Untertäfelung des Daches aufgenommen wurde und zum Giebel hinauf in einem immer dunkler werdenden Verlauf fast schwarz endete. Die Dachbalken waren golden gestrichen.

Das Parkett aus fast schwarzem Tropenholz war bedeckt von Orientteppichen, das Mobiliar eine Mischung aus ägyptischen Ottomanen und französischen Stilmöbeln von Louis XIV bis Louis Philippe. Überall Muranoleuchter, marokkanische Messinglampen mit bemalten Scheiben, zu

Tischlampen umgebaute vergoldete Kerzenständer mit seidenen Schirmen. Die Wände waren voller goldgerahmter Spiegel, Daguerreotypien englischer und französischer Landschaften, kleiner Kinderporträts in Öl oder Wasserfarbe. Keine Ablagefläche, auf der nicht Nippes stand. Porzellanfiguren, Muscheln, Dosen, Schatullen, Flakons, Schnitzereien, Puppen, Spielsachen. Das bißchen Licht, das durch die kleinen Fenster drang, war abgeschirmt und gefiltert durch Paravents, Markisen, Tüllgardinen und Vorhänge aus verschwenderischen Seidenstoffen.

Bango, Frau Peters' Cockerspaniel, begrüßte Sonia aufgeregt am Treppenabsatz. Weil sein kupierter Schwanz zu kurz zum Wedeln war, schwang er sein ganzes Hinterteil wie eine Hula-Tänzerin.

Die Hausherrin erwartete sie stehend. Sie war in dem Bademantel, den sie immer trug, wenn sie am Morgen zum Schwimmen ging. »Igor hat es mir gesagt. Es tut mir leid. Ich werde Ihnen das Tier selbstverständlich ersetzen.«

Vielleicht hätte diese Begrüßung weniger schroff geklungen, wenn sie nicht in dieser Szenerie überbordender Empfindsamkeit ausgesprochen worden wäre. Aber so ließ sie Sonia für einen Moment sprachlos.

Barbara Peters merkte, daß sie nicht den richtigen Ton gefunden hatte. Sie ging auf Sonia zu und drückte sie stumm an sich. Dann bot sie ihr einen Sessel an und setzte sich ihr gegenüber.

»Es geht um Sie«, sagte Sonia.

»Das müssen Sie mir erklären.«

Und Sonia erklärte es. Erzählte ihr das Fragment der Sage vom Teufel von Mailand und rezitierte die Verse der

sieben Zeichen. Barbara Peters hörte zu, mehr höflich als interessiert, wie es Sonia schien. Sie hatte die Beine übereinandergeschlagen und saß aufrecht in einem kleinen Louis-xv-Fauteuil, ohne dessen Rückenpolster zu berühren.

Als Sonia fertig war, sagte Barbara Peters: »Es würde mich nicht überraschen, wenn Sie recht hätten.«

Sonia hatte insgeheim gehofft, Barbara Peters würde die Theorie als Produkt ihrer übersteigerten Phantasie abtun.

»Wenn Sie wüßten, was für Streiche man mir gespielt hat, seit ich das Hotel gekauft habe. Acht Einsprachen gegen den Umbau. Wochenlang haben wir mit Generatoren arbeiten müssen, weil man uns eine Strompanne vorgetäuscht hat. Immer wieder wurden die Betonmischer durch umgestürzte Bäume, liegengebliebene Landwirtschaftsfahrzeuge und andere seltsame Hindernisse aufgehalten. Es ist wirklich gut möglich, daß diese kindische Geschichte auf das Konto der gleichen Leute geht.«

»Und was wollen Sie jetzt unternehmen?«

»Das gleiche wie bisher: nichts. Man darf denen nicht den Gefallen tun, sich einschüchtern zu lassen. Das sind Machos. Man muß sie ignorieren, das trifft sie am härtesten.«

Sonia war anderer Meinung. »Wenn man sie ignoriert, lassen sie nicht locker, bis man sie zur Kenntnis nimmt. Man muß sie ernst nehmen. Man muß ihnen die Stirn bieten.«

Barbara Peters schüttelte entschlossen den Kopf. »Ich unternehme nichts. Ich lasse sie weiter ins Leere laufen. Aber wenn Sie eine Anzeige machen wollen, kann ich Sie nicht hindern. Schließlich war es Ihr Vogel.«

»Ich werde es mir überlegen.«

»Tun Sie das. Nehmen Sie sich frei. Erholen Sie sich vom

Schock.« Barbara Peters beendete das Gespräch, indem sie aufstand. An der Treppe sagte sie: »Aber wenn Sie zur Polizei gehen, denken Sie daran: Das ganze Dorf steckt unter einer Decke.«

Im Zimmer war es still. Das leise Klimpern, Rasseln und Klirren des im Käfig herumturnenden Pavarotti fehlte. Und auch das Zwitschern, Tschilpen und Glucksen seiner Selbstgespräche.

Sonia nahm den leeren Käfig vom Haken, stopfte die Schachteln mit dem Futter, dem Einstreusand und den Hirsekolben in eine Plastiktüte und trug alles zum Lift.

Sie fuhr ins Untergeschoß, ging durch den ehemaligen Skikeller zum Hinterausgang und weiter zu den hinter einer Sichtblende geparkten Müllcontainern. Sie öffnete einen und warf alles hinein.

Auf dem Weg zurück zur Tür fühlte sie sich beobachtet. Sie blieb stehen und wandte sich um. Auf der Straße stand eine reglose Gestalt und schaute in ihre Richtung. Erst als er sich ertappt fühlte und weiterging, erkannte Sonia den hinkenden Bauern.

Sie ging ins Zimmer zurück, duschte und legte sich ins Bett. Das Temesta hatte sie nicht nur gleichgültig gemacht, sondern auch ein bißchen müde.

Sie spürte, daß sie dabei war aufzuwachen. Und sie wußte, daß da etwas war, weshalb sie weiterschlafen wollte. Weit weg fiel ein gleichmäßiger Regen auf das Birkenlaub. Sonia preßte die Lider zusammen und versuchte, in den Schlaf zurückzuschlüpfen.

Aber dann war alles wieder da. Die Stille im Badezimmer. Pavarotti im Aquarium. Der Käfig im Container. Die Unruhe. Die Angst. Die Panik.

Sonia setzte sich auf den Bettrand und sah sich im Zimmer um. Das Temesta hatte seine Wirkung verloren, die Gleichgültigkeit war weg. Jemand war in diesem Zimmer gewesen, als sie für eine halbe Stunde weg war. Jemand hatte sich einen Generalschlüssel besorgt, war hier hereinspaziert, hatte sich den Wellensittich geschnappt, hatte die Tür wieder abgeschlossen, war am schlafenden Igor vorbei und in den Ruheraum hinuntergegangen und hatte den schon toten Pavarotti ins Aquarium geworfen oder ihn dort ertränkt.

Diese gleichgültige Brutalität war plötzlich so gegenwärtig in ihrem kleinen Zimmer, daß sie sie hören, sehen, fühlen, schmecken und riechen konnte.

Sie griff zu ihrem Handy und schrieb eine Nachricht.

pavarotti ist tot

Malu antwortete immer sofort. Aber diesmal kam keine Antwort.

hallo malu

Keine Antwort.

Sie wählte Malus Nummer. Eine Frauenstimme sagte: »Bitte rufen Sie später an. Der gewünschte Mobilteilnehmer kann momentan nicht erreicht werden.«

Sonia hörte Schritte im Korridor. Sie wurden lauter und verstummten an der Tür. Sie hielt den Atem an.

Die Dielen knarrten.

Es klopfte.

Sonia antwortete nicht. Ihr Puls raste.

Es klopfte wieder.

»Wer ist da?« fragte sie.

»Ich bin's, Manuel. Bist du okay?«

Sonia atmete auf, ging zur Tür und ließ ihn herein.

Er sah ihr prüfend ins Gesicht. »Das habe ich mir gedacht. Sechs Stunden. Länger wirken die nicht.« Er hielt ihr eine Folie mit vier Temesta hin. »Ich habe noch mehr.«

Sie ging ins Bad, füllte ein Glas mit Wasser, drückte eine Pille aus der Folie, steckte sie in den Mund und spülte sie runter. Manuel war ihr ins Bad gefolgt.

»Wo ist der Käfig?«

»Entsorgt. Ich dachte, das sei besser, als immer den leeren Käfig anschauen zu müssen. Aber jetzt sehe ich immer den fehlenden Käfig.«

»Einen neuen Sittich möchtest du nicht?«

Sonia schüttelte den Kopf. »Ich mag Wellensittiche nicht. Pavarotti mochte ich, obwohl er einer war. Ach, Scheiße.« Sie fing wieder an zu weinen.

Manuel nahm sie in die Arme.

»Hast du heute schon etwas gegessen?«

»Wieso? Habe ich Mundgeruch?« fragte sie, halb lachend, halb weinend.

»Ich frage, weil es nicht gesund ist, auf nüchternen Magen zu weinen.«

»Ich habe keinen Hunger.«

»Was hat denn Essen mit Hunger zu tun? Zieh dich an, ich warte unten, und dann gehen wir in den Steinbock und essen einen Bündnerteller. Aber beeil dich, um zwei habe ich wieder Dienst.«

»Ich habe keine Lust, in dieses Dorf zu gehen. Es macht mir angst.«

»In zehn Minuten wirkt das Zeugs. Dann hast du keine Angst mehr.«

»Aber immer noch einen Grund.«

»Du kannst doch nicht den Rest der Saison in diesem Kasten verbringen.«

»Nein. Aber abreisen kann ich.« Sonia hatte den Entschluß in der gleichen Sekunde gefaßt, in der sie ihn ausgesprochen hatte. Ja, das war die einzige Lösung. Sie mußte weg. Schließlich war sie nach Val Grisch gekommen, weil sie keine Angst mehr haben wollte.

»Ach, komm«, sagte Manuel, »tu mir das nicht an.« Er drückte sie noch einmal an sich. »Ich gehe jetzt runter und warte in der Halle. Wenn du in einer Viertelstunde nicht unten bist, gehe ich allein in den Steinbock.«

Sobald Manuel aus dem Zimmer war, verriegelte Sonia die Tür und fing an zu packen.

»Sie werden hier unten erwartet, Sie haben einen Termin«, schnauzte Frau Felix' Stimme am Telefon.

»Können nicht Sie den nehmen, ich habe heute freibekommen.«

»Er besteht darauf, daß Sie es sind. Es ist Dr. Stahel.«

Sonia überlegte. »Sagen Sie ihm, ich komme.« Sie legte auf.

Die Koffer waren gepackt. Die Kleider, die sie für die Reise anziehen wollte, lagen im Schrank bereit, was sie heute abend und morgen früh noch brauchte, würde sie ins Rollwägelchen packen.

Ihr ursprünglicher Plan, noch heute abzureisen, war ihr schon beim Packen etwas überstürzt vorgekommen. Sie wußte, daß das mit der Wirkung der Tablette zu tun hatte.

Aber wenn ihr das Medikament half, ihren Abgang weniger dramatisch zu gestalten, warum nicht? Und außerdem war Dr. Stahel ein interessanter Patient.

Bevor sie das Zimmer verließ, schickte sie Malu nochmals die Nachricht.

pavarotti ist tot

Dr. Stahel lag auf dem Rücken und hatte die Augen geschlossen. Die Lichtorgel warf ihre Farben auf sein entspanntes Gesicht. Aus den Lautsprechern klang der Gesang tropischer Vögel. Sie war sich nicht sicher, ob er schlief. Sie wartete.

»Sind Sie es, Sonia?«

»Ja. Verzeihen Sie, daß ich Sie warten ließ.«

»Sie hätten frei heute, hat die Gefängniswärterin behauptet. Das hätten Sie mir doch bestimmt gesagt.«

»Es war nicht eingeplant.«

»Aber es geht Ihnen gut?«

»Ja. Und Ihnen?«

»Verkatert. Ich hoffe, ich habe mich nicht danebenbenommen, gestern.«

»Sie haben sich nichts vorzuwerfen.«

Dr. Stahel machte Anstalten, sich auf den Bauch zu drehen.

»Nein, bleiben Sie so. Sie bekommen eine Katermassage.« Sie ging zum Waschbecken, ließ das Wasser laufen, bis es eiskalt war, netzte zwei Watte-Pads und legte sie ihm auf die Augen.

Sie stellte sich hinter ihn, legte die Hände aufeinander auf seine Stirn und drückte sachte. Nahm den Druck weg.

Drückte wieder. Legte die Hände seitlich um seinen Kopf. Drückte, gab nach, drückte, ließ die Hände unter den Nacken gleiten, zog ihn behutsam, hielt die Spannung, ließ locker.

»Ich werde mich heute wieder betrinken und morgen wieder zu Ihnen kommen.«

»Morgen werde ich nicht mehr hier sein.«

»Sagen Sie, daß das nicht wahr ist.«

»Es ist wahr.«

»Was ist passiert?«

Sonia strich mit den Fingern beider Hände von den Augenbrauen zum Haaransatz. Nach jedem siebten Strich glitten ihre Fingerspitzen die Brauen entlang und verharrten mit leichtem Druck einen Moment auf den Schläfen.

Sie erzählte ihm die traurige Geschichte von Pavarotti.

Sie krümmte die Finger zu Krallen und harkte über Dr. Stahels Kopfhaut. Sie legte die Fingerspitzen auf der Mitte seiner Stirn zusammen und strich sanft nach unten, bis Zeige- und Mittelfinger auf seinen Augendeckeln lagen. Sie drückte leicht, hielt den Druck ein paar Sekunden und ließ die Finger zu den Schläfen gleiten. Dort kreisten sie mit sanftem Druck eine Weile. »Und jetzt habe ich Angst«, gestand sie.

»Darum die überstürzte Abreise?«

»Ich will keine Angst mehr haben.«

»Haben Sie viel Erfahrung mit Angst?«

»Mir reicht sie.« Sie legte die Zeigefinger in seine Augenwinkel und gab leichten Druck.

»Und das ist es, was Sie tun wollen? Abhauen?«

»Ich hab's auch schon mit Temesta versucht.«

»Und?«

»Hilft vorübergehend. Jetzt, zum Beispiel. Aber ich war schon einmal auf Temesta. Das reicht.«

»Temesta hilft gegen diffuse Angstgefühle. Aber Sie wissen ja, wovor Sie Angst haben.«

»Ja.«

»Es ist die alte Frage: die Symptome beseitigen oder die Ursachen?«

»Oder die Urheber.« Sonia legte die linke Hand unter seinen Nacken und knetete sanft. Die rechte legte sie auf die Stirn und gab etwas Druck, während sie mit der linken den Kopf ein wenig anhob. Sie nahm den Druck weg, wartete ein paar Sekunden und wiederholte den Vorgang.

Aus den Lautsprechern klangen die fremdartigen Schreie seltener Vögel. Der Raum duftete nach dem Zitronella des Massageöls. Sie strich Dr. Stahel leicht über die Stirn, erst mit der Linken, dann mit der Rechten. Zuerst schnell, dann immer langsamer. »Glauben Sie, daß es in einer der vielen Wirklichkeiten den Teufel gibt?«

Dr. Stahel gab keine Antwort. Er war eingeschlafen.

> beachte meine neue handynummer
> was ist mit der alten
> handy verloren
> wie das
> oder geklaut wie gehts
> pavarotti ist tot
> was hatte er
> ertränkt
> hä
> im aquarium

komm runter

ja

wann

morgen

Sie hatte vorgehabt, den Abend im Zimmer zu verbringen und die Nacht mit einem von Manuels Temesta zu überstehen. Aber eine halbe Stunde nachdem sie es genommen hatte, war die Angst weg und die Einsamkeit wieder da. Sie packte aus dem Koffer das Kleid, das Malu »das zu kleine Schwarze« nannte, weil es etwas kurz und körperbetont war, und rief Manuel in seinem Zimmer an. »Ich habe meine Meinung geändert.«

»Du bleibst?«

»Nein, ich komme zu einem Abschiedsdrink in die Bar.«

»Abschied von wem?«

»Von dir.«

»Quatsch.«

Aber eine Viertelstunde später klopfte er an ihre Tür und holte sie ab. Er trug ein Hemd mit einem Kosakenkragen und zuviel Eau de toilette. Als sie die Tür öffnete und er ihr Kleid sah, bemerkte er: »Wenigstens einer von uns beiden ist hochgeschlossen.«

Es war schon nach zehn, als sie die Bar betraten. Dr. Stahel saß wie immer allein am Tresen und wechselte ab und zu ein paar Worte mit Vanni. Die vier Bekannten von Barbara Peters saßen an einem Tischchen. Sie selbst fehlte. Sie habe überraschend nach Mailand fahren müssen und komme erst morgen wieder, hatte man Sonia im Büro erklärt, als sie sie dringend sprechen wollte.

Bob, der sonst beim Spielen seine Umgebung zu vergessen schien, hatte zur Tür geschaut und ihr zugenickt. »Du wirst schon erwartet«, hatte Manuel etwas giftig bemerkt. Sie setzten sich an ein Tischchen und bestellten zwei Gläser Champagner.

»Benzodiazepin und Alkohol, nicht die ideale Kombination«, bemerkte Manuel beim Anstoßen.

»Auf Pavarotti«, erwiderte Sonia.

»Auf Pavarotti.«

»Du bist also fest entschlossen«, konstatierte Manuel.

Sonia nickte. Obwohl das nicht stimmte. Unter dem Einfluß von Benzos gab es so etwas wie feste Entschlossenheit nicht. Da war ihr so ziemlich alles egal. Sie konnte hier sitzen und auf Pavarotti anstoßen und es schrecklich finden, was ihm zugestoßen war, aber es berührte sie nicht. Es war weit weg.

Ihr war klar, daß sie sich entschlossen hatte abzureisen, weil sie Angst hatte. Aber sie wußte im Moment nicht, wie es sich anfühlte, Angst zu haben. Nein, der Entschluß war zwar gefaßt, aber sie war nicht fest entschlossen.

Eine Stunde später waren nur noch Vanni, Bob und sie in der Bar. Dr. Stahel war als erster gegangen. Er war an den Tisch gekommen, um sich zu verabschieden. Sonia hatte ihm Manuel als ihren Nachfolger vorgestellt, und er hatte gefragt: »Machen Sie auch so wunderbare Katermassagen?«

»Noch bessere«, hatte Sonia ihm versichert. Als Dr. Stahel gegangen war, erklärte sie Manuel, was eine Katermassage war.

Kurz darauf waren die beiden Paare gegangen. Und

nach einer kleinen Höflichkeitspause hatte Manuel gefragt: »Gehen wir jetzt beide und du kommst zurück, oder bleibst du einfach sitzen?«

Sie war einfach sitzen geblieben. Bob hatte einen Song angestimmt, dessen Melodie ihr bekannt vorkam, dessen Text sie aber zum ersten Mal beachtete.

> *I'm in the mood for love*
> *Simply because you're near me*
> *Funny, but when you're near me*
> *I'm in the mood for love*

In den Anblick ihres fast leeren Glases versunken, lauschte sie der verrauchten Melodie und dem mit französischem Akzent mehr angedeuteten als gesungenen Text.

> *If there's a cloud above*
> *If it should rain, we'll let it*
> *But for tonight forget it*
> *I'm in the mood for love*

Es folgten einige zögerlich dahinplätschernde Schlußakkorde, und sie wußte, daß sie nur noch den Kopf heben und zu ihm hinüberlächeln mußte.

Sie tat es.

Einmal in dieser Nacht erwachte sie und wurde sich bewußt, daß die Wirkung des Temestas nachgelassen hatte. Es war ihr nicht mehr alles egal.

Sie ließ ihre Hand über seine glatte Brust und seinen

flaumigen Bauch nach unten gleiten. Behutsam, aber nicht wie eine Physiotherapeutin.

> wann kommst du an
> weiß noch nicht
> aber du kommst
> weiß noch nicht
> was ist passiert
> weiß noch nicht
> ach so

Die Wetterprognose war schlecht, aber das war sie in den letzten Tagen immer gewesen. Gian Sprecher suchte den Himmel mit dem Feldstecher ab. Wenn es nur annähernd nach drei trockenen Tagen aussah, würde er heute mähen.

Die Nebelschicht sah an einigen Stellen durchlässig aus, und beim Piz Badaint hatte sich eine blaue Lücke aufgetan, in der die sonnenbeschienene Alp Verd leuchtete wie ein verzauberter Garten. Aber im Osten stauten sich noch immer schwarze Regenwolken.

Sprecher entschied sich gegen das Mähen. Einen Teil der gewonnenen Zeit nutzte er dazu, zu beobachten, was sich im Gamander so früh am Morgen tat.

Fast jedes der Sgraffiti-verzierten Häuser in der engen Seitenstraße besaß einen Erker. Und in jedem vermutete Sonia jemanden, der sie beobachtete, wie sie die Fassaden nach Hausnamen absuchte. In der Chasa Cunigl wohne er, hatte man ihr im Büro gesagt. Die sei irgendwo dort oben. Mehr wisse man nicht.

Sonia war an diesem Morgen pünktlich am Arbeitsplatz erschienen. Manuel hatte sie ohne Überraschung begrüßt, als hätte er nichts anderes erwartet. Er hatte ihren Gesinnungswandel nicht kommentiert und nur geschäftsmäßig gesagt: »Um neun haben sich die neuen Gäste angemeldet. Irisch-römischer Zyklus, Bürstenmassage, volles Programm.«

Während sie die urbanen Fitness-Studio-Körper mit Naturhaarbürsten massierte, waren immer wieder Bilder der letzten Nacht aufgetaucht. Das heißt: Erst waren sie aufgetaucht, dann hatte sie eines nach dem andern abgerufen. Und dabei war ihr immer klarer geworden, daß sie noch ein wenig bleiben wollte.

Die rosaroten Häuser in diesem Teil des Dorfes sahen aus wie aus Fleischkäse geschnitzt. Jede der gegen außen abgeschrägten Fensteröffnungen war verschieden, die freihändig gezogenen Sgraffiti-Rahmen, die sie umgaben, verstärkten diesen Eindruck. Von den Blumenkästen auf den Simsen führten Wasserläufe den Verputz herunter. Einige hatten sich schon moosgrün verfärbt.

Auf der mitgenommenen Fassade eines hautfarbenen dreistöckigen Gebäudes kauerte ein Sgraffiti-Kaninchen in einem verzogenen Oval. Darunter stand »Chasa Cunigl«. Sonia ging zum mit Tuffstein gerahmten Portal und suchte vergeblich nach einer Klingel. Sie klopfte an die Tür. Das von den Jahrhunderten polierte Holz schluckte das Geräusch. Sonia trat ein paar Schritte zurück und schaute zu den Fenstern hinauf.

»Zu wem wollen Sie?«

Sie zuckte zusammen. Sie hatte die kleine alte Frau nicht kommen hören, die hinter ihr stand. Schwarz gekleidet, wie

früher alle ewigen Witwen in ländlichen Gegenden. Fehlt nur der Kropf, dachte Sonia.

»Zu Herrn Casutt. Aber es scheint niemand zu Hause zu sein.«

»Doch, doch, da ist schon jemand zu Hause, kommen Sie.« Die Frau drückte auf die schmiedeeiserne Klinke und stieß die Tür auf.

Sie betraten den großen, kühlen und dunklen Flur, den sie hier oben Pierten nannten. Ein paar Türen führten in Wohnräume, Schuppen und Ställe und eine Treppe in die oberen Stockwerke. »Die oberste Wohnung. Einfach klopfen, bis er aufmacht. Das dauert manchmal eine Weile.«

Neben der Tür im dritten Stock lag ein Ofenblech. Darauf stand ein Paar Wanderschuhe. Ihr Wildleder sah naß aus, und sie waren mit Zeitungspapier ausgestopft. Durch die Tür drang das Ticken einer alten Pendeluhr. Sie klopfte und wartete auf eine Stimme oder Schritte oder sonst eine Reaktion. Aber bis auf das gelassene Tick, Tack, Tick, Tack blieb es still.

Sonia klopfte noch einmal.

Tick, tack.

Nach dem vierten Klopfen beschloß sie, den Rat der alten Frau nicht zu befolgen. Da hörte sie das Knarren einer Diele. Dann Schritte.

»Wer ist da?« fragte Casutts Stimme.

»Sonia Frey vom Gamander.«

»Moment.«

Nach ein paar Minuten ging die Tür auf, und Casutts versteinertes Grinsen erschien in der Öffnung.

»Verzeihen Sie«, sagte Sonia, »Sie hatten geschlafen.«

»Alte Gewohnheit eines Nachtportiers.« Er versicherte sich, daß sie allein war. Dann ließ er sie herein.

Sie betrat eine kleine Küche. Ein mit schmutzigem Geschirr vollgestelltes Steingutspülbecken vor einem Gas-Durchlauferhitzer, eine elektrische Doppelkochplatte, ein mit gelblicher Hochglanzfarbe nachlässig angestrichener Geschirrschrank, ein kleiner, freistehender Einbaukühlschrank mit einer Holzspanplatte, die als Ablagefläche diente. Sie war vollgestellt mit benutzten Pfannen und schmutzigem Besteck und Geschirr.

Er murmelte eine Entschuldigung für die Unordnung und ging voraus in das angrenzende Zimmer. Der Raum diente ihm als Wohn- und Schlafzimmer. Ein ungemachtes Bett, ein Ohrenfauteuil mit einer zerschlissenen Strickdecke, ein Tisch mit zwei Stühlen, eine Kommode, ein Kleiderschrank, ein Fernseher. Die Holzdecke war so niedrig, daß man glauben konnte, sie sei schuld an Casutts gebückter Haltung. Durch ein kleines Fenster in der dicken Mauer sah man auf die fensterlose Rückseite eines Gebäudes unbestimmbaren Alters und einen Hof, auf dem Brennholz, leere Bierkästen, Paletten, Autoreifen und zwei ausgemusterte Viehanhänger gelagert waren.

Im Raum hing der säuerliche Geruch der Verwahrlosung. Casutt bot Sonia einen der beiden Stühle an und setzte sich ihr gegenüber. Auf dem Tisch lagen zerlesene Leute-Magazine. Daneben standen eine angefangene Flasche Veltliner, ein fast leerer Magenbitter und ein schmutziges Glas.

»Möchten Sie einen Kaffee?« fragte er.

»Nein, danke«, antwortete sie rasch.

An der Wand über dem Tisch hingen gerahmte Foto-

grafien. Herr Casutt mit Jean-Paul Belmondo, Herr Casutt mit Curd Jürgens, Herr Casutt mit Romy Schneider, Herr Casutt mit Doris Day, Herr Casutt mit Cary Grant. Immer in der Uniform mit den gekreuzten Schlüsseln am Revers. »Das ist nur ein Teil der Fotos. Und nur ein Bruchteil der Prominenten, die ich getroffen habe.«

Bevor er mit der Aufzählung beginnen konnte, fragte Sonia: »Kommen Sie zurecht?«

»Vorläufig schon. Ich brauche ja nicht viel. Und der Lohn wird mir noch bis Ende Saison ausbezahlt. Geld spielt ja bei der keine Rolle. Und wie geht's unten?«

Sonia behielt ihn genau im Auge, als sie sagte: »Irgend so ein Schwein hat meinen Wellensittich ertränkt.«

Er nickte nur, wie zur Bestätigung einer bekannten Tatsache. »Wenn ich noch dort arbeitete, wäre wieder ich es gewesen.«

Sonia blickte ihm in die Augen. »Waren Sie's?«

Zum ersten Mal drückte sein starres Lächeln etwas Belustigung aus. »Das fragen Sie nicht im Ernst?«

Sonia wiederholte die Frage. Weder drohend noch herausfordernd, sondern verständnisvoll. Als könnte er ihr die Wahrheit sagen, und sie würden dann gemeinsam nach einer Lösung suchen.

»Ich habe nichts gegen Sie. Ich mag Sie. Weshalb sollte ich Ihren Wellensittich ertränken?«

»Es richtet sich nicht gegen mich. Es gehört zu einer ganzen Reihe von Aktionen, die alle auf Frau Peters zielen.«

Casutt schenkte sich etwas Wein ein und trank einen Schluck. »Was für Aktionen?«

»Der Anschlag auf den Ficus. Ihr Auftauchen mitten am Tag. Die Leuchtstäbe im Wasser. Die zwölf Glockenschläge im Morgengrauen.«

»Ach so. Klar. Das hängt natürlich alles miteinander zusammen«, stellte er sarkastisch fest.

Ganz langsam und mit langen Pausen nach jeder Zeile, damit er Zeit hatte, deren Bedeutung für die fünf Ereignisse zu begreifen, rezitierte sie die Zeichen.

Jedes Mal, wenn bei ihm der Groschen gefallen war, nickte Casutt. Am Schluß fragte er: »Woher haben Sie das?«

»Das sagt der Teufel von Mailand zur schönen Hirtin Ursina, damit sie ihm ihre Seele verkauft. Das kennen Sie doch? Eine Sage aus der Gegend.«

Casutt schüttelte den Kopf. »Als ich klein war, ging man hier oben nur im Winter zur Schule. Und auch das nur ein paar Jahre. Ich hatte nicht das Privileg, Sagen studieren zu dürfen.«

»Sagen werden einem von den Eltern und Großeltern erzählt.«

»Ich hatte nur eine Großmutter, und die war taubstumm. Und meine Eltern waren abends zu müde für Gutenachtgeschichten.« Er schenkte einen Fingerbreit Wein auf den Fingerbreit, der noch im Glas war, und trank ihn sofort. Das Glas, das er abstellte, sah aus, als hätte er nichts getrunken.

»Sind Sie deswegen gekommen? Um mich zu fragen, ob ich der Teufel von Mailand sei?« Das verzerrte Lächeln sah wieder aus wie die Grimasse eines tapfer ertragenen Schmerzes.

»Nein. Ich wollte auch wissen, wie es Ihnen geht.«

»Jetzt wissen Sie's.« Er zeigte theatralisch auf den Raum, in dem sie saßen. »So geht's mir. Einem, der sein ganzes Leben in Luxushäusern gearbeitet hat. Ein Zimmer mit Kochgelegenheit bei einer alten Tante und WC im Treppenhaus.«

»Weshalb bleiben Sie hier? Weshalb sehen Sie sich nicht nach einer neuen Stelle um?«

Casutt zeigte auf das Glas. »Deswegen.« Wieder füllte er es um soviel auf, wie er gleich danach trank. »Und Sie? Weshalb bleiben Sie?«

»Mir hat man nicht gekündigt.«

»Aber das Geld brauchen Sie nicht.«

»Wie kommen Sie darauf?«

»In meinem Beruf bekommt man ein Auge dafür. Sie sind hier, weil Sie vor etwas davongerannt sind. Und jetzt wollen Sie wissen, ob Sie wieder davonrennen müssen.«

Sonia schwieg.

»Rennen Sie! Rennen Sie!« schrie er plötzlich.

Sie stand auf, aber Casutt hielt ihren Arm fest. »Im Dorf gibt es Leute, die andere Pläne hatten mit dem Gamander.«

»Und die stecken dahinter?«

Er hob die Hände. »Ich will nichts gesagt haben. Aber ein paar gibt es, denen ist einiges zuzutrauen.«

»Wer?«

Casutt schüttelte den Kopf.

»Reto Bazzell, der mit dem Milchanhänger, hatte der Pläne mit dem Gamander?« fragte Sonia aus einer Eingebung.

»Der nicht.« Nach einer Pause fügte er hinzu: »Aber sein Vater.«

»Was für Pläne?«

»Luxuswohnungen.«

»Und woran ist es gescheitert?«

»Am Geld. Sie hat ihn überboten.«

»Und das wäre für den ein Grund?«

Casutt wiederholte sein Weinzeremoniell. Erst danach antwortete er. »Ich sage Ihnen das, weil Sie anständig zu mir waren. Aber ich habe nichts gesagt: Für den Vater wäre das kein Grund. Aber für den Sohn – nehmen Sie sich vor dem Sohn in acht. Der ist nicht ganz richtig.« Er tippte sich mit dem Zeigefinger an die Stirn.

Das Wetter, das den ganzen Vormittag auf der Kippe gestanden hatte, entschied sich nun für schlecht. Die unschlüssigen Wolken legten von den Felswänden ab und begossen das Tal mit einem eiskalten Regenschauer. Sonia zog den Reißverschluß ihrer Windjacke bis unter das Kinn und fingerte die Kapuze aus dem Kragen, bevor sie aus dem Torbogen trat.

Nach ein paar Metern hörte sie das derbe Geräusch eines Dieselmotors hinter sich. Sie wandte sich um und sah einen alten grünen Landrover mit einem Viehanhänger die enge Straße herunterfahren. Sie drückte sich gegen eine Hauswand und ließ das Fahrzeug vorbei. Am Steuer saß ein alter Mann, den sie vom Steinbock kannte. Einer der Kartenspieler vom Stammtisch. Er fuhr vorbei, ohne sie zu beachten. Über der Tür des Anhängers sah sie das knochige, kotige Hinterteil einer Kuh.

Weiter unten, auf der Hauptstraße, überholte sie ein silbergrauer Audi und blieb ein paar Meter weiter vorn stehen. Die Beifahrertür wurde geöffnet. Sonia verlangsamte den Schritt.

Hinter sich hörte sie ein weiteres Motorengeräusch. Sie schaute zurück. Es war der Milchsammelwagen. Er verlangsamte die Fahrt und blieb ein paar Meter hinter ihr stehen.

Der Audi hupte. Er wartete immer noch mit geöffneter Beifahrertür. Jetzt erkannte sie Barbara Peters am Steuer. Sonia stieg ein. Der Wagen fuhr an. Sonia schaute zurück. Der Milchsammelwagen war auch wieder angefahren.

»Kümmern Sie sich nicht um den, der ist harmlos«, sagte Barbara Peters.

»Ich hoffe, Sie haben recht«, erwiderte Sonia.

Sie sah gut aus, obwohl sie eine lange Autofahrt hinter sich hatte. Im Auto roch es gut nach einem Parfum, das Sonia nicht kannte. Aus den Boxen klang Musik aus der Karibik.

»Ich habe gehört, sein Vater sei auch interessiert gewesen am Gamander.«

»Er wollte ein Apartmenthaus daraus machen. Stellen Sie sich das vor. Aushöhlen und zwölf Luxuswohnungen im Engadiner Neo-Arvenstübli-Stil.«

»Ich könnte mir vorstellen, daß er ziemlich sauer war, als er das Nachsehen hatte.«

Barbara Peters lachte. »Einmal ist er besoffen auf die Baustelle gekommen und hat gepöbelt: ›Das wird dir noch einmal leid tun, Dreckshure.‹ Oder ›Sauhure‹? Oder beides?«

»Und das macht Ihnen keine Angst?«

»Wie gesagt: Meine Strategie ist ignorieren. Reden wir von Ihnen. Geht es besser?«

»Gestern wollte ich kündigen, aber dann waren Sie schon weg. Und heute geht es besser.«

»Da bin ich froh. Ich würde Sie vermissen. Sie verleihen unserer Kuranstalt ein wenig Glamour.«

Sonia quittierte das Kompliment mit einem Lächeln.

»Neben Frau Felix und Manuel«, fügte Barbara Peters hinzu. In aller Unschuld. Nicht böse gemeint.

Sie bog in die Einfahrt zum Hotel ein. Sonia sah im Außenspiegel, daß der Milchanhänger kurz vor der Einfahrt stehengeblieben war.

Fangobleche füllen war eine beinahe meditative Arbeit. Sonia tauchte die Schöpfkelle in das Rührgerät, zeichnete mit der zähflüssigen schwarzen Masse Ornamente auf das Blech und sah zu, wie sie gemächlich ineinander verliefen, zu einem dicken, glänzenden, seltsam riechenden Belag.

Vielleicht wußte Casutt mehr, als er sagte. Aber sie glaubte nicht, daß er es war, der hinter der Sache steckte. Ein alter, ungelenker Mann, der zuviel trank, hätte nicht die Nerven, abzuwarten, bis sie das Hotel verließ, sich durch die Lobby zu stehlen, die Treppen zu ihrem Zimmer hinaufzusteigen, es aufzuschließen, Pavarotti aus seinem Käfig zu holen, die Treppen runter und wieder durch die Lobby und durch den Wellness-Bereich in den Ruheraum zu schleichen, den Vogel ins Aquarium zu tauchen und ein drittes Mal durch die Lobby und hinauszugehen.

Aber beim Säureanschlag und beim Unterwasserfeuer könnte er etwas gesehen haben, was er verschwieg. Auch die Stimme, die ihn angeblich zu einem Einsatz als Tagportier aufgefordert hatte, könnte er erkannt haben.

Je länger sie darüber nachdachte, desto sicherer wurde sie, daß er den Täter kennen mußte. Und desto wahrscheinlicher wurde es, daß sie seine Warnung vor Reto Bazzell, dem Milchsammler, ernst nehmen mußte.

Sie schob ein volles Blech in den Warmhalteschrank und begann ein neues zu füllen. Von hoch oben ließ sie einen dünnen Fangofaden auf die saubere Fläche fließen und malte schwungvolle Ornamente auf das Blech, wie ein Dreisternekoch auf den Rand eines Desserttellers.

Ohne anzuklopfen, betrat Frau Felix den Raum, schloß die Tür sofort wieder hinter sich und stellte sich mit dem Rücken davor. Ihr Mund war ein Strich, und zwei tiefe senkrechte Falten kreuzten an der Nasenwurzel den Rahmen ihrer geschwungenen Brille.

Sonia sah sie fragend an.

Frau Felix bekreuzigte sich. Dann fing sie an zu sprechen, mit hoher, seltsam verstellter Stimme.

> »Jetzt will ich bitten den mächtigen Christus,
> der jedes Menschen Rettung ist,
> der den Teufel in Fesseln schlug.
> In seinem Namen will ich gehen.
> Jetzt will ich den Abtrünnigen
> erschlagen mit dem Knüppel.«

Sie bekreuzigte sich wieder, zog ein kleines Fläschchen aus braunem Glas aus der Tasche ihrer weißen Schürze, drehte den Schraubverschluß auf und bespritzte Sonia mit dessen Inhalt.

Sonia stieß einen kleinen überraschten Schrei aus und schützte ihr Gesicht.

Frau Felix steckte das Fläschchen wieder in die Schürzentasche und verließ den Raum.

Sonia folgte ihr. Als sie auf den Korridor trat, sah sie ge-

rade noch, wie sie in einem der Behandlungszimmer verschwand. Vor der Tür hörte sie, wie der Schlüssel umgedreht wurde. Sonia klopfte.

Keine Antwort.

Sonia klopfte wieder. »Frau Felix?«

Es blieb still im Behandlungszimmer.

»Frau Felix!« rief Sonia laut und wütend.

Die Nebentür ging auf, Manuel streckte den Kopf heraus. »Was ist los?«

»Sie ist übergeschnappt. Weißt du, was die gemacht hat?«

»Erzähl es mir nachher. Ich habe hier noch zwanzig Minuten.« Dann formte er mit den Lippen »Bob« und zwinkerte ihr zu.

Die Flüssigkeit war geruch- und farblos. Wasser, wahrscheinlich. Weihwasser, womöglich. Sonia saß im Personalraum und wartete auf Manuel. Sie rauchte eine seiner Zigaretten. Ihre eigenen hatte sie heute früh weggeworfen. Sie wußte nicht, was sie mehr verwirrte: Frau Felix' Auftritt oder die Tatsache, daß Bob sich von Manuel massieren ließ. Weshalb war er nicht zu ihr gekommen?

Die Tür ging auf. Aber es war nicht Manuel. Es war Barbara Peters. Sie sah zum ersten Mal, seit Sonia sie kannte, etwas ungepflegt aus und trug die gleichen Sachen wie vor zwei Stunden im Auto. Ihre Haare machten den Eindruck, als seien sie nicht absichtlich ungekämmt. »Ist Bango hier unten?«

Die Frage war seltsam. Die Wellness-Anlage war für Hunde tabu. Auch für die der Chefin. »Nein. Wird er vermißt?«

»Er war nicht hier, als ich ankam. Und er ist nirgends zu finden.«

»Wann wurde er zuletzt gesehen?«

»Gestern abend. Michelle hat ihn gefüttert.«

»Das Haus ist groß. Vielleicht ist er irgendwo eingesperrt.«

»Ich habe überall nachgesehen. Das hier war meine letzte Hoffnung.«

»Bestimmt ist er nur ein wenig spazierengegangen.«

Barbara Peters schüttelte den Kopf. »Bango geht nie allein spazieren.«

Weshalb zu Manuel?«

»Lumbago.«

»Weshalb nicht zu mir?«

»Bei dir hol ich mir die Krankheit, nicht die Therapie.«

Sonia lachte. Sie lag in ihrem schmalen Bett, den Kopf auf Bobs Schulter, über ihr die Schattenspiele.

»Glaubst du, daß ein Ton gelb sein kann, mit rosa Schuppen?« fragte sie.

»Wenn Töne Farben hätten, warum nicht?«

»Töne haben Farben. Manchmal kann ich sie sehen.«

»Franz Liszt hat das auch geglaubt.«

»Ich bilde es mir nicht ein, ich weiß es. Mein Gehirn hat manchmal die Fähigkeit, die Farben der Töne zu sehen.«

Sie spürte Bobs Lächeln im Halbdunkel. »Was für eine Farbe hat mein Klavierspiel?«

»Wie Zigarettenrauch. Blau, wie er sich von der Glut gegen die Decke kräuselt. Nicht grau, wie er aus Mund und Nase kommt.«

Er zog sie an sich. »So möchte ich spielen. Blau und durchsichtig und schwebend, wie der Rauch einer vergessenen Zigarette.«

»Manchmal kann ich Töne auch schmecken.«

»Und wie schmeckt mein Klavierspiel?«

Sonia richtete sich auf und beugte sich über sein Gesicht. »So.« Sie schob ihre Zunge in seinen Mund.

Bob schlief noch, als sie leise aus dem Zimmer ging und das »Bitte nicht stören« an die Türklinke hängte.

Die Empfangshalle war leer, die Rezeption verlassen. Aus dem Raum dahinter klang leise die Stimme eines Sprechers, der die Frühnachrichten las.

Der inzwischen schon vertraute Geruch nach Chlor und ätherischen Ölen empfing sie. Still wie verwunschene Teiche lagen die beiden Becken da.

Hinter der gläsernen Fassade dämmerte die Landschaft als Wandgemälde. Der Himmel war bedeckt und tauchte die Bergflanke und das Tal in ein diffuses Licht ohne Schatten und Tiefen.

Die Massagebrause am Rand des Thermalbeckens tropfte in die Stille.

Eine der Liegen am Beckenrand tanzte aus der Reihe. Sie stand etwas schief und weiter vorn, als die andern. Ein Bademantel lag auf der weißen Matratze und berührte auf beiden Seiten den Boden. Sonia rückte die Liege zurecht und hob den Bademantel auf. Zwei Zeitschriften lagen darunter. Von der Art, wie sie Lea, das älteste der vier Häusermann-Kinder, las.

An einem Haken bei den Duschen hatte jemand eine Badekappe vergessen. Neben dem Jacuzzi lag ein Paar Badepantoffeln mit dem eingestickten Hotelschriftzug.

Sonia machte Ordnung und ging zur Treppe. Sie zögerte einen Moment, bevor sie hinunterging. Sie kam ihr heute vor wie der Zugang zu einer Gruft.

Der Korridor schien ihr kühler und abweisender als an anderen Morgen, an denen sie Frühdienst hatte. Eilig, als wäre jemand hinter ihr her, ging sie zum technischen Raum, drückte die Klinke runter, holte tief Luft und stieß die Tür auf.

Sie blieb einen Moment stehen, bis sich die Augen an die nur durch die Lämpchen der Armaturen gelinderte Dunkelheit gewöhnt hatten. Dann ging sie entschlossen zum Sicherungskasten und drehte den Lichtschalter an.

Sie rief die Bilder der richtigen Positionen der Schalter, Knöpfe und Hebel ab und führte hastig die nötigen Handgriffe durch. Dann verließ sie den Raum und begann ihre Inspektionstour durch die Räume.

Bei jeder Tür mußte sie sich überwinden, sie zu öffnen. Überall machte sie sämtliche Lichter an und drehte die Dimmer voll auf.

Den Ruheraum hatte sie sich für den Schluß aufgespart. Jetzt stand sie davor und zwang sich, die Türklinke runterzudrücken. Sie öffnete die Tür einen Spalt, ließ die Klinke los, trat einen Schritt zurück, zählte bis drei und stieß sie mit dem Fuß sachte auf. Langsam schwang sie in den Angeln und gab den Blick frei auf das Aquarium. Die Fische glitten ruhig durch die Wasserpflanzenlandschaft.

Vorsichtig trat sie ein und machte Licht. Alles schien in Ordnung, nur mit dem Geruch stimmte etwas nicht. Es duftete nach keinem der Öle, mit denen sie den Raumbedufter füllten. Etwas anderes hing in der Luft. Patschuli?

Eine der Liegen war benutzt. Jemand hatte sich aus Badetüchern ein Kissen gemacht. Das Fußende war verschmutzt, als hätte er sich mit dreckigen Schuhen draufgelegt.

Am Boden neben der Liege lagen Asche und der Stummel einer Zigarette. Nein, nicht einer Zigarette: Eines Joints.

Sonia schloß die Tür und rannte die Treppe hinauf.

Oben stieß sie beinahe mit Barbara Peters zusammen. Sie war nicht, wie sonst immer um diese Zeit, in ihrem Bademantel, sondern trug Jeans und einen roten Kaschmirpullover und eine Baseballmütze, um ihre ungepflegten Haare zu verbergen. Sie war nicht zurechtgemacht und sah aus, als hätte sie nicht viel geschlafen.

»Ist etwas mit Bango?« fragte sie ängstlich.

»Da war jemand im Ruheraum und hat einen Joint geraucht.«

Barbara Peters tat die Nachricht mit einer Handbewegung ab. »Er ist die ganze Nacht nicht aufgetaucht. Ich rechne mit dem Schlimmsten.«

»Nicht einer der Gäste hat einen Joint geraucht. Ich glaube, jemand ist in der Nacht hier eingedrungen und hat sich mit schmutzigen Schuhen auf eine Liege gelegt und in aller Ruhe einen Joint geraucht. Er wollte, daß wir es merken. Er wollte, daß wir wissen, daß er jederzeit hier ein und aus gehen kann.«

Jetzt erst hatte sie das Interesse der Chefin geweckt. »Glauben Sie, es könnte etwas mit Bango zu tun haben?«

»Ich glaube, daß es etwas mit den seltsamen Vorfällen hier zu tun hat. Und falls das Verschwinden von Bango auch ein seltsamer Vorfall ist ...«

»Ist es.« Barbara Peters ging entschlossen die Treppe hinunter. Sonia folgte ihr.

Sie standen eine Weile schweigend vor der Liege. »Es strahlt etwas aus«, stellte die Chefin fest.

»Gewalt«, antwortete Sonia.

Wieder schwiegen sie, beide in Gedanken.

»Auf Reto Bazzells Wagen klebt ein Sticker mit einem Hanfblatt«, sagte Sonia, mehr zu sich selbst.

»Sie haben ihn in Verdacht?«

»Ja.«

»Und Sie sind immer noch der Meinung, ich sollte zur Polizei gehen?«

»Immer mehr.«

»Sie glauben, er könnte auch hinter Bangos Verschwinden stecken?«

Weniger aus Überzeugung als um sie dazu zu bringen, endlich die Polizei einzuschalten, antwortete Sonia: »Würde mich nicht wundern.«

Barbara Peters bückte sich und raffte die schmutzigen Badetücher zusammen.

»Halt, die Polizei muß doch die Spuren sichern.«

»Die wird sich mit unseren Aussagen begnügen müssen. Wollen Sie die Anlage schließen, bis die ihre Fotos gemacht, ihre Abdrücke genommen und unsere Gäste vertrieben haben?« Sie verließ mit ihrem Armvoll Indizien den Raum, warf das ganze Zeugs in den Wäschekorb im Putzraum und kehrte mit Besen und Schaufel zurück, noch ehe sich Sonia vom Fleck gerührt hatte.

Vor einer halben Stunde hatte Reto Bazzell die Milch abgeholt, und Gian Sprecher setzte sich auf die Bank und wartete, bis der Sammelwagen unten auf der Dorfstraße erschien. Genau als der im Feldstecher auftauchte, kam aus der Gegenrichtung ein Streifenwagen. Die Fahrzeuge kreuzten sich,

und die Streife fuhr weiter, bog in die Einfahrt zum Gamander ein und parkte vor dem Hotel. Zwei Uniformierte
gingen ins Hotel und waren bis jetzt nicht wieder heraus-
gekommen.

Als hätte er nichts Gescheiteres zu tun, als hier zu hok-
ken und auf zwei Polizisten zu warten.

Sonia hatte eigentlich gedacht, Barbara Peters wolle sie da-
beihaben, wenn die Polizisten kamen. Aber sie hatte nur
gesagt, sie werde sie rufen, falls sie gebraucht werde. Das
war nicht geschehen. Vor kurzem hatte sie durch die Glastür beobachtet, wie die Polizisten wieder gegangen waren.

Sie saß auf einer der Liegen am Pool und überwachte
den Badebetrieb, der aus Frau Professor Kummer bestand,
die, ohne sie zur Kenntnis zu nehmen, im Thermalbecken
planschte und ab und zu ein paar Worte mit dem am Bek-
kenrand stehenden, vollständig bekleideten Fräulein Seifert
wechselte.

Manuel war unten und behandelte Madame Lanvin. Er
hatte den Vorfall mit dem nächtlichen Jointraucher eher
amüsiert zur Kenntnis genommen und war auch in der
Frage von Bangos Verschwinden gleichgültig bis optimi-
stisch.

Frau Felix war nicht zur Arbeit gekommen, sie hatte
sich krank gemeldet. Sonia war froh, sich nicht auch noch
mit ihr befassen zu müssen.

Plötzlich ertönte das Kreischen und Lachen von Kinder-
stimmen vom Eingang her. »Jööö!« und »Nein! Bango!
Fuß!«

Pascal, Dario und Melanie stürmten herein. Sie verfolgten Bango, der vor- und zurückraste, sie ansprang, umkreiste und wieder davonstob. Wie ein Hund, der lange angebunden gewesen war und jetzt seine Freiheit feierte.

Es sah aus, als wäre etwas um ihn gewickelt. Ein Tuch oder ein Stück Stoff.

»Bango!« rief jetzt auch sie. Aber der Hund fegte weiter um die Pools herum.

Barbara Peters betrat in Begleitung der Rezeptionistin den Schauplatz. »Bango!« rief sie. »Wo hast du gesteckt, du Mistvieh?«

Bango jagte auf sie zu und sprang an ihr hoch. Es gelang ihr, ihn festzuhalten.

Der Spaniel trug kurze Hosen, die ihm mit einem Gürtel um den Leib gezurrt waren. Sein vorderer Teil steckte in einem schmutzigen T-Shirt in einer Kindergröße. Auf dem Kopf hatte man ihm ein grünes Jägerhütchen festgebunden.

Die Kinder umringten Barbara Peters und den Hund. Sie schrien und lachten.

Frau Professor Kummer kletterte empört aus dem Pool. Fräulein Seifert legte ein Badetuch über ihre mageren Schultern. »Mir reicht's!« rief Frau Professor.

Barbara Peters schaute Sonia erschrocken an, als erwarte sie die Antwort auf eine ungestellte Frage. Alle Farbe war aus ihrem Gesicht gewichen.

Sonia nickte. »Wenn zum Mensch wird das Tier.«

Hinter dem Grüppchen Föhren und Lärchen neben dem Hotel gab es einen kleinen Kinderspielplatz mit Sandhaufen, Rutschbahn, Karussell und einer aus groben Balken

gezimmerten Burg. Die beiden Häusermann-Töchter mußten abwechselnd ihre kleinen Brüder dorthin begleiten und
auf sie aufpassen. An diesem Morgen war Melanie an der
Reihe gewesen.

Pascal und Dario rannten mit Gebrüll voraus, und Melanie trottete mißmutig hinterher. Als sie den Spielplatz erreichte, kamen ihr die Jungen schon aufgeregt entgegen und
schleppten sie zur Spielburg. Dort, an einem kurzen Strick
an einem Balken festgemacht, führte der verkleidete Bango
winselnd einen Freudentanz auf. Bellen konnte er nicht,
seine Schnauze war mit einem Tuch fest zugebunden. Kaum
hatten die Kinder ihn befreit, war er zum Hotel gerast.

Barbara Peters herzte den begeisterten Bango und ließ sich
von ihm das tränennasse Gesicht lecken. Sonia half ihr, das
Tier aus seiner entwürdigenden Verkleidung zu befreien,
und begleitete die beiden in die Turmwohnung. Dort sah
sie schweigend zu, wie Bango eine Dose Hundefutter, ein
Döschen Thon und eine halbe Schachtel Pralinen verschlang
und einen Napf voll mit Wasser, das mit etwas Milch auf-
gehellt war, leer soff.

»Schade, daß die Polizisten schon weg waren«, bemerkte
Sonia.

»Was hätte das gebracht, wenn sie noch hier gewesen
wären?« Auf Barbara Peters' bleicher Haut hatten sich ein
paar hektische rote Flecken gebildet.

»Es hätte die Theorie bestätigt.«

Barbara Peters antwortete nicht.

»Nicht wahr«, sagte Sonia, »Sie haben die Sage nicht er-
wähnt.«

»Die haben mich so schon nicht ernst genommen.«

»Was haben Sie denen gesagt?«

»Das vom Kiffer. Und daß ich glaube, es sei Reto Bazzell.«

»Und nichts von den andern Vorfällen?«

»Wenn sie Bazzell das Handwerk legen, hört das alles auf.«

Bango legte sich vor seinem Frauchen auf den Rücken, und sie tätschelte gehorsam seine Brust.

»Und das von Bango? Wollen Sie auch nicht sagen?«

»Doch. Mit Bango ist er zu weit gegangen.«

»Ich finde, schon mit Pavarotti«, bemerkte Sonia kühl.

»Verzeihung, natürlich.« Barbara Peters kamen wieder die Tränen. Sonia legte den Arm um sie und zog sie zu sich heran. Sofort wurde sie von lauten Schluchzern geschüttelt.

Sonia strich mit der freien Hand über ihr zerzaustes Haar. Ab und zu drängte sich ein ersticktes »Entschuldigung« zwischen die Schluchzer.

Als sich Barbara Peters etwas beruhigt hatte, holte Sonia einen kleinen Sessel und setzte sich ihr gegenüber. Sie zog ihr den Mokassin aus und legte den Fuß auf ihr Knie. Er war klein, höchstens eine siebenunddreißig, gepflegt und pediküurt. Die Zehennägel waren im gleichen Korallenrot lackiert wie ihre langen Fingernägel.

Sonia legte die Hände locker um den Fuß, drückte ihn vor und zog ihn zurück, vor und zurück in immer schnellerem Rhythmus. Als sie spürte, daß er sich entspannt hatte, faßte sie die Zehenbasis mit der Linken und drückte ihren rechten Daumen in die Zwerchfell- und Solarplexuszone direkt unter dem Fußballen.

Barbara Peters hatte aufgehört zu weinen. Sie lag in den Kissen des Sofas und hatte die Augen geschlossen. »Ich habe Angst«, sagte sie.

»Ich weiß.«

»Ich habe sonst nie Angst.«

»Ich fast immer.«

»Wollen wir uns duzen?«

»Gerne.«

Sonia nahm die Ferse in die linke Hand, faßte mit der rechten die Fußspitze und rotierte den Fuß behutsam erst in die eine, dann in die andere Richtung.

»Das mit der Angst, hat das mit deinem Mann zu tun?«

»Mit ihm hat sie angefangen. Und jetzt springt sie mich beim kleinsten Anlaß an. Es ist, als hätte mein Gehirn gelernt, Angst zu haben.«

»Hat er dich geschlagen?«

»Er wollte mich umbringen.«

Bango war eingeschlafen. Jetzt stieß er ein kurzes leises Bellen aus, und seine Pfoten bewegten sich im Traum.

»Wenn er aufwacht, hat er alles vergessen«, sagte Sonia.

»Was tust du dagegen? Gegen die Angst?«

»Früher Pillenschlucken und davonrennen.«

»Und heute?«

»Die Ursache bekämpfen statt die Symptome.«

»Wie macht man das?«

»Zeig dieses Schwein an. Erzähl alles, was er getan hat. Damit er aus dem Verkehr gezogen wird.« Sonia hatte ihre Stimme nicht erhoben, aber sie verlieh ihren Worten dadurch Nachdruck, daß sie den Daumen kräftig in die Magenreflexzone drückte. Barbara sog hörbar Luft durch die Zähne.

»Verzeihung«, sagte Sonia.
»Gleich nachher ruf ich an.«

> wie heißt er
> wer
> der wegen dem du nicht zurückkommst
> frederic
> den andern meine ich den wegen dem du bleibst
> bob er ist pianist
> oh dann bleib bleib

Ein Himmel wie ein Kohlesack. Ton in Ton die naß-
schwarzen Felsen. Die Wälder fast blau, die Wiesen algen-
grün.

Gian Sprecher hatte den ganzen Nachmittag Sturmholz
entastet und die Äste zu Brennholz gesägt. Jetzt war er
mit der zweitletzten Ladung unterwegs zu seinem Hof. Er
lenkte seinen schwer beladenen Einachser vorsichtig den
aufgeweichten, morastigen Feldweg hinunter. In der ersten
Biegung der S-Kurve bei Funtana gelangte er auf die Hauptstraße, folgte ihr bis nach der zweiten Biegung und bog
fünfzig Meter weiter unten in den Feldweg ein, der zu seinem Hof führte.

Die großen Erdschollen, die von den groben Profilen der
Niederdruckreifen auf die Straße geschleudert wurden, hinterließen eine braune Lehmspur auf dem Asphalt.

Es war erst sechs Uhr, aber Reto Bazzell hatte schon das
Abblendlicht eingeschaltet. Er war unterwegs zur Molkerei. Fast fünftausend Kilo Milch hatte er geladen. Die ver-

spiegelte Sonnenbrille war in die Haare geschoben, aus vier Boxen stampfte Bob Marleys »Rebel Music«.

Reto war schon den ganzen Tag gut drauf gewesen. Immer wieder stellte er sich die Gesichter vor, die die im Gamander gemacht haben mußten, und jedesmal mußte er lachen. Vor allem jetzt, nach der kurzen Jointpause, die er oben am Waldrand eingelegt hatte.

Die Straße war trocken, der Pajero fuhr wie auf Schienen.

Am Eingang der Funtanakurve merkte er, daß er etwas schnell war. Er bremste.

Gian Sprecher fuhr seinen leeren Transporter zurück zum Corv-Wald, um die letzte Fuhre Holz abzuholen. Er erreichte die Einmündung in die Hauptstraße. Dort bot sich ein seltsamer Anblick: In das Braun der Lehmspur, die er hinterlassen hatte, mischte sich etwas Weißes und etwas Rosarotes.

Er zog die Handbremse, legte den Leerlauf ein und stieg ab. Milch. Das Weiße, das die Straße herunterfloß, war Milch. Und das schmale Rinnsal Rosarot, das sich mit ihr vermischte? »Merda!« fluchte er und humpelte die Straße hinauf.

Hinter der Biegung sah er den Pajero. Er lag auf dem Dach in zwei Föhren verkeilt, die an der Böschung wuchsen. Das Stück steiler Wiese oberhalb der Straße trug die Spuren des Fahrzeugs, das sich dort überschlagen hatte. Und weiter oben, dort, wo es von der Fahrbahn geraten war, ragten die aufgesplitterten Stämme zweier junger Lärchen in die Luft.

Der Tankanhänger hatte sich losgerissen und lag ein Stück oberhalb des Wracks, aber noch auf der Straße. Eine riesige zerbeulte Bierdose.

Je mehr sich Gian Sprecher dem Unfallort näherte, desto deutlicher wurde das Tuckern seines in der Distanz leer laufenden Einachsers durch Musik übertönt, die aus dem Wrack drang. We're gonna chase those crazy baldheads out of town.

Reto Bazzell war aus dem Wagen geschleudert worden und lag mit grotesk verdrehten Gliedern auf der Straße. Das Blut aus einer großen Wunde am Hals vermischte sich mit der Milch, die immer noch aus dem Tankanhänger strömte.

Gian Sprecher bekreuzigte sich.

Auf einmal fiel dichter Regen aus dem Himmel.

Noch eine knappe Stunde bis Feierabend. Seit über zwei Stunden war niemand ins Bad gekommen. Sonia und Manuel saßen auf einer Bank aus poliertem Granit, die an der Glasfront stand. Von dort konnte man entweder die beiden Pools beobachten oder die Landschaft genießen. Sie wandten den Becken die Rücken zu.

Sonia erzählte, wie sehr die Sache mit Bango die Chefin getroffen hatte. Manuels einziger Kommentar war: »Doch nicht so kaltschnäuzig, wie man denkt.«

Danach diskutierten sie lange Sonias Theorie und einigten sich schließlich auf Reto Bazzell als Hauptverdächtigen. Jetzt hatten sie das Thema satt und probierten verschiedene andere aus. Im Moment gerade Frau Felix.

»Die ist bestimmt in irgendeiner Sekte. Das gibt es oft

bei diesen alten Jungfern: Irgendwann bricht der religiöse Wahnsinn aus.«

»Sie hat einen Zauberspruch gesprochen und mich mit Weihwasser besprüht. Als wäre ich der Teufel.«

»Von Mailand.« Manuel lachte auf. Sonia blieb ernst.

Das Bad lag schon im viel zu frühen Zwielicht dieses grauen Tages. Keiner konnte sich aufraffen, die Beleuchtung einzuschalten.

Der Regen setzte ein, als wäre er schon immer dagewesen. Er legte einen groben Raster über die Landschaft, wie wenn man zu nahe vor einer Großleinwand sitzt. Das monotone Rauschen der vier Wasserfälle lieferte die Tonspur.

Ein Landwirtschaftsfahrzeug kam die Straße herunter. Sonia erkannte den hinkenden Bauern. Er fuhr schnell, als wollte er vor dem Regen flüchten.

»Weiß man, was sie hat?« fragte Sonia.

»Frau Felix? Krank. Das ist alles, was ich weiß. Nichts Schlimmes, falls du das gehofft hast.«

»Nichts Schlimmes. Aber hoffentlich etwas Langwieriges.«

Sie starrten schweigend in die farblose Unterwasserlandschaft. Ein alter Landrover fuhr die Straße hinauf, gefolgt von einem vw und einem japanischen Geländewagen. Mit etwas Abstand folgte der Transporter des hinkenden Bauern.

»Ganz schön was los bei dem Wetter«, bemerkte Manuel.

In kurzen Abständen kamen weitere Fahrzeuge. Eines davon der rote Landrover der Dorffeuerwehr. »Irgend etwas ist da los«, stellte Sonia fest. Sie blieben sitzen und schauten dem ungewöhnlichen Verkehrsaufkommen zu.

Nach etwa zwanzig Minuten fuhr in hohem Tempo ein Streifenwagen in die gleiche Richtung. Wenig später folgte ein Krankenwagen.

»Ein Unfall«, stellte Manuel fest.

Sonia nickte.

Schon als sie den Wellness-Bereich auf Nachtbetrieb umgeschaltet hatten und durch die Halle zu ihren Zimmern gingen, wußte die Rezeption Bescheid. »Reto Bazzell«, sagte Michelle, »der Mann, der die Milch einsammelt – tödlich verunglückt.«

Sonia und Manuel wechselten einen Blick. »Wie ist es passiert?« fragte sie.

»Selbstunfall, mehr weiß ich nicht.«

Manuels Zimmer lag in einem anderen Teil des Hotels. Bei der Treppe trennten sie sich. »Jetzt bleibt nur zu hoffen, daß er es auch tatsächlich gewesen ist«, grinste Manuel.

Sonia versuchte, ein schockiertes Gesicht zu machen. Aber sie hatte das gleiche gedacht.

Am Eingang des Steinbocks lagen schmutzige Lappen, von denen aus ein Pfad aus Schuhabdrücken in die Gaststube führte. An der Garderobe hingen nasse Windjacken und Lodenmäntel. Auf der Hutablage herrschte ein Durcheinander aus Schildmützen, Jägerhüten und Plastikkappen. Vom Stammtisch her drang nicht der übliche Feierabendlärm, nur gedämpftes Gemurmel, als spräche jeder sein eigenes Gebet.

Sonia war sich nicht mehr sicher, ob es eine gute Idee gewesen war, nach Bobs Einsatz als Cocktail- und Dinner-

pianist trotz allem auf ein spätes Nachtessen in den Steinbock zu gehen. Sie hatte ihm schon vor zwei Tagen von Peder Bezzolas Experimentalküche vorgeschwärmt, und Bob hatte Reto Bazzells Unfall nicht als ausreichenden Grund betrachtet, ihre Pläne zu ändern.

Kaum hatten sie die Tür hinter sich geschlossen, wurde es noch stiller im Lokal. Nina stellte ihr Tablett mit leeren Bier- und Weingläsern auf das Büffet und kam auf sie zu. »Zum Essen?« fragte sie. Als Sonia und Bob bejahten, führte sie die beiden ins Restaurant. Sie trug einen engen Rock und ein bauchfreies Top, beides in Schwarz, wohl eher aus Zufall als aus Pietät. Sie hatte gerötete Wangen und schien durch das Unglück mehr aufgedreht als niedergeschlagen.

Nur zwei Tische waren weiß gedeckt, auf den andern lagen fleckige Moltons. Man hatte nicht mehr mit Gästen gerechnet.

Die Karte, die Nina brachte, war neu. Sie umfaßte vier Seiten und enthielt kein einziges der rhätoasiatischen Menüs. Nur das übliche Landgasthofangebot mit ein paar Bündner Spezialitäten.

»Gibt es noch eine andere Karte?« erkundigte sich Sonia.

»Nein. Nur die.«

»Und die asiatischen Sachen?«

»Führen wir nicht mehr.« Bevor Sonia fragen konnte, warum, ging Nina hinüber zur Gaststube, wo jemand laut ihren Namen rief. Als sie endlich zurückkam, bestellten sie Bündner Gerstensuppe und Capuns. Für ihn sei das bereits ziemlich exotisch, tröstete sie Bob.

Die gedrückte Stimmung in der Gaststube übertrug sich rasch auf sie beide. Zuerst machten sie noch etwas Konver-

sation, wie zwei Unbekannte, die sie ja auch waren. Aber bald aßen sie schweigend wie ein altes Ehepaar.

Beim Dessert – Engadiner Nußtorte mit einer Kugel Vanille-Eis – kam Peder Bezzola an den Tisch. Seine sonst blütenweiße Kochuniform wies einige Saucenflecken auf, sein weißes Halstuch war gelockert, beim Rasieren hatte er ein paar Stellen übersehen, und auf seinen Augen lag Rotweinglanz. »War's recht?« fragte er. Es geriet ihm etwas herausfordernd.

»Schon, aber wo ist die asiatische Note geblieben?« fragte Sonia.

»Im Gamander«, antwortete der Koch. »Wenn Sie die asiatische Note suchen, können Sie sich im Hotel satt essen. Dort hat man das ja erfunden.«

Sonia saß im olivgrünen Polstersessel und hatte die Beine immer noch um Bobs Hüften geschlungen. Er lag auf ihr und hatte den Kopf auf ihre Schultern gelegt. Beide atmeten wieder ruhiger.

»Vielleicht ist es die Nähe des Todes«, sagte sie.

»Was?«

»Die die Lebenden so scharf macht.«

Als wäre nichts geschehen, ging über dem trauernden Val Grisch eine strahlende Sonne auf. Sie wärmte die aufgeweichten Weiden, bis sie dampften wie heiße Tücher bei einer Winterwäsche.

Luzi Bazzells Haus lag verlassen da. Den Stall hatte heute in aller Frühe Joder besorgt, ein Großneffe von Luzi. Er war Freizeitbauer und verdiente sein Geld als Maurer

auf einer der vielen Baustellen, mit denen das Engadin systematisch verunstaltet wurde. Das Vieh war bereits auf der Weide. Luzi saß stumm neben der Leiche seines Sohnes, die man noch in der gleichen Nacht wieder hinaufgebracht und in der guten Stube aufgebahrt hatte.

Sonia hatte den Wellness-Bereich betriebsbereit gemacht und schwamm mit energischen Zügen ihre Längen. Sie hatte den Pool für sich allein. Barbara hatte seit dem Wiederauftauchen von Bango ihr Zimmer nicht mehr verlassen.

Kurz vor acht ging die Glastür auf, und Igor kam herein. Er winkte Sonia zum Beckenrand. »Du sollst zur Chefin kommen. Die Polizei ist hier.«

Sie zog sich um und war zehn Minuten später in Barbara Peters' Büro. Die beiden Uniformierten von gestern sahen etwas unbehaglich aus in den Stahlrohrmöbeln der Besuchersitzgruppe.

Barbara trug wieder die Jeans und den roten Kaschmirpullover von gestern. Die Baseballmütze hatte sie durch ein Seidentuch ersetzt, das sie wie die Begum als Turban trug.

Aber ihr Gesichtsausdruck hatte sich verändert. Nicht mehr ängstlich und gehetzt wie gestern, sondern wieder entspannt und selbstsicher. »Sonia, die beiden Herren haben mir zwei interessante Fundstücke gebracht.«

Sie stand auf und hielt einen nicht mehr ganz sauberen Bademantel in die Höhe, der über der Lehne eines freien Besuchersessels gelegen hatte. Er trug den Schriftzug des Gamander. »Das wurde im Unfallwagen von Herrn Bazzell gefunden. Und das.« Sie legte den Bademantel wieder

auf den Sessel, nahm einen kleinen Plastikbeutel mit einem Zip-Verschluß von einem der Beistelltischchen und überreichte ihn Sonia. Er enthielt einen Sicherheitsschlüssel mit einem blauen Erkennungsring.

»Ein Generalschlüssel«, half Barbara. »Der Verunfallte trug ihn am Schlüsselbund.«

Sonia schaute den Schlüssel an und danach Barbara und die Beamten. »Woher hatte er ihn?«

»Er trägt die Nummer fünf«, erklärte der ältere der Beamten. »Laut Schlüsselplan die des Reserveschlüssels der Rezeption. Er sollte in der Portokasse liegen. Bis jetzt wurde sein Fehlen nicht bemerkt.«

»Und wie kam Bazzell dazu?«

Barbara hob die Schultern, als wüßte sie die Antwort nicht. Aber dann sagte sie dennoch: »Vielleicht habe ich Herrn Casutt doch nicht so unrecht getan.«

Sonia sah wieder den alten Mann mit seinem erstarrten Grinsen in diesem muffigen Loch und hörte seine Worte: Nehmen Sie sich vor dem Sohn in acht. Der ist nicht ganz richtig. War das die Erklärung? War Casutt zwar nicht der Täter, aber vielleicht der Komplize?

»Frau Peters hat uns die Sache mit ihrem Hund erzählt«, sagte der offenbar ranghöhere Polizist.

»Das war, bevor ich das vom Schlüssel wußte«, warf Barbara ein.

»Sie meinte, Sie hätten eine Theorie.«

Obwohl Barbara ihr mit ihrer ganzen Suggestivkraft zu verstehen gab, daß sie den Mund halten solle, erzählte Sonia von den Vorfällen und davon, was sie ihrer Meinung nach zu bedeuten hatten. Der Polizist, der die Fragen stellte,

machte sich mit ernster Miene Notizen. Nur einmal ertappte sie ihn dabei, wie er mit seinem jüngeren Kollegen einen Blick wechselte.

> wie heißt das hotel schon wieder
> gamander wieso
> vielleicht komme ich wie heißt das kaff
> val grisch ich habe aber wenig zeit
> macht nichts

Sonia spürte die Erleichterung, die von Barbara Peters ausging und sich auf das ganze Personal übertrug. Und auch die wenigen Gäste, die vom Grund der Bedrückung nicht viel mitbekommen hatten, merkten, daß das Personal motivierter und der Service zuvorkommender geworden war.

Auch ihr selbst ging es besser. Das dumpfe Gefühl einer unbestimmten Bedrohung war verschwunden. Aber die Erinnerung daran war noch immer da.

Am ersten Tag nach Reto Bazzells Tod war es sommerlich heiß geworden. Das Wetter ließ es zu, daß das Abendessen auf der Terrasse serviert werden konnte. Barbara Peters bestand darauf, auch wenn es Stimmen unter dem Personal gab – unter anderem die von Sonia –, die ihr davon abrieten. Es könnte ihr vom Dorf als Pietätlosigkeit ausgelegt werden, befürchteten sie.

Aber Barbara fand, die Gäste sollten nicht auch noch unter dem Unglück zu leiden haben, ließ den Flügel nahe ans Fenster schieben und bat Bob, bitte nichts Trauriges zu spielen. Sie lud Sonia, Manuel und Michelle, die Rezeptio-

nistin, ein, wieder mit den Gästen zu essen, und kam so auf eine Gesellschaft von einundzwanzig Gästen an sieben Tischen.

Sie selbst spielte die Tischdame von Dr. Stahel. Aber vor allem war sie die aufmerksame, strahlende Gastgeberin. Sie führte ihr schulterfreies Valentino von Tisch zu Tisch, wechselte ein paar Worte mit den Gästen und ließ ihr Kleinmädchenlachen aufperlen. Immer trug sie dabei einen Champagnerkelch in der Hand, den ihr der Kellner bei den kurzen Stopps an Dr. Stahels Tisch aus der Flasche auffüllte, die im Kühler neben dem Tisch stand.

Mit den bunten Sonnenschirmen, den Kellnern in ihren gestärkten weißen Leinenjackets und den jazzigen Klavierklängen aus dem Hintergrund sah das alles weniger wie ein Abendessen einiger Hotelgäste aus als wie eine Dinnerparty zur Feier eines glücklichen Sommertages.

Michelle und Manuel unterhielten sich angeregt und übermütig. Aber Sonia fiel es etwas schwer, im gleichen Tonfall mitzuhalten. Ihr war nicht wohl bei der Sache.

Beim Dessert dröhnte plötzlich der Lärm eines hochtourig gefahrenen Motors zu ihnen herüber. Die Gäste wandten die Blicke zur Straße, die vom Dorf am Hotel vorbei in die Höhe führte. Ein alter grüner Landrover kam vom Dorf herauf und hielt dort, wo die Straße der Terrasse am nächsten lag.

Ein alter Bauer stieg aus. Er trug einen dunklen Anzug und eine schwarze Krawatte. Seine Arme hingen an ihm herunter, als gehörten sie nicht zu ihm. Einen Augenblick lang starrte er stumm zu ihnen herüber. Plötzlich ballte er die Faust, schüttelte sie drohend und schrie mit sich vor Haß

überschlagender Stimme etwas in seiner Sprache zu ihnen herüber.

Alle Gäste waren verstummt, nur Bob, der von seinem Standort nichts von der Szene mitbekommen hatte, spielte weiter seine Happy Tunes.

Der Alte schwieg einen Moment und schien der Musik zu lauschen, fassungslos. Dann hob er nochmals die Faust und schrie: »Schmaladida musica dal diavel!«

Danach kletterte er in den Landrover zurück. Schwerfällig und umständlich, als hätte ihn plötzlich eine große Müdigkeit befallen.

Der Flügel verstummte. Bob mußte etwas von der Veränderung auf der plötzlich still gewordenen Terrasse mitbekommen haben. Sein Gesicht erschien am Fenster. Er sah Barbara fragend an.

»Wunderbar!« rief sie ihm zu. »Danke, weiter so, bitte!«

Er wechselte einen Blick mit Sonia, bevor er vom Fenster verschwand. Kurz darauf perlten wieder seine Improvisationen in den Sommerabend.

Die Gäste fuhren fort zu essen und versuchten, an die Gespräche anzuknüpfen. Niemand schaute hinüber zu dem alten Mann, der mit heulendem Motor und kratzendem Getriebe seinen Geländewagen auf der Straße wendete.

Barbara Peters tat ihr möglichstes, die Szene herunterzuspielen. Aber die Stimmung war verdorben.

»Was hat er gesagt?« wollte Sonia später von einem der Kellner wissen, der Valladar sprach, das Romanisch des Unterengadins.

»Das war Luzi Bazzell, der Vater des Toten. Wir sollen wieder dorthin gehen, wo wir hergekommen sind. Oder giò l'infiern. Zur Hölle.«

»Und Musica dal diavel heißt Teufelsmusik. Nicht wahr?«

»Bravo!«

Bobs Rücken fühlte sich an wie etwas Bitteres mit Zucker. Sein Stöhnen war Purpur auf Gold.

Sie ritt auf einer rubinroten Welle, bis die chromgelbe Schaumkrone sie verschlang und in die Strudel der schwarzen Brandung zog.

und kommst du jetzt rauf
wohin
hierher
wieso
weil du es geschrieben hast
ich in dieses geisterdorf ich spinn doch nicht

Sonia las ihren letzten SMS-Dialog mit Malu. Sie hatte richtig gelesen:

wie heißt das hotel schon wieder
gamander wieso
vielleicht komme ich wie heißt das kaff
val grisch ich habe aber wenig zeit
macht nichts

Absender: Malu. Aber erst jetzt fiel ihr die Nummer auf: Es war die von Malus altem Handy.

Sonia wählte die Nummer. Der Teilnehmer könne nicht erreicht werden, sagte eine Frauenstimme.

Sie wählte die neue Nummer. Malu meldete sich sofort. Ohne Einleitung fragte Sonia: »Hast du dein altes Handy wieder?«

»Nein, ist nicht mehr aufgetaucht.«

»Scheiße.«

»Das neue ist besser. Kleiner und mit Kamera.«

»Jemand hat mir mit dem alten eine Nachricht geschickt und so getan, als wäre sie von dir.«

»Weshalb sollte das jemand tun?«

»Um herauszufinden, wo ich bin. Du hast es nicht verloren. Es wurde dir geklaut.«

»Von wem?«

»Für wen, das ist die Frage.«

»Für wen, glaubst du?«

»Frédéric.«

Es war einen Moment still am andern Ende der Leitung.

»Überleg«, forderte Sonia sie auf.

»Tu ich ja. Mir fällt niemand ein.«

»Hast du dich mit Hanspeter versöhnt?«

»No, Sir.«

»Triffst du Kurt noch?«

Keine Antwort.

»Du triffst ihn noch, stimmt's?«

»Der würde doch nicht…«

»Du hast dich schon mal getäuscht in ihm.«

Wieder wurde es still am andern Ende.

»Überleg!«

»Wir waren in der Sansi Bar. Versöhnungs-Martinis. Viele. Irgendwann danach habe ich gemerkt, daß es nicht mehr da war. Am nächsten Tag habe ich angerufen und gefragt,

ob ich es dort liegengelassen habe. Scheiße. Tut mir leid, Sonia.«

Sonia ging zu Michelle an die Rezeption und schärfte ihr ein, daß sie unter keinen Umständen eingeschriebene Post an sie annehmen dürfe.

Das Totengeläut klang mahnend zum Gamander herauf. Das halbe Dorf war zur Messe erschienen, denn es war Samstag. Pater Dionys hielt die Totenmesse. Danach drängte sich die Trauergemeinde auf dem kleinen Friedhof im Nieselregen um das offene Grab. Das Kranzgerüst trug schwer an den letzten Grüßen, denn Retos Vater war ein wichtiger Mann.

Ein großer vierfarbiger Kranz aus Gerbera, ein Meisterwerk der Trauerfloristik, rief ein paar gemurmelte Kommentare hervor. Er trug eine schwarze Schleife mit der goldenen Inschrift: »In stiller Anteilnahme. Gäste und Personal Hotel Gamander«.

Nach der Beisetzung lud Luzi Bazzell in den Steinbock ein. Aber die Trauergesellschaft wurde nicht wie üblich laut und fröhlich aus Erleichterung, daß es vorbei war und man noch lebte. Alle aßen und tranken fast stumm aus Respekt vor dem Schmerz des erstarrten Witwers, der seinen einzigen Sohn zu Grabe getragen hatte.

An diesem Abend wurden im Steinbock keine Karten gespielt. Chasper Sarott und Nina saßen gelangweilt am Stammtisch.

Der einzige Gast war Gian Sprecher. Er hockte an seinem üblichen Tischchen vor seinem halbleeren Glas, noch immer in Anzug und mit schwarzer Krawatte, und stierte

vor sich hin. Als er nach der Messe Luzi Bazzell hatte kondolieren wollen, hatte der ihm die Hand nicht gegeben.

Um neun Uhr schloß Peder Bezzola die kalt gebliebene Küche und kam in die Gaststube. Als Gian Sprecher ihn eintreten sah, winkte er ihn zu sich heran.

»Soll ich dir was erzählen?« fragte er den Koch.

»Von mir aus«, antwortete der und setzte sich.

»Aber es bleibt unter uns.«

Wie ein umgekehrtes Nebelmeer lastete die Wolkendecke über dem Tal.

Sonia hatte ihre Mittagspause wieder einmal für eine Runde Jogging geopfert. Der Grund, weshalb sie ihren eisernen Vorsatz, jeden Tag etwas für ihre Fitness zu tun, nicht immer ausgeführt hatte, lag ja inzwischen zwei Meter unter der Erde.

Sie rannte auf dem Wanderweg, der die Dörfer auf den Südterrassen des Unterengadins miteinander verband. Unter ihr Val Grisch, ein paar Meter über ihr die aschgraue, kompakte Wolkenschicht, aus der ab und zu das harte Bimmeln einer Kuhglocke drang.

Ihr Atem ging leicht. Sie schrieb das dem Umstand zu, daß sie es seit ein paar Tagen wieder geschafft hatte, Nichtraucherin zu sein. Und vielleicht auch der allgemeinen Erleichterung, die nur durch das gefälschte SMS von Malus gestohlenem Handy getrübt wurde.

Und da gab es noch etwas anderes, das sie sich gelegentlich würde eingestehen müssen: Sie war eventuell ein bißchen verliebt.

Der Wanderweg kreuzte ein Landwirtschaftssträßchen.

In dieses mußte sie einbiegen, wenn sie rechtzeitig bei der Arbeit sein wollte. Sie hatte einen Massagetermin um halb drei, ein neuer Gast, den sie noch nicht gesehen hatte.

Die Nebeldecke vor ihr war dunkelgrau geworden. Noch ehe sie den ersten Hof am Dorfrand erreichte, regnete es in schweren Tropfen. Nach ein paar Minuten führten die Rinnen, die in Abständen das Sträßchen überquerten, braunes Regenwasser.

Ihr Tracksuit klebte am Körper, und sie begann, an den Händen zu frieren. Die Haare, die unter der Baseballmütze hervorschauten, leiteten kalte Rinnsale in ihren Kragen.

Die Dorfstraße verschwamm im aufspritzenden Regen. Frau Bruhin hatte Licht in ihrem Laden, so dunkel war es geworden.

Ein Auto holte sie ein und fuhr neben ihr her. Nicht schon wieder so einer. Erst wollte sie, ohne den Kopf zu wenden, weiterrennen. Aber dann blieb sie doch stehen.

Ein schwarzer Passat hielt neben ihr. Der Fahrer lehnte sich herüber und öffnete die Beifahrertür. »Komm, mach schon, steig ein!« Es war Manuel.

Sonia setzte sich auf den Beifahrersitz. »Ich wußte nicht, daß du ein Auto hast.«

»Nicht alle Männer geben mit ihren Autos an.«

Obwohl die Scheibenwischer auf der höchsten Stufe liefen, verflossen die Häuser hinter der Windschutzscheibe. »Über das Wetter reden wir nicht, abgemacht?« sagte Manuel.

»Nein. Nur Touristen reden übers Wetter. Und Hoteliers.«

Schon an der Tür zum Behandlungsraum spürte Sonia, daß etwas nicht stimmte. Eine durchsichtige Farbe ging von diesem Raum aus. Sie konnte sie nur noch nicht zuordnen.

Sie streckte die Hand nach der Türklinke aus, drückte sie vorsichtig und trat ein.

Auf dem Massagebett, im Farbenspiel der Lichtorgel, lag eine Frau, bis zum Nacken zugedeckt. Sie lag auf dem Bauch. Sonia konnte ihr Gesicht nicht sehen.

Die Farbe, die alle anderen übertönte, ging von ihr aus und umgab sie als farbiger Schatten. Es war ein dünnflüssiges Ultramarin.

Sonia wußte sofort, wer sie war.

Bleib, Sonia.«
Sie mußte geahnt haben, daß Sonia den Raum sofort wieder hatte verlassen wollen.

»Du brauchst mich nicht zu massieren. Ich muß nur mit dir reden.«

Immer noch der gleiche Tonfall. Diese Freundlichkeit, die keinen Widerspruch duldete. Und wie früher setzte sie sich damit auch bei Sonia durch. Sie schloß die Tür und ging zum Kopfende des Massagebettes.

Da lag sie. Das Gesicht abgewandt auf die verschränkten braunen Arme gelegt. Den graublauen schulterlangen Mädchenschnitt unter einem Schminkturban verborgen. Die Nägel der noch immer nicht alten Hände im immer noch gleichen Rosa lackiert. Pearl Orchid, Sonia mußte es ihr früher aus den Duty Free Shops mitbringen. Nicht, weil sie sich den vollen Preis nicht hätte leisten können. Es war nur eine der unzähligen Maßnahmen, durch die sie sich ihre Präsenz in der Ehe ihres Sohnes sicherte.

»Gefällt dir die Arbeit?«

»Manchmal mehr, manchmal weniger. Jetzt, zum Beispiel, weniger.«

»Eine Stunde mußt du durchhalten. Ich habe dafür bezahlt.«

»Ich bin keine Nutte, mit der man zum gleichen Tarif entweder vögeln oder reden kann.«

»Ich weiß nichts über Nutten.«

»Ich schon. Dank deinem Sohn.«

Einen Moment blieb es still. Sonia buchte den Punkt für sich.

Aber Frédérics Mutter hatte sich schnell erholt. »Bei einem Mann, der zu Prostituierten geht, stimmt etwas in der Ehe nicht.«

Sonia antwortete nicht.

»Entschuldige, Sonia. Das wollte ich nicht sagen.«

Daß Maman sich entschuldigte, war eine neue Erfahrung. »Was willst du?«

»Nur eine Unterschrift.«

»Die bekommst du nicht.«

Maman drehte den Kopf. Ihr Gesicht war jetzt Sonia zugewandt. Sie sah gut aus. Mundhebermuskeln neu gestrafft, Augenbrauen weiter angehoben, Schlupflider frisch beseitigt.

»Ich verstehe dich ja, Sonia.«

»Das bezweifle ich.«

»Ich habe mit Paps auch schwierige Zeiten durchgemacht.«

»Ach. Hat er auch versucht, dich umzubringen?«

»Frédé hat das nicht versucht, Sonia. Das war ein Unfall. Ich kenne ihn. Er ist ein wenig jähzornig, aber Frédé kann keiner Fliege etwas zuleide tun.«

Sonia rollte mit dem Zeigefinger ihre Unterlippe nach unten und beugte sich zu ihr hinunter. »Hier! Siehst du diese Narbe? Die stammt von der Faust deines sanftmü-

tigen Söhnchens. Und daß ich dir keine Schußwunde zeigen kann, liegt nur daran, daß er zu besoffen war, mich zu treffen.«

»Vorübergehend unzurechnungsfähig.«

»Und wer garantiert mir, daß er sich nicht wieder eine vorübergehende Unzurechnungsfähigkeit ansäuft und zu Ende bringt, was er begonnen hat?«

»Ich.«

»Wie?«

Zum ersten Mal lächelte ihre Exschwiegermutter. »Ich habe einen gewissen Einfluß auf Frédé.«

»Keinen guten, laß dir das gesagt sein.«

Maman verbiß sich die Antwort. In ihrem liebenswürdigsten Tonfall sagte sie: »Komm, Sonia, sei lieb. Dort auf dem Tisch liegt der Antrag, das Verfahren einzustellen. Du bist die einzige, die ihn unterschreiben kann.«

»Vergiß es.«

Maman schenkte ihr ein mütterliches Lächeln. »Ich mach dir einen Vorschlag: Unterschreib provisorisch. Schau, wie er sich benimmt. Wenn er dir in den nächsten sechs Monaten auch nur den kleinsten Anlaß gibt, kannst du die Zustimmung sofort widerrufen, und das Verfahren wird wiederaufgenommen.«

Strafgesetzbuch, Artikel 66ter, Absatz 2. Sonia hatte alle diese Paragraphen abrufbereit im Kopf. Aber zum ersten Mal konnte sie sich vorstellen, es zu tun.

Maman mußte das gespürt haben. »Du hast ihn doch einmal geliebt«, half sie.

»Geliebt schon. Aber nie so richtig gemocht.«

Frédérics Mutter steckte auch das weg. »Er war schon

239

als kleiner Junge sehr sensibel. Daß du ihn verlassen hast, hat ihn schrecklich verletzt. Er wollte dich doch nur zurückhaben. Männer sind nun einmal nicht so geübt darin, ihre Gefühle auszudrücken.«

Es gibt Momente in diplomatischen Verhandlungen, in denen es besser ist zu schweigen. Einen solchen Moment hatte Sonias Exschwiegermutter soeben verpaßt.

»So nennst du das? Mitten in der Nacht vor der Wohnung der geschiedenen Frau aufkreuzen, Sturm läuten, und wenn sie nicht aufmacht, die Scheibe der Wohnungstür einschlagen, eindringen, sie mit Fäusten traktieren und, wenn ein Nachbar eingreift, auf sie schießen! Ungeübtes Ausdrücken der Gefühle?«

»Er hat für einen Moment durchgedreht, ich weiß.«

»Sehr geplant durchgedreht. Seine Offizierspistole geladen und mitgenommen fürs spätere spontane Durchdrehen!«

Sonia war laut geworden. Jetzt schwieg sie und versuchte, sich zu beruhigen.

Maman setzte sich auf. Sonia sah, daß sie nie damit gerechnet hatte, daß sie sie massieren würde, denn sie trug einen Badeanzug. »Was willst du noch mehr? Seine Karriere hast du bereits kaputtgemacht. Und sein Leben auch beinahe.«

Sonia wollte sie anschreien. Aber sie zwang sich durchzuatmen und antwortete ruhig: »Das hat er sich beides selbst kaputtgemacht.« Sie nahm das Dokument vom Tisch. Es trug die Überschrift »Antrag zur Einstellung des Verfahrens gegen Dr. Frédéric Heinrich Forster«. Sie widerstand dem Impuls, es zu zerreißen, und hielt es Maman hin.

Diese ignorierte das Papier. »Findest du nicht, du seist ihm trotz allem etwas schuldig für das Leben, das er dir geboten hat? Und immer noch bietet?«

Sonia ließ das Papier fallen und wandte sich zum Gehen. Aber Maman packte sie mit eisernem Griff am Oberarm.

»Früher oder später kommt er auch ohne dich raus. Und dann wäre ich bedeutend ruhiger, wenn er dir nichts nachzutragen hätte.«

Sonia packte Mamans Handgelenk und befreite sich von dieser Hand. Immer noch ruhig, obwohl ihr Herz raste. »Jetzt drohst du mir also mit deinem sanftmütigen Sohn.«

»Schon fertig?« Manuel saß am Tisch des Personalraums vor einem Kreuzworträtsel.

»Sie ist die Mutter meines Ex.« Sonia war froh, daß Manuel hier war. Sie setzte sich zu ihm.

»Ich dachte, niemand weiß, wo du bist.«

»Außer meiner besten Freundin. Und der haben sie das Handy geklaut und meine sms gelesen.«

»Die scheuen keinen Aufwand.«

»Die wollen was von mir, was nur ich ihnen geben kann.«

»Was?«

Sonia sah keinen Grund, es ihm nicht zu erzählen. »Eine Unterschrift. Ich soll einen Antrag unterschreiben, das Verfahren gegen meinen Ex einzustellen.«

»Was für ein Verfahren?«

»Drohung, Hausfriedensbruch, einfache Körperverletzung, versuchte vorsätzliche Tötung, unerlaubtes Tragen einer Waffe und so weiter.«

Manuel stieß einen anerkennenden Pfiff aus.

»Als Opfer und zum Zeitpunkt der Tat noch nicht ein Jahr getrennt lebende Exlebenspartnerin des Täters könnte ich die Einstellung des Verfahrens beantragen. Dann bliebe noch die versuchte Tötung, aber diesen Tatvorwurf versucht sein Anwalt wegzubekommen, weil Frédéric mir angeblich mit der Pistole nur drohen wollte. Das könnte der Staatsanwalt akzeptieren, wenn sogar das Opfer sich für den Täter einsetzt. Daran arbeitet ein ganzer Stab von Anwälten Er kann es sich leisten. Er hat damals mit der New Economy ein Vermögen gemacht.«

»Aber jetzt sitzt er doch hoffentlich im Loch?«

»In der Psychiatrie. Seine Anwälte haben sofort eine Untersuchung des Geisteszustands beantragt, und der Haftrichter hat ihn dafür in die Klinik Waldweide einweisen lassen. Dort können sie ihn so lange behalten, wie er eingesperrt würde, falls man ihn verurteilt. Falls ich nicht unterschreibe, könnten das im allerbesten Fall ein paar Jahre sein, falls ich unterschreibe, ist er praktisch draußen.«

Manuel nickte nachdenklich. »Und könnte es wieder versuchen?«

»Es hilft jedenfalls, zu wissen, daß er nicht frei herumläuft.« Die Tür ging auf, und Frau Felix stand auf der Schwelle. Ihre vergrößerten Augen starrten sie durch das bonbonfarbige Brillengestell an. Sie bekreuzigte sich. »Das Kreuz«, stammelte sie, »das Kreuz.«

Das Kruzifix im Alkoven über der Bibliothekstür stand auf dem Kopf. Man wußte nicht, seit wann, niemand schenkte ihm Beachtung. Außer Frau Felix, die ein im Ruheraum liegengebliebenes Buch zurückgebracht hatte.

Als Sonia in der Bibliothek ankam, stand der Haustechniker bereits auf der Leiter und machte sich daran, die Schändung ungeschehen zu machen. Barbara Peters stand schweigend daneben und schaute zu.

Der Corpus Christi war zur Wand gedreht, und man sah das tapetenartige, rosa und golden gemusterte Papier, mit dem die Rückseite des Kreuzes bezogen war.

Wenn das Kreuz zieht nach Süden.

Sonia suchte Barbara Peters' Blick. Die schüttelte lächelnd den Kopf, wie über einen dummen Scherz.

Der Haustechniker nahm das Kreuz aus dem Alkoven und drehte es um.

»Sie könnten es bei dieser Gelegenheit etwas abstauben, bevor Sie es zurückhängen«, sagte die Chefin leichthin und ging.

Der Mann auf der Leiter reichte das Kruzifix zu Sonia herunter. »Kannst du das halten, bis ich einen Staublappen geholt habe?«

Sonia blickte auf das Kreuz und konnte sich nicht entschließen, es anzufassen. Sie ging einen Lappen holen.

Erst als sie zurückkam, bemerkte sie, daß Dr. Stahel in einem der geschnitzten Sessel saß. »Das umgekehrte Kreuz ist ein satanistisches Symbol. Damit verspotten die Satanisten das christliche Kreuz.«

»Ich habe eine andere Theorie.« Sie setzte sich zu Dr. Stahel und erzählte ihm vom Fragment des »Teufel von Mailand« und ihre Interpretation der sieben Zeichen. Stahel hatte seine Brille in der Hand und hörte ihr mit an die Decke gerichtetem Blick zu. Es wäre ihr lieber gewesen, er hätte seinen gewohnten leicht amüsierten Ausdruck beibehalten,

aber er lauschte so ernsthaft und verständig, daß mit jedem Satz ihre eigene Überzeugung wuchs, ihre Theorie stimme.

»Und?« fragte er, als sie geendet hatte. »Wer, glauben Sie, steckt dahinter?«

Sonia erzählte ihm von Reto Bazzell und den Indizien, die alle für ihn als Täter gesprochen hatten.

»Vielleicht ist es jemand, der von der Sache wußte und sie jetzt weiterführt«, schlug Dr. Stahel vor.

»Zu Ende führt«, sagte sie leise.

»Was sagt Frau Peters dazu?«

»Sie weigert sich, die Sache ernst zu nehmen. Vielleicht sollten Sie mit ihr sprechen.«

Er lächelte. »Vielleicht sollte ich ihr raten, der Feuerwehr nach der nächsten Übung eine Runde zu spendieren.«

»Ja, bitte, tun Sie das.« Beim Hinausgehen schaute sie hinauf zum Alkoven, wo das frisch abgestaubte Kruzifix jetzt wieder richtig hing. Sie ging nochmals zurück zu Dr. Stahel. »Waren Sie schon hier, als Frau Felix die Sache entdeckte?«

»Nein, ich muß kurz danach gekommen sein.«

> weißt du wer hier ist
> wer
> frederics mutter
> woher weiß die wo du bist
> rat mal
> shit
> sie spielt den briefträger
> unterschreib nichts
> nichts

und der pianist
spielt wunderbar

Nach dem dritten Klopfen hörte sie Schritte und dann den Mechanismus des antiken Schlosses. Mit einem gequälten Quietschen ging die Tür auf, und die kleine alte Frau in Schwarz stand vor ihr. Sie schien sie nicht wiederzuerkennen. »Buna saira«, sagte sie und musterte Sonia mißtrauisch.

»Guten Abend, ich möchte zu Herrn Casutt.«

Die Alte drehte einen Lichtschalter neben der Tür. Eine Lampe ging an im großen Flur und ließ das blankgewetzte Kopfsteinpflaster matt aufschimmern. In diesem Licht musterte sie die Besucherin noch einmal. »Sie waren schon einmal hier, nicht?« Sonia nickte.

»Dann wissen Sie ja, wo er wohnt. Aber ich glaube nicht, daß Sie mit ihm sprechen können.« Sie nahm ein unsichtbares Glas in ihre rheumatische Hand und kippte es runter.

Die Tür zu Casutts Wohnung stand halb offen und ließ einen kaum sichtbaren Streifen graues Tageslicht auf den dunklen Treppenflur fallen. »Hallo? Herr Casutt?« rief Sonia leise.

Aus dem kleinen Küchenraum drang der Gestank von altem Hausmüll. Die Unordnung war seit ihrem letzten Besuch noch schlimmer geworden. »Sind Sie da, Herr Casutt?« rief sie etwas lauter. Nichts regte sich. Sie hielt den Atem an und ging durch die Küche zur Tür des Wohnraums, die ebenfalls offenstand. »Jemand zu Hause?« Sie betrat den Raum. Auch hier hatte sich das Chaos verschlimmert. Sie öffnete das Fenster. Die Luft, die hereindrang, war kühl und feucht und roch nach dem Rauch nassen Holzes.

Casutt lag auf dem Bett, den Kopf auf die linke Armbeuge gebettet. Sein rechter Arm hing auf den Teppichboden, und an seinem Mundwinkel hing ein Speichelfaden.

Sonia überwand sich. Sie berührte seine Schulter und stieß ihn an. »Herr Casutt? Alles in Ordnung?«

Er rührte sich nicht.

Sie packte seine Schulter etwas fester und schüttelte ihn. »Hallooo, aufwachen!«

Casutt schlug die Augen auf, rotunterlaufen und ausdruckslos – und schloß sie wieder.

Sie war hergekommen, um ihn zur Rede zu stellen. Sie wollte von ihm wissen, ob er in Reto Bazzells Plan eingeweiht gewesen war und ob er wußte, wer ihn zu Ende führte.

Sie sah aus dem Fenster. Auf dem Hof unten stand ein Mann und blickte herauf. Als er Sonia sah, fuhr er fort, Scheite von einem Holzstoß in eine Schubkarre zu laden. Sie schloß das Fenster.

Sonia verließ die Wohnung und machte beide Türen hinter sich zu. Ihr Verdacht, es könnte Casutt selbst gewesen sein, der das Kreuz auf den Kopf gedreht hatte, war wenigstens zerstreut.

Wie zerfetzte Segel großer Schiffe trieben Wolken an der bewaldeten Flanke der andern Talseite vorbei. Es war erst später Nachmittag, aber in den Stuben und Küchen der alten Häuser brannte schon Licht. Kaum hatte Sonia die Straße betreten, prasselte der Regen nieder, als hätte er ihr aufgelauert.

Vor der Haustür eines Mehrfamilienhauses im Engadinerstil wurde sie von einer Frau abgefangen. Es war Ladina,

die Mutter des behinderten Jungen. Sonia ließ sich von ihr nötigen, das Nachlassen des Regens in ihrer Wohnung abzuwarten.

In einer mit hellem Arvenholz getäfelten Stube mußte sie sich auf eine Eckbank setzen. Auf dem Tisch lag eine Strickarbeit, die Ladina jetzt wegräumte. In einem fahrbaren Kinderbett schlief der Junge. »Normalerweise müßte ich um diese Zeit mit ihm arbeiten. Dank dir darf er jetzt schlafen.«

Ladina brachte Kaffee, holte eine Schachtel Biskuits aus einem geschnitzten Einbauschränkchen und setzte sich zu Sonia. »Er wird nie richtig gehen können, wenn ich diese Therapie aufgebe, hat sie gesagt.«

Sonia winkte ab. »Sie ist eine alte Hexe.«

Ladina sah sie erschrocken an. »Glaubst du an Hexen?«

»Natürlich nicht.«

»Ich schon.« Sie schwieg einen Moment und fuhr dann fort: »Vor jeder Behandlung hat sie mit uns für den Erfolg gebetet. Aber keine Gebete, die ich kenne. Und während der Behandlung hat sie manchmal etwas gemurmelt. Wie Beschwörungen. Christoph weinte nicht nur wegen der Behandlung. Er weinte auch, weil er Angst vor ihr hatte.«

»Ich glaube, sie ist in irgendeiner seltsamen Sekte.«

»Das sind Hexen auch.«

Der Kaffee war zu heiß. Sonia stellte die Tasse wieder ab. »Es geschehen seltsame Dinge im Hotel.«

»Ich weiß, so was spricht sich schnell herum in einem so kleinen Dorf.«

»Wir dachten, Reto Bazzell stecke dahinter. Aber es geht weiter.«

Ladina sagte nichts. Ihr Schweigen kam Sonia bedeutungsvoll vor.

»Kennst du die Sage vom Teufel von Mailand?«

»Wie geht die?«

»Ein junges Mädchen verkauft ihre Seele dem Teufel, aber der Preis wird erst fällig, wenn sieben Ereignisse eintreffen.«

»Was für Ereignisse?«

»Wie sie in letzter Zeit geschehen sind. Glut brennt im Wasser, der Vogel wird zum Fisch, das Tier wird zum Menschen, das Kreuz zieht nach Süden.«

»Nein, kenne ich nicht.«

»Heute hing das Kreuz im Lesezimmer verkehrt herum. Frau Felix hat es entdeckt und war völlig verstört. Wenn sie eine Hexe wäre, müßte es sie ja freuen.«

»Vielleicht hat sie euch etwas vorgemacht und das Kreuz selbst auf den Kopf gestellt.« Ladina tauchte ein Biskuit in den Kaffee und führte es zum Mund. »Es gibt viele, die etwas gegen die Peters haben.« Das aufgeweichte Stück des Biskuits brach ab und fiel auf das bestickte Tischtuch. Ladina ging wortlos in die Küche, kam mit einem Lappen, einer Rolle Haushaltspapier und einem Becken mit Seifenwasser zurück und begann das Tischtuch zu reinigen, als wäre Sonia nicht da.

»Wer noch?« fragte Sonia schließlich.

Ladina hob das Tischtuch und schob mehrere Lagen Haushaltspapier unter die nasse Stelle. »Ich will niemanden verdächtigen.«

»Wer außer den Bazzells hatte noch Interesse am alten Gamander?«

Ladina trug die Reinigungsutensilien in die Küche. Als sie zurückkam, sagte sie: »Der würde nie so etwas tun.«

»Wer?«

»Peder. Peder Bezzola, der Koch vom Steinbock. Der ist anständig.«

»Was hatte er für ein Interesse am Gamander?«

»Es gehörte ihm.«

Sonia stellte die Tasse ab, ohne getrunken zu haben. »Peder Bezzola ist der frühere Besitzer?«

»Es gehörte seinen Eltern. Als die in Pension gingen, hat es der Bruder übernommen. Vor drei Jahren ist er mit seinem Segelflugzeug abgestürzt. Peder hatte in Lausanne als Koch gearbeitet und mußte einspringen.«

»Und weshalb hat er es verkauft?«

»Er hat es überschuldet übernommen und war voller Ideen und Pläne, wie man es sanieren und wieder in Schuß bringen könnte. Weißt du, was er bauen wollte?«

»Einen Wellness-Bereich?«

»Genau.«

»Und woran ist es gescheitert?«

»An der Bank. Zuerst hat sie mitgemacht. Plötzlich hat sie nicht nur den Kredit verweigert, sondern auch die Hypothek gekündigt. Das Hotel wurde zwangsversteigert. Dreimal darfst du raten, wer es ersteigert hat.«

»Die Bank.«

»Und kurz darauf hat sie es für ein Heidengeld verkauft. Peder sagt, mit den Plänen für das Bad als Dreingabe.«

Sonia nickte nachdenklich. »Und jetzt kopiert sie ihm auch noch die Menüs.«

»Aber Peder hat mit der Sache nichts zu tun. Der ist zu anständig.« Christoph fing an zu weinen. Ladina stand auf und kümmerte sich um ihn. Wieder schien sie Sonias Anwesenheit zu vergessen.

»Der Regen hat nachgelassen. Vielen Dank für alles.« Sonia stand auf.

Ohne aufzublicken, sagte Ladina: »Dann noch eher seine Tante.«

»Welche Tante?«

»Frau Felix.«

Bisher hatte sie es vermieden, Bob einzuweihen. Als könnte sie sich damit eine neutrale Zone schaffen, in der das alles keine Bedeutung hatte. Eine andere Wirklichkeit, in die sie sich flüchten konnte. Aber am Ende dieses aufwühlenden Tages sehnte sie sich danach, mit jemandem darüber zu sprechen, der ihr nahestand. Und daß Bob diesen Status inzwischen erreicht hatte, gestand sie sich heute abend ein. Irgendwann in dieser Nacht würde sie es ihm erzählen.

Sie freute sich darauf, in der Bar zu sitzen, ihm zuzuhören und ihn anzuschauen, während er sich immer von neuem von seinem Spiel überraschen ließ.

Doch schon in der Tür sah sie Maman im großen Wandspiegel der Bar. Sie trug ein schwarzes ausgeschnittenes Kleid und ihre dreireihige Perlenkette, deren großkalibrige Perlen sich überdeutlich von der dauerbraunen Haut abhoben. Sie saß damenhaft auf einem Barhocker, hatte ihren obligaten Sherry vor sich und lachte gerade herzlich über etwas, was Barbara Peters gesagt hatte.

Sonia blieb stehen. Sie hatte keine Lust, ihrer Exschwiegermutter hier zu begegnen.

Während sie noch unschlüssig in der Tür stand, entfernte sich Barbara Peters von Maman, durchquerte den Raum, ging hinter Bob vorbei und verschwand aus Sonias Blickwinkel. Im Vorbeigehen hatte sie ihm beiläufig über den Nacken gestrichen.

Sonia ging zurück in ihr Zimmer.

Wenn es den Teufel gäbe und man könnte mit ihm einen Pakt schließen – Barbara Peters würde es tun.

Sonia hatte das Kleid ausgezogen und lag auf dem Bett. Der Fassadenspot warf den Birkenschatten auf die Dachschräge. Der Nachtwind ließ aus den Umrissen Fratzen entstehen und verschwinden. Alle gehörten Barbara Peters.

Als Teenager hatte sie viele Stunden auf dem Bett ihres Mansardenzimmers gelegen und ihre persönlichen Miss-Haß-Wahlen veranstaltet. Kandidatinnen waren ihre zahlreichen immer wieder die Rollen tauschenden Freundinnen und Feindinnen. Sie war die Präsidentin der Jury und ihr einziges Mitglied, unbestechlich und gnadenlos. Sie ließ sie in demütigenden Ausscheidungsrunden gegeneinander antreten, bis sie aus den drei Finalistinnen die Haßkönigin erkor. Dieser ließ sie schreckliche Dinge zustoßen und sah tatenlos zu. Manchmal, wenn sie sich nicht entscheiden konnte, auch allen drei Finalistinnen.

Heute, über zwanzig Jahre später, lieferten sich die beiden Finalistinnen Barbara und Maman ein spannendes Kopf-an-Kopf-Rennen. Sie schenkten sich nichts, beendeten den Wettbewerb ex aequo und mußten sich die Krone teilen. Ge-

rade als Sonia sich für die Form des ersten Preises entscheiden wollte, klopfte es.

Sie verhielt sich ganz still.

Wieder klopfte es. Dann Manuels Stimme: »Komm, mach
schon auf, ich bin's.«

Sie stand auf und öffnete ihm in Slip und BH.

Er war etwas außer Atem: »Wenn du nicht runterkommst,
schnappt sie ihn dir weg.«

Sie hob die Schultern. »Wenn er sich schnappen läßt…«

»Quatsch, sie ist eine Ausnahmeschönheit. Da verlangst
du zuviel von ihm.«

Sie ließ die Schultern wieder fallen.

»Klar, du siehst natürlich auch gut aus, nur… Ach, Scheiße, komm einfach runter, mach schon.«

»Ich habe schon geschlafen.«

Er musterte sie. »Im Voll-Make-up? Komm runter.
Kämpf!«

»Was hast du davon?«

Manuel lachte. »Ich gönne ihn ihr nicht.«

Sonia nahm das Kleid vom Bügel. »Dir zuliebe.«

Es war ein leichter Sieg. Als sie herunterkamen, war Maman an Barbaras Tisch im Speisesaal beim Essen, manchmal
klang ihr künstliches Lachen herüber. Bob war in seine
Dinner Music vertieft. Sie, Manuel und Dr. Stahel waren
die einzigen Gäste der Bar. Die beiden Frauen saßen immer noch im Speisesaal.

Bob setzte sich in den Musikpausen zu ihnen an den
Tisch und war so wie immer. Und als er sein letztes Stück
spielte – Cole Porters »In the Still of the Night« –, hatten

sich die beiden Damen längst zurückgezogen, ohne noch einmal in die Bar geschaut zu haben.

Zuerst entschuldigte sich Dr. Stahel, dann Manuel, dann zeigte Vanni erste Anzeichen von Ungeduld, und schließlich gingen Sonia und Bob auf ihr Zimmer, wie ein eingespieltes Artistenpärchen auf Tournee.

»Bob?«

»Hmm?«

»Woher hast du die Kratzer?«

»Welche Kratzer?«

»Auf dem Rücken.«

»Die müssen von dir sein.«

»Ach, Bob. Masseurinnen tragen ihre Nägel kurz.«

Der Wald unter Alp Petsch war nachlässig in Watte verpackt. Das Grau des Himmels wurde im Westen von einem blendenden Weiß durchbrochen, das die anmutigen Lärchenäste naß glänzen ließ. Der schmale Pfad war mit den braunen Nadeln des letzten Herbstes dick gepolstert. Dazwischen lagen die kleinen Tannenzapfen verstreut, mit denen sie als Kind Tabakpfeifchen-Rauchen gespielt hatte.

Sie hatte sich bei Manuel abgemeldet für den Tag. Er hatte ihren einzigen Termin übernommen und gefragt: »Und falls Miss Gamander fragt?«

»Dann kann sie mich mal.«

»Alles klar.«

Nichts denken, nichts denken, wiederholte Sonia im Takt ihrer schnellen Schritte. Unter den Kleidern schwitzte sie, aber Hände, Ohren und Nasenspitze waren eiskalt. Die

Temperatur war in der letzten Stunde empfindlich gefallen.

Nichts denken, nichts denken.

Links am Wegrand stand die Bank, von der aus sie damals gesehen hatte, wie die Welt sich für einen Augenblick verwandelte. Wie lange war das her?

Nichts denken, nichts denken.

Der Weg stieg steil an durch den sich ausdünnenden Wald, der nach und nach den Blick auf die baumlosen Alpweiden freigab.

Außer Atem erreichte sie die Waldgrenze. Über ihr stiegen die sattgrünen Hänge an, bis sie unter duftigen Nebel-Volants verschwanden. Zwei, drei weiße Alphütten klebten am Hang, wie von einem Kind in eine Modelleisenbahnlandschaft gepflanzt. Eine senkrechte kiesige Schramme, durch deren Mitte ein schneeweißer Bach herabschoß, störte die Harmonie des Bildes.

Das Gras stand hoch, nur eine der Weiden war von einem kurzentschlossenen Bauern an einem der seltenen trockenen Tage der letzten Wochen gemäht worden. Das Heu lag in glänzende weiße Kunststoffballen gepreßt am Wegrand.

Sonia kletterte über den Zaun und begann den Aufstieg quer über die gemähte Wiese.

Hier geht die winzige Sonia Frey einen steilen Berg hinauf. Eine unter Millionen, die in diesem Augenblick einen steilen Berg hinaufgehen, eine unter Hunderttausenden, die in diesem Augenblick mit ein bißchen Angst einen steilen Berg hinaufgehen, eine unter Zehntausenden, die in diesem Augenblick mit ein bißchen Angst und ein bißchen Liebeskummer einen steilen Berg hinaufgehen.

Nichts denken, nichts denken.

Vorbei an einer kuhfladengepflasterten Mulde mit einem hölzernen, mit Blech ausgeschlagenen Brunnen. Vorbei an einer schwarzen Holzhütte mit einem Sonnenkollektor. Vorbei an einem schlecht vernarbten kleinen Erdrutsch.

Sie erreichte den Nebelsaum. Die Umrisse lösten sich auf. Sie kletterte weiter, bis die Weiden unter ihr ganz verschwunden waren und sie nichts umgab als dieser stille weiße Nebel.

Erst dann gönnte sie sich eine Pause. Sie setzte sich auf einen Stein, der aus der makellosen Wiese wuchs, und wartete, bis sich der Aufruhr in ihrem Körper legte.

Nichts denken.

Ihr Atem beruhigte sich. Der Puls wurde langsamer.

Um sie herum und über ihr war nichts. Und in dieses kühle, undurchsichtige Nichts hüllte sie sich, wie in ein leichtes Tuch.

Von weit her drang ein Motorengeräusch an ihre Ohren und verwandelte sich in eine leuchtorangene Linie, die im weißen Nebeldunst oszillierte.

Die Luft roch rund und weich.

Plötzlich, als blähte der Wind einen Tüllvorhang, hob sich das Weiß, in das sie starrte. Über ihr tat sich ein eisblauer Himmel auf. Unter ihr war Val Grisch wie für immer in einem Nebelmeer versunken.

Es war, als hätte sie durch eine weiße Schleuse eine andere, von einer fremden grellen Sonne ausgeleuchtete Wirklichkeit betreten.

Die Zeit war stehengeblieben. Nichts rührte sich.

Die erste Bewegung, die Sonia wahrnahm, war der fro-

stige Wind. Dann sah sie die Wolke in seinem Schlepptau. Sie glitt herbei und verbarg die Welt wieder, in die Sonia für einen Moment hatte blicken dürfen.

Als Sonia klein war, hatte ihr Vater für sie gezaubert: Er hielt die flache Hand auf die Stirn und lächelte. Dann strich sie langsam nach unten. Das glückliche Gesicht verschwand, und oberhalb des angelegten Daumens kam ein trauriges zum Vorschein. Er ließ die Hand wieder nach oben gleiten, und das Lächeln kam wieder zum Vorschein.

Genauso magisch hatte sich vorhin die Welt verwandelt und zurückverwandelt. Jetzt, auf dem Rückweg, sah sie den Wald und das Dorf wieder klar und scharf umrissen, während hinter ihr von neuem graue Wolken von den Hängen quollen.

Bergab durch den Wald über den sanft geneigten, nadelgepolsterten Wanderweg, zwischen Gehen und Schweben. Weiter auf dem knirschenden Kies der ausgewaschenen Naturstraße. Vorbei an Luzi Bazzells Trauerhaus. Durch Casutts Gäßchen mit den verwaschenen Sgraffiti und den abblätternden Fassaden, an die sich mit Plastikfolie geschützte Holzstöße lehnten.

Vor dem Kolonialwarenladen räumte Frau Bruhin die Werbetafel und den Zeitungsständer herein. Als sie Sonia sah, deutete sie zum Himmel: »Da kommt etwas!«

Sonia hob den Blick. Die gleichförmige Nebeldecke hatte sich zu grauen Wolken geballt, deren Ränder sich gelblich und bräunlich zu verfärben begannen.

Sonia ging weiter, die Dorfstraße hinauf, vorbei am Steinbock, vorbei am Geranienbrunnen, direkt auf die Kirche

zu. Sie stieß die schwere Tür auf und atmete die Mischung aus Arvenholz, Kerzenruß und Weihrauch ein. Nur wenig Licht des immer dämmriger werdenden Nachmittags drang durch die Glasmalereien.

Vom Seitenaltar mit der Muttergottes leuchtete Kerzenschein. Sie ging darauf zu.

Eine alte, schwarzgekleidete Frau kniete davor, tief in ihr Gebet versunken. Sonia wäre lieber allein gewesen. Sie bekreuzigte sich vor dem Marienbild und klaubte ihr Sportportemonnaie aus der Hosentasche. Es besaß einen Klettverschluß und verursachte beim Öffnen ein reißendes Geräusch.

Die Beterin wandte den Kopf und sah zu ihr auf. Sonia erkannte die Frau, bei der Casutt wohnte. Sie nickten sich wortlos zu.

Sonia warf eine Münze in den Opferstock und steckte drei Kerzen an. Alle drei für sich selbst.

Die alte Frau schloß ihr Gebet mit einem hörbaren »Amen«, schlug das Kreuz und rappelte sich hoch. Sie nickte Sonia zu und entfernte sich. Kurz darauf flackerten die Kerzen auf dem Altar. Sonia hörte das Ächzen der Seitentür und das Geräusch, als sie ins Schloß fiel.

Die Marienstatue trug ein weißes, bodenlanges Kleid, einen weißen Schleier, der in eine Stola überging, und eine himmelblaue Schärpe um die Taille. An ihrem rechten Unterarm hing ein goldener Rosenkranz bis zur Fußspitze. Sie hatte die Handflächen aneinandergelegt, den Blick gegen den Himmel gerichtet und betete für uns arme Sünder.

Sonia hörte das Geräusch von leisen Schritten. Sie blickte sich um und sah eine Gestalt in der Sakristei verschwinden.

Wieder flackerten die Kerzen, und wieder ächzte die Seitentür. »Sandro!« rief eine gedämpfte Frauenstimme.

Es war die alte Frau von vorhin. »Sandro!«

Sie kam mit raschen kurzen Schritten auf Sonia zu. »Haben Sie den Sigrist gesehen?« Sie war bleich, und ihre Augen waren weit aufgerissen. Ihr Atem ging stoßweise, als hätte sie eine Anstrengung hinter sich.

»Vielleicht in der Sakristei«, antwortete Sonia. »Ist etwas passiert?«

Die Frau nickte. »Das Kreuz.« Sie ging zur Sakristei und kam gleich darauf mit dem Sigrist wieder heraus. Die beiden gingen zur Seitentür. Sonia folgte ihnen.

Der Himmel war jetzt fast schwarz. Ein eisiger Wind wirbelte große Schneeflocken durchs Dorf. Der Sigrist und die Alte waren nicht zu sehen, aber das kleine schmiedeeiserne Tor zum Friedhof stand offen.

Die angewelkten Kränze und Bouquets von Reto Bazzells Grab waren schon mit einem dünnen Schneefilm überzogen. Die alte Frau stand vor dem Grab, der Sigrist machte sich an dem schlichten Kreuz zu schaffen.

Es steckte verkehrt herum in der Erde.

Der Sigrist zog es heraus, legte es auf den Boden und ging zu einem kleinen Geräteschuppen am anderen Ende des Friedhofs. Sonia und die alte Frau standen schweigend am Grab und schauten dem Schnee zu, der jetzt als dichter Vorhang wirbelte und die Erdspuren auf dem Grabkreuz überdeckte. »Ich heiße Sonia Frey«, sagte Sonia, um das Schweigen zu brechen.

»Seraina Bivetti«, erwiderte die Frau. Dann schwiegen sie weiter.

Der Sigrist kam mit einer Stechschaufel zurück, hob ein kleines Loch aus und pflanzte das Kreuz so ein, wie es sich gehörte. Er drückte die Erde mit dem Schuh fest und trat einen Schritt zurück.

Seraina fischte ein benutztes Papiertaschentuch aus der Handtasche und reichte es wortlos dem Sigrist. Der säuberte das Kreuz, bis die Inschrift wieder lesbar war, und betrachtete das Werk.

Seraina schlug das Kreuz, Sandro Burger tat es ihr nach, und auch Sonia bekreuzigte sich.

»Wenn ich den erwische«, sagte der Sigrist drohend.

»Paß auf, daß er nicht dich erwischt«, murmelte Seraina.

Sonia blieb fröstelnd neben dem Grab ihres Feindes stehen und sah zu, wie der Sommerschnee sich auf die Schultern von Serainas schwarzer Strickjacke legte wie eine fadenscheinige Boa.

Sie fuhr zusammen, als die Kirchenglocke die Viertelstunde schlug.

Als wäre die Glocke das Zeichen gewesen, auf das sie gewartet hatten, setzten sich die beiden in Bewegung. Sonia folgte ihnen. Ihre Schuhe hinterließen bereits Spuren auf dem schmalen Plattenweg.

Am Friedhofstor trennten sie sich.

»Die Ursina lüftet ihr Federbett«, sagte Seraina zum Abschied.

Sogar auf der Dorfstraße blieb der Schnee jetzt liegen. Keine zehn Meter konnte Sonia sehen. Die Häuser auf der andern Straßenseite lagen hinter einem Schneevorhang.

Vor ihr tauchte eine Gestalt im Gestöber auf. Zuerst nur

als kaum sichtbare Verdichtung, dann als zwei Töne dunklere Silhouette. Jetzt nahm sie Farbe an. Gelb. Eine alte Frau kam auf sie zu. Sie trug eine gelbe Regenhaut, unter der eine Hose mit einem von Gelb dominierten Schottenmuster hervorschaute. Sie ging, ohne aufzublicken, an ihr vorbei. Sonia blickte ihr nach, bis das Schneegestöber die Gestalt verschluckte.

Sie ging weiter. Hinter ihr näherte sich das Geräusch eines Motors. Sie stellte sich dicht an eine Häuserwand.

Zwei Abblendlichter färbten die Schneeflocken gelblich. Eine schwarze Limousine materialisierte sich und löste sich gleich wieder auf. Aber die Zeit reichte, um den Wagen des Senatore zu erkennen.

Die Reifenspuren führten zum Hotel, aber die Limousine stand nicht mehr davor. In der Einfahrt spielten Pascal und Dario im unverhofften Schnee.

Die Glasfront der Schwimmhalle war erleuchtet. Durch das Flockentreiben war ganz schwach Frau Professor Kummer zu erkennen. Sie hatte die Arme ausgebreitet und den Kopf in den Nacken gelegt, in einer Art bewegungskünstlerischem Tanz. Von dem Teil des Thermalbeckens, der ins Freie ragte, stieg eine beleuchtete Dampfwolke auf.

Die Lüttgers kamen aus dem Hoteleingang. Sie trugen ihre Wanderkleidung und taten, als merkten sie nichts vom Flockentanz. Beide hielten imaginäre Skistöcke in den Fäusten und begleiteten ihre Schritte mit mechanischen Armbewegungen.

Es war, als hätte der verrückte Wintereinbruch Val Grisch vollends von der Wirklichkeit abgeschnitten.

Sonia hatte vorgehabt, den Rest des Tages in ihrem Zimmer zu verbringen. Sie hatte keine Lust, Barbara oder Bob oder Maman zu sehen. Sie würde eine Tafel Schokolade essen und etwas fernsehen.

Aber am Abend zog sie noch einmal die feuchten Wanderschuhe und die Windjacke an und verließ das Gamander.

Es hatte aufgehört zu schneien, und der Schnee tropfte bereits von den Dächern. Aus vielen Kaminen stieg Rauch, und die verschneiten Häuser mit ihren erleuchteten Fenstern sahen aus wie Motive eines Adventskalenders.

Die Lampe über dem Portal der »Chasa Cunigl« brannte. Sonia klopfte, und sogleich wurde ihr geöffnet, als hätte man sie erwartet.

Diesmal erkannte Seraina sie. »Es geht ihm nicht besser«, sagte sie, »ich glaube nicht, daß Sie mit ihm reden können.«

»Mit Ihnen möchte ich reden.«

Seraina trat beiseite, ließ Sonia herein und schloß die schwere Tür. Es roch nach einem Apfelkuchen, der auf einer Kommode im Flur abkühlte. Sie machte keine Anstalten, Sonia in ihre Wohnung zu führen. »Ich habe wenig Zeit, ich erwarte noch Besuch.«

»Als es zu schneien begann, haben Sie gesagt, Ursina lüfte ihr Federbett.«

»Das sagt man hier, wenn es zur Unzeit schneit.«

»Es stammt aus der Sage vom Teufel von Mailand.«

»Es ist keine Sage.«

Sonia war für einen Moment sprachlos.

»Ich habe Sie heute in der Kirche beten sehen. Wer an den lieben Gott glauben will, muß auch den Teufel in Kauf nehmen.«

»Können Sie mir die Geschichte erzählen? In meinem Buch fehlt ein Teil.«

»Mein Besuch kann jeden Moment eintreffen. Kommen Sie morgen wieder.« Seraina öffnete die Tür und wartete. »Nach dem Mittagessen. Um zwölf. Ich esse früh.«

Sonia ging an ihr vorbei ins Freie.

»Als meine Mutter jung war, ist ihr die Ursina eines Nachts erschienen. Sie habe blutige Tränen geweint, hat sie erzählt. Am nächsten Morgen sind die schwarzen Haare meiner Mutter schneeweiß gewesen.«

Auf dem Weg zurück gingen die Lichter aus. Die Straße lag plötzlich im Dunkeln, die Fenstervierecke waren schwarz. Auch still war es geworden. Ein Fernseher, der dumpf von irgendwo über ihr gelärmt hatte, war verstummt.

Sie blieb stehen und suchte in ihrer Handtasche nach der Taschenlampe. Sie hatte sie im Zimmer vergessen. Sie ging weiter, so schnell es die Dunkelheit erlaubte.

Auch auf der Dorfstraße rabenschwarze Nacht. In einigen Fenstern flackerte Kerzenlicht, und Schatten huschten. Sie begann zu rennen.

Dort, wo sonst das Gamander leuchtete wie ein Passagierdampfer in der Nacht, war nur noch ein bedrohlicher Umriß zu erkennen.

Aber als sie die Einfahrt erreichte, hörte sie den gedämpften Lärm eines anspringenden Generators. Langsam glühten die Lichter auf im Gamander. Schwankten ein paarmal und blieben dann stabil.

Das Dorf blieb dunkel.

In dieser Nacht versuchte Sonia gar nicht erst, ohne Temesta zu schlafen. Doch als sie erwachte, war die Wirkung verflogen und die Nacht noch lange nicht vorbei.

Sie hatte ein Geräusch geträumt. Ein leises Klimpern, Rasseln und Klirren, als turnte Pavarotti nebenan im Käfig herum. So deutlich war es gewesen, so bunt und dreidimensional, daß sie Licht machte und ins Bad ging.

Aber da war kein Käfig. Nur der Stummel der Kerze, die sie im Waschbecken hatte brennen lassen für den Fall, daß der Generator abgeschaltet würde, bevor das Licht zurückkam. Das ferne Motorengeräusch war immer noch zu hören. Sie ging zurück ins Zimmer und schob den Vorhang ein wenig zur Seite.

Vom Dorf her drang noch immer keine Helligkeit. Aber die Straßenlampe beim Parkplatz wurde vom Generator versorgt und warf einen trüben Lichtkegel auf die nasse Straße.

Für einen Augenblick glaubte sie, darin eine Gestalt zu sehen.

Am nächsten Tag war der Schnee im Dorf geschmolzen. Aber wenn der Wind ab und zu den Nebeltüll lüftete, blitzten hoch oben die Berge weiß hervor.

Sonia hatte einen Morgentermin mit Dr. Stahel. Er litt weder unter Kopfschmerzen noch unter einem Kater. »Machen Sie also, was Sie für passend halten«, bat er Sonia.

Sonia hielt ein Kopf-Shiatsu für sehr passend für einen Neuropsychologen. Sie massierte mit den Fingern beider Hände seine Kopfhaut von der Stirn bis zum Nacken. Er war frisch geduscht, und sein dichtes weißes Haar fühlte sich an, wie sich ein nasses Eisbärenfell anfühlen mußte.

Stahel schloß die Augen. Nach einer Weile sagte er: »Morgen ist mein letzter Tag hier.«

»Ich wollte, es wäre auch meiner«, antwortete Sonia.

Er schlug die Augen auf, und sie sahen sich verkehrt herum an. »Ach? Und ich dachte, Sie seien auf den Geschmack gekommen.«

»Das dachte ich auch.« Sie nahm ein Haarbüschel in jede Hand und zog sanft daran.

»Das umgekehrte Kreuz?«

Sonia griff sich zwei neue Haarbüschel und erzählte ihm vom zweiten umgekehrten Kreuz. »Jemand macht dort weiter, wo der Milchsammler aufgehört hat.«

»Oder etwas.« Sie faßte seine Ohrläppchen und begann, die Ohren zwischen Daumen und Zeigefinger zu massieren. »Etwas Übernatürliches.«

Er ging nicht darauf ein. »Und der Pianist?«

»Was ist mit ihm?«

»Ich bin doch nicht blind.«

»Scheint nicht fürs Leben gewesen zu sein.«

»Schade. Sie waren ein hübsches Paar.«

Sonia drückte ein paar Sekunden lang in den inneren Winkel von Dr. Stahels Augenhöhlen. Dann knetete sie die Wülste, auf denen seine buschigen Augenbrauen wuchsen. »Darf ich Sie etwas fragen, das vielleicht nicht so in Ihr Gebiet fällt?«

»Wenn es sich nicht um die Liebe handelt.«

Sie ließ ihre Finger kreisend zu seinen Schläfen gleiten und von dort aus hinunter bis zum Muskelknoten des Kiefergelenks. »Halten Sie es für möglich«, fragte sie zögernd, »daß es in einer dieser vielen Wirklichkeiten den Teufel gibt?«

Dr. Stahel ließ sich Zeit mit der Antwort.

»Wahrscheinlich in allen«, sagte er schließlich.

hier regnets
und sonst
nichts sonst es regnet und regnet
hier hats geschneit
immerhin

Eine löchrige Wolkendecke warf ihre unruhigen Schatten auf Val Grisch. In den schmalen Gassen hingen Küchendüfte, und aus einem Fenster klang ein schwermütiges Jodellied.

Die Tür von Serainas Haus stand offen, aus dem Flur drangen gedämpfte Stimmen. Als sich ihre Augen an das Halbdunkel des Piertens gewöhnt hatten, sah sie zwei Frauen mit einem hageren, gebeugten Mann reden. Es war Casutt. Er kam zum Portal, und jetzt sah Sonia, daß er rasiert und gekämmt war und ein sauberes Hemd und eine Krawatte trug. Er roch nach einem Kölnisch, das es nicht ganz schaffte, seinen Schweißgeruch zu übertünchen. Seine Augen waren gerötet.

»Wollen Sie zu mir?«

»Nein, ich bin mit Seraina verabredet.«

Casutt wechselte einen stummen Blick mit den zwei Frauen. »Heute nacht hat man sie geholt«, sagte er leise, als teilte er ihr ein Geheimnis mit.

»Was ist passiert?«

Eine der Frauen berichtete aus erster Hand: »Mitten in der Nacht erwache ich von einem Geräusch auf der Straße. Wie ein Singen. Oder Weinen. Ich gehe ans Fenster und sehe eine weiße Gestalt. Wie ein Geist. Ich wecke meinen Mann, und er sieht die Gestalt auch. Er öffnet das Fenster und ruft: ›He!‹

Sie gibt keine Antwort, aber sie schaut herauf. Und jetzt erkennen wir sie: Es ist Seraina. Im Nachthemd. Wir gehen runter und holen sie rein. Sie sagt kein Wort, zittert nur. Sieht schrecklich aus mit offenen Haaren und ohne Gebiß. Zittert nur. Weiß Gott, wie lange sie schon da draußen herumgeirrt ist. Wir wickeln sie in eine Decke und bringen sie hierher. Die Tür steht offen. Aber als sie merkt, daß wir mit ihr in ihr Haus hineinwollen, fängt sie an zu schreien und wehrt sich mit Händen und Füßen. Da haben wir sie

wieder zu uns gebracht und den Arzt geweckt. Der hat den Krankenwagen angerufen. Als sie sie fortgebracht haben, hat sie immer noch gezittert. Aber gesagt hat sie kein Wort.«

»Unter Schock«, ergänzte die andere Frau.

Die dramatischen Lichtwechsel ließen das Dorf wie das Bühnenbild für eine Freiluftaufführung erscheinen. Sonia beeilte sich. Sie wollte weg von diesem Haus und dieser Geschichte.

Auf halber Strecke zum Hotel drang Hufgeklapper aus einer schmalen Seitenstraße. Es hallte an den Fassaden wider, als preschte eine Reiterbrigade durch Val Grisch. Sonia blieb an der Kreuzung stehen und spähte um die Hausecke.

Es war der blaue Landauer des Hotels. Etwas schnell für die enge Straße. Curdin, der sonst immer grüßte, saß auf dem Bock und starrte angestrengt geradeaus.

Unter dem Verdeck des Landauers erkannte sie die lachende Barbara Peters. Und, auch er aus vollem Halse lachend, il Senatore.

In der Hotelhalle wurde sie von Manuel erwartet. Er, der bisher immer die Meinung vertreten hatte, daß sein Beruf schon Fitneßtraining genug sei, hatte darauf bestanden, sie an ihrem gemeinsamen freien Nachmittag auf ihrer Wanderung begleiten zu dürfen.

Er trug eine neue Kniebund-Wanderhose. Aus einem Paar ebenfalls nicht sehr oft getragenen Bergschuhen ragten seine nackten, an den Waden kahlgescheuerten Unterschenkel.

»Wenigstens keine Wandersocken«, bemerkte Sonia.

»Ich kann sie hochrollen, wenn mir kalt wird«, erklärte er und machte es vor.

»Und was hast du im Rucksack?«

»Regenschutz, Pullover, etwas zu trinken, ein wenig Proviant, Verbandszeug, was man halt so braucht. Ersatzsokken.«

»Ersatzsocken.«

»Ich hasse nasse Füße.«

»Die Schuhe sehen wasserdicht aus.«

»Falls wir Bäche durchqueren müssen.«

»Dann bauen wir Seilbrücken. Hast du Seile dabei?«

Er stutzte eine Sekunde, dann zeigte er den breiten Abstand zwischen seinen Vorderzähnen.

In der Einfahrt machte sich die Familie Häusermann für ihren Ausflug bereit, alle mit Mountainbikes, die sie im Sportgeschäft gemietet hatten. Bango tanzte aufgeregt um sie herum.

Als der Spaniel Sonia sah, rannte er zu ihr und begrüßte sie. Manuel ignorierte er. Als der sich bückte und ihn tätscheln wollte, hob er die Lefzen und knurrte.

»Ich bin eben mehr der Katzentyp«, grinste Manuel.

Gian Sprecher hatte nun doch die Wiese neben dem Haus gemäht. Entweder hielt das Wetter, und das Gras würde so weit antrocknen, daß er den Ballenpresser kommen lassen konnte. Oder das Wetter hielt nicht, und er würde sich bei jemandem einen Heutrockner leihen.

Er fuhr den Einachsmäher in den Schuppen, setzte sich

für einen Moment zum Verschnaufen auf die Bank vor dem Stall und blickte aufs Dorf hinunter.

Vor dem Gamander gab es eine kleine Menschenansammlung. Er stand auf und holte den Feldstecher vom Haken.

Ein paar Minuten später stand er am alten Wandtelefon in der Küche. Er hatte seine runde Stahlbrille aufgesetzt, die ihm ein seltsam intellektuelles Aussehen verlieh, und las eine Nummer von einem Bierdeckel.

Für sein Übergewicht und seine dreißig Zigaretten war Manuel erstaunlich gut in Form. Er war die erste halbe Stunde hinter ihr hergegangen und hatte sie dann überholt mit der Erklärung, daß er bei seinem eigenen Tempo nicht so schnell ermüde. Seither ging er voraus, sah sich ab und zu nach ihr um und wartete manchmal, bis sie zu ihm aufschloß.

Jetzt hatte sie ihn schon eine Weile aus den Augen verloren. Aber als sie ihre Bank erreichte, saß er dort, hatte eine Papierserviette mit einem aufgeschnittenen Salsiz auf der Sitzfläche ausgebreitet. Er war dabei, aus einer Feldflasche eine gelbe Flüssigkeit in zwei Plastikbecher zu gießen. »Jede Stunde zehn Minuten Pause, so habe ich es gelernt«, rief er ihr zu.

Sonia blieb neben der Bank stehen. »Danke, ich habe keinen Hunger.«

»Dann trink einen Schluck. Es ist Apfelsaft, nicht Bier.« Er hielt ihr den Becher hin. Sie nahm ihn und trank im Stehen.

»Willst du dich nicht setzen?«

»Ich kann auf dieser Bank nicht picknicken.« Sonia erzählte ihm von ihrem Erlebnis.

»Verstehst du? Es war ein mystisches Erlebnis. Es wäre, als würde ich auf einer Kirchenbank picknicken.«

»Bist du religiös?«

Sonia überlegte. »Ich wäre es gerne.«

»Du bist auf dem richtigen Weg. Du hast schon Erscheinungen. Wie eine Heilige.«

Manuel begann, sein Rucksäckchen zu packen.

»Das war keine Erscheinung. Ich habe nichts gesehen, was es nicht gibt. Ich habe nur etwas gesehen, was andere nicht sehen können.«

Ein Stück weit war der Weg breit genug, daß sie nebeneinander gehen konnten. »An das Böse glaube ich jedenfalls. Dem bin ich begegnet.«

»Das Böse ist eine Konvention wie das Gute. Man einigt sich darauf. Menschen opfern war gut. Menschen fressen war gut. Menschen rädern war gut. Menschen bombardieren ist gut. Menschen in die Luft sprengen ist gut. Je nachdem.«

Sonia ging eine Weile schweigend neben ihm her, bis sie sagte: »Ich glaube, es gibt auch das absolut Böse, an dem man nicht heruminterpretieren kann. Das Böse als Macht.«

Als er nicht darauf einging, fügte sie hinzu: »Folglich gibt es auch das Gute als Macht.«

»Ich sag's ja: religiös.«

Der Weg wurde schmaler und zwang sie, hintereinander zu gehen. Sonia ließ ihm den Vortritt. »Manchmal denke ich, es war niemand aus dem Dorf.«

Sie dachte, er hätte sie nicht gehört, und beschloß, in diesem Fall die Bemerkung nicht zu wiederholen.

Aber dann fragte er: »Sondern?«

Sonia lachte verlegen. »Manchmal kommt mir alles so sonderbar vor. Hast du das nie? Du sitzt irgendwo, und plötzlich verändert sich alles. Die vertrautesten Dinge werden plötzlich fremd und bedrohlich. Und dann hast du das Gefühl, daß da etwas anderes ist, eine andere Präsenz. Kennst du das?«

»Nein.«

»Genau dieses Gefühl hat mich hier oben befallen. Nur, es geht nicht mehr weg. Frau Felix, der Ficus, die Leuchtstäbe, Pavarotti, die Glocken, Bango, Bazzells Tod, die Kreuze, der Senatore und Barbara, die Gäste, die Dorfbewohner, der Schnee, Seraina. Alles immer seltsamer, alles immer fremder, alles immer bedrohlicher.«

Der Weg stieg an in engen Serpentinen. An der Böschung wuchsen Alpenrosen. Jemand hatte vor nicht allzu langer Zeit die meisten ihrer Dolden abgerissen.

Manuel ging mit regelmäßigen Bergführerschritten vor ihr her. Er hatte nichts gesagt, als sie geendet hatte. Einmal hatte sie sich zurückfallen lassen, damit sie, wenn er um eine der engen Kurven gegangen war, sein Gesicht sehen konnte. Ihr Verdacht, daß er still vor sich hin grinste, hatte sich nicht bestätigt. Sein Ausdruck war ernst und interessiert.

»Ich mag dich sehr, Sonia«, sagte er unvermittelt.

»Was wird das? Eine Liebeserklärung?«

Er blieb ernst. »Ich will nur, daß du das weißt.«

»Ich mag dich auch.«

Sie hatten die Waldgrenze erreicht. Der Himmel war wolkenlos im Westen. Aber vom Osten her wälzte sich eine neue Nebelwulst heran.

»Am Anfang mochte ich dich nicht, ehrlich gesagt.«

»Ach? Und weshalb nicht?« fragte Sonia überrascht.

Sie erriet ein angedeutetes Schulterzucken. »Vorurteil. Wiedereinsteigerin aus besseren Kreisen und so.«

»Woher wußtest du das?«

»Von ihr.«

»Barbara Peters hat mich als Wiedereinsteigerin aus besseren Kreisen angekündigt?«

Er hatte eine Viehsperre erreicht und ging durch den engen Fußgängerdurchgang. »Vielleicht habe ich es auch nur aus ihren Bemerkungen geschlossen.«

Der Weg war wieder breiter, und Sonia schloß zu ihm auf. »Das hast du aber gut kaschiert, daß du mich nicht mochtest.«

Er hatte den Blick auf den Weg vor sich geheftet. »Das lernt man in unserem Beruf.«

»Mir ist es nie ganz gelungen.«

Manuel blieb stehen und sah sie an. »Vielleicht warst du nie gezwungen, es zu lernen.«

»Wie meinst du das?«

»Hübsch und etwas Geld im Rücken.«

»So schätzt du mich ein?«

»Zuerst.«

»Und jetzt?«

»Wie gesagt: Jetzt mag ich dich.«

Ein Vorläufer der Wetterfront löschte die Sonne aus. Sonia schlug vor, bei der nächsten Abzweigung den Weg zurück ins Dorf zu nehmen.

»Ein bißchen Regen schadet doch nichts«, wandte Manuel ein.

»Der Regen nicht. Aber der Blitz.«

»Auch Angst vor Blitzen.«

»Auch vor Blitzen«, bestätigte Sonia.

Zur Bekräftigung war im Osten ein träges Donnern zu hören.

Val Grisch lag da wie zusammengeduckt vor dem bevorstehenden Unwetter. Weit unten bewegte sich ein kleines Landwirtschaftsfahrzeug auf einen Hof zu wie ein flüchtendes Insekt. Etwas näher, am Rand des Waldes, der zwischen ihnen und ihrem Ziel lag, stand eine Gestalt, ein Wanderer vielleicht, oder ein Bauer. Jetzt bewegte sie sich und war gleich darauf zwischen den Bäumen verschwunden.

Das Gefälle zwang sie zu einer rascheren Gangart. »Der Abstieg war schon auf dem Schulausflug das Schlimmste«, schimpfte Manuel. »Da freute man sich den ganzen Aufstieg darauf, und dann taten einem die Knie weh, und man stieß sich die Zehen in den Schuhen blutig.«

Irgendwo im Gewühl der Regenwolken flackerte eine Blitzsalve. Noch ließ sich der Donner viel Zeit.

Der Weg wurde von einem Elektrozaun abgeschnitten. Er besaß einen Haken mit einem Griff. Manuel hängte ihn aus und hinter ihnen wieder ein. An einem Zaunpfahl am Wegrand hing eine Batterie, die in gleichmäßigen Abständen ein heimtückisches Ticken vernehmen ließ.

Sonia spürte den ersten Tropfen.

Die Fichten, über deren Wipfeln sie eben noch das Dorf erkennen konnten, standen jetzt hoch und schlank vor ihnen. Noch zwanzig, dreißig Meter, und sie hatten die beiden vordersten erreicht. Sie standen rechts und links des Weges, und ihre schweren Äste bildeten einen Torbogen, wie zum Eingang eines Märchenwaldes.

Der Wind, den sie bisher nur gespürt hatten, war nun zu hören. Er rauschte in den Nadeln, als wollte er sie zur Eile antreiben.

Der Wald wurde dichter. An der Böschung über ihnen stand Jungwuchs. Unter seinen grünen Krinolinen verloren sich die mageren Baumstämme im geheimnisvollen Dunkel.

Sie gingen wortlos hintereinander, beide auf den holprigen Weg konzentriert.

Beinahe wäre Sonia auf Manuel aufgelaufen. Er war plötzlich stehengeblieben wie ein Tier, das eine Gefahr wittert.

Weit vorn, im dunkelgrünen Zwielicht des Waldes, stand eine Gestalt und starrte unverwandt in ihre Richtung.

»Der wartet auf uns«, flüsterte Sonia.

Langsam setzte sich Manuel wieder in Bewegung.

Manuel erkannte ihn als erster. »Der Koch vom Steinbock«, sagte er und beschleunigte den Schritt.

Sonia teilte seine Erleichterung nicht. Nur zögernd folgte sie ihm.

Noch war der Regen unter den Fichten mehr zu hören, als zu spüren. Nur dort, wo Wind oder Kettensägen den Wald gelichtet hatten, begann das Perlgras naß zu glänzen.

Peder Bezzola erwartete sie mit versteinerter Miene.

»Kein guter Tag zum Wandern«, sagte Manuel zur Begrüßung. Bezzola gab keine Antwort. Breitbeinig stand er auf dem schmalen Weg. Links von ihm stieg die Böschung steil an, zu seiner Rechten fiel sie jäh und felsig ab bis zur Fortsetzung des Wanderwegs.

Sonia stieß zu den beiden und nickte Bezzola zu. Ihren Gruß erwiderte er. Aber auch nur mit einer knappen Kopfbewegung.

Sonia versuchte, sich an einen Fluchtweg zu erinnern, ohne sich umschauen zu müssen.

Bezzola machte keine Anstalten, sie durchzulassen.

»Würden Sie bitte etwas Platz machen«, sagte Manuel. »Es regnet nämlich.«

Bezzola ignorierte ihn. Aber jetzt richtete er das Wort an Sonia. »So, so. Spazieren mit dem Teufelchen von Mailand.«

Sonia spürte ihren Puls in der Halsschlagader. Sie wollte etwas antworten, bekam aber nur ein gequältes Lächeln zustande.

»Würden Sie uns vielleicht bitte durchlassen?« bat Manuel mit einem gefährlich freundlichen Unterton.

Bezzola quetschte die Glut aus seiner Zigarette und trat sie aus. Den Stummel warf er die Böschung hinunter. Dann verschränkte er die Arme.

»Hallo? Ich rede mit Ihnen«, sagte Manuel laut und deutlich, wie zu einem Schwerhörigen.

Der Koch sprach weiter mit Sonia, als wäre Manuel Luft. »Und das verkleidete Hündchen durfte nicht mitkommen, das arme? Das würde bestimmt auch gern mit dem Teufelchen spazierengehen. Mit seinem lustigen Jägerhütchen.«

»Lassen Sie uns sofort durch!« fuhr ihn Manuel an.

»Ach, Sie wissen das nicht?« Bezzola richtete sich noch immer direkt an Sonia. »Das Teufelchen wurde beobachtet, wie es das verkleidete Hündchen in seinem Kofferraum verstaut hat.« Er schaute Sonia mit dem aufmunternden Blick eines Lehrers an, der weiß, daß seine Schülerin die richtige Antwort auf der Zunge hat.

Sonia hatte ein Bild gespeichert, ohne zu merken, was

daran nicht stimmte: Bango, der Manuel mit gefletschten Zähnen anknurrte, als dieser ihn anfassen wollte. Plötzlich fror sie.

Manuel schob die linke Schulter vor und drängte sich an Bezzola vorbei.

Vielleicht rutschte er aus, vielleicht half Bezzola ein wenig nach. Jedenfalls fiel Manuel ein Stück weit die Böschung hinunter, konnte sich im Heidelbeerteppich festkrallen, hing einen Moment auf einer kleinen Felskuppe, bis die Staudenwurzeln mit hörbarem Reißen nachgaben. Er stürzte mit einem lauten »Shit!« die Böschung hinunter.

Peder rannte los, Sonia folgte ihm.

Manuel lag auf dem Weg und stöhnte, als sie ihn erreichten. Er blutete aus einer großen Schürfwunde auf der rechten Gesichtshälfte. Er lag auf dem Rücken, seinen seltsam verdrehten linken Oberarm hinter den Kopf gelegt und die Beine übereinandergeschlagen, als entspanne er sich auf einer Sonnenliege. Seine Oberschenkel lagen nebeneinander, aber sein linker Unterschenkel ruhte über dem rechten. Unter dem Knie befand sich eine Abwinkelung, wie ein neues Gelenk, das rasch anschwoll und sich rotblau verfärbte.

GABI, hatte Sonia während ihrer Ausbildung gelernt. Gibt er Antwort? Atmet er? Blutet er? Ist Puls spürbar? »Manuel?«

»Scheiße«, stöhnte er.

»Kannst du die Hände bewegen?« Sie sah, wie seine Finger etwas Unsichtbares umfaßten. »Die Zehen?«

»Ich glaube schon«, wisperte er.

»Kein Kribbeln? Spürst du alles?«

»Mehr als alles.«

Hinter sich hörte sie Bezzola auf romanisch telefonieren.

»Was tut am meisten weh?«

»Die linke Schulter.«

»Willst du versuchen, anders zu liegen?«

»Nein.«

Sie griff nach seinem rechten Handgelenk, um den Puls zu messen, und spürte ein Knacken. Er schrie auf. Vorsichtig legte sie die Hand wieder auf den Boden.

Bezzola hatte sein Gespräch beendet. »Am Waldrand unten gibt es eine Stelle, wo man landen kann. Ich gehe runter und warte auf den Helikopter. Haben Sie ein Handy? Für alle Fälle.« Er gab ihr seine Nummer und ging.

Auf der Felsböschung, über die Manuel gestürzt war, wuchsen keine Bäume. Ungehindert fiel der Regen auf sie herunter.

»In der Außentasche meines Rucksacks ist eine Pelerine. Vielleicht kannst du sie herausnehmen, ohne mich zu bewegen.«

Sonia brauchte Minuten, bis sie die orangene Regenhaut unter Manuel herausgeklaubt hatte. Sie kauerte sich neben ihn und breitete sie über sie beide aus. Eine Weile saßen sie im rötlichen Licht ihres kleinen Zeltes und hörten dem Regen zu, der auf den Kunststoff trommelte.

Manuel schloß die Augen. »Was er sagt, stimmt. Ich bin der Teufel von Mailand.«

Sonia hatte versucht, das Thema aus ihrem Bewußtsein zu drängen. Auch jetzt tat sie, als ob sie ihn nicht gehört hätte.

»Ich war's. Es tut mir leid, aber es stimmt. Ich war's.«

Noch immer schwieg Sonia.

»Ich wollte es dir sagen. Heute. Deswegen wollte ich mitkommen.«

»Und weshalb hast du es nicht getan?«

»Der Regen. Es begann zu regnen, und du wolltest zurück. Ich hätte es dir gesagt. Ehrenwort.« Der Schmerz und die Anstrengung des Geständnisses zerfurchten sein rundes, glattes Gesicht.

Sonia spürte, wie sie eine große Gleichgültigkeit befiel. Es war, als wäre sie weit weg von diesem Menschen, mit dem sie unter zwei Quadratmeter Pelerine kauerte.

»Ich habe die Säure in den Ficus geschüttet, Casutt zum Tagesdienst aufgeboten, die Leuchtstäbe im Pool versenkt, das Schlagwerk der Kirchenglocke verstellt, Bango verkleidet, das Kreuz umgedreht.«

»Und Pavarotti?« erkundigte sie sich, mehr der Vollständigkeit halber.

Sie spürte, daß er nickte. Was er danach sagte, bekam sie nicht mit. Aber sie sah seine Stimme. Sie war etwas Brockiges, ölig Irisierendes, träge sich Voranwälzendes, auf dessen Oberfläche das Geräusch des Regens eine gehämmerte Struktur hinterließ.

Als das Bild der Stimme verschwand und nur noch das des Regens blieb, fragte sie: »Und wie wäre es weitergegangen, was wäre ihr zugestoßen?«

»Wem?«

»Barbara Peters. Deiner Ursina.«

Schweigen. Und dann im rücksichtsvollen Ton des Überbringers einer schlechten Nachricht: »Es ging nicht um sie. Es ging immer um dich, Sonia. Du bist Ursina.«

Sonia verstand nicht. »Ich bin Ursina?«

»Aber zugestoßen wäre dir nichts. Es ist vorbei. Auftrag erfüllt.«

Ein Windstoß fuhr in die nassen Wipfel und verdoppelte die Kadenz des Regens.

»Auftrag?«

Manuel stöhnte. Vor Schmerzen und über ihre Begriffsstutzigkeit. »Frédéric«, sagte er nur.

Ein metallischer Geschmack entstand in ihrem Mund. »Woher kennst du Frédéric?«

»Von der Waldweide. Ich habe dort als Physiotherapeut gearbeitet.«

Seine Stimme kam von ganz weit weg und ihre von noch weiter. Sie hörte sich fragen: »Warum?«

»Er wollte dich zur Sau machen, wie er es nannte. Wie du ihn.«

»Und warum hast du mitgemacht?«

Sie hörte ihn vor Schmerzen die Luft einsaugen. »Er tat mir leid.«

»Leid? Frédéric?«

»Hast du schon einmal in der Psychiatrie gearbeitet? Mit der Zeit kannst du die Patienten und das Personal nur noch anhand der Kleidung unterscheiden. Ärzte mit verfilzten Haaren, die Selbstgespräche führen, Pfleger, die ständig vor sich hin sprechen, Nachtschwestern, die Angst im Dunkeln haben, Psychiater, die die Patienten beklauen. Da ist es eine Wohltat, einmal einen normalen Menschen kennenzulernen.«

»Der gerade versucht hat, seine geschiedene Frau umzubringen.«

Wieder wartete Manuel das Verebben einer Schmerzwelle

ab. »Er hat mir seine Version erzählt. Ich habe ihn verstanden. Damals.«

»Seine Version!«

»Du hast ihn seit eurer Heirat systematisch fertiggemacht. Du wolltest keine Kinder. Du mochtest seine Freunde nicht. Du hast seine Karriere untergraben. Du hast ihn bloßgestellt vor seiner Familie. Vor seinen Kollegen. Vor der ganzen Welt. Er wollte dich nicht umbringen. Nur zur Vernunft bringen. Aber du hast ihn provoziert.« Nachdem er sich von einem qualvollen Hustenanfall erholt hatte, fuhr er fort: »Und jetzt wolltest du ihm den Rest geben – Irrenhaus oder Knast.«

»Und dann«, hörte sie ihre fremde Stimme sagen, »hast du beschlossen, ihm zu helfen.«

»Er hat mich überredet. Und die Aussicht, daß ich so aus der Waldweide rauskomme, hat auch geholfen.«

Eine Böe zerrte an der Pelerine, und Sonia kämpfte einen Moment, bis sie sie wieder unter Kontrolle hatte. »Von wann an mochtest du mich?«

»Schon nach ein paar Tagen.«

»Und trotzdem hast du weitergemacht.«

Eine Weile waren nur der Regen und Manuels vorsichtige Atemzüge zu hören. »Zweihundertachtzigtausend. Soviel Geld hätte ich mein Lebtag nie auf die Seite gebracht. Zahlbar in sieben Raten. Nach jedem Job lagen vierzigtausend mehr auf dem Konto.«

Ja, das war Frédéric. »Die Argumente vertiefen«, hatte er es immer genannt, wenn er mit Geld nachhelfen mußte.

»Leicht verdient«, fuhr Manuel fort. »Das Schwierigste war, dafür zu sorgen, daß du Frédérics Sagenbuch findest.«

Das Licht eines Blitzes drang durch die Kopföffnung der Pelerine und erhellte für eine Sekunde das Innere ihres improvisierten Beichtstuhls. Der Donner folgte fast sofort.

»Und wie hast du die Stelle bekommen?«

»Ich hab mich ganz normal beworben. Kurz nach dir.«

Wieder ein Blitz, etwas schwächer diesmal, sein Donner etwas ferner.

»Und woher wußte er es? Ich habe es niemandem erzählt.«

Manuel stöhnte auf. »Hoffentlich kommen die bald.«

Nein, das stimmte nicht. Jemandem hatte sie es erzählt. Sie stellte die Frage, deren Antwort sie nicht wissen wollte. »Hatte er Kontakt mit Malu?«

»Sie hat ihn oft besucht.«

Sonia konnte Manuels Nähe plötzlich nicht mehr ertragen. Sie richtete sich auf und breitete die Pelerine über ihn aus wie über eine Polizeileiche.

Ein paar Schritte entfernt wartete sie im strömenden Regen schlotternd und heulend, bis über ihr der Rotor des Rettungshelikopters ratterte.

Als sie ihn vorbeitrugen, ging sie ein Stück neben der Tragbahre her. »Und warum das zweite Kreuz?« Sie schrie es, um den Helikopterlärm zu übertönen.

»Das war nicht ich«, schrie er zurück.

    bei uns regnets und regnets und regnets
    ...
    hallo sonia wo bist du
    dein handy wurde nicht gestohlen nicht wahr
    doch

ihr habt das erfunden damit ich mich nicht
frage woher maman weiß wo ich bin
nix verstan
gibs auf malu manuel hat ausgepackt
…
warum malu
…
warum malu
einsam alt und pleite
was hat er bezahlt
zu wenig
…
tut mir leid ehrlich ☹
…

Eine ihrer größeren Ehekrisen hatte Sonia in Namibia erlebt. Frédéric hatte sie mit zwei Wochen Safari dorthin gelockt. Sie war noch nie zuvor in Afrika gewesen und hatte
sich gefreut. Eine fast professionelle Kamera hatte sie gekauft und alle Tier- und Pflanzenführer, die sie auftreiben
konnte.

Erst als sie durch das mit Geweihen geschmückte Tor
der »Bushman's Hunting Lodge« fuhren, wurde ihr klar,
daß Frédéric keine Fotosafari gebucht hatte. Sie befanden
sich auf einer dieser riesigen eingezäunten Jagdfarmen, von
denen sie in ihren Führern gelesen hatte. Die Jagdgäste
wurden dort in günstige Abschußpositionen zu den Oryx-,
Zebra-, Gnu- oder Springbockherden gefahren, und zum
Abendessen gab es Fleischfondues aus dem gemischten
Wildbret.

Frédéric hatte ihr ein halbes Jahr zuvor gestanden, daß er aus früheren Zeiten ein Jagdpatent besaß. Sie nahm die Neuigkeit mit der Gleichgültigkeit auf, die sich schon damals ihm gegenüber eingestellt hatte. Aber er legte ihr diese als Aufgeschlossenheit gegenüber dem Jagdsport aus.

Sie packte ihre Koffer gar nicht erst aus, und schon am nächsten Tag landete sie als einzige Passagierin eines kleinen Flugzeugs auf der holprigen Buschpiste der »Waterbuck Lodge«, einer kleinen Anlage mit zwölf luxuriösen Bungalows. Sie verbrachte die Tage damit, von der Terrasse beim Wasserloch die Tiere beim Trinken zu beobachten. Umständlich mit gespreizten Vorderbeinen die Giraffen, hastig und nervös die Springböcke, gelangweilt und blasiert die Löwen.

Bei der Lodge befand sich eine heiße Mineralquelle, die das Kernstück der geplanten Wellness-Anlage werden sollte. Beim Abschied sagten die Besitzer, mit denen sie sich angefreundet hatte: »Wenn du einmal nicht mehr weißt, wohin: Auf der ›Waterbuck Lodge‹ gibt es bald einen Platz für eine gute Physiotherapeutin.«

Jetzt war der Zeitpunkt gekommen, wo sie nicht mehr wußte, wohin.

Sie lag auf dem Bett in ihrem Zimmer und starrte zum letzten Mal an die Dachschräge über ihr.

Sie hatte sich geweigert, den Helikopter zu besteigen. Peder Bezzola brachte sie zum Hotel zurück. Unterwegs erzählte er ihr, daß Gian Sprecher ihm berichtet habe, er habe den Masseur und den verkleideten Hund beobachtet. Als ihn Sprecher heute anrief, Sonia und der Masseur seien

zu einer Wanderung aufgebrochen, sei er ihnen nachgegangen. Er wollte den Masseur zur Rede stellen. Reto Bazzells Andenken zuliebe.

Im Hotel hatte man den Dorfarzt angerufen. Der hatte ihr ein heißes Bad und einen Grog verordnet und etwas zum Entspannen gegeben. Sie hatte nicht gefragt, was.

Aber sie würde sich erkundigen. Das Zeug war gut. Es betäubte sie nicht, und es machte sie auch nicht apathisch. Alles war da in seiner ganzen Schärfe – der Verrat, die Intrige, die Wut, die Angst, die Enttäuschung, der Liebeskummer –, aber es betraf sie nicht. Sie konnte darüber nachdenken wie über ein fremdes Schicksal.

Und wie bei einem fremden Schicksal konnte sie es aus ihrem Bewußtsein verdrängen, das Licht löschen und sich vom Regen einschläfern lassen.

In dieser Nacht erreichten die Niederschlagsmengen überall Rekordmarken. Ein Tief erstreckte sich vom Alpennordrand über das ganze Land, und aus Deutschland und Österreich drückte feuchte Luft auf den nordöstlichen Teil des Kantons Graubünden. In manchen Gegenden fiel in den letzten vierundzwanzig Stunden fast die Hälfte der durchschnittlichen Regenmenge des Monats Juni.

Sonia erwachte früh. Sie blieb mit geschlossenen Augen liegen, bis sie wußte, wie es ihr ging.

Es war, als wären alle ihre Gefühle abgekapselt in einem zerbrechlichen Kokon. Falls sie keine brüsken Bewegungen machte, blieben sie vielleicht dort.

Noch vor sieben klopfte es schüchtern. Sonia schlüpfte in ihren Kimono. »Ja?« fragte sie durch die Tür.

»Ich bin's, Frau Felix.«

Sonia erschrak. »Was wollen Sie?«

»Frau Peters schickt mich.«

Sonia öffnete. Frau Felix stand da in ihrer weißen Schürze. Sie lächelte verlegen und nahm ihre Brille ab. Die Geste hatte etwas so Entwaffnendes, daß Sonia sie hereinließ.

»Sie sollen sich ausruhen, läßt sie Ihnen sagen. Ich werde Ihren Dienst übernehmen.« Und sie fügte hinzu: »Gerne.«

Sie blieb unschlüssig stehen und blickte zu Sonia auf. Ohne die Verzerrung durch die Brillengläser sahen ihre Augen aus wie die Augen einer nicht einmal so unfreundlichen älteren Frau.

»Acht Brüche«, sagte sie. »Das Spital hat angerufen. Aber keine inneren Verletzungen.«

Sonia nahm das ärztliche Bulletin mit einem Schulterzucken zur Kenntnis. Frau Felix blieb noch immer stehen.

»Ich wollte mich entschuldigen. Ich habe Ihnen unrecht getan.« Sie hielt ihr die Hand hin, und Sonia drückte sie.

»Ich Ihnen wohl auch«, gab sie zur Antwort. Sie öffnete ihr die Tür.

Frau Felix zögerte noch immer: »Und falls es Ihnen am Nachmittag bessergeht, würde sie Sie gerne zum Tee einladen. In ihrer Wohnung. Sechzehn Uhr.«

Sonia legte sich wieder ins Bett und versuchte, ihren Gefühlskokon nicht zu beschädigen. Ihr Wecker zeigte acht, als ein Klopfen sie weckte. »Room Service«, sagte eine Männerstimme.

Es war Bob. Er trug ein Tablett mit dem Frühstück und machte ein schuldbewußtes Gesicht. »Tut mir leid, was dir passiert ist«, sagte er.

»Es gibt Schlimmeres«, antwortete sie, nahm ihm das Tablett ab und schloß die Tür vor seiner Nase. Freundlich, aber bestimmt. Erst als sie sich Kaffee einschenkte, fiel ihr auf, daß es ein Frühstück für zwei war. Sie legte sich damit ins Bett und schaltete den Fernseher ein. In einigen Gegenden im Mittelland hatten sie Hochwasseralarm gegeben. Die Meteorologen rechneten mit weiteren Niederschlägen.

Als sie erwachte, hockte etwas auf ihrem Bauch.

Sie stieß einen Schrei aus und fuhr hoch. Es fiel klirrend und scheppernd zu Boden.

Mit klopfendem Herzen räumte sie die Trümmer des Frühstücks zusammen. Es war passiert: Sie hatte die brüske Bewegung gemacht, und der Kokon war zerbrochen. Alles, was sie darin für später weggesteckt hatte, war plötzlich da in seiner ganzen Realität. Sie holte ihre Koffer und ihr Rollwägelchen vom Schrank herunter und fing an zu packen.

Von den Wolken hingen dunkle Regenschleier bis zur Erde. Die Wasserflecken auf den Fassaden brachten die Sgraffiti zum Verblassen. Das Gemüse ersoff in den Gärten, und die Flümella, der Dorfbach, der in normalen Sommern kaum Wasser führte, trat unterhalb des Dorfes über die Ufer, weil Treibholz ihren Lauf verstopfte.

Die paar wenigen Mitglieder der freiwilligen Feuerwehr, die tagsüber im Dorf oder auf ihren Höfen arbeiteten, kümmerten sich darum. Ein paar andere schützten die zwei, drei Fenster der notorisch überschwemmten Keller entlang der Dorfstraße mit Sandsäcken.

Anna Bruhin stand in der Ladentür und wartete, daß

etwas passierte. Irgend etwas, was dieser Monotonie ein Ende machte.

Das Hotelgespann klapperte heran. Curdin winkte ihr mürrisch zu, sie winkte zurück. Unter dem Verdeck saß der Weißhaarige, der aussah wie ein Inder. Bestimmt wollte er aufs Halb-drei-Uhr-Postauto. Er hatte bei ihr einmal den *Spiegel* kaufen wollen, und sie Kuh hatte keinen gehabt. Für nächste Woche hatte sie einen bestellt, jetzt, wo er abreiste. Mal sehen, ob auch diesmal wieder ein neuer Gast ankam.

> sonia ich muß mit dir reden
> ich nicht
> es ist wichtig ehrlich
> ehrlich ha ha

Kurz darauf klingelte Sonias Handy. »Malu« stand auf dem Display. Sonia schaltete das Gerät aus.

Sie hatte die Koffer gepackt, bis auf die nassen, schmutzigen Wanderschuhe. Zuerst wollte sie sie hier lassen. Aber jetzt nahm sie sie in einer Tragetasche mit. Für Namibia.

Es war erst halb drei. Noch anderthalb Stunden bis zum Tee bei Barbara. Als ob sie die geringste Lust hätte, mit diesem Luder Tee zu trinken. Alles, was sie wollte, war, sie davon in Kenntnis zu setzen, daß sie per jetzt, sofort, augenblicklich kündigte und mit dem nächsten Postauto abreiste. Dazu brauchte sie keinen Tee und Kuchen. Dazu reichten drei Minuten.

Sie schaltete den Fernseher ein. Noch immer Dauerregen überall. Auf der Nord-Süd-Achse wurden erste Verkehrsunterbrechungen gemeldet. Durch Erdrutsche beschädigte Bahnstrecken, überschwemmte Straßenabschnitte.

Sie zappte sich durch die Talk-Shows und Billig-Soaps des Nachmittags und schaltete das Gerät wieder aus.

Was, wenn auch hier die Verkehrswege unterbrochen würden? Brücken weggeschwemmt, Straßen verschüttet, Pässe eingeschneit.

Die Vorstellung, von der Umwelt abgeschnitten und gezwungen zu sein, noch länger in diesem Zimmer, diesem Dorf, dieser Gesellschaft und diesem Zustand zu verbringen, war ihr unerträglich.

Sie konnte nicht warten bis vier. Sie mußte hier weg. Jetzt.

Noch ehe sie klingeln konnte, ging die Tür auf, und eines der albanischen Zimmermädchen kam heraus. »Ist Frau Peters oben?« fragte Sonia.

Das Mädchen nickte. »Ja, Frau Peters.«

Sonia stieg die Treppe hinauf. Die Türen zu Bad, Küche und Schlafzimmer im ersten Flur waren geschlossen. Nur die zur zweiten Wendeltreppe stand halb offen.

Im runden Turmzimmer war niemand zu sehen. Auch Bango begrüßte sie nicht. »Hallo? Barbara?« rief sie.

Keine Antwort.

Bestimmt hatte die Albanerin ihre Frage falsch verstanden. Vielleicht, ob Frau Peters hier wohne.

Sie machte kehrt und wollte die Treppe wieder hinuntergehen, da hörte sie das Türschloß und gleich darauf Schritte auf der unteren Treppe. »Barbara, ich bin schon hier oben«, wollte sie rufen.

Aber etwas ließ sie zögern.

Die leisen Schritte auf der Treppe waren von einem sonderbaren Kobaltgrün. Beim Näherkommen nahmen sie eine

verschwommene Kontur an. Ein Schimmer. Ein farbiger Nebel. Ein Dunstkreis.

Ihr Herz setzte einen Schlag aus. Sie suchte verzweifelt nach einem Versteck, entdeckte die Tür zur Zinne, öffnete sie leise und ging hinaus.

Die begehbare Fläche war vielleicht fünfzig Zentimeter breit und mit glasierten Bodenplatten belegt, die vom Dauerregen glitschig waren. Die Brüstung war höchstens einen Meter hoch und mit Scharten versehen. Die ganze Konstruktion war überhängend, das hatte Sonia von unten mit Schaudern gesehen. Aber das, wovor sie flüchtete, machte ihr noch mehr angst.

Sie tastete sich gebückt zu dem Fenster, das am weitesten von der Tür entfernt war, und spähte ins Zimmer.

Er hatte abgenommen. Sein Gesicht, das selbst bei ihrer letzten, katastrophalen Begegnung noch die weichen Züge vieler Geschäftsessen gehabt hatte, war jetzt hager. Die Augen lagen tiefer in ihren Höhlen, und über dem Dreitagebart zeichneten sich die Backenknochen ab.

Was ihn am meisten veränderte, war die Gesichtsfarbe: Er war bleich. Er, der selbst zur Scheidungsverhandlung gebräunt erschienen war. Er, der, wo immer sie gewohnt hatten, eine Sonnenbank besaß und im Zweifelsfall bei der Hotelwahl lieber auf einen Stern verzichtete als auf ein Solarium.

Er trug einen blauen Trainingsanzug in einer Übergröße mit drei weißen Streifen. Und er hatte einen Handwerkerkoffer dabei, an dem er schwer zu tragen schien.

Er sah sich um und kam direkt auf ihr Fenster zu. Als hätte er sie gesehen.

Sie duckte sich. Von der Rinne des Kupferdachs hatte sich

ein Stück gelöst, und das Regenwasser fiel stoßweise mal laut auf die Zinne, mal still über die Brüstung.

Als sie wieder wagte, ins Zimmer zu spähen, war er mit seinem Koffer beschäftigt.

Fünf kleine Kunststoffkanister mit einer durchsichtigen Flüssigkeit standen auf dem Teppich. Er trug Einweghandschuhe, hatte einen Schraubenzieher in der Hand und war dabei, ein an einem der Kanisterchen befestigtes elektronisches Bauteil mit einem dünnen Kabel zu verbinden. Er hatte dabei die Zungenspitze zwischen die Lippen geklemmt und trug den eifrigen Ausdruck, den sie von ihm kannte, wenn er an seiner High-End-Musikanlage bastelte oder seine Ausrüstung packte für einen weiteren Spezialkurs als Major der Artillerie in dieser lächerlichen Uniform, auf die er so stolz war.

Das Kanisterchen war jetzt verbunden. Er brachte es zu einem der Fenster und versteckte es hinter dem Seidenvorhang. Dann rollte er das Kabel ab und führte es unter Teppichfransen und Möbeln verborgen zur Tasche zurück.

Wie gelähmt beobachtete Sonia, wie Frédéric seinen Anschlag vorbereitete. Er tat es mit der gleichen Pingeligkeit, mit der er ein Picknick zusammenstellte, das Feriengepäck im Kofferraum verstaute oder Mamans traditionellen Christbaum schmückte.

Und der sie nichts entgegenzusetzen gehabt hatte als eine wachsende Schlampigkeit, die eigentlich nicht ihrem Naturell entsprach.

Er versteckte alle fünf Kanister im Raum und machte sich an einem mit schwarzem Klebeband umwickelten Paket zu schaffen. Auch daran befanden sich elektronisch aussehende

Teile. Er verband sie mit den Kabelenden, die aus allen Richtungen bei ihm zusammenliefen.

Er nahm einen kleinen gelben Gegenstand aus dem Koffer und befestigte ihn mit einem Gummiband am Paket.

Es war ein Handy. Zwei kleine Kabel führten in sein Inneres. Frédéric schloß sie an die Elektronik des Pakets an. Alles mit gemessenen, präzisen, eingeübten Handgriffen. Es war Malus vermißtes Handy.

Er betrachtete sein Werk.

Sonia hätte wissen müssen, was darauf folgte: Er würde sich reflexartig nach jemandem umsehen, der ihn dafür loben könnte.

Es blieb ihr keine Zeit, sich zu ducken. Er schaute ihr direkt in die Augen.

Einen Augenblick behielt er den Augenkontakt. Dann lächelte er, stand auf und ging auf die Zinnentür zu.

Sie sah, wie er hinaustrat. Wie er stehenblieb. Wie er seine Entscheidung traf.

Er schloß die Tür hinter sich und war nur noch von der Taille an aufwärts zu sehen. Er tauchte ab, damit sie ihn nicht an den Fenstern vorbeigehen sah.

Frédéric hatte sich immer viel auf seinen Instinkt eingebildet. Aus dem Bauch entscheiden und bei seiner Entscheidung bleiben, das war sein Motto.

Kroch er linksherum oder rechtsherum?

Während ihrer ganzen Ehe hatte sich Sonia stets darauf verlassen können, daß er immer das Gegenteil von dem tat, was sie tun würde.

Sie würde sich für rechtsherum entscheiden, folglich kroch er linksherum.

Sie stand auf und rannte in die gleiche Richtung. So schnell sie konnte, bevor er merkte, daß sie ihm nicht in die Arme lief.

Aber er hatte es schon gemerkt. Bevor sie die Tür erreicht hatte, kam er um die Biegung gerannt.

Sie bekam die Türklinke zu fassen, öffnete die Tür, schlüpfte hinein und schaffte es gerade noch, sie zuzuschlagen und den Schlüssel zu drehen.

Und wieder die gleichen Bilder: Die zerberstende Scheibe neben der Türklinke.

Die Hand, die hereinfaßte.

Der noch blutleere tiefe Schnitt zwischen Daumen und Zeigefinger.

Die Hand, die nach dem Schlüssel tastete.

Der Schnitt, der plötzlich blutete.

Die Speichelfäden in den Mundwinkeln.

Die drei Worte. Drei scharf geschliffene, stahlglänzende Dreiecke: Ich. Kill. Dich.

Aber diesmal gelang es ihr, den Schlüssel abzuziehen. Sie rannte die Wendeltreppe hinunter und schloß die Tür hinter sich. Der Schlüssel steckte nun nicht mehr auf der Innenseite, wie sie es in Erinnerung hatte. Er mußte ihn auf die Außenseite gesteckt haben. Sie drehte ihn im Schloß und hastete die zweite Wendeltreppe hinunter auf den langen labyrinthischen Korridor, an dessen Ende ihr Zimmer lag.

Auf dem Bett die gepackten Koffer, auf dem Boden die Plastiktüte mit den schmutzigen Wanderschuhen, auf dem Schreibtisch ihre Handtasche, im Papierkorb alte Zeitun-

gen, Prospekte, eine angefangene Packung Mentholzigaretten und leere Plastik-Mineralwasserflaschen – ein Hotel-
zimmer kurz vor dem Ende eines angenehmen Aufenthalts.

Sonia ging ins Bad, stützte sich mit beiden Händen auf
den Rand des Waschbeckens und schaute keuchend in den
Spiegel.

Die triefenden Haare lagen wie eine Badekappe an ihrem
Kopf, der Leinenanzug klebte wie ein Lappen an ihrem
Körper, ihr Gesicht war verzerrt wie das von Herrn Ca-
sutt. Und die Augen: wie ein gehetztes Tier.

Sie ging zurück ins Zimmer, nahm ihr Handy aus der
Tasche und schaltete es an.

sonia paß auf er ist ausgebrochen
Sie wählte Malus Nummer.

Malus alte Nummer.

Der dumpfe Knall fühlte sich glatt und vieleckig an, wie
eine Kristallformation. Er war farblos und durchsichtig.
Und warf einen kobaltgrünen Schatten.

Der Rauch war von den Wolken kaum zu unterscheiden.

Erhaben stand das Gamander da, ein getroffenes Kriegs-
schiff an seinem Ankerplatz. Barbara Peters' Turm brannte.
Aus dem Skelett seines Daches schlugen Flammen, und aus
seinen Fenstern quoll dicker Rauch.

Man hatte aus den bunten Schirmen der Sonnenterrasse
in sicherem Abstand zur Brandstätte einen Unterstand für
die Hotelbewohner gebaut. Gäste und Angestellte hatten
sich Militärdecken aus Feuerwehrbeständen über die Schultern gelegt und starrten in die Flammen. Jeder bei seinen
Gedanken, wie vor einem Kaminfeuer.

Die freiwillige Feuerwehr hatte ihre einzige Anhänge-
leiter herbeigekarrt und bekämpfte von dort aus den Brand.
Ein paar Männer standen auf den umliegenden Zinnen und
Balkonen und unterstützten ihre Kollegen von dort aus mit
den Spritzen, die in den Stockwerken angebracht waren.
Man hörte ihre Zurufe und das Brummen der Kreiselpumpe,
die aus der angeschwollenen Flümella Löschwasser förderte.

Vanni servierte Glühwein und heißen Tee.

Barbara Peters hatte sich beim Senatore eingehängt. Beide
betrachteten das Schauspiel mit erstaunlicher Teilnahms-
losigkeit. Vor allem der Senatore sah aus, als sehnte er das
Ende des dritten Aktes herbei.

Die Häusermanns unterhielten sich halblaut mit ihren
aufgeregten Kindern. Die Lanvins und die Lüttgers solidari-
sierten sich trotz der Sprachbarriere miteinander. Und Frau
Professor Kummer schaute Fräulein Seifert vorwurfsvoll
an, als trüge sie die alleinige Schuld an der Katastrophe.

Sonia teilte sich eine Decke mit Bob. Er hatte den Arm
um sie gelegt, und sie ließ ihn gewähren.

Maman war die einzige, die zum Ausgehen gekleidet war.
Regenmantel, Regenschirm, Hermestasche. Sie näherte sich
Sonia: »Kann ich dich einen Moment allein sprechen?« Sie
sah gereizt aus. Dieser Brand kam ihr ungelegen.

»Du bekommst die Unterschrift.«

Maman nahm die Nachricht mit einem raschen Lächeln
zur Kenntnis. »Schön. Aber da ist noch etwas anderes. Etwas Persönliches.« Sie sah Bob erwartungsvoll an, bis dieser die Decke um Sonias Schultern legte und sich ein Stück
entfernte.

»Ich muß sofort abreisen. Ich habe einen Anruf bekom-

men. Frédé hat gestern ohne Erlaubnis die Klinik verlassen. Es war mir wichtig, daß du es erfährst.« Sie öffnete ihre Handtasche und entnahm ihr das Gesuch. Auch einen Füller hatte sie dabei. Und sogar ihren Rücken bot sie Sonia als Unterlage dar.

Sonia blickte ihr nach, wie sie auf ihren hohen Absätzen entschlossen Richtung Dorf marschierte. Zum ersten Mal im Leben tat sie ihr ein wenig leid.

Es waren keine Flammen mehr zu sehen, nur noch Rauch stieg aus dem Turmstummel und vermischte sich mit den Wolken dieses verregneten Junis.

Barbara Peters machte die Runde unter ihren Gästen, wie die Gastgeberin einer Cocktailparty. Nur daß sie statt Höflichkeiten Details über die Evakuierungspläne austauschte.

»Eine Stunde später, und es hätte uns beim Tee erwischt«, sagte Sonia, als Barbara zu ihr kam.

Barbara sah sie verständnislos an.

»Du hattest mich doch auf vier Uhr zum Tee eingeladen.«

»Um vier? Zum Tee? Um vier war ich in Storta verabredet.«

Eine Stunde später war der Brand – wohl auch mit Hilfe des Dauerregens – gelöscht. Polizei und Berufsfeuerwehr, die inzwischen eingetroffen waren, gaben die Hotelhalle für die frierenden Gäste und Angestellten frei. Nach einer gründlichen Inspektion der Brandstelle würde entschieden werden, ob die Gäste ihre Zimmer räumen dürften.

Die Küche improvisierte einen Imbiß, und bald kam

unter Gästen und Personal eine gedämpfte Partystimmung auf. Sie erzählten sich, in welcher Situation sie den Feueralarm erlebt und wie sie darauf reagiert hatten.

Etwas abseits der Aufregung stand Frau Felix wie das Mauerblümchen einer Tanzveranstaltung. Als Sonia sich vor sie hinstellte, nahm sie wieder die Brille ab.

»Er sagte, er sei ein gemeinsamer Freund von Ihnen und Frau Peters. Er war sehr nett. Er wolle Sie überraschen«, stammelte sie.

Sonia ging es so gut, daß sie ein wenig lächeln und antworten konnte: »Das ist ihm gelungen.«

Die Evakuierung fand in dieser Nacht nicht statt. Der Bergbach aus der Val Tasna hatte zwischen Ardez und Scuol Straße und Bahnstrecke zerstört und die Bewohner der umliegenden Dörfer vertrieben. Die Zufahrt zum Vereina-Tunnel war durch Erdrutsche unterbrochen, und alle Pässe waren unbefahrbar. Das Unterengadin war von der Umwelt abgeschnitten, und die Notunterkünfte des ganzen Tales waren überbelegt.

Polizei und Feuerwehr sicherten den ausgebrannten Gebäudeteil, gaben den Rest des Hotels frei und wandten sich dringlicheren Aufgaben zu. Gäste und Personal bezogen wieder ihre Zimmer. Einzig das von Frau Professor Kummer war durch Löschwasser unbrauchbar geworden.

Eine Zählung der Hotelbewohner hatte ergeben, daß niemand fehlte. Deswegen hatte die Polizei dem Drängen der Hotelbesitzerin nachgegeben und die Mitteilung, daß an der Brandstelle eine unidentifizierte männliche Leiche gefunden worden war, auf den nächsten Tag verschoben.

Sonia erwachte mit leichtem Herzen. Das Zimmer war freundlicher als an anderen Morgen. Heller, luftiger.

Vorsichtig, damit er nicht erwachte, kletterte sie über Bob und ging ans Fenster. Sie hob den Vorhang und schaute in die Helligkeit hinaus.

Noch immer fiel Regen aus einem grau verhangenen Himmel. Aber die Birke vor ihrem Fenster verdunkelte das Zimmer nicht mehr.

Sie hatte über Nacht die Blätter verloren.

Ich danke Dr. Dr. h. c. mult. Albert Hofmann und seiner Frau Anita für einen zauberhaften Nachmittag in ihrem Haus und für die Einsichten in die Fragen von Wahrnehmung und Wirklichkeit. Ich danke Andrea Netscher de Jiménez für ihre anschauliche theoretische Einführung in die Welt der Krankengymnastik und für ihre wohltuende praktische in die Kunst der Massage. Ich danke Sabine Rolli für die kritische Prüfung des Manuskripts auf physiotherapeutische Glaubwürdigkeit. Ich danke PD Dr. phil. Peter Brugger für seine Zeit und das neuropsychologische Plazet zum Text. Ich danke Stephan Haag für seine geduldige Erklärung und gründliche Dokumentation der juristischen Fragen. Ich danke Christoph Schmidt für seine raschen Antworten auf meine hotelfachlichen Unsicherheiten. Ich danke Chasper Pult für die Hilfe als Experte für das Unterengadin und dessen Sprache und bitte ihn um Nachsicht dafür, daß ich die Reformation in seiner Heimat rückgängig gemacht habe. Ich danke Ursula Baumhauer für ihr wie immer inspirierendes Lektorat. Ich danke meiner Frau Margrith Nay Suter für ihr unbestechliches Urteil und ihre aufbauende Hartnäckigkeit.

Und ich entschuldige mich bei den Verkehrsvereinen des Unterengadins für das Wetter.

Martin Suter

Das Diogenes Hörbuch zum Buch

Martin Suter
Der Teufel von Mailand

Ungekürzt gelesen von JULIA FISCHER

6 CD, Spieldauer 452 Min.

Jenseits des Erscheinungsbildes der Außenwelt, welches unsere Wirklichkeit darstellt, verbirgt sich eine transzendentale Wirklichkeit, deren wahres Wesen ein Geheimnis bleibt.

Dr. Albert Hofmann

Die Erstausgabe
erschien 2006 im Diogenes Verlag
Umschlagillustration:
Nach dem Plakat von Reinhard Gruber,
›Farbenprächtiges Lienz‹,
aus der Plakatserie ›Vier Jahreszeiten Lienz‹,
1985 (Ausschnitt)

*Für Albert
und Anita Hofmann*

Veröffentlicht als Diogenes Taschenbuch, 2007
Alle Rechte vorbehalten
Copyright © 2006
Diogenes Verlag AG Zürich
www.diogenes.ch
100/13/44/10
ISBN 978 3 257 23653 8

Martin Suter

Der Teufel von Mailand

Roman

Diogenes

Diogenes Taschenbuch 23653

de
te
be

the window, then concentrated on slowing her breathing. Seeming guilty was never good.

"Sunglasses," he added, taking the license into his large hand.

She blinked. "Sorry?"

"Please remove your sunglasses."

She quickly complied, folding the glasses and placing them on the dashboard.

"Do you know why I pulled you over?" the officer asked, studying her face. She looked back at him, but his rugged face, square jaw and dark eyes weren't familiar. She didn't expect him to recognize her, either. She didn't look anything like she did when she left town seven years ago.

"No." She looked away from his probing eyes to focus on his uniform, searching his broad chest for a name tag. Her heart stopped when she realized he wasn't wearing an officer's uniform. She'd been stopped by the chief of police. Of course, he wasn't old, humorless, overweight Dale Muldoon, who'd been chief seven years ago. Thank goodness. He'd been firmly in her father's pocket and wouldn't make a move without clearing it with Charles Shields first. She just hoped this chief wasn't in her father's pocket, too.

Trenton Knight looked at the young woman. "Speeding. You were doing forty in a thirty-five-mile-per-hour zone. There's a grade school two blocks from here. Plenty of children cross this road every day."

"I'm sorry. I didn't realize I was going over the limit."

"We take speeding very seriously."

"Sorry," she repeated.

Trent nodded. She sounded sincere, but a little bit distracted, as well. Something about her was definitely off. He looked at her more carefully. Young, with flawless golden-brown skin and high cheekbones, she was model beautiful. Her coffee-brown eyes were red-rimmed. Her full bottom lip trembled. He didn't smell alcohol, but that didn't mean she wasn't impaired.

He tucked her license into his breast pocket and backed away from the door. "Step out of the car please, ma'am."

Her eyes widened and she blinked. "What? Why? Can't you please just give me the ticket and let me go?"

The desperation in her voice and the sudden panic in her eyes convinced Trent he needed to take a closer look at her. "Please step out of the vehicle."

The woman sighed, opened the door and stepped out of the car. Standing ramrod straight, her small hands clutched in front of her, she stared at him as if awaiting further instructions. She was smaller than she'd appeared inside the vehicle, barely reaching his shoulder. She was dressed more conservatively than he'd expected, as well. The wind blew her shoulder-length hair into her eyes, and she pushed it behind her ear with a delicate hand.

She was wearing a black silk tank and a long black skirt that swirled around her ankles, nearly touching her shiny black sandals. He glanced inside the car. A black jacket was hanging on the hook behind the driver's door.

He put the clues together easily. She wasn't impaired. Her eyes were red from crying. Even now she was struggling to keep the tears in check. She was mourning the loss of a loved one. He knew that agony all too well. He still grieved his wife's loss and always would.

She looked at him, her brown eyes wary. "Do you need anything else from me, Chief?"

"No." Not now that he knew she was suffering.

"Then may I please go? I'm on my way to a funeral," she said, confirming his conclusion. "If I don't leave soon, it'll be too late." She turned her head slightly as if trying to hide the fact that she was crying. She slid a finger under her eye before turning back to him. "I promise to do the speed limit all the way. And I'll pay my ticket before I leave town. I swear."

Her slightly husky voice broke on the last word. Despite his hard-and-fast rule that every speeder got a ticket, he couldn't give one to her. Not today, when she was so obviously heartbroken. Even he wasn't that merciless.

"I'm not going to give you a ticket this time. Just a warning to slow down. Your family wouldn't want the next funeral to be yours."

"Thank you."

He reached into his pocket and pulled out her driver's license, glancing at the name. His heart stopped.

Carmen Shields. Carmen Shields! The woman responsible for his wife's death. She might not have been driving the night of the crash, but she'd been in the car and hadn't kept her friend from driving drunk.

He looked at her outstretched hand and then back at her face. He was surprised he hadn't recognized her. True, she looked nothing like the run-amok teenager whose face was forever emblazoned in his memory. That girl's hair had usually been a tangle of waves and curls that hung to the middle of her back, not smooth as silk and barely brushing her slight shoulders. And she'd always worn large earrings, not tiny pearls. The polite, respectful woman standing in front of him was definitely different from the rude and belligerent teen she'd been. But still, because of this woman, he'd lost his precious Anna.

"Carmen Shields. I should have recognized you."

The sympathy he'd felt a moment ago vanished, replaced by fury as the night of the accident came rushing back to him.

Anna had wanted chocolate ice cream for dessert. He'd promised to pick some up after work, but he'd gotten busy and forgotten. She'd kissed his cheek and hopped in the car for a quick trip to the store. An hour later he'd gotten the call. Now, as he stood here by the side of the road, his vision blurred and his stomach churned with guilt. If only he'd remembered that stupid ice cream, his beloved Anna would never have been on that road.

"You have me at a disadvantage, Chief. I don't know who you are. When I lived here, Dale Muldoon was the chief."

Trent fisted his hands. Dale had helped rush the inquest, something Trent would never forgive him for. That was the reason Trent had challenged him for the position of chief of police.

"Dale retired three years ago."

"Okay." She stood there, hand still outstretched, waiting for him to drop her license.

"My name is Trenton Knight."

She didn't so much as blink in recognition. The name meant nothing to her.

"Anna Knight was my wife."

Still no response. There was no change at all in Carmen Shields's expression. He might as well have been speaking Greek. Had she completely forgotten the identity of the woman killed in the accident? Did the loss of life matter so little to her that she couldn't be bothered to remember Anna's name?

"She was killed seven years ago when an SUV driven by an intoxicated teenager ran a stop sign and plowed into her car. You were a passenger in that car."

Carmen gasped, and he watched with grim satisfaction as the blood drained from her face. She staggered and placed a hand against her vehicle. "The woman in the other car died?"

"Yes. And our two daughters lost their mother."

"I—I didn't know." She shook her head as if processing the information. "I didn't know her name. No one would tell me anything."

How could she not know Anna's name or that she died? True, when Carmen had skipped town immediately following the inquest for the two teens from her vehicle who'd died in the accident, Anna was still fighting to live. But that was seven years ago. How could it be in all that time no one in the entire Shields family had felt Anna's death was worth mentioning to her?

Anger surged through him and he spoke through gritted teeth. "She clung to life for nineteen days, fighting to live. Trying to stay with her family, who loved her. But her body had been battered too badly and she wasn't strong enough to survive her injuries. She died in my arms."

Carmen reached out her hands. He stiffened and stepped back. He wouldn't be responsible for his actions if she touched him.

She paused and then folded her hands as if in prayer. "Oh, God. I'm so sorry. I'm so very sorry for everything. If I could go back and change things, I would."

"Your apology changes nothing." He had half a mind to prolong this traffic stop and make her late for the funeral he now knew was for her mother. But he didn't. Anna would never have approved of such a vengeful act. She'd been full of love and forgiveness, even for people who didn't deserve it. He wouldn't dishonor her memory by giving in to his hatred.

He dropped the license into Carmen's hand. "Don't speed while you're in my town." He strode away, determined to get away from her and the memories she awakened. But it was too late. Seeing her had ripped open the wound in his heart that had never completely healed.

Chapter Two

Carmen stood apart from the dwindling group of mourners lingering beside her mother's grave. She'd been close enough to hear the service, but far enough away to go unnoticed. Everything was over now. The preacher had prayed the last prayer and the final white rose had been placed upon the casket before it was lowered into the ground. One last neighbor hugged her sisters, patted her father on the shoulder and then left, leaving the sad trio alone.

A gentle breeze blew and a squirrel raced across the green grass. Carmen lifted her face to the clear blue sky. It was a perfectly beautiful day and it broke her heart that her mother wasn't alive to enjoy it.

Rachel Shields had loved summertime, spending countless hours puttering in her garden. While their neighbors hired landscapers to design their flower beds and gardeners to maintain them, Carmen's mother had done it all herself, despite her husband's claim that such work was beneath the dignity of the Shields name. With flowers in every color imaginable in the numerous flower beds, the Shieldses' gardens always outshone every yard in their neighborhood, if not the entire town. Rachel had claimed being surrounded by flowers made her happy. Now the only flowers around her were those dropped onto her casket. Soon they would be dead, too.

Carmen lowered her head and allowed the tears to fall. She'd lost so much precious time with her mother. Time she could never get back.

If only she could go back and change the events of that horrible night. She would have stayed away from those kids, would have gone to school and then straight home like she was supposed to. If she could have a do-over, she never would have started hanging out with that rowdy crowd in the first place.

But there was no magic eraser to remove the mistakes of her past. She could only move forward and make better decisions.

Swallowing more tears, Carmen eased closer to her family. Although she'd seen her father as he'd walked into the church between her two sisters, she was still shocked by the physical changes in him. The father she remembered had been tall and slightly overweight. Robust. He'd always been larger than life. Charles Shields had dominated every room he'd been in, throwing his weight around until he'd gotten his way. Now he looked like a strong wind could blow him over. Where he'd once been the man in charge, now he looked lost.

"Daddy," Carmen said, her voice cracking. No one turned and she realized she'd whispered the word. She cleared her throat and tried again. "Daddy."

Her father and sisters froze and then as one turned to

stare at her. Charlotte, her oldest sister, looked at her with blank eyes, black mascara streaks on her face. Charmaine, the middle sister, gasped and blinked as if she'd seen a ghost.

Her father, however, looked at her for barely a second before turning and stalking to the limousine idling several yards away.

"Daddy, please," she cried in anguish. "Please talk to me." She grabbed the nearest headstone and leaned against it, her strength suddenly gone in the face of his total rejection. He hadn't even hesitated. He'd simply looked at her—no, through her—and turned and walked away. Like she was a stranger.

Charmaine started toward Carmen, but Charlotte stopped her with a hand on her arm. Charlotte's cold eyes drilled into Carmen, enlarging the hole in her soul. "This isn't the time or the place. Daddy is grieving. He doesn't need this drama now."

"Drama? I don't want to cause a scene or upset him. I just want to talk to him." To have him wrap her in his arms the way he'd done when she'd fallen off her bike and scraped her knee so many years ago.

When she was a little girl, her daddy had been her hero. She'd worshipped him until she discovered his love was conditional. As long as she dressed the way he wanted and associated with the people he chose, his love was hers. When she'd rebelled and begun making her own choices, his love evaporated like dew in the sun. Still, a part of her always hoped he'd regret turning her away, and that once his anger cooled, he would welcome her back. But his anger and disappointment burned just as hotly now as they did seven years ago. He really had stopped loving her.

Charmaine pulled away from their older sister and came to stand before Carmen. Charmaine made no attempt to touch her, so she kept her own arms by her sides, despite how badly she needed a hug. "Carmen, please try to understand. Daddy's hurting. He and Mama were married for thirty-five years. He's still in shock over losing her so suddenly. Seeing you is another shock to him."

"And I lost my mother," Carmen added, hoping Charmaine could see how hurt and lost she felt. How alone.

"Isn't that just like you?" Charlotte snarled. "After everything you put us through, you're thinking only of yourself."

"That's not true," Carmen protested, stepping closer to Charlotte. "I know you're hurting as much as I am. I thought we could help each other through the grief."

Charlotte drew herself up to her full height, and in that moment she so resembled their father in all her self-righteous glory that Carmen could only stare. "Really? You expect to just waltz back into town and act like you didn't bring shame upon our family?"

Charlotte had always been a female version of their father, hard and unforgiving, with pride to spare. Despite that, they had been close when Carmen was a little girl. When she began getting into trouble and angering Charles, Charlotte had turned off her love as easily as she might have switched off a light.

Charles had demanded Carmen live up to his impossibly high standards of behavior. When she realized that nothing short of robotic obedience would satisfy him, she'd stopped trying. She'd started skipping school and running with a bunch of troublemakers. Although the phase hadn't lasted long, it had a devastating effect on her life. Her father had been on the verge of launching a campaign for Congress when the accident occurred, quashing his dream. Apparently, he had yet to forgive her.

Carmen realized now the hope she harbored that her sisters would welcome her back was completely irrational.

That was never going to happen. Charlotte needed Charles's approval and would never defy him. Charmaine was too afraid to go against her sister and father. More mouse than woman, she was happiest when invisible. She might love Carmen and might even be glad to see her, but she'd never act on those feelings as long as Charles forbade it.

Carmen watched as her sisters joined their father in the limousine before it sped away. Once more she was alone, separated from a family that didn't want her. Only this time, instead of being banished from her home by an angry father, she was left standing alone in a cemetery. The heartbreak, though, was no different.

Forcing her legs to stop wobbling, Carmen strode closer to her mother's grave. Her family had placed white roses on the casket before it was lowered into the ground. There were still several roses left in a tall vase beside the grave, so she removed the most beautiful one. Bringing it to her nose, she inhaled its sweet fragrance and then kissed it. She closed her eyes, prayed for strength she would need now more than ever and dropped the flower into the grave.

"Goodbye, Mama. I loved you even when you stopped loving me."

Carmen stood there a moment longer, before finally turning and trudging to her rental car. She had just sat down when her cell phone vibrated. She reached for it gratefully, relieved that she had been saved from sinking into despair, or worse, self-pity.

"Hello."

"How are you, Carmen?"

Damon's warm voice wrapped around her, providing her with the comfort her family had refused to give, and some of the tension slipped from her shoulders. He was more than her best friend. He was the supportive father figure she'd needed. She wouldn't have survived these past years without him.

She'd been homeless, desperate and alone in New York when he'd found her. He'd given her a job as a clerk in his plastics company and found her a place to live, paying six months' rent in advance for her. He'd also paid for her education. In short, he'd saved her life. Later she'd learned that he'd helped many other girls, giving them what he hadn't been able to give his own daughter.

"I'm okay," she replied automatically, and then sniffed, fighting back the tears.

There was only silence over the line, and Carmen knew he didn't believe her. He had the uncanny knack of knowing when she wasn't being honest with him or herself. In the seven years she'd known him, he'd never used that ability to take advantage of her, though.

"Well, maybe okay is stretching the truth a bit," she admitted, and gave a watery laugh.

"Did you see your father?" Damon's question, though quietly asked, blasted through the emotions she'd been trying to keep under control. Fresh tears filled her eyes.

"Yes. And he made it clear he wants nothing to do with me. He truly meant what he said when he threw me out of the house. I'm not his daughter anymore." The last words were swallowed up by sobs. She'd lost her family years ago. So why was the pain still so fresh?

She dragged her arm across her eyes, using the sleeve of her jacket to mop up her tears.

"Did he say that?"

Swallowing hard, she dug a tissue from her purse and wiped her nose. "No. He didn't say anything." She tossed the damp tissue back into her purse and grabbed another one. "And don't tell me he's hurting because he lost his wife. I lost my mother and I'm hurting, too."

"I wasn't going to say that. I'm not going to make excuses for someone I haven't met and don't think I would like."

"Good." She sniffed again. "Are you back in the States?"

"Yes. I arrived home early this morning. I only wish I could have been there with you so you wouldn't have to face this alone."

Carmen wished so, too. But when he'd offered to return home early from his business trip abroad to accompany her to Sweet Briar, she'd told him it wasn't necessary. She'd naively believed that her family would welcome home their prodigal child. Fool that she was, she'd actually thought they could comfort each other at this sad time and become a family again.

"Can you pick me up at the airport?" she asked.

"I already told you I would."

"I don't mean in a couple of days. I mean tonight. As soon as I can get a flight home."

"Tonight?"

"Yes."

Damon sighed. "What happened, baby?"

"Daddy's not like you. He doesn't care about second chances. He doesn't want to have one more day with me. Not like you do with Kimberly."

Damon's daughter, Kimberly, had died nearly twelve years ago in a swimming accident. If she had lived, she would be a few years younger than Carmen.

"Carmen, he's grieving," Damon said gently, his voice calm and soothing. It was that tone that had convinced her that she could trust him all those years ago. "And he's in shock. Give him time."

"I thought you weren't going to take his side."

"I'm not. I'm on your side as always. But didn't you tell

me you wanted your family in your life again? How do you expect to accomplish that if you don't give them a chance?"

"But what if they still don't want me?" Her voice was small as she admitted her greatest fear. She'd almost convinced herself her worry was baseless and that they would greet her warmly. Now she knew they might never forgive her.

"Then they're fools. But you'll never know if reconciliation is possible if you run away. Try to work things out. Remember, I'm only a phone call away. If you need me, I'll be on the first plane. Okay?"

She took a deep breath and blew it out slowly. "Okay. I'll stay. For now."

"Good. I'm sure you're making the right decision."

"There's more," she said, forcing out the words.

"What?"

"Remember the accident I told you about?"

"Of course I do."

She closed her eyes on the wave of pain and guilt that shot through her. "The driver of the other car died."

"Oh, Carmen. Are you sure?"

"Yes. I met her husband today." Unbidden, the image of Trenton Knight flashed in her mind. His sorrow had been a tangible part of his being. Even though he wore a wedding band, she would bet it had been put there by the poor woman who'd died in the accident. His pain was too raw and his anger too hot for Carmen to believe he'd found happiness with another woman. "She had two little girls."

Her heart ached for him and for his motherless children. She couldn't stand knowing she'd played a role in their tragedy. She should have tried harder to convince Donny to let her drive.

She exhaled a long sigh that turned into a sob. "I apologized to him, but he didn't accept it."

"So what are you going to do?"

"I plan on apologizing again so he'll know I mean it."

"That's a good start. But if you're seriously sorry, you have to find a way to make amends."

"I know." She blew out a heavy breath. "Thanks, Damon. I don't know what I'd do without you."

"You won't have to find out. I'll always be here for you."

"I know. I'll call you tomorrow."

She sat there for a while, pondering his words. Damon was right. She needed to make amends. She knew she couldn't repair the damage she'd done, but there had to be a way to be of help to the Knight family. If she wanted to maintain her hard-earned self-respect, she had to try.

And she knew just where to start. Getting out of the car, she stood and straightened her shoulders. In order to go forward, she had to go back.

It took a bit of searching, but she found Anna Knight's grave. The gravestone was clean and a pink rosebush had been planted in the center of the grave. Carmen took a deep breath and spoke softly.

"I'm Carmen Shields. I just found out you died in that accident." Carmen gulped, feeling a bit uncomfortable, but plugged on.

"I didn't know. I'm so sorry. I met your husband. He seemed sad." She could have added furious as well, but she didn't. "I know you didn't plan on leaving your little girls. I can't ever change that, but I promise I'll do my best to make sure they're all right. I'll do all I can to help them."

Having made her promise, she stood, turned and came face-to-face with Chief Knight.

Chapter Three

"What are you doing here?"

Carmen took in the chief's angry face and quickly looked away as she searched for an answer. He stood between two girls, who she guessed were his daughters. The younger one looked about eight. She had a pink sheet of construction paper in her hand and was looking at Carmen curiously, a smile on her pretty face.

The other girl was older, maybe fifteen or sixteen. She was tall and thin, with an unreadable expression, her hands shoved in the back pockets of her tight jeans. She glanced at Carmen and then sighed before turning away.

Finally, Carmen did what she'd been avoiding. She looked at Chief Knight. He'd changed out of his uniform and into a pair of dark dress pants and a white pullover. Despite her nervousness, she couldn't help but notice the way his shirt emphasized his fit torso, and then she immediately chided herself for gawking at him in front of his children. He was holding a bunch of wildflowers and a large balloon that read Happy Birthday!

A fresh wave of guilt swept through Carmen. Although she needed to begin to make amends, this clearly wasn't the time or the place. Mumbling an apology, she started to walk away. She'd taken only one step when her heel sank into wet grass and she stumbled. She reached out for something to break her fall but encountered only air.

Cursing under his breath, Chief Knight dropped the bouquet, grabbed her upper arms and helped her to a stone bench under a nearby tree.

"I'm so sorry," she whispered. Their eyes met and she wished they hadn't. Although he'd kept her from falling, his eyes reflected none of the concern of his actions. Moving to assist her had been instinctive and definitely not something he'd done out of care for her. The pure hatred in his eyes drove that point home.

He leaned in close so she alone could hear his words. Close enough for her to notice the gray flecks in his otherwise black eyes. "Don't say that to me ever again. Your regret, even if I was foolish enough to believe it was sincere, changes nothing. Understand?"

He released her arms and quickly moved away. She nodded, choking back another apology. He was right. Words didn't have the power to change the past. Nothing did.

"Who are you?" The little girl had followed them and now she was mere inches away, a curious expression on her pretty brown face. Dressed in a bright yellow sundress with matching hair ribbons on her two thick braids, she looked like an angel. Her gaze darted between Carmen and her father, who stood there fuming, clearly trying to control his anger.

"My name is Carmen. Carmen Shields."

The child edged closer. She looked over her shoulder

at her mother's grave and then back to Carmen. "Did you know my mommy?"

"No," Carmen admitted, her discomfort growing. Coming here was a mistake. She was intruding on a private family moment. She should have thought this through instead of reverting to her old impulsive behavior.

"Robyn, go wait with your sister."

"Okay, Daddy." The little girl took a step and stopped. She turned back to Carmen and smiled wistfully. "Mommy was special. Everybody loved her. She loved us a lot," the girl added, before she joined her sister by the grave.

Carmen had the feeling the child had heard these words so often over the years that they fell from her lips automatically. She was probably too young to have any memories of being loved by her mother. Carmen's regret turned to a rock of shame that settled in her stomach.

Carmen straightened her jacket, doing her best to avoid Chief Knight's eyes. "I didn't mean to intrude."

She wanted to get away from him as fast as she could. She rubbed her hands against her arms, trying to wipe away the odd tingling sensation his touch left behind.

He stepped in front of her, blocking her path to freedom. "You never answered my question. What are you doing at my wife's grave?"

Carmen shook her head without answering. How could she explain that she'd been drawn there? Or her need to apologize to someone who wouldn't hear anything she said? Did words even exist to explain the vow she'd made to the other woman? She didn't think so. Stepping around him, she hurried away.

Trent watched as Carmen weaved her way through the cemetery, carefully stepping around vases of flowers, framed pictures and other items leaning against the grave-stones.

"Why was that lady here, Daddy?" Robyn asked, slipping her small hand into his and swinging their arms back and forth.

Trent shook off his anger and smiled at his younger daughter. Robyn had inherited Anna's sunny disposition. To her, there was no such thing as a stranger, only a friend she hadn't yet met.

"I don't know."

"Who was she?"

He hoped Robyn's persistence wasn't a sign she'd picked up on his hostility and in her youthful way was trying to figure it out.

"I know who she was," Alyssa said.

His older daughter barely spoke to him these days unless he asked her a direct question. And then her answers were curt, as if she were rationing her words. Since her conversation was at such a premium, Trent was generally glad to hear whatever she had to say. This time, though, his heart was filled with dread. He didn't want to talk about the night Anna died.

"You do?" How had Alyssa recognized Carmen Shields? She'd been only seven when Anna died.

"Yes." Alyssa didn't elaborate. Instead, she flipped her hair over her shoulder. When she turned thirteen, she'd insisted she needed to have her hair relaxed so she could stop wearing ponytails like a kid.

"Who is she?" Robyn asked again, hopping from one foot to the other when it looked like Alyssa wasn't going to elaborate.

Alyssa focused her gaze on her sister, effectively excluding him from the conversation. "She's one of Mrs.

Shields's relatives. You know, the lady who always brought cookies and cakes to the youth center."

"She was nice. She always gave me an extra cookie," Robyn said. Her eyes stopped dancing and turned solemn. "She died."

"I know," Trent said, feeling unwanted sympathy for Carmen Shields and her family. Rachel Shields had been a kind woman. Days after Anna's funeral, Mrs. Shields had come to the police station and apologized for the role her daughter played in his wife's death. He'd walked away before she could finish speaking.

She hadn't held his behavior against him. He later discovered that she'd organized the women of her church to cook meals for his family. For eight weeks, a complete dinner had been delivered to his house promptly at five o'clock every evening. She'd also been the catalyst behind the ladies who'd shown up every Saturday to clean his house and do the laundry. As a single father of a one-year-old and a seven-year-old, he'd appreciated it.

How could a wonderful woman like Rachel Shields have raised such a thoughtless and reckless child as Carmen? Determined not to give the woman another thought, he turned to his girls.

"Come on. Let's put down Mom's gifts."

All discussion of Carmen was set aside as Trent and his daughters focused their attention on Anna's grave. The grass was neatly trimmed and Trent had scrubbed the headstone just days earlier. Robyn leaned the picture she'd drawn against her mother's name engraved on the granite, while Alyssa tied the string holding the balloon to a heavy rock and then set it on the gravestone. If Anna had lived, she'd be thirty-eight years old today. She'd died much too young.

Trent did everything in his power to keep Anna's memory alive for his daughters, but he wasn't sure he was succeeding. Alyssa had been young when Anna died, but she had some memories of her mother. Robyn had been only a baby and had no true memories of her own. He constantly reminded both that their mother had loved them, but lately he was starting to believe that wasn't enough.

As Anna lay dying in his arms, she'd made him promise to find a loving stepmother for their children. It was the only promise he'd ever made to her that he didn't keep. He couldn't. He had buried his heart with her. There was nothing left to give another woman.

Chapter Four

"Remember, you can call me anytime," Carmen said, then recited her cell phone number. After a moment of listening to dead air, she hung up. She'd left long, rambling messages at each of her sisters' homes. She'd tried to leave messages on their cell phones as well, but Charlotte's number now belonged to a bike messenger service. Charmaine's old number belonged to a man with a hostile girlfriend who threatened to rip off Carmen's lips if she called her boyfriend again.

Carmen sat down in a striped chair and looked around the small room, hoping something would snag her attention and divert her from the depressing thoughts that were beginning to swamp her. Although one of the smaller rooms in the bed-and-breakfast, it was comfortable. The queen sleigh bed was nestled beneath the open window. A rose-scented breeze gently blew the filmy curtains. There was a cherry desk beside the door, pink floral stationery stacked in the center.

The cozy room was perfect, and under other circumstances Carmen would have enjoyed staying there. Now it felt like the walls were closing in on her. Grabbing her suitcase, she rummaged through her clothes and pulled out a pair of white slacks and a purple knit top. She changed out of her suit, grabbed her purse and headed out.

She hadn't paid much attention to the town while driving to the church or to the cemetery. More than a little curious to see how much Sweet Briar had changed over the years, she decided a walk would do her good.

Carmen had barely gone a block before she began to see changes. When she'd left, there'd been only a handful of businesses downtown. Of those, only Mabel's Diner and Wilson's Hardware Store had been thriving. Now there was a homemade candy shop, a dress store and Fit to Be Dyed, a cleverly named hair salon. There was even a pizza place. Oh, what the kids would have given to have a pizza joint to hang out in when she was a teen.

Sweet Briar was definitely prospering in this difficult economy. It took a visionary leader with a strong backbone to bring change to a community filled with people who'd been content to live in a slowly dying town. She'd read about some of the changes Mayor Devlin had made over the past year when Damon surprised her with a subscription to her hometown newspaper, but it was amazing to see it all in person.

She strolled the streets, inhaling the smog-free air. An unexpected contentment sneaked up on her and she found herself smiling. She crossed Main Street and stopped in front of a restaurant called Heaven on Earth. Her stomach growled. She hadn't eaten anything since the tea and muffin the owner of the B and B insisted she eat when she returned from the funeral. That was hours ago and she was starving.

She stepped inside and was greeted by a hostess who showed her to a table and handed her a menu. Carmen was glancing at it when the waitress appeared.

"Hi, I'm Joni and I'll be your server."

"Hi. What's good?" Carmen asked, closing the menu.

"My brother, Brandon, is the chef and co-owner, so I have to tell you everything is good."

Carmen smiled. "Is that true or just the safe answer?"

"Actually, everything is great. What kind of foods do you prefer? I'll steer you to my favorites."

"Well, I don't eat beef, but I pretty much like anything else."

"In that case, I recommend either the poached salmon fillets with watercress mayonnaise or the salmon bulgogi with bok choy and mushrooms. That's my favorite. If you want chicken, Brandon makes a mean pan-roasted chicken with citrus sauce."

"Everything sounds delicious. I'll try the chicken. If it's as good as you say, I'll try the others before I leave town."

As Joni promised, her meal was delicious.

When the waitress returned to take away her plate, Carmen praised the meal.

"I'll be sure to give Brandon your compliment. I'll have to wait until after closing because his head is so big that if he gets one more compliment it just might pop."

Carmen grinned. Joni's friendliness was just what she needed after the icy reception she'd received from her family.

"So what brings you to our humble town?"

"My mother's funeral."

Joni instantly sobered. "I'm sorry."

Carmen swallowed. "Thanks."

Joni studied Carmen for a minute. "Was your mother Rachel Shields?"

"Yes."

"I thought so. You resemble her. I met her when we moved here a few years back. She was a wonderful woman."

"Thanks."

Joni waited a bit before she spoke again, clearly giving Carmen time to get her emotions under control, which Carmen appreciated. "How long will you be in town?"

"I'm not sure. I planned on two weeks." Carmen's stomach instantly plummeted to her feet. What would she do if her family continued to ignore her overtures? She'd go bananas with nothing to do but brood.

"If you find yourself with time on your hands, or just need to get away from family for a while, I have the perfect suggestion for how to fill it."

"I'm not a good waitress."

"Are you kidding?" She laughed. "You're much too nice to subject to my brother. He may cook like an angel, but he is the devil to work for."

Joni's words were spoken with affection and Carmen felt the slightest twinge of envy at the obvious close relationship between Joni and her brother. "What did you have in mind?"

"I was going to suggest you volunteer at the youth center. You might have passed it on the way over here. It's that huge gray building on the corner of Maple and Oak."

She'd noticed it.

When she'd lived here, recreation for teens had been limited to the one-screen movie theater or the beach. The beach generally won. More often than not they had been unsupervised. Too often, alcohol had been involved. She was living proof of the problems that led to.

Carmen was thrilled someone had built the youth center. She would like to help guide kids who might otherwise be tempted to stray as she had. But she wasn't sure it was a good idea. Many people had been hurt by the accident and might blame her for their loss. Chief Knight certainly did. She didn't know if anyone else felt that way, but she wouldn't want any misdirected negative feelings to roll onto Joni.

Carmen sighed and bit back her disappointment. "I don't know if I should."

"Why not?" Joni seemed sincerely perplexed. "I'm the director of the center and I'd appreciate any help you can give."

Carmen lifted the napkin from her lap and placed it on the table. "I'm Carmen Shields."

Joni shrugged as if the name meant nothing to her.

"I was a passenger in the SUV that crashed into Chief Knight's wife's car seven years ago."

"Oh." Joni pulled out a chair and sat down.

"I don't think he would want me to work with the kids. He'd probably consider me a bad influence, and other people might feel that way, too." She tried to sound indifferent, but even to her own ears her pain was unmistakable.

"What happened?"

Carmen closed her eyes and sighed. The memory of that night was as vivid as though it happened yesterday. She could still hear the screams, the twisting of metal. "My friends were drunk. We were speeding and ran a stop sign, hitting another car."

"You said you weren't driving."

"I wasn't. But I should have been. I was sober." But Donny wouldn't give her his keys. Still, she'd hopped into the car, stupidly believing she could make him drive slowly.

Joni pondered that for a moment. "How old were you?"

"Eighteen."

"You were young and stupid. Something all of us suffer from at one time or another."

"That's no excuse. Three people are dead." The guilt she'd felt because of Donny's and Jay's deaths was nothing compared to knowing a perfectly innocent wife and mother had died, as well.

"I agree that's tragic, but you weren't driving. I don't see how anyone could blame you."

"Chief Knight does." And her father blamed her for tarnishing the previously unblemished Shields name, ruining his plans for a political career. But not just that night. She'd begun pushing the boundaries of proper behavior long before then.

Joni reached across the table and clasped Carmen's hand. "Chief Knight lost his wife. He needs someone to blame. Although why he chose you and not the driver is beyond me."

"The driver died at the scene." Carmen knew she may not have been legally responsible, but morally she had been wrong. "I could have tried harder to take the keys from Donny. But I'd been too busy trying to fit in. I'd finally gotten the cool kids to accept me and I wasn't going to blow it by acting like someone's nagging mother."

"You can't change the past. You can learn from it and try to make a difference today. Your past will give you credibility with the kids that no one else has." Joni blinked. "Unless you'll be busy with your family. You'll only be here for a short while, so you'll probably be spending a lot of time with them."

"Not so much." Unless her father had a change of heart, she'd remain the family pariah. Perhaps if he saw her doing something good, he'd realize she had changed and welcome her back into the family. And she truly did want to help. "Maybe you're right. I'd love to work with the kids."

"So is that a yes?"

Carmen smiled. "Just tell me when and I'll be there."

"Do you have a preference of activities?"

"I'm an artist by profession. If you have art classes or projects, I could help out."

"We have an art room, so that would be great."

"Thanks."

"What kind of artist are you?"

"I paint. I've loved drawing and painting all my life. I've been fortunate to sell some of my work."

"Are you famous?" Joni grinned.

Carmen laughed. "Not hardly. At least not yet. I've been lucky." When she first started out, Damon had used his contacts to get her work noticed. But as he repeatedly pointed out, she was the one who did the painting. People only bought what they liked. Fortunately, they liked her work.

"I'm not sure I believe that. If I Google your name, will I find out you're a celebrity hiding among the little people?"

Carmen shook her head. "I paint using my first and middle names, Carmen Taylor."

"Okay, then art it is. Of course, if you'd like a change of pace, you can always play basketball."

Carmen started to protest, then relaxed when Joni laughed. "Just kidding."

"Good, because I might be the only kid in the world who almost flunked high school gym."

Her father had used his influence and she'd been allowed to join the swim team for her gym credit. She was so slow she never won any ribbons, but she had graduated, avoiding being the first Shields not to graduate high school since Emancipation.

"In that case, I'll see you tomorrow."

"Tomorrow," Carmen repeated, filled with anticipation. Tomorrow was going to be a better day.

Chapter Five

"I'm not going," Alyssa said, folding her arms over her chest. Still dressed in her pajamas, she walked around the peach-and-cream-striped chair that had been Anna's favorite and sat on the coffee table. She glared at him defiantly, daring him to correct her.

Trent bit his tongue. He'd told Alyssa numerous times to sit on the sofa or chairs, or even the floor, but not the table. But he didn't have time for yet another lecture that would do little to change her behavior. What ever happened to the sweet little girl who used to get up early just to have breakfast with him?

Deciding patience was in order, Trent inhaled deeply and slowly blew out a breath. "You can't stay home alone all day."

"Why not? I'm not a baby."

He recognized that trick: go on the offense and make him defend his actions. Not today. "I didn't say you were."

"I'm fourteen."

"I know."

"So why can't I stay home?"

He rubbed a hand over his freshly shaved chin. "Because I would prefer it if you didn't. And I don't understand why you want to stay home. You always have fun at the youth center. All of your friends will be there."

Alyssa stood and jammed her hands on her hips. "I don't have any friends, thanks to you."

She stomped from the room, but he caught her arm as she reached the stairs. "What do you mean, you don't have friends? Everybody likes you."

Alyssa's quiet and serious personality may not have made her the most popular kid, but her loyalty had earned her several true friends. She got along well with most of the other girls even if they weren't especially close.

Alyssa had inherited her mother's stunning good looks, as well as her willowy, long-legged build. Where she'd been gangly as a colt at twelve and even thirteen, she'd filled out over the past few months and now looked older than her age. To his dismay and definite discomfort, she was attracting the interest of boys who until recently hadn't known she was alive.

"Everybody used to like me. But that was before."

"Before what?"

She narrowed her eyes and shook off his hand. "Before you went and broke up that party at Olivia's aunt and uncle's house. You called everybody's parents and got them in trouble. You even arrested Olivia's cousin."

"There was underage drinking. I couldn't leave those kids there. And I definitely couldn't let them drive home. I had to call their parents." Alyssa didn't know the specifics, but she knew her mother had been killed by a drunken teenager. Surely she understood the danger of underage drinking and driving.

"As for Olivia's cousin, he was supplying alcohol to minors." He was twenty-one and, from what Trent could see, had no plan for his life besides partying. He and his buddies had given several teenage girls enough alcohol to lower their inhibitions. God alone knew what could have happened to them if Trent hadn't received an anonymous call about that party. The kids might have been angry, but there were plenty of grateful parents.

"Well, now they're all mad at me."

"Why?"

She gave him her patented you're-so-stupid look that turned his stomach. "Because you're my dad. They think I'm the one who told you about the party. Like I'm some sort of narc. They said if anybody is my friend or even talks to me, then they're out. Nobody will talk to them, either, and they won't get invited to any of the cool parties."

Anger surged through Trent and he clenched his jaw to keep from swearing. Olivia's aunt and uncle were among the wealthy residents who'd recently moved into a new development of oversize homes on a private golf course. Many of the newcomers didn't believe the laws applied to them or their brats. If Trent could have his way, the entire subdivision would be razed and the owners sent back where they came from.

"How long has this been going on?"

Tears began to roll down Alyssa's face, and it broke Trent's heart. Her chin wobbled and her voice shook. "It started last week. Brooke still talked to me, but none of the other kids did. They wouldn't even sit at the same lunch table with me. But school's out now and Brooke's spending the summer in Colorado with her father."

"It'll get better. You'll see. Now go ahead and get dressed." He tried to pull her into a hug, but she jerked away.

"You're making me go? Even after what I told you? You don't care about me or how I feel." Her words, filled with both accusation and betrayal, were a knife plunged in his heart.

"Of course I care. But you can't hide. You did nothing wrong. And your friends will come around. Just give them a chance."

"They had a chance. They're not my friends anymore. They hate me. And I hate you." The knife twisted.

Trent stood frozen as Alyssa raced up the stairs. A moment later he heard her bedroom door slam. He leaned against the banister and sucked in a breath. Although he knew Alyssa's words were spoken out of pain, they still hurt. He'd never imagined a child of his would say she hated him.

The argument echoing in his head, Trent returned to the living room. He opened the floral curtains Anna had chosen so many years ago, letting in the morning sunlight. Unfortunately, the light did nothing to brighten the gloom in his soul.

He dropped onto the sofa and closed his eyes. His sweet girl was being ostracized. Those brats should be glad he and his officers broke up the party, saving them from themselves. They might be too young to understand the danger they'd put themselves in, but they were old enough to know better than to make his daughter a scapegoat.

He heard the clatter of little feet running down the stairs and into the living room.

"I'm ready to go," Robyn announced, flying into the room. Her brilliant smile warmed his heart and made breathing easier. "How do I look?"

He smothered a grin. His baby loved fashionable clothes.

She looked adorable in white denim shorts with pink flowered appliqué on the pockets and a matching T-shirt. Even her gym shoes were pink. Alyssa had combed her hair and added flowered pink barrettes to her ponytails. Pink earrings completed her ensemble. "You look like the cover of a magazine."

Robyn grinned and gave him a big hug.

Five minutes later Alyssa returned, dressed in a short denim skirt and orange tank top. Although he wished she had chosen something different, he bit his tongue. Fighting over her clothes only increased the tension between them.

Robyn chattered happily on the short drive to the center, filling the silence between Alyssa and Trent. As he pulled into a parking spot, he received a call from the dispatcher. Trent spoke briefly into his radio before hustling the girls from the car.

A semitrailer had collided with an SUV on the highway leading into town, setting off a chain reaction involving at least seven vehicles. He didn't know what the truck was carrying, but the driver had lost his load. Worse, there were reports of injuries, some life-threatening.

"I have an emergency, so I won't be able to get you girls settled," Trent said apologetically as he signed them in. The gray-haired woman seated behind the reception desk assured him she would get his daughters into their proper groups.

"I'll pick you up at four," Trent promised. He kissed Robyn's cheek, then stepped back. He'd learned from painful experience not to show affection to Alyssa in public.

"Bye, Daddy," Robyn exclaimed, then hurried off to join a group of girls her age.

Alyssa simply stood with her eyes downcast, her arms across her chest. She heaved a sigh and turned her back to him. He wished he could say something to make her feel better, but nothing came to mind. Besides, he needed to get to the scene of the accident.

The grandmotherly woman caught his eye and nodded. "Go ahead and leave, Chief. She'll be fine. I'll make sure she gets in with a group of kids."

Having no choice, Trent took one last look at Alyssa, who was now staring out the window, and trotted out the door to his vehicle. He hoped he was right and that her friends would welcome her again.

Carmen put the finishing touches on her art project, then stepped back to get a final look at it. Not bad considering she hadn't sculpted anything in years. She hadn't known what type of material she would find, so she'd planned a variety of projects to interest kids of all ages. She'd been pleasantly surprised by the supplies at the center.

As expected, there was paint, brushes and paper. But there also was clay, string, foil, beads and other items needed to make jewelry.

She heard a knock on the open door. "You open for business?"

Carmen smiled at Joni and looked down at the little girls clustered around her. "You bet. Come on in."

"I've got four budding artists for you. Mia and Maya are twins. This is Juliet. And finally Robyn. They're really excited to do crafts with you."

Carmen managed to hide her shock at seeing the chief's daughter again so soon. Given his dislike of Carmen, she couldn't imagine he would want her near his child. She wondered how long it would be before news of her volunteering at the center reached his ears. This being Sweet Briar, she bet it would be under forty-eight hours.

"I remember you. We saw you at the cemetery. I'm Robyn."

"I remember you, too. You look so cute today." The young girl giggled and preened while Carmen quickly complimented the other girls so they wouldn't feel left out. And they did look adorable in their short sets and eager smiles. "Are you ready to have fun?"

"Yes," they answered loudly.

"Well, then, let's get started." After each girl had chosen a bright smock from the rainbow selection hanging on hooks by the door, she led them to a table where supplies were arranged. She grabbed a hunk of clay and kneaded it while explaining the project. She then stepped back as the girls charged toward the table. Well, three of the girls charged. Robyn held back.

"Is everything okay?"

Robyn shook her head. "I've never done this before. I don't know how."

"That's okay," Carmen said, giving an encouraging smile. "Just jump right in. Art is supposed to be fun."

Robyn gnawed on her bottom lip. "What if I do it wrong?"

"Oh, sweetie, it's art. There is no right or wrong."

"Everything has a right or wrong. The only people who don't believe that are the ones doing wrong."

Wow. Carmen was surprised to hear such judgmental words coming out of the mouth of one so young and innocent. She had no doubt Robyn was parroting what she heard regularly, just as she'd done at the cemetery. "That may be true in some things, but trust me, there is no way for you to get this art project wrong. Whatever you do will be beautiful."

"What if I mess it up?"

Carmen had not expected to have to counsel kids. If she'd known it would be this hard to get a kid to use clay, string and paint, she might have taken her chances with the boys currently engaged in a raucous game of basketball.

But she needed to reach this child. She'd grown up with pressure to live up to the Shields name and had cracked big-time. If she could help this girl avoid the same fate, it might be worth what she'd endured.

She knelt down so that she and Robyn were eye to eye and took the little girl's hands. "If you mess it up, we can fix it. That's the beautiful thing about art. You can work around the mistakes so that they look intentional."

"I don't know." The little girl looked longingly at the table where her friends were elbow-deep in clay. Someone had knocked over a plastic cup of yellow paint, and a saturated paper towel lay forgotten in the middle of the puddle. Apparently, Robyn's friends didn't share her fear of making mistakes. And they definitely had no interest in cleaning up their messes.

"Well, I do. Let's get you started on your flower." Carmen pinched off a bit of clay and handed it to Robyn, giving the girl an encouraging smile. She then grabbed a hunk of clay for herself and began working it. After a brief hesitation, Robyn grabbed her clay and started to pound it into shape.

"Like this?" she asked, her little hands kneading the clay.

"Just like that." Carmen offered the child a rolling pin. "Make it flat. It'll be easier for you to shape."

Robyn's brow wrinkled in concentration as she worked. A few minutes later she grinned. "It's working."

"Yes, it is."

"This is fun," she said, giggling.

"I knew you could do it."

Carmen circled the room, checking the progress of the other budding artists and helping newcomers get started. She gave a word of encouragement here and there, but for the most part, she stood back and let the kids create their masterpieces without interfering. The noise level stayed at a steady murmur punctuated by bursts of laughter. Although Carmen chatted with the other children, her attention never strayed far from Robyn.

The kids' enthusiasm was contagious and ideas began bubbling inside her. Most of the kids in her room were grammar school age. But she really wanted to attract the older crowd. And she had just the thing to do so.

Joni had given her what she'd called the ten-cent tour that morning. The center was equipped with everything from a computer lab to a gym with a full-size basketball court, and a six-lane pool. Although all the walls were clean and painted bright colors, the decor was unimaginative.

Carmen had offered to design a mural for each of the rooms and one big one for the exterior of the building. Joni had quickly accepted. Carmen would have a better chance of getting older teens involved in art if they worked on something more exciting than the Popsicle sticks and spray-painted macaroni the six-year-olds loved. Murals would definitely do the trick.

She made her way back to Robyn, who was frowning at her project. The little girl noticed Carmen and her bottom lip trembled. She swiped at her eyes. "I messed it up. It's ruined."

"It's not ruined. We can fix it. And if not, you can make another one."

"I don't know. Daddy always says to do it right the first time because life doesn't give you a do-over."

"That's true in a lot of things, but not art."

"Are you sure? Because that's not what Daddy says and my daddy is smart."

"I'm positive. I'm sure your daddy wasn't talking about art. He's not an artist, too, is he?"

Robyn shook her head. "He's a policeman."

"Right. So he probably doesn't use paint and clay at work."

Robyn giggled. "That would be silly."

"It certainly would. Policemen know about criminals breaking the law and looking for excuses to escape punishment."

Robyn nodded. "I heard him tell Officer Roberts that Peter Richards keeps making messes for his parents to clean up. Daddy said one day Peter's going to make a mess no one can fix. He said Peter's parents should stop making excuses for him. Daddy said Peter—"

Carmen raised her hand and the little girl stopped her recitation of overheard and misunderstood conversation. "I think your daddy was talking about criminals and not art. And he certainly didn't mean you."

"Really?"

"Really."

"Okay." Robyn smiled, her eyes bright with hope.

Carmen took the blob of paint and string and clay from the little girl and turned it this way and that, studying it from all angles. Try as she might, she couldn't figure out what it was supposed to be. It didn't look a thing like her sample. Of course, she couldn't admit that or Robyn would be crushed.

"I think we can totally make this work. If you're willing."

Robyn nodded.

"Then let's get busy."

Twenty minutes later, Robyn stared at her project with what could be described only as awed disbelief. "Did I really make that?"

"You did. All by yourself." If Robyn hadn't been so insecure, Carmen would have trashed the first project and started from scratch. Instead, after diagnosing the problem, she had quickly returned the clay to the child's hands.

Although Carmen added instruction and encouragement, she made sure that Robyn did all the work. Now the glow of pride on the child's face was truly earned.

"I can't wait to show it to Daddy. He's going to love it."

"He will. Now let's let it dry for a while."

The little girl started out the door. She hesitated, then ran back, giving Carmen a tight hug. The feel of the little girl's arms warmed Carmen's heart. She could start to care for this motherless child quite easily. And wouldn't that be a mess no amount of paper towels could clean up.

Chapter Six

Trent checked his watch as he stepped into the youth center. It was half past six, but he hadn't been able to get away any sooner. The accident had been one of the worst he'd seen. The elderly driver of a sedan had suffered a fatal heart attack and swerved into a lane of oncoming traffic, cutting off an 18-wheeler. The result was a ten-car pileup with dozens of injuries, some requiring hospitalization.

There was still work to be done, but he'd left it in the capable hands of his sergeant. As a single father, Trent couldn't stay at the office all night. Even if he didn't have family obligations, working the case day and night wouldn't be good. If he was too tired, he might make careless mistakes. The best thing for everyone was for him to let the second shift take over.

It was at times like this, times of great tragedy and devastation, that he missed Anna more than ever. She'd been the perfect cop's wife. She'd been supportive, listening as he unburdened himself of the horrors that far too often were part of his job. Unlike most women, she hadn't expected him to be strong and stoic day and night. Anna had known there was a flesh-and-blood man beneath the uniform. There'd been no one to fill that role since her death. After seven long years, he'd come to accept that there never would be.

As he walked through the hall, he noticed that most of the younger children were gone, although he could hear the sounds of a basketball game. Those boys would play ball day and night if given the chance.

When he'd realized he wasn't going to be finished by four, he'd called ahead, letting a volunteer know he would be arriving late, so his girls wouldn't worry. No doubt Alyssa would be even more irritated with him for having to stay at the center so long. He hoped today wasn't indicative of the summer months to come.

He had to come up with a better solution. He couldn't leave his daughters here all day and he wasn't willing to leave them home alone. Even the best of kids got into trouble when they weren't supervised. Unfortunately, his housekeeper had left two days ago to help her daughter, who was having a difficult pregnancy. He didn't expect her to come back from Tennessee before September.

Sighing, Trent reached for the clipboard to sign out his daughters and nodded at the young man standing behind the desk. He was glad to see that the female volunteer from earlier had been replaced with this guy, who nearly matched his own six-foot-three-inch height. Although Sweet Briar was a small town, it had its share of crime. Most of it was petty and nonviolent, but with the influx of newcomers and vacationers, it never hurt to be careful.

He heard the pounding of small feet moments before his younger daughter burst into the lobby, a smile on her face. She stopped in front of him, a plastic bag clutched in her hands. "Daddy. Wait until you see what I made today in art."

"What is it?"

"Close your eyes," she commanded, and he quickly complied, even though he was so tired he could sleep standing up. He heard the whisper of the bag being opened. "Okay, now you can look."

"Wow," he exclaimed, seriously impressed by the three-dimensional flower in her hand. Over the years he'd become used to finger-painted pictures and cotton ball snowmen glued to construction paper. He'd always made suitable noises about how wonderful each project had been and then taped it to the refrigerator.

But this project was really good.

"Did you make this?"

"Yep. I did it all by myself. Well, the teacher helped a little bit."

"It's excellent."

"I didn't think I could do it, but I did. At first she was telling me what to do, but when I didn't understand, she made her own project and showed me how. She said that only my hands could touch my flower. At least when I was making it. You can touch it now."

Smart woman. He wondered which of the volunteers had worked with her. He'd find out and make a point to thank her tomorrow. Now he just wanted to go home and grab some dinner.

"She's really nice, Daddy. And pretty."

He managed not to grimace. Was his daughter match-making again? From the time Robyn turned three and realized her friends had daddies and mommies, she'd been on a mission to find herself a mommy. Her taste had been less than discriminating. She'd tried to marry him off to her kindergarten teacher, which would have been funny except Harriet Bowman had been *his* kindergarten teacher. And she'd been pretty old then.

Two years ago Robyn had tried to set him up with her friend Juliet's mother, despite the fact that the woman was happily married. It had taken some doing, but he'd gotten Robyn to understand that mommies couldn't be shared by two daddies. Since then, she'd been on the prowl for single women to fill the role of mommy. He hoped she hadn't embarrassed the volunteer by asking her to marry him like she'd done last summer with a ticket taker at the zoo.

He'd tried explaining that he needed to find his own wife. Robyn was unimpressed with his efforts, although she hadn't used those words. She'd simply told him that since he couldn't do it on his own, she'd help. The same way he'd helped her learn how to tie her shoes. As if finding a woman who would make his heart sing was as easy as making two loops and knotting them.

"Don't you want to say hi to her?"

Not if Robyn had made the woman believe he was looking for a wife. No one could take Anna's place. It wouldn't be right to let a woman believe there was room in his heart for someone else when there wasn't. "Sure. I'll make a point to do just that the next time she's here."

Robyn grabbed his hand and tugged it. "Silly Daddy. She's here now."

"Really?" Spending the entire day here went above and beyond the call of duty. Perhaps she'd left early and come back to help with the older kids tonight.

"Yep."

He let Robyn pull him farther into the building, past Alyssa, who had her arms crossed over her chest. It was rapidly becoming her regular pose. If the scowl on her face was any indication, tonight was not going to be the restful night he'd hoped for.

"Where are you guys going? I'm ready to go home."

"I want Daddy to say hi to my art teacher."

Alyssa rolled her eyes. She'd also tried to convince Robyn to stop shopping for a mommy. Her less than subtle efforts had been as unsuccessful as his more diplomatic methods. "Do you have to do it now? It's not like this is our last day here. And besides, he's already met her." Despite her complaining, Alyssa trailed along.

"So? They didn't get to talk before. Now they can. He can even ask her for a date, since she's not married."

Trent groaned. He could only imagine what Robyn had shared about him to get that bit of information.

He allowed her to drag him by the hand until they entered a large room filled with tables. There was only one person in the room.

"Here she is."

Trent's gaze followed his daughter's outstretched hand. The woman had her back to them. And uninterested as he was, he had to admit that she had a nice figure. Petite and dressed in jeans that hugged her curvy body and a T-shirt that revealed a tiny waist, the woman was cleaning paintbrushes in the sink. Humming softly to herself, she didn't hear them approach.

"Miss Shields. Daddy came to say hi to you. Don't you think he's handsome in his uniform?"

The woman—the last woman on earth he ever wanted to see—turned. What he was sure started as a smile when she heard his daughter's voice turned into a look of utter dismay. Had he not suddenly been filled with rage, the swift change of expressions would have been comical.

She had her nerve. First she'd returned to this town—his town. He could understand her need to attend her mother's funeral, but the service and burial were over. Clearly, she felt no need to be with her family if she'd spent even part of the day here. So why hadn't she left town? He didn't know, but he was going to find out. And then he was going to make sure she knew she wasn't welcome in Sweet Briar.

Robyn was oblivious to the tension. His little girl exhibited quite a bit of strength as she tugged his arm and led him in the woman's direction. He didn't want to talk to her any more than she wanted to talk to him, but he didn't want to hurt Robyn's feelings. Besides, he needed to know when she was leaving.

"Chief." She nervously clasped and unclasped her hands. Then she dropped her arms to her sides. Before he could speak, she folded her arms over her perfect breasts. As if suddenly aware that she looked defensive standing that way, she let her hands fall to her sides again.

"Miss Shields. I had no idea you'd still be in town." He managed to convey his dissatisfaction with her presence without raising his voice.

Alyssa, who'd been leaning against the door and sighing loudly at regular intervals, suddenly stepped into the room. Robyn might be too young to read body language or pick up on tones of voice, but Alyssa was a pro. Her interest piqued, she moved closer and looked from him to Carmen Shields. *Great.*

Carmen's brown eyes darted from him to his daughters and back. "I'm staying for a while."

Her voice was calm. Almost pleasant. But the years he'd spent in law enforcement had him noticing the way her pulse pounded at her throat, a clear indication of just how nervous she was. Good. He didn't want her to be comfortable.

What was it about Carmen Shields? He hadn't noticed

a woman since Anna's death. So why was the room suddenly so hot? And why was the blood suddenly pounding in *his* veins? The awareness he felt made him even angrier.

"How long is a while?" His voice wasn't pleasant and she flinched. He squelched the guilt that whispered in his ear to be nice.

"Are you asking as chief of police, or is this personal?"

His jaw tightened. Silence as a tactic generally worked. She shrugged. "I'm staying two weeks."

"That's a long time. Don't you have to get back to your home?" He knew from her driver's license that she lived in New York City. The wild child had found a place fast enough to suit her.

"No."

"Goody. Then you can come to our house for dinner tonight. Right, Daddy?" Robyn asked, looking pleased.

The look of shock on Carmen Shields's face was priceless. He would have laughed if he didn't know he was wearing a similar expression.

"No," they spoke at the same time.

"Why not?" Robyn asked, looking between them.

"That's very nice of you, but I have plans. Thanks for thinking of me." Carmen glanced around the room as if searching for something to do with her hands, which were once again fluttering. Finding nothing left undone, she returned her attention to Trent and the girls. "Well, it's time for me to leave. I really enjoyed working with you, Robyn. I hope all of you have a nice evening."

She grabbed her purse and practically sprinted from the room.

"Bye, Miss Shields," Robyn called after her, and then turned her happy face to her father. "Isn't she nice? And pretty."

Alyssa, who had been quiet throughout the entire conversation, finally spoke. "Can we leave now?"

"Yes."

As Trent drove home, his stomach churned with anger. Carmen Shields had caused his family more than their share of tragedy. He wasn't going to stand still while she spent her days with his kids. He couldn't keep her from staying in Sweet Briar for two more weeks, but no way was she going to volunteer at the youth center, giving the kids of this town wild ideas. Not if he had anything to say about it. And as chief of police and a concerned parent, he most definitely did.

He made the drive home in record time, then started getting dinner ready. He shoved one of the endless casseroles Mrs. Watson had frozen before she left town into the microwave and set the timer. "Twenty minutes until dinner," he called to his daughters.

Snatching the phone from its base, Trent dialed Lex, his best friend and mayor of the town. Normally, he wouldn't go over Joni's head, but he couldn't take the risk that she would disagree with him. The center was always in need of help and she might not be willing to forbid that Shields woman from volunteering.

While the phone rang, Trent pulled a bag of packaged salad from the fridge. He ripped it open, removed a bowl from the cabinet and poured in the contents. Frowning at the lettuce and slivers of carrots, he grabbed a cucumber and a container of grape tomatoes.

"Devlin speaking."

"Lex. It's Trent. Got a minute?" He chopped the cucumber with more fervor than necessary and tossed the slices into the bowl. It wasn't the most exciting salad, but it was the best he could do.

"Sure. What's up?"

Trent opened the dishwasher and grabbed three clean plates and set them on the new pink-and-purple-checked place mats. The ones Anna had purchased years ago had faded over time. He couldn't find identical ones, but these were close.

"I need to talk to you about the youth center." Trent gathered up silverware and finished setting the kitchen table. "There's a woman volunteering who needs to be barred from the place."

"Shouldn't you be telling Joni?"

"I just found out." He pulled a couple bottles of salad dressing from the door of the refrigerator. Ranch for the girls and Italian for him.

"What's she done? Has she broken any laws?"

Trent frowned. "No. But she's not the kind of person who should be around impressionable kids."

"That's Joni's decision. She runs the center. If you're concerned about this woman, you need to let her know."

Trent grunted his dissatisfaction.

"You wouldn't like it if someone went over your head and tried to get rid of one of your officers. Show Joni the same respect."

Trent leaned against the counter. Lex was right. He'd resent the hell out of it if someone tried to do an end run around him. He'd do the fair thing and talk to Joni.

"Joni's probably going to call you, anyway."

"Why?"

Lex sighed and Trent knew that whatever it was, it wouldn't be something he wanted to hear. Thankfully, Lex never beat around the bush.

"Now that school is out, there'll be more opportunities for the teenagers to get into trouble."

Trent rubbed his hands across the back of his neck, squeezing it in a futile attempt to massage away the tension that had moved in seven years ago and been present every day since.

"That could lead to an adversarial relationship with your department, which is something we want to avoid," Lex continued. "Not to sound like a public service announcement, but we want our police department to have a good relationship with the youth of this town."

Trent was pretty sure he knew where this was leading, and he was definitely sure he wasn't going to like where they arrived.

"So I talked to Joni about you volunteering at the center. Naturally, she agreed."

"Naturally."

Lex ignored Trent's sarcasm. "Joni said there's a New York artist in town who's offered to create murals for the center. It'll take a couple of days for her to work up some sketches, so we've set up a meeting for later this week. I want you to pitch in on the murals. It'll give you an opportunity to interact with the teens outside of law enforcement."

Trent gritted his teeth. There couldn't be two women from New York visiting this small North Carolina town. Lex had to be talking about Carmen Shields. There was no way he could be around Carmen Shields for any length of time and keep his sanity.

"Playing Officer Friendly isn't my strength." That was the understatement of the decade. While he loved the younger kids, he had little patience for teenagers and their antics. "I'll assign one of my officers to work with them."

"Not an officer. You. You're the chief of police. You set the tone for the department. This will give you a chance to build better relationships with the teens, which you need. You have to interact with them in a nonadversarial setting. If they become comfortable with you, they'll be more willing to approach you if they become aware of someone planning to do something stupid."

Lex didn't say it, but Trent knew his reputation was that of a hard-ass. He kept a tight rein on the kids, keeping them on the straight and narrow. He and his officers wrote tickets to any driver exceeding the speed limit by even one mile. The curfew was enforced to the minute. Anyone caught drinking and driving was arrested.

Trent wasn't popular with the teenagers, but he kept his town safe. They might not appreciate it now, but he was protecting their futures. If kids used his picture for target practice, so be it. He'd do anything in his power to prevent another child from growing up without a mother. Anything except hang out with Carmen Shields.

Trent exhaled deeply. "How much time are we talking?"

"Not much. Just a few hours over a couple of days."

"Do I have a choice?" Trent rolled his shoulders, but the pain remained in his neck.

Lex laughed. "You always have a choice."

Sure he did. And pigs were circling his backyard, looking for a place to land. "I'll call Joni tonight and set it up."

Trent held the phone in his hand long after they'd said goodbye. There was no way he could work with Carmen Shields. He needed to run her out of town more than ever.

Chapter Seven

Carmen checked her sketches one last time before placing them in her portfolio. She'd spent the past two nights completing them. Once she started drawing, ideas had come one after the other until she could barely keep up. When she was finished, she had three options each for the various rooms, as well as the exterior of the building. The drawings for the exterior were the most daring.

If the center looked cool, maybe the cooler kids and those trying to be would be more inclined to participate in organized activities, as opposed to hanging around the beach and getting into trouble.

Joni had gotten the mayor's approval to paint the murals. Now they just needed to select the ones to be painted. That was the only item on the agenda for this morning's meeting. Carmen thought graffiti art would be fun for the kids and definitely give off a hip vibe. Of course, she had tamer options just in case Joni and the mayor didn't agree.

She got out of her car, ran her hands over her gauzy orange print skirt and headed for city hall. Joni had assured her that Mayor Devlin didn't let other people sway his thinking and wouldn't hold a youthful mistake against her. Carmen hoped Joni was right. Even though she'd be in town for only ten more days and didn't expect to interact with him much, it would be nice if he wasn't biased against her. Heaven knew she could use something good in her life right about now.

She closed her eyes against the rush of tears that threatened to spill over and ruin the makeup she'd so carefully applied. Her attempts to speak with her father had failed miserably. He'd swatted her away like a pesky fly buzzing around his picnic table.

He still wouldn't answer the phone, leaving that to Charlotte, who'd coolly told Carmen he wasn't taking calls. As if she were a mere acquaintance. She'd harbored a small hope that after seven years he regretted disowning her, or at least would forgive her. Each day that hope slipped away like sand in an hourglass, until only a few grains remained. If she hadn't committed to making amends to Anna Knight's family, she would've caught the first plane back to New York.

Although the chief did not want her to interact with his children, Robyn regularly sought her out. Carmen wanted to respect his wishes, but she couldn't reject the little girl and hurt her feelings. Robyn was a happy child who longed for a mother and repeatedly dropped hints about Carmen taking on that role. Ice had a better chance in hell than that happening.

Alyssa was the one who worried her. Sadness rolled off her in waves. Carmen had seen her at the youth center only a couple times, but each time she'd been miserable. And alone. Carmen hadn't yet found a way to reach her, but she wouldn't give up. Carmen knew from experience that a sad teenage girl could act out of desperation and make regrettable mistakes.

City hall hadn't changed. The two-story redbrick building with windows trimmed with white paint and white shutters at the end of Main Street had screamed small town to a girl longing for the excitement of a big city. Now, though, with its familiar black iron benches and potted plants on either side of the double doors, Sweet Briar City Hall felt like home.

She checked her watch. She was five minutes early. Promptness was a virtue that had been drilled into her from a young age. She hadn't appreciated the constant nagging then, but as a businesswoman, she understood the importance of showing others she valued their time.

Stepping inside, Carmen took a look around. Nothing had changed here, either. The walls were still a dull gray and the lighting still poor. No doubt the metal water fountain between the washrooms still didn't shoot higher than one inch no matter how hard you turned the knob. She passed wood doors with gold lettering identifying the water department, streets and sanitation and a few other city departments before reaching the double glass doors leading to the mayor's office.

She opened the door and nearly squealed with joy to see Denise Harper, the mayor's secretary. Mrs. Harper was one of the few people in town who'd ever stood up to Carmen's father. More important, she'd been fond of Carmen and always had a kind word and a smile for her.

"Is that you, Carmen?" Mrs. Harper asked, racing around her oversize desk to squeeze Carmen in a tight, breath-stealing hug. She rocked her from side to side before holding her at arm's length. "Just look at you. You're all grown up. And just as beautiful as I knew you'd be.

Seeing you is an answer to my prayers." She hugged Carmen tight again.

"I'm glad to see you, too." This warm reception almost took away the sting of her family's chilly treatment.

Mrs. Harper squeezed Carmen's hands. "I'm sorry about your mother. She was a good woman. And she did love you."

Carmen nodded, her heart in her throat. "Thanks."

"You need to get into your meeting. Let's have lunch one day this week and catch up on the past seven years."

"I'd like that."

Carmen followed the older woman down a short hall. Mrs. Harper knocked on the door, announced Carmen and then winked as she stepped aside to let Carmen enter the room. A warm feeling filled her as she realized that she did indeed have friends in town. Confirming that thought, her new friend Joni gave her a little wave from where she was standing beside a large credenza.

"Miss Shields, so glad you could join us."

Carmen followed the sound of the deep voice and came face-to-face with a stunningly handsome man. Here was something that had changed about city hall: this mayor looked a whole lot better than the previous one. She studied him with an artist's eye, cataloging his attributes. He was a couple inches over six feet, with coffee-colored skin, broad shoulders and a trim waist. Gray was sprinkled through his curly black hair. She guessed he was around forty.

Mayor Devlin didn't come close to her image of a small-town mayor. Sure, his tailored navy suit, white shirt and conservative red tie were appropriate for the job, but the mischievous twinkle in his eyes didn't fit. His charming smile made him seem more like a playboy. The nice kind with a heart, if there was such a thing.

She shook his hand and felt nothing. No spark. No

tingling. Nothing. Life would be too easy if she was attracted to this friendly man instead of the one who would like nothing more than to run her out of town, erect an electric fence around its borders and keep her out forever. But then, when had her life ever been easy?

"Help yourself to some refreshments. I realize it's early, but this is the only time I had free today."

"I'm just grateful we're not meeting at six," Joni quipped.

"I only schedule meetings at the crack of dawn when I expect to have a fight on my hands." The mayor grinned at Carmen. "Nothing helps people agree to be reasonable like a meeting held before the sun rises."

Carmen laughed. She joined Joni at the credenza, where she poured herself a mug of coffee from the silver-plated pot. She snagged an apple Danish and a napkin, then settled into a chair at the long table beside her friend. Mayor Devlin was seated at the head of the table, but he didn't appear anxious to get started.

He must have sensed her confusion. "We're waiting for one more person, then we'll begin."

"I'm not sure what I'm supposed to call you. Mr. Mayor? Or maybe you prefer Mayor Devlin?"

He aimed a killer smile at her and leaned back in his chair, folding his hands across his flat stomach. She bet he had a six-pack. "I prefer Your Highness or Your Majesty, but I can't get anyone to call me either of those. He-who-must-be-obeyed has a nice ring to it, but it just hasn't caught on."

She laughed. He was definitely different from Mayor Dooley, who hadn't had the slightest sense of humor. The old mayor must have believed the only thing keeping the earth in its orbit was the constant scowl on his face. Or maybe he'd just needed more fiber in his diet.

"I call him Mayor Nutcase," Joni pointed out, "but he refuses to answer to that. I can't figure out why."

The mayor laughed again. "Ignore her. I do." He looked at Joni, then shook his head as she stuck her tongue out at him. "Seriously, I don't stand much on formality. Just call me Lex."

Joni chimed in. "Short for Alexander Devlin III."

"Not to be confused with Alexander who is my grandfather and Alex who is my father." He took a swallow of his coffee. "We seem to lose letters with each generation. I guess I'll have to call my son L."

"How old is he?" Carmen asked.

"Who?"

"Your son."

He raised his hands, palms out. "I don't have a son. I'm not married. I'm not even dating anyone."

Joni rolled her eyes. "Neither subtle nor smooth, my brother."

Lex glanced at his watch. "I guess we should go ahead and begin. Trent must have gotten held up. I'll catch him up later."

Carmen choked on her Danish and her eyes watered. Chief Knight was coming to this meeting? Why? What could he possibly have to do with the youth center? She'd been there a couple of days and hadn't seen him since that first night, when he'd picked up his daughters and let her know he didn't want her in his town. Since then, he'd also let Joni know he didn't want Carmen near his daughters, but Joni had refused to be the bad guy. If he didn't want his daughters around Carmen, he would have to be the one to tell them.

"Are you okay?" Joni asked.

"I'm fine. I just swallowed wrong." She took a long drink of her coffee and hoped the meeting would end before the chief arrived.

"Then how about you show us the drawings," Lex suggested.

"Sure." She was pulling her sketches out of her portfolio when the door swung open. She didn't need to look up to know who had entered. The subtle change in the oxygen level, coupled with the sudden goose bumps that rose on her arms, let her know that Trenton Knight was in the building.

"Sorry I'm late," he said, closing the door behind him.

"No worries. We were just getting started. Grab a cup of coffee." Lex waved his hand in the general direction of the refreshments. "Have you met Miss Shields?"

"Yes." The frost in Chief Knight's one-word response brought the temperature in the room down to near Arctic levels.

Lex raised his eyebrows and looked from the chief to Carmen. Hadn't anyone informed the mayor how much the chief disliked her and that he blamed her for his wife's death? She wondered if the mayor would be as friendly to her when he found out.

Chief Knight stalked to the coffeepot and poured a cup. His muscles bunched under his shirt with each jerky movement. He didn't bother with cream or sugar. Carmen wondered if he was too angry to add sweeteners or if he really did prefer his coffee black.

After he took a seat, Carmen stood and placed her drawings on the easel the mayor provided. As an artist, she rarely did much public speaking. Her work spoke for her. She wasn't particularly uncomfortable speaking in front of people, but Chief Knight's presence had her nerves jangling like wind chimes in a tornado.

After she straightened her first sketch, she stepped aside so that the others could view it. When they turned their attention back to her, she spoke. To her dismay her voice didn't sound quite as confident as she would have liked.

"I thought this mural would be good for the exterior. It's one continuous scene that wraps around the building." She pointed to the dotted lines that marked the corner of each wall. "This shows kids of all ages participating in the different activities the center offers. The colors I have chosen can be changed if they are too bold. I have a smaller version of this picture in more subdued tones."

Bold colors were part of her signature, but she was willing to tone them down if they wanted her to. After all, the mural was for them, not her.

"That looks like graffiti," Chief Knight said, pointing an accusing finger at the sketch. His four words spoke an entire paragraph of disapproval.

"Graffiti art," Carmen corrected gently. "The majority of the mural will be painted with brushes. Graffiti art will be sprayed over it in places. There will also be a large section that is purely graffiti art."

"I arrest people who spray graffiti around the town. And you want to have them ruin the youth center and call it art. Not in my town."

"It is art," Carmen said, with a little more emphasis. "This isn't illegal. We aren't tagging private property without permission. It's a legitimate art form and kids are drawn to it."

She agreed that unauthorized graffiti was wrong even if some taggers showed unbelievable skill and imagination. But she'd spoken with one of the teenage boys at the youth center about graffiti art just the other day. He'd been aloof and disinterested until that conversation. The next morning he'd shown her some of his drawings. She'd incorporated graffiti art in the mural so that people like him could showcase their talent without destroying others' property.

"That trash might be considered art in New York, but

not here in Sweet Briar. But then, many things that are welcome in New York aren't wanted here."

"Trent," Joni gasped.

"Never mind," Carmen said, grabbing her work. "I was just trying to help. If the town isn't interested, that's fine with me."

"Hold on," Lex said, standing. "Let's take a look at the sketches. We can make changes to things we might not like, correct?"

"Yes. That was the purpose of this meeting."

"Then let's look at all of the drawings first and make decisions later. Agreed?" He looked meaningfully at Trent, who glared back and nodded curtly.

Joni rose and approached the easel. "I don't know about anyone else, but I think this is amazing."

"Thanks."

"It's graffiti," the chief repeated flatly, as if anyone was in doubt about his opinion.

"Do you really think we can do something like this?" Joni asked, ignoring Chief Knight.

"Sure. First the building needs to be primed. Then I'll sketch the design on the building. After that, it'll be like painting by numbers. And if you would prefer something a little tamer, I have that, too." She flipped to the drawings of more typical murals, without the graffiti.

Joni sighed and rubbed a perfectly manicured finger over the drawing. "Everything is so perfect. We're a group of amateurs. What if someone messes up? You know, what if someone paints with the wrong color?"

"No biggie. We can just paint over it. There are no mistakes that can't be fixed."

"I beg to differ." Trent's eyes were cold as ice, yet somehow they managed to incinerate her soul. "Of course, I'm not surprised someone like you thinks that."

Carmen knew some mistakes were irreversible. She'd lived with survivor's guilt for seven long years. She had lived while the others died. The fact that she hadn't been driving that night hadn't changed her feelings. Now she had the added burden of knowing an innocent woman had died, as well. Nothing she did would change that.

"Someone like me?" The words came out even though she didn't want to hear what he thought of her.

"Yes. Someone who destroys others' lives and then runs away. Someone who doesn't give a thought to the carnage they leave behind. It's easy to believe that mistakes can be glossed over when you aren't the one who has to suffer the consequences."

"Trent," Joni began, but Carmen stopped her with a hand on the arm.

"No. He's right. Some mistakes can never be erased. I know from personal experience. All a person can do is try to repair the damage they've done."

Carmen looked at Lex. "I'll leave my drawings here for you to look over. If you want to use them, let me know. If not…" She shrugged.

Lex clamped his jaw shut, as if locking words inside his mouth. After a moment of struggle, he spoke. "Leave your number with Mrs. Harper and I'll call you later."

Carmen didn't trust herself to speak, so she nodded and let herself out. For a minute she considered just getting in her car and driving, but where would she go? She knew that making amends wouldn't be easy. She just hadn't expected it to hurt so badly.

"I hope you're pleased with yourself, Trenton Knight," Joni said, an uncharacteristic frown on her face. "Carmen was only trying to help and you treated her like a criminal."

"Joni."

"Don't say a word to me. I don't want to hear anything you have to say." Joni spun to Lex. "I prefer the examples with the graffiti. I think the kids will really like it. Call me when you make your final decision."

"Joni," Trent repeated, but she ignored him. She grabbed her purse and stormed from the room, slamming the door behind her.

"Well, that was ugly," Lex said.

Trent snorted. "I never figured Joni for melodrama."

"I wasn't talking about Joni." The mayor huffed out a breath. "You want to talk about it?"

"No." Trent pushed to his feet, eager to get out of the room. Even though Carmen Shields was no longer around, the scent of her delicate perfume lingered in the air like an irritant, making him long for something he would never have again. That unwanted feeling was like tossing gasoline on his already burning anger and resentment. Fury threatened to consume him. She was the last woman he would ever want. "I've got to get back."

"I'm sure the officers can handle the safety of our fair city without you for another ten minutes." Lex waved Trent back into his seat and then poured more coffee into his own cup. "So what's going on between you and Carmen?"

"Oh, it's Carmen now, is it? Aren't you friendly." Hearing his best friend use her given name felt like a betrayal.

"Don't change the subject. You were pretty hostile to her."

"Nothing she doesn't deserve." Even as the words tumbled out of his mouth, Trent wondered if they were totally true. Carmen Shields may not deserve his friendship, but it didn't give him the right to treat her with contempt. He despised cruel men and he'd never deliberately hurt anyone. Until now.

Lex's eyebrows rose in surprise. "I'm lost here. She's only been in town for a couple of days. How has she managed to offend you in that short time?"

Now it was Trent's turn to be shocked. "Are you kidding me?"

"Do I sound like I'm kidding?"

"Don't you know who she is?"

"Should I?"

"She's the youngest Shields daughter." He closed his eyes in an effort to contain the fury and pain that erupted each time he thought of the accident. "She's the one responsible for Anna's death."

"I thought Dave Henry's son was driving. The way I heard it, he and another kid were drunk out of their minds and he blew through a stop sign." Lex looked at Trent as if awaiting confirmation.

Trent nodded. "She was with them. As the only survivor and witness, she should have been able to explain what happened, but she didn't. She conveniently left town after she gave only the barest statement in the coroner's inquest." He'd read the transcript of her testimony more times than he could count, looking for something to explain why he'd lost his Anna.

"I'm missing something here. How is she to blame? She wasn't even driving and they were all drunk."

"Carmen Shields was stone sober. She hadn't swallowed a drop of alcohol, but she didn't do anything to keep that idiot from driving."

Lex leaned forward in his chair. "She's young. She was even younger then. What was she, fifteen, maybe sixteen when the accident occurred? She didn't have the judgment that adults have."

"She was eighteen. That's old enough to vote and join the military. It's old enough to get married."

"Look, man, I know you're in pain. What happened to Anna was tragic in every sense of the word. But you're blaming the wrong person."

Trent slammed his mug on the table, sending coffee sloshing over the sides. He ignored the mess. "It isn't what she did. It's what she failed to do. She should have driven or taken his car keys. She should have done something. But she did nothing and my Anna died."

A tense silence hung over the room.

"You have to let it go," Lex finally said. "You can't be so hostile to her."

"Is that your opinion as my friend or an order from my boss?"

Lex wiped a hand down his face. "I'm not going to dignify that remark with an answer. I know better than anyone how much you loved Anna. She was a good woman. A great woman. But she's gone. And you have to let her go. You have to let go of the anger."

"Just like that." Trent snapped his fingers. "You expect me to just forget the woman I loved all my life. I'm not like you. I can't just wake up one morning and decide the woman I married doesn't matter to me. I can't forget what we shared." Lex flinched and Trent knew he was being unfair, but he was too angry to care.

"So you want to throw my marriage in my face?"

"Lex, I—"

"No. Don't backtrack now. Tell me, just what would you have done if Anna said she didn't want you anymore? Would you fight and hold on to her, or would you let her go so she could be happy? Of course, with your perfect marriage, you didn't have to deal with that. But don't think it's because you're so much better than us regular guys. It's because you got lucky with Anna."

"Lucky. My wife was killed in the prime of her life, and you think I'm lucky?"

"That didn't come out right. I just mean that you were blessed to have found such a wonderful woman."

"Yeah. And now you're telling me to forget her."

"I'm not telling you to forget her. I'd never do that. Anna loved you. She'd want you to move on with your life. You can't pretend that she's on vacation or at the store. She's gone, man. She's gone. And she's never coming back."

Trent shot to his feet. "You think I don't know that? I live with that fact. Every. Single. Day."

Before Lex could respond, he went on. "Alyssa and Robyn are the only reason I get up every morning. Alyssa only has a few memories of Anna. Robyn has no memory of her at all. How is it fair for my girls to grow up without a mother? How is it fair for Anna to have missed so much?"

"I'm not saying it's fair. It isn't. I understand you want to keep her memory alive for your girls. But you've overdone it. Your house has become a shrine to her. Have you changed one thing in seven years?"

"Of course."

"Name one."

Trent's mind raced furiously to find an example. His resentment grew when nothing came to mind. "I don't see where any of this is relevant."

Lex rose and moved around the table until he stood beside Trent. "You have to let her go."

"Why? Because it will make my friends feel better about stabbing me in the back and siding with that woman?"

"Nobody is siding against you."

"Anna was my world and Carmen Shields stole her from me. And you just expect me to get over that and make nice with her. How am I supposed to do that?"

Lex placed a hand on his shoulder. "One step at a time.

You start by letting go of the anger. Hating Carmen isn't going to bring back Anna."

"The thought of that woman being around my girls is making me crazy."

"She's only going to be here for a couple of weeks."

"It didn't take a couple of weeks for her to wreck my life. Hell, it didn't take two minutes. And every time I turn around, there she is. At the youth center. Here. In my thoughts."

"Your thoughts?"

"I didn't mean that."

"I think you did. Maybe that's the problem. Maybe you're so upset because you're attracted to her."

"No way in hell," Trent insisted, ignoring the tiny voice inside that contradicted him.

Chapter Eight

Carmen slowed her pace as she neared the youth center. She inhaled deeply in an effort to get her anger under control. That Trent Knight was unbelievable. How dare he insult her art? Trash. He'd called it trash. She was one of the most sought-after artists in New York. She couldn't paint fast enough to satisfy the demand for her work. It certainly wasn't trash.

True, the murals she'd designed were not her typical style. Her work was young and fun, but she'd never incorporated graffiti. But to her, it fit the vibe of the youth center.

And he'd called it trash.

His opinion shouldn't matter—he was just a small-minded man who hated her guts—but it did. His words cut straight to her heart. Because she knew he wasn't just talking about her art. He thought she was trash.

If only he knew. Her art was all that had saved her these past seven years. Without it, she might not have survived the pain and guilt. Sometimes she wondered if she truly had overcome it.

"Hi, Miss Shields."

Carmen turned and smiled at the familiar group of eight-year-old girls coming in her direction. She jokingly referred to them as her fan club. She returned their welcoming hugs, noting that Robyn hugged her just a little bit tighter and held on a little bit longer than the others. Poor thing. She really needed a mother's love. But with that judgmental father of hers, Carmen couldn't imagine that happening.

"How are you ladies today?"

The girls giggled, pleased to be addressed as ladies.

"Good. We can't wait for art. What are we making today?"

"Self-portraits. Using chalk." Carmen had spent the night planning the project and was anxious to see the kids' reactions. She smiled at each of the children. "Give me a few minutes to set up, okay?"

"Okay," the girls agreed, and then skipped away.

As Carmen headed toward the art room, she noticed a lone figure hunched in a chair in the game room, pulled far away from where three other teens were gathered. The trio leaned their heads together and talked quietly, although they frequently looked at the isolated girl and laughed. It didn't take a genius to figure out she was being deliberately excluded.

Carmen looked at the solitary girl and stifled a groan. It was the chief's daughter Alyssa. Carmen hesitated. She knew Chief Knight didn't want her interacting with his children. He didn't want her in the same town with them. But Carmen couldn't walk away from a child who was clearly in pain. Praying for guidance, she approached Alyssa. "Hi."

Alyssa looked at Carmen before turning her attention to the three whispering girls. "Hi."

"Remember me? I'm Carmen Shields."

"I know. We saw you at my mom's grave. And you teach art here. Robyn is always talking about you. It drives my dad crazy."

There was a burst of laughter and Alyssa flinched. Carmen sympathized instantly. She knew how it hurt to be an outsider.

"What are you reading?"

Alyssa turned the book so Carmen could see the front. It was a bestseller, but judging from the way Alyssa kept glancing at the group of girls, Carmen knew she would much rather be socializing than reading.

"I heard that was really good."

Alyssa nodded.

"If you get tired of reading, I have a great project in the art room."

"Art is for little kids like Robyn."

"Sure, they like it. But that's not what I had planned. I need help making examples of jewelry and fashion T-shirts for an older class. Any chance you might consider helping me?"

A spark of interest lit Alyssa's eyes. When she glanced at the other girls, that spark was extinguished. "I don't think so."

Carmen sat on a chair next to her. The girl's loneliness was screaming loud enough to break the sound barrier. "Well, if you change your mind, come on in. I'll have everything set up in about twenty minutes. Anytime after that will be fine."

"Sure," Alyssa murmured, not looking up.

Carmen had a feeling that Alyssa was agreeing just to get her to leave.

Helpless to do more, Carmen rose and crossed the room. A teenage boy stood in the doorway, his eyes focused on Alyssa and the other girls. Carmen wouldn't have noticed him at all if not for the intensity in his eyes. Fury shot from his every pore like flames.

He stepped in front of Carmen, blocking her path. "Are they still ignoring her?"

"It looks like it. Do you know why?"

"Yes." His voice was an angry hiss.

Carmen inclined her head, leading him down the hall so they wouldn't be overheard. "Why?"

He stared at her a minute, as if deciding whether or not to trust her. He leaned his head against the wall and expelled a breath. "Her father is the chief of police. A couple weeks ago, he broke up a party where kids were drinking. He called their parents and a lot of them got into trouble. Someone had the brilliant idea to get everyone to stop talking to her." He kicked his foot against the tile floor. "As if she had any control over her father."

"I see. Did those girls used to be friends of hers?"

He shrugged. "I don't know."

"Do you think it'll blow over?"

He shrugged again, but the worry in his eyes belied his nonchalance. He walked away, leaving Carmen alone with her thoughts. This was what Damon meant when he said that she needed to help the Knight family. She would find a way to help Alyssa before she made the same mistakes Carmen had made.

Trent walked into the office and took a handful of pink message slips from Ella, one of the three dispatchers. He sorted through them quickly.

"Good morning, Chief. Dr. Richards called from the

hospital. He said Mrs. Riley is awake and asking to speak with you this morning about the accident."

Damn. He'd hoped to have a minute of peace before the craziness of the day started. He rubbed his neck, trying to massage away the headache that had begun with his daily battle with Alyssa and gotten worse after his meeting about the mural.

Trent spun on his heels, heading for the door. "Let him know I'm on my way. And tell Officer Smith where I am if he needs me."

"Will do."

On the short ride to the hospital, Trent mentally reviewed the facts of the case. Bob Riley had suffered a fatal heart attack and driven his car into the lane of the 18-wheeler, setting off a chain reaction accident that injured nearly a dozen people. His wife, Tina, had been one of the casualties. Trent didn't need her statement at this moment, but he knew she needed to give it.

As Trent stood outside the hospital door, he scrambled to find the right words. In his experience, nothing anyone said could take away the agony that accompanied the death of a beloved mate. Meaningless platitudes had done nothing to diminish his grief. He'd barely understood anything that was said to him. If it hadn't been for his daughters, he would have crawled into a hole and died.

Trent knocked on the door and stepped into the room.

"Thanks for coming, Chief," Mrs. Riley said. Her head was bandaged and she had a cast on her right arm. Other than that, she looked okay. But there were tears in her eyes and a weary expression on her lined face.

"What's with the title? You've called me Trent all my life. Don't start chiefing me now."

She laughed and tears slipped down her cheek. "My Bob is gone."

"I know." Trent sat in the chair beside the bed and took her uninjured hand in his.

"Forty-three years. We were married forty-three wonderful years."

"He was a good man. One of the best I've known."

"Yes." She was silent with her thoughts, and he gave her the space she needed.

"I'm being released from the hospital this afternoon and leaving town after the funeral. I'm going to stay with my daughter Donna in Atlanta until my arm is better." Mrs. Riley gave a watery smile that nearly broke his heart. She was trying so hard to be brave, when he imagined she wanted to rail at God for the unfairness of it all.

"That's why I wanted to see you. I'm not sure when I'll be back. Or if I'll even come back." She swallowed and closed her eyes. "I heard a lot of people were hurt. I was hoping you would apologize to them for me. Let them know how sorry I am for my part in this." She shook her head, a mournful expression on her face.

"Your part? You were a passenger."

"I know." Her tears began to fall steadily. She didn't seem to notice them.

"Your husband had a heart attack and lost control of the vehicle. It was an accident, plain and simple. It wasn't his fault and it certainly wasn't yours."

"But it is my fault," she persisted, misery and guilt in every syllable. She looked at him as if pleading for his understanding. "Bob was my husband. I knew he didn't always eat right or get enough exercise."

"Everyone in town knew he was overweight. That doesn't mean we could have guessed he was going to have a heart attack. And neither could you. This was not your fault."

Trent pressed the call button for the nurse, then looked

directly into Mrs. Riley's eyes. "No one blames you. Please don't blame yourself."

The nurse rushed in, Donna and her brother, Doug, on her heels. Donna immediately sat on the edge of the bed and pulled her mother into her arms. Doug wiped his eyes, unashamed of the tears that streamed down his ruddy cheeks. Trent hoped they could find the words to help her let go of the guilt and find peace.

As he walked to the door, Trent patted Doug's shoulder. "Let me know if you need anything."

"Thanks. The only thing we need now is time to heal."

Trent nodded. He could have told Doug that time did only so much, but didn't. The other man would find out soon enough.

He hurried down the antiseptic-smelling hall, stepping around an abandoned wheelchair. No matter how fast he walked, he couldn't outrun the conversation with Tina Riley that was echoing in his head.

He knew people were responsible for their own actions. He'd always known that. So why had he blamed Carmen for Anna's death? She hadn't been driving the car that struck Anna's vehicle, yet he'd held her responsible for all these years.

That's not the same, he silently argued back. Carmen had hung out with troublemakers. She'd known the Henry kid had been drinking, yet she'd let him drive. Mrs. Riley had no idea her husband would have a heart attack. She was a responsible woman and never would have let her husband drive if she'd known he'd cause an accident.

Trent's stomach churned and he stopped walking, then leaned against the cotton-candy-pink wall. That was the very same thing Carmen had told him. If she'd known that Henry kid was going to crash, she wouldn't have let him drive. Unless she'd had a death wish at eighteen, that was the truth. After all, she'd gotten into the car with him, unknowingly putting her own life at risk.

Maybe Carmen wasn't entirely responsible for the accident that killed Anna. She hadn't been driving. Still, he wasn't yet ready to exonerate her. Knowing intellectually that Carmen hadn't caused the accident didn't change his feelings. She could have done something to prevent it. Perhaps one day he would feel differently, but for now his head and his heart were at odds.

Chapter Nine

Carmen stared at the darkening sky. It seemed like only a moment ago the sun was setting in all its red-and-orange glory. Now the sky was a beautiful indigo and the stars were battling to see which one would light up first. A soft breeze blew fresh ocean air and she inhaled deeply. She'd missed the salty fresh smell. She wiggled her toes in the still-warm sand, listening as the waves rolled up on the shore.

She stared at a star and then closed her eyes and, as she often had as a child, whispered the familiar rhyme. "Star light, star bright, first star I see tonight. I wish I may, I wish I might, have the wish I wish tonight."

Yeah, like that would work.

How many times had she wished to stay up past her bedtime, only to be hustled off to bed? Or for an extra piece of dessert? Too many. She could count on one hand the times her wishes had come true. Her father was inflexible when it came to rules, no matter how unimportant.

Would it have hurt anything for her to have had two pieces of chocolate cake once in a while? Especially since she'd always eaten her vegetables.

Foolish though she knew it was, she still made a wish, not daring to whisper it, but rather keeping it inside her heart. Maybe this time her wish would come true and she would be forgiven.

"You know, it's not wise for a woman to be alone on the beach at night."

Carmen jumped, then turned to find Chief Knight standing near her. She hadn't heard him approach. She attributed her rapidly beating heart to the fright and not to the attractive man close enough to touch.

Rather than stare at his utterly handsome face, she turned to look down the moonlit beach. In the distance she could see a couple strolling hand in hand on the edge of the incoming surf. "It's not that late. Besides, what do you care if someone harms me? No doubt you'd create a new holiday and have a parade if someone did me in. Then I'd be out of your hair permanently."

"That would ruin my crime statistics. Not to mention the paperwork involved. I loathe paperwork."

His voice was so flat she wasn't sure if he was serious. He certainly didn't seem the type to make jokes of any kind, especially not with her.

"Did you walk?"

She nodded.

"Come on. I'll walk you back to your father's house. I'm surprised he let you come out here alone."

"First off, I'm not staying with my father. I'm staying at the Sunrise B and B. Second, my father couldn't care less what I do."

She reached down and grabbed her sandals, looped them over her fingers and started toward the entrance to the beach. She'd strap them back on when she reached the sidewalk. Now that the chief had disturbed her tranquility, she saw no reason to remain. Even if he left, which he showed no sign of doing, she wouldn't be able to regain the peace she craved.

He walked beside her, shortening his stride to match hers. "Why aren't you staying with your father?"

She quickened her pace, her feet slipping and sliding in the sand. Why couldn't he just leave her alone? He'd already ruined her night. Wasn't that enough for him? "Not that it's any of your business, but I'm not welcome in my father's home. Or in either of my sisters' homes, for that matter."

Her eyes began to burn with unshed tears and she blinked rapidly, determined not to cry in front of this man. He'd already humiliated her this morning by insulting her work. There was no way she'd give him the satisfaction of seeing her cry. She sped up, walking as quickly as the shifting sand allowed. It squished between her toes and stuck to her damp feet.

"Since when?" He reached out to take her hand. She moved away before he could make contact, and lost her footing. He grabbed her arm, steadying her before she fell.

She jerked her arm free, ordering her skin to quit tingling from his touch. She wouldn't be attracted to this man. She wouldn't.

The moonlight illuminated his face. His eyes were so dark and intense she would find them beautiful on anyone else. On him, they were just cold and judgmental. Condemning. "Are you mocking me?"

"No."

"I haven't been inside that house since he threw me out seven years ago. Right after the coroner's inquest for my friends." Her father had used his influence to have the inquest conducted in record time. Once all the legalities were completed, he'd washed his hands of her.

The words he'd said that night were branded on her soul. *You brought shame on our family, Carmen Taylor. You're not worthy of the name Shields. If you want to be wild, do it somewhere else. You're no longer welcome here.*

His face hard as granite, he'd grabbed her by the elbow and lifted her off the couch. In one smooth motion, he'd opened the front door, pushed her out and closed it softly behind her.

Banished.

She turned and started across the beach, her shame made worse because she'd shared it with the chief. He reached a hand out to stop her progress, then clearly thought better of it. Instead, he stepped in front of her, effectively preventing her from walking away.

"Are you telling the truth?"

The shock in his voice startled her. He was standing so close she could feel the heat radiating from his body. He seemed troubled, although she couldn't imagine why. "Why would I lie about something like that?"

"He threw you out?"

"Yes."

He had the oddest expression on his face. She wasn't sure if she was reading him right, but he looked confused. That couldn't be right. It must be the play of shadows on his face.

"What? Why do you care, anyway?"

"I didn't know that's what happened. I thought..." He shook his head again.

Despite telling herself that she didn't care what he thought, she asked, "You thought what?"

"I thought your parents hustled you out of town so you wouldn't have to face the consequences of your actions."

Carmen laughed harshly. "Not hardly. My dad threw me out on my ear because I did the unforgivable. I brought shame upon the family. His exact words were no one in our family had ever seen the backseat of a police car. Until me."

She tried to blink back the tears in her eyes, but they fell anyway. She started to wipe them away, then changed her mind. Who cared if the chief saw her cry? He didn't matter to her. He was just one more inflexible man in the world who believed mistakes were things other people made.

"When I got home from making my statement, he told me just how ashamed he was of me. He was tired of cleaning up my messes. Since I couldn't conduct myself in a manner that lived up to the Shields name, I had to leave. He wouldn't even let me say goodbye to my mother." Carmen's voice cracked, but she refused to let it break. "He had one of his employees drive me to the bus station. Apparently, I couldn't even live in his town. I haven't seen or heard from my family in seven years. My sisters spoke to me after the graveside service, but only to let me know I hadn't been missed."

"God." Chief Knight squeezed the back of his neck, then shook his head.

She gulped and forced her voice past the huge lump that had suddenly appeared in her throat, making it difficult to speak above a pained whisper. "I had to read about my mother's death in the newspaper. If I hadn't seen the obituary, I wouldn't have had the chance to say a final goodbye to her. I didn't have the chance when she was alive."

Carmen wrapped her arms around her waist in an effort to hold herself together. Although the night was still warm, she felt cold. And empty. "My mother went to her room in tears when we got home from the inquest. Both of my sisters were at our house. They were standing there when my father put me out. They each had a place of their own, but neither of them offered to let me stay the night. So I left."

"I had no idea." The man who blamed her for his wife's death actually sounded pained, which didn't make sense. He should be doing handstands at the thought of her being forced out of her home with nowhere to go. At least nowhere safe.

"Why? Where did you think I was all this time?"

"I thought you were off living the good life, never giving the accident a second thought."

"No. Far from it." She'd been a scared kid cast out of her home with only a few dollars in her pockets. Instead of wasting money taking a bus to some random destination, she'd hitchhiked out of town that night. Fortunately for her, she'd met Damon shortly thereafter. He'd rescued her before her situation became too dire.

"And you might not believe it, but that accident has haunted me day and night for seven years. I still wake up screaming from nightmares. I didn't know your wife died, but I knew Donny and Jay did. I knew I was the only one riding in our car who walked away."

Physically, she'd been unhurt. Emotionally, she'd been destroyed. Seeing the devastation of the accident had been awful. Having her entire family turn against her had been catastrophic. She hadn't believed her family no longer cared for her. She still had a hard time with that bit of truth, although with each passing day she was coming to accept it.

Trent stood stock-still as a wide range of emotions pummeled his insides. Guilt battled with disbelief, while anger and shock wrestled for dominance. How could he have gotten it so wrong? How could he have not known the that she is the famous artist Carmen Taylor. Without further ado, all the way from New York, I give you Carmen Taylor."

There was a smattering of applause and a couple calls of "Welcome home." Carmen stepped onto the stage beside Joni, took the microphone and glanced around. She bit her lip and tapped the fingers of her free hand against her thigh. Clearly, she didn't enjoy public speaking.

"I don't really know what to say. Thanks so much for helping to paint." There was a bit of laughter. "I've got pictures inside showing what each of the murals will look like when they're finished. Please feel free to check them out. Today we're only painting the outside of the building.

"As you can see, some wonderful volunteers have primed the walls. I've also sketched the outline of what we'll be painting today. You'll see numbers on the walls, too. They represent different colors and correspond to the numbers you'll see on the cans of paint. All you have to do is match them up."

"So we'll be painting by number?" someone called.

"Yes. Exactly."

"Even my brother can't mess that up," one teen yelled, to the amusement of the crowd.

Carmen laughed as well, a sweet sound that warmed Trent's blood.

A kid of about nine raised his hand. "What if someone makes a mistake and uses the wrong color?"

Carmen gnawed on her lip, suddenly looking uncertain. She met Trent's eyes and then hers skittered away. When Joni had asked that same question, Carmen had been ready with an answer. And he'd bitten her head off. Insulted her. Now, thanks to him, she didn't know what to say.

Guilt churned the contents of his stomach. Before he could think too much about his motives, he answered the boy's question. "There are no mistakes in art. If you use the wrong color, I'm sure Miss Shields can find a way to make it work."

Carmen gasped and surprise lit her face. He hoped she heard the apology in his voice. She smiled and the already bright day got even brighter. Their eyes met and something he recognized arced between them. Appreciation. And attraction.

"Chief Knight is right. Little mistakes will only make the mural more interesting. And artists love interesting. Let's just not make it too interesting."

The crowd laughed.

She looked around. "If there are no more questions, everyone grab a partner and let's get to work. Or I should say, let's go have fun."

There was an excited buzz as people rushed toward the table and grabbed paint, trays and brushes. Trent worried that Alyssa wouldn't have a partner. If she didn't object, he'd be her partner. It would give him a chance to work at restoring their relationship.

He spotted her on the edge of the crowd. He was almost to her when the mother of Robyn's best friend stopped him. She invited Robyn to spend the night with Juliet. Trent quickly accepted the invitation, then rushed away, promising to get the details later.

When he reached Alyssa, she was with Carmen. His daughter smiled at him. "Hey, Dad."

"Hey."

"Isn't this so cool? Have you seen Carmen's drawings? The murals are going to look so great. Especially with Joseph's art."

Trent held back a snort. It wasn't art. It was graffiti. Joseph Whitfield had tagged more than his share of buildings in and around Sweet Briar. True, he hadn't done any damage in a while, but Trent and his officers were keeping an eye on him.

Four girls Trent recognized as Alyssa's classmates stood nearby. They whispered behind their hands and then laughed. Alyssa's mouth tightened, but other than that she gave no outward sign she'd heard them. Good for her.

"Hey, Alyssa." A teenage boy walked past the giggling girls. Speak of the devil. It was Joseph Whitfield. "I heard you don't have a partner."

She raised her chin. "No."

He grinned. "Neither do I. Do you want to be my partner?"

Alyssa smiled brighter than Trent had ever seen. "Sure. If you want to."

"I do. I'm not sure how good I'll be with a paintbrush. I'm better with spray paint." Joseph moved to Alyssa's side, standing too close for Trent's comfort.

Trent clenched his jaw, holding back a streak of swear-words.

"Hi, Chief. It's nice to see you." The teen extended his hand. Trent paused before taking it, swallowing the urge to shove the kid away from his innocent daughter. "I want you to know that I haven't been tagging buildings. I won't be doing it again, either. Well, except for here. I'll be working on canvas from now on."

"That's good to know."

Joseph smiled at Alyssa again. "Come on. Most of the crowd is gone. Let's grab some paint and brushes."

Carmen watched the teens walk away with no small amount of satisfaction, then glanced over at Alyssa's dad. Chief Knight's jaw was clenched so tight his teeth had to be cracking. His eyes were fixed on Joseph and Alyssa, who were talking to a couple other teenagers.

"What's wrong?"

"I didn't know Alyssa and Joseph knew each other."

"Really? He's been very sweet to her. The other kids have been ostracizing her, but not him. He always speaks to her when he comes to the center. He's really a nice young man."

"*Man* being the operative word. He's way too old to be hanging around her."

"Too old? He's seventeen."

"Exactly. Alyssa is fourteen."

Carmen nearly swallowed her tongue. "Fourteen? I thought she was sixteen."

"No. She looks older than she is."

"I didn't know. She seemed so lonely. And Joseph was always so concerned about her. I encouraged him to befriend her."

Trent frowned and stared at Carmen, his black eyes hard. He flexed his hands several times as if trying to get his temper under control. When he spoke, it was through clenched teeth. "I wish you hadn't done that. Don't you think you should have asked me before setting my daughter up with some guy?"

She knew he wanted her to apologize, but she couldn't. Alyssa needed friends. Loneliness was a great catalyst for horrible decisions. Carmen knew that firsthand.

A quick glance revealed she and the chief were beginning to draw attention. She didn't want to have this discussion in front of an audience.

She tilted her head toward the center. "Let's take this inside."

"Fine."

They walked side by side, neither one speaking. He was so close she felt the heat rolling from his body. A volunteer with a dripping brush stepped into her path. Carmen automatically moved aside and bumped into Trent. She gasped and inhaled his clean, masculine scent and the hint of aftershave. Scolding herself for noticing how very male he was, she mumbled an apology and hurried inside.

She led the way to the art room, hoping the familiar surroundings and the comforting smell of paint would slow her rapidly beating heart.

He closed the door behind them, but the calm she hoped for didn't come. She still felt the thud of her heart and the blood rushing through her veins. She reminded herself she had no right to notice the way his massive chest expanded with every breath he took. If not for her, his wife would still be alive.

"You want to explain why you felt you had a right to set up my daughter?"

"I didn't set them up. I just suggested that Joseph be her friend. I don't see what the big deal is. Alyssa's going to be in high school in the fall, right?"

"What's your point?"

"Unless Sweet Briar High has grown significantly in the past seven years, they were bound to meet."

He shook his head. "You're unbelievable. You encourage my daughter to become friends with a criminal and justify it because they might pass in the hallway at school. Incredible."

He turned to walk away, but Carmen grabbed his arm. Electricity shot through her fingers and spread throughout her body. Dropping her hand, she forced herself to concentrate on the conversation and not the effect one simple touch had on her. "What are you talking about? Joseph isn't a criminal."

"Of course he is. He's sprayed graffiti on plenty of buildings and fences in this town."

"And?"

"And what?"

"Isn't this the part where you tell me he just got out of prison?"

Sarcasm was definitely a mistake.

Chief Knight's eyes narrowed until they were mere slits. "He didn't go to prison. Little punk wasn't even prosecuted. Unfortunately, bleeding hearts run the justice system."

"Or maybe they have compassion and aren't as eager to ruin a kid's life as other people may be. Maybe they see the promise in him. I do. He's really talented."

"Oh, well. The great Carmen Shields thinks he's talented. Let's all just ignore his criminal behavior." Trent snapped his fingers. "Just like that, his past disappears."

Although they were talking about Joseph, she couldn't help but think they were talking about her, as well. The chief's attitude hurt her even though she already knew he disliked her. "I'm not saying his past doesn't matter. But he has a great future."

"And you know this how? Did you see it in your crystal ball?"

"He showed me his drawings. He's really good."

"He still broke the law."

She wanted to shake this stubborn man. Of course, that wouldn't change his mind about Joseph. Or about her. How could a man with a body so perfect her fingers ached to paint it be so unyielding? She expelled a breath and softened her voice. "I understand that. He was young. Are you going to hold that mistake against him forever?" Would he hold her mistakes against her forever?

"His youth doesn't excuse breaking the law. Nothing does." Trent shook his head in disgust. "I'm wasting my time expecting understanding from someone like..." His voice died out.

"Don't stop now, Chief. Go ahead and finish. You don't

expect someone like me to understand. Someone lacking. Someone less than. My father always made sure I understood I wasn't worthy of the Shields name."

Now Chief Knight was judging her just as harshly. The pain was like a dagger plunged in her heart. His opinion shouldn't matter, but it did. She stepped back and spun away.

"Carmen."

She froze but didn't turn around. He'd never called her by her first name before. Despite how hurt she felt, hearing her name on his lips made her skin tingle.

"I'm sorry." His voice was husky. Pained.

She was surprised by his apology. Given the way she'd ripped apart his life, it was the last thing she expected. "I understand."

"Really? Then maybe you can explain it to me. I don't mean to say such horrible things to you, yet I can't seem to stop."

She looked at him and smiled sadly. "It's simple. You hate me."

He huffed out a breath. Clearly, he hadn't expected her candor. He shook his head slowly. "I don't hate you. I know you aren't to blame for Anna's death. You were in the wrong place at the wrong time."

"That's your head speaking. You heart still thinks it's my fault."

A hair had escaped from her ponytail. He brushed it behind her ear, letting his fingertips drift over her cheek. Trembles shook her and her knees weakened. Every nerve ending was on high alert.

She licked her lips and his eyes followed the path of her tongue. His nostrils flared even as his eyes narrowed. He stared at her mouth as if he wanted to kiss her. She had to be misinterpreting his actions. He couldn't possibly want to kiss someone like her.

He dropped his hand as if his fingers were singed, then took a giant step backward, building an invisible barrier between them.

She quashed her disappointment and longing, then steered the conversation back where it belonged. "If you want, I'll tell Joseph to stay away from Alyssa."

"After the way she looked at him, like he was her own personal hero, I don't think so. She'd only blame me. We don't need more tension in our relationship." Trent's shoulders slumped and he suddenly seemed exhausted. "But... I don't know. He's so much older. And his past bothers me. I have no idea what's right and what's wrong. I just don't want to mess up."

"Mess up what?"

"Alyssa."

He sounded so sad, Carmen's heart ached for him. She'd misjudged him. She'd painted him with the same brush as her father, deciding he was harsh and judgmental and unconcerned about his kids. Nothing could be further from the truth.

She sat at a table, then indicated a chair beside her, waiting until he sat before speaking. "Alyssa is a terrific girl. You're doing a great job with her."

"It's hard. I'm stumbling around in the dark. Most days she barely speaks to me."

"She's a teenage girl. A bad attitude comes with the territory. And she's been having a rough time of it lately."

"She'd begun shutting me out of her life long before any of this started." He rubbed his neck. Carmen wished she was brave enough to push his hands aside and massage away his tension, but she knew he didn't want her to touch him. So she curled her hands into fists and kept them in her lap. "I don't know what to do. If only Anna was here. She'd have the answer."

Carmen inhaled. She'd wondered about Anna for a while but hadn't dared mention her. "What was your wife like?"

"Wonderful. She was the best person I knew."

"How did you meet?"

He stretched his legs in front of him, letting his mind drift back in time. "Second day of sixth grade at Frederick Douglass Middle School. Her family moved here from Indiana. I can still picture her standing at the front of the room while Mrs. McGrath introduced her. She was tall and thin with long black beaded braids. I couldn't tear my eyes away. She was the most beautiful girl I had ever seen." He grinned, and Carmen easily envisioned him as a love-struck boy. "In those days, teachers had students sit in alphabetical order. I never understood why, but boy, was I glad."

"Why?"

"Anna's last name was Kingston. She sat next to me for three years. A lot of tall girls slump and try to look shorter. Not my Anna. She was proud of her height and stood erect like a queen."

He laughed, something Carmen couldn't recall ever hearing him do. The sound raised goose bumps on her arms and she wished he would laugh again.

"Unfortunately, I was short. I was shorter than all of the boys and most of the girls."

"You? But you're so tall."

"Now. I didn't reach five feet until freshman year of high school. It took two more years for me to reach six feet."

"Wow."

He nodded. "The difference in height made me skittish

for about five seconds. Until she sat next to me. She smiled and I was a goner. I fell in love that second and knew I'd love her for the rest of my life."

Carmen thought she saw his eyes well with tears before he closed them and pretended to rub tiredness away.

He cleared his throat, yet when he spoke his voice was husky. "She always claimed she'd loved me longer. She used to joke that she fell in love with me when she walked up to the desk and that's why she smiled. We knew from the start we would be together. We dated all through high school and got married right after college."

Without a doubt he'd loved his wife completely. That he'd lost her so soon was tragic. Carmen swallowed the lump in her throat and stifled the urge to reach out to him. Suddenly, the chief of police seemed alone and vulnerable.

"Anna is the only girl I ever loved. The only girl I ever kissed. The only woman I ever…" His voice faded as his thoughts wandered into private memories, making Carmen feel like a voyeur who had no right to hear any of this.

"You still miss her."

"With every breath I take."

Silence reigned for several long moments. Finally, he rapped his knuckles on the table and stood. "We should get back so you can keep an eye on the progress."

Though she longed to remain and bask in the comfort she felt with him, she nodded. "You're right."

Ever the gentleman, he pulled out her chair, then stood back to let her pass. As they joined the volunteers, she couldn't stop thinking about the way Trent loved Anna, and wishing someone would love her that way, too.

Chapter Eleven

Carmen walked around the youth center, picking up stray paintbrushes while surveying the mural. The volunteers had done a superior job of bringing her vision to life. True, there were places where lines were painted over, and spots where the paint was too thick, but overall, it was perfect.

Best was the fifteen-foot-wide area featuring Joseph's graffiti art. It was so vibrant. So fun. Even a couple grumpy old men passing by grudgingly admitted it livened up the mural. One even patted a beaming Joseph on the shoulder. Once the rest of the mural was dry, Joseph would add graffiti to several other areas to make them pop, as well.

"I thought I'd find you here. Why aren't you at the park getting something to eat?"

Upon hearing Joni's voice, Carmen glanced over her shoulder and smiled at the woman, who had become a good friend. Joni's brother had prepared lunch for the volunteers. "I wanted to touch up a few areas while the paint was still wet. It's easier that way. And there's always that odd brush that ends up on the ground that needs cleaning. I figured I'd finish here and head over in a few minutes."

"You obviously have never seen teenage boys eat. A pack of hungry wolves could take lessons from them. I doubt there's a hot dog bun left, much less a hot dog. And forget about ribs. They probably even ate the bones."

Carmen laughed. Her stomach growled; it wasn't nearly as amused.

Joni continued, "Lucky for you, you have a great friend. I risked life and limb to grab food before they devoured it all."

"I'm forever in your debt."

Joni looked at the painted wall and sobered. Her voice rang with sincerity. "You've got that backward. We owe you." She gestured with the foil-covered pan she was holding. "Wash your hands and let's eat while it's hot."

Ten minutes later they sat in the snack room, plates of ribs, potato salad, coleslaw and baked beans in front of them. Condensation rolled down the ice-cold cans of cola, forming rings on the laminate folding table.

Carmen bit into the tender meat and closed her eyes in pleasure. "I think I'm in love with your brother."

"You and every other woman in this town." Joni shrugged. "I don't see it."

"That's because he's your brother. But trust me, there's something about a man who can cook. Instant turn-on. Not to mention he's seriously hot."

"Would *eww* be an acceptable response here?"

Carmen laughed. "Only because you're his sister. Otherwise I'd suggest you get your eyes checked."

"Speaking of men, is everything okay between you and Trent?"

Carmen scooped some beans into her mouth, chewing slowly to stall. "Why do you ask?" she finally replied.

"I saw the two of you talking. Actually, it looked like you were arguing. Then you went inside. Is he still giving you a hard time about the mural?"

Carmen wiped her hands on her napkin. "No. He was a little worried about Joseph and Alyssa being partners."

Joni sipped her drink and then nodded. "Oh. That's understandable."

"What do you mean?"

"Don't go all mama grizzly on me. I'm not attacking Joseph. I like him. And I saw the way he and Alyssa were looking at each other. I just meant it must be hard on Trent, watching his little girl grow up before his eyes."

"I imagine it is."

"It has to be twice as hard for him as a single father. For both of them, really. Alyssa doesn't have a mother to help guide her. He does the best he can, but let's face it, a man doesn't know what it's like to be a teenage girl. And if there is a man without a feminine side, it's Trent Knight. He's practically a caveman." Joni bit into a rib for emphasis.

"Not a caveman, but definitely all man."

Joni placed her bone on the plate and took a sip of her soda. "Well, well. That sounds interesting. What were you guys doing in here?"

"Just talking. What else would we be doing? The man can barely stand to look at me."

"I wouldn't say that. I saw him checking out your, um, assets plenty of times today."

Carmen felt her cheeks heat. "We'll never be friends." He'd told her that himself.

"You know what they say about that thin line between love and hate?"

"That doesn't apply to Trent. He lives in a black-and-white, good-and-evil type of world. And you know where he puts me."

Joni frowned, but she didn't reply. There was nothing she could say.

"Anyway, it doesn't matter. I'm leaving tomorrow."

"I don't suppose there's anything I can say to change your mind."

"No. It's time for me to leave."

"Have you made any progress with your father or sisters?"

Carmen had broken down and confided in Joni about her estrangement from her family. "No. Daddy still refuses to see me. As long as he won't, they won't."

"I wish there was something I could do."

"There is."

"What?"

"Look after Alyssa for me. I know you care about all the kids, but she needs extra attention now."

"You really care about her."

Carmen nodded.

"Consider it done."

"I'm going to miss you."

"This isn't the end. I'm coming to visit you in the fall. Sooner if my brother can keep a waitress for more than a week. And you'll come back here."

"No. I'm never coming back." Carmen's heart ached at the thought of never seeing her hometown again, but her family's rejection hurt too much. "There's nothing for me here. When I leave Sweet Briar tomorrow, it'll be forever."

Trent stared at the framed photograph in his hands. Anna had never looked more beautiful than she did on their wedding day. Her always bright eyes had shone even more as she'd stared at him. He ran a finger over the glass, wishing, as he often did, to be able to touch his wife's skin just one more time. Instead, he felt only the cold, hard glass.

He set the picture back on the mantel and then stared at his hands. Only hours ago these fingers had caressed another woman's cheek. A woman he'd hated for years. True, he no longer believed she was responsible for the accident. But still. How could he have done that?

Although Anna was gone, Trent still felt guilty. The feeling of being unfaithful to his wife consumed him and his stomach burned. Even though she'd gotten him to promise to remarry, he'd known that he never would love another as he had loved her. He'd found comfort in knowing that his heart was safe from ever breaking that way again.

Now Carmen was storming his barriers and threatening to break into his heart. She was caring and compassionate, treating everyone she encountered with kindness. Robyn adored her. Even Alyssa seemed fond of her. The more Trent himself was around her, the more he liked her. For the first time since Anna's death he could imagine himself falling in love.

He would never allow that to happen. Anna was his one love. His only love. Carmen's two weeks in town were up. Tomorrow he would remind her of that fact. He needed her to leave.

That decided, he wandered to the kitchen, hoping for inspiration for dinner. Although neither girl had complained, he knew they were sick of the eternal string of casseroles he'd warmed up nearly every night since Mrs. Watson left town. His stomach rebelled at the thought of choking down one more bite.

He opened and closed cabinets and the refrigerator. Nothing looked appetizing. Pizza. Maybe he could convince Alyssa to go out for pizza with him. The two of them rarely spent time alone together. Since Robyn was spending the night with Juliet, this was the perfect opportunity. Who knew, maybe pizza would get Alyssa out of the snit she was in.

She'd been ecstatic while working on the mural. He'd made a point of walking by her regularly. Each time he saw her, she was laughing and having a great time. But something had changed. She hadn't said one word on the drive home. The second he'd let them into the house, she'd raced to her room and slammed the door. She'd been in there ever since.

Having settled on his pizza idea, he sprinted up the stairs to her room. He started to knock but paused with his hand in the air. He could hear her crying.

"Alyssa?"

"Go away."

"You know I can't do that."

"Why not? You don't care how I feel."

Her words pierced his heart. "You know that's not true."

Silence.

"I'm coming in." He stepped inside the room and his heart stopped. His daughter was leaning against her headboard, a pillow clutched to her chest. Her eyes and nose were red, her face wet. He sat on the foot of the bed. "Why are you crying? Has someone done something to hurt you? Are those kids still being mean?"

She shook her head.

"What? Alyssa, I want to help, but I can't if you don't let me."

She wiped her eyes on her sleeve. "There's nothing you can do. Not about this."

"Tell me. Let me try."

"She's leaving."

"Who?"

"Carmen." She hiccuped. "After the picnic, I went back to the center with Joseph. Carmen was still there. She told me she's going back to New York tomorrow." Alyssa's sobs grew louder. "She came here for her mother's funeral, but now she's going home."

Trent grabbed a tissue from the bedside table and handed it to her. "You knew she was only visiting."

She nodded, ignoring the tissue in favor of her shirt. "I just hoped she would like it here and decide to stay. Everything is better with her around. I don't feel so lonely. I wish she wouldn't go."

Trent groaned inwardly. He didn't want Carmen to stay. He needed her to leave before his emotions got out of control. "You know she has a job in New York. She has to get back to work so she can support herself."

"She's an artist. I thought they could work anywhere. Joseph says all he needs is canvas and paint. We have that here."

Trent was already sick of hearing Joseph's name. "I don't know what being an artist involves. I imagine she needs to talk to gallery owners and get them to show her work. She can't do that from here."

Alyssa sighed as if there was nothing good in her world. She finally took the tissue and began to shred it. "I guess. It's just that with Carmen around, it felt like when…"

"When what?"

"When Mom was alive. Carmen really cares about me. I know she cares about everyone, but I think she cares about me more. Like I'm special."

Trent didn't know what to say to that. He didn't want Alyssa comparing Carmen to her mother. There was no comparison. Anna had been perfect and Carmen was… Well, Carmen was…not Anna. "You are special."

Alyssa shrugged. "What did you want?"

Discussion over.

"I wanted to see if you want to get a pizza. Just you and me. What do you say?"

She was shaking her head before he even finished speaking. "No. I'm not hungry. I ate a lot at the cookout."

"How about a movie?"

"No. I want to be alone."

He fumbled for something comforting to say, but nothing came to mind. Finally, he stood. "I might go out for a while. Will you be all right here alone?"

She rolled her eyes. "I'm not a baby. Of course I'll be all right."

"I didn't mean— Never mind." He risked her wrath and kissed her damp cheek. This time she didn't pull away.

He was nearly out the door of her room when he heard her whisper, "I wish she wouldn't leave."

Trent argued with himself on the drive to the B and B. He didn't want Carmen to stay, but Alyssa needed her. Somehow she had managed to reach his daughter. As a father, he would do anything for his child, including asking Carmen to remain in Sweet Briar. But, he wondered, was he also asking for himself?

Chapter Twelve

"What are you doing here?" Carmen asked, leaning against the door. She knew she sounded rude, but there was no need to pretend she and Trent Knight were friends even if he made her heart gallop. Especially since he made her heart gallop.

He blew out a breath. "May I come in?"

She stepped back. "This is a surprise."

"I hope I didn't interrupt anything."

"No." The quaint room was not designed for entertaining. With only one chair, seating was limited. She waved him to the chair and settled on the bed. Having him sit where she slept felt too intimate.

She inhaled, trying to fill her lungs, and got a whiff of clean male with just the right hint of aftershave. He didn't speak as he looked around. Did he have any idea how he overwhelmed the room?

"You wanted to talk to me?" she prompted, when she could no longer stand the silence.

"Yes. I spoke to Alyssa. She said you're returning to New York."

"Tomorrow. So if you came to make sure I'm leaving, you wasted your time. I have my plane ticket. As you can see, my bags are packed." She gestured to the suitcase beside the dresser.

She stood, hoping he would take the hint. It hurt, knowing he couldn't wait to see the back of her.

He didn't stand.

Instead, he gestured to the bed. "Please sit down."

She hesitated, then perched on the edge of the bed. Despite the fact that their relationship was strained at best, she found herself noticing little things about him she shouldn't. Like the way the powerful muscles in his thighs moved as he shifted his legs. Or the way his faded T-shirt molded his sculpted chest and shoulders. Or the thick lashes framing his dark eyes. There were plenty of good-looking men in New York, but none of them had his rugged appeal.

"Alyssa has grown quite fond of you."

Carmen's smile came easily. "The feeling is mutual."

"She was upset tonight. She doesn't want you to leave."

"I bet you hate that. I bet you can't wait for me to be gone."

He steepled his fingers. "Truth? I'm torn. It would be less complicated if you were gone. But…"

Carmen's stupid heart skipped a beat. "But what?"

"Alyssa's been having a rough go of it."

"I know. I've tried to help."

He nodded, then his head shot up. He pierced her with his eyes. "Why?"

"Why was I trying to help?"

"Yes."

She sighed and then walked to the window. A slight breeze blew, ruffling the leaves on the trees. An owl hooted in the distance. "A couple of reasons. First, I know what it's like to be an outsider."

"You?"

"Yeah, me."

"Your family is the richest in town and one of the richest in the state. Most people in Sweet Briar either work for your father or know someone who does. He was the puppet master, controlling both the former mayor and chief of police. I can't picture you being an outsider."

"Think about it. Kids whose parents worked for my father were told to be nice to me. How about that for a sure-fire way to kill a potential friendship? Not that my father would have allowed me to be friends with them. He had his own ideas of who we should associate with. My sisters went along with him, but I couldn't. I wanted to choose my own friends.

"Charlotte actually got engaged to some guy because my father wanted her to. She'd be Mrs. Rick Tyler if he hadn't left her standing at the altar. Who picks their kid's husband like that? And who lets their father do it?" Carmen gave a laugh that was half anger, half disbelief.

"Grammar school was okay. The problem started once I got to high school. The other kids resented me, so I started hanging out with kids who didn't care who my father was. They got into a lot of trouble. There was drinking and even worse stuff. I wouldn't choose to hang out with those people now, but then?" She shrugged. "You know better than anyone how that ended."

She paced from the window to the bed and then back. Amazing how much smaller the room seemed with Chief Knight in it. "Not only was I an outsider at school, I was one at home. When I wouldn't hang out with the kids my father preferred, or dress in the clothes he selected, he decided I wasn't good enough to be his child."

She looked out the window at the growing darkness. Somehow, looking away from the chief made it easier to confide such painful secrets. That, and knowing she'd never see him again.

"Do you know why I don't use the Shields name professionally? My father told me repeatedly I wasn't worthy of it. For the longest time I believed it. I was scared that if I used it, he'd find out and get angry. So I use my middle name instead."

She stared into space, remembering those first difficult years when she'd struggled to believe in herself and her worth. She wondered whether knowing how well-received her paintings were and how much money she made from them would make her father sorry she didn't use the Shields name.

"You said there were a couple of reasons you were helping Alyssa. What was the other?"

"I kind of promised." She glanced over at the chief. He was staring at her intently. There was no anger in his stare, thank goodness. There was curiosity, though. And unexpected kindness.

"Remember when you saw me at your wife's grave?"

He nodded.

"I didn't know she'd died. When you told me, I knew I had to try to make amends. So I promised her I would do whatever I could to make things better for her family."

He raised an eyebrow. "Her family?"

"Well, her daughters. It didn't take long to realize the only thing I could do for you was leave."

When he didn't deny it, her heart sank a little. Did she really believe he could come to care about her? She forged on. "It was clear Alyssa was being ostracized. So I became her friend. And tried to help her make one in Joseph."

"And Robyn?"

"She's a darling. That girl's a matchmaker on a mission. You'd better watch out or she'll sign you up on an internet dating site."

He grimaced. "Thanks for giving me a new nightmare."

Carmen grinned. "I live to please. Anyway, it's obvious she loves you as much as you love her. But she longs for a mother's love. She told me she's going to find a mommy."

"It sounds as if you love them."

She nodded. "I didn't think it through. I meant to do something good, but it turns out I messed up."

"How?"

"You said Alyssa is upset that I'm going back to New York. I never meant for that to happen."

"I know."

"You're not going to scream at me? Tell me I should have asked you first?"

"Nah."

"Then why are you here?"

Why was he here? Good question.

"I need to ask you something."

"Okay." She tilted her head, and her hair brushed her shoulder. It was styled differently than when she'd arrived in town. Then it had been straight. Sedate. Now it was wavy, giving her a more carefree look. He liked it.

"What does your job involve?"

Her mouth dropped open. "You want to ask about my job?"

He rubbed a hand down his face. "I'm messing this up. I know you plan to leave tomorrow. Do you have to or can you stay longer?"

"You want me to stay?" Her eyes glowed with what could only be described as joy. In that moment, she was so beautiful she took his breath away. He clamped down on a desire that came from out of nowhere.

"I don't want you to stay for me." He needed to clear that up right away. For both of them. When the light faded from her eyes, he realized he'd said it wrong. But he didn't want her to believe he was falling for her.

"Oh." She brushed her hands over her smooth thighs. Although no more than five-four, she had impossibly long legs. "There are several facets to my job. I generally paint what I want and take it to a gallery that shows my work. Recently, I received a request from an individual to create a piece specifically for him."

"Why are you telling me this?"

"You asked."

Had he? "Right. I just wanted to know if you could do your work in Sweet Briar."

She shrugged. "I can paint here, but there are parts of my job that can only be done in New York. Why?"

"You've bonded with Alyssa in a way no one else has."

"I've been her. She's hurt and confused and thinks no one is on her side."

"I am, but she can't see that. Our relationship is broken. I'm hoping you can help us put it back together."

"Me? I can't fix my relationship with my own family. They won't even speak to me."

"And Alyssa won't speak to me. I don't want us to end up like you and your father."

"You won't. You actually love her."

"So much so I'm begging you to stay. Please. She needs you." He needed her.

Carmen was silent. He wondered what she was thinking. He hoped she wasn't recalling how poorly he'd treated her. How he'd told her she wasn't wanted here. The irony of him pleading with her to stay wasn't lost on him.

"If you think I can help, I suppose I can stay. After all, I did promise. I need to reschedule a couple of meetings, but that shouldn't be a problem."

"Thank you."

She stared at him, seeing clear to his soul. "This was hard for you."

"I hate asking for favors."

"It must be worse because it's me."

He couldn't deny it, but he didn't want to hurt her feelings. "I love my daughter."

"Me, too."

"Do we have a deal?"

Carmen thrust out her hand and he took it into his. Her hand was so soft, so tiny, yet the contact packed a wallop. It was like being electrocuted.

He was in trouble.

Chapter Thirteen

"Carmen, you're here!" Surprise and pleasure filled Alyssa's voice.

Carmen marked her place in the book and rose from the blanket. She smiled at Alyssa as the teen raced across the grass, Robyn not far behind. Their father followed at a distance. The day was bright and sunny, but surprisingly few people had chosen to spend time at the park.

"I'm glad to see you, too," Carmen replied, more than a little pleased at the girls' enthusiasm. Their joy confirmed she'd made the right decision when she'd agreed to stay.

"Daddy said you were staying in town and that I'd see you at the youth center tomorrow. This is way better. I'm glad you're still here. I was going to miss you."

"I would have missed you, too." Carmen hugged Alyssa, her smile broadening when the teen hugged her back.

"Hey, what about me?" Robyn elbowed her way past her sister to join the embrace.

"I would have missed you, too," Carmen said, wrapping her free arm around the younger girl and giving her a little squeeze. She closed her eyes and enjoyed the wonderful moment. She liked all the children in town, but these two had a special place in her heart.

"How long can you stay?" Alyssa asked, looking Carmen directly in the eye. Like father like daughter.

"I'm not sure." She had rescheduled her meetings and arranged to handle everything else by phone until her next gallery showing. Of course, if a problem arose, she'd have to fly back. But if all went according to plan, she would be around to help get Alyssa through this difficult time, and help Trent get the father-daughter relationship back on track.

She glanced at Trent. There was an unreadable expression on his face and he wore sunglasses, so she couldn't see his eyes. Not that it mattered. His eyes never gave anything away.

He was holding the strings to a trio of kites that bobbed behind him, lifted by the gentle breeze.

"How about forever?" Robyn suggested. She grabbed Carmen's hand and swung it back and forth.

"She can't stay forever. She has to show her work in galleries sometimes," Alyssa said authoritatively. She then smiled shyly at Carmen. "But maybe you can stay for the rest of the summer."

"I'd like to," Carmen said, daring to glance at Trent. Nothing. He was a master of the poker face.

"Yay!" Robyn exclaimed, jumping up and down, nearly pulling Carmen's arm out of its socket.

"Hold on. I'd like to, but I have a showing in three weeks. I have to go back then."

"Will you have to stay after the show?" Alyssa asked, a cautious, yet hopeful expression on her face.

"For a few days. Maybe a week. It depends on what's going on."

Alyssa smiled again. "Okay. At least you'll be here for the girls versus boys basketball tournament next Saturday. It's a lot of fun. Since I'm in high school now, I'll get to play."

"That's great. I'll cheer you on."

"You don't have to just cheer. You can play. All the volunteers do."

"Really?"

"Yeah. The guys won last year and they did a whole lot of bragging."

Carmen turned to Trent. "I can't imagine you bragging."

"Daddy didn't play." Like Trent, Alyssa had perfected the poker face, but her voice gave away disappointment.

"He never plays," Robyn added matter-of-factly.

"I'm going to play this year."

That brought him three surprised looks. Carmen couldn't picture him being willing to shed his authoritative persona and take on a role of team player. She could, however, picture his muscular legs in shorts and his broad chest in a sweaty T-shirt.

"You are?" Alyssa asked, smiling brightly.

"Yes." He removed his sunglasses and tucked them into the collar of his shirt.

Alyssa didn't reply, but the expression on her face was beyond thrilled.

Robyn stooped down and picked up a smooth rock. She examined it from every side, then drew back her arm and threw it as far as she could. "I'm glad you're here," she told Carmen. "We always come to the park to fly kites after Sunday school."

"It's such a nice day I thought I'd spend some time

outside enjoying it. I brought a book and bread to feed the ducks."

"Is that your picnic basket?"

Carmen laughed as Robyn edged around the blanket. "Yes."

"It sure is big." Robyn lifted the lid and peeked inside.

"Robyn," Trent warned, then flashed Carmen a rueful grin that warmed her all the way to her toes. "Sorry."

"It's okay. It's not like she can hurt anything. Besides, I'm curious to know what's in there, too."

"You don't know what you have?" Alyssa asked, raising an eyebrow.

"Nope. Last night I told Joni I was going to stay in town longer. She showed up at the B and B a little while ago with food and suggested I come here. She said it was a thank-you for the mural, but I think she wants to remind me that I won't get food as good as Brandon's in New York." And maybe her friend was doing a little bit of matchmaking. But Carmen could have told Joni it was hopeless.

"Mr. Danielson is a great cook. He cooks better than Mrs. Watson." Alyssa twisted her hair around a finger, then continued, "I used to think it was weird for a man to be a cook, but not anymore."

Alyssa turned her attention to Robyn, who had gone from just peeking into the basket to removing covered containers.

Carmen smiled and inclined her head. "Maybe you should help her."

Alyssa giggled and hurried to join her sister.

"Sorry," Trent said.

"For what?"

"For crashing your picnic. I imagine you came here for some peace and quiet. Instead, you've got the entire Knight family hanging around. We should go."

"No, stay." She reached out and grabbed his arm. Insane sparks shot from her hand to her stomach, which immediately began to turn cartwheels.

He looked at her hand, and before she could pull back, he covered it with his own. His large palm was calloused, yet his touch was gentle. His eyes probed hers and in their depths she saw a need to touch and be touched in return. "Thank you for telling the girls you would stay awhile. It means a lot to both of them. To all of us."

"You're welcome."

He stared at her for a moment. Then, as if realizing he was still holding her hand, he released it and stepped back, creating distance between them. She immediately felt the loss of his warmth.

"Are you sure we aren't intruding?"

When he touched her, she wasn't sure about anything, including her name. "Positive."

"All right." A smile started at the edge of his mouth, slowly turning into a broad grin. His eyes began to twinkle. "But I have to warn you that any minute someone is going to be begging for food."

Carmen smiled. "That's okay," she replied, looking over her shoulder at his girls. "I don't mind sharing."

"I meant me," he said, and they both laughed. "I love Brandon's cooking, too."

"Then by all means, let's see what he made. I'd love to share my lunch with the entire Knight family."

Trent secured the kites and he and Carmen joined the girls, who had removed all the containers from the basket.

"Brownies!" Robyn exclaimed, as she pulled the lid off a large purple tub. "I love brownies."

"Me, too," Alyssa added.

"Well, then, what do you say we get this picnic started?" Carmen said.

Ten minutes later they were sitting in a circle, eating chicken, pasta salad, strawberries and brownies. Joni had packed more food than Carmen would ever have been able to eat, confirming her suspicion that her friend had known Trent would appear with his daughters. If he thought it odd she had food for four, he kept it to himself.

After the girls finished eating, they grabbed the bread and walked to the water's edge to feed the ducks.

"I'll watch her, Dad," Alyssa called over her shoulder.

"They're very close," Carmen said, as she watched the girls walk away.

"Yes. As angry as Alyssa can get with me, she's always kind and loving to Robyn. I can count on one hand the times she's lost patience with her over the years."

"Alyssa is a good girl. You must be proud."

"Thanks." His lips turned down slightly. "I just wish she would talk to me like she used to. She used to say I was her best friend. Now half the time she treats me like I'm her worst enemy."

"It's hard for a teenage girl to confide in her dad."

"Maybe. I wouldn't mind so much if she had a mother to talk to. But she doesn't. I'm all she has."

"Thanks to me."

He gripped her chin between his thumb and forefinger, lifting it until their eyes met. "I thought we settled that. The accident wasn't your fault."

"I guess it's going to take me a while to believe you really don't blame me for taking your wife away."

"Given the way I treated you, that's understandable." He pulled up a blade of grass and twisted it between two long fingers. His nails were neat and clean. They weren't the manicured nails of a pampered male, but those of a man's man, one who wasn't overly fussy about his appearance.

"You know, when I asked you to stay, I didn't give much thought to the disruption we're causing to your life."

"It's not a problem."

"You have a show. I imagine that will involve doing more than turning up and looking beautiful."

Her heart thumped. Did he think she was beautiful? In her dreams. He was still in love with his perfect wife. "It does. But I can handle a lot from here. What I can't do, the gallery owner will. I'll fly up a couple of days ahead of time to deal with any last-minute details."

"I really appreciate it."

"I don't mind. I'm enjoying my stay in Sweet Briar. I'd forgotten how beautiful it was. How relaxing." She closed her eyes and lifted her face to the sky. The sun warmed her skin even as a slight breeze cooled it.

"Not missing New York?"

She thought for a moment and then opened her eyes to meet his gaze. She'd never seen his eyes look so kind. "Not really. I like parts of New York, but it's never truly become my home. I miss my friend Damon, of course, but he and I talk every night."

Trent's lips compressed in what looked like annoyance, but maybe she was misreading him. He had no reason to be irritated with Damon. They'd never met. If they ever did, Trent would love the man. Everyone did.

"So tell me, how did you become the artist to watch this century?"

Carmen dropped her face into her hands. "Please tell me you didn't read that ridiculous article."

"I confess I Googled you. I think I've read just about every word written about you. According to the critics, your work is profound yet accessible. Easily understood by the masses." He lifted his nose and spoke in what she supposed was his upper-class voice.

She giggled. She never would have believed Trent would joke with her.

"So how did you get there from here?"

"You mean from being the wild child of Sweet Briar to an artist?"

"Yeah."

He waited while Carmen took a sip of her water. He had a feeling she was stalling.

"After my father put me out, I didn't know what to do or where to go. I had very little money and didn't want to waste it on a bus ticket. So I just started walking down the highway. Three girls on their way to New York hoping to get modeling jobs stopped and offered me a ride. I took it. They had rented an apartment for the summer and let me stay with them."

She glanced at him, a desolate look on her face that just about broke his heart. "Unlike me, they weren't castoffs, so when their plans didn't pan out, they went back home to start college."

She sighed. "I called my father to see if I could come back, but he said no and hung up."

Her eyes were dry, but overflowing with misery. "You're a father. I know Alyssa's been giving you a hard time. She's been really angry at you. Is there anything she could do that would make you stop loving her?"

"Nothing. No matter what she does, she's my child. That will never change."

Carmen nodded. "I knew you would say that. I could tell. My father doesn't feel the same way. Not that what I did is the same as being disrespectful. It was many times worse. I know being sorry doesn't change anything, but I am."

Trent squeezed her hand. It was warm and soft. Delicate. "I know that. You don't have to tell me that again."

"That's what I don't understand. You've forgiven me and I'm grateful. Why won't my father?"

"I don't know. As a parent, it doesn't make sense." Trent would never turn his back on his children.

Carmen hugged her shins, placing her head on her knees. "Anyway, my roommates went back home. They knew I was on my own, so they left me some of their clothes. The rent was paid for the next couple of weeks, but there wasn't a lot of food. I know it was wrong, but I shoplifted. And before you call me a criminal, I paid the stores back double when I got a job."

"I wasn't going to call you a criminal." It hurt that she assumed he couldn't sympathize with her situation. Worse was knowing that, once, she would have been right. He'd become hard and unfeeling after Anna died. Only recently, since he'd begun to really know Carmen, had he begun to change. The world wasn't as black-and-white as he'd seen it for seven years.

She straightened and crossed her ankles, the movement drawing attention to her shapely legs. She even had pretty feet. Although she didn't wear polish on her fingernails, her toenails were painted a bright pink.

"I couldn't find a job, so I lost my apartment. That was a scary time."

She didn't say anything for a long moment. Fear gripped him and his stomach clenched. He knew what could happen to a young girl with no one to look out for her. "So what did you do?"

"I shoved everything I could into a backpack. The first night was the scariest. I didn't have a plan. Unless you've been there, you have no idea how terrifying it is to have no place to call home. I lived in fear, knowing someone could grab me off the street and no one would ever know. Or care."

His heart pounded at the thought of her being kidnapped and hurt. Or worse.

"I finally found a diner that was open twenty-four hours. I had some change, so I bought a cup of coffee and nursed it all night."

He closed his eyes, feeling a wave of pain. She'd been only a few years older than Alyssa when she had to fend for herself. "What about shelters?"

"They fill up really fast. And they aren't always safe, either. Especially for girls."

Horrifying possibilities flooded his mind. Had she been hurt? Assaulted? The thought was heartbreaking.

"One day I stumbled upon the library. I could sit there for hours and no one would bother me. They have little rooms for studying. I would grab a stack of books and hide in there and sleep. I'd stay there until closing. Then it was back to the streets."

"I'm so sorry."

"Of all the people in the world, you are one who never has to apologize to me for anything."

"Even so, I'm sorry for everything you endured." He couldn't bear to hear any more. "So how did you go from being homeless to being a much sought-after artist?"

"Luck. And a wonderful friend. I told you I spent a lot of time at the library."

He nodded.

"One day this guy came up to me. I'd noticed him a couple of times, which was pretty strange, given the number of people in that city. But then I figured he was a creature of habit. You know, like maybe his office was nearby and he liked to go to the library."

Trent's blood ran cold at the mention of the man. Young girls were often targeted by older men. Especially when they had no one to protect them. His hand fisted.

"Anyway, I was sitting at a table when he sat down across from me. I was a little scared, because there were plenty of empty tables. He must have seen my fear, because he told me he wasn't going to hurt me. He was going to help me."

Trent frowned. "I hope you got away from him. Offering help is one of the most common ways pimps prey on vulnerable girls."

"That's what I thought, too. I told him that I didn't need help, but he didn't listen. He gave me his business card and twenty dollars so I could get some food. And then he left."

"I hope you went straight to the police."

"No. I had no intention of calling him, but I took the money. I was hungry. The next day I sat in a different place in the library. He found me and gave me another card and twenty dollars again. This went on for a couple of weeks.

"Finally, I asked him why he kept giving me money. He showed me a picture of a little girl about Robyn's age. The girl was his daughter. When she was little, he was trying to build his company, so he didn't spend much time with her. She died in a swimming accident. He'd made millions, but it was too late. He knew I was in trouble. He hadn't been there for her, but he wanted to help me."

"And you believed him?"

"Of course not. I used the library computer and looked him up on the internet. Everything he said was true. So the next time I saw him I asked him for a job at his company."

"Good move."

"I still didn't trust him, but I was so tired and miserable. He told me to meet him at his office at nine o'clock the next day. I did and I became a secretary slash administrative assistant slash mailroom clerk."

She smiled. "I didn't have a clue how to do my job, but

that didn't matter. They trained me. Apparently, I wasn't the first girl Damon had rescued."

"So this guy was legit?"

"Yes. He really did only want to help me."

Trent's shoulders relaxed and he sighed in relief. "You took a big risk."

Carmen shrugged. "I was alone. I had no job. No family. No nothing. I didn't see my life ever improving. Damon knew this sweet old lady who ran a rooming house. He paid her in advance for six months. It was such a relief to have a place to live.

"Damon and I talked every day. I told him about my dream to become an artist. He paid for me to go to school and helped me get my first job at an art gallery."

"He sounds like a good guy."

She smiled. "The best."

"I'm glad he was there for you."

"Me, too. And now I can pass it on. I can be there for Alyssa."

Trent smiled back. Maybe she could be there for him, too. He quickly shoved the thought away, reminding himself that he didn't want her in his life.

Chapter Fourteen

"I can't believe I let you talk me into this," Carmen said, looking around the gym. It was packed to the rafters with teens and adults alike. Little kids raced around and chased each other up and down the bleachers. The scent of freshly popped popcorn wafted over from the concession stand. Carmen would much rather be among the spectators than players, but it was too late now.

She put her foot on the bench and worked a knot out of her shoelace.

Joni smiled. "It's for a good cause. Besides, you'll have fun."

Carmen retied her shoe and stood. "Tell me again why running up and down the floor is fun."

"It's basketball."

"And?" Carmen stretched the word over three syllables. "Basketball doesn't equal fun to me. And I certainly can't imagine why it would be entertaining for all these people to watch."

"Trust me, it just is. We started the basketball tournament two years ago. It's one of our biggest and most popular fund-raisers. You'll have a great time."

"I doubt it. I'll probably trip and fall on my face in the middle of the field."

"Court."

"What?"

"You said field. Basketball is played on a court."

"You just proved my point."

"What point?" Joni asked, gathering her hair in one hand and quickly wrapping a bright orange ponytail holder around it with the other.

Carmen wondered if she should do the same. She'd spent the morning styling her hair until it fell in waves around her shoulders. She'd even spritzed on perfume, something she rarely did. Although she barely admitted it to herself, she wanted to look attractive for Trent. She didn't think wild hair and sweat stains were her best look. "People who don't know the difference between a field and a court have no business playing sports."

Joni laughed. "Lighten up. It's just good fun."

"Sure it is. That's why they're practicing so hard." Carmen pointed to the guys' team. They were in two lines, passing the ball back and forth, taking turns shooting baskets. They were highly coordinated and focused. From where Carmen stood, they were taking the tournament seriously.

"That's nothing," Joni said, dismissing Carmen's worry with a wave of her hand. "We'll warm up, too."

"They haven't missed yet. And they're wearing uniforms with numbers and names on the back. They even have matching shoestrings."

"That's to build team spirit. If you want, I have an

extra scrunchie. It's not orange, but then you're not wearing orange."

No. Unlike the guys, who were dressed in blue and white, the women wore whatever color suited them best. For Carmen, that was a green T-shirt and white shorts.

"So, you girls ready to lose again?" Lex asked, as he and Trent joined them.

"Don't go engraving your name on the trophy just yet," Joni said. "We're going to wipe the floor with you this year."

"Not to brag," Lex said, poking out his chest, "but we did win all but one game last year."

"Brag all you want. After today, we'll have that privilege," Joni said, punching the mayor in the arm.

Trent laughed and looked at Carmen. "Get out while you can."

Carmen smiled back, trying not to notice how good he looked in his sleeveless white jersey that showed off an incredible chest and perfectly sculpted biceps and shoulders. If she had her way, he'd never wear sleeves again. "You're awfully cocky for someone who's never seen me play basketball."

"Oooh. Tall talk from one so small. Care to wager on the outcome of the tournament?"

Carmen leaned in close enough to get a whiff of his masculine scent and promptly went weak in the knees. "Betting? Isn't gambling illegal in Sweet Briar? That sounds like entrapment to me, Chief."

"I won't tell if you won't. Besides, I'm not talking about money." He wiggled his eyebrows.

"Then what?" She couldn't believe it. He was flirting with her and she was flirting right back. The sensible part of her told her to stop but was quickly overruled by the woman who found Trent too sexy to resist.

He leaned down and whispered in her ear, his warm breath stirring her hair and sending shivers down her spine. "Dinner. When my team wins, you'll take me to dinner."

"And when my team wins?"

"You'll wake up and realize it was only a dream."

"Ha-ha."

"Okay. I'll take *you* to dinner."

She held out her hand. "Deal."

He stared at her hand and then at her mouth for one long moment. He gave her a sexy half smile and took her hand in his. It was more of a caress than a handshake. "Deal."

Carmen watched the chief walk away, a definite swagger in his step.

"Well, well, it appears things are moving right along with you and Trent. I guess my little picnic worked."

Carmen giggled like a teenager. "Maybe."

"Too bad you can't play as good a game as you talk."

"I know."

"Lucky for you, I have a secret weapon this year."

"What? You hired one of the Carter boys to tie all the guys' shoestrings together so they'll fall?"

Joni laughed and shook her head. "What is it with you and shoestrings? Never mind. Our secret weapon just arrived."

Joni waved at six very tall women dressed in bright red warm-ups who were stepping down the stairs with graceful ease. Not thin enough to be models, they were clearly in great shape. Joni greeted them and then turned to Carmen. "Let me introduce you to the Central Carolina University women's basketball team, reigning NCAA Division II champions."

Carmen gasped and then burst out laughing. "Are you serious? How do you plan on getting away with this? I thought all of the participants had to be volunteers or kids who use the center."

"We each volunteered at least one day during the past year," one of the players said, as she stretched from side to side.

"But none of them played basketball," Joni added. "They worked the front desk or served snacks."

"You are so sneaky," Carmen said, clapping her hands with glee. "I wish I'd thought of it. More important, I'm glad I won't have to play."

"Not so fast there, benchwarmer," Joni said, grabbing her arm before she could make her escape. "You're still playing."

"But I don't know how. I'll make us lose. Besides, you don't need me." And call her vain, but Carmen didn't want to get all sweaty and smelly in front of Trent. She had a feeling perspiration wouldn't look as good on her as it would on him.

"You'll be fine. You'll only be playing in the first game. And only the first quarter."

"Twenty-five minutes? I'll have a heart attack and die. Or at least faint and fall to the floor in a heap."

The others laughed.

"Who told you a quarter was twenty-five minutes?" Joni asked.

"I just guessed. You know, twenty-five cents is a quarter."

"And ten cents is a dime, but that has nothing to do with basketball. We're playing six-minute quarters with an eight-minute halftime so our cheerleaders can shake their things. We have six games to play. Most of the kids play in about three or four games each, more if they want. Our best team will play in the championship round."

"Six minutes and I'm done?"

Joni rolled her eyes. "Is that all you heard?"

"I just don't want to make us lose. Or get all mussed." Carmen glanced to where Trent stood, looking sexy and powerful enough to make her mouth water. He must have felt her eyes on him, because he looked up and winked. Her cheeks warmed as she returned her focus to her team.

"Don't worry," one of the college girls added. "All you have to do is run up and down the court. As long as you don't trip and fall on your face, you'll be fine."

Ten minutes later, Carmen dropped into the first empty chair and grabbed a water bottle.

"See, it wasn't that bad," Joni said, taking the seat beside her.

"Compared to what?" Carmen twisted open the cap and took two less-than-dainty swallows. She would never be the same.

Joni laughed. "You need to be more active."

"I'm plenty active. Remember, I did borrow your bike."

"Coasting to the park doesn't count."

"Okay, so I'm a couch potato. Someone has to make the rest of the world feel better about itself by comparison."

"And you're doing a wonderful job."

"Not nearly as wonderful as they are. Those girls are fabulous." She waved the nearly empty water bottle toward the floor, where two of the college girls were teamed with Alyssa and two other teens. Alyssa made a basket and Carmen jumped to her feet, cheering loudly, her aching body momentarily forgotten.

"Yeah. And look at the expressions on Lex's and Trent's faces. They can't believe they're only leading by two."

"We'd be winning if I hadn't tripped and lost the ball." Trent had been guarding her. He'd gotten close enough for her to feel the heat radiating from his chest. She'd gotten flustered and forgotten how to walk.

"At least you didn't fall."

"Yeah. There is that."

"Besides, we don't have to win all of the games. Only the last one, which will be their best players against ours."

"I'm assuming I'm not on that team."

Joni grinned. "No. You just missed the cut."

"I must be living right."

They laughed and then turned their attention back to the game. Trent and Lex were teamed with three boys Carmen had seen around the center. She told herself to follow the action, but her eyes kept straying to Trent.

Although he was nearing forty, his body was like that of a man in his late twenties. He was ripped. Not only did he have muscles, he had stamina. He raced up and down the court with ease, frequently a step or two ahead of the young guys.

He stole the ball from a blonde girl who appeared more interested in a boy sitting on the bench than in playing the game, then dribbled down the court. Trent dunked the ball, hanging on the rim for several seconds, clearly showing off. His eyes met Carmen's and her breath caught in her throat. A kid ran past them, breaking their eye contact, and she exhaled.

What was Trent doing to her?

"From here it looks like serious flirtation."

Carmen spun around and looked into Joni's smiling face.

"Don't worry. Your secret is safe."

"What secret?" And just how spooky was it that Joni knew exactly what she was thinking?

"That the lawman is stealing your heart," Joni quipped, as she walked away.

Carmen forced herself to focus on the action on the court and not the thoughts bouncing around in her head like a basketball. Fortunately, there was only a minute left. The girls ran down the floor, passing the ball back and forth until only a few seconds remained. A college girl took a shot that went in as the buzzer went off. The girls had won the game.

A cheer went up and the players gathered at the benches as the cheerleaders rushed to center court. Trent left his team, coming to stand in front of Carmen.

"I guess this means you're taking me to dinner," she said, grinning.

"Not so fast. Your team hasn't won the trophy yet, although you seem to have some ringers on your side."

"They're volunteers."

"Who just happen to play college basketball?"

Carmen's grin broadened. "Yeah, that, too."

Trent laughed. "Okay, but don't be too disappointed when we win. We have quite a few good young players."

"It's going to take more than that. We've got great players," she called, as he rejoined his team. As she watched him, Joni's words came back to her.

Her friend had been wrong. Trent wasn't stealing her heart. He'd already stolen it.

Her smile faded as she realized that was the worst thing that could happen. Because even if he no longer hated her, she knew she'd never have *his* heart. His heart would always belong to Anna.

Chapter Fifteen

"Three, two, one!" The crowd cheered as the buzzer went off. The final game was over and the women had won. No surprise there, given that the players in the deciding game were college athletes. Trent grinned despite himself. That trick had to have taken a great deal of planning.

"Well, that's it. Good game." Trent met the eyes of each of his players as he patted them on the shoulder. They'd surprised and impressed him. Although most could use a good haircut, several were in need of belts and many in need of more direction than they received at home, they were good young men. He never would have believed that a month ago. Of course, a month ago he hadn't spent time getting to know them.

"Thanks, Chief."

"Line up for the handshakes. And be sure to smile when you congratulate the other team."

"Joni is never going to let me live this down," Lex grumbled, coming up beside Trent.

Trent laughed but didn't disagree. Joni was going to tease them mercilessly. Lex might be dreading the next moments, but Trent was looking forward to them. Despite the razzing that was sure to come, he was anticipating paying his debt to Carmen.

After the players returned to their benches, someone dragged a microphone to the middle of the court. A young man Trent didn't recognize carried out the two-foot-tall trophy.

"Let the bragging begin!" Joni pronounced, as two college girls held the trophy aloft. The rest of the women hooted and cheered. Carmen flashed Trent a saucy grin that made his pulse race.

Joni ribbed the men good-naturedly a few more times before getting serious. "Thank you all for coming. We could do nothing without your support. Each year we award a trophy to the first-place team. This year, the women have won." The crowd roared and clapped loudly.

"Will the players please come forward to pose with the championship trophy?" Joni handed the microphone to the kid who'd brought out the trophy, then joined her teammates, who were laughing and jockeying for place, finally organizing themselves around the trophy. Phil Henderson took photos for the *Sweet Briar Herald*, then stepped away.

A movement at the entrance to the gym drew Trent's eye. Carmen's sisters entered, dressed in suits much too formal for the occasion. "What are they doing here?"

"Who?" Lex asked.

Trent inclined his head toward Carmen's sisters, who had stopped just inside the door. Charmaine looked self-conscious, but Charlotte sniffed and frowned down her nose as though she was too good for the casually dressed people surrounding her.

Lex huffed out a breath. He didn't seem any more pleased by their presence than Trent. "Charlotte called me this morning. The family wants to make a donation to the center in memory of their mother. I figured one of them would drop off a check at city hall. They didn't mention wanting to do it in public today."

Of course not. Why risk being turned down? This way they could appear benevolent and let Carmen know she was not part of the family in one fell swoop.

"It looks like I need to do the mayor thing," Lex said, over the screeching sound of microphone feedback. "Keep the team together so we can take our pictures, okay?"

Trent nodded, when he really wanted to find Carmen and be by her side in case seeing her sisters disturbed her.

Lex whispered something to Joni. Eyes narrowed, she handed over the microphone.

"Before we all leave, we have a presentation from representatives of the Shields family," Lex said. "As you know, Rachel Shields donated the trophy case and the trophies for the past two years. Her daughters Charlotte and Charmaine are here to make a donation in her honor."

Trent scanned the gym and finally found Carmen. He knew the exact moment she saw her sisters. The laughter died on her lips and she went very still, clearly hurt by their continued rejection. The brilliant light he'd gotten used to seeing shining in her eyes faded to a dull brown. It took all his self-control to stay with his team and not confront Charlotte and Charmaine. He wanted to force them to see the pain they were causing their sister. It was unbelievable they would snub her in front of all these people and not give it a second thought.

"Thank you, Mayor," Charlotte said, grabbing the microphone. "Our mother believed in the mission of this youth center. She wanted the youth of this town to have a place to go to keep out of trouble. She knew that kids in trouble can ruin the lives of innocent people."

Carmen gasped, and even from a distance Trent saw her face pale. He clenched his fist and bit his tongue against the desire to voice his growing anger. There was no way Charlotte didn't know her words hurt and embarrassed Carmen. From the way she glanced at Carmen and then lifted her chin, he knew her cruel words were deliberately chosen.

"As you may know," Charlotte continued, in an annoyingly self-important tone, "our mother recently passed. Charmaine and I, along with our father, are donating five thousand dollars to the youth center in her memory. Our father is still in mourning, so Charmaine and I are representing our family."

Scattered applause greeted the announcement, certainly not as raucous as Trent would have thought, given the size of the donation. Apparently, he was not the only one unimpressed by Charlotte's performance. In her short time in Sweet Briar, Carmen had made quite a few friends. None of them liked seeing her being slighted.

Smiling graciously, Joni accepted the check on behalf of the youth center. Phil took a few shots of Joni and Lex posing with Carmen's sisters, then called for all players to come forward for a picture. Carmen edged away from the group assembled around the trophy and headed for the exit. Lex called Trent to join the picture, but he shook his head. He needed to get to Carmen.

Trent acknowledged pats on the back but didn't let anyone slow his progress. He lost track of Carmen for a minute but saw her in the parking lot. She was walking so fast she nearly bumped into a car.

"Carmen," he called. She slowed but didn't stop. He picked up his pace and easily caught up with her. He gently touched her tear-streaked face, then wrapped his arm around her shoulders, pulling her against his chest. She resisted for a brief moment, then relaxed, taking refuge in the comfort he offered. "I'm sorry. You didn't deserve that."

"I get it. I didn't at first, but now I do."

"You get what?"

Still in the circle of his embrace, she leaned back to meet his gaze. The heartbreak he saw in her eyes was nearly his undoing. "I'm not part of their family. I understood in my mind, but my heart hadn't accepted it. I kept hoping if I found the right words to apologize, they would forgive me and welcome me back into the fold. Do you know what I mean?"

He didn't trust his voice, so he nodded.

"Well, no more. I'm done with that. I'm done with them. I'm through begging. And I'm through crying." Tears dripped from her chin and she angrily brushed them away.

"You're right. You deserve better. If they don't see it, then it's their loss."

She sniffed, and despite her brave words, more tears slipped from her eyes. "Do you mind if we don't go out tonight? I don't feel up to it."

"We don't have to go out, but I don't think it's a good idea for you to be alone. How about dinner at home with me and the girls? I can throw some steaks on the grill."

She was shaking her head before he got the invitation out. "I wouldn't be very good company. I'm not at my best."

"You don't have to be."

Her chest rose and fell as she sighed. "Okay. I guess it's better than being alone."

"How much better? Are we talking better than a poke

in the eye with a sharp stick, but maybe not better than a poke with a dull stick?"

She laughed, as he intended, then shook her head. "That came out wrong."

"That's good to know."

She grinned at his dry tone. "Let me try that again. I happily accept the invitation to dine with you and your lovely daughters. Better?"

"Much better."

"There is one thing, though."

He raised an eyebrow. "And that would be…"

She stood on her tiptoes and whispered into his ear. "I don't eat beef."

He shook his head. "Of course you don't."

Carmen stood on Trent's front porch and inhaled the sweet scent of blooming roses from a nearby bush. He'd wanted her to come home with him right after the last pictures were taken, but she'd insisted on returning to the B and B so she could shower. Her comfortable shorts and T-shirt had been fine for the tournament, but she wanted something a bit dressier for dinner. Now she wore a red sundress that stopped just above her knees, paired with red-and-cream high-heeled sandals. She'd restyled her hair and put on small gold hoop earrings and a matching bracelet.

Trent's home was in the older section of town. The houses were painted in soft pastels and the lots were spacious and well kept. Trent's lawn was neatly mowed, with a large leafy tree in the center. A rope swing hung from a high branch, swaying gently in the breeze. Three boys sped by on bikes. A woman jogging with her golden retriever sang loudly and slightly off-key to the song playing through her earbuds. Two women chatted over their hedges while their children skipped rope beside them, counting by two as they jumped. Birds chirped in the trees and in the distance a dog barked. This was Sweet Briar at its best. Neighbors and friends enjoying a summer evening together.

The sound of girlish laughter wafted through Trent's open windows, stirring Carmen from her reverie.

She'd stopped by the bakery and picked up a chocolate cake for dessert. The box dangled by its strings in her right hand, so she rang the doorbell with her left.

She heard running feet seconds before the door swung open. Robyn squealed with delight, grabbed Carmen's hand and pulled her into the house.

"She's here. She's here." Robyn jumped up and down.

"So I see." Trent's deep voice was warm and welcoming.

Carmen looked up, their eyes met and her knees turned to Jell-O. His dark hair was damp from his shower. He'd changed into a lightweight gray polo that caressed his broad shoulders and emphasized the gray specks in his black eyes. A pair of faded denims hung perfectly on his trim waist and hugged his muscular thighs. How had she forgotten how gorgeous he was?

"I'm glad you came," he said. She saw a flare of desire in his eyes as he took in her appearance.

"Thanks for inviting me," she replied, dismayed when her voice came out a husky whisper. Her skin tingled as if he'd physically touched her.

"You didn't have to bring anything."

She shrugged and offered him the box. "It's just dessert. I stopped by Polly Wants A Cookie on the way here."

"Alyssa's on the phone," Robyn announced, tugging Carmen's hand. "Do you want to see my room? It's clean."

"Maybe later," Trent said. "Right now we're going out back."

"Okay," Robyn replied good-naturedly, leading Carmen through the house and to the patio. She pulled out a chair at the round glass table. "You can sit next to me."

"Thank you." Carmen smiled as she sat in the comfortable wicker chair. The blue, green and yellow stripes on the cushions matched the dishes and napkins. Somehow she hadn't pictured Trent as the type who coordinated colors. A niggling feeling started to grow, but she quashed it.

"I set the table," Robyn announced, her face alight with a proud smile.

"You did a lovely job. I've never seen a table look this pretty."

"I took everything from the mommy box."

"Mommy box?" Carmen managed to sound calm, but her unease grew.

"It's where we keep things Mommy liked. We can use them on special occasions like now."

"Oh."

"I made lemonade, too. I'll get it." She jumped from the table and hurried to the sliding doors.

"I'd better help her," Trent said, following his young daughter, totally unaware of the turmoil now brewing inside Carmen.

Get over it, she admonished herself. So he kept some of his wife's things. Some people might consider that sweet. Carmen exhaled and looked around. The backyard was a lovely expanse of dark green grass trimmed with red flowers. A white two-car garage stood at the end of the driveway. The yard was soothing and the beautiful setting helped her relax.

"Here we are," Trent announced. He was carrying a tray containing three tumblers and a glass pitcher. Lemon slices and ice cubes floated in the pale yellow liquid. Robyn trailed behind him, clenching a glass in both hands. Lemonade sloshed with every step, yet somehow none spilled over the rim.

"I have yours," Robyn said, gently setting the drink in front of Carmen.

Carmen took a sip and the bitterness of raw lemon had her swallowing a gasp. She looked into Robyn's eager face and managed a smile. "This is the best lemonade I've ever had. You're a great cook."

Robyn beamed.

"Would you please let your sister know Carmen is here?"

"Okay, Daddy." Robyn skipped across the patio and with one last wave disappeared into the house.

Carmen waited until she no longer heard the pounding of little feet before she spoke. "Quick. Get the sugar."

Trent laughed and grabbed the pitcher. "We have to do this fast. Bring your glass."

Giggling, she hurried inside, where Trent doctored the lemonade in the pitcher before sweetening hers. She took another sip and smiled. "Much better."

Still grinning, they hurried back outside. Trent poured himself a glass, then sat down, leaning back in the chair, his long legs stretched in front of him. "Thanks for being a good sport."

"No problem. Although you could have warned me."

"And missed the expression on your face? No way."

They chatted a bit about their first times cooking, laughing as they recalled meals that were as disastrous as Robyn's lemonade. Carmen was finishing off her glass when Robyn returned with Alyssa. Like Trent and Carmen, Alyssa had showered and changed. She now wore a pair of denim cutoffs and a plain gray T-shirt. Unlike other girls her age, Alyssa showed no interest in fancy clothes or makeup.

"I should get dinner started," Trent said, ambling across the patio to what was easily the largest grill Carmen had ever seen. He lifted the lid and smoke filled the air.

"Thank heaven. When I saw that monstrosity, I thought it might be a gas grill."

"No way. I use charcoal. Nothing beats that real smoky flavor."

"I agree."

"And for the record, Lulu is not a monstrosity."

"Lulu? You named your grill?" Carmen shrieked, before dissolving into giggles.

"Of course."

He managed to look so affronted Carmen only laughed harder. Tears streamed down her face.

"Daddy names everything," Robyn piped up.

"Everything?" Carmen asked.

"Yep. He named his car."

"Lots of people do that," Trent pointed out.

"Lots of men," Carmen countered.

"How many people name their bikes? Or their kites? Or their lawn mower?" Alyssa asked, chuckling.

"Hey, Herbie works hard."

"Herbie? Oh my goodness," Carmen said, bursting into laughter again. "Who would have thought it?"

He frowned, but his eyes danced. "I'm glad I could amuse you."

"You have no idea how much. Why do you name them?"

"Simple. Everything deserves a name."

"Okay. That's as good a reason as any." She refilled her glass. "Is there anything I can do to help?"

"Not a thing. You just sit there and keep the chef company. I've got it all handled."

A half hour later, he grabbed a garden salad from the fridge, topped off everyone's drinks and set a platter of perfectly grilled food on the table. In deference to Carmen he had foregone steak, instead grilling chicken breasts, whole catfish and shrimp. Corn on the cob completed the meal.

The conversation was light and the evening was enjoyable. Carmen couldn't remember when she'd had a nicer time.

"How old were you when you started dating?" Alyssa asked, when they were finished with the main course.

"You don't have to answer that," Trent said, fixing his older daughter with a hard stare. "We've already discussed it and decided that Alyssa is too young to date."

"We didn't decide anything. You did. Just like you decide everything." Alyssa balled up her napkin and threw it on the table.

Carmen placed her hand on Trent's, stopping him before he could reply. She didn't want to see such a lovely evening turn ugly. "I don't mind answering. I didn't really date much."

"That's not an answer. How old were you?"

"You mean just me and my date alone? Or going out with a group?"

"Alone. Going out with a group isn't a real date."

"Okay. I was about twenty when I went on my first real date."

"Really?" Trent and Alyssa spoke at the same time.

"Yep." Carmen sighed. "I wasn't very popular when I was a teenager. Then I had some trouble at home and had to leave. I was busy doing other things, so I wasn't concerned about dating."

"You're no help," Alyssa said, slumping in her seat.

"Sorry."

"I bet twenty makes sixteen sound a lot better," Trent offered, stacking the empty plates.

"Not really," Alyssa murmured, taking the dishes into the kitchen. When she returned, she looked at Carmen. "Don't you think fourteen is old enough to date?"

"What I think doesn't matter. Your father gets to decide."

Alyssa crossed her arms over her chest. "Why?"

"Because he cares about you."

"Don't you care about me?"

"Of course I do. So do a lot of people. It would get really confusing if they all got a vote."

"Maybe. But Joni would totally agree with me."

"What about Uncle Lex?" Trent offered. "Maybe we should ask him."

"No way," Alyssa replied, wrinkling her nose. "He said you shouldn't let me date until I'm thirty."

"Then he definitely should get a vote."

"No. Just two people. Carmen, how old do you think I should be before I can date?"

"Sixteen."

"You're only saying that because Daddy did."

Carmen laughed but didn't deny it. Instead, she began to help clear the table. With four people working together, the food was put away and the dishwasher loaded.

"Now can I show Carmen my room?" Robyn asked. She'd clearly used up every drop of her patience.

Trent nodded.

Robyn grabbed Carmen's hand. "Wait until you see my princess bed."

Carmen was surprised when Alyssa joined them. She couldn't imagine Alyssa was as eager to show off her personal space.

Robyn's room was cute, if a little young for an eight-year-old. The walls were pink with a border of yellow daisies. There were framed pictures of nursery rhymes that were sweet, but more appropriate for a toddler. The furniture, though, was beautiful. There was a canopy bed that did indeed look fit for a princess, and a rocking chair with a baby doll sitting upright in the seat. Lace curtains billowing in the open window completed the effect.

Beside the bed was a framed photograph of a woman. Carmen easily guessed it was Anna. One quick glance revealed a smiling face. She was absolutely stunning. Carmen imagined Alyssa would look like her in a few years.

"Mommy decorated this room just for me," Robyn announced. "Do you like it?"

"It's very pretty."

Robyn smiled.

"Come see my room," Alyssa said, then crossed the hall and opened the door. "What do you think?"

Carmen stepped inside and looked around. The room was painted a sunny yellow with pink and green flowers. The furniture was identical to Robyn's. This was not at all what she expected. "Um…"

"I hate it. It looks like a little girl's room."

"Do you have an idea of what you would like instead?"

"I want to paint and I want new furniture."

"What color?"

"I don't know what color paint. I like a lot of colors. But I know I want cherry furniture."

"Are we painting our rooms?" Robyn asked hopefully. "Maybe we can do a big picture like you did at the youth center."

"That sounds good."

"There's only one problem," Alyssa said, frowning.

"What's that?"

"Daddy. He won't let us change anything in the whole house. So we need your help."

"How?" Carmen's stomach churned with tension.

"You have to ask him."

Carmen swallowed, imagining how she would even broach the subject with Trent. One thing was certain: it wouldn't be easy.

Chapter Sixteen

Trent lifted the top of the dessert box and smiled. Although he generally maintained a well-balanced diet, he had a weakness for sweets, especially chocolate. Polly's desserts were second to none and he stopped by the bakery at least once a week. He poured two glasses of milk and two mugs of coffee, then called Carmen and the girls for dessert.

He heard them whispering as they came down the stairs. Having a woman in the house changed his daughters for the better. Robyn and Alyssa liked Carmen and respected her opinion. She knew just what to say to defuse tough situations and had done so quite skillfully more than once today, turning what could have become an argument into a quiet discussion where everyone shared their opinion.

He liked having Carmen around. She was funny and witty and sexy as hell. She looked great in the shorts and top she had on at the youth center, but seeing her in that little red dress made his temperature rise. The dress wasn't especially revealing, but imagining what the fabric covered had him sweating. His libido had awakened with a vengeance from its seven-year slumber.

"Oh goody, cake!" Robyn exclaimed, sliding out her chair and sitting down so fast she nearly knocked it over and landed on her back. She grabbed her fork before Alyssa and Carmen even sat down.

"Hold your horses," Trent chided her gently. Table manners were something he hadn't focused on as much as he should.

Robyn grumbled but waited until everyone was seated before digging in. "We're playing Chutes and Ladders after dessert."

"Is that right?"

"Yep. Even Alyssa."

Trent glanced at his older daughter, who smiled and shrugged in return. Alyssa played with Robyn only when he wasn't around. Lately his presence killed her interest in games, and family fun night had long since gone by the wayside.

"Only a couple of games," Robyn said. "Then Carmen has to leave."

"And you have to take a bath," he reminded her.

After three rousing games of Chutes and Ladders, all of which Robyn won, Trent shooed her upstairs to the tub and Alyssa grabbed her phone and went to her room, no doubt to text Brooke for the next hour or so.

"Would you like more coffee?" Trent asked Carmen, reluctant to have the evening end. He hadn't realized how much he missed adult company. Not just adult company. Female company.

"No, thanks."

"I hope you don't need to rush off."

"Nope."

He took her elbow to lead her to the living room, but she pulled back slightly.

"It's a nice night and your porch swing is calling my name. Could we sit out there instead?"

"Sure."

"I love summer nights," she said, settling on the cushion with a contented sigh.

"Why is that?"

"There's just something magical about them."

She looked at him with such wonder in her eyes it touched his heart in a way it hadn't been touched in years. They were so close their thighs brushed. Hers was soft beneath the thin fabric of her dress. He could feel the gentle heat from her body, rising to mingle with his. She didn't wear much perfume, so he knew her enticing scent was unique to her. In that moment, with the last of the evening fading away and bright stars emerging in the darkening sky, he did indeed believe in magic.

She closed her eyes and leaned her head against the back of the swing, setting it into motion. Her hair caressed her shoulders and his fingers ached to touch it.

"When I was a little girl, I used to wish on stars." Her voice was soft, dreamy.

"Did any of your wishes come true?"

"Not that I remember."

The sadness in her voice had him reaching for her hand. "I'm sorry."

"It was a long time ago." She turned and smiled at him. "Did you wish on stars as a kid?"

"Nah." She was so close he could kiss her if he moved his head just an inch.

"Too girlie for you?"

"Too unrealistic. I never thought stars had supernatural powers."

"You wouldn't," she quipped, then lowered her voice as if sharing a well-guarded secret. "I never thought stars formed any type of pattern. I still don't. I think the constellations are just something the smart kids made up to make us other kids feel stupid."

"A giant conspiracy that has gone on for thousands of years?" He laughed. "No. They're real."

"You believe in the constellations?"

"I don't have to believe. I can see them."

He searched the sky and then pointed. "See that bright star?" She nodded hesitantly and he continued, "That's the North Star. Now follow the line down to the next brightest star and then around. If you look carefully, you'll see the Big Dipper and Ursa Major."

She squinted her eyes and tilted her head, her confusion sexier than it should be. She leaned her head over until her hair brushed against his cheek. It smelled sweeter than the flowers growing in his yard. Her closeness was arousing and he barely bit back a groan of desire. His impromptu astronomy lesson was beginning to feel more like foreplay.

"Do you really see something? Because all I see is a bunch of stars." She turned, and her lips nearly brushed his. Quickly glancing up at him, she stilled. The tip of her tongue darted out onto her bottom lip.

All rational thought fled his mind, taking with it the numerous reasons he couldn't get involved with Carmen. He gently touched her lips with his, giving her a chance to move away. He felt the answering pressure as her hands slid across his chest, leaving fire in their wake. Tilting his head for a better angle, he slanted his lips against hers, opened her mouth with his and slipped in his tongue.

She was sweeter than he imagined, tasting of coffee and

chocolate cake. The blood pounded in his veins, her touch heating it to near boiling. He wrapped his arms around her waist, pulling her closer to him, yet not close enough. She murmured his name against his lips, increasing his desire.

The sound of laughter followed by the slam of a car door jolted him, bringing him back to his surroundings. He was on his front porch, making out like a horny teenager. He eased back, reluctantly ending the kiss, then leaned his forehead against hers.

"Wow," she breathed, her voice soft and slightly shocked. "I didn't see that coming."

"Should I apologize?"

"Only for stopping."

"Nobody is sorrier for that than I am. But the chief of police shouldn't be caught making out in public."

She kissed him briefly before backing away. "It kind of kills the hard-nosed reputation, huh?"

"It doesn't help."

She leaned over and put on her shoes. He hadn't been aware she'd removed them. What else had escaped his attention while he let his desire get the best of him? "We need to talk."

"Not necessary." She brushed a slender finger over his wedding band. "I understand."

While he was trying to figure out what to say—heck, what he felt—Alyssa called his name. He and Carmen both jumped.

"Daddy," she said, bursting onto the porch. She stared at them and froze, whatever she intended to say forgotten for the moment. Her eyes narrowed with suspicion. "What's going on? What are you doing?"

"Your dad was trying to show me the constellations. I couldn't see them."

"Oh." Alyssa glanced over her shoulder. "There's the Little Dipper, Big Dipper and Ursa Major."

"Obviously I'm missing something," Carmen said with a chuckle. She rose and tucked her hair behind her ear. Trent tried not to stare, but it was the sexiest thing he'd seen in a long time. Maybe ever. "It's clear you and your dad need to talk. I'll go."

"You don't have to leave. It's not anything personal." Alyssa leaned against the rail and crossed her feet at the ankles. "I want to know if I can spend a couple nights with Brooke this week."

"I thought she was spending the summer with her father."

"She was. But it turns out he's getting married next week. Can you believe it?" she asked with total outrage. "And he just expected her to spend the summer with him and Candy."

"Candy being the new wife?"

Alyssa frowned. "I mean, get real. She told him she wanted to come home. At first he said no, but she said she'd hitchhike. He finally agreed, so she's flying home the day after tomorrow." Alyssa shook her head. "Can you believe he actually wanted her to come to the wedding? Like she would want to be there when her dad got married to some woman."

She straightened and pushed away from the banister. "Anyway, can I spend the night with her? I told her I'd ask and text her back."

"Sure. Just have her mom call me when everything is set."

"Okay." Alyssa dashed away happily, unaware of the ruins she'd left behind.

Carmen huffed out a breath. "I need to go."

Trent reached out, but she stepped back, dodging his hand.

"Thanks for dinner," she said. And then she was gone.

* * *

Carmen stared out the window of her room, not seeing the stars that flickered in the sky. Her hand brushed against her lips, still feeling the warmth from Trent's kiss. She'd been kissed before, but none had made her feel as if she might melt into a puddle. She'd never experienced a kiss so potent. A kiss that had left her oddly fulfilled, yet yearning for more.

If that contradictory thought didn't prove she was out of her mind, nothing would. And she certainly had to be out of her mind to kiss Trent Knight. The man was still in love with his wife. Carmen knew from pictures of her that the woman had been nothing short of spectacular. She'd possessed more than a beautiful face. Her eyes had been filled with compassion and laughter. Carmen had no doubt Anna Knight was a person she would have liked. No wonder Trent couldn't let her go.

Carmen had enjoyed her dinner with Trent. He was charming and funny and had kissed her so passionately she'd come out of her shoes. A few more seconds and she would have willingly come out of even more. She wanted to believe that he'd felt the same, but she could delude herself only so far. Sure, he'd enjoyed kissing her. That was physical. But she doubted his heart had been involved.

His heart was still filled with memories of his wife. As was his house. Carmen could tell he hadn't changed a thing. Every lamp, every pillow, every vase had been chosen by his late wife. And he'd left everything just the way she'd arranged it. As if he expected her to return at any time. His heart was still filled with her, so there was no room for Carmen.

And he still wore his wedding ring.

She moved away from the window, then closed the blinds on the night. She went into the attached bathroom and studied herself in the full-length mirror. She still wore her red dress. Though she'd returned to the B and B nearly forty minutes ago, she was reluctant to change. It was as if by not putting on her pajamas, the perfect evening was not over. She didn't want the night to end. Because despite everything, she had fallen in love with Trent Knight.

Chapter Seventeen

"Hey, Carmen," Alyssa said, walking into the art room. Next to her was another girl, the scowl on her face instantly noticeable. "This is my best friend, Brooke."

Carmen dropped the spray-painted macaroni onto a tray and smiled at the girl, who only rolled her eyes. Good grief, not another angst-filled teenager. Just how many lived in this small town? And how had she become the one designated to deal with them? She was going to suggest that Joni hire a counselor.

"Nice to meet you, Brooke. Are you interested in art?"

The girl glanced at the gold and silver pasta and shot Carmen a disbelieving stare. "I'll pass."

"We want to make jewelry. Is that all right?" Alyssa asked.

"Certainly. You know where everything is, so help yourself." Carmen turned to Brooke and plastered on another smile. "It was nice meeting you. Let me know if you need anything."

Alyssa's friend mumbled something as they walked away.

Carmen shook her head. Had she been as difficult as these girls at fourteen? All hormones and attitude? What was she thinking? She'd been the wild child of Sweet Briar. She'd been much worse.

Today one of the college girls was also volunteering, so Carmen headed to the break room. Joni was there and she held up a kettle. "Tea?"

"You must be the only person in the world who drinks tea when it's this hot. Even the devil is complaining."

"I fail to see what the temperature has to do with wanting a calming cup of tea. I just had a meeting with the town council and I need some chamomile." Joni filled the teakettle, set it on the stove and then dropped a teabag into a mug.

"That bad?"

"Worse. The old guard is still fighting Lex at every turn and I get caught in the cross fire." She waved her hand as if swatting away her exasperation. "Never mind that. I want to hear about your date with our oh-so-hot, but too-cool-to-sweat chief of police."

"How do you know about that?"

"You're kidding, right? This is Sweet Briar." Joni opened a bag of chocolate chip cookies and offered some to Carmen, who shook her head.

"Does Phil Henderson know his business is in jeopardy?" She pulled out a chair and joined Joni at the table. "This town doesn't need a newspaper when the gossip flows like water."

"True. So, how was it?"

"Nice. Good."

Joni frowned. "Nice is lunch with the pastor and his wife. Not dinner with Mr. Masculine."

"And his daughters."

"Oh. I guess that would be nice."

"Of course, we did sit on the porch alone."

"Was there kissing involved?"

Carmen felt her cheeks heat. "Some."

"That's the part I want to hear about. The romance."

To Carmen's horror, tears filled her eyes. She blinked them away, but it was too late. Joni had seen them. "What's wrong?"

"There is no romance."

Joni's lips curved in a knowing smile. "And you want one?"

"How stupid does that make me?"

"Why does that make you stupid? What's stupid about loving someone and wanting them to love you back?"

"Nothing. If that person actually does love you back. Everything if he doesn't."

"It's not stupid, regardless of whether the other person returns your feelings."

Carmen slumped in her seat. Realizing she was acting like a teenager, she sat up straight. "Have you ever been to Trent's house?"

"No. I never had a reason. Why?"

"He hasn't changed anything since his wife died."

"Maybe he's not much of a decorator. A lot of men don't care for that kind of thing." Joni rose and poured hot water into the mug and stirred in enough sugar to rot her teeth.

"It's not just that. I mean, I wouldn't expect him to go out and buy a whole houseful of new furniture. But something should be different."

"Did you ask him about it?"

"No," Carmen admitted.

"Here's your chance." Joni tilted her head. "He's right behind you."

Carmen turned as Trent entered the room, passing Joni

as she made a fast getaway. Despite Carmen's intention to protect her heart, she couldn't slow her suddenly racing pulse. He looked so handsome in his pressed uniform and spit-shined shoes. He stepped closer and his musky scent enveloped her. Any thought of asking about his home decor flew out the window. Who cared about that when she was caught in his simmering eyes? She swallowed hard. "What brings you here, Chief?"

He pursed his lips as though holding back a grin at her use of his title. His eyes sparkled with mischief. "Alyssa and Robyn have sleepovers tonight, so I'm here to pay my debt and ask you to dinner."

Vivid memories of their kiss had kept her awake all night, and she hoped for more. She tamped down her excitement by reminding herself he was asking her out only because of their bet. "We had dinner."

"That wasn't the date I promised you. I owe you a date at the finest restaurant around."

"Heaven on Earth?"

"Okay, the second finest restaurant around. I'd rather have dinner away from prying eyes."

"Is that possible?"

"Sure. If we leave town." He lifted his lips in a boyish grin. "You in?"

Despite herself, she nodded.

"I'll pick you up at six."

Then he was gone, leaving her humming with anticipation of the night to come.

Trent parked outside the B and B and inhaled deeply. The scent from the bouquet of mixed flowers filled his lungs and not for the first time he wondered if he was making a mistake. Was he betraying Anna? He hadn't dated anyone other than her; he hadn't been interested enough in another woman. Now his palms were sweating at the idea of seeing Carmen again.

His pulse picked up at the thought of kissing her at the end of the night. Her kiss had left him burning for more and he'd barely managed to keep from pulling her into his arms this afternoon. She'd looked so gorgeous, the simple top accenting her feminine curves, the denim skirt allowing teasingly brief glimpses of her long, slender legs.

Exiting the car, he climbed the steps in record time. Kristina Harrison, the owner of the B and B, welcomed him inside. Even though his back was to her, Trent knew the instant Carmen entered the room.

He turned, and numbness gripped his throat, making speech impossible. She looked ravishing in a turquoise dress that reduced him to a fifteen-year-old bumbling through his first date. He silently offered her the flowers, his pride growing when her look of surprise turned to delight.

"They're beautiful."

"I thought so until you walked into the room. Trust me, the flowers have nothing on you."

She laughed and brought the blossoms to her nose. "Are you going to flatter me all night?"

"That was the plan."

"That's a plan I can get behind."

She placed her flowers on a chair and handed him her shawl. Her dress was strapless and her honey skin glowed, tempting his fingers to linger. He hated the idea of covering one inch of her skin. Nevertheless he draped the soft fabric over her shoulders, wondering if he'd get the opportunity to remove it later.

She picked up the flowers. "I should ask for something to put these in."

Before the words were out of her mouth, Kristina was

back with a crystal vase. Promising to put the flowers in Carmen's room, she wished them both a good evening.

Trent offered Carmen his arm, then escorted her to his car.

"Where are we going?" she asked, as she fastened her seat belt.

"Giancarlo's. It's a new Italian restaurant in Willow Creek."

"Sounds wonderful." She leaned back and crossed her legs. Her frothy skirt rose, revealing well-toned thighs.

He swallowed hard and forced his attention back to the road. She sighed and his attention was once more drawn to her. "Everything okay?"

"I'm just enjoying the ride. It's been a long time since I've ridden on the back roads. I can't remember the last time I saw this many trees."

"Do you miss it?"

"Sweet Briar? Yes. I miss the weather. The slow pace. And the smell of the wildflowers and the ocean. Even the dirt smells different." She released a breath. "I guess I miss it more than I thought I did. Not that it matters."

"Why doesn't it matter?"

"Because I can't come home."

Because I can't come home. The words slipped out of Carmen's mouth before she could stop them. The longing was so clear that Trent couldn't have missed it. How could she have bared her soul so easily? She knew the answer. He was so easy to talk to. Somewhere along the way, he'd stopped judging her so harshly and had become a real friend. Other than Damon, she felt more comfortable with Trent than anyone else.

"Why not?"

"You were at the center. You heard Charlotte. My family doesn't want me back. I'm an embarrassment. The skeleton in the closet."

"I thought you weren't going to let their actions hurt you."

"I said I wasn't going to keep banging my head against a wall. But that doesn't mean their rejection doesn't hurt. It does."

He nodded. "It's their loss."

She hoped he would let the matter drop, and to her immense relief he did. They chatted about music and movies on the drive, laughing when they discovered they had total opposite tastes.

As they entered the restaurant, wonderful aromas floated on the air, making her mouth water. A hostess led them to a candlelit table near a window. Trent held her chair and the heat from his body sent shivers down her spine.

"Everything here tastes great," he said, taking his seat.

She nodded, but with the way her blood sizzled in her veins, she doubted she would taste even the most delicious fare. As if he sensed her nerves, he became more talkative, captivating her with funny stories of what he referred to as his misspent youth.

This night was one of the best she'd had in more years than she could count. Time flew and much too soon they were driving back to Sweet Briar. She recognized the area where he'd pulled her over for speeding. So much had changed in such a short time.

"I can take you back to the B and B, or we can have a nightcap at my place."

Carmen's heart stuttered and her breath caught in her throat. She knew what he was suggesting. Or at least she thought she did. She dared a glance at him, taking in his strong and honest profile. She expelled the breath she'd been holding. "That sounds nice."

At the stoplight, he turned away from the B and B and toward his home. Her heart was pounding in her throat as he parked. He opened his door, crossed in front of the car and opened hers. It seemed so natural to leave her hand in his even after he'd helped her exit the car.

A breeze blew, cooling her skin, and she gathered her shawl more closely.

"Cold?" Trent asked. He'd removed his suit jacket earlier and now he slipped it over her shoulders. The fabric retained his familiar scent, which floated up to her nostrils.

"Thanks." They climbed the steps in silence. "Do you mind sitting on the swing for a bit?"

"Nope. I have a fond memory from the last time we sat here together."

"Careful, Chief," she said, as his arm came around her shoulders and the swing began to gently glide. "You don't want to get caught necking like a teenager. You do have an image to uphold."

"I don't see how stealing kisses from the prettiest girl in town ruins my image. If anything, being with you is improving my image."

She leaned her head against his shoulder. "That's the nicest thing anyone has ever said to me."

"Then you need to start hanging out with people who see you the way I do."

Her heart skipped. She was so touched she could barely speak above a hopeful whisper. "How do you see me?"

He stroked her hair, gently pulling his hands through the curly locks. "When I look at you, I see a strong woman. A woman handed some of the worst life can give, but who thrived. You're compassionate and loving. You managed to reach my daughter when I couldn't. When I look at you, I see a woman I admire. A woman I'm longing to kiss."

The last words were spoken seconds before his lips brushed hers.

The kiss they'd shared the other night had been tentative. Exploratory and sweet. This kiss, while no less gentle, was more assured. More passionate. Breathing hard, Trent broke the kiss and leaned his forehead against hers. "You make me forget myself. I can't think straight when we're together."

"Why do you need to think?"

"Beats me." He brushed his thumb over her bottom lip. "It's getting late. Should I take you back to the B and B, or would you like to stay here? With me."

"You mean have our own sleepover?"

He lifted her hand to his lips and kissed her knuckles. "Mmm-hmm. Although I can't guarantee you'll get much sleep."

Her blood heated as much from his words as from his touch. Wondering if she was making the biggest mistake of her life, she stood. "I'd love to stay."

Chapter Eighteen

Trent lay in the dark listening to Carmen's even breathing. She was curled next to him, her head on his shoulder, her soft hand on his bare chest as she slept. He wasn't surprised to discover she was a generous lover. She had a giving nature. What had been unexpected was her shyness. She'd seemed almost unsure. That made two of them. He was in way over his head.

He hadn't expected the depth of emotion he'd felt, the connection with a woman he hadn't known very long. The sense of belonging together had shocked him. He hadn't been using Carmen to scratch an itch. He'd never do that. But the level of caring and sharing between them, the feeling of rightness, had been a surprise. He wasn't sure how he felt about it.

Leaves rustled in the breeze and an owl hooted outside his open window. A cloud floated by, momentarily blocking the moonlight. Carmen stirred and slid closer.

He cuddled her and closed his eyes. He'd think about the night and what it meant in the morning. Right now he was too content to do anything other than sleep.

A few minutes later, someone was shaking his shoulder. "What?" he growled, pulling a pillow over his face. He inhaled Carmen's familiar scent and was filled with desire. Despite being drowsy, his blood began pounding through his veins. He reached for Carmen but found only cooling sheets.

"It's late. I need to get going."

He opened his eyes. Carmen was fully dressed and sitting on the edge of his bed. "What time is it?"

"Almost four. You were sleeping so peacefully, I hate waking you, but this is Sweet Briar. If I go waltzing into the B and B in a couple hours wearing these clothes, it'll be all over town before sunrise. Neither sleet nor snow nor dark of night shall keep the busybodies from wagging their tongues."

He frowned. She had a point. There was no privacy in this town. While it was no one's business whom he chose to take to bed, he didn't want his sex life to be the featured special at the diner for the next week.

Not only that, he wasn't sure how Alyssa would react if she knew he'd spent the night with Carmen. She'd been angry on Brooke's behalf because her friend's father was remarrying. She might feel the same way about him being linked with a woman. Though she liked Carmen, Alyssa might not accept her in his life. His relationship with his daughter was difficult enough. He couldn't risk making it worse.

After stretching, he threw off the sheet and sat up. The wind blew the curtain and a shaft of moonlight illuminated the room. He couldn't remember the last time he'd slept that well. After rubbing a hand down his face in a futile attempt to wipe away the sleep, he yawned and gave his head a hard shake. Man, he could use some coffee. "Give me five minutes."

Carmen grew still. Her smile froze, then faded. She averted her gaze. "I'll meet you downstairs."

What was that about? Maybe she was worried about the busybodies. She'd been the subject of enough gossip to last two lifetimes.

He reminded himself of that fact ten minutes later when he parked in front of the Victorian. She'd been quiet the entire drive, twisting the fabric of her dress. In fact, she'd barely spoken to him from the time he'd come downstairs. She seemed uncomfortable, but for the life of him he didn't know why. He expelled a breath. He didn't know the morning-after dance. He'd never performed it. He didn't like it.

He opened his door. She put her hand on his arm and he looked up.

"You don't have to get out. It's only a few steps."

"No. I'll walk you to the door." She opened her mouth and he cut short her protest. "No arguments."

She frowned, then nodded.

He circled the car and helped her out. She didn't hold on to his hand the way she had the night before, but instead dropped it as soon as she'd risen from the vehicle. It was as if she was deliberately creating distance between them. But why? She'd been fine last night. Better than fine. And she'd been smiling when she woke him this morning.

He searched his mind but couldn't think of anything he'd said or done that she might have taken the wrong way. Maybe she expected him to say or do something more. He groaned. He had no idea what she expected. It was too early in the morning to have a deep conversation. Not that she showed any interest in talking.

When they reached the door, she turned and looked somewhere in the vicinity of his hairline. "Thanks. I had a great time."

"So did I." Before he could make a move to kiss her, or even decide if it was a good idea, she was inside and behind the closed door. Well, that was certainly clear, if nothing else was. He shoved his hands into his pockets and trudged to his car, wondering what in the hell had happened.

Carmen managed to make it to her room and close the door before collapsing on the bed. What had she been thinking? She'd had sex with Trent. Twice. Not that there was anything wrong with that in theory. Or in practice, for that matter. Trent was a thorough and gentle lover and he'd shown her a level of pleasure she hadn't known existed. She'd felt so comfortable in his arms. All had been right in her world. Physically, she'd been in heaven. But when he rubbed his hand down his face after she awakened him, the moon glinted off his ring, plunging her into hell.

How could she have forgotten about the wedding ring the man still wore? The ring signifying his unending commitment to another woman. The ring signifying he was not emotionally available to her.

He was charming and funny and seemed so into her that she forgot his heart belonged to another woman. She'd gotten swept up in the romantic moment like some fictional princess and had turned off her brain. No part of her life resembled a fairy tale, so why did she expect Trent to return her feelings like a prince caught under a spell? She didn't know why he'd had sex with her, but doubted it was because he'd fallen in love with her.

Well, what was done was done. She'd made enough mistakes in her life to know that the past couldn't be changed, only accepted, so she wouldn't beat herself up over it. She just wouldn't repeat the mistake.

Trent reviewed the arrest report submitted by the department's newest officer, signed it and put it in the out basket. He hated paperwork, but it was a big part of the job. Picking up his World's Greatest Dad mug, he took an unsatisfying swallow of coffee that had long since gone cold, walked to the window and stared at the town.

Old Man Smith was sitting outside his barbershop, puffing on the one cigar his wife allowed him each week. Ernie Peters and Bob Jackson were at a table beside him, playing checkers and no doubt reminiscing about the good old days. Several tourists walked by carrying bags from one of the new exclusive boutiques that had sprouted up over the past few years.

"I'm going on patrol and then to lunch," he announced to his dispatcher Ella.

"Stopping by the youth center?"

He froze, wondering if there was a hint of gossip in her voice. He met her eyes. They were open and as honest as she was. "I hadn't planned to."

"I thought you went by to see your daughters every day."

"Usually. But Robyn is spending the day at the amusement park with a friend. Alyssa is hanging out with Brooke." So at a time he wanted to see Carmen the most, he had no excuse to drop by. He could just go in and see her, but that would attract unwanted attention. Besides, the last time they'd been together, she'd raced away from him. He'd wait awhile before trying to figure out what was bothering her.

He drove the city streets, then, satisfied that all was quiet, parked in front of the diner. As usual, it was crowded, but luckily, most of the customers seemed to be wrapping up. He could eat at the station, but he enjoyed his meals more when he wasn't answering the phone and dealing with various problems.

He grabbed an empty table and signaled to a waitress, who brought over a menu that he waved away. "I'll have the meat loaf special with extra gravy on the mashed potatoes, and iced tea."

She scribbled his order on a pad and promised to return with his drink. As she went back to the kitchen, the bell tinkled over the door and Carmen walked in.

His pulse picked up at the sight of her in a pink top and a flowered skirt that stopped a few inches above her knees, showcasing her world-class legs. She caught sight of him and her eyes sparkled briefly before dimming. What was that about?

He considered waiting until they had more privacy to talk, but he couldn't. Last night had been the best night in years. He thought she'd felt the same. But something had gone wrong. Did she regret making love with him? Was she embarrassed? Unsure? What?

Rising, he closed the distance between them. To her credit, she didn't turn or pretend she hadn't seen him. That was good. Maybe he could find out what was wrong.

"Hi," he said, when they were close enough to speak. He inhaled her intoxicating scent and was immediately transported to last night when he'd had her in his arms. Blood began racing through his veins and he told himself to calm down. "Want to join me? I just ordered."

She shook her head. "I'm picking up an order to go."

A waitress returned with a large brown paper bag and gave it to Carmen, who handed over a wad of cash before looking back at him. "I'll see you around."

He put a hand on her arm. "Help me out here. Did I do something wrong?"

"No."

"Then why the cold shoulder?"

She looked around the room. They had attracted the attention of several patrons. "I need to get back. People are waiting for their food."

"Five minutes," he said, not wanting to plead, but pleading anyway. Something was off. He needed to get things settled before it was too late.

She looked at him, then nodded.

He led her out the door and away from prying eyes. "I'm trying to figure out what I did wrong. Did I hurt you last night?"

That seemed to take her aback and her eyes widened. "No. You were wonderful."

"Then why the distance?" She opened her mouth and he raised a hand, cutting her off. "And don't say it's my imagination."

"I wasn't going to say that. I wasn't sure how you felt or if you..."

"If I what?"

"If you regretted it."

"Why would you think that?"

"It's not something we planned. You might want to forget it ever happened."

Guilt pummeled him and he wondered if she would have had those doubts if he hadn't been so cruel to her initially. His feelings had changed, but she didn't know just how much. Still, he had a sense there was more she wasn't saying. "How about I come around this evening and we can talk things out."

She hesitated a moment as if she was debating. Finally, she nodded, and relief flooded him.

"Okay. I'll come around eight." And between now and then he had to come up with a plan to get things back on track.

Carmen ran a comb through her hair, grabbed her purse and headed downstairs. She'd changed into white shorts and a peach top. When she reached the front room, she wasn't surprised to see Trent waiting. He'd changed into jeans that molded his powerful thighs and a navy T-shirt that stretched tight across his massive chest and shoulders. Despite the fact that she wanted to distance herself from the train that threatened to run over her heart, she felt herself smiling at the sight of him.

He took her hand and gently kissed her cheek, weakening her knees. Maybe he did care about her. Perhaps guided by the need to protect her heart, she'd run away too soon. But how could she build a happy future with Trent knowing that she'd played a role in his wife's death? And given their pasts, would he truly be able to forgive her or love her the way he'd loved Anna?

Despite the doubts swirling around inside her, when he smiled at her, a seed of hope planted itself in her heart.

"I thought we might take a walk on the beach. I know how much you like it."

They didn't speak as they walked. A refreshing breeze blew, stirring the beach grass. As they neared the ocean, the smell of salt filled the air. Carmen inhaled deeply, then sighed. "I love the way it smells out here."

"Like home?"

Surprised, she spun to face him. "How did you know?"

"I feel the same way."

There was a faint sound of music that grew louder as they stepped onto the sand. Laughter mingled with the pounding bass and screeching guitar. "Sounds like a party."

His expression was grim as he reached for his cell phone.

"What are you doing?" she asked, placing a hand on his forearm.

"Calling an officer."

"Why? It's a public beach. Curfew is not for hours."

"Underage drinking is illegal."

"You don't know they are drinking. Don't you think you should give them the benefit of the doubt? Or at least see for yourself what's happening before calling someone?"

He stared at her so long she thought he might brush off her hand and place his call. Finally, he nodded. "You're right. I automatically jumped to a conclusion."

"Old habits and all that."

They followed the noise to a group of about twenty teens. Some were dancing and others were sitting in a circle around a cooler, laughing and talking. Flattened soda cans were piled on a stack of empty pizza boxes. One of the girls glanced up and noticed them. She poked the person beside her. Within a minute everyone was staring at Trent and Carmen.

Finally, Carmen broke the uneasy silence. "We don't mean to intrude. We're just passing by."

"Right," Trent added. "We know there's no underage drinking going on."

"That's right." One of the teens opened the cooler and tilted it in Trent's direction. He moved the cans around in the melting ice. "See. Only soda, Chief."

Trent smiled. "As you were."

They walked away with the sound of merriment behind them. Three girls in swimsuits emerged from the water and ran toward the others.

"Brooke?" Trent's voice was a mixture of surprise and anger.

The teens stopped. Alyssa's best friend told the other girls to go without her, then stared at Trent. She folded her arms across her chest.

Trent strode across the sand, while Carmen followed more slowly. This wasn't going to be pretty. "What are you doing here?"

The girl rolled her eyes. "It's a party."

"Where's Alyssa?"

The girl's eyes darted toward a sand dune and then back to Trent. She shrugged.

Eyes narrowed, Trent stalked in that direction. His hands were fisted and he practically vibrated with anger. Carmen raced to keep up, cursing the sand as she slipped.

"Calm down," she said, grabbing at his hand.

He yanked it away. "Don't tell me to calm down."

"Don't do anything rash."

He ignored her.

Shaking her head, she bit back more words she knew he wouldn't listen to, then barreled into him when he stopped suddenly. Fearing the worst, she put a hand on his shoulder and peered around him, then released a relieved breath. Alyssa and Joseph were sitting close together, her head on his shoulder, his arm around her waist. He leaned in and brushed her lips with his. Trent's already stiff spine became like hardened steel.

"Get away from my daughter."

Alyssa and Joseph sprang apart. Joseph jumped to his feet, then helped Alyssa to stand. He looked at Trent and Carmen with a puzzled frown. "What's wrong?"

"What's wrong is your hands are on my daughter."

"Daddy," Alyssa began.

"Don't say a word, Alyssa. I'm so disappointed in you."

"For what?"

"Sneaking out."

"I didn't sneak out. Mrs. Banks knows where I am. You can call and ask her. We have to be back by nine thirty."

"You didn't mention a party when we talked this morning."

Joseph stepped forward, deftly placing himself in front of Alyssa. "I only invited her a few hours ago, sir."

"I'm talking to my daughter."

"You're yelling at her. If you want to be angry, be angry at me."

"I am. You're making out with my fourteen-year-old daughter."

"We weren't making out—"

"I just kissed her."

"Hold on," Carmen said, hoping to keep the situation from becoming even more explosive.

"Don't interfere. This is a family matter. I can handle it without your help," Trent snapped, his face an angry mask, his voice clipped. Dismissive. As if he hadn't asked her to remain in town in order to help him rebuild his crumbling relationship with Alyssa.

Carmen swallowed the anger and hurt that surged through her. Trent was right. This was a family matter and she had no part in it. But she cared about both of them. She didn't want him to say words in anger that could become an impenetrable barrier destroying the bond between father and daughter. Painful words that would burn a hole in Alyssa's soul that would last for years and years. Carmen could feel the tension radiating through his body, so she didn't think he had enough self-control to watch what he said. "I'm sure you can. But you should calm down before you say something you'll regret."

Again he ignored her. He pointed a finger at his daughter. "You're too young to even think about having a boyfriend."

Alyssa stepped around Joseph, who once again moved between her and her father as if to protect her. "How can you be such a hypocrite? All my life you've told me how you and Mom fell in love in sixth grade. You guys were only eleven years old."

"That's different. What your mother and I experienced was special. A love like that is a once-in-a-lifetime thing."

Carmen felt her heart crack and looked at her shirt, half expecting to see blood. Of course, there was none. Surprisingly, no one else heard her heart breaking and they continued to argue.

She'd been deluding herself. Trent would never open his heart to her. It belonged to Anna and always would.

Chapter Nineteen

"I love Alyssa." Joseph reached for Alyssa's hand, which she gave him without a hint of hesitation.

"And I love Joseph," she said, staring into the young man's eyes. Then she turned and faced Trent, lifting her chin defiantly, silently daring him to scoff at her feelings.

He bit back harsh words. Carmen was right. He didn't want to ruin his relationship with his daughter, but he couldn't stand quietly by and watch this train wreck occur. One hormone-driven moment could ruin Alyssa's life. He wouldn't be much of a father if he didn't try to stop her from making a huge mistake. What was he supposed to say in the face of these declarations? No doubt Alyssa believed she was in love. She was fourteen, after all. She'd probably fall in love with a different boy every week. Trent wasn't as sure about Joseph's sincerity. Seventeen-year-old boys were notorious for not knowing the difference between love and lust, and not caring to find out.

"Carmen?" Trent said, turning in her direction.

"You're right. It's not my business. I'm going to leave and let you all work this out." She backed away, turned and headed farther down the beach.

Suddenly, Trent wasn't sure he could handle this on his own. Maybe he did need Carmen's input. Alyssa might be more willing to listen to a woman than to him. "Wait."

She stopped but otherwise didn't move, leaving him to close the distance between them. He'd been so focused on Alyssa, he hadn't been paying attention to Carmen. For the first time he noted her stricken face.

She looked everywhere but at him. He shouldn't have spoken so harshly. She'd only been trying to help and he'd bitten her head off. Carmen had separated herself from him emotionally as well as physically. Not that he could blame her. Was he ever going to get it right? Regret for what he'd said to her and fear for Alyssa roiled his stomach.

"I need your help. I don't know how to reach her. I've got to help her see the mistake she's making."

Shaking her head, Carmen held up her hands, palms toward him. "You were right. This is something the two of you should handle without outside interference."

He reached for her, but she put her hands behind her back. "I need to go," she said softly.

Feeling helpless, he watched as she turned and hurried across the beach, as if she couldn't get away from him fast enough. She didn't look back once. He'd blown it. He'd hurt her. Despite the strong urge to follow and beg her forgiveness, he turned back to the young lovers. He was not about to leave them to their own devices. He'd seen enough to know what they might get up to if left alone.

Taking a calming breath, he went back to where the teens stood, their hands still clasped, presenting a unified front. *Don't overreact.* "Alyssa, we need to talk. I'll call

Mrs. Banks and let her know I'm taking you home. We'll see if she wants us to drop Brooke off at their house."

Alyssa glared, sending daggers shooting in his direction.

Joseph turned and cupped her face. "Will you be all right?"

"Of course she'll be all right," Trent said, his temper flaring again. He didn't like what the kid was implying. He'd never laid a hand on either of his daughters.

Joseph didn't take his eyes off Alyssa. And didn't acknowledge Trent's words.

She smiled gently and placed her hand on Joseph's. "I'll be fine."

He stood unmoving for a few seconds, as if considering her answer. Apparently satisfied, he dropped his hand. "I'll call you later."

"Alyssa won't be receiving phone calls tonight."

For a minute Trent thought the kid was going to argue, but instead he inclined his head and walked away. Unlike Carmen, he looked back several times.

Alyssa folded her arms against her chest, mutiny in her expression. No doubt she was gearing up for one heck of a fight. Again, he wished he'd accepted Carmen's offer of help. In the space of only a few weeks, she'd formed a rapport with his daughter that he didn't have.

Turning away from her fury, he called Mrs. Banks, who assured him, with some annoyance, she did indeed know where the girls were and that she would pick up Brooke.

Was he out of touch? Overprotective? No. He'd seen dangers others chose to pretend didn't exist. He had to protect his daughter.

"Satisfied?" she snarled, when he ended the call.

"Not really. Let's go."

She huffed but followed him across the beach to the

car. When they were seated, she turned her back to him and stared out the passenger window. Fine. He could do the silent treatment, too. Switching on the radio to a jazz station he knew she hated, he pulled into the street and took the long way home. Immature? Probably, but he was just as unhappy with her as she was with him. Besides, he needed the time to cool off and get his thoughts together.

"I have nothing to say to you," Alyssa yelled as soon as they stepped into the house. She crossed her arms and tried to stare him down.

Calm down before you say something you'll regret. He exhaled. One of them had to be mature, and as the parent, that role fell to him. "Then listen while I talk to you."

"Do I have a choice?"

He ignored the sarcasm and nodded, pretending the question had been sincerely asked. He pointed to a chair and indicated she should sit. She blew out an exasperated breath, then made a great show of stomping across the room and dropping into the chair farthest away from him. For good measure, she moved it back another foot. He heaved a heavy sigh as he sat down.

Since inspiration hadn't hit, he decided to go with his heart. He leaned forward, elbows on his knees, his hands hanging free. "I love you, Alyssa. You and your sister mean more to me than anything in the world."

Her eyes widened in surprise, then filled with tears, which she blinked away. Her lips curled in a sneer. "Since when?"

"Since forever. Since the day you were born and I held you in my arms for the first time. No. Before then. I loved you from the moment your mother told me she was pregnant. I knew that second that I'd love you forever."

Alyssa was silent, considering his words. Her body lost some of its stiffness, although her arms remained folded.

He forced himself not to say more. She needed time to think about what he'd told her. Eventually, she looked up. "If you love me, then why did you embarrass me?"

"It wasn't my intention."

"You accused me of sneaking around. I've never done that in my life."

"I'm sorry. I was wrong. You've always been honest. You didn't deserve that."

"So why did you?" Her voice was quiet. Pained.

He exhaled. "I panicked. You're my little girl and I hate seeing you make a mistake."

"I'm not a little girl. And I'm not making a mistake. I love Joseph and he loves me."

Trent wanted to pace but made himself stay seated. "You think you're in love."

"I know I'm in love."

"You don't even know the boy."

"You're wrong. You're the one who doesn't know him. That's why you don't like him. But if you knew Joseph, you would. Then you'd know that I'm right and that he loves me."

Trent rubbed the back of his neck, wishing like heck she would listen but knowing she wouldn't. "Okay. Tell me about Joseph."

Alyssa sighed and smiled softly. Her eyes lit with warmth from within. "He's nice and he cares about me. Remember when nobody would talk to me? He made them stop ignoring me. Then he introduced me to his friends. They're as nice as he is. Now all the kids who were being mean want to hang out with me again, but I don't want to. They weren't really my friends. Now I have people I can count on. Like Joseph."

"That was good of him."

"That's just the way he is. He's cool, but he's not a jerk

like a lot of cool kids. Plus he's so talented. You saw what he did to the mural at the youth center."

Trent stifled a groan. Yeah, he'd seen. Graffiti. "He's a good artist, Alyssa. But you're both young. You might be confusing what you feel. Joseph made everyone stop mistreating you. You're grateful. That's normal. I'm grateful, too. But you might be mistaking gratitude for love."

She shook her head, her lips compressed. "I'm not stupid. I know the difference."

"Getting your feelings confused doesn't make you stupid. Anybody can do that. Even Joseph."

"Now you're saying Joseph doesn't love me? That he's just confused? I haven't done anything for him, so he can't be confusing gratitude with love."

Trent had to be careful here. "No. But he might be confusing love with lust."

Her head jerked up. "Why don't you just say what you mean? You think Joseph is only pretending to love me so I'll have sex with him. Well, you're wrong. He loves me and I love him. But I hate you."

She jumped to her feet and ran from the room. A minute later her door slammed so hard the windows rattled.

Feeling more despair than he had in a while, Trent slumped in his chair. It wasn't supposed to be this hard. He'd known this day was coming and foolishly thought he'd be ready to handle it. Maybe he'd do better tackling the problem with the other woman in his life.

He reared back. Where had that come from? Did he just think of Carmen as the woman in his life? They were friends. Friends with benefits? He hated that phrase. Either you were friends or you were lovers and in a relationship. There was no in-between. So why had he made love with her? He didn't believe it was a matter of desire getting the best of him. And he knew it wasn't love. So what was it? He didn't know.

But what he did know was that it would be unfair to make love with her again no matter how desperately he wanted to. He had to make sure she understood that although he did not have regrets, they wouldn't be making love again.

Fortunately, Carmen was an adult and wouldn't make the mistake of thinking making love meant they were in love. He had no doubt she would understand. Now that he thought about it, she'd attempted to put distance between them and he was the one who'd resisted. Perhaps she already realized they'd made a mistake. Regardless, he still owed her an apology for his behavior today. Once he apologized, he'd make sure they were on the same page regarding their relationship.

He grabbed his keys and hollered up to Alyssa that he was going out. Silence was the only response. Hopefully, things would go better with Carmen.

Carmen stared up at the moonlit sky. A handful of stars twinkled and more joined in every minute. Was it only a couple nights ago that Trent had tried to point out the constellations to her? It seemed like forever. Maybe time stretched and contracted when you had a broken heart.

She couldn't blame Trent for her pain. She'd known he was still in love with Anna when she made love with him. Perhaps his own broken heart had made time stand still, freezing him seven years ago. At least it appeared that way to her.

The temperature had dropped and a slight chill filled the air. She rubbed her arms, then wrapped them around her knees. If only she had brought her sweater. The kids had ended their party and she was alone on the beach. She wasn't ready to trade in the soothing sound of the waves lapping the shore for the deafening silence of her room at the B and B.

A car door closed in the distance and she hoped her solitude wasn't about to be disturbed. A moment later she heard her name being called and realized she wasn't going to get her wish.

"I thought I'd find you here," Trent said. He sat down, not waiting for an invitation.

She glanced over at him, then back at the water.

"Cold?"

"Maybe a little bit."

He shrugged out of his windbreaker and wrapped it around her. The jacket was still warm from his body and it felt somehow intimate. His musky scent surrounded her, bringing back memories of their night together. She shoved them into a dark corner of her mind, determined they'd never see the light of day again.

"Thanks."

They watched the waves roll onto the shore in silence. Finally, she spoke. "How'd it go with Alyssa?"

"Not well. She says she hates me."

Despite her vow to keep her distance, Carmen's heart ached for him. "You know she doesn't mean it, right?"

"At this point, I don't know anything."

He looked so depressed. She grabbed his hand and squeezed it. "I've been around Alyssa for a while and I know for sure she loves her daddy. You're her hero."

"She's making a big mistake, but she won't listen to me."

"How do you know it's a mistake?"

"She's fourteen."

"That's it? That's your entire argument?" Carmen picked up one of the dozen or so seashells she'd piled beside her and placed it on her lap. This time when she left she'd take a piece of home with her to combat the loneliness of the crowded city. It might be her last chance, because she didn't know if she would ever return. She and her family still had not reconciled and she didn't think they ever would.

"She's too young to know what love is." He held up his hand as if to forestall any argument Carmen might have. "That's not why I came to find you."

"You were looking for me?" Despite everything, her heart leaped in her chest and hope blossomed. Fortunately, her voice didn't reflect her feelings. "Why?"

"To apologize. You were trying to help with Alyssa and I bit your head off."

"You were upset."

"Yes, but I was also an idiot. You're a good friend and I treated you poorly. Please forgive me."

Friend. She was a good friend. Trent was a smart man. He may have misspoken while talking with his daughter because he was upset. He was calm now. Collected. She had no doubt he'd chosen his words with great deliberation. He was sending her a message. She was his friend. Only his friend.

The hope in her heart withered, but she lifted her chin. He'd never know how much she wanted him to return her feelings. As if in sympathy with her pain, a cloud floated past the moon, temporarily hiding its light.

She pasted a tight smile on her face even though she wasn't sure he could see it. "Of course I forgive you. I know you were worried. Besides, as you said, we're friends."

"Thanks."

"If that's all, I need to get back to my room."

He placed a hand on her arm. Even through the fabric of his jacket, and regardless of the ache in her heart, her body still responded to the contact. "No, that's not all." He released her arm. "I need to apologize for what happened between us."

"Excuse me?"

"I feel bad, like I took advantage of you. I'm sorry."

"You're sorry? That we made love?" She couldn't do this. Not now when her dashed hopes lay between them.

"Carmen—"

"Your apology isn't necessary."

"I didn't want you to get the wrong idea."

"You mean like thinking that you're in love with me? I'm not fourteen. I know the difference between love and lust. Trust me. That thought never crossed my mind." Too bad saying it out loud didn't make it true.

"That's not what I meant."

"Then what?" She hoped he was quick before her bravado ran out and she burst into tears. As it was, her eyes were beginning to burn.

His were filled with sincerity. "I don't want you to think of me as the kind of man who would take advantage of you. That I'm the type who would use you for my own pleasure."

If he had no feelings for her, that was exactly what he'd done. But she'd wanted him, too, just for a different reason. She didn't know how to answer him, so she didn't try.

He dropped his head. "What happened...that's never... I haven't been with a woman besides Anna."

He looked at Carmen and she nodded. She didn't realize a tear had fallen until he brushed it away with his thumb. She drew back from his touch.

"If I could love anyone else, it would be you."

The tears began to fall in earnest. She pushed to her feet. "I have to go."

"Carmen, I'm so sorry. I've hurt you. I never meant to do that."

He reached for her, but she dodged his hands. Nothing he could say would take the hurt away. "I know."

She ran across the beach away from Trent, wishing she could escape the pain in her heart as easily.

Chapter Twenty

"I'm coming," Trent yelled to whoever was pounding on his front door. At first, he'd thought ignoring the doorbell would make the soon-to-be-sorry idiot now banging on his door go away. Apparently, this jerk didn't know he was taking his life into his hands.

Trent felt like crap. It was as if a jackhammer were blasting away in his head. He rubbed his hand over his brows, hoping to remove the ache. The physical pains were nothing compared with the emotional ones. Not only was Alyssa making a big production of ignoring him, but he'd hurt Carmen.

A few weeks ago, the thought of her suffering would have given him pleasure. Now remembering the silent tears running down her cheeks last night was enough to bring him to his knees. He never should have touched her. When he found himself coming to care for her, his desire increasing, he should have backed off. If he had, she wouldn't be hurting now.

The doorbell pealed again, followed by more pounding.

"What?" he growled, as he swung the door open.

Joseph stood on the porch, his jaw set with determination. Great.

"I want to see Alyssa."

"No. Now go away." Trent started to close the door, but the teen blocked it with his foot.

"I'm not going away until I see her."

Trent stepped outside, pulling the door closed behind him. "You do realize I'm the chief of police."

To his credit, the youth stood taller and threw back his shoulders. He even took a step closer to Trent. "Yes. And do you realize I'm not leaving until I see Alyssa?"

Trent wasn't sure whether to be angry or amused. "Maybe I wasn't clear yesterday. You are too old to date my daughter. She won't be entertaining you in our home."

"She wasn't at the youth center today."

"That was her choice."

"So you say. But I'm not leaving until I see her."

"Listen, son," Trent began.

Joseph stiffened and his eyes blazed. "I'm not your son."

"It's just a figure of speech." Trent acknowledged Joseph might have been justifiably annoyed by his condescending tone, but being called son was not something that should have angered the teen. Trent studied the young man before him. Beneath the anger he saw concern and...fear. But not for himself.

Trent thought back to last night and the way Joseph kept putting himself between Trent and Alyssa, as if to protect her from a blow. Then there was his insistence now that he see Alyssa. Trent considered everything he knew about Joseph. He was the son of a single woman. Either his father or some other male in his life had abused his mother. No doubt the youth had tried to protect her. There were probably some holes in his theory, but Trent believed he had the basics correct. One thing was sure: unless Trent physically removed him, Joseph wasn't leaving until he saw for himself that Alyssa was fine.

Trent opened the door and stepped inside, holding it open. Joseph's eyes widened as he realized he'd gained admittance to the house. He rushed in as if fearful Trent would change his mind.

"Wait here. She's in her room."

Trent took the stairs two at a time, all the while wondering if he'd lost his mind. He should be doing everything in his power to discourage a relationship between Alyssa and Joseph, yet here he was, bringing the two of them together. But he couldn't in good conscience leave Joseph wondering about Alyssa. And it wouldn't hurt for her to have a friend in her corner willing to go toe-to-toe with anyone, including her own father, to assure her safety. He couldn't ask for more than that. As long as they were just friends.

He knocked on her closed door. "Alyssa."

"Go away. I'm not talking to you."

Yeah. He'd figured that out two hours ago when she didn't eat her breakfast. He'd made all her favorites, but she chose to eat cold cereal straight out of the box instead. He'd deliberately left her untouched plate on the table, but she didn't sneak one bite. She took stubborn to a whole new level.

Wonder where she got that?

"There's someone here to see you."

"Who?"

"Joseph."

She snorted. "Yeah, right. Like you'd actually let him in the house."

"It's true, Alyssa," Joseph said.

Apparently unwilling to wait, he'd followed Trent upstairs and was standing a couple feet away. If not for the visible concern on the youngster's face, Trent would have sent him downstairs.

"Joseph?" Alyssa's voice was filled with surprise. The sound of scrambling and bumping came through the door. "I'll be right down."

"Why don't you open the door?" Joseph asked.

"Because she needs to comb her hair and change out of her grungy pajamas," Trent said.

"They're not grungy," said the disgruntled voice behind the door. "But go downstairs. I need to wash up."

"Come on, Joseph," Trent said, starting down the stairs. He felt almost kindly toward the kid. Alyssa had actually spoken to him.

"What's taking her so long?" Joseph asked when they'd been in the living room for barely a minute.

"You obviously don't have a teenage sister."

Joseph's eyes narrowed. "No, but I have a mother who was so good at covering up bruises she could have been a makeup artist."

Trent rubbed his mouth. "I'm sorry about your mother. If she needs help, I'm here."

"I handled it."

"How?"

"I got bigger than he was. And stronger. Turns out he didn't like being on the wrong end of a fist."

"I hope you don't think violence is the answer."

"It depends on the question and who's asking it. I'm not a fighter. But I will protect people I care about in the best way I can."

The hint—or was it a threat?—was unmistakable. "You don't have to protect Alyssa. At least not from her family."

The teen's gaze bored into Trent. "Lots of people never do something until the day they do."

Alyssa walked into the room, sparing Trent the need to reply to that cynical comment.

"Alyssa," Joseph said, rushing to her side. He took her hands in his and in one long gaze studied her from head to toe. She'd combed her hair and washed her face. She glowed with excitement. "Are you all right?"

She nodded, and then tears filled her eyes. She jerked her hands from his and backed away. "Daddy said you don't really love me. He says you're using me and that the only reason you're being nice to me is so I'll have sex with you."

"What?" Joseph swung an accusing glare at Trent before looking back at Alyssa. "Your father is wrong. I love you."

Alyssa looked at the floor. She gnawed on her bottom lip and rubbed her hands against her thighs. "But you're cool and smart and popular. Why else would you want to be with a loser like me?"

Trent's heart dropped to his feet. His daughter sounded so defeated. "Wait a minute, Alyssa. That's not what I said."

Alyssa turned her tearstained face to his. "Yes, you did. You tried to make it sound nice, but I know what you meant. I'm not special enough for a cool boy to like me for myself. Not like Mom was. She was special enough for you to fall in love with her when she was eleven. Not like me. There's only one reason a boy would want to be with me."

What had he done? He was trying to protect her. How had he managed to destroy his little girl's faith in herself in the process?

"You're not a loser. You're the best," Joseph said. "And I do love you."

Alyssa was shaking her head while tears ran down her face.

"Think. Have I tried to have sex with you? Have I

even mentioned it?" She didn't answer, so he prodded her. "Have I?"

"No."

"Yesterday was the first time I kissed you. Right?"

"Yes."

"If I was only using you, don't you think I would have tried something before yesterday?"

She shrugged. "Maybe. I guess so."

"I know. I love you, Alyssa. Maybe your father doesn't believe it, but you should. You knew it in your heart yesterday. You only doubt me because of him. He doesn't want us to be together. He says I'm too old and he doesn't want me around you. No matter what he does, don't let him convince you that you aren't special. You are." Joseph wiped tears from her face. "You are everything that's good. Everything."

"But Daddy says—"

"I don't care what your daddy says. He's wrong."

Alyssa nodded and fell into Joseph's arms. Holding her while she cried, he glared at Trent. When she calmed, Joseph led her to the sofa and sat beside her. Although Trent wanted to straighten out the mess he'd made with Alyssa, he didn't insist the young man leave when Alyssa seemed to need him so much.

Wandering into the kitchen, Trent sank into a chair and dropped his head into his hands. When Anna died, she'd left her daughters with a huge void in their lives he knew he couldn't fill. Girls needed their mothers. Good mothers built their daughters self-esteem. Since Anna wasn't around, he thought knowing their mother was special would help them feel special. Instead, he'd made Alyssa feel inadequate. He didn't know how to make it better, but he knew he was the only one who could.

Finally, Trent returned to the living room. Joseph was

sitting beside Alyssa, holding her hand in his. She'd stopped crying and was even smiling. Her smile dimmed when she saw her father.

"I need to speak with Alyssa," he said.

"I figured you would." Joseph looked down at Alyssa. "Walk me out."

She followed him to the door. A minute later she returned. Her eyes were downcast and whatever joy she'd shown while Joseph was around had disappeared. She headed for the stairs.

"Sit down a minute, princess."

She huffed out a sigh but returned to the sofa, giving him hope he hadn't entirely ruined their relationship. She still refused to meet his eyes.

He sat beside her. "I'm sorry, Alyssa."

She shrugged.

"You're very special. Every bit as special as your mother was."

"I'll never be as pretty as she was."

Trent reeled back. "Are you kidding? You look just like her."

She shook her head, so Trent went to the bookcase and pulled out an old photo album. He used to show the pictures to the girls all the time, but over the years they'd lost interest and he'd stopped. Now he opened to a picture of Anna at her eighth grade graduation party and handed the book to Alyssa.

"That's your mom when she was about your age."

"She was so pretty."

"So are you. You look just like her."

"You think so?" Her voice was filled with disbelief and hope.

He nodded. "Your eyes, your cheekbones, your smile. Everything."

Alyssa stared at the picture and finally nodded, as if she saw the resemblance.

"And you're as special as she was. Maybe more. I never meant to make you feel you weren't. I was just afraid of how attached you're getting to Joseph."

"You don't think he loves me back."

Trent winced. "I didn't want to think about it. You may be getting older, but you're still my little girl. The idea of you being in love gives me hives."

She giggled, then sobered. "I'm not stupid. I know some boys have sex with a girl and later act like they don't know her. Joseph isn't like that."

"How do you know this?"

"Because." She looked at Trent and then away, twisting her fingers. "He's never had sex. He wants to wait, because he's going away to college and doesn't want to take chances."

"That's smart."

"I'm smart, too."

He kissed her forehead. "Yes, you are."

"So why don't you trust me?"

"I do."

"So can I date Joseph?"

"Alyssa, he's so much older than you are."

"Just three years. You're way older than Carmen."

"Carmen and I aren't dating."

Alyssa gasped. "You're not?"

"No. We're just friends."

"You don't love her?" Alyssa's voice had grown louder and shriller with each word, and now she was practically yelling.

"No."

"But you had sex with her!"

What? He definitely didn't want to discuss his sex life

with his daughter. But if he wanted her to be honest with him, he needed to be honest with her. Sometimes parenthood sucked. "Do I want to know how you know that?"

"We live in Sweet Briar. Everyone knows."

He grimaced.

"So if you don't love her, why did you have sex with her?"

"We're adults."

"That's not an answer."

"It's the only one you're getting."

"Does Carmen know you don't love her?"

She did now. "Yes."

Alyssa seemed to think about that. Thankfully, she didn't say anything else. He already felt horrible about hurting Carmen.

Alyssa hopped up. When she reached the stairs, she turned back. "Thanks for talking to me. I love you, Daddy."

Alyssa's words about Carmen stuck with Trent the rest of the day. Was Carmen in love with him? And had she thought he loved her back? If so, he might have hurt her even worse than he thought. How was he supposed to live with that?

Chapter Twenty-One

Trent parked in front of the youth center and hopped out of the car. He waved at a couple volunteers he recognized from the basketball tournament. Neither woman returned his greeting. Puzzled, he kept going until he reached the reception area. Again he was greeted coolly. What was going on?

"Daddy," Robyn cried, running across the floor and leaping into his arms. For the first time in a long while, she wasn't carrying an art project.

"How was your day?"

"Okay. I played basketball and lots of games."

"No art?"

She shook her head and frowned. "Carmen wasn't here and there wasn't anyone to help us. Joseph said he'll teach art tomorrow."

"Did he say when Carmen's coming back?"

"She isn't," Alyssa said, joining them.

"Of course she is. Remember she said she would stay for the summer? This must have something to do with her upcoming gallery show." He hoped he didn't sound as desperate as he felt. Surely Carmen wouldn't leave without saying goodbye.

"Believe what you want," Alyssa said, not giving him any hope. "We're ready to go."

"Go ahead and get in the car. I need to talk to Joni."

"Okay, but she's going to tell you the same thing. Carmen's gone."

Trent knocked on Joni's open door before stepping inside.

"How can I help you, Chief?"

Trent wasn't surprised by the chill in Joni's voice. Although he considered her a friend, she and Carmen had established a much closer relationship. "You can tell me what's going on with Carmen."

"She went home."

"Did she say why?"

"Any conversation we had is private."

"Come on, Joni."

"Come on what? Do you want me to tell you how she called me in tears? Do you need to hear how you broke her heart? If you knew you couldn't love her, why didn't you just leave her alone?"

"I never intended to hurt her."

"Well, that makes it all right, then." Joni's sarcasm cut like a knife. It was worse than the disappointment he'd seen in Alyssa's eyes.

"Do you have a number for her?"

"Not one I'm willing to share." She looked at her watch. "If you don't mind, I have work to do."

Trent left, telling himself it was for the best. Carmen deserved a man who would love her, something he could never allow himself to do.

* * *

The sun was streaking across the Manhattan skyline when Carmen finally put down her brush. She rubbed her eyes with her fists. Her shoulders and back ached from endless hours of constant work. It had taken five restless days and sleepless nights, but she'd finally worked through the worst of her sadness and heartache.

The painting she'd just finished wasn't for her upcoming show. In fact, it wouldn't leave her studio. A combination of angry reds and depressing purples, it bore no resemblance to her usual work. And yet she couldn't use the yellows and greens she preferred. She didn't need a psychiatrist to tell her the painting reflected the resentment and hurt she felt.

She closed her eyes and memories of the time she and Trent had spent together bombarded her. Although she tried to rein them in, they crashed through her defenses. Trent smiling at her as they shared her picnic lunch. His laughter as they ran through the park, trying to get the kite into the air. That had been a perfect day and a pivotal moment in their relationship. She'd felt comfortable enough to share her past without glossing over the uglier parts.

Other memories followed quickly. Walking together along the moonlit beach. Sitting on his porch swing under the stars. The basketball tournament. Making love.

A moan escaped her lips as she recalled the night she'd spent in his arms. She could still smell his masculine scent. Still taste his slightly salty skin. Still feel his muscles under her fingers. He'd been so tender and gentle with her, touching not just her flesh, but her heart. A tear slid down her cheek and she brushed it away.

A part of her had always suspected Trent didn't love her. Couldn't love her. He'd had the perfect wife. No doubt she'd become even more flawless in his mind through the years. Yet hearing him say the words had gutted Carmen. But she wasn't angry at him. She'd gone into everything with her eyes open, so if she was hurt she had only herself to blame.

Despite how it had ended, she didn't regret their time together. She'd been happy. But it was over. It was time to move on with her life. Feeling a peace that had eluded her since Trent had told her he couldn't love her, she stretched. For the first time since she'd left Sweet Briar, she knew she would be able to sleep.

Trent prowled the house, unable to sleep. For the fifth time in as many nights, he found himself sitting in his backyard staring at the predawn sky, watching as one by one the stars went out. He couldn't help but think that was a metaphor for his life.

The sun slowly crept over the horizon before bursting into glorious light. As bright as the day promised to be, the sun didn't hold a candle to the light that regularly shone in Carmen's eyes. Until he'd thoughtlessly snuffed it out. Once again guilt rocketed through him as he recalled her tears. Tears that he'd caused. Thanks to Joni, he knew those weren't the last ones she'd cried.

He shifted uneasily in the lawn chair, as if he might shake off the regrets. Unfortunately, they clung like steel vines and weren't about to let him get comfortable.

He wondered how she was. If she could sleep any better than he could. He should have left her alone. That he hadn't planned on hurting her didn't exonerate him or change the fact that he had hurt her.

Being with her had felt so right. It was as if everything in his life had settled into its proper place, giving him peace. And he'd hurt her so badly she'd left town.

He needed to make things right. More important, he had to make sure she was all right. He was going to New York.

The flight was short and the weather perfect. After checking into his hotel, he called home to make sure his girls were fine, then went in search of food. He enjoyed the best corned beef on rye of his life, then returned to his hotel to change. Art wasn't really his thing and he'd never stepped foot inside a gallery before, but this was for Carmen. Although she hadn't asked, he wanted to be there to support her. Hopefully, she would see that not only was he sorry for hurting her, but that he valued her and wanted to reestablish their relationship. He might not be in love with her, but he needed her in his life. It wouldn't be the same without her.

The gallery was a short taxi ride from his hotel. He straightened his tie and navy suit jacket before entering. The room had three-story-high ceilings, large windows and an airy feeling despite the scent of too many heavy perfumes lingering in the air. The white walls enhanced the brilliant colors of two dozen paintings. Several groups of people were walking about, conversing quietly as they studied the work. If the amount of diamonds the women wore were any indication, Carmen's work appealed to the wealthy buyer.

A black-clad waiter glided through the crowd, stopping before Trent and offering him a flute of champagne, which he declined. Stepping farther into the room, he was greeted by a smiling woman who handed him a glossy brochure containing images of Carmen's work. He preferred to look at the actual paintings, so he tucked the booklet into his jacket pocket.

He walked past people admiring various pieces of her art until he reached the back of the long, rectangular room.

Moving around a waitress carrying a tray of canapés, he stepped closer to one of the last paintings and stared. The perfectly detailed image of three little girls dancing on a lakeshore was the most amazing thing he'd ever seen. The joy on their faces evoked emotions he couldn't quite name. It was as if Carmen had painted a memory or perhaps a dream.

With his heart in his throat, he moved to the next painting, wondering if it would elicit more emotions. It did. Although this time he felt her heartbreak. It was as if she'd opened her heart and poured out her emotions on the canvas.

Longing to see Carmen consumed him and he scanned the room. And there she was. Dressed in a bright red sheath, she was a vision in a room filled with basic black dresses. She wore her hair in the waves he preferred, bouncing freely around her angelic face. She turned and smiled at a well-dressed man standing beside her. A twinge of jealousy reared its ugly head, but Trent quickly squelched it. Carmen wasn't his woman. She could speak with anyone she chose.

Of their own volition, his feet walked in Carmen's direction until he was standing directly in front of her. From a distance she looked radiant, but up close she was breathtaking. Her eyes were alight with pleasure and her cheeks flushed with joy. When she looked at him, her smile faded. He felt its loss down to his soul.

"Trent."

He wished he could greet her with a kiss. "Hello."

"What are you doing here?"

"I wanted to see you." He looked around. "Is there somewhere we can talk privately?"

"No. There's nothing left to say."

"Please, Carmen."

A gallery employee interrupted. Someone was purchasing a painting and wanted to speak with Carmen. She nodded, the look of relief on her face cutting Trent to the quick.

"So you're the chief," said the man who'd been the recipient of Carmen's smile.

Trent raised an eyebrow. In his early forties, the man was about Trent's height and build. His tailor-made suit probably cost more than Trent made in a month. Trent turned to walk away, but a hand on his shoulder stopped him. He jerked away and looked at the other man.

"I'm Damon," he said, offering his hand.

"You're Damon?" He didn't look at all like what Trent had expected. Carmen had described him as a father figure. He'd expected someone in his fifties or sixties, balding and with a potbelly, not someone fit and only a few years older than Trent was. He shook the man's hand automatically.

"You're upsetting Carmen," Damon said, his tone blunt. "You need to stay out of it."

"Not going to happen. Carmen is important to me and this reception is important to her."

"And what makes you think it's any different with me?"

Damon laughed and Trent felt his fingers curl into a fist. "Because I love her. Since you don't, I don't see why any of it matters to you."

Trent shook his head, trying to make sense of the other man's words. "She told me she thinks of you as a father."

"Feelings change."

"Is that so?" Trent couldn't even think this man was in love with Carmen. And she with him.

"Yep. We no longer think of each other as father and daughter."

Trent stiffened his spine and willed himself not to overreact as Damon continued. "Now our relationship is more like little sister and older brother."

"What?" Trent's relief so was great he could barely choke out the word.

Damon laughed. "You heard me. My question for you again is why do you care?"

Trent shrugged. Carmen might feel comfortable sharing her feelings with this man, but Trent never would. "I appreciate your concern, but I need to talk to Carmen."

"Not now."

"That's not your decision."

"You're a cop, right? You wouldn't want Carmen coming to a crime scene demanding to talk to you. This is her job. Show her the same respect. Your presence is upsetting enough. Don't make it worse."

The man was right. Trent nodded. "I'll find another time and place to talk to her."

"We were planning to go to dinner after the reception. I'll cancel and the two of you can talk."

Trent was here. She didn't know why he'd come or even how he'd found out the location of the reception. Yet there he was, masculinity personified. She forced her attention away from him and to the person who'd just spent fifteen thousand dollars on one of her paintings. Smiling, she thanked the buyer again for the purchase. Stephan, the gallery owner, gave her a discreet thumbs-up. So far, nine of her paintings had sold, and there was fierce interest in five more. Despite how well-received her work had been, she was always a bundle of nerves at shows and pleasantly surprised when people actually bought her paintings.

Ordinarily, the success of a show calmed her nerves. Not tonight. Trent was to blame. His presence set her on high alert. The sound of his voice set alarm bells ringing. Why wasn't she over him? Why was he even here? He didn't want her. He wanted Anna.

Forcing herself to focus on business, she answered questions about her work and mingled with the guests. Finally, the reception ended and the last of the stragglers headed for the exit. She'd managed to avoid Trent the entire time and was unaware of when he'd left.

Fifteen of her paintings sold. Three more were being held by interior decorators who wanted to bring in clients to see them. Stephan was ecstatic and hugged her with the enthusiasm he usually reserved for his wife.

She bade him goodbye and quickly went outside to where Damon was waiting.

Trent stood beside him.

Damon brushed his lips across her cheek. "I'm going to take a rain check on dinner so the two of you can talk."

"I don't want to talk to him."

"Then listen while he talks to you. He might say something you want to hear."

"I doubt it," she grumbled.

With a knowing wink, Damon walked away.

When Trent and Carmen were alone, she folded her arms. "So talk."

He stepped close enough to steal the breath from her lungs. "Do you mind if we go somewhere more private? Is there a restaurant near here?"

There were several restaurants nearby, but she didn't want to go to any of them. The last time she and Trent talked, she'd ended up in tears. If she broke down again, she didn't want to do it with an audience. "I don't live far from here. I guess we can talk there."

They flagged down a cab and fifteen minutes later were walking into her apartment.

"It's nice," Trent said, looking around the small living room.

She nodded her thanks. Decorated with pieces she'd collected over the years, the room was eclectic and warm.

"Is that your artwork?" he asked, crossing the room to stand in front of a painting hanging over her sofa. A little girl was standing in a field, a secret smile on her face.

"It's one of the first I ever did. I've had offers for it, but I can't make myself part with it."

"I can see why."

They were silent for a moment. She sat and indicated he should do the same. "So what did you want to talk to me about?"

"Us."

She steeled her heart. "There is no us."

"But there can be." He leaned forward, his elbows on his knees. "I miss you, Carmen. I want you in my life."

Despite her best intentions, she began to hope. "As what?"

He pushed to his feet and began pacing the room. "Why do we have to put a label on it? Why can't we just go on as we were and see where things go? That was working before."

It hadn't worked for her. At least not once he'd made his lack of feelings known.

He was standing beside her fireplace, looking as ill at ease as she felt. Bringing him here had been a mistake. She would never be able to get the image of him in her home out of her mind.

"Well?" he prompted.

Her eyes began to burn with unshed tears. She rose from the chair. "Sorry, no."

He closed the distance between them and took her hands in his. The warmth of his fingers felt so good. "I'm willing to try for more."

She snatched her hands away. "I don't want a man who is willing to try for more. I deserve better." She paused, wondering how much to disclose. Forget it. She'd tell him everything. She wasn't ashamed of how she felt. "If you haven't guessed, I'm in love with you. I didn't plan it and I don't know how it happened. I don't blame you for not feeling the same. I knew you couldn't. But I'm not settling for a man who still wears his wedding ring offering to try to love me."

She stared into his beautiful eyes for what would be the last time. "All my life I've been told I'm not good enough. That I was second best. I won't be second best again. And I won't settle for less than I deserve, which is a man as madly in love with me as I am with him."

"So that's it? Because I can't promise a fairy-tale ending we can't have anything?"

"I want it all. I want what you gave Anna." Her voice broke, but she forced herself to continue, even though she could only whisper. "I want your heart."

He shook his head. "I can't give that to you. I've been honest about that. But that doesn't mean we can't have something good."

"That's not enough."

"That's all I can do."

"No. It's all you're willing to do." Her heart was shattering in a thousand pieces and she couldn't take any more. She crossed the room and opened the door. "Please leave."

"Carmen."

"Please." The tears she'd held in check began to fall. He crossed the room and stopped in front of her. He lifted a hand as if to wipe away her tears, then dropped it.

"I'm sorry, Carmen."

She closed the door behind him, wishing she could close her heart as easily.

Chapter Twenty-Two

Trent looked at the manpower report before him and threw down his pen. He didn't have the will to do paperwork now. Shoving back his chair, he stood and grabbed his keys.

Lex stood in the doorway. "Going somewhere?"

"Patrol."

Lex stepped inside and sat down. "It'll keep."

Trent huffed out a breath and dropped into his chair. "I hope this won't take long."

"That's up to you. I've gotten a lot of complaints about you from your officers, and one of your dispatchers has threatened to quit."

"Who?"

"That's not important. Ever since you got back from New York you've been in a funk. I don't know what happened between you and Carmen, but you need to get over it."

"This has nothing to do with her."

"Lie to yourself, but not to me. What, did she tell you she doesn't love you?"

Trent dropped his head into his hands. "Worse. She told me she does."

"Then what's the problem? She loves you and you love her."

"I don't love her."

"Since when?"

"Always."

"Then why are you acting like a bear with a thorn in your paw?"

"Just because I don't love her doesn't mean I don't miss her." In a short time, she'd become important to him. Her absence created a giant hole in his life. In his heart.

"Like you miss Anna?"

"Yes. No. I don't know."

"Then maybe you should figure it out before half your department walks out." Lex stood. "Anna's gone. Carmen is here. And she cares for you. If you play your cards right, you can get her back before she realizes she could do better with me."

Trent shook his head, unable to laugh at Lex's joke. The idea of Carmen with anyone else turned his stomach. The very thought of another man having the right to touch her curdled his blood. But if he wasn't going to share her life, she would eventually find someone else to love. He'd be left living half a life, remembering the happiness he'd had, but knowing he'd thrown away the promise of more.

He left his office and crossed the reception area to where his dispatcher sat. She glanced at him, then instead of smiling and entertaining him with stories of her grandkids as she usually did, she rolled her eyes and busied herself with paperwork. He really had been a jerk this past week. "I'm sorry. I've had some things on my mind, but I shouldn't have taken my bad mood out on you."

She was silent for a long moment and then smiled.

"Don't worry about it, Chief. We all have our bad days. Shall I pass the word that our boss and friend is back?"

"Yeah, although I still owe everyone a personal apology. Order lunch from the diner for yourself and everyone on duty and charge it to me. I'm going to be gone for about an hour. There's something I need to handle."

In miles, the drive to the cemetery was short. But in his heart, it was one of the longest he'd ever made. His stomach churned as he thought of the goodbye he had to say. When he reached Anna's grave, Trent allowed himself to remember the times they had shared over the years. From falling in love, to dating, to the birth of their children. Their life together had been wonderful and he had been happy. But that time was over. Although he would never forget, it was time to look ahead.

He knelt, tears burning the back of his eyes. "I loved you, Anna. You were the best part of my life. I'll never forget you." He wiped his damp cheeks. "I've met someone. You'd like Carmen. She's kind and sweet and loves the girls. Amazingly enough, she loves me, too. I messed up with her before, but I'm going to get it right this time."

He raised his left hand. Slowly, he removed the ring Anna had placed there and slipped it into his shirt pocket. The past was over. Now he had to get started on his future.

He was going back to New York.

Trent paced the sidewalk in front of Carmen's apartment in the fading sunlight. He'd paid an exorbitant amount of money for a cramped last-row seat on the first plane to New York. He hadn't bothered reserving a hotel room but had rushed over here as soon as he'd landed. If things worked out, he would be staying with Carmen. If not... He wouldn't think about that. Failure wasn't an option.

His girls had been surprised when he'd told them he was

returning to New York. Once he'd explained his plan, they jumped on board. Robyn had cheered and raced around the house, clapping her hands. It had taken forever to calm her down. Alyssa had warned him not to blow it this time.

He had no interest in wrecking things again. He couldn't believe he'd offered Carmen so little of his heart. She'd been right to turn him down. She did deserve better. He'd get it right this time. Of course, he couldn't do anything until she came home.

After another twenty minutes of sitting on her stoop, he began to wonder if he'd made a tactical error. He'd assumed she was in the city and would be home. It hadn't occurred to him that he would have to track her down. He was contemplating his next move when he saw her walking down the street.

She was so beautiful. Dressed as she was in a long white dress that flowed around her ankles, he envisioned her as his bride, walking down the aisle to him. All that she needed was a bouquet of flowers like the one he'd bought from a kiosk. He might be getting ahead of himself, but since he knew what he wanted he didn't want to waste time.

He stood and walked toward her, too impatient to wait for her to reach him. That was when she looked up and saw him. She stopped walking and blinked. Lifting her chin and throwing back her shoulders, she waited. A knot of dread formed in his stomach. She wasn't going to make this easy. But then, he didn't deserve easy.

"What are you doing here?"

He offered her the flowers. When she didn't move to take them, he let his arm fall to his side. He decided to skip his speech and cut to the chase. "I came to see you."

"Why? I thought we'd settled things last time you were here."

"Did you?"

Shaking her head, she moved around him. Apparently, that was the wrong answer. She reached her brownstone and started up the stairs. If she stepped inside, he would lose her forever. He'd die if that happened. Not physically, but his heart would never be the same.

He hurried after her and grabbed her arm. Turning her gently, he gazed into her eyes. "I came back because I love you."

"You love Anna."

This was his last chance to get this right. There wouldn't be a third. "Yes. A part of me always will. She was my first love and the mother of my children. But she is my past. I'm hoping you'll be my present and future."

Carmen shook her head. "Don't do this to me. Please. I know you mean well, but my heart can't take it."

"Can't take what?"

"The hurt that will come when you realize you don't feel the way you think."

"You're wrong. I love you just as much as I ever loved Anna." He looked into Carmen's eyes and bared his soul. "I tried to deny my feelings because I was afraid."

"Of what?"

"Of losing you. I knew how much it would hurt if I ever lost you, so I pushed you away and told myself I didn't love you. Couldn't be in love with you. But living without you hurts as much as losing you in the future would."

Her voice was a trembling whisper. "Don't say it if you don't mean it. That would be cruel."

He cupped her face and caressed her soft skin. "I know you don't have reason to trust me, but I'm being honest. I love you with everything inside me."

"Promise?"

That whispered word was a fist to his gut. He'd been so busy protecting his heart that he'd broken hers. "I swear."

She leaned into his hand. "Okay."

He closed his eyes and breathed a sigh of relief.

"So where do we go from here?" she asked.

He extended the flowers to her again. This time she smiled and accepted them. "You're willing to take the bouquet?"

She nodded.

"How about this?" He pulled an emerald-cut diamond ring from his pocket and got down on one knee. He'd scoured countless Charlotte jewelry stores until he'd found a ring as perfect as Carmen.

"What are you doing?"

"I'm asking you to marry me. I'm asking you to be Alyssa and Robyn's stepmother. I know things are still tense with your family and might never change, but my girls and I would love it if you became a part of the Knight family. Come back to Sweet Briar with me to live. Forever."

"Yes, oh yes."

He slid the ring onto her finger and rose, pulling her into his arms and kissing her with all the love in his heart, grateful for another chance. Carmen had taken his once bleak future and painted it with bright colors of love.

* * * * *

More SWEET BRIAR SWEETHEARTS
stories coming soon from Kathy Douglass
and Harlequin Special Edition!